태엽 감는 새 연대기 3

일러두기

1. 이 책은 무라카미 하루키가 직접 개고한 문고본(신초샤, 1997)을 기준으로 새로 번역했다.

태엽 감는 새
연대기

무라카미 하루키

김난주 옮김

ねじまき鳥クロニクル

3 새 잡이 사내

민음사

NEJIMAKIDORI KURONIKURU VOL. 3
TORISASHI OTOKO-HEN
by Haruki Murakami

Copyright © 1995 Haruki Murakami
All rights reserved.
Originally published in Japan by SHINCHOSHA Publishing Co., Ltd., Tokyo.

Korean translation rights arranged with
Haruki Murakami, Japan through THE SAKAI AGENCY.

Korean Translation Copyright © Minumsa 2018

3 새 잡이 사내

1 도둑 까치

2   예언하는 새

3

새 잡이 사내

1

가사하라 메이의 시점

벌써부터 태엽 감는 새 아저씨에게 편지를 쓰려고 했는데, 사실은 아저씨의 진짜 이름이 뭔지 도무지 기억이 안 나서, 그래서 지금까지 못 쓰고 있었어요. 그렇잖아요. 세타가야구 ○○○ 2길 '태엽 감는 새 아저씨', 그렇게만 쓰면 아무리 친절한 집배원도 편지를 배달할 수 없잖아요. 처음 만났을 때, 아저씨가 분명히 이름을 가르쳐 줬을 텐데, 어떤 이름이었는지 까맣게 잊어버렸어요.(오카다 도오루 같은 이름, 비가 두세 번 내리면 잊어버리기 십상이죠.) 그런데 얼마 전에 갑자기, 사소한 계기가 있어서 퍼뜩 떠올랐어요. 바람이 불어서 문이 콰당 열리는 것처럼요. 아 맞다, 아저씨의 진짜 이름이 오카다 도오루였지 하고 말이에요.

　우선은 내가 지금 어디에서 뭘 하는지를 대충 설명해야 하겠지만, 이건 그렇게 간단한 일이 아니에요. 그렇다고 내가 지금 아주 곤란한 입장에 놓여 있다는 말은 아니고요. 입장 자체는 오히려 알기 쉽고 단순할지도 몰라요. 여기까지 온 과정도 그렇게 복잡하지 않고요. 자와 연필로 점과 점 사이를 선으로 쓱 이으면 돼요. 간단하죠. 그런데 말이에요 ── 아저씨에게 그걸 처음부터 순서대로 설명하려니까, 어쩌된 일인지 말이 나오지를 않네요. 머릿속이 눈 내린 날의 토끼처럼 하얗게 돼 버려요. 뭐라고 해야 하나, 간단한 일인데 누군가에게 설명하려면, 어떤 경우에는 전혀 간단하지 않기도 하잖아요. 예를 들어서 '코끼리 코는 엄청 길다.' 같은 말도, 언제 어디에서 그 말을 하느냐에 따라 완전한 거짓말이 될 수도 있죠. 이 편지를 쓰면서 편지지를 몇 장이나 버린 끝에, 조금 전에 겨우 그걸 발견했어요. 콜럼버스가 신대륙을 발견한 것처럼.

　아무튼 그래서, 수수께끼 같은 말을 하려는 건 아닌데, 지금 내가 있는 장소는 '어느 곳'이에요. 옛날 옛적 어느 곳에…… 할 때의 '어느 곳'. 내가 지금 이 편지를 쓰고 있는 곳은 조그만 방이고, 그 방에는 테이블과 침대와 책꽂이와 벽장이 있어요. 모두 작고 간소하고 심플해서, '필요 최소한'이라는 말에 정말 딱 맞아요. 책상에는 형광등 스탠드와 홍차 컵과 이 편지를 쓰기 위한 편지지와 사전이 놓여 있어요. 사실 사전은 어지간한 일이 있지 않는 한 뒤적이지 않아요. 나는 사전이란 걸 별로 좋아하지 않거든요. 생긴 것도 좋아하지 않고, 안에 있는 문장도 좋아하지 않아요. 사전을 펼치면 '흥, 이게 다 뭐야, 이런 거 모르면 어때서.' 하고 생각해요. 그런 사람은 사전과 사이좋게 지낼 수 없죠. 예를 들어서 '천이'는 '무슨 무슨 계가 어떤 상태에서 다른 상태로 바뀌는 것'이라는데, 그런 건 내 알 바가 아니잖아요, 전혀. 그래서 내 책상에 놓인 사전을 보면, 어느 집 개가 우리 마당에 들어와서 잔디밭에 멋대로 꼬불꼬불한 똥을 누는 걸 보는 기분이 들어요. 하지만 아저씨에게 편지를 쓰다가 모르는 한자가 있으면 좀 난감하겠다 싶어서, 그래서 할 수 없이 한 권 샀어요.

그리고 예쁘게 깎은 연필 한 다스가 가지런히 놓여 있습니다. 문구점에서 막 사온 반짝거리는 새 연필이에요. 생색을 내려는 건 아니지만, 태엽 감는 새 아저씨에게 편지를 쓰려고 새로 샀어요. 그래도 막 깎은 새 연필을 보니까 기분이 좋네요. 그리고 담배와 재떨이와 성냥. 예전만큼 많이 피우지는 않지만 가끔 기분 전환 삼아 피워요.(지금도 한 대 피우는 중.) 책상 위에 있는 건 그 정도. 책상 앞에는 창문이 있고, 커튼이 걸려 있어요. 커튼은 귀여운 꽃무늬이지만, 이건 신경 쓰지 마세요. 내가 '꽃무늬 커튼이 좋아서' 선택한 게 아니라, 원래부터 걸려 있는 거니까요. 꽃무늬 커튼을 제외하면 아주아주 심플한 방입니다. 십 대 여자아이의 방이라기보다, 누군가가 선의로 설계한 초범을 위한 형무소의 모델룸 같은.

창밖으로 보이는 것에 대해서는 아직 말하고 싶지 않아요. 그건 나중에 얘기할래요. 괜히 재려는 게 아니라, 일에는 순서라는 게 있잖아요. 지금 내가 아저씨에게 할 수 있는 얘기는, 이 방 안에 대해서뿐이에요. 지금은요.

태엽 감는 새 아저씨를 못 만나는 동안, 나는 아저씨 얼굴에 난 멍에 대해서 종종 생각했어요. 아저씨의 오른쪽 볼에 어느 날 갑자기 생긴 그 시퍼런 멍이요. 아저씨는 어느 날 오소리처럼 살금살금 미야와키 씨네 빈집 마당의 우물 속에 들어갔다가 한참 후에 나왔는데, 그때 이미 볼이 멍들어 있었어요. 지금 생각해 보면 왠지 거짓말 같지만, 그건 정말 내 눈앞에서 생긴 일이잖아요. 그리고 그 멍을 처음 봤을 때부터, 난 그게 무슨 특별한 표지가 아닐까 하고 생각했어요.

그 멍에는 아마 내가 모르는 깊은 의미가 있을 거라고요. 안 그렇다면 난데없이 그런 멍이 얼굴에 왜 생기겠어요.

그래서 내가 마지막에, 태엽 감는 새 아저씨의 그 멍에 키스를 했던 거예요. 어떤 느낌이 들지, 어떤 맛이 날지 너무너무 궁금해서요. 나, 주일마다 아무 남자의 얼굴에 키스나 하고 다니는 사람 아니에요. 그때 내가 뭘 느꼈는지, 그리고 무슨 일이 생겼는지 — 그런 얘기도 언젠가 천천히 하고 싶네요.(제대로 말할 수 있을지 자신은 없지만.)

지난 주말에 오랜만에 머리를 자르러 시내에 있는 미용실에 갔다가, 우연히 주간지에서 미야와키 씨네 빈집 기사를 봤어요. 물론 엄청 놀랐죠. 나는 주간지를 전혀 읽지 않는 사람인데, 그때 어쩌다 그 주간지가 눈앞에 있어서 심심풀이 삼아 페이지를 넘겼거든요. 그런데 미야와키 씨네 빈집 얘기가 실려 있잖아요. 그러니 얼마나 놀랐겠어요. 그렇잖아요? 기사 자체는 뭐라는 건지 모를 내용이었고, 태엽 감는 새 아저씨가 언급된 것도 아니었어요. 하지만 사실대로 말하면, 나는 그때 '혹시 아저씨가 이 일과 무슨 관련이 있는 건 아닐까.' 하고 언뜻 생각했어요. 그런 의문이 머리 위에 둥실 떠올랐어요. 그래서 야, 이거 진짜 태엽 감는 새 아저씨에게 편지를 써야겠네 하고 심각하게 생각했더니, 그 순간 바람이 횡 불고 문이 쾅당 열리면서, 아저씨의 본명이 떠오른 거죠. 아, 맞다, 오카다 도오루였지 하고요.

　이렇게 편지나 쓰고 있을 시간에, 예전처럼 담을 훌쩍 뛰어넘어 태엽 감는 새 아저씨를 찾아가야 하는지도 모르죠. 그리고 부엌의 그 초라한 테이블에 얼굴을 마주하고 앉아 느긋하게 얘기를 해야 하는지도 모르죠. 그게 가장 빠른 방법이라고 생각합니다. 하지만 아쉽게도 여러 가지 사정이 있어 지금은 그럴 수가 없네요. 그래서 이렇게 책상 앞에 앉아, 연필을 쥐고 편지를 끼적끼적 쓰고 있는 거예요.
　나는 요즘 태엽 감는 새 아저씨 생각을 많이 합니다. 그리고 아저씨 꿈도 몇 번 꿨어요. 진짜예요. 그 우물 꿈도 꿨고요. 뭐 별 대단한 꿈은 아니에요. 태엽 감는 새 아저씨도 주연은 아니고 '덤'처럼 등장했을 뿐이에요. 그러니까 꿈 자체에 깊은 의미가 있는 건 아니에요. 그런데 아무래도 그 꿈이 엄청 엄청 엄청 마음에 걸렸어요. 그랬더니 아니나 다를까, 그 주간지에 미야와키 씨네 빈집(지금은 이미 빈집이 아니지만)에 관한 기사가 실려 있잖아요.
　이건 내가 그냥 멋대로 상상한 건데, 아마 구미코 씨는 아직 아저씨 곁에 돌아오지 않았겠죠. 그리고 아저씨는 구미코 씨를 되찾기 위해, 그 부근에서 이상한 일을 시작한 게 아닐까 싶네요. 이건 나의 직감적인 상상입니다.

안녕, 태엽 감는 새 아저씨. 기분 내키면 또 편지 쓸게요.

2

목매다는 저택의 수수께끼

───────────────────────

'세타가야에서 이름 난, 목매다는 저택의 수수께끼'
일가가 동반 자살한 뒤에 남은 사연 있는 땅을 사들인 것은
누구인가.
지금 고급 주택지의 일각에서 무슨 일이 벌어지고 있는가?

《주간──》12월 7일 호에서

  세타가야구 ─ 2길에 있는 그 땅은 근처 주민들 사이에서
'목매다는 저택'으로 잘 알려져 있다. 부지는 백 평 정도, 한
적한 부촌의 일각에 있으며, 남향이라 햇볕도 잘 들기 때문
에 주택지로서는 아주 이상적이지만, 사정을 아는 사람들은
입을 모아 '그 땅은 거저 줘도 싫다.'고 말한다. 지금까지 그
땅에 거주한 사람들이 한 명도 예외 없이 불행한 운명을 짊
어져야 했기 때문이다. 조사에 따르면, 쇼와 시대에 들어 이
땅을 사들이고 거주한 사람들 중, 지금까지 무려 일곱 명이

자살했으며, 그 대부분이 스스로 목을 매거나 질식사를 선택했다. (중략, 지금까지 자살한 사람에 대한 자세한 기술)

불길한 땅을 사들인 유령 회사

도저히 우연의 일치라고 볼 수 없는 일련의 끔찍한 사건 중에서 가장 최근의 예로는, 긴자에 본점을 둔 유서 깊은 체인 레스토랑 '루프 톱 그릴'의 경영자 미야와키 고지로 씨(사진 1) 가족의 동반 자살 사건이 아직도 기억에 생생할 것이다. 사업 실패로 거액의 빚을 떠안게 된 미야와키 씨는 이 년 전에 전 점포를 매각하고 파산 선고 결정을 받았으나, 그 후에도 다수의 대부업체에 쫓겨 다녔다. 결국 올 1월에 다카마쓰 시내의 모 여관에서 잠자고 있는 차녀 유키에 씨(당시 14세)를 벨트로 목 졸라 죽이고, 아내 나쓰코 씨와 함께 지참한 밧줄로 목을 매달아 목숨을 끊었다. 당시 대학생이었던 장녀는 현재 행방을 알 수 없는 상태다. 1972년 4월 땅을 구입할 당시, 미야와키 씨는 이 땅에 얽힌 불길한 소문을 들어 알고 있었지만, '그저 우연에 지나지 않는다.'며 일소에 부쳤다고 한다. 구입 후, 장기간 비어 있던 헌 집을 철거하고 이 층짜리 새 집을 지었다. 혹시나 하는 마음에 신관을 불러 고사도 지냈다고 한다. 동네 사람들은, 아이들도 명랑하고 화목해 보이는 가족이었다고 입을 모았다. 그러나 그로부터 십일 년이 지나, 미야와키 씨 가족은 돌연 가혹한 운명의 기로에 놓이게 된다.

미야와키 씨가 대출을 위해 담보로 내놓은 토지와 가옥을 포기한 것은 1983년 가을의 일이나, 채권자 사이에서 빚의 변제 순위를 놓고 내분이 있어 처분이 지연되었다. 재판소의 중재로 조정이 이루어져 작년 여름 비로소 토지 처분이 가능해졌다. 토지는 도쿄 도내에 있는 중견 부동산 회사 '── 토지 건물'에 시가보다 상당히 낮은 가격에 매각되었다. '── 토지 건물'은 미야와키 씨 가족이 살던 가옥을 철거한 후 전매를 꾀했다. 세타가야의 고급 주택가에 자리한 토지라 문의는 많았으나, 땅에 얽힌 복잡한 사정 탓에 매번 성사되기 직전에 계약이 무산되고 말았다. '── 토지 건물'의 판매 과장 M씨는 다음과 같이 말했다.

"좋지 않은 일이 있었다는 것은 우리도 들어 알고 있습니다. 그러나 더할 나위 없는 좋은 장소라서 가격을 다소 낮게 설정하면 팔릴 것이라고 낙관하고 있었어요. 그런데 실제로 시장에 내놓아 보니 도무지 움직이지를 않는 겁니다. 그런 데다 지난 1월에 미야와키 씨 일가의 그 불미스러운 사건도 있었던 터라, 솔직히 우리로서도 골머리를 앓고 있었습니다."

토지가 팔린 것은 올 4월의 일이다. "매입한 상대와 가격은 공개하기 곤란"(M씨)하다고 한다. 자세한 것은 알 수 없으나, 업계 내에 떠도는 정보에 따르면 '——토지 건물'이 구입 가격보다 상당히 낮은 가격에 울며 겨자 먹기로 매도한 것은 확실한 듯하다. "물론 매입한 당사자는 사정을 전부 알고 있습니다. 물건을 속여서 팔 수는 없으니까요. 사전에 전부 설명했습니다."(M씨)

그렇다면 이 복잡하고 사연 많은 땅을 과연 누가 매입했을지 궁금하지 않을 수 없다. 조사는 난항을 겪었다. 법무국 등기부에는 이 토지를 미나토구에 사무실이 있는 '아카사카 리서치'라는 회사가 매입한 것으로 기록되어 있었다. '아카사카 리서치'는 자칭 '경제 리서치, 컨설턴트' 회사로 토지 구입 목적은 사택 건축이었다. '사택'은 토지 매입 후 바로 건축되었다. 그러나 이 회사는 전형적인 페이퍼컴퍼니로, 서류에 명시된 주소지 아카사카 2길을 찾아가 보았으나, 조그만 아파트의 한 방문에 '아카사카 리서치'라는 명패가 붙어 있을 뿐, 벨을 눌러도 아무 반응이 없었다.

철저한 경비와 비밀주의

현재 '구 미야와키 저택'은 근처의 다른 집들보다 한층 높은 콘크리트 담에 에워싸여 있다. 검고 거대한 철제 대문은 위압적이고 안이 전혀 들여다보이지 않는다.(사진 2) 대문 기둥 위에는 방범용 CCTV가 설치되어 있다. 주민들 얘기에 따르면, 때로 전동식 문이 열리면서 새까만 메르세데스 벤츠 500SEL 승용차가 하루에 몇 번 드나들 뿐, 사람이 출입하는 일은 본 적이 없으며 무슨 소리가 들린 적도 없다고 한다.

건축 공사가 시작된 것은 지난 5월이었다. 공사 또한 높은 담장 안에서 이루어져, 주민들은 어떤 가옥이 들어섰는지 모른다. 건축 기간은 약 두 달 반, 이례적인 속도로 완공되었다. 건축 현장에 도시락을 배달한 음식업체 사람은 이렇게 말했다. "가옥 자체는 그렇게 크지 않았어요. 네모난 콘크리트 상자 같은 모양인데, 평범한 사람이 생활하는 집처럼 보이지는 않더군요. 그런데 조경 업자가 마당에 아주 멋진 나무를 심더라고요. 정원 조경에 돈이 꽤 들었을 겁니다."

혹시나 해서 도쿄 근교에 있는 조경 업자에게 일일이 전화를 걸어 확인해 본 결과, 그 가운데 한 사람이 '구 미야와키 저택'의 공사에 관여했다는 사실이 파악되었다. 그러나 그 업자도 일을 의뢰한 사람에 대해서는 아무런 정보를 갖고 있지 않았다. 아는 건축 업자에게 주문 목록, 정원의 도면과 함께 이런 이런 나무를 심어 달라는 주문을 받았을 뿐이라고 한다.

그 조경 업자의 말에 따르면, 정원에 나무를 심는 중에 우물을 파는 업자가 들어와 정원에 깊은 우물을 팠다고 한다.

"정원 한 모퉁이에 망루를 설치하고 파낸 흙을 끌어올리고 있었습니다. 그 바로 옆에 감나무 한 그루를 심었기 때문에, 작업 현장을 잘 볼 수 있었죠. 전에 한번 메운 우물을 다시 파는 거라던데, 파는 작업 자체는 힘들어 보이지 않았습니다. 그런데 참 이상하죠, 물이 나오지 않는 곳입니다. 애당초 물이 마른 우물인 데다 메웠던 걸 다시 복구하는 셈이니 물이 나올 리가 없죠. 무슨 사정이 있는지는 몰라도, 참 묘합디다."

우물을 판 업자는 밝혀내지 못했지만, 메르세데스 벤츠 500SEL은 지요다구에 본사를 둔 대형 리스 업체 소유이며, 7월부터 미나토구에 있는 회사의 회사 차량으로 삼 년간 대여되었다는 사실이 확인되었다. 기업의 이름은 대외비라고 했으나, 전후 관계상 '아카사카 리서치'가 틀림없을 것이다. 500SEL의 렌트 대금은 약 1000만 엔으로 추정된다. 리스 회사는 전용 운전사도 제공하는데, 이 500SEL에 운전사까지 제공되었는지는 알 수 없다.

동네 주민들은 취재에 나선 기자에게 '목매다는 저택'에 대한 말을 아꼈다. 주민간의 교류가 많지 않은 지역인 데다 연루되고 싶지 않다는 생각이 크게 작용했을 것이다. 근처에 사는 A씨는 이렇게 말했다.

"경비가 엄중한 건 사실입니다. 하지만 불만은 전혀 없어요. 동네 사람들도 별 신경 안 쓸 겁니다. 빈집으로 있으면서 이상한 소문만 퍼지는 것보다야 지금이 훨씬 낫죠."

문제의 이 토지를 매입한 것은 누구인가, 그리고 그 'X씨'는 그곳을 과연 어떤 목적으로 사용하고 있는가, 수수께끼는 여전히 남아 있다.

3

겨울의 태엽 감는 새

그 기묘한 여름이 끝나고 겨울이 올 때까지, 생활에 이렇다 할 변화는 없었다. 하루는 언제나 조용히 밝고 그대로 저물어 갔다. 9월에는 비가 자주 내렸다. 11월에는 땀이 송송 맺힐 만큼 따뜻한 날이 며칠 있었다. 하지만 날씨 말고는, 어느 하루와 다른 하루 사이에 별 차이가 없었다. 거의 매일 구립 수영장에 가서 긴 거리를 수영하고, 산책을 하고, 하루에 세 번 끼니를 만들고, 현실적이고 실질적인 일에만 신경을 집중하려고 했다.

그런데도 간혹 고독이 마음을 아프게 찔렀다. 마시는 물과 들이쉬는 공기에도 길고 날카로운 바늘이 느껴졌고, 손에 든 책의 모서리까지 면도칼의 얇은 날처럼 하얗게 빛나며 나를 위협했다. 새벽 4시, 그 고요한 시간에는 고독의 뿌리가 야금야금 자라는 소리를 들을 수 있었다.

그러나 나를 그냥 내버려 두지 않는 사람도 더러는 있었다. 구미코의 친정 사람들이다. 그들은 몇 번이나 내게 편지를 보냈다. 구미코는 이제 결혼 생활을 계속할 수 없다고 한다, 그러니 하루빨리 이혼에 동의해 달라. 그래야 문제가 원만하게 해결된다. 처음 몇 통은 고압적이며 사무적인 편지였다. 답장을 보내지 않자, 협박 편지로 바뀌었고, 그러다 마지막에는 애원의 편지가 되었다. 하지만 원하는 것은 늘 똑같았다.

끝내는 구미코의 아버지에게서 전화가 걸려 왔다.

"이혼을 절대 하지 않겠다는 말이 아닙니다." 하고 나는 대답했다. "하지만 그러기 전에 구미코와 둘이 만나 얘기를 하고 싶습니다. 그래서 납득이 가면 이혼해도 좋습니다. 그럴 수 없다면, 이혼도 없습니다."

나는 부엌 창문으로 비 내리는 우중충한 하늘을 바라보았다. 그 주에는 비가 나흘이나 계속 내렸다. 온 세상이 검고 눅눅하게 젖었다.

"결혼은 나와 구미코 둘이 충분히 얘기하고 결정한 일이었습니다. 그러니까, 그걸 끝낼 때도 똑같이 하고 싶습니다."

나와 장인의 대화는 한없는 평행선을 그렸고, 어떤 곳에도 도착하지 못했다. 아니, 정확하게는 어디에도 도착하지 못한 게 아니다. 우리가 도착한 장소에 아무런 결실이 없었다는 뜻이다.

몇 가지 의문이 남았다. 구미코는 정말 나와 이혼하기를 원하는 것일까? 그리고 그럴 수 있도록 나를 설득해 달라고 자기 부모님에게 부탁했을까? "구미코는 자네를 만나고 싶지 않다고 하네." 하고 장인은 내게 말했다. 구미코의 오빠 와타야 노보루도 전에 만났을 때, 같은 말을 했다. 그러니 아무 근거 없는 거짓말은 아닐 것이다. 구미코의 부모는 만사를 자신들에게 유리하게 해석하는 일은 있지만, 적어도 내가 아는 한, 사실을 날조하지는 않는다. 그들은 좋고 나쁘고를 떠나 현실적인 인간이다. 그래서 장인이 하는 말이 사실이라면, 그들이 지금 구미코를 보호하고 있는 것일까.

그럴 리는 없다. 구미코는 어렸을 때부터 부모나 오빠에게 거의 애정이 없었고, 그들에게 최대한 의지하지 않으려고 애써 왔기 때문이다. 어떤 일을 계기로 남자가 생겼고, 그래서 구미코가 내 곁을 떠나갔을 수는 있다. 편지에는 그렇게 설명되어 있었다. 내가 그걸 사실로 순순히 받아들인 것은 아니지만, 그럴 가능성이 없는 것은 아니라는 점은 인정해도 좋다. 그러나 집을 나간 구미코가 그 길로 친정에, 혹은 친정에서 마련해 준 장소에 은신했다는 것은, 그리고 친정 식구들을 통해 내게 연락한다는 것은 납득이 가지 않았다.

생각하면 생각할수록 알 수 없었다. 한 가지 가능성은, 구미코가 정신적인 파탄에 이르러 자신을 제대로 유지하지 못하고 있는 게 아닐까 하는 것이었다. 또 하나의 가능성은, 그녀가 어떤 이유로 어딘가에 강제로 갇혀 있을 수도 있다는 것이었다. 여러 사실과 말과 기억을 이리저리 끼워 맞춰 보다가 나는 결국 생각을 포기했다. 추측은 나를 어디에도 데려가 주지 않았다.

가을도 어언 끝나, 사방에 겨울의 기운이 떠다녔다. 이 계절이면 늘 그랬듯이 나는 마당에 떨어진 낙엽을 쓸어 모아 쓰레기봉투에 담아 버렸다. 지붕에 사다리를 걸쳐 놓고, 빗물받이에 쌓인 낙엽도 치웠다. 내가 사는 집의 조그만 마당에는 나무가 없지만, 이웃집 마당의 길게 뻗은 나뭇가지에서 바람을 타고 마른 잎들이 우수수 떨어지곤 했다. 하지만 그런 일도 내게는 별다른 고통이 아니었다. 오후의 햇살 속에서 마른 잎들이 휘날리는 것을 멍하니 바라보다 보면 시간이 순식간에 지나갔다. 오른쪽 이웃집에는 빨간 열매가 열리는 커다란 나무가 있고, 거기에 때로 새들이 날아와 너도나도 울어 댔다. 색감이 선명하고, 공기를 찌르듯이 짧고 날카롭게 우는 새들이었다.

구미코의 여름옷을 어떻게 정리하고 보관하면 좋을지 알 수 없었다. 구미코도 편지에 그렇게 썼지만, 한꺼번에 처분할까 싶은 생각도 있었다. 하지만 구미코가 그 옷 하나하나를 얼마나 애지중지 다뤘는지를 나는 기억하고 있었다. 보관할 장소가 없는 것도 아니니까 당분간 이대로 놔둬도 되겠지 하고 나는 생각했다.

그런데 벽장문을 열 때마다, 나는 어쩔 수 없이 구미코의 부재를 새삼스럽게 인식하지 않을 수 없었다. 거기에 나란히 걸린 옷들은, 과거에 존재했던 것의 치명적인 허물이었다. 나는 그 옷들을 입었던 구미코의 모습을 생생하게 기억하고 있고, 몇 가지 옷에는 구체적인 추억도 어려 있었다. 그리고 문득문득, 침대에 걸터앉아 구미코의 원피스와 블라우스와 치마를 그저 멍하니 바라보는 나 자신을 발견하곤 했다. 얼마나 오래 거기 그렇게 앉아 있었는지도 기억나지 않는다. 10분일지도 모르고, 1시간일지도 모른다.

때로 그 옷들을 보면서, 내가 모르는 어떤 남자가 구미코의 옷을 벗기는 장면을 상상하기도 했다. 남자의 손이 구미코의 원피스를 벗기고, 팬티를 벗기는 모습을 머릿속에 떠올렸다. 그 손이 구미코의 젖가슴을 애무하고, 다리를 벌리는 광경을 떠올렸다. 나는 구미코의 부드러운 젖가슴과 하얀 허벅지를 볼 수 있었고, 그 위에 있는 누군지 모를 다른 남자의 손을 볼 수 있었다. 나는 그런 망상은 하고 싶지 않았다. 하지만 하지 않을 수 없었다. 왜냐하면, 그것은 아마도 실제로 있었을 일이기 때문이다. 그리고 나는 그 이미지에 적응해야만 했다. 현실을 적당히 밀어낼 수는 없다.

니가타현의 중의원 의원이었던 와타야 노보루의 큰아버지가 10월 초순에 죽었다. 입원 중이던 니가타시의 병원에서 한밤중에 갑작스러운 심장 발작을 일으킨 것이다. 의사들이 총력을 기울여 대처했지만 새벽에 숨을 거두고 말았다. 그러나 와타야 의원의 죽음은 충분히 예견된 일이었고, 총선거가 머지않았기 때문에 후원회는 더없이 신속하게 사태에 대응했다. 사전에 협의했던 대로 와타야 노보루가 정치 기반을 물려받았다. 와타야 전 의원의 지지 세력은 탄탄했고, 원래가 보수당의 표밭이나 다름없는 지역이었다. 어지간한 일이 없는 한 그의 당선은 확실했다. 나는 그 기사를 도서관에 비치된 신문에서 읽었다. 그때 나는 가장 먼저, 한동안 와타야 집안이 분주해서 구미코와의 이혼에 왈가불가할 처지가 못 되겠다고 생각했다.

이듬해 이른 봄에 중의원이 해산되었고 이어 총선거가 있었다. 와타야 노보루는 예상했던 대로 야당에서 내세운 후보를 큰 표 차로 누르고 당선되었다. 나는 그가 입후보한 후 개표까지의 경위를 죽 훑었지만, 와타야 노보루의 당선에 대해서는 아무런 감정도 느끼지 못했다. 내게는 모든 포석이 아주 오래전부터 놓였던 것처럼 생각되었다. 현실은 나중에 그 포석을 빠짐없이 밟았을 뿐이다.

얼굴에 생긴 시퍼런 멍은 그 이상 커지지도 작아지지도 않았다. 뜨겁지도 않고 아프지도 않았다. 그리고 나는 자신의 얼굴에 멍이 있다는 사실을 조금씩 잊어 갔다. 멍을 가리려고 선글라스를 끼거나 모자를 눌러 쓰던 것도 그만두었다. 낮에 뭘 사러 나갔다가 지나치는 사람들이 놀라는 표정으로 내 얼굴을 보거나 눈길을 피해서 그 존재를 떠올리는 일은 있었지만, 익숙해지고 나니 그것도 별 신경이 쓰이지 않았다. 얼굴에 멍이 있다고 타인에게 누를 끼치는 것은 아니다. 매일 아침 세수를 하고 수염을 깎을 때면 나는 멍을 꼼꼼하게 점검했다. 하지만 아무런 변화를 찾을 수 없었다. 크기도 색깔도 형태도 전부 그대로였다.

내 얼굴에 갑자기 생긴 멍을 알아보는 사람은 아주 적었다. 전부 네 명이다. 역 앞 세탁소 주인이 물었다. 단골 이발소 사람이 물었다. 오무라 술 가게 점원이 물었다. 얼굴을 아는 도서관 창구의 여자가 물었다. 그뿐이었다. 그럴 때마다 나는 상당히 난처한 표정을 지으며 "사고가 좀 있어서." 하고 작은 소리로 대답했다. 그들은 그 이상 캐묻지 않았다. "저런, 어쩌다." 하거나 "아프겠습니다." 등 괜히 그런 것을 물었다는 식으로 그렇게 중얼거렸을 뿐이다.

내가 날로 나 자신에서 먼 존재가 되어 가는 기분이었다. 손을 한참 바라보다 보면, 때로 손 너머가 비쳐 보일 듯 했다. 나는 거의 아무와도 말을 하지 않았다. 아무도 내게 편지를 보내지 않았고, 전화도 걸지 않았다. 우편함에는 공과금 고지서와 광고 우편 정도밖에 들어 있지 않았다. 광고 우편은 대부분 구미코 앞으로 온 디자이너 브랜드의 컬러풀한 카탈로그였다. 봄 원피스와 블라우스와 스커트 사진이 죽 담겨 있었다. 추운 겨울인데도 나는 간혹 스토브를 켜는 것조차 깜박하곤 했다. 날씨가 추워서 추운 건지, 또는 내 안에 있는 추위 때문에 추운 건지 구별할 수 없어서였다. 나는 온도계를 보고 '정말 추운가 보군.' 하고 납득하고는 스토브를 켰다. 하지만 아무리 스토브를 지펴 온도를 높여도, 내가 느끼는 추위가 줄지 않는 일도 있었다.

가끔 여름에 그랬던 것처럼 마당의 담장을 뛰어넘고 구

불구불한 골목을 지나, 예전에 미야와키 씨네 빈집이 있던 곳에 갔다. 나는 짧은 코트를 입고, 목도리를 턱까지 둘둘 감고, 메마른 겨울 풀을 밟으며 골목을 걸었다. 차가운 바람이 윙윙 소리를 내며 전선 사이로 불었다. 빈집은 완전히 철거되었고, 그 주위를 높은 널담이 둘러싸고 있었다. 그 틈새로 안을 들여다볼 수는 있었지만, 그래 봐야 거기에는 아무것도 남아 있지 않았다. 집도 없고, 디딤돌도 없고, 우물도 없고, 나무도 없고, 텔레비전 안테나도 없고, 새 석상도 없었다. 트랙터의 캐터필러에 짓눌린 평평하고 검은 지면이 썰렁하게 펼쳐져 있고, 군데군데 돋은 잡초가 엉켜 있을 뿐이었다. 과거 거기에 깊은 우물이 있었고, 내가 그 바닥까지 내려갔다는 게 거짓말 같았다.

나는 널담에 기대어 가사하라 메이의 집을 바라보았다. 그녀 방이 있는 언저리를 올려다보았다. 그러나 가사하라 메이는 이미 거기에 없다. 그녀가 나와서 내게 "안녕, 태엽 감는 새 아저씨." 하고 인사하는 일도 이제 없다.

2월 중순의 몹시 추운 오후, 나는 전에 삼촌이 가르쳐 준 '세타가야 제일 부동산'에 들렀다. 역 앞에 있는 부동산의 문을 열자, 안에 중년의 여성 사무원이 혼자 있었다. 입구 근처에 책상 몇 개가 죽 놓여 있었지만, 의자에는 아무도 앉아 있지 않았다. 볼일이 있어 다들 나간 듯했다. 한가운데에 대형 스토브가 빨갛게 타오르고 있었다. 안쪽에 조그만 응접실 비슷한 공간이 있고, 체구가 작은 노인이 소파에 앉아 신문을 열심히 읽고 있었다. 나는 사무원에게 이치카와 씨라는 분이 여기 계시냐고 물었다. "이치카와는 난데, 무슨 일이오?" 하고 안쪽에 있던 노인이 이쪽을 향해 말했다.

나는 삼촌의 이름을 말했다. 그리고 나는 그의 조카이며 지금 그의 집에 살고 있는 사람이라고 설명했다.

"아아, 그렇군. 자네가 쓰루타 씨 조카로군." 노인은 말하고 신문을 테이블에 내려놓은 다음 돋보기를 벗어 주머니에 넣었다. 그리고 내 얼굴과 차림새를 죽 훑어보았다. 그가 내게 어떤 인상을 품었는지는 알 수 없었다. "이쪽으로 와요. 차라도 한잔하겠나?"

차는 괜찮다, 신경 쓰지 말라고 나는 말했다. 하지만 노인은 내가 한 말이 들리지 않았는지, 또는 들렸는데 무시한 것인지, 어느 쪽인지는 모르겠지만 사무원에게 차를 끓여 오게 했다. 잠시 후에 사무원이 차를 가져오자 우리는 응접실에 마주 앉아 그것을 마셨다. 그곳은 스토브를 켜 놓지 않아 싸늘했다. 벽에는 이 부근 일대를 자세하게 보여 주는 주택 지도가 걸려 있고, 여기저기에 연필과 사인펜으로 표시가 되어 있었다. 그 옆에는 반 고흐의 유명한 다리 그림을 사용한 달력이 걸려 있었다. 어느 은행 달력이었다.

"한동안 뵙지 못했는데, 쓰루타 씨는 잘 계시나?" 하고 노인이 차를 한 모금 마신 다음 물었다.

"잘 계신 것 같습니다. 여전히 바쁘셔서, 자주 만나지는 못하지만요." 하고 나는 대답했다.

"바쁜 게 좋지. 마지막 본 게 몇 년 전인지 모르겠군. 꽤 오래 못 본 것 같은데." 하고 노인은 말했다. 그리고 윗도리 주머니에서 담배를 꺼내고, 각도를 정확하게 맞추듯 성냥을 대고 칙 그었다. "내가 그 집을 당신 삼촌에게 소개했어. 그리고 세가 나가면 그 관리도 계속 했고. 그러나 아무튼 바쁘다니 아주 다행이군."

이치카와라는 노인 자신은 그렇게 바쁘지 않아 보였다. 절반은 은퇴한 몸인데, 옛날부터 거래하는 단골손님을 상대하기 위해 가게에 얼굴을 내밀 뿐이리라.

"그래, 그 집에 살기가 어떤가? 무슨 문제라도 있는 건가?"

"집에는 아무 문제 없습니다." 하고 나는 말했다.

노인은 고개를 끄덕였다. "그거 잘됐군. 꽤 좋은 집이야. 살림집 치고는 다소 아담한 크기지만, 살기에는 좋은 집이지. 거기 살던 사람들은 다 잘되었어. 자네는 어떤가? 잘돼가나?"

"뭐, 그런대로요." 하고 나는 말했다. 적어도 살아 있기는 하다, 하고 나는 속으로 말했다. "오늘은 좀 여쭤볼 게 있어서 찾아왔습니다. 삼촌에게 물었더니, 이치카와 씨가 이 부근 토지 사정을 가장 잘 아신다고 해서요."

노인은 허허 웃었다. "잘 알고 모르고를 묻는 거라면, 그야 잘 알고 있지. 여기서 벌써 사십 년이나 부동산을 하고 있으니 말이야."

"제가 궁금한 것은, 우리 집 뒤쪽에 있는 미야와키 씨 댁에 관한 겁니다. 지금은 철거해서 빈터가 되었지만요."

"음." 하고 노인은 말하고, 머릿속 서랍을 뒤지는 듯한 표정으로 입술을 꾹 다물었다.

"그 집이 팔린 게 작년 8월이지, 아마. 빚이며 권리 문제며 법률 문제가 해결되어서, 매각이 가능해졌거든. 상당 기간 시끄러웠는데 말이야. 그래서 업자가 사들인 다음 전매를 하려고 집을 철거하고 땅을 골랐지. 집은 그렇게 오래 마냥 비워 두면 돈이 안 되거든. 이 지역 업자가 산 건 아니야. 여기 사람들은 절대 안 사지. 자네, 그 집에 안 좋은 사연이 많은 건 알고 있나?"

"삼촌에게 대충 들었습니다."

"그럼 자네도 알겠군. 사정을 아는 사람은 그 땅을 안 사지. 우리도 팔지 않고. 용케 사정을 모르는 사람이 걸려들어 팔아넘겼다 치자고, 그래서 돈을 얼마간 손에 쥐어 봐야 손님을 속였으니 뒷맛이 좋지 않지. 우리는 그런 장사는 안 해."

나는 옳은 말씀이라는 식으로 고개를 끄덕였다. "그럼 그런 곳을 어느 회사가 산 겁니까?"

노인은 눈썹을 찡그리고 고개를 내저었다. 그리고 중견 부동산 회사의 이름을 말했다. "아마 제대로 조사도 안 하고, 장소와 가격만 보고 냅다 샀을 거야. 이 정도면 손쉽게 이익을 챙길 수 있겠다, 하고 말이야. 그러나 그게 마음 같지 않을걸."

"아직 팔리지 않았습니까?"

"팔릴 것 같으면서도 안 팔리고 있어." 노인은 팔짱을 끼고 말했다. "땅이란 게 한두 푼 하는 물건이 아니잖나. 평생을 지니는 거다 보니, 사려는 사람도 여러 가지로 조사를 할 거 아닌가. 그러다 보면 그 집에 얽힌 복잡한 사연들이 줄줄이 엮여 나오지. 좋은 일이 뭐 하나 있었어야지. 그런 얘기를 들으면 보통 사람은 사지 않아. 이 부근 사람들은 그 땅에 관한 얘기를 다들 알고 있으니까 말이지."

"가격은 어느 정도 합니까?"

"가격?"

"미야와키 씨 집이 있었던 땅의 가격 말입니다."

이치카와 노인은 조금 흥미가 생겼다는 듯이 내 눈을 보았다. "시가가 평당 150만이야. 아무리 그래도 이 부근에서는 가장 조건이 좋은 땅 아닌가. 주택지로 치면 환경도 좋지, 햇볕도 잘 들지. 그러니 그 정도 가격은 붙지. 지금은 땅이 잘 움직이지 않는 시기라서 부동산 경기도 별로 좋지 않지만, 그 일대는 문제없어. 시간이 좀 걸리겠지만, 언젠가는 제 가격에 움직일 거야. 보통 땅이라면 말이지. 그러나 거기는 보통 땅이 아니야. 그러니 아무리 기다려 봐야 움직이지 않는 거지. 당연히 가격도 떨어지고. 지금은 매매가가 점점 떨어져서 평당 110만. 전부 백 평 정도 되니까, 좀 더 깎으면 딱 1억이 되겠군."

"앞으로 더 떨어질까요?"

노인은 힘주어 고개를 끄덕였다. "물론 떨어지겠지. 평당 90만까지는 틀림없이 떨어질 거야. 그 사람들이 사들인 가격이 90만이니까, 그 선까지는 떨어질 거야. 지금쯤 그 사람들도 초조할 테니, 본전이나 건지면 다행이겠다 싶겠지. 그 아래까지는 나도 잘 모르겠어. 만약 그 사람들이 현금이 필요하다면, 두 눈 질끈 감고 싸게 팔지도 모르는 일이지. 그러나 돈이 급하지 않다면 움켜쥐고 기다릴지도 몰라. 나야 회사 내부 사정까지는 알 수 없으니. 한 가지 확실하게 말할 수 있는 건, 지금은 그 사람들도 그 땅을 사들인 걸 후회하고 있다는 거야. 그 땅에 얽혀서 좋을 일이 없지." 그리고 재떨이 위에다 담뱃재를 톡톡 떨어뜨렸다.

"그 집 마당에 우물이 있죠?" 하고 나는 물었다. "우물에 대해서 이치카와 씨는 뭐 아는 거 없으세요?"

"음, 우물이 있기는 하지." 하고 이치카와 씨는 말했다. "깊은 우물이야. 그런데 얼마 전에 메워 버린 것 같던데. 뭐 어차피 물도 나오지 않는 우물이었으니 있어 봐야 소용없지."

"그 우물이 언제쯤 말랐는지 아세요?"

노인은 팔짱을 낀 채 한참이나 천장을 노려보았다. "너무 오래전이라서 나도 기억이 잘 안 나는데, 태평양 전쟁이 시작되기 전에는 물이 나왔다고 했어. 그러니까 전쟁이 끝나고 물이 마른 거겠지. 언제부터 물이 안 나왔는지는 나도 잘 모르겠군. 여배우가 들어왔을 때는 이미 물이 말라서, 그때 우물을 메우느냐 마느냐 하는 얘기가 있었지. 그러다 말로만 끝났어. 우물을 일부러 메우는 것도 성가신 일이니까 말이야."

"바로 근처에 있는 가사하라 씨 집에는 지금도 지하수가 나오고, 물맛도 좋다고 하던데요."

"그래? 그럴 수 있겠지. 그 일대는 옛날부터 지질 관계로 꽤 맛있는 물이 나오거든. 게다가 수맥이란 게 아주 묘해서, 저쪽에서는 물이 나오는데 이쪽으로 조금 오면 물이 나오지 않는 경우도 드물지 않아. 그런데, 그 우물에 관심이 있는 건가?"

"실은, 그 땅을 사고 싶습니다."

노인이 얼굴을 들고 새삼스럽게 나의 눈에 초점을 맞췄다. 그리고 찻잔을 들어 소리 없이 한 모금 마셨다. "그 땅을 사고 싶다?"

나는 고개만 끄덕이고 대답은 하지 않았다.

노인은 담뱃갑을 들어 한 개비를 꺼내 끝을 테이블에 톡 톡 쳤다. 그리고 그것을 손가락 사이에 끼우기만 하고는 불은 붙이지 않았다. 혀끝으로 입술을 쓱 핥는다. "아까부터 계속 말했지만, 그 땅은 문제가 있어. 지금까지 거기 산 사람 치고 인생이 순조로웠던 예가 없다고. 그건 알고 있지? 내 분명하게 말하는데, 그 땅은 다소 가격이 싸더라도 절대 이득이 날 물건이 아니야. 그래도 상관없다는 건가?"

"그 점은 물론 잘 알고 있습니다. 시가보다 훨씬 싸다고 해 봐야, 그 땅을 살 만한 돈도 지금 당장은 없고요. 하지만 시간이 걸리더라도 어떻게 해 볼 생각입니다. 그래서 말씀인데, 그 물건에 대한 정보를 받고 싶습니다. 가격의 변동이나 거래의 움직임이 있으면 알려 주실 수 있을까요?"

노인은 한참이나 불을 붙이지 않은 담배를 바라보면서 무슨 생각에 잠겨 있었다. 그러고는 헛기침을 한 번 했다. "걱정 마시게, 서둘지 않아도 그 땅은 당분간 팔리지 않을 거야. 버리다시피 하는 가격까지 떨어지면 움직일까. 내 느낌에 그때가 되려면 아직 멀었어."

나는 노인에게 집 전화번호를 가르쳐 주었다. 노인은 그 숫자를 땀 얼룩이 밴 조그맣고 검은 수첩에 적었다. 수첩을 윗도리 주머니에 넣자 내 눈을 쳐다보고, 그리고 뺨에 난 멍을 보았다.

2월이 다 가고 3월도 중순에 접어들자 얼어붙을 것 같던 추위도 조금씩 풀리고, 남쪽에서 따스한 바람이 불어오기 시작했다. 새싹도 움이 트고, 마당에는 새로운 종류의 새들이 모습을 보였다. 따뜻한 날에는 툇마루에 앉아 마당을 바라보며 시간을 보냈다. 3월 중순의 어느 저녁에 이치카와 씨에게서 전화가 왔다. 미야와키 씨네 땅은 아직 팔리지 않았으며, 가격은 또 조금 내렸다고 그는 말했다.

"내가 말했지, 그리 쉽게 팔리지 않을 거라고." 하고 그는 우쭐하게 말했다. "괜찮아. 앞으로도 조금씩 내려갈 거야. 그런데 자네 쪽은 어떤가? 돈은 좀 모았나?"

그날 밤 8시쯤 화장실에서 세수를 하고 있을 때, 얼굴에 난 멍이 열을 띠고 있다는 것을 알았다. 손으로 만져 보니, 한동안 없던 희미한 온기가 느껴졌다. 색깔도 한결 선명한 보라색을 띠고 있었다. 나는 숨을 꾹 눌러 참고 오래도록 거울 속을 들여다보았다. 얼굴이 점차 자신의 얼굴로 보이지 않을 만큼 빤히 응시했다. 그 멍은 나를 향해 무엇인가를 강력하게 요구하고 있는 듯이 보였다. 내가 거울 속의 자신을 쳐다보자, 거울 속 나도 똑같이 이쪽의 나를 말없이 쳐다보았다.

무슨 수를 써서라도 그 우물을 소유해야 한다.

그것이 내가 도달한 결론이었다.

4

겨울잠에서 깨어나다,

또 한 장의 명함,
돈의 무명성

물론 갖고 싶다고 해서 땅이 바로 내 손에 쥐여지는 것은 아니다. 현실적으로 내가 마련할 수 있는 돈은 거의 제로에 가까웠다. 어머니가 유산으로 남긴 돈이 아직은 조금 남아 있지만, 그건 생활비로 쓰다 보면 머지않아 바닥날 것이다. 그리고 나는 직업도 없거니와 내놓을 담보도 없다. 그런 인간에게 돈을 빌려주는 자비로운 은행은 세상 어디에도 없다. 그러니까 그만한 돈을 나는 마술을 부려 공중에서 끄집어내야 한다. 그것도 머지않아.

어느 아침에 나는 역 앞까지 걸어가, 매점에서 일등에게 5000만 엔을 지급하는 복권을 연이은 숫자로 열 장 샀다. 그리고 부엌 벽에 한 장씩 핀으로 고정해 놓고 매일 바라보았다. 의자에 앉아 한 시간 정도 빤히 노려본 적도 있었다. 그 복권에서 내게는 보이지 않는 비밀의 암호가 떠오르기를 기다리듯이. 그러다 며칠 후에 나는 한 가지 직감 같은 것을 얻었다.

내가 이 복권에 당첨되는 일은 없다.

그리고 그 직감은 확신으로 바뀌어 갔다. 산책 삼아 역 앞 매점에 가서 복권을 몇 장 사다 벽에 붙여 놓고, 앉아서 발표 날을 기다리기만 한다고 문제가 시원스럽게 해결되는 일은 절대 없다. 나는 자신의 능력을 활용해서, 자신의 힘으로 그 돈을 획득해야 한다. 나는 복권 열 장을 찢어 버렸다. 그리고 또 화장실 거울 앞에 서서, 그 속을 들여다보았다. 반드시 무슨 방법이 있을 텐데 하고 나는 거울 속의 나 자신에게 물어보았다. 그러나 물론 대답은 없었다.

집 안에 틀어박혀 이런저런 생각만 하는 것도 지겨워 밖에 나가서 근처를 걸어 다녔다. 사나흘을 그렇게 정처 없이 산책했다. 근처를 그저 돌아다니다 지치자 전철을 타고 신주쿠에 갔다. 역 가까이 갔을 때, 오랜만에 도심으로 나가고 싶어진 것이다. 평소와 다른 풍경 속에서 생각하는 것도 나쁘지 않다. 생각해 보니 전철을 타는 것도 아주 오랜만이었다. 표를 사려고 자동판매기에 동전을 넣으면서, 익숙하지 않은 것을 할 때의 거북함을 느꼈을 정도다. 돌이켜 보니 마지막으로 도심에 나갔던 게 벌써 반년 전이었다. 그때 나는 신주쿠역의 서쪽 출구에서 기타 케이스를 든 남자를 발견하고 그를 뒤따라갔다.

오랜만에 보는 도심의 인파에 압도되었다. 사람들의 물결을 보기만 했는데도 숨이 차오르고 심장이 조금 빨리 뛰었다. 출근 시간이 지났기 때문에 그렇게 사람이 많은 것도 아닐 텐데, 처음에는 그 속으로 헤치고 들어갈 수가 없었다. 그것은 인파라기보다, 산을 무너뜨리고 집을 쓸어내리는 거대한 급류를 연상케 했다. 잠시 거리를 걷다가 마음을 진정시키려고 대로변에 있는 전면이 유리창인 카페에 들어가 창가 자리에 앉았다. 점심시간 전이라 그다지 복잡하지 않았다. 나는 따끈한 코코아를 주문하고, 창밖을 오가는 사람들의 모습을 멍하니 바라보았다.

시간이 얼마나 흘렀는지 알 수 없었다. 15분이나 20분 정도였을 수도 있다. 불현듯 나 자신을 돌아보았을 때, 나는 눈앞의 복잡한 도로를 천천히 지나가는 번쩍거리는 메르세데스 벤츠와 재규어와 포르셰의 모습을 지그시 쫓고 있었다. 비 갠 후의 아침 햇살 탓에, 그 차체들은 마치 무슨 상징처럼 필요 이상 눈부시게 번쩍번쩍 빛났다. 거기에는 생채기 하나, 얼룩 하나 없었다. 저 사람들은 돈을 갖고 있다, 하고 나는 새삼스럽게 생각했다. 그런 생각을 한 것은 태어나서 처음이었다. 나는 유리창에 비친 자신의 얼굴을 향해 조용히 고개를 저었다. 나는 태어나서 처음으로 절실하게 돈을 필요로 하고 있었다.

점심시간이 되어 카페가 복잡해지자, 나는 거리를 걷기로 했다. 갈 곳은 없었다. 그저 오랜만에 도심을 걸어 보고 싶었을 뿐이다. 앞에서 오는 사람들과 부딪히지 않는 것만 생각하면서, 이 거리에서 저 거리로 걸었다. 바뀌는 신호와 그때의 기분에 따라 오른쪽으로 돌기도 하고, 왼쪽으로 돌기도 하고, 또는 똑바로 걷기도 했다. 나는 두 손을 주머니에 푹 쑤셔넣고, 걷는다는 물리적인 작업에만 의식을 집중했다. 백화점과 규모가 큰 가게의 쇼케이스가 줄지은 중앙로에서 요란하게 장식한 포르노 숍이 줄지은 뒷길로, 복작복작한 영화관 길로, 그리고 고즈넉한 신사를 지나 다시 중앙로로 돌아왔다. 따뜻한 오후였다. 사람들은 절반 가까이 코트를 입고 있지 않았다. 때로 불어오는 바람을 상쾌하다 느낄 수도 있었다. 그리고 문득 나는 낯익은 광경 속에 서 있다는 것을 깨달았다. 나는 발밑의 타일 바닥을 내려다보고, 조그만 조각상을 바라보고, 눈앞에 우뚝 솟은 유리벽을 올려다보았다. 나는 거대한 빌딩 앞에 조성된 광장 한가운데에 있었다. 그곳은 작년 여름에 삼촌의 조언을 따라 신주쿠로 나와 오가는 사람들을 계속 바라보았던 바로 그 장소였다. 그때는 11일 동안 계속했다. 그리고 우연히 기타 케이스를 든 기묘한 남자를 발견하고, 뒤를 쫓아갔다가 알지도 못하는 연립주택 현관에서 왼팔을 방망이로 얻어맞는 신세가 되었다. 정처 없이 신주쿠 거리를 돌아다니던 끝에, 나는 또 그곳으로 돌아온 것이었다.

전에도 그랬던 것처럼 나는 근처에 있는 던킨 도넛에서 커피와 도넛을 사들고 나와 광장 벤치에 앉아서 먹었다. 그리고 눈앞을 지나가는 사람들의 얼굴을 그저 멀거니 바라보았다. 그러자 기분이 조금씩 평온하고 차분해졌다. 왠지는 몰라도 벽 한구석에서 자신의 몸에 딱 맞는 구멍을 발견했을 때처럼 푸근했다. 사람들의 얼굴을 이렇게 제대로 바라보기는 참 오랜만이었다. 그리고 나는 자신이 오래도록 보지 않은 것이 비단 사람 얼굴만이 아니라는 것을 인식했다. 나는 지난 반년 동안 사실은 거의 아무것도 보지 않던 것이다. 나는 벤치에 앉은 채 자세를 바로 하고, 또다시 사람들의 얼굴을 바라보고, 우뚝 솟은 고층 건물을 바라보고, 구름 걷힌 환한 봄 하늘을 바라보고, 알록달록한 광고판을 바라보고, 옆에 놓여 있던 신문을 집어 들고 바라보았다. 해가 저물면서 주위에 있는 사물에 조금씩 제 색이 돌아오는 듯한 감각이 있었다.

다음 날 아침에도 또 전철을 타고 신주쿠에 갔다. 그리고 같은 벤치에 앉아 오가는 사람들의 얼굴을 바라보았다. 점심 때가 되어 커피를 사 마시고, 도넛을 한 개 먹었다. 퇴근길 러시아워가 시작되기 전에 전철을 타고 집에 돌아왔다. 그 다음 날도 똑같은 일을 반복했다. 역시 아무 일도 없었다. 아무런 발견도 없었다. 수수께끼는 여전히 풀리지 않았고, 의문은 여전히 의문이었다. 그러나 조금씩 자신이 무언가에 다가서고 있다는 막연한 감각은 있었다. 나는 화장실 거울 앞에서 그 다가섬을 눈으로 확인할 수 있었다. 멍은 색깔이 한결 더 선명해지고, 또 따끈해졌다. 어느 때, 이 멍은 살아 있다고 생각했다. 내가 살아 있는 것처럼 이 멍도 살아 있다고.

작년 여름과 똑같이, 일주일 동안 매일 신주쿠를 오갔다. 아침 10시가 조금 넘어 전철을 타고 도심으로 나가, 고층 빌딩 앞 광장 벤치에 앉아 종일 오가는 사람들의 모습을 아무 생각 없이 바라보았다. 간혹 어쩌다 내 주위에서 현실적인 소리가 물러나 사라지는 일이 있었다. 그런 때 내 귀에 들리는 것은 그곳을 흐르는 물의 깊고 고요한 소리뿐이었다. 나는 가노 마르타를 문득 떠올렸다. 그녀는 물소리를 듣는다는 얘기를 한 적이 있다. 물이 그녀의 중요한 모티프였다. 하지만 가노 마르타가 물소리에 대해 무슨 말을 했는지는 기억나지 않았다. 가노 마르타의 얼굴이 어떻게 생겼는지도 이미 기억나지 않았다. 내가 기억하는 건 그녀가 쓰던 비닐 모자의 빨간색뿐이었다. 왜 그 여자는 언제나 빨간 비닐 모자를 쓰고 있었을까.

그러다 마침내는 소리가 서서히 돌아오고, 나는 또 사람들의 얼굴로 시선을 돌렸다.

신주쿠를 드나들기 시작해서 여드레 되는 날 오후에 한 여자가 내게 말을 걸었다. 그때 나는 빈 종이컵을 손에 쥐고 다른 방향을 바라보고 있었다. "저, 저기요." 하고 그 여자는 말했다. 나는 고개를 돌려 거기에 서 있는 여자의 얼굴을 올려다보았다. 작년 여름에 같은 장소에서 만났던 중년 여자였다. 그녀는 그 열흘 남짓한 날 동안 내게 말을 건 딱 한 명의 인간이었다. 나는 딱히 그녀와의 재회를 예상하지는 않았지만, 실제로 그녀가 말을 걸자 어떤 흐름의 자연스러운 귀결인 것처럼 생각되었다.

여자는 전처럼 아주 고급스러운 옷을 입고 있었다. 옷매무새도 훌륭했다. 짙은 귀갑테 선글라스를 끼고, 어깨에 패드가 든 약간 어두운 파란색 재킷에 빨간 모직 치마를 입고 있었다. 블라우스는 실크이고, 재킷 깃에는 정교하게 세

공된 조그만 금 브로치가 빛나고 있었다. 빨간 하이힐은 장식 하나 없이 심플했지만, 내 생활비 몇 달치쯤은 할 것 같았다. 그에 비하면 나는 여전히 한심한 꼴을 하고 있었다. 대학에 들어가던 해에 산 야구 점퍼에, 목이 늘어난 맨투맨 티와 군데군데 해진 청바지를 입고 있다. 원래 하얀색이던 테니스화는 얼룩이 잔뜩 묻어 색을 알아볼 수 없다.

그녀는 그런 내 옆에 앉아 말없이 다리를 꼬고는, 핸드백을 열어 버지니아 슬림 갑을 꺼냈다. 그리고 예전과 똑같이 내게 한 개비를 권했다. 나 역시 예전과 똑같이 괜찮다고 말했다. 그녀는 담배를 입에 물고, 길쭉한 지우개 정도 크기의 금 라이터로 불을 붙였다. 그리고 선글라스를 벗어 재킷의 가슴 주머니에 넣고, 얕은 연못에 떨어뜨린 동전을 찾듯 내 눈을 들여다보았다. 나도 상대의 눈을 보았다. 참 묘한 눈이었다. 깊이는 있는데 표정이 없었다.

그녀는 눈을 조금 찡그렸다. "결국 또 여기로 돌아왔네."

나는 고개를 끄덕였다.

나는 가느다란 담배 끝에서 피어오른 연기가 바람에 하늘하늘 흔들리다 사라지는 것을 보고 있었다. 그녀는 주변 풍경을 돌아보았다. 내가 이 벤치에 앉아 뭘 보고 있었는지, 자신의 눈으로 확인하듯이. 하지만 풍경을 그리 흥미로워하는 것 같지는 않았다. 그녀는 다시 내 얼굴로 시선을 돌렸다.

한참이나 멍을 빤히 쳐다보고는 내 눈을 보고, 내 코와 입을 보고, 그리고 다시 한번 멍을 보았다. 그럴 수만 있다면 개를 품평할 때처럼 입을 비틀어 열어 치열도 점검하고, 귓속까지 들여다보고 싶어 하는 듯한 표정이었다.

"아무래도 돈이 필요할 것 같습니다." 하고 나는 말했다.

그녀는 잠시 틈을 두고서, 말했다.

"어느 정도나?"

"아마 8000만 정도 있으면 될 겁니다."

여자는 내 눈에서 시선을 돌려, 하늘을 올려다보았다. 머릿속으로 그 금액을 계산하고 있는 듯이 보였다. 일단 어디에서 뭐를 이리로 가져오고, 그 대신 다른 무엇인가를 여기에서 어디로 옮기고, 하는 식으로. 나는 그동안 화장한 여자 얼굴을 쳐다보았다. 의식의 아련한 그늘 같은 아이섀도와 무슨 상징처럼 보이는 속눈썹의 미묘한 곡선을.

그녀가 입술을 약간 옆으로 비틀었다. "적은 금액은 아니네."

"내게는 어마어마하게 큰돈입니다."

그녀는 삼분의 일 정도 피운 담배를 지면에 떨구고 하이힐 바닥으로 조심스럽게 밟았다. 그리고 납작한 핸드백에서 가죽 명함 지갑을 꺼내, 내 손에 명함 한 장을 쥐여 주었다.

"내일 오후, 정확하게 4시에 여기로 와요."

명함에는 검은 활자로 주소만 인쇄되어 있었다. 주소는 미나토구 아카사카, 몇 길과 건물 이름과 방 번호. 이름은 없다. 전화번호도 없다. 혹시나 해서 뒤집어 보았지만 뒷면은 백지였다. 나는 명함을 코끝에 대어 보았다. 냄새는 나지 않았다. 그것은 아주 흔한 하얀 종이일 뿐이었다.

나는 여자의 얼굴을 보았다. "이름은 없는 거죠?"

여자는 처음으로 미소를 지었다. 그리고 소리 없이 고개를 저었다. "당신에게 필요한 건 돈이잖아. 돈에도 이름이 있나?"

나도 똑같이 고개를 저었다. 물론 돈에는 이름이 없다. 만약 돈에 이름이 있다면, 그것은 이미 돈이 아니다. 돈이라는 것의 진정한 의미는, 캄캄한 밤 같은 그 무명성과, 숨이 삼켜질 만큼 놀랍고 압도적인 호환성에 있다.

그녀가 벤치에서 일어났다. "4시에 올 수 있지?"

"그러면 돈이 생기는 건가요?"

"글쎄." 미소가 바람이 그려 놓은 모래 무늬처럼 눈가에 떠다녔다. 여자는 주변 풍경을 다시 한번 바라보고, 치맛자락을 형식적으로 톡톡 털었다.

여자가 총총 걸어 사람들의 흐름 속으로 사라진 후, 나는 그녀가 밟아 끈 담배꽁초와 필터에 묻은 립스틱을 한참 바라보았다. 그 선명한 빨강에 가노 마르타의 비닐 모자가 떠올랐다.

　만약 내게 어떤 강점이 있다면, 그건 이제 더는 잃을 것이 없다는 점이리라, 아마도.

5

한밤중에 생긴 일

그 또렷한 소리가 소년의 귀에 들린 것은 한밤중이었다. 그는 잠에서 깨어나 더듬더듬 스탠드를 켜고 방 안을 돌아보았다. 벽시계는 거의 2시를 가리키고 있다. 이렇게 깊은 밤에 세상에서 어떤 일이 벌어지는지 소년은 상상조차 하지 못한다.

또 똑같은 소리가 들렸다. 소리는 창밖에서 들려왔다. 누군가가 어디에서 커다란 태엽을 감는 소리였다. 이런 밤중에 대체 누가 무슨 태엽을 감는 것일까? 아니다, 태엽을 감는 소리 같지만, 이건 태엽 감는 소리가 아니다. 어디선가 새가 우는 소리일 것이다. 소년은 의자를 창가로 가져와, 거기에 올라가서 커튼을 조금 열었다. 하늘 한가운데에 늦가을의 둥그런 보름달이 하얗게 떠 있고, 마치 대낮처럼 마당 풍경이 내다보였다. 나무들 인상이 낮에 보는 것과는 상당히 달랐다. 평소의 친근감은 전혀 찾아볼 수 없었다. 떡갈나무는 때로 부는 바람이 못마땅하다는 듯이 그 묵직한 이파리를 흔들면서 쉭쉭 불길한 소리를 냈다. 정원석은 평소보다 하얗고 매끄럽고, 마치 죽은 사람의 얼굴처럼 무표정하게 하늘을 가만히 올려다보고 있었다.

새는 소나무에서 울고 있는 듯했다. 소년은 창밖으로 몸을 내밀고 위를 올려다보았다. 하지만 새의 모습은 겹겹이 쌓인 커다란 나뭇가지에 가려 밑에서는 보이지 않았다. 소년은 그 새가 어떤 모습인지 보고 싶었다. 색깔과 모양을 기억해 두었다가, 내일 느긋하게 도감을 펼치고 이름을 조사한다. 들끓는 호기심에 소년의 잠은 싹 달아나 버렸다. 그는 도감에서 물고기와 새를 찾아보는 걸 무엇보다 좋아했다. 책꽂이에는 부모님이 사 준 두툼하고 멋들어진 도감이 주르륵 꽂혀 있다. 아직 초등학교에도 들어가지 않았는데, 그는 이미 한자 섞인 문장을 읽을 수 있었다.

새는 몇 번인가 계속해서 태엽을 감더니 한동안 조용했다. 자신이 아닌 누군가가 이 소리를 들었을까 하고 소년은 생각했다. 아빠와 엄마는 이 소리를 들었을까? 할머니는 들었을까? 만약 듣지 못했다면, 내일 아침에 내가 모두에게 얘기해 줄 수 있다. 한밤중 2시에, 마당의 소나무에서 어떤 새가 정말 태엽을 감는 소리로 울었어. 그 모습을 볼 수 있다면! 그러면 나는 새의 이름도 모두에게 가르쳐 줄 수 있는데.

하지만 새는 이제 울지 않았다. 달빛에 싸인 소나무 위에서 새는 돌처럼 침묵을 지키고 있었다. 마침내 싸늘한 바람이 방으로, 마치 경고하듯 불어 들었다. 소년은 푸르르 몸을 떨고는 창문을 닫았다. 참새나 비둘기와는 달라서, 사람 앞에 쉽게 모습을 보이는 새가 아닌가 봐. 소년은 도감에서 밤의 새는 대부분 조심스럽다는 설명을 읽은 적이 있었다. 그리고 아마 그 새는, 내가 여기서 지켜보았다는 것을 알 것이다. 그래서 아무리 기다려도 나타나지 않는 것이다. 그는 화장실에 갈까 말까 망설였다. 화장실에 가려면 길고 캄캄한 복도를 걸어야 한다. 아니야, 그냥 침대로 들어가 자자. 아침까지 참을 수 없을 정도는 아니니까.

소년은 스탠드를 끄고 눈을 감았지만, 소나무 위에 앉아 있을 새가 궁금해 도무지 잠이 오지 않았다. 스탠드를 껐는데도 밝은 달빛이 커튼 사이로 그를 꼬드기듯 비치고 있었다. 또다시 태엽 감는 새 소리가 들렸을 때, 그는 망설이지 않고 침대에서 나왔다. 그리고 이번에는 스탠드를 켜지 않고, 잠옷 위에 카디건을 입고 살금살금 창가에 놓아둔 의자로 올라갔다. 커튼을 조금 열고, 그 틈으로 소나무 쪽을 보았다. 이러면 새도 내가 지켜보고 있다는 걸 모를 거야.

그러나 소년에게 보인 것은 두 남자였다. 소년은 자기도 모르게 숨을 삼켰다. 두 남자는 검은 그림자처럼 소나무 아래에 쪼그리고 앉아 있었다. 양쪽 다 어두운 색감의 옷을 입고 있었고, 한 남자는 모자를 쓰지 않았는데 한 남자는 중절모처럼 챙이 있는 모자를 쓰고 있었다. 왜 이렇게 깊은 밤에 낯선 남자가 우리 마당에 들어와 있는 것일까, 소년은 이상하게 여겼다. 그리고 왜 개는 짖지 않는 것일까? 당장 부모님에게 알리는 편이 좋을지도 모른다. 하지만 소년은 창가를 떠날 수 없었다. 호기심이 그를 거기에 붙잡아 두고 있었다. 저 남자들이 뭘 하려는지 봐야지.

그때 마침 태엽 감는 새가 이제야 생각났다는 듯이 나무 위에서 울었다. 몇 번을 길게 끼이이익 하고 태엽을 감았다. 하지만 남자들은 그 소리에는 주의를 기울이지 않았다. 얼굴도 들지 않고, 몸도 꿈틀거리지 않았다. 남자들은 얼굴을 맞대고 거기에 소리 없이 앉아 있을 뿐이었다. 조그만 소리로 무슨 의논을 하는 것처럼 보였지만, 달빛이 나뭇가지에 가려 그들의 얼굴은 보이지 않았다. 마침내 둘은 약속이라도 한 것처럼 동시에 일어섰다. 둘은 키가 20센티미터 정도 차이 났다. 그리고 둘 다 야위었고, 키가 큰 쪽(모자를 쓴 쪽이다.)은 기다란 코트를 입고 있었다. 작은 쪽은 몸에 딱 맞는 옷을 입고 있다.

작은 남자가 소나무로 다가가, 나무 위를 잠시 올려다보았다. 그리고 나무의 몸에 손을 대고 무언가를 조사하듯 쓰다듬고 잡아 보고 하더니, 거기에 휙 들러붙었다. 그리고 힘들이지 않고(소년의 눈에는 그렇게 보였다.) 기둥을 타고 쓱쓱 위로 올라갔다. 마치 서커스단의 연기 같네 하고 소년은 감탄했다. 저 소나무를 타고 올라가는 건 쉬운 일이 아니다. 기둥은 미끈미끈하고, 위로 올라갈수록 잡을 데가 없어진다. 소년은 마당에 있는 그 소나무를 친구처럼 잘 알고 있었다. 그런데 왜 굳이 밤중에 나무에 오르는 것일까? 거기 있는 태엽 감는 새를 붙잡으려는 것일까?

키 큰 남자는 소나무 아래에 서서 위를 빤히 쳐다보았다. 마침내 조그만 남자가 시야에서 사라졌다. 때로 소나무 이파리가 스치는 소리가 사락사락 들려왔다. 그는 그 커다란 소나무 위로 아직 더 올라가려는 듯했다. 태엽 감는 새는 남자가 다가오는 소리를 들으면 곧장 날아오를 것이다. 아무리 나무를 잘 타도, 새를 잡는 것은 손쉬운 일이 아니다. 잘하면 새가 도망칠 때 그 모습을 얼핏 볼 수 있을지도 모른다. 소년은 숨을 삼킨 채 날갯짓 소리가 들리기를 기다렸다. 그러나 아무리 기다려도 날개를 퍼덕이는 소리는 들리지 않는다. 우는 소리도 이제 들리지 않는다.

오래도록 사방에서는 아무것도 움직이지 않고, 아무 소리도 들리지 않았다. 모든 것은 하얗고 비현실적인 달빛에 싸여 있고, 마당은 조금 전에 물이 완전히 사라져 버린 바닷속처럼 질척해 보였다. 소년은 무엇에 홀린 것처럼 꼼짝하지 않고 소나무와, 그 아래 남아 있는 키 큰 남자를 쳐다보았다. 소년은 거기에서 눈을 뗄 수가 없었다. 소년이 내쉬는 숨에 유리가 부예졌다. 창밖은 몹시 추운 듯하다. 남자는 두 손을 허리에 댄 채 아직도 위를 올려다보고 있다. 그 역시 얼어붙은 것처럼 계속 같은 자세로 서 있었다. 조그만 남자가 어떤 목적을 달성하고 소나무에서 내려올 때를 걱정하면서 기다리는 거겠지 하고 소년은 상상했다. 남자가 걱정하는 것은 당연하다, 높은 나무는 오르는 것보다 내려오는 게 더 어렵다. 소년은 그것을 잘 알고 있었다. 그런데 키 큰 남자가 모든 것을 내던진 듯이 갑자기 어딘가로 휭하니 걸어가고 말았다.

소년은 자기 혼자만 뒤에 남겨진 듯한 기분이 들었다. 조그만 남자는 소나무 속으로 사라져 버렸다. 키 큰 남자는 어딘가로 가 버렸다. 태엽 감는 새는 침묵을 지키고 있다. 아빠를 깨워야 할까? 하지만 자신이 하는 말을 보나마나 믿지 않을 것이다. 또 꿈을 꿨나 보다고 하겠지. 아닌 게 아니라 소년은 꿈을 잘 꾸고, 때로는 현실과 꿈을 착각하는 일도 있었다. 그러나 지금 이건 누가 뭐라고 해도 진짜 현실이다. 태엽 감는 새도, 검은 옷을 입은 두 남자도. 다만 모두 알게 모르게 어딘가로 사라져 버렸을 뿐이다. 충분히 설명하면 아빠는 알아줄 것이다.

그러다 소년은 불쑥 깨달았다. 그 조그만 남자는 어딘지 모르게 아빠를 닮았다. 아빠보다는 키가 좀 작은 것 같지만, 키 말고 체형과 동작은 아빠와 쌍둥이 같았다. 아니지, 아빠는 나무를 그렇게 잘 타지 못한다. 아빠는 행동이 그렇게 재빠르지도 않고, 힘도 없다. 생각하면 생각할수록 소년은 영문을 알 수 없었다.

얼마 후에 키 큰 남자가 소나무 아래로 돌아왔다. 이번에는 두 손에 무엇인가를 들고 있었다. 삽과 커다란 천 가방이다. 남자는 가방을 땅에 가만히 내려놓은 다음 삽으로 나무 밑동 근처에 구덩이를 파기 시작했다. 쓱, 쓱, 하는 경쾌하고 마른 소리가 사방에 울렸다. 다들 이 소리에는 틀림없이 잠을 깨겠지 하고 소년은 생각했다. 이렇게 크고 뚜렷하게 소리가 나니까.

하지만 아무도 깨지 않았다. 남자는 사방 한번 두리번거리지 않고, 뭇뭇히 계속해서 구덩이를 파내려 갔다. 그는 호리호리하게 야위었지만, 보기보다는 훨씬 힘이 센 듯했다. 그건 삽 놀림을 보면 알 수 있다. 움직임은 군더더기가 없고 규칙적이다. 남자는 예정한 크기의 구덩이를 다 판 듯, 삽을 소나무에 기대어 놓고 옆에 서서 구덩이를 바라보았다. 그는 나무로 올라간 남자는 까맣게 잊었는지, 한 번도 위를 올려다보지 않았다. 지금 그의 머릿속에 있는 것은 그 구덩이뿐이다. 소년은 그게 마음에 들지 않았다. 나 같으면 나무에 올라간 남자가 어떻게 되었는지 걱정할 텐데.

파낸 흙의 양으로 보아 그렇게 깊은 구덩이는 아니겠다 싶었다. 아마 소년의 무릎 정도 오는 깊이일 것이다. 남자는 구덩이의 크기와 형태에 대충 만족한 듯이 보였다. 마침내 남자가 가방 속에서 거무칙칙한 천에 싸인 것을 살며시 꺼냈다. 남자 손의 움직임을 보니, 그것은 부드럽고 흐물흐물한 것인 듯했다. 이 남자는 무언가의 시체를 저 구덩이에 묻으려는 건지도 모른다. 그렇게 생각하자 가슴이 두근거렸다. 그 천에 싸인 것은 기껏해야 고양이 정도 크기다. 만약 인간의 시체라면, 갓난아기다. 왜 그런 것을 우리 마당에 묻어야 하는 거지? 소년은 자기도 모르게 입안에 고인 침을 목구멍으로 넘겼다. 꿀꺽 하는 커다란 소리에 소년 자신이 놀랐다. 밖에 있는 남자의 귀에 들리지 않을까 불안할 만큼 큰 소리었다.

그리고 침을 삼키는 그 소리에 자극을 받은 듯이 태엽 감는 새가 울었다. 지금까지 감았던 것보다 훨씬 큰 태엽을 감듯이, 끼이이이이익, 끼이이이익 하고 울었다.

지금 아주 중요한 일이 벌어지려 하고 있다, 그 소리를 듣고서 소년은 직감적으로 그렇게 느꼈다. 그는 입술을 깨물고, 무의식중에 양팔의 피부를 벅벅 긁었다. 처음부터 안 볼걸 그랬어. 하지만 이미 늦었다. 지금은 그 광경을 외면할 수가 없다. 그는 입을 약간 벌리고, 차가운 유리창에 코를 바짝 갖다 대고, 마당에서 펼쳐지는 그 기묘한 극을 가만히 지켜보았다. 가족 누군가가 일어나 주리라는 기대는 이제 하지 않았다. 그들이 얼마나 큰 소리를 내든 아마 아무도 눈을 뜨지 않을 거야 하고 소년은 생각했다. 나 외에는 저 소리를 들을 수 있는 사람이 없는 거야. 처음부터 그렇게 정해져 있었어.

키 큰 남자가 몸을 굽히고 조심조심 그 무언가를 싼 거무칙칙한 천을 구덩이 바닥에 내려놓았다. 그리고 거기에 서서 구덩이 안에 있는 것을 빤히 내려다보았다. 모자챙에 가려 남자의 얼굴은 살필 수 없었지만, 그런데도 그는 근엄하고 어딘가 모르게 엄숙한 표정을 띠고 있는 것처럼 보였다. 역시 무슨 시체인 거야 하고 소년은 생각했다. 그러다 마침내 남자가 결심했다는 듯이 삽을 들고 구덩이에 흙을 퍼 넣기 시작했다. 다 메우고 나자, 그 표면을 가볍게 고루 밟았다. 그리고 삽을 나무에 기대어 놓고, 천 가방을 손에 들고 여유롭게 어딘가로 사라졌다. 그는 한 번도 뒤돌아보지 않았다. 나무 위를 올려다보지도 않았다. 태엽 감는 새도 두 번 다시 울지 않았다.

소년은 뒤돌아 벽시계를 보았다. 눈을 찡그리자 바늘이 2시 30분을 가리키고 있다는 걸 알 수 있었다. 그리고 소년은 10분 정도, 어떤 움직임이 없을까 하고 커튼 틈새로 소나무를 쳐다보았지만, 그러다 갑자기 잠이 쏟아지고 말았다. 마치 머리 위에서 무거운 쇠뚜껑이 짓누르는 듯한 잠이었다. 나무 위에 있을 키 작은 남자와 태엽 감는 새가 어떻게 될지 궁금했지만, 그 이상 눈을 뜨고 있을 수 없었다. 소년은 카디건을 벗기도 귀찮아, 침대에 그대로 파고든 채 의식을 잃은 것처럼 잠들고 말았다.

6

새 운동화를 사다,

집에 돌아온 것

육 층짜리 그 오피스 빌딩은 아카사카역에서 음식점이 줄지은 번잡한 거리를 지나 완만한 언덕을 조금 오른 곳에 있었다. 딱히 새롭지도 오래되지도 않고, 딱히 크지도 작지도 않고, 딱히 호화롭지도 볼품없지도 않은 건물이었다. 1층에는 여행사 사무실이 있고, 그 커다란 유리창에는 미코노스 섬 항구의 포스터와 샌프란시스코의 노면 전철 포스터가 붙어 있었다. 모두 지난달쯤에 꾼 꿈처럼 색이 바랜 포스터였다. 사원 셋이 유리창 너머에서 분주하게 전화를 받고, 컴퓨터의 키보드를 두드리고 있었다.

건물의 모습에는 특징이랄 게 없었다. 어느 초등학생에게 연필로 건물 그림을 그려 보라고 하고서, 그것을 그대로 도면 삼아 세운 듯한 평범한 건물이다. 거리 풍경 속에 묻힐 수 있도록 의도적으로 평범하게 만들었다고 해도 통할 것 같았다. 주소의 숫자를 순서대로 더듬어 찾아온 나조차, 하마터면 그대로 지나칠 뻔했을 정도다. 여행사 입구 옆에 빌딩의 현관이 조용히 자리하고, 거기에는 입주한 업체들의 팻말이 나란히 붙어 있었다. 죽 훑어보니, 법률사무소와 설계 사무소, 수입 대리점과 치과 같은 유의 그렇게 규모가 크지 않은 업체가 중심인 듯했다. 팻말 중 몇 개는 아직 반짝거려 그 앞에 선 내 얼굴이 똑똑히 비칠 정도였지만, 602호실의 팻말은 상당히 낡아 흐릿하게 변색되어 있었다. 그녀는 아주 오래전부터 여기에 사무실을 갖고 있는 듯했다. 팻말에는 '아카사카 복식 디자인 오피스'라는 이름이 새겨져 있었다. 그 낡은 팻말에 나는 다소 마음이 놓였다.

현관 안쪽에 유리문이 있었다. 엘리베이터를 타려면 가려는 오피스에 연락해서 그 유리문을 열어 달라고 해야 했다. 나는 602호실 부저를 눌렀다. 아마 내 모습이 602호실의 인터폰 모니터에 비칠 것이다. 주위를 빙 둘러보자 역시 천장 구석에 조그만 카메라 같은 것이 설치되어 있었다. 마침내 잠금 장치가 풀리는 소리가 났다. 나는 문을 열고 안으로 들어갔다.

멋대가리 하나 없는 엘리베이터를 타고 6층으로 올라가, 역시 멋대가리 하나 없는 복도에서 조금 서성거리다 602호 문을 찾았다. 거기에 '아카사카 복식 디자인 오피스'라는 이름이 새겨져 있는 것을 확인하고 나는 문 옆에 있는 벨을 짧게 한 번 눌렀다.

젊은 남자가 문을 열어 주었다. 짧은 머리에 단정한 이목구비, 호리호리한 몸, 아마 지금까지 만난 남자 중에서 가장 핸섬하지 않을까 싶었다. 하지만 정말 내 눈길을 끈 것은, 생김새보다는 그 차림새였다. 그는 눈이 시릴 정도로 하얀 셔츠에 자잘한 무늬가 있는 짙은 초록색 넥타이를 매고 있었다. 넥타이 자체도 세련되었을 뿐만 아니라, 매듭 하나만 해도 뭐라 트집 잡을 데가 없었다. 그 움푹 파인 각도 하며 조임이 마치 남성 패션 잡지의 화보 사진 같은 느낌이었다. 나는 그렇게 빈틈없이 넥타이를 매지 못한다. 과연 어떻게 하면 이렇게 완벽하게 넥타이를 맬 수 있는 것일까. 갖고 태어난 재능인지도 모른다. 또는 그저 피가 맺히도록 반복해 연습한 결과일 수도 있다. 바지는 짙은 회색, 구두는 끈 장식이 달린 갈색 로퍼였다. 양쪽 모두 이삼 일 전에 막 산 것처럼 보였다.

키는 나보다 조금 작다. 그는 입가에 즐거움이 묻어나는 미소를 띠고 있었다. 조금 전에 아주 유쾌한 농담을 들은 것처럼 자연스러운 미소였다. 그것도 천박한 농담이 아니다. 그 옛날의 정원 파티에서 외무장관이 황태자에게 했는데, 주위 사람들이 듣고는 조그맣게 소리 내어 웃었을 농담처럼 무척 세련되었다. 내가 이름을 말하려 하자, 그가 고개를 약간 옆으로 저었다. 아무 말 안 해도 된다는 신호였다. 그리고 문을 안쪽으로 열어 나를 안으로 들어가게 했다. 그다음 복도를 슬쩍 내다본 후에 문을 닫았다. 그러는 동안 한마디도 말을 하지 않았다. 내게 눈을 가볍게 찡긋했을 뿐이다. 바로 옆에 곤하게 잠든 예민한 흑표범이 있는 탓에 말을 할 수 없어 미안하다, 하는 듯이. 하지만 물론 흑표범은 어디에도 없다. 왠지 그렇게 보였을 뿐이다.

문 안은 응접실로 꾸며져 있었다. 푹신해 보이는 가죽 소파 세트가 있고, 그 옆에는 고풍스러운 나무 옷걸이와 플로어 스탠드가 놓여 있었다. 안쪽 벽에 또 문이 하나 있는데, 그 문 너머에는 다른 방이 있는 듯했다. 문 옆에는 벽을 등지고 심플한 오크 소재의 업무용 책상이 놓여 있다. 책상 위에는 대형 컴퓨터가 있다. 소파 앞에는 전화번호부 한 권이 놓일까 말까 한 크기의 테이블이 하나 있다. 바닥에는 엷은 그린 색 카펫이 깔려 있다. 상당히 느낌이 좋은 색감이었다. 어딘가 보이지 않는 곳에 설치된 스피커에서 하이든의 콰르텟이 조그만 소리로 흘러나왔다. 벽에는 꽃과 새를 그린 아름다운 판화가 몇 장 걸려 있다. 실내는 흐트러짐 하나 없고, 어디를 보나 청결했다. 한쪽 벽의 붙박이 책장에는 천의 샘플 북과 패션 잡지가 주르륵 꽂혀 있다. 모든 가구며 비품이 호사스럽지도 않았고 새것도 아니었다. 하지만 적당히 낡은 모습에 사람의 마음을 편안하게 하는 온기가 있었다.

남자는 나를 소파로 안내해 앉히고, 자신은 책상 뒤로 돌아가 앉았다. 그리고 양팔을 약간 벌리고 손바닥을 내 쪽으로 향했다. 거기 앉아 조금 기다리라는 신호였다 '죄송합니다만.'이라는 말 대신 가볍게 미소 짓고, '그렇게 오래 걸리지 않을 겁니다.'라는 말 대신 손가락 하나를 들었다. 말을 사용하지 않아도 그는 상대에게 자신이 하고 싶은 말을 전할 수 있는 듯했다. 나는 알겠다는 뜻으로 고개를 한 번 끄덕였다. 그와 함께 있으려니, 말을 한다는 것이 왠지 모르게 품위 없고 부적절한 일인 것처럼 여겨졌다.

청년은 컴퓨터 옆에 있던 책을 함부로 다루면 부서지는 물건이라도 되듯 살며시 들어, 읽다 만 페이지를 펼쳤다. 두툼하고 까만 책이었다. 커버가 씌워져 있어 제목은 알 수 없었지만, 페이지를 연 다음 순간부터 그는 독서에 100퍼센트 신경을 집중했다. 내가 눈앞에 있다는 것조차 잊고 만 듯했다. 나도 시간을 보내기 위해 읽을거리가 있었으면 싶었지만, 그런 것은 어디에도 없었다. 할 수 없이 다리를 꼬고서 소파에 기대어 하이든의 음악(틀림없이 하이든이냐고 물으면 약간 자신이 없지만)을 들었다. 느낌은 그런대로 괜찮았지만, 스피커에서 나오자마자 그대로 공중으로 빨려들어 사라지고 말 듯한 음악이었다. 책상 위에는 컴퓨터 외에 아주 평범한 모양의 검은 전화기와 펜 트레이와 탁상 달력이 있었다.

나는 어제와 거의 비슷한 옷을 입고 있었다. 야구 점퍼에 요트 파카, 청바지, 테니스화. 여기저기 널려 있는 것을 적당히 주워 입었을 뿐이다. 청결하고 흐트러짐 하나 없는 방 안에서, 청결하고 핸섬한 청년과 마주하고 있자니, 내가 신은 테니스화가 더욱 더럽고 초라해 보였다. 아니, 그렇게 보였을 뿐만 아니라 그것은 실제로 더럽고 초라했다. 굽은 닳았고, 잿빛으로 변색했고, 옆에는 구멍까지 뚫려 있다. 거기에는 갖가지가 숙명처럼 진득하게 배어 있다. 하기야 나는 지난 일 년 동안 거의 매일 같은 신발을 신었다. 그리고 수도 없이 담장을 뛰어넘었고, 때로 동물의 똥을 밟으며 골목을 걸었고, 우물 속에도 들어갔다. 더럽고 초라한 게 당연하다. 생각해 보면 나는 회사를 그만둔 후로는 자신이 지금 어떤 신발을 신고 있는지 의식해 본 적조차 없었다. 그러나 이렇게 새삼스레 쳐다보니, 내가 지금 얼마나 외로운 처지이고 세상으로부터 얼마나 멀리 떨어진 곳에 홀로 남겨져 있는지를 절실하게 실감할 수 있었다. 슬슬 새 신발 한 켤레쯤 사야겠다고 생각했다. 아무래도 이건 너무 심하다.

　마침내 하이든의 음악이 끝났다. 도중에 부자연스럽게 뭉텅 잘린 것처럼. 잠시 침묵이 있고, 이번에는 바흐의 하프시코드 같은 곡(바흐라고 생각하지만, 역시 100퍼센트 확신은 없다.)이 흐르기 시작했다. 나는 소파에 앉은 채 몇 번이나 다리를 이리저리 바꿔 꼬았다. 전화벨이 울렸다. 젊은 남자는 읽다 만 페이지에 종이를 끼우고 책을 덮었다. 그리고 책을 옆으로 밀어 놓은 다음 수화기를 들었다. 수화기에 귀를 대고 간혹 조그맣게 고개를 끄덕였다. 탁상 달력을 보면서 연필로 거기에 표시를 하고, 수화기를 책상 표면에 대고, 문을 노크하듯 책상을 두 번 톡톡 쳤다. 그리고 전화를 끊었다. 20초쯤 되는 짧은 통화였지만, 그는 역시 한마디도 하지 않았다. 남자는 나를 방으로 들인 후부터 단 한 번도 목소리를 내지 않았다. 말을 하지 못하는 것일까. 하지만 벨이 울리자 수화기를 들었고, 상대방의 얘기를 들었던 것을 보면 귀는 들리는 듯하다.

　청년은 무슨 생각을 하는 듯 잠시 책상 위의 전화기를 바라보더니, 소리 없이 책상 앞에서 일어나 똑바로 내게 다가와 스스럼없이 내 옆에 앉았다. 그리고 무릎에 두 손을 가지런히 놓았다. 단정한 얼굴을 봐서도 예상할 수 있었지만, 가느다랗고 기품 있는 손가락이었다. 손등과 손가락 관절 부분에는 물론 주름이 약간 있었다. 아무리 그래도 주름이 없는 손가락은 있을 수 없다. 굽히고 움직이려면 어느 정도의 주름이 필요하다. 하지만 그렇게 많지는 않다. 딱 필요한 정도밖에 없다. 나는 그 손을 무심히 바라보았다. 혹시 이 청년이 그 여자의 아들이 아닐까 하고 나는 생각했다. 손가락 모양이 아주 닮았기 때문이다. 그렇게 생각하며 보니, 그 외에도 닮은 부분이 몇 군데 있었다. 코 모양이 비슷했다. 조그맣고 약간 뾰족하다. 그리고 눈동자의 무기적인 투명함도 비슷하다. 입가에 예의 인상 좋은 미소가 돌아왔다. 그것은 파도에 따라 숨었다가 나타나곤 하는 해변의 동굴처럼, 아주 자연스럽게 나타나기도 하고 사라지기도 하는 듯했다. 그가 앉았을 때와 똑같이 쓱 일어나 나를 향한 뒤 '이쪽으로.' 하고 '오시죠.' 하는 식으로 입술을 움직였다. 하지만 소리는 나오지 않았다. 그저 입술이 움직이고, 소리 없는 음형을 만들었을 뿐이었다. 그런데도 그가 하려는 말을 충분히 알 수 있었다. 나는 일어나 그의 뒤를 따랐다. 남자는 안쪽의 문을 열고 나를 들여보냈다.

문 너머에는 조그만 부엌이 있고, 화장실 같은 곳이 있었다. 그리고 그 안쪽에 또 다른 방이 있었다. 그 방은 조금 전까지 있었던 응접실과 아주 흡사했다. 다만 크기가 약간 작았다. 똑같이 적당히 낡은 가죽 소파가 있고, 모양이 비슷한 창문이 있었다. 바닥에도 똑같은 색감의 카펫이 깔려 있었다. 한가운데에 놓인 작업대에는 가위와 도구 상자와 연필과 디자인 북이 정연하게 놓여 있다. 상반신뿐인 마네킹도 두 개. 창문에는 블라인드가 아니라 천과 레이스로 된 두 겹 커튼이 걸려 있고, 어느 쪽이나 틈새 없이 딱 닫혀 있다. 소파에서 조금 떨어진 곳에 있는 플로어 스탠드의 조그만 전구만 켜져 있을 뿐, 천장 등을 켜지 않은 방 안은 구름 낀 해 질 녘처럼 어두컴컴하다. 소파 앞 테이블에 놓인 유리 꽃병에는 하얀 글라디올러스가 꽂혀 있다. 꽃은 조금 전에 꺾어 온 것처럼 신선하다. 물도 투명하다. 음악은 들리지 않는다. 벽에는 그림 하나 시계 하나 걸려 있지 않다.

청년은 역시 말없이 소파에 앉으라고 표현했다. 내가 그 지시를 따라 소파에 앉자(똑같이 푹신하다.) 그는 바지 주머니에서 수영용 고글 같은 것을 꺼냈다. 그가 그것을 내 눈앞에 벌려 보였다. 진짜 수영용 고글이었다. 고무와 플라스틱으로 된 평범한 고글이다. 모양도 내가 수영장에서 수영할 때 사용하는 것과 거의 비슷했다. 하지만 왜 이런 곳에서 고글이 등장하는지 나는 이해할 수 없었다. 상상도 가지 않았다.

'겁낼 거 없습니다.' 하고 청년은 내게 말했다. 정확하게는 '말한' 것이 아니다. 그런 식으로 입술을 움직이고 손가락을 약간 움직였을 뿐이다. 하지만 나는 그가 하려는 말을 정확하게 이해할 수 있있다. 나는 고개를 끄덕였다.

'이걸 쓰시죠. 그리고 내가 벗으라고 할 때까지 벗지 않도록 하십시오. 움직여도 안 됩니다. 알겠나요?'

나는 또 한 번 고개를 끄덕였다.

'아무도 당신을 해치지 않습니다. 괜찮습니다, 걱정하지 마세요.'

나는 또 고개를 끄덕였다.

청년은 소파 뒤로 돌아가 내게 그 고글을 씌웠다. 머리 뒤로 고무줄을 당기고, 눈가를 덮는 고무 패드를 조정했다. 그 것이 내가 늘 사용하는 고글과 다른 점은 아무것도 보이지 않는다는 것이었다. 투명한 플라스틱 부분에 뭔가가 두껍게 발려져 있다. 완전한, 그리고 인공적인 어둠이 나를 감쌌다. 전혀 아무것도 보이지 않는다. 플로어 스탠드의 빛이 어디에 있는지조차 알 수 없다. 나는 내 몸이 완벽하게 칠해진 듯한 착각이 들었다.

청년은 걱정 말라는 듯이 내 양어깨에 살며시 손을 올려놓았다. 가늘고 섬세한 손가락이었지만, 절대 가녀린 것은 아니었다. 거기에는 신기하게도 마치 피아니스트가 손가락을 건반에 소리 없이 올려놓았을 때 같은 확고한 존재감이 있었다. 나는 그 손가락에서 호의 같은 것을 감지할 수 있었다. 그것은 정확하게는 호의가 아니다. 그러나 호의에 가까운 것이었다. '괜찮아요, 걱정하지 마요.' 하고 그 손가락은 내게 말했다. 나는 고개를 끄덕였다. 그리고 그는 방에서 나갔다. 어둠 속에서 그의 발소리가 멀어지고, 문이 열리고, 문이 닫히는 소리가 들렸다.

청년이 나간 뒤 나는 한동안 그 자세로 가만히 거기에 앉아 있었다. 느낌이 묘한 어둠이었다. 아무것도 보이지 않는다는 점에서는 내가 전에 우물 속에서 경험한 어둠과 같았지만, 질이 전혀 달랐다. 거기에는 방향도 없고, 깊이도 없었다. 무게도 없고, 실마리도 없었다. 그것은 암흑이기보다 오히려 허무에 가까웠다. 나는 인위적으로 시력을 빼앗겨 일시적으로 눈이 멀었을 뿐이었다. 근육이 위축되어 딱딱해지고, 목이 말랐다. 앞으로 과연 무슨 일이 생길까? 하지만 나는 청년의 손가락 감촉을 떠올렸다. 걱정하지 마요 하고 그 손가락은 말하고 있었다. 그리고 나는 이렇다 할 이유 없이, 그의 '말'을 그대로 믿어도 좋겠다는 기분이 들었다.

거기서 숨죽이고 가만히 있자니, 방이 너무도 고요해서 이대로 세상이 걸음을 멈추고, 모든 것이 끝내는 영원의 깊은 물속에 잠기는 게 아닐까 하는 생각에 사로잡혔다. 하지만 세상은 별 탈 없이 계속해서 걷고 있는 듯했다. 마침내 한 여자가 문을 열고 사뿐사뿐 방으로 들어왔다.

그 사람이 여자라고 안 것은 아련한 향수 냄새 때문이었다. 남자가 뿌리는 향수가 아니다. 그리고 아마 상당히 비싼 향수이리라. 나는 그 냄새를 기억하려고 했다. 자신은 없다. 갑자기 시력을 잃으면 후각의 균형마저 무너지는 듯했다. 하지만 적어도 그 냄새는, 나를 이곳으로 인도한 그 세련된 차림의 여자에게서 나던 향수 냄새와는 종류가 달랐다. 여자는 사락사락 옷자락이 스치는 소리를 내면서 방을 가로질러 와 소파의 내 옆자리에 소리 없이 앉았다. 그 사뿐히 앉는 느낌으로 짐작건대 몸집이 자그마하고 가벼운 여자일 듯했다.

　여자는 옆에 앉은 채 내 얼굴을 빤히 쳐다보았다. 그 시선을 피부로 분명하게 느꼈다. 전혀 보이지 않는데도 상대의 시선을 느낄 수는 있구나 하고 나는 생각했다. 여자는 오래도록 꼼짝 않고 나를 응시했다. 그녀의 숨소리는 전혀 들리지 않았다. 천천히, 소리 나지 않게 숨을 쉬고 있는 것이다. 나는 여전히 같은 자세로 똑바로 앞을 향하고 있었다. 내 볼의 멍이 조금씩 열기를 띠는 듯했다. 아마 색도 선명해졌을 것이다. 여자가 손을 뻗어 마치 가치 있는 도자기라도 만지듯 조심스럽게 내 볼의 멍에 손가락을 댔다. 그리고 살며시 쓰다듬기 시작했다.

　그녀의 행동에 어떻게 반응하면 좋을지, 그녀가 내게 어떤 반응을 기대하는 것인지, 전혀 알 수 없었다. 현실감은 저 멀리에 있었다. 거기에는 마치 한 가지 탈것에서 속도 차가 있는 다른 탈것으로 옮겨 타려는 듯한, 불가사의한 괴리감이 있었다. 그 괴리의 공백 속에서 나는 빈집 같은 존재였다. 과거에 미야와키 씨의 집이 그랬던 것처럼, 나는 지금 하나의 빈집이었다. 이 여자는 빈집 안으로 들어와, 무슨 이유인지 몰라도 벽과 기둥을 멋대로 만지고 있다. 하지만 여자가 거기에 손을 대는 이유가 뭐가 되었든, 빈집인(빈집에 불과한) 나는 아무것도 할 수 없고, 또 아무것도 할 필요가 없다. 그렇게 생각하자 나는 조금은 마음이 편해졌다.

여자는 한마디도 하지 않았다. 옷자락이 사락사락 스치는 소리를 제외하면, 방 안은 깊은 침묵에 싸여 있었다. 여자는 마치 먼 옛날 거기에 새겨진 자잘한 비밀 문자를 읽어 내려는 것처럼, 손가락으로 내 피부를 살금살금 더듬었다.

그러다 마침내 그녀는 그 동작을 멈추고 소파에서 일어나 내 등 뒤로 돌아갔다. 그리고 멍에 혀끝을 대었다. 과거 어느 여름의 마당에서, 가사하라 메이가 그랬던 것처럼 내 멍을 핥았다. 하지만 가사하라 메이에 비하면 그 방식이 훨씬 성숙했다. 혀가 교묘하게 내 피부를 휘감았다. 그 혀는 다양한 강도로, 다양한 각도에서, 다양한 움직임으로 내 멍을 음미하고, 빨고, 자극했다. 나는 허리 언저리가 뭉근하고 뜨겁게 욱신거리는 것을 느꼈다. 나는 발기하고 싶지 않았다. 지금 발기하는 것은 아무 의미 없는 일인 것처럼 생각되었다. 하지만 그것을 막을 수는 없었다.

나는 자신을 빈집이라는 존재와 좀 더 딱 겹쳐지게 하려고 했다. 나는 자신이 기둥이며 벽이며 천장이며 바닥이며 지붕이며 창문이며 문이며 돌이라고 생각했다. 그러는 편이 도리에 맞게 여겨졌기 때문이다. 눈을 감고, 나라는 육체를 — 더러운 테니스화를 신고, 기묘한 고글을 끼고, 때아니게 발기한 육체를 — 떠난다. 육체를 떠나는 것은 그리 어려운 일이 아니다. 그렇게 함으로써 나는 한결 편해지고, 거북함도 던져 버릴 수 있다. 나는 잡초가 돋은 마당이며, 날 수 없는 새 석상이며, 물이 마른 우물이었다. 여자가 나라는 빈집 안에 있다는 것은 알았다. 그러나 그 모습을 볼 수는 없다. 하지만 이제 아무렇지 않다. 만약 이 여자가 그 안에 있는 무엇인가를 원한다면 내주면 그만이다.

시간의 경과가 더욱 불명확해진다. 다양한 시간제 중에 내가 어느 시간제를 취하고 있는지 알 수 없어진다. 나의 의식은 천천히 나의 육체로 돌아온다. 그리고 그와 맞바꾸듯 여자가 사라지는 기척이 있다. 그녀는 방에 들어왔을 때와 똑같이, 소리 없이 방에서 나간다. 옷자락이 스치는 소리가 들리고, 향수 냄새가 흔들린다. 문을 여는 소리가 들리고, 닫히는 소리가 들린다. 나의 의식 일부는 아직 빈집 한 채로서 거기에 있다. 동시에 나는 나로서 이 소파 위에 있다. 그리고 이제 어떻게 하면 좋을지를 생각한다. 어느 쪽이 현실인지, 나는 아직 제대로 정할 수 없다. '여기'라는 말이 내 안에서 조금씩 분열되는 듯한 기분이 든다. 나는 여기에 있다, 하지만 나는 여기에도 있다. 내게 그 양쪽은 똑같이 진실로 여겨졌다. 나는 소파에 앉은 채 그 기묘한 괴리감 속에 몸을 담그고 있다.

잠시 후에 문이 열리고, 누군가가 방에 들어온다. 발소리로 그 청년이라는 것을 안다. 나는 그 발소리를 기억하고 있다. 그는 내 뒤로 돌아와, 고글을 벗긴다. 플로어 스탠드만 켜져 있어 방은 어둡다. 나는 손바닥으로 가볍게 눈을 마사지해 현실 세계에 적응케 한다. 그는 지금은 양복 윗도리를 입고 있다. 넥타이 색은 초록이 섞인 진회색 윗도리에 아주 잘 어울린다. 그는 미소를 머금은 채 내 팔을 살며시 잡고 소파에서 나를 일으켜 세우고는 방 안쪽에 있는 문을 연다. 그곳은 화장실이다. 변기가 있고, 그 뒤에 조그만 샤워실이 달려 있다. 그는 나를 뚜껑을 내린 변기 위에 앉히고, 샤워 꼭지를 돌린다. 뜨거운 물이 나오기를 가만히 기다린다. 준비가 끝나자, 내게 샤워를 하라고 손으로 말한다. 포장지를 뜯고 새 비누를 내게 건넨다. 그리고 화장실에서 나가 문을 닫는다. 왜 이런 곳에서 샤워를 해야 하는지, 나는 이유를 모른다. 그래야 하는 어떤 이유가 있는 것일까.

옷을 벗다가, 나는 그 이유를 안다. 나는 나도 모르는 새 속옷에다 사정을 한 것이다. 나는 뜨거운 물속에 서서 초록색 새 비누로 몸을 깨끗이 씻는다. 음모에 뒤엉킨 정액을 씻어 낸다. 그리고 샤워실에서 나와 커다란 수건으로 몸을 닦는다. 수건 옆에 비닐에 포장된 캘빈 클라인의 복서 팬티와 티셔츠가 놓여 있다. 모두 내 사이즈다. 여기서 내가 사정하리라는 건 미리부터 예정된 일이었는지도 모른다. 나는 거울에 비친 내 얼굴을 한참이나 바라본다. 하지만 머리는 제대로 돌아가지 않는다. 아무튼 더러워진 팬티를 쓰레기통에 버리고, 준비되어 있는 깨끗하고 하얀 새 팬티를 입는다. 그 다음 청바지를 입고 요트 파카를 머리 위로 뒤집어쓴다. 양말을 신고 더러운 테니스화를 신는다. 야구 점퍼를 입는다. 그리고 화장실에서 나온다.

청년은 밖에서 나를 기다리고 있었다. 그는 나를 처음 방으로 데리고 갔다.

방의 모습은 아까와 다르지 않다. 책상 위에는 읽다 만 책이 놓여 있었다. 그 옆에는 컴퓨터가 있고, 스피커에서는 누구의 곡인지 모를 고전 음악이 흘러나왔다. 그는 나를 소파에 앉히고, 유리잔에 적당히 시원한 생수를 따라 내게 주었다. 나는 그 물을 절반만 마셨다. "좀 피곤한 기분이 듭니다." 하고 나는 말했다. 그 목소리가 내 목소리 같지 않았다. 게다가 나는 그런 말을 할 생각도 없었다. 그 목소리는 내 의지와는 무관하게, 어디선가 저절로 나왔다. 하지만 그것은 내 목소리였다.

청년이 고개를 끄덕였다. 그는 자신의 윗도리 안주머니에서 새하얀 봉투를 꺼내, 그 자리에 딱 맞는 형용사를 문장에 집어넣듯이 그것을 내 야구 점퍼의 안주머니에 쏙 집어넣었다. 그리고 다시 한번, 조그맣게 고개를 끄덕였다. 나는 창밖을 내다보았다. 하늘은 이미 캄캄하고, 네온사인과 빌딩의 불빛과 가로등과 자동차 헤드라이트가 거리를 환하게 비추고 있었다. 그 방에 있기가 점차 견딜 수 없어졌다. 나는 가만히 소파에서 일어나, 방을 가로질러 문을 열고 방 밖으로 나갔다. 젊은 남자는 책상 앞에 선 채로 나를 보고 있었지만, 역시 아무 말이 없었고 내가 멋대로 방에서 나가는데도 막으려 하지 않았다.

아카사카미쓰케역은 퇴근길의 사람들로 북적북적했다.

공기 나쁜 지하철을 타고 싶지 않아 걸어갈 수 있는 데까지 걷기로 했다. 영빈관 앞을 지나 요쓰야역으로 갔다. 그리고 신주쿠 거리를 따라 걷다가, 비교적 한산하고 조그만 가게에 들어가 생맥주 작은 사이즈를 주문했다. 맥주를 한 모금 마신 후에야 배가 고프다는 것을 깨닫고, 간단한 요리를 주문했다. 손목시계를 보니 7시가 다 되었다. 그러나 생각해 보면, 지금 시간이 몇 시이든 나와는 거의 무관한 일이었다.

몸을 움직이다가, 점퍼 안주머니에 무언가가 들어 있다는 것을 알았다. 청년이 헤어질 때 준 봉투를 까맣게 잊고 있었다. 아주 평범하고 새하얀 봉투였지만, 들어 보니 보기보다 훨씬 무거웠다. 그냥 무거운 것이 아니라, 이상한 느낌의 무게였다. 안에서 무엇인가가 꼼짝 않고 숨죽이고 있는 듯한 무게다. 나는 잠시 머뭇거리다 봉투를 열었다 — 어차피 언젠가는 열어 봐야 한다. 안에는 깔끔한 1만 엔짜리 다발이 들어 있었다. 한 군데도 구김이 없고, 접은 자리도 없는 새 지폐. 너무 새것이라서 가짜 지폐처럼 보였지만, 그렇다고 진짜 지폐가 아닐 이유도 찾을 수 없었다. 지폐는 전부 스무 장이었다. 혹시나 해서 다시 한번 세어 보았다. 틀림없다. 역시 스무 장 — 20만 엔.

돈을 봉투에 집어넣고, 봉투를 주머니에 다시 집어넣었다. 그리고 테이블에 놓인 포크를 집어 들고 의미 없이 바라보았다. 처음 머리에 떠오른 것은, 그 돈으로 새 신발을 사는 것이었다. 어차피 새 신발이 필요하니까. 계산을 치르고 가게에서 나온 다음 신주쿠 거리에 있는 대형 신발 가게에 들어갔다. 그리고 아주 평범한 파란색 스니커즈를 골라, 점원에게 내 사이즈를 알려주었다. 가격조차 보지 않았다. 사이즈만 맞으면 그대로 신고 돌아가고 싶다고 전했다. 중년의 점원(또는 가게 주인일 수도 있다.)은 스니커즈 한 켤레에 하얀 끈을 끼우고 "지금 신고 계시는 신발은 어떻게 할까요?" 하고 물었다. 나는 필요 없으니 적당히 처분해 달라고 대답했다. 그러고는 마음을 바꿔, 가지고 가겠다고 했다.

"더러워져도 괜찮은 낡은 신발이 한 켤레 있으면, 간혹 편리할 때가 있죠." 점원이 인상 좋게 웃으면서 말했다. 이 정도 더러운 신발을 매일 이골이 나도록 보고 있습니다, 하는 식으로. 그리고 새 스니커즈가 들어 있던 상자에 테니스화를 넣고 종이백에 담아 주었다. 상자에 담기자 그것은 작은 동물의 시체처럼 보였다. 나는 봉투에서 꺼낸 구김 하나 없는 1만 엔짜리로 값을 치르고, 거스름으로 약간 헌 1000엔짜리 몇 장을 받았다 그리고 헌 신발이 든 종이백을 손에 들고 오다큐 전철을 탔다. 집으로 돌아가는 회사원들 사이에 섞여 가죽 손잡이를 잡고서, 지금 몸에 걸치고 있는 새로운 것 몇 가지에 대해 생각했다. 새 팬티와 새 티셔츠와 새 운동화.

집에 돌아오자 나는 늘 그랬듯이 부엌 식탁에 앉아 맥주를 한 병 마시고 라디오를 켜 음악을 들었다. 그리고 누군가와 얘기를 하고 싶다고 생각했다. 날씨 얘기든, 이 나라 정부에 대한 험담이든, 어떤 얘기든 상관없다. 아무튼 나는 누군가와 얘기란 것을 하고 싶었다. 그러나 안타깝게도 얘기를 나눌 수 있는 상대가 단 한 명도 생각나지 않았다. 고양이조차 없다.

다음날 아침, 화장실에서 수염을 깎고 있을 때, 늘 하던 대로 거울을 보면서 얼굴에 난 멍을 점검했다. 멍에는 별다른 변화가 없었다. 나는 오랜만에 툇마루에 앉아 조그만 뒷마당을 바라보고, 아무것도 하지 않으며 하루를 보냈다. 기분 좋은 아침이었고, 기분 좋은 오후였다. 이른 봄의 바람에 나뭇잎이 살랑살랑 흔들렸다.

나는 야구 점퍼 안주머니에서 1만 엔짜리 지폐가 열아홉 장 든 봉투를 꺼내 책상 서랍에 넣었다. 내 손 안에 든 그 봉투의 무게는 역시 기묘했다. 그 무게에는 의미가 진득하게 배어 있는 것 같았다. 하지만 나는 그 의미를 이해할 수 없었다. 무언가와 비슷하다, 하고 나는 문득 생각했다. 내가 한 행위는 무언가와 아주 비슷하다. 나는 서랍에 든 봉투를 가만히 쳐다보면서, 무엇과 비슷한지를 기억해 내려 했다. 하지만 기억나지 않았다.

나는 서랍을 닫고, 부엌에 가서 홍차를 끓여 싱크대 앞에 선 채로 마셨다. 그런 다음에 겨우 떠올랐다. 내가 어제 한 행위는 가노 크레타가 얘기해 주었던 콜걸의 일과 신기할 정도로 유사했다. 지정된 장소에 간다, 모르는 누군가와 잔다, 보수를 받는다. 나는 실제로는 그 여자와 자지 않았지만 (바지를 입은 채 사정했을 뿐이다.) 그 점을 제외하면 거의 비슷하다. 목돈이 필요하고, 그래서 자신의 육체를 타인에게 던진다. 나는 홍차를 마시면서 그 행위에 대해 생각해 보았다. 멀리서 개 짖는 소리가 들렸다. 이어서 헬리콥터 엔진 소리도 들렸다. 하지만 생각은 정리되지 않았다. 그리고 다시 툇마루에 앉아 오후의 햇살을 받으며 마당을 바라보았다. 마당을 바라보다 싫증나면 자신의 두 손바닥을 바라보았다. 이 내가 창부가 되다니 하고 나는 손바닥을 보면서 생각했다. 내가 돈을 위해 몸을 팔다니, 과연 누가 상상이나 했겠는가? 그리고 그 돈으로 제일 먼저 새 운동화를 사다니.

바깥 공기를 쐬고 싶어서 근처로 장을 보러 나갔다. 나는 새 스니커즈를 신고 동네를 걸었다. 새 운동화가 나를 지금까지와는 다른 새로운 존재로 바꿔 버린 듯한 기분이 들었다. 동네 풍경과 지나가는 사람들의 표정도 예전과는 조금 달라 보였다. 동네 슈퍼마켓에서 채소와 달걀과 우유와 생선과 커피 원두를 사고, 어제 신발 가게에서 받은 거스름으로 값을 치렀다. 계산기를 두드리는 얼굴이 동그란 중년 여자에게, 이 돈은 사실 어제 내가 몸을 팔아 번 돈이라고 털어놓고 싶었다. 나는 그 보수로 20만 엔을 받았습니다. 20만 엔이요. 옛날에 일했던 법률사무소에서는 매일 죽어라 야근을 해도 한 달에 15만 엔밖에 받지 못했는데 말입니다. 그렇게 말하고 싶었다. 하지만 물론 아무 말 하지 않는다. 돈을 건네고, 식품이 든 종이봉투를 받아들었을 뿐이다.

뭐가 어찌되었든 사태는 움직이기 시작했다. 종이봉투를 껴안고 걸으면서 속으로 그렇게 중얼거렸다. 지금은 아무튼 떨려나지 않게 매달려 있는 수밖에 없다. 그러면 나는 어딘가에 도착할 수 있을 것이다. 적어도 지금과는 다른 장소에.

나의 예감은 빗나가지 않았다. 집에 돌아왔을 때, 고양이가 나를 맞아 주었다. 내가 현관문을 열자 기다렸다는 듯이 야옹야옹 울면서, 끝이 약간 굽은 꼬리를 바짝 치켜세우고 내게로 다가왔다. 거의 일 년 전에 행방을 감춘 와타야 노보루였다. 나는 장 봐 온 종이봉투를 내려놓고 고양이를 안아 올렸다.

7

잘 생각해 보면

알 수 있는 곳
(가사하라 메이의 시점 2)

안녕하세요, 태엽 감는 새 아저씨.

아저씨는 지금 내가 어느 고등학교 교실에서 여느 평범한 고등학생처럼 교과서를 펼쳐 놓고 공부하고 있다고 생각하겠죠. 내가 아저씨를 마지막 만났을 때, '다른 학교에 간다.'고 내 입으로 말했으니까 아저씨가 그렇게 생각하는 건 당연한 일이겠죠. 그리고 실제로도 나는 학교에 갔어요. 아주 아주 멀리에 있는 사립 여고에요. 전교생이 기숙사 생활을 하는 학교였어요. 하지만 궁상스럽지는 않았어요. 방도 호텔처럼 깨끗하고 멋졌고, 식사도 골라 먹을 수 있는 뷔페식이었고, 테니스 코트도 수영장도 거대하고 번쩍거리고, 그러니까 당연히 학비도 꽤 비싸고, 부잣집 딸들이 모이는 학교. 그것도 좀 문제가 있는 아이들만 모여드는 학교. 이렇게 말하면 어떤 학교일지 아저씨도 대충 상상이 되겠죠. 산속에 있어요, 우아하고 고급스럽기로 정평 난 숲속 학교 같은 곳이요. 높은 담장이 빙 두르고 있고, 철조망까지 쳐져 있고, 입구에는 고릴라가 걷어차도 끄덕하지 않을 거대한 철문이 있고, 전기 로봇 같은 경비가 교대로 근무하면서 24시간 교문을 지키고 있죠. 이건 밖에서 들어오는 사람을 막기 위해서가 아니라 안에서 나가는 사람을 막기 위해서예요.

하지만 태엽 감는 새 아저씨는 이렇게 질문할지도 모르겠네요. 애당초 그렇게 무시무시한 곳인 줄 알면서 왜 그런 학교에 간 거지, 싫으면 안 갈 수도 있었잖아. 그야 그렇죠. 옳은 말입니다. 하지만, 솔직히 말해서 그때 나는 선택의 여지란 게 없었어요. 내가 일으킨 갖가지 복잡한 문제 때문에, 나를 전학생으로 받아 주는 기특한 학교가 거기 한 군데밖에 없었고, 나는 아무튼 집을 떠나고 싶었거든요. 그래서 무시무시한 곳인 줄 알면서도 일단 그 학교에 들어가서 어떻게든 지내 보려고 결심했던 거예요. 그래도 정말 무시무시했어요. 악몽 같다는 비유가 있는데, 그 학교는 악몽보다 더 심했어요. 악몽을 꾸고 식은땀에 젖어 눈을 떴는데도(실제로 그 학교에서는 악몽을 잘 꿨어요.) 언제나 '아아, 깨고 싶지 않았는데.' 하고 생각했을 정도예요. 악몽이 차라리 현실보다 훨씬 나았죠. 이런 거 어떤 느낌일지 알까 모르겠네요. 아저씨는 지금까지 그렇게 빡세고 완전 시궁창 같은 지독한 장소에 있었던 적이 있어요?

그래서 결국 나는 그 '학교 호텔 형무소 숲속 학교'에 반년 정도밖에 있지 않았어요. 봄 방학이 되어서 집에 돌아갔을 때, 부모님에게 분명하게 선언했어요. 다시 그 학교로 돌아가라고 하면 자살하겠다. 탐폰 세 개를 목구멍에 밀어 넣고 물을 꿀꺽꿀꺽 마시고, 면도칼로 양 손목을 긋고, 그다음 학교 옥상에서 거꾸로 떨어지겠다고 말이에요. 정말 그렇게 말했어요. 농담 아니고. 우리 부모님은 둘이 합해서 청개구리 한 마리 정도의 상상력밖에 없는 사람들이지만, 내가 정말 뭘 하겠다고 하면 그 말이 협박이 아니란 건 알아요. 경험적으로.

그렇게 해서 그 형편없는 학교에는 두 번 다시 돌아가지 않았어요. 그리고 나는 3월 말에서 4월까지 집에 틀어박혀 책을 읽거나 텔레비전을 보고, 또 그냥 빈둥거리면서 지냈어요. 그리고 하루에 백 번 정도 '태엽 감는 새 아저씨를 만나고 싶다.'고 생각했죠. 그 골목을 지나 담을 훌쩍 뛰어넘어 가서 아저씨랑 얘기를 하고 싶다고요. 하지만 그렇다고 아저씨를 아무 생각 없이 만나러 갈 수는 없었어요. 그러면 그 여름의 반복이 될 뿐이잖아요. 그래서 나는 방 안에서 마냥 골목을 바라보고, 아저씨는 지금쯤 뭘 하고 있을까 하고 생각했어요. 이렇게 온 세상에 소리 없이 살금살금 봄이 왔는데, 태엽 감는 새 아저씨는 그 봄 속에서 어떻게 생활하고 있을까 하고요. 구미코 씨는 돌아왔을까, 가노 마르타와 가노 크레타라는 이상한 사람들은 어떻게 되었을까, 고양이 와타야 노보루는 돌아왔을까, 얼굴에 생긴 멍은 없어졌을까…… 그렇게요.

그리고 한 달 후에, 나는 그런 생활도 견딜 수 없어졌어요. 어쩌다 그렇게 되었는지는 잘 모르겠지만 내게 이제 이곳은 '태엽 감는 새 아저씨의 세계'에 지나지 않아. 그리고 여기 있는 나는 '태엽 감는 새 아저씨의 세계'에 포함된 나에 불과해. 나도 모르게 그렇게 되었어. 그런데 그건 좀 아니지 않나 하고 생각했어요. 물론 그렇게 된 건 아저씨 탓이 아니지만, 그래도 그건 좀 아니죠. 그래서 나는 어디가 되었든 나만의 장소를 찾아야 했어요.

그리고 생각하고 생각한 끝에, 퍼뜩 그 생각이 떠올랐던 거죠.

(힌트) 태엽 감는 새 아저씨도 잘 생각해 보면 알 수 있는

곳이에요. 노력하면 상상이 가는 곳이에요. 학교도 아니고, 호텔도 아니고, 병원도 아니고, 형무소도 아니고, 집도 아닌 곳. 아주아주 멀리 있는 조금 특별한 장소. 그곳은 ─ 비밀이에요. 아직은요.

여기는 역시 산속이에요. 역시 담장이 빙 두르고 있고(뭐 그렇게 엄청난 담은 아니지만) 문도 있고 경비도 있지만, 마음대로 드나들 수 있어요. 부지는 진짜 넓고, 안에는 아담한 숲도 있고 연못도 있고, 새벽에 산책하다 보면 동물도 자주 볼 수 있어요. 사자와 얼룩말……은 아니고, 너구리나 꿩 같은 귀여운 동물요. 기숙사도 있어서 나는 거기에서 생활하고 있어요. 방은 전부 독방이고, 예의 호텔 형무소 숲속 학교 정도는 아니지만 꽤 깔끔해요. 음, 방에 대해서는 전에 보낸 편지에 썼죠? 집에서 가져 온 카세트 라디오(큰 거, 기억해요?)가 선반에 있고, 지금은 브루스 스프링스틴을 듣고 있어요. 오늘은 일요일, 그것도 오후라 모두 밖에 놀러 나가서 카세트를 방방 틀어 놔도 누가 뭐라지 않아요.

주말에 시내에 나갔다가 레코드 가게에서 마음에 드는 카세트테이프를 몇 개 사 오는 게 지금의 내게는 유일한 즐거움이에요.(책은 거의 사지 않아요. 읽고 싶은 책이 있으면 도서실에 신청하면 되거든요.) 옆방 사는 친구랑 꽤 친하게 지내는데,

그 친구가 경차를 사서 시내까지 태워 줘요. 나도 그 차로 운전 연습을 했어요. 부지가 너무 넓어서, 얼마든지 연습할 수 있어요. 아직 운전면허는 없지만, 운전은 상당히 잘해요.

그런데 사실은, 음악 테이프를 사러 가는 걸 제외하면 시내에 나가 봐야 별 재미가 없어요. 다들 일주일에 한 번 외출을 하지 않으면 머리가 어떻게 될 것 같다고 하는데, 나는 이렇게 혼자 남아서 좋아하는 음악을 듣는 편이 마음이 놓이고 좋아요. 차가 있는 그 친구가 그러자고 해서, 더블데이트 같은 걸 한 번 한 적도 있기는 해요. 시험 삼아서. 그녀는 이 고장 사람이라 친구가 아주 많아요. 나의 상대는 대학생이고 나쁜 사람은 아니었는데, 그런데 뭐랄까, 분명하게 말해서 나는 아직 이런저런 감각 같은 걸 잘 못 느끼겠어요. 온갖 것이 저 멀리에 표적 인형처럼 줄지어 있고, 그것들과 나 사이에는 투명한 커튼이 몇 겹이나 하늘하늘 걸려 있는 듯한 느낌이 들어요.

실은 나, 그 여름에 태엽 감는 새 아저씨를 만날 때마다 이런 생각을 했어요. 부엌 테이블에 둘이 마주 앉아 맥주를 마시면서 얘기할 때, '만약 지금 태엽 감는 새 아저씨가 갑자기 나를 쓰러뜨리고 강간하려 한다면, 나는 어쩌면 좋지.' 하고요. 어쩌면 좋은지 잘 모르겠더라고요. 물론 '안 돼요, 아저씨, 이러면 안 되죠!' 하면서 저항하겠지만, 왜 안 되는지, 뭐가 어떻게 이러면 안 되는지를 설명하려고 이런저런 생각을 하다 보면 머리가 점점 혼란스러워지고, 혼란스럽다 보면 나는 아저씨에게 강간당하고 말지도 모른다. 그런 생각을 하면 가슴이 두근거렸어요. 그렇게 되면 안 되지, 불공평하잖아. 내가 머릿속으로 그런 생각을 하고 있다는 걸, 아저씨는 전혀 몰랐겠죠. 바보 같은 생각이었나요? 보나마나 그렇게 생각하겠죠. 정말 바보 같은 생각이니까요. 하지만요, 그 당시의 내게는 정말, 엄청나게 심각한 문제였어요. 그래서 그때 사다리를 걷어올리고, 아저씨를 우물에 가둔 채 뚜껑까지 딱 닫아 버린 거예요. 봉인을 하는 것처럼요. 그러면 태엽 감는 새 아저씨는 어디에도 없고, 나는 그렇게 복잡한 생각을 하지 않아도 되니까요.

미안해요. 지금은 태엽 감는 새 아저씨에게(누구에게라도 그렇지만) 그런 짓을 해서는 안 되었다고 생각해요. 나는 그렇게 자신을 억제할 수 없는 때가 있어요. 자기가 지금 무슨 짓을 하고 있는지 잘 아는데, 그걸 막을 수 없어요. 그게 나의 약점입니다.

하지만 태엽 감는 새 아저씨는 나를 억지로 쓰러뜨리고 강간하는, 그런 짓은 하지 않을 거예요. 지금은 그럭저럭 알게 되었어요. 아저씨가 앞으로도 영영 나를 쓰러뜨리거나 강간하지 않을 거라는 뜻은 아니고(그렇잖아요, 무슨 일이 생길지는 아무도 모르는 거니까.) 적어도 나를 혼란스럽게 하려고 그런 짓을 하지는 않을 거라는 뜻이랄지. 설명을 잘 못하겠는데, 아무튼 왠지 느낌이 그렇다는 말이에요.

뭐 그건 됐어요. 복잡한 강간 얘기는 그만두죠.

아무튼 나는 그렇게 밖에 나가 남자와 데이트를 해도 영 집중되지 않았어요. 싱글거리며 얘기는 하고 있지만, 머리는 늘 끈 끊어진 풍선처럼 다른 장소를 둥실둥실 떠다니고 있어요. 관계 없는 일만 계속해서 생각하고요. 음, 아무래도 나는 아직 한동안은 나 혼자 있고 싶은가 봐요. 그리고 두서없는 생각을 하고 싶은가 봐요. 그런 의미에서 나는 아직 '회복되고 있는 중'인지도 모르겠어요.

또 편지 쓸게요. 다음에는 아마 조금 더 많은 얘기를, 좀 더 앞날까지 얘기할 수 있을 거예요.

— 추신

내가 지금 어디에서 뭘 하는지, 다음 편지가 올 때까지 생각해 보세요.

8

넛메그와

시나몬

고양이의 몸에는 얼굴에서 꼬리 끝까지 온갖 곳에 마른 흙이 들러붙어 있었다. 털은 뒤엉켜 실 뭉치 같았다. 더러운 땅에서 오래도록 뒹군 것 같았다. 나는 흥분해서 고로롱거리는 고양이를 끌어안고 온몸을 구석구석 살폈다. 조금 초췌해 보였지만, 그것을 제외하면 얼굴도 몸집도 털도 마지막 봤을 때와 그렇게 다르지 않았다. 눈도 예쁘고 상처 난 곳도 없다. 조금도 일 년 가까이 집을 비웠던 고양이처럼 보이지 않았다. 마치 하룻밤 어딘가에서 실컷 놀다 막 들어온 느낌이었다.

나는 툇마루에서, 슈퍼마켓에서 사 온 날삼치 토막을 접시에 담아 고양이에게 주었다. 고양이는 배가 무척 고팠는지, 목이 막혀 때로 몸을 비틀며 입안에 있는 것을 토해 내기까지 하면서도 순식간에 한 토막을 다 해치웠다. 싱크대 수납장에서 물그릇으로 사용하던 깊은 접시를 찾아내 시원한 물을 넉넉하게 담아 주자, 고양이는 물도 거의 다 마셔 버리고 말았다. 그러고서야 한숨 돌리고, 자신의 더러운 몸을 한바탕 핥아 댔다. 그러다 문득 생각났다는 듯이 내게 다가와 무릎에 올라앉아 몸을 웅크리고 잠들었다.

고양이는 앞발을 몸 안쪽으로 밀어 넣고, 얼굴을 자기 꼬리 속에 폭 파묻고 잠들었다. 처음에는 고롱고롱 큰 소리를 내더니, 그 소리도 점차 잦아들고 마침내는 경계를 완전히 풀고 진흙탕처럼 곯아떨어졌다. 나는 햇볕이 잘 드는 툇마루에 앉아서, 고양이가 깨지 않게 그 몸을 손가락으로 살살 쓰다듬어 주었다. 내 주변에서 온갖 일이 계속해서 생긴 탓에, 솔직히 고양이가 없어졌다는 사실을 까맣게 잊곤 했다. 그런데 이렇게 무릎에, 이 조그맣고 부드러운 생물을 안고 있으려니, 그리고 그 생물이 나를 절대적으로 신뢰한다는 듯이 콜콜 잠든 것을 보고 있으려니, 가슴이 뭉클해졌다. 나는 고양이의 가슴에 손을 대고, 그 심장의 박동을 느껴 보았다. 희미하지만 빠른 박동이었다. 하지만 그것은 나의 심장과 마찬가지로, 그 몸 사이즈에 맞는 시간을 쉼 없이 진지하게 새기고 있었다.

고양이가 대체 어디서 무엇을 했는지, 그리고 왜 지금 갑자기 돌아왔는지, 나는 짐작조차 할 수 없었다. 고양이에게 물어볼 수 있다면 좋겠는데 하고 나는 생각했다. 너 대체 일년 가까이 어디서 뭘 하다 온 거니. 잃어버린 너의 시간의 흔적은 어디 남아 있는 거니 하고.

나는 낡은 방석 하나를 꺼내 와 고양이를 그 위에 올려놓았다. 고양이의 몸은 젖은 빨래처럼 축 늘어져 있었다. 안아 올리자 고양이는 눈을 어렴풋 뜨고 입을 약간 벌렸지만, 소리는 내지 않았다. 나는 고양이가 방석 위에서 움찔움찔 움직여 자세를 바꾸고, 하품을 하고는 다시 잠드는 것을 확인한 다음, 부엌에 가서 아까 사 온 식품을 정리했다. 두부와 채소와 생선을 정리해서 냉장고에 집어넣은 다음에 혹시나 해서 툇마루를 내다보았다. 고양이는 같은 자세로 잠자고 있었다. 눈초리가 어딘가 모르게 구미코의 오빠를 닮아서, 우리는 그 고양이를 농담처럼 와타야 노보루라고 불렀는데, 사실 그건 진짜 이름이 아니다. 나와 구미코는 그 고양이에게 이름을 지어 주지 못한 채 결국 육 년을 보내고 말았다.

하지만 가령 농담 삼아 붙였다 해도 '와타야 노보루'라는 이름은 너무도 부적절했다. 육 년 동안에 인간 와타야 노보루가 크게 성장했기 때문이다. 우리 고양이에게 그런 이름을 언제까지나 강요할 수는 없다. 고양이가 여기 있을 때 새 이름을 지어 줄 필요가 있다. 빠르면 빠를수록 좋다. 그것도 최대한 단순하고 현실적인 이름이 좋다. 눈으로 볼 수 있고, 손으로 정말 만질 수 있는 이름이 좋다. '와타야 노보루'라는 이름의 기억과 울림과 의미를 싹 지워 버릴 필요가 있다.

나는 생선을 담았던 접시를 치웠다. 접시는 깨끗하게 씻어서 닦은 것처럼 반짝거렸다. 정말 맛있었던 모양이다. 나는 고양이가 돌아온 마침 그때에, 내가 삼치를 사 왔다는 게 기뻤다. 그 사실은 고양이와 나에게 축복해야 할 좋은 전조처럼 생각되었다. 이 고양이에게 삼치라는 이름을 지어 주자고 생각했다. 나는 고양이의 귀 뒤를 쓰다듬으면서, 알았어, 너는 이제 와타야 노보루가 아니라 삼치야 하고 가르쳐 주었다. 나는 그럴 수 있다면 그 이름을 온 세상을 향해 큰 소리로 알리고 싶었다.

저녁때가 되도록 나는 툇마루에서 고양이 삼치 옆에 앉아 책을 읽었다. 고양이는 마치 무언가를 되찾으려는 것처럼 곤하게 잤다. 멀리서 나는 풀무 소리 같은 조용한 숨소리가 들리고, 몸이 그에 맞춰 천천히 오르내렸다. 나는 가끔 손을 뻗어 그 따스한 몸을 만지면서 고양이가 정말 여기 있다는 것을 확인했다. 손을 내밀면 무언가를 만질 수 있고 무언가의 온기를 느낄 수 있다는 것, 그건 멋진 일이었다. 나는 자신도 미처 인식하지 못한 채, 아주 오래도록, 그런 감촉을 잊고 있었다.

다음날 아침이 되어도 삼치는 사라지지 않았다. 눈을 떴을 때, 고양이는 내 옆에서 손발을 쭉 뻗고 옆으로 누워 콜콜 자고 있었다. 밤사이 잠이 깬 틈에 몸을 꼼꼼하게 핥았는지, 흙도 털 뭉치도 말끔하게 없어져 거의 예전 모습 그대로였다. 하기야 원래 털이 예쁜 고양이었다. 나는 삼치의 몸을 꼭 껴안았다가 그에게 아침을 주고, 물을 갈아 주었다. 그리고 조금 떨어진 곳에서 "삼치." 하고 불러 보았다. 세 번째에 겨우 고양이가 이쪽을 돌아보며 조그맣게 대답했다.

나는 새로운 하루를 시작할 필요가 있었다. 샤워를 하고, 갓 빤 셔츠를 다려 입고, 면바지를 입고, 새 스니커즈를 신었다. 하늘은 구름이 껴 흐리멍덩했지만 딱히 춥지는 않아서, 두꺼운 스웨터만 입고 코트는 입지 않기로 했다. 나는 전철을 타고 신주쿠역에서 내렸다. 그리고 지하도를 지나 서쪽 출구 광장으로 걸어가, 늘 앉는 벤치에 앉았다.

그 여자는 3시 조금 넘어서 나타났다. 그녀는 나를 보고도 별반 놀라지 않았고, 그녀가 다가오는 것을 본 나도 그리

놀라지 않았다. 마치 사전에 만나기로 약속이라도 한 것처럼 우리는 인사조차 하지 않았다. 나는 얼굴을 약간 들었을 뿐이고, 그녀는 나를 향하고 입술을 약간 비죽였을 뿐이었다.

그녀는 그야말로 봄다운 오렌지색 면 재킷을 입고, 토파즈 색 타이트스커트를 입고 있었다. 귀에는 조그만 금 귀걸이가 두 개 붙어 있었다. 그녀는 내 옆에 앉아 말없이 담배 한 개비를 피웠다. 여느 때와 똑같이 핸드백에서 버지니아 슬림을 꺼내 입에 물고, 길쭉한 금 라이터로 불을 붙였다. 이번에는 내게 권하지 않았다. 그리고 뭔가를 생각하는 것처럼 두 모금, 세 모금 담배를 조용히 피우고서, 오늘의 인력은 어떤지 시험하는 것처럼 꽁초를 땅에 톡 떨어뜨렸다. 그리고 내 무릎을 가볍게 치고는 "가지." 하고 말했다. 그리고 일어섰다. 나는 담뱃불을 밟아 끄고 그녀 말을 따랐다. 그녀는 손을 들어 지나가는 택시를 잡아, 올라탔다. 나는 그녀 옆에 앉았다. 그녀는 운전사에게 잘 들리는 목소리로 아오야마의 주소를 말했다. 그리고 택시가 복잡한 길을 빠져나와 아오야마 길에 도착할 때까지 한 번도 입을 열지 않았다. 나는 창밖의 도쿄 풍경을 바라보았다. 신주쿠 서쪽 출구에서 아오야마까지 가는 길에는, 지금껏 본 적 없는 새 건물이 몇 채나 서 있었다. 그녀가 핸드백에서 수첩을 꺼내 조그만 금색 볼펜으로 뭔가를 적었다. 그리고 간혹 무언가를 확인하듯이 손목시계를 보았다. 그것은 팔찌처럼 생긴 금 시계였다. 그녀가 몸에 지닌 소소한 물건 대개가 금으로 된 것인 듯했다. 아니면 모든 사물이 그녀 몸에 닿는 순간 금으로 변하는 것일까?

그녀는 나를 오모테산도 거리에 있는 모 디자이너 브랜드 매장으로 데려갔다. 그리고 내게 양복을 두 벌 골라 주었다. 청회색과 짙은 초록색 얇은 천으로 된 양복이었다. 법률 사무소에 입고 가기에는 전혀 적합하지 않은 스타일이었지만, 입어 보니 고가품이라는 것을 알 수 있었다. 그녀는 설명이라는 것을 일절 하지 않았다. 나도 딱히 설명을 요구하지 않았다. 그저 하라는 대로 따랐다. 학생 시절에 본 몇몇 '예술 영화'의 장면이 떠올랐다. 그런 영화에서는 상황 설명은 리얼리티를 훼손하는 해악이라고 여겨져 일관적으로 배척되었다. 그것도 하나의 사상이며 관점일 수는 있다. 하지만 자신이 살아 있는 인간으로 그런 세계에 실제로 속하는 것은 상당히 기묘한 일이었다.

나는 거의 표준에 가까운 체형이라 사이즈를 고칠 필요가 별로 없었다. 소매와 바지 길이를 조절했을 뿐이다. 그녀는 각각의 양복에 맞춰 와이셔츠 세 벌과 넥타이 세 개를 골랐다. 허리띠를 두 개 고르고, 양말도 반 다스 정도 한꺼번에 골랐다. 신용카드로 값을 지불하고, 전부 우리 집으로 배달되도록 했다. 그녀의 머릿속에는 내가 어떤 옷을 어떻게 입어야 하는지 명확한 이미지가 이미 있는 듯 선택에 거의 시간이 걸리지 않았다. 나는 문구점에서 지우개를 고를 때도 좀 더 시간을 끈다. 그러나 양복에 대한 그녀의 뛰어난 감각은 나도 인정하지 않을 수 없었다. 그녀가 거의 손에 닿는 대로 고른 와이셔츠와 넥타이는 모두 숙고를 거듭한 끝에 고른 것처럼 색감이나 무늬가 딱 맞게 어우러졌고, 동시에 그 코디네이션은 예사 감각이 아니었다.

그리고 그녀는 나를 구두 매장으로 데려 가 양복에 맞는 구두 두 켤레를 사 주었다. 구두를 살 때도 거의 시간이 걸리지 않았다. 그녀는 여기에서도 신용카드로 대금을 지불하고, 우리 집으로 배달하라고 지시했다. 구두 두 켤레 정도는 굳이 배달시키지 않아도 되는데 하고 나는 생각했지만, 어째 늘 그러는 듯했다. 시간을 들이지 않고 재빨리 골라 신용카드로 지불한 다음 집으로 배달시킨다.

그리고 우리는 시계 매장으로 갔다. 여기에서도 같은 일이 반복되었다. 그녀는 내 양복에 어울리는 악어가죽 벨트의 세련되고 우아한 손목시계를 사 주었다. 역시 시간은 거의 걸리지 않았다. 가격은 5만 엔에서 6만 엔 정도였다. 나는 그때까지 싸구려 플라스틱 시계를 차고 있었는데, 그녀는 그 시계가 그다지 마음에 들지 않는 모양이었다. 그녀는 시계까지 배달해 달라고는 하지 않았다. 포장을 하라고 하고는, 말없이 내게 건넸을 뿐이었다.

그다음 그녀는 나를 미용실에 데리고 갔다. 댄스 스튜디오처럼 바닥이 번쩍거리는 넓은 미용실이었다. 온 벽이 대형 거울이었다. 의자는 전부 열다섯 개 정도이고, 미용사들은 가위와 브러시를 손에 쥐고 마치 인형을 다루는 사람처럼 의자 주위를 오락가락했다. 군데군데 관엽식물 화분이 놓여 있고, 천장에 달린 새까만 보스 스피커에서는 키스 재럿의 다소 난해한 솔로 피아노 연주가 작게 흘러나오고 있었다. 그녀가 여기에 오기 전에 어디에서 미리 예약을 했는지, 나는 가게에 들어서자마자 의자로 안내되었다. 그녀는 이미 얼굴을 아는 깡마른 남자 미용사에게, 이렇게 저렇게 하라고 자세한 지시를 내렸다. 미용사는 거울 속의 내 얼굴을, 마치 셀러리 줄기를 잔뜩 모아 그대로 사발에 담은 요리를 보는 듯한 눈길로 쳐다보면서, 그녀의 지시에 일일이 맞장구를 쳤다. 솔제니친의 젊은 시절 얼굴처럼 생긴 남자였다. 그녀는 남자에게 "끝날 때쯤 돌아올게요." 하고는 미용실에서 획 하고 나가 버렸다.

머리를 자르는 동안 미용사는 거의 말을 하지 않았다. 머리를 감길 때 "이쪽으로 오시죠." 하거나 젖은 머리를 닦을 때 "실례하겠습니다."라고 한 정도였다. 간혹 미용사가 어디로 가 버리면 나는 손을 뻗어 오른뺨에 있는 멍을 살며시 만져 보았다. 벽 한 면을 채운 거울에는 수많은 사람들의 모습이 비쳐 있었다. 그 가운데 나도 있었다. 그리고 내 얼굴에는 선명한 파란색 멍이 나 있었다. 하지만 그것을 추하다고도 더럽다고도 생각지 않았다. 그것은 나의 일부이며, 내가 받아들여야 하는 것이었다. 간간이 그 멍 위에서 누군가의 시선을 느꼈다. 누군가가 거울에 비친 내 멍을 보고 있는 듯했다. 하지만 거울 속에 비친 얼굴이 너무 많아서, 과연 누가 나를 보고 있는지는 알 수 없었다. 나는 그 시선을 그저 느낄 뿐이었다.

30분쯤 지나 커트는 끝났다. 일을 그만둔 후로 점점 길어지기만 했던 내 머리가 다시 짧아졌다. 대기용 의자에 앉아서 음악을 들으며 잡지를 팔락팔락 넘기고 있는데, 마침내 여자가 돌아왔다. 그녀는 내 새로운 머리 스타일에 그런대로 만족하는 눈치였다. 지갑에서 1만 엔짜리를 꺼내 값을 치르고, 나를 데리고 다시 밖으로 나갔다. 그리고 걸음을 멈추고는 마치 내가 고양이 몸을 살필 때처럼, 내 모습을 머리끝에서 발끝까지 꼼꼼하게 바라보았다. 아직 하지 않은 일이 뭐 없나 하는 식으로. 예정한 일은 일단 끝난 것 같았다. 그녀는 금 손목시계를 내려다보았다. 그리고 한숨 같은 것을 쉬었다. 7시가 가까운 시간이었다.

"저녁을 먹지." 하고 그녀가 말했다. "먹을 수 있겠어?"

나는 아침에는 토스트 한 장밖에 먹지 않았고, 점심에는 도넛 한 개밖에 먹지 않았다. "아마." 하고 나는 대답했다.

그녀는 나를 근처에 있는 이탈리안 레스토랑으로 데려갔다. 그녀는 거기에도 얼굴이 알려져 있는지, 아무 말 하지 않았는데 웨이터가 안쪽의 조용한 테이블로 우리를 안내해 주었다. 여자가 의자에 앉고 내가 그녀와 마주하고 앉자, 그녀는 내게 바지 주머니에 든 것을 전부 꺼내 놓으라고 했다. 역시 두말 않고 하라는 대로 했다. 나의 리얼리티는 나와 헤어져 이 주변 어딘가에서 어슬렁거리고 있는 듯했다. 나를 제대로 찾을 수 있으면 좋겠는데 하고 나는 생각했다. 주머니에 별 대단한 것은 들어 있지 않았다. 열쇠를 꺼내고, 손수건을 꺼내고, 지갑을 꺼내 테이블에 늘어놓았다. 그녀는 흥미로울 게 없다는 듯이 잠시 바라보고는 지갑을 손에 들고 안을 보았다. 거기에는 현금 5500엔이 들어 있을 것이다. 그리고 전화 카드와 은행 카드와 구립 수영장에 들어가기 위한 회원증. 그뿐이다. 신기한 것은 없다. 냄새를 맡아 보거나 사이즈를 재고, 약간 흔들어 보거나, 물에 담그거나 빛에 비춰 보아야 할 것은 하나도 없다. 그녀는 똑같은 표정으로 내게 그것들을 돌려주었다.

"내일이라도 시내에 나가서 손수건 한 다스와 새 지갑과 키홀더를 사도록." 하고 그녀는 말했다. "그 정도는 제 손으로 고를 수 있겠지. 그리고 지난번에 속옷을 산 게 언제지?"

생각해 봤지만 기억나지 않았다. 기억나지 않는다고 나는 말했다. "그렇게 최근 일은 아니지만, 나는 비교적 깨끗한 걸 좋아하는 편이고, 혼자 사는 사람치고는 빨래도 꼼꼼하게 하고 있고……."

"어떻든 상관없으니까 새 것을 한 다스 사도록." 그 문제에 대해서는 더 이상 언급하고 싶지 않다는 듯 단호하게 그녀는 말했다.

나는 잠자코 고개를 끄덕였다.

"영수증을 가져와요. 비용은 우리 쪽에서 지불할 거니까. 가능한 한 고급한 것을 사도록 하고. 그리고 세탁비도 지불할 테니까, 한 번이라도 입은 와이셔츠는 반드시 세탁소에 보내도록. 알았어?"

나는 또 고개를 끄덕였다. 역 앞의 세탁소 주인이 이 말을 들으면 무척이나 기뻐할 것이다. 그런데 하고 나는 생각했다. 그리고 나는, 표면장력으로 유리창에 들러붙어 있는 것처럼 간결한 접속사를 긴 문장으로 늘려 보았다.

"그런데 왜 당신은 내게 굳이 새 양복을 사 주고, 머리를 깎아 주고 세탁비까지 내 주겠다고 하는 겁니까?"

그녀는 대답하지 않았다. 핸드백에서 버지니아 슬림을 꺼내 입에 물었다. 어디선가 키가 크고 단정하게 생긴 웨이터가 쑥 다가와 익숙한 손길로 성냥을 그어 담배에 불을 붙였다. 성냥을 그을 때 아주 경쾌하고 건조한 소리가 났다. 식욕을 돋우는 듯한 소리였다. 그리고 그는 우리 앞에 저녁 메뉴판을 내밀었다. 하지만 그녀는 메뉴에는 눈길조차 주지 않았다. 오늘의 특별 요리에 대한 설명도 듣고 싶지 않다고 했다. "야채 샐러드와 롤빵, 흰살 생선 요리를 가져 와요. 드레싱은 조금만 뿌리고, 후추도 조금. 그리고 탄산수. 얼음은 넣지 말고." 메뉴를 보기가 귀찮아 나도 똑같이 주문했다. 웨이터는 목례를 하고 물러갔다. 나의 리얼리티는 아직 나를 찾지 못한 것 같았다.

"이건 순수한 호기심에서 그냥 물어보는 겁니다. 이렇다 저렇다 하려는 게 아니라." 나는 용기를 내어 다시 한번 물었다. "이것저것 많이 사 주었는데, 무슨 트집을 잡으려는 게 아니라, 이렇게 돈을 쓰고 시간을 들일 만큼 중요한 일인가요?"

여전히 대답은 없었다.

"그냥 호기심입니다." 하고 나는 다시 말했다.

역시 대답은 없었다. 그녀는 나의 질문 따위는 싹 무시한 채 벽에 걸린 유화를 흥미롭게 바라보았다. 이탈리아의 시골(이라고 생각한다.) 풍경을 그린 풍경화였다. 예쁘게 손질된 소나무가 있고, 언덕을 따라 빨간 벽의 농가가 몇 채 서 있다. 크지는 않다. 하지만 모두 느낌이 좋은 집이었다. 저기에 어떤 사람들이 살고 있을까 하고 나는 생각했다. 아마 정상적인 생활을 하는 정상적인 사람들이겠지. 정체 모를 여자가 느닷없이 양복과 구두와 시계를 사 주는 일도 없을 테고, 물이 마른 우물을 소유하려고 거금을 마련할 필요도 없을 것이다. 나는 그런 정상적인 세계에 사는 사람들이 정말 부러웠다. 가능하다면 지금 여기에서 그 그림 속으로 들어가고 싶다고 생각했다. 어느 집 안에 들어가, 술을 한잔 얻어 마시고, 이불을 덮고 아무 생각 않고 그대로 푹 잠이 든다.

다시 웨이터가 나타나, 나와 그녀 앞에 탄산수를 내려놓았다. 그녀는 재떨이에다 담배를 껐다.

"좀 다른 질문을 하지그래." 하고 여자가 내게 말했다.

내가 다른 질문을 생각하는 동안, 여자는 탄산수를 마셨다.

"아카사카 사무소에 있던 젊은 남자, 당신 아들입니까?" 하고 나는 물어보았다.

"그런데." 이번에는 여자가 바로 대답했다.

"혹시 아들이 말을 못하나요?"

그녀는 고개를 끄덕였다. "원래부터 말이 많은 편은 아니었어. 그런데 여섯 살이 되기 전에 갑자기 말을 하지 않았어. 목소리가 조금도 나오지 않게 된 거야."

"무슨 이유 같은 게 있었나요?"

그녀는 나의 질문을 무시했다. 나는 다른 질문을 생각하기로 했다.

"말을 하지 않으면, 볼일이 있을 때는 어떻게 합니까?"

그녀는 미간을 약간 찡그렸다. 내 질문을 아예 무시하는 것은 아닌 듯했다. 하지만 대답할 뜻은 역시 없는 것 같았다.

"그가 입고 있는 옷도 보나마나, 위부터 아래까지 전부 당신이 고른 거겠죠? 내게 그랬던 것처럼."

그녀가 말했다. "나는 단순히, 사람이 잘못된 차림을 하고 있는 게 보기 싫을 뿐이야. 도저히, 도저히 참을 수가 없어. 적어도 내 가까이 있는 사람은 최대한 제대로 차려입었으면 해. 올바른 차림을 했으면 해. 보이는 곳이든 안 보이는 곳이든."

"그럼 내 십이지장도 신경이 쓰입니까?" 하고 나는 농담으로 물어보았다.

"당신의 십이지장 꼴에 무슨 문제가 있는 거야?" 그녀는 진지한 눈빛으로 나를 뚫어져라 보면서 물었다. 나는 농담한 것을 후회했다.

"내 십이지장에는 현재 아무 문제도 없습니다. 그냥 물어봤을 뿐이에요. 예를 들자면, 그렇다는 겁니다."

그녀는 또 한참이나 내 얼굴을 의심스럽다는 듯이 빤히

쳐다보았다. 아마도 내 십이지장을 생각하는 것이리라.

"그러니까 가령 내 돈을 쓰는 한이 있어도, 제대로 된 꼴을 했으면 해. 그뿐이야. 그러니까 신경 쓰지 않아도 돼. 그건 어디까지나 내 사정이니까. 내가 더러운 차림을 생리적으로 참을 수 없을 뿐이야."

"귀가 밝은 음악가가 음정이 틀린 음악을 못 참는 것처럼 말인가요?"

"뭐, 그렇다고 할 수 있겠네."

"그럼 당신은 주변에 있는 모든 사람에게 옷을 사 줍니까, 이렇게?"

"글쎄. 내 주변에 그렇게 많은 사람이 있는 건 아니니까. 그렇잖아. 아무리 마음에 들지 않아도, 온 세상 사람들에게 옷을 사 줄 수 있는 건 아니지."

"만사에는 한도라는 게 있으니까요." 하고 나는 말했다.

"그래, 그런 거야." 하고 그녀는 인정했다.

샐러드가 나와, 우리는 샐러드를 먹었다. 아닌 게 아니라 드레싱은 아주 조금밖에 뿌려져 있지 않았다. 몇 방울인지 손으로 가리키며 셀 수 있을 정도였다.

"달리 궁금하게 또 있어?" 하고 여자가 물었다.

"당신의 이름을 알고 싶은데요." 하고 나는 말했다. "이름이랄까, 아무튼 이름 같은 게 있으면 좋겠습니다."

그녀는 잠시 아무 말 않고 래디시를 아작거렸다. 그리고 잘못해서 아주 매운 무엇인가를 먹었을 때처럼 미간을 잔뜩 찡그렸다. "왜 당신에게 내 이름이 필요한 거지? 내게 편지를 보낼 것도 아니잖아. 이름 같은 건 중요하지 않잖아."

"그래도 가령 뒤에서 부를 때는 이름이 없으면 곤란하잖아요."

그녀는 포크를 접시에 내려놓고, 냅킨으로 조용히 입가를 닦았다. "그렇네. 그런 생각은 전혀 못했어. 정말 그런 경우에는 곤란할 수도 있겠어."

그녀는 오래도록 생각에 잠겼다. 그녀가 생각하는 동안, 나는 묵묵히 내 몫의 샐러드를 먹었다.

"그러니까 나를 뒤에서 부를 때를 위해서 적당한 이름이 필요한 거네."

"네, 뭐 그렇습니다."

"그럼, 진짜 이름이 아니어도 괜찮은 거지?"

나는 고개를 끄덕였다.

"이름, 이름…… 어떤 이름이 좋을까?" 하고 여자가 말했다.

"부르기 쉽고 간단한 이름이 좋겠죠. 가능하면 구체적이고 현실적이며, 손으로 만질 수 있고 눈으로 볼 수 있는 게 좋겠죠. 그래야 기억하기 쉬우니까."

"예를 들자면?"

"예를 들자면, 우리 고양이 이름은 삼치입니다. 실은 어제 막 지어주었어요."

"삼치." 하고 여자가 소리 내어 말했다. 그 단어가 어떻게 울리는지 확인하듯이. 그리고 눈앞에 있는 소금과 후추 세트를 잠시 쳐다보더니, 마침내 얼굴을 들고 "넛메그." 하고 말했다.

"넛메그?"

"불쑥 머리에 떠올랐어. 그걸 내 이름이라고 하지 뭐. 만약 당신이 싫지 않다면."

"나야 괜찮은데…… 그럼 아들은 뭐라고 할까요?"

"시나몬."

"파슬리, 세이지, 로즈메리, 앤드 타임." 하고 나는 노래하듯이 말했다.

"아카사카 넛메그와 아카사카 시나몬 — 음, 나쁘지 않은데."

아카사카 넛메그와 아카사카 시나몬 — 그런 사람들과 알게 되었다는 것을 알면 가사하라 메이가 또 어이없어 할 것 같다. 어휴, 태엽 감는 새 아저씨, 아저씨는 왜 좀 더 정상적인 사람들과 관계할 수 없는 거죠? 왜 그럴까, 가사하라 메이, 나도 잘 모르겠어.

"그러고 보니까, 일 년 전쯤에 가노 마르타와 가노 크레타라는 사람들과 알고 지낸 적이 있군요." 하고 나는 말했다. "덕분에 참 여러 가지 일을 많이 겪었습니다. 지금은 둘 다 없지만."

넛메그는 고개를 살짝 끄덕였을 뿐, 그 말에 대해서 아무런 감상도 말하지 않았다.

"어딘가로 사라져 버렸어요." 하고 나는 힘없이 덧붙였다. "마치 여름날의 아침 이슬처럼." 또는 새벽 별처럼.

그녀는 치커리처럼 생긴 이파리를 포크로 찍어 입으로 가져갔다. 그리고 불쑥 옛날 약속이 기억났다는 듯이 손을 뻗어 유리잔의 물을 한 모금 마셨다.

"그리고 당신, 그 돈에 대해서 궁금해할 것 같은데. 당신이 그제 받은 돈. 어때, 아니야?"

"아주 궁금합니다." 하고 나는 말했다.

"얘기해 줄 수도 있지만, 그게 상당히 긴 얘기가 될지도 모르겠네."

"디저트 먹을 때까지는 끝날 것 같은가요?"

"아마 힘들겠지." 하고 아카사카 넛메그는 말했다.

9

우물 속에서

벽에 설치된 철제 사다리를 타고 캄캄한 우물 속으로 내려간 나는 늘 하던 대로 벽을 더듬어 야구 방망이를 찾는다. 내가 그 기타 케이스를 든 남자가 있던 곳에서 거의 무의식적으로 들고 온 방망이다. 우물 속 어둠에서 그 생채기투성이의 방망이를 손에 들면, 신기할 정도로 마음이 편해진다. 그것은 또 나의 의식을 집중하는 데도 도움을 주었다. 그래서 나는 방망이를 늘 우물 속에 그냥 놔둔다. 우물을 오르내릴 때마다 방망이를 들고 다니기가 귀찮기 때문이다.

방망이를 찾으면 나는 타자석에 들어간 야구 선수처럼 두 손으로 그립을 꽉 거머잡고, 그것이 내가 늘 사용하는 방망이라는 것을 확인한다. 그리고 아무것도 보이지 않는 어둠 속에서, 그사이에 변한 게 없는지 하나하나 확인한다. 귀를 기울이고, 공기를 폐 가득 들이쉬고, 신발 바닥으로 흙의 상태를 살피고, 방망이 끝으로 벽을 툭툭 쳐서 그 딱딱함을 확인한다. 하지만 그런 행위는 기분을 가라앉히기 위한 습관적인 의식에 지나지 않는다. 우물 속은 깊은 바닷속과 비슷하다. 거기서는 온갖 것들이 압력에 짓눌린 것처럼 원형을 그대로 유지하고 있다. 날에 따른 특별한 변화는 없다.

머리 위에는 동그란 모양으로 도려내진 빛이 떠 있다. 해질 녘의 하늘이다. 나는 그것을 올려다보면서 10월의 해 질 녘 세계를 생각해 본다. 거기에는 사람들의 생활이 있을 것이다. 엷은 가을 햇살 아래에서 사람들은 거리를 걷고, 쇼핑을 하고, 식사 준비를 하고, 전철을 타고 집으로 돌아간다. 그리고 그런 행위를 딱히 생각할 여지도 없는 아주 당연한 일이라고 생각한다 ─ 또는 생각하지 않는다. 내가 과거에 그랬던 것처럼. 그들은 '사람들'이라 불리는 막연한 존재이며, 나 또한 그들 중 이름 없는 한 사람이었다. 그 빛 속에서 사람들은 누군가를 받아들이고, 또 누군가에게 받아들여진다. 그런 수용이 영속적인 것이든 일시적인 것이든, 거기에는 빛에 싸인 친밀감 같은 것이 있을 것이다. 하지만 나는 이제 거기에 포함되어 있지 않다. 그들은 지상에 있고, 나는 이렇게 우물 속에 있다. 그들에게는 빛이 있고, 나는 그것을 잃어 가고 있으니까. 때로 지금 이대로 두 번 다시 그 세계로 돌아갈 수 없지 않을까 하는 생각이 든다. 빛에 싸인 평온함을 두 번 다시 느낄 수 없지 않을까. 나는 이제 두 번 다시 고양이의 그 부드러운 몸도 안을 수 없지 않을까. 그렇게 생각하면 가슴속에서 무언가를 쥐어짜는 듯한 묵직한 아픔을 느낀다.

그러나 테니스화의 고무창으로 부드러운 흙을 파내다 보면 내게서 지상의 광경이 멀어진다. 점차 현실감이 사라지는 대신 우물의 친밀감이 나를 감싼다. 우물 속은 따뜻하고 고요하고, 깊이 숨겨진 대지의 푸근함이 내 피부를 진정시킨다. 파문이 잔잔해지듯 내 가슴속 아픔도 점차 잦아든다. 그 장소는 나를 받아들이고, 나는 그 장소를 받아들인다. 방망이를 꽉 잡는다. 눈을 감았다가 다시 뜨고, 머리 위를 바라본다.

그리고 나는 머리 위에 있는 끈을 잡아당겨 우물 뚜껑을 닫는다.(재주 많은 시나몬이 내 손으로 뚜껑을 닫을 수 있게 도르래를 만들어 주었다.) 완벽한 어둠이 내려온다. 우물의 입구는 닫히고, 빛은 어디에도 없다. 때로 들려오던 바람 소리도 들리지 않는다. 나는 '사람들'로부터 결정적으로 단절된다. 나는 손전등조차 갖고 있지 않다. 마치 신앙고백 같다. 나

는 자신이 어둠을 그대로 받아들이려 한다는 것을 그들을
향해 나타내고 있는 것이다.

　나는 땅에 앉아 콘크리트 벽에 등을 기대고, 방망이를 무
릎 사이에 끼고 눈을 감는다. 그리고 자신의 심장 소리에 귀
기울인다. 물론 어둠 속에서는 눈을 감을 필요가 없다. 어차
피 아무것도 보이지 않는다. 하지만 역시 눈을 감는다. 어떤
어둠 속에서도 눈을 감는다는 행위에는 나름의 의미가 있
다. 몇 번 심호흡을 하고, 깊은 원통형 암흑의 공간에 몸을
적응케 한다. 여느 때와 똑같은 냄새가 나고, 똑같은 공기의
감촉을 느낀다. 우물은 전에 한 번 완전히 메워졌던 적이 있
지만, 공기만은 신기하리만큼 예전과 똑같다. 곰팡내가 나
고, 조금 눅눅하다. 내가 처음 이 우물 속에서 맡았던 것과
똑같은 냄새였다. 우물 속에는 계절도 없고, 시간도 없다.

*

　나는 언제나 낡은 테니스화를 신고, 플라스틱 시계를 차
고 있다. 처음 우물에 내려왔을 때 신었던 신발이고, 찼던 시
계다. 그 테니스화와 시계 또한 방망이처럼 내 마음을 차분
하게 가라앉혀 준다. 나는 어둠 속에서 그 물체들이 내 몸에
딱 밀착되어 있는 것을 확인한다. 내가 자신에게서 떠나 있

지 않다는 것을 확인한다. 나는 눈을 뜨고, 잠시 후에 다시 감는다. 내 안에 있는 어둠의 압력과 주위에 있는 어둠의 압력 차이를 조금씩 좁혀 서로 어우러지게 하기 위해서. 그리고 시간이 경과한다. 마침내 늘 그랬듯이, 그 두 어둠의 차이를 분간할 수 없어진다. 눈을 감고 있는지 뜨고 있는지, 그것조차 알 수 없다. 볼에 난 멍이 따끈하게 열기를 띠기 시작한다. 또 선명한 보라색을 띠어 간다는 것도 알 수 있다.

나는 어우러져 가는 서로 다른 어둠 속에서 멍에 의식을 집중하고, 그 방을 생각한다. 나는 '그녀들'을 상대하고 있을 때처럼, 자신을 떠나려 한다. 어둠 속에 웅크리고 있는 내 어설픈 육체를 벗어나려 한다. 나는 지금 텅 빈 집에 지나지 않고, 버려진 우물에 불과하다. 나는 그곳에서 나가 다른 속도의 현실로 옮겨 타려 한다. 양손으로 방망이를 꽉 잡은 채.

지금 여기 있는 나와 그 기묘한 방을 가르는 것은 오로지 벽뿐이다. 그리고 나는 그 벽을 통과할 수 있을 것이다. 나 자신의 힘과, 그리고 여기 있는 깊은 어둠의 힘으로.

숨을 죽이고 의식을 최대한 집중하자, 그 방 안에 있는 것을 볼 수 있었다. 나는 거기에 있지 않다. 하지만 나는 그곳을 바라보고 있다. 호텔 스위트룸이다. 208호실. 창문에 걸린 두꺼운 커튼은 딱 닫혀 있고, 방은 몹시 어둡다. 꽃병에는 꽃이 소담스럽게 꽂혀 있고, 방에는 그 암시적인 향기가 무겁게 떠다니고 있다. 입구 옆에는 커다란 플로어 스탠드가 있다. 전구는 아침까지 떠 있는 달처럼 죽어 있다. 하지만 눈을 찡그리고 꾹 참고 기다리면, 어디선가 비추는 듯한 희미한 빛 덕분에 거기 있는 것들의 형태가 조금씩 떠오른다. 영화관의 어둠에 눈이 익숙해져 가는 것과 비슷하다. 방 한가운데 있는 조그만 테이블 위에는 내용물이 줄어든 커티삭 병이 놓여 있다. 아이스버킷에는 막 깨서 담은 새 얼음이 있고(아직도 뾰족한 모서리가 남아 있다.) 잔에는 온 더록이 담겨 있다. 스테인리스 쟁반이 테이블에 차갑게 놓여 있다. 시간은 모른다. 아침일 수도, 저녁일 수도, 한밤중일 수도 있다. 어쩌면 거기에는 애당초 시간이 없는지도 모른다. 침실의 침대에는 한 여자가 누워 있다. 나는 그녀 옷자락이 사륵사륵 스치는 소리를 듣는다. 그녀가 잔을 약간 흔들면, 얼음이 부딪치는 소리가 카랑카랑 유난히 밝게 울린다. 그 소리에 맞춰 공기에 섞여 떠 있는 자잘한 꽃가루가 몸을 떠는 것도 알 수 있다. 아주 작은 공기의 떨림에도 꽃가루들은 이내 숨을 되찾는다. 어둠은 꽃가루를 소리 없이 받아들이고, 받아들여진 꽃가루는 어둠을 더욱 농밀하게 변화시킨다. 여자가 위스키 잔을 입에 대고, 그 액체를 조금 넘기고 내게 무슨 말을 하려 한다. 침실은 너무 캄캄해서 아무것도 보이지 않는다. 그저 그림자가 아른아른 움직일 뿐이다. 그녀는 내게 무슨 할 말이 있다. 나는 숨소리조차 내지 않고 그 말을 기다린다. 그녀의 말을 기다린다.

거기에 있는 것은 그런 것들이다.

*

나는 가공의 하늘을 나는 가공의 새처럼, 위에서 방의 광경을 내려다보고 있다. 그곳 정경을 확대하고, 그리고 뒤로 물러나 조감하고, 또 다가가 확대한다. 말할 것도 없이, 그곳에서는 세부가 아주 큰 의미를 지닌다. 어떤 모양이고 어떤 색이며 어떤 감촉을 지니고 있는지. 하나하나 차례대로 확인한다. 하나의 세부와 하나의 세부 사이에는 거의 연결 고리가 없다. 온기도 상실되었다. 그 시점에서 내가 하는 일은 그저 세부의 기계적인 나열에 그친다. 하지만 그것은 나쁘지 않은 시도다. 나쁘지 않은 — 돌과 나무 조각의 마찰에서 마침내 열과 불꽃이 생겨나는 것처럼, 조금씩 연결 고리가 있는 현실이 형태를 이뤄 간다. 마치 몇 가지 소리가 우연히 겹쳐서, 언뜻 보기에 의미 없고 단조로운 반복 속에서, 하나의 음절을 형성하는 것처럼.

나는 어둠의 깊은 곳에서 그 미미한 연결 고리가 생겨나는 것을 느낄 수 있다. 그렇지, 그러면 된다. 사방은 아주 고요하고, 그들은 아직 나의 존재를 알아차리지 못했다. 나와 그 장소를 가르는 벽이 젤리처럼 말랑말랑하게 조금씩 용해되어 간다. 나는 숨을 죽인다. **지금이 그때다.**

그러나 벽을 향해 발을 내디디려는 그 순간에, 마치 이쪽을 다 들여다보고 있는 것처럼 날카로운 노크 소리가 울린다. 누군가가 주먹으로 방문을 두드리고 있다. 전에 내가 들었던 노크 소리와 똑같다. 망치로 벽에 못을 박는 듯한, 단호하고 날카로운 노크 소리. 두드리는 간격도 똑같다. 짧게 두 번, 그리고 또 두 번. 여자가 숨을 삼킨다. 사방에 떠 있는 꽃가루가 몸을 떨고, 어둠이 휘청 흔들린다. 그리고 그 소리의 침입으로, 간신히 형태를 이뤄 가던 나의 통로는 뚝 끊기고 만다.

늘 그랬듯이.

*

나는 다시 내 육체 안의 나로 돌아와 깊은 우물 속에 앉아 있다. 손에 방망이를 쥐고 벽에 기대어 있다. 어떤 상에 점차 초점이 맞춰지듯, 이쪽 세계의 감촉이 손바닥에 돌아온다. 그립이 땀으로 살짝 젖어 있다. 목구멍 안에서 심장이 격한 소리를 낸다. 귀에는 세계를 관통할 것처럼 딱딱한 노크의 울림이 아직도 선명하게 남아 있다. 그리고 어둠 속에서 손잡이를 돌리는 소리가 들린다. 밖에 있는 누군가가 (무엇인가가) 문을 열려 하고 있다. 천천히 소리 없이 방 안에 들어오려 하고 있다. 그러나 그 순간, 모든 이미지가 소멸한다. 벽은 다시 견고한 벽이 되고, 나는 이쪽으로 튕겨 나온다.

깊은 암흑 속에서, 방망이 끝으로 눈 앞에 있는 벽을 두드려 본다. 그것은 예전과 똑같이 견고하고 차가운 콘크리트 벽이다. 나는 그 원통형 콘크리트에 빙 둘러싸여 있다. **얼마 남지 않았다**, 하고 나는 생각한다. 조금씩 그곳에 가까워지고 있다. 그건 틀림없다. 언젠가 나는 이 벽을 통과해 그곳으로 '들어갈' 것이다. 그 노크 소리보다 앞서 방으로 숨어 들어가, 거기에 머무를 것이다. 그러나 그렇게 되기까지 얼마나 많은 시간이 필요한 것일까? 그리고 내 손에는 어느 정도 시간이 남아 있을까?

동시에 나는 그것이 실현되는 게 두려웠다. 그곳에 있을 것과 마주하기가 겁났다.

나는 한동안, 암흑 속에 웅크리고 있다. 쿵쿵 뛰는 심장을 다독여야 한다. 방망이에서 두 손을 떼어야 한다. 우물 속 땅에서 일어나 철제 사다리를 타고 지상으로 올라가려면, 나에겐 시간이 조금 더, 힘이 조금 더 필요하다.

10

동물원 습격

(또는 요령 없는 학살)

'아카사카 넛메그'는 1945년 8월의 어느 무더운 오후, 한 무리의 병사들이 사살한 호랑이들에 대해서, 표범들에 대해서, 늑대들에 대해서, 곰들에 대해서 얘기했다. 그녀는 그 사건을 기록 필름을 새하얀 스크린에 영사하는 것처럼 순서를 따라, 생생하게 얘기했다. 애매함은 조금도 없었다. 그러나 그것은 그녀가 실제로는 보지 않은 정경이었다. 넛메그는 그때 사세보로 가는 수송선 갑판에 서 있었고, 그곳에서 실제로 본 것은 미 해군의 잠수함이었다.

그녀가 사우나처럼 후덥지근한 창고에서 나와 다른 수많은 사람들과 함께 갑판 난간에 기대어 서서 소슬바람을 맞으며 물결 하나 일지 않는 잔잔한 수면을 바라보고 있을 때, 그 잠수함은 아무런 사전 암시도 전조도 없이, 마치 꿈의 일부처럼 불쑥 수면 위로 떠올랐다. 우선 안테나와 레이더와 잠망경이 수면에 모습을 드러내고, 그다음 사령탑이 파도를 일으키며 물살을 가르고, 마침내 번들거리는 쇳덩어리가 여름 햇살 아래 미끈한 알몸을 드러냈다. 잠수함이라는 한정된 체재를 취하고 있었지만, 그것은 오히려 상징적인 어떤 표지처럼 보였다. 아니면 의미를 알 수 없는 비유처럼.

잠수함은 사냥감의 상태를 살피듯, 잠시 수송선과 나란히 항해했다. 마침내 갑판의 해치가 열리고, 승선원들이 한 명 또 한 명 천천히 갑판에 모습을 드러냈다. 아무도 허둥대지 않았다. 사관들은 사령탑 덱에서 커다란 망원경을 눈에 대고 수송선을 관찰하고 있었다. 때로 그 렌즈가 햇살에 번쩍 빛났다. 수송선은 본토로 향하는 민간인을 미어터져라 싣고 있었다. 그 대부분이 여자와 아이들, 코앞에 닥친 패전의 혼란을 피하려고 고국으로 돌아가는 만주국 일본계 관리와 만주철도의 상급 직원 가족이었다. 해상에서 미 잠수함의 공격을 받을 위험이 있었지만, 그래도 중국 대륙에 남아 비참한 꼴을 당하는 것보다는 승복할 수 있는 일이었다 — 적어도 실제로 그 사태가 눈앞에서 나타나기 전까지는.

잠수함의 사령관은 수송선이 무장하고 있지 않으며 근처에 호위함도 없다는 것을 확인한 상태였다. 그들에게는 무서울 것이 없었다. 지금은 제공권도 그들이 쥐고 있었다. 오키나와는 이미 함락되어 일본 본토로 보낼 수 있는 멀쩡한 전투기도 남아 있지 않았다. 시간이 그들 편에 있으니, 서두를 건 없었다. 병사들은 핸들을 빙빙 돌려서 갑판포를 수송선 쪽으로 향했다. 담당 하사관이 정확하고 짧은 명령을 내려 세 병사가 갑판포를 움직이고 있었다. 다른 두 병사가 후방 덱에 있는 해치를 열고 무거운 포탄을 운반해 왔다. 몇명은 사령탑 근처의 약간 높은 갑판에 설치된 기관포에 익숙한 손놀림으로 탄약 상자를 세팅하고 있었다. 포격에 임하는 병사들은 전원 전투용 헬멧을 착용하고 있었지만, 개중에는 웃통을 벗고 있는 병사도 있었다. 절반 가까이 반바지 차림이었다. 눈을 잔뜩 찡그리면 그들 팔에 새겨진 선명한 문신도 볼 수 있었다. 그렇게 눈을 찡그리자 그녀의 눈에는 많은 것이 보였다.

갑판포 하나와 기관포 하나, 잠수함의 화력은 그게 전부였지만, 낡아 빠진 화물선을 개조해 속도도 나지 않는 수송선을 침몰시키기에는 충분하고도 남았다. 잠수함이 싣고 항해하는 어뢰의 수는 한정되어 있고, 그것들은 무장한 선단과 맞닥뜨렸을 때를 위해 ── 일본에 아직 그런 게 남아 있다면 그렇다는 얘기지만 ── 아껴야 했다. 그것은 철칙이었다.

넛메그는 갑판 난간에 매달려, 거뭇거뭇한 포신이 빙빙 돌아 이쪽으로 향하는 것을 바라보았다. 여름의 태양이 조금 전까지 번들번들 젖어 있던 포신의 물기를 순식간에 날려 버렸다. 그렇게 커다란 대포는 처음 보았다. 신징 거리에서 몇 번 일본군의 연대포를 본 적이 있었지만, 잠수함의 갑판포는 그것과 비교가 안 될 정도로 거대했다. 잠수함은 수송선을 향해, 즉각 배를 세우라, 이제 포격을 해서 배를 침몰시킬 것이다, 그러기 전에 신속하게 선객을 구명보트에 대피시키라는 등화 신호를 보냈다.(넛메그는 물론 등화 신호를 읽지 못한다. 그러나 기억 속에서 그녀는 그 메시지를 분명하게 기억하고 있다.) 그러나 전쟁 통에 구형 화물선을 급거 개조한 수송선에는 충분한 구명보트가 준비되어 있지 않았다. 승객과 선원을 합해 500명 이상이 타고 있는데, 조그만 보트가 두 척 실려 있을 뿐이었다. 구명조끼나 구명 튜브도 거의 없다.

그녀는 난간을 꽉 잡은 채, 마치 홀린 것처럼 그 유선형 잠수함을 쳐다보았다. 잠수함은 방금 전에 막 완성된 것처럼 녹 하나 없이 반짝거렸다. 그녀는 사령탑에 흰 페인트로 쓰인 숫자를 쳐다보고, 그 위에서 회전하는 레이더를 쳐다보고, 짙은 선글라스를 낀 갈색 머리의 사관을 쳐다보았다. 이 잠수함은 우리 모두를 죽이려고 깊은 바닷속에서 모습을 드러낸 것이다. 하지만 그것은 딱히 의아한 일은 아니다, 하고 그녀는 생각했다. 이런 일은 전쟁과 무관하게, 어디에서든 누구에게든 일어날 수 있다. 다들 이건 전쟁 탓이라고 생각하지만, 그렇지 않다. 전쟁이란, 여기 있는 많은 것들 가운데 하나에 지나지 않는다.

그녀는 그 잠수함과 거대한 대포를 보면서도 공포를 느끼지 않았다. 엄마가 그녀를 향해 뭐라고 소리쳤지만, 그 말은 귀에 들리지 않았다. 누군가가 자신의 손목을 꽉 잡고 당기는 것을 느꼈다. 하지만 그녀는 난간을 놓지 않았다. 사방에서 외쳐대는 고함 소리와 웅성거림이 라디오의 볼륨을 줄이듯 점차 멀어져 갔다. 왜 이렇게 잠이 쏟아지는 거지 하고 그녀는 의아하게 여겼다. 눈을 감자 의식이 급격하게 흐려지면서 갑판을 떠나갔다.

그녀는 그때, 일본 병사들이 넓은 동물원 안을 돌아다니면서 인간을 습격할 수 있는 동물들을 줄줄이 사살하는 광경을 보고 있었다. 장교가 명령을 내리면 38식 보병총의 탄환이 호랑이의 매끄러운 피부를 뚫고, 내장을 찢었다. 여름 하늘은 파랗고, 사방의 나무에서는 매미 울음소리가 소나기처럼 요란하게 쏟아지고 있었다.

병사들은 시종 말이 없었다. 햇볕에 까맣게 탄 얼굴에는 팻기가 없고, 그 탓에 그들은 고대 토기에 그려진 그림의 일부처럼 보였다. 며칠 후면, 늦어도 일주일 후면 소련의 극동군 주력 부대가 신징에 도착할 것이다. 그 전진을 막을 수 있는 수단은 아예 없었다. 과거에는 풍성했던 관동군 정예 부대와 장비 대부분이 개전 후 남방에 설치된 전선을 유지하기 위해 그곳으로 옮겨졌고, 또 그 대부분은 이미 깊은 바닷속에 잠겼거나 정글 속에서 썩어 가고 있었다. 대전차포도 전차도 거의 남아 있지 않다. 병사를 수송할 수 있는 트럭도 실제로 움직이는 것은 몇 대밖에 없었고, 수리를 하려고 해도 부품이 없었다. 총동원을 앞두고 병사의 수는 채웠지만, 그들 손에 구식 소총조차 배부할 수 없다. 총탄 역시 거의 남아 있지 않다. 북방을 단단히 지키겠다고 호언했던 관동군도 지금은 이 빠진 호랑이처럼 허울이나 다름없었다. 독일군을 격파한 소련의 강력한 기동 부대는 철도를 이용해서 극동 전선으로 이동을 완료했다. 그들은 장비도 충분했고, 사기도 높았다. 만주국의 붕괴는 코앞에 닥쳤다.

모두 그 사실을 알고 있었다. 관동군 참모들 스스로가 가장 잘 알고 있었다. 그래서 그들은 주력 부대를 후방으로 철수시키고, 국경 부근에 있던 수비 부대와 개척 농민들을 사실상 방기했다. 비무장 농민들 대부분은 앞길을 서두르는 — 즉 포로를 관리할 여유가 없는 — 소련군 손에 참살

되었다. 여자들은 폭행을 당하느니 집단 자결의 길을 선택하거나, 또는 선택을 강요당했다. 국경 부근의 수비대는 그들이 '영구 요새'라 불렀던 콘크리트 성에 모여 격렬하게 항전했지만, 후방의 지원이 없는 상황에서 적의 압도적인 화력에 전멸하고 말았다. 참모와 상급 장교 대부분은 조선과의 국경에 가까운 통화 지역의 신사령부로 '이동'하고, 황제 푸이와 그의 일족도 서둘러 짐을 꾸려 전용 열차를 타고 수도를 탈출했다. 수도 경비를 담당하던 '만주국군'의 중국인 병사들은 소련군 침공 뉴스를 듣자마자 바로 병영을 탈주하거나 반란을 일으켜 지휘봉을 잡고 있던 일본인 장교를 사살했다. 당연한 일이지만 그들은 전력이 우세한 소련군을 상대로 일본을 위해 목숨을 걸고 싸울 생각이 없었다. 그 일련의 결과, 일본이 자부심을 걸고 황야에 일군 만주국의 수도 신징 특별시는 묘한 정치적 공백 속에 남겨지게 되었다. 만주국의 중국인 고위 관료들은 불필요한 혼란과 유혈을 피하기 위해 신징시를 넘겨 비무장 도시로 하자고 주장했지만, 관동군은 이를 물리쳤다.

동물원으로 향한 병사들도 자신들이 며칠 후면 여기에서 소련군과 싸우다 죽는 운명을 피할 수 없을 것이라고 생각했다.(그들은 무장 해제된 후에 시베리아 탄광으로 보내졌고, 세 명이 목숨을 잃는다.) 그들이 할 수 있는 것은 죽음이 고통스럽지 않기를 바라는 것뿐이었다. 전차의 캐터필러에 밟혀 뭉개지거나, 참호에 있다가 화염방사기에 불타거나, 배에 총을 맞아 오래 고통을 겪은 끝에 죽고 싶지는 않았다. 차라리 머리나 심장에 총을 맞아 바로 죽는 편이 낫다. 하지만 죽기 전에 그들은 아무튼 동물원의 동물을 죽여야 했다.

동물들은 사실 귀중한 총탄을 절약하기 위해 독약으로 '처분'해야 했다. 지휘를 담당한 젊은 중위도 상관으로부터 그렇게 지시받았다. 필요한 양의 독약은 이미 동물원 측에 건넸다는 것이었다. 그는 완전 무장한 여덟 명의 병사를 이끌고 동물원으로 향했다. 동물원은 사령부에서 걸어서 20분 거리에 있었다. 소련군의 침공 이후 동물원 문은 닫혀 있다. 입구에는 총검을 단 소총을 소지한 두 병사가 서 있었다. 중위는 그들에게 명령서를 보이고 원내로 들어갔다.

그런데 동물원 원장은, 군으로부터 비상시에 맹수를 '처분한다'는 지시를 확실하게 받았으며 그 방법은 독살이라고 알고 있다, 하지만 그러기 위한 독약을 받은 적은 없다고 말했다. 그 말은 들은 중위는 어떻게 된 건지 알 수 없었다. 그는 원래 사령부 소속 회계 장교로, 이 같은 비상사태 때문에 동원되기 전까지는 실전 부대를 이끈 경험이 없었다. 허둥지둥 서랍에서 꺼낸 권총은 몇 년이나 손질을 하지 않아 총알이 제대로 발사될지 의심스러웠다. "중위, 기관에서 하는 일이 늘 이렇습니다." 그 중국인 원장은 딱하다는 듯이 중위에게 말했다. "필요한 것은 언제나 거기에 없지요."

확인을 위해 동물원 주임 수의를 불렀다. 그는 최근에 보급이 충분하지 않았으며, 현재 동물원에 있는 독약은 아주 소량이라 말 한 마리 죽일 수 있을지 의문이라고 중위에게 설명했다. 수의는 삼십 대 후반의 키가 큰 남자로, 얼굴은 단정하게 생겼는데 오른쪽 뺨에 검푸른 반점이 있었다. 갓난아기 손바닥만 한 크기의 반점이었다. 아마 태어났을 때부터 있는 거겠지 하고 중위는 상상했다. 중위는 원장실에서 사령부에 전화를 걸어 상관의 지시를 받으려 했다. 그러나 관동군 사령부는 며칠 전에 소련군이 국경을 넘어 밀어닥친 후로 극심한 혼란에 빠졌고, 대부분의 고위 장교는 모습을 감추고 없었다. 남겨진 장교들은 중정에서 대량의 중요 서류를 소각하거나 또는 부대를 인솔해 동네 밖에 대전차 참호를 파느라 정신이 없었다. 그에게 명령을 내린 소령도 지금은 소재를 알 수 없었다. 어디에 가야 필요한 독약을 조달할 수 있을지 중위는 암담하기만 했다. 관동군의 어느 부서에서 독약을 관리하는 것일까? 사령부 내 각 부서로 전화를 돌린 끝에, 마지막에 전화를 받은 군의 대령은 "이런 얼간이 같으니, 지금 나라가 망하느냐 마느냐 하는 기로에 있는데, 그깟 동물원 따위가 어떻게 될지 내가 알 바가 아니지!" 하고 목소리를 떨며 고함을 질렀다.

내 알 바도 아니지 하고 중위도 생각했다. 그는 맥이 빠진 얼굴로 전화를 끊고, 독약의 조달을 포기했다. 선택할 수 있는 길은 두 가지가 있다. 한 가지는 동물을 죽이지 않고 그대로 철수하는 것, 다른 한 가지는 총으로 사살하는 것이다. 어느 쪽이든 정확하게는 하달된 명령에 위반되지만, 결국 그는 사살하는 쪽을 선택했다. 나중에 총알을 허투루 낭비했다는 질책을 받을 수도 있지만, 적어도 맹수를 '처분한다'는 목적은 달성할 수 있다. 그러나 만약 동물을 죽이지 않고 놔두면 주어진 명령을 수행하지 않은 셈이니 군법회의에 회부될 수도 있다. 이런 상황에 군법회의가 과연 존재할지 의문이었으나 명령은 어디까지나 명령이다. 군이 존재하는 한 명령은 반드시 수행해야 한다.

나도 가능하면 동물원의 동물을 죽이고 싶지 않아, 하고 그는 속으로 중얼거렸다 ─ 그는 실제로도 그렇게 생각했다. 그러나 이미 동물에게 줄 먹이도 부족하고, ─ 앞으로 사태는 더욱 심각해질 것이다 ─ 좋아질 가능성은 없다. 동물들도 총에 맞아 깨끗이 죽는 게 편할지도 모른다. 게다가 격렬한 전투나 공습의 결과, 굶주린 동물이 동물원에서 도망쳐 시가지로 나오기라도 한다면 비참한 상황은 모면할 수 없다.

원장은 사전에 '비상시 말살' 지시를 받은 동물의 목록과 원내 지도를 중위에게 건넸다. 뺨에 반점이 있는 수의와 두 중국인 잡역부가 총살대를 뒤따랐다. 중위는 받은 목록을 죽 훑었다. 다행히 '말살'의 대상이 된 동물의 수는 예상보다 많지 않았다. 그러나 거기에는 인도코끼리 두 마리도 포함되어 있었다. "코끼리?" 중위는 자기도 모르게 얼굴을 찡그렸다. 허 참, 대체 코끼리를 어떻게 죽이면 좋지?

그들은 순서상 가장 먼저 호랑이를 '말살'하게 되었다. 코끼리는 일단 제일 뒤로 미루기로 했다. 우리 앞의 설명에, 이 호랑이들은 만주국 대싱안린 산중에서 포획되었다고 쓰여 있었다. 호랑이가 두 마리 있어, 네 병사가 한 마리씩 맡기로 했다. 중위는 정확하게 심장을 조준하라고 지시했지만, 그 자신도 심장이 어디쯤에 있는지 확신할 수 없었다. 여덟 명의 병사가 일제히 38식 소총의 레버를 당겨 총알을 장전하자, 그 불길하고 메마른 소리에 사방의 풍경이 일변했다. 소리를 들은 호랑이들이 바닥에서 쓱 일어나 철봉 너머에서 병사들을 노려보고 으르렁거리면서 한껏 위협했다. 중위도 만약을 위해 자신의 자동 권총을 케이스에서 꺼내 안전장치를 풀었다. 그리고 침착해지려고 가볍게 헛기침을 했다. 이런 일, 별거 아니다, 하고 생각하려 했다. 이런 정도는 언제나 다들 하는 거야 하고.

　병사들은 한쪽 무릎을 땅에 대고 소총을 조준했다. 중위의 호령과 함께 일제히 방아쇠를 당겼다. 확실한 반동이 그들의 어깨를 짓눌렀고, 튕겨 나간 것처럼 머릿속이 순간적으로 텅 비었다. 폐쇄되어 인기척 하나 없는 동물원에 사격의 굉음이 일제히 울려 퍼졌다. 그 소리는 건물에서 건물로, 벽에서 벽으로 반사되어 나무 사이를 뚫고 수면을 지나 먼 천둥소리처럼 불길하게, 듣는 이의 가슴을 찔렀다. 모든 동물이 움찔 놀라면서 숨을 죽였다. 매미소리조차 끊겼다. 총성의 메아리가 사라진 후에도 사방에서는 무슨 소리 하나 들리지 않았다. 호랑이들은 눈에 보이지 않는 거인에게 굵은 막대기로 한껏 얻어맞은 것처럼 허공으로 풀쩍 뛰어올랐다가 쿵 소리를 내며 바닥에 쓰러졌다. 그리고 고통스럽게 몸을 버둥거리고 신음하며, 목에서 피를 토했다. 그러나 병사들은 첫 일제 사격에서 호랑이들의 숨통을 끊어 놓지 못했다. 호랑이들이 우리 안을 부산하게 오락가락한 탓에 정확하게 조준할 수 없었던 것이다. 중위는 기계적이고 밋밋한 목소리로 다시 일제사격 태세를 갖추도록 명령했다. 병사들은 정신을 가다듬고, 재빨리 레버를 당겨 총알을 장전하고 호랑이를 겨냥했다.

중위는 병사 한 명을 호랑이 우리 안으로 들여보내 두 마리가 모두 죽었는지 확인토록 했다. 그들은 눈을 감고, 이빨을 드러낸 채 꼼짝하지 않았다. 하지만 정말 죽었는지는 확인해 보지 않고는 알 수 없었다. 수의가 열쇠로 우리 문을 열었다. 갓 스물을 넘긴 젊은 병사는 총검을 단 소총을 앞으로 쑥 내밀고 조심조심 우리 안에 발을 들이밀었다. 그 모습이 우스꽝스러웠지만 아무도 웃지 않았다. 그는 군화 굽으로 호랑이의 허리를 슬쩍 찼다. 호랑이는 여전히 꼼짝하지 않았다. 조금 세게 같은 곳을 찼다. 호랑이는 완전히 죽어 있었다. 다른 한 마리(암놈이었다.)도 움직임이 없었다. 그 젊은 병사는 태어나서 지금까지 한 번도 동물원에 가 본 적이 없었고, 진짜 호랑이를 보는 것도 처음이었다. 그 탓에도 자신들이 지금 여기에서 진짜 호랑이를 사살했다는 실감이 일지 않았다. 자신과는 무관한 장소에 끌려 와, 자신과는 무관한 일을 어쩌다 하게 되었다고밖에 생각되지 않았다. 그는 검붉은 피바다 속에 선 채, 정신이 나간 것처럼 호랑이의 시체를 내려다보았다. 죽은 호랑이들은 살아 있을 때보다 훨씬 커 보였다. 왜 그렇지 하고 그는 이상하게 여겼다.

우리의 콘크리트 바닥에는 고양잇과 특유의 코를 찌르는 오줌 냄새가 배어 있었다. 그 냄새에 뜨뜻미지근한 피 냄새가 섞였다. 호랑이의 몸에 뚫린 여러 개의 구멍에서는 아직

도 피가 콸콸 흘러나와, 그의 발치에 끈적끈적하고 검은 연
못을 만들었다. 손에 든 소총이 갑자기 무겁고 차갑게 느껴
졌다. 그것을 내던진 다음 몸을 꺾고 위 안에 있는 것을 다
토해 내고 싶었다. 그러면 조금은 속이 편해질 것이다. 그러
나 토할 수 없었다. 그런 짓을 했다가는 나중에 반장에게 얼
굴이 일그러지도록 얻어맞을 것이다.(물론 본인은 아직 모르
지만, 이 병사는 십칠 개월 후에 이르쿠츠크* 근처에 있는 탄광에
서 소련 감시병의 삽에 맞아 머리가 깨져 죽게 된다.) 그는 손등
으로 이마에 흐르는 땀을 닦았다. 헬멧이 몹시 무겁게 느껴
졌다. 매미가 이제야 정신을 차린 듯이 한 마리 두 마리 울기
시작했다. 그러다 그 소리에 섞여 새소리도 들려왔다. 그 새
는 마치 태엽을 감는 것처럼 특징 있는 묘한 소리로 울었다.
끼이이이이이익, 끼이이이이익 하고. 그는 열두 살 때 홋카이
도의 산촌에서 베이안**의 개척촌으로 이주해서 일 년 전에
병사로 동원될 때까지, 거기에서 농사를 짓는 부모님을 도왔
다. 그래서 만주에 있는 새들에 대해 잘 알았다. 그러나 그런
이상한 소리로 우는 새는 알지 못했다. 혹시 어느 우리 안에
그렇게 우는 다른 나라의 새가 있는 것일까? 그런데 그 소리

* 현재 러시아 이르쿠츠크 주의 수도.
** 현재 중국 헤이룽장성 헤이허에 있는 도시.

는 바로 근처에 있는 나무 위에서 들려오는 듯했다. 그는 뒤돌아 눈을 찡그리고 소리가 나는 쪽을 올려다보았다. 아무것도 보이지 않았다. 잎이 무성하게 자란 커다란 느릅나무가 땅에 시원한 그늘을 드리우고 있을 뿐이었다.

그는 지시를 청하듯 중위의 얼굴을 보았다. 중위는 고개를 끄덕이고, 이제 됐으니 밖으로 나오라고 병사에게 명령했다. 중위는 원내 지도를 다시 펼쳤다. 호랑이는 그럭저럭 처분했다. 그다음은 표범이다. 그다음은 아마 늑대일 것이다. 곰도 있다. 코끼리는 제일 나중에 생각하자 하고 중위는 생각했다. 그건 그렇고 너무 덥다. 중위는 병사들에게 잠시 쉬면서 물을 마셔도 좋다고 했다. 전원이 물통을 기울여 물을 마셨다. 그런 다음 그들은 소총을 어깨에 메고 대열을 이뤄 말없이 표범의 우리로 향했다. 이름 모를 새는 아직도 어느 나무 위에서 결연하게 태엽을 계속 감았다. 땀이 그들의 반소매 군복의 가슴과 등을 꺼멓게 물들였다. 완전 무장한 병사들이 줄 맞춰 걷자, 다양한 종류의 금속이 스치는 소리가 아무도 없는 동물원에 짜랑짜랑 허망하게 메아리쳤다. 우리에 매달린 원숭이들은 무슨 예언이라도 하듯 큰 소리로 울어 댔다. 그 소리는 하늘을 찌르면서 동물원에 있는 모든 동물들에게 엄중하게 경고했다. 동물들은 저마다 각자의 방식으로 원숭이들에게 화답했다. 늑대는 하늘을 향해 긴게 짖고, 새들은 날개를 퍼덕거리고, 어디서는 어떤 큰 동물이 위협하듯 우리에 몸을 쾅쾅 부딪쳤다. 주먹 모양 구름 덩이가 생각났다는 듯이 다가와 잠시 태양을 등 뒤에 가렸다. 그 8월의 오후에는 사람도 동물도, 모두 죽음을 생각하고 있었다. 오늘은 그들이 동물들을 죽이고, 내일은 소련 병사들이 그들을 죽인다. 필경.

* * *

우리는 늘 같은 레스토랑에서 늘 같은 테이블 너머로 얘기했다. 계산은 늘 그녀가 치렀다. 레스토랑의 안쪽은 칸막이로 가려져 있어, 얘기하는 소리가 밖으로 새나가지 않았고, 바깥 소리는 안까지 들리지 않았다. 디너 때는 한번 테이블이 다 차면 더는 손님을 받지 않기 때문에 우리는 폐점 시간이 될 때까지 아무런 방해 없이 느긋하게 얘기할 수 있었다. 웨이터들도 우리를 배려해 요리를 가져올 때 외에는 최대한 테이블에 다가오지 않았다. 그녀는 언제나 어느 특정한 해에 부르고뉴에서 생산된 와인을 한 병 주문했다. 그리고 늘 절반을 남겼다.

"태엽을 감는 새?" 하고 나는 얼굴을 들고 물었다.

"태엽을 감는 새?" 하고 넛메그는 내가 물은 말을 그대로 반복했다. "무슨 말인지 모르겠네. 대체 무슨 소리지?"

"아까 당신이 태엽 감는 새 얘기를 했잖아요."

그녀는 말없이 고개를 저었다. "글쎄, 기억이 안 나는데. 새 얘기는 안 한 것 같은데."

나는 포기하기로 했다. 그녀는 늘 이런 방식으로 얘기한다. 나는 반점에 대해서도 질문하지 않았다.

"그러니까 당신은 만주에서 태어난 거군요?"

그녀는 또 고개를 저었다. "태어난 곳은 요코하마, 세 살때 부모님을 따라 만주로 건너갔어. 아버지는 수의학교 선생이었는데, 신징에 새로 짓게 되는 동물원의 주임 수의로 사람을 보내 줬으면 좋겠다는 요청이 있었을 때, 자신이 가겠다고 나섰어. 어머니는 일본 생활을 버리고 그런 땅끝 같은 곳에 가고 싶지 않았지만, 아버지가 가겠다고 고집을 부린 것 같아. 일본에서 선생 노릇을 하는 것보다 넓은 장소에서 자신을 시험해 보고 싶었는지도 모르지. 하지만 나는 아직 어린애여서, 일본이든 만주든 상관없었어. 동물원에서 생활하는 거, 나 무척 좋아했어. 아버지 몸에서는 늘 동물 냄새가 났지. 온갖 동물의 냄새가 하나로 뒤섞여서, 매일매일 조금씩, 마치 향수를 다르게 배합하는 것처럼 변화했어. 아버지가 집에 돌아오면 나는 언제나 무릎에 앉아서 그 냄새를 킁킁 맡곤 했지.

하지만 전황이 심각해지고, 주변 정세도 불온해지자 아버지는 나와 어머니를 일본에 보내기로 했어. 우리는 다른 사람들과 함께 신징에서 기차를 타고 조선까지 갔다가, 거기에서 특별히 준비된 배를 탔지. 아버지 혼자 뒤에 남았어. 신징 역에서 손을 흔들며 헤어졌는데, 그게 마지막으로 본 아버지 모습이었어. 나는 차창 밖으로 얼굴을 내밀고, 점점 작아지는 아버지를, 플랫폼의 인파 속으로 사라지는 아버지 모습을 계속 보고 있었어. 그 후에 아버지가 어떻게 되었는지는 아무도 몰라. 아마 진주한 소련군에게 붙잡혀서 시베리아로 끌려가 강제 노동을 하다가, 다른 많은 사람들처럼 거기에서 돌아가셨겠지. 춥고 적막한 곳에서, 비석 하나 없이 묻혀서 뼈가 되었을 거야.

신징의 동물원에 대해서는 지금도 다 기억해. 이 구석에서 저 구석까지 전부 머릿속에 떠올릴 수 있어. 길 하나하나, 동물 한 마리 한 마리까지. 우리가 살던 관사는 동물원 한편에 있었고, 거기서 일하는 사람들은 모두 내 얼굴을 알아서 언제 어디든 내 마음대로 드나들 수 있게 해 줬어. 동물원이 쉬는 날에도."

넛메그는 살며시 눈을 감고 머릿속에 그 광경을 재현했다. 나는 묵묵히 다음 얘기를 기다렸다.

"그런데 그 동물원이 정말 내가 기억하는 대로였는지 어떤지, 왠지 확신이 없어. 뭐라고 말하면 좋을까, 때로 그 광경이 너무 지나치게 선명하다는 기분이 들어. 그래서 깊이 생각하면 생각할수록, 그 선명함의 어디까지가 진실이고 어디부터가 나의 상상력이 만들어 낸 것인지 판단이 안 돼. 마치 미궁으로 빠져든 것처럼 말이야. 당신은 그런 경험 있어?"

내게는 없었다.

"지금도 그 동물원이 거기에, 그러니까 신징시에 존재하나요?"

"글쎄." 하고 넛메그는 대답했다. 그리고 손가락으로 귀걸이 끝을 만졌다. "전쟁이 끝나고 동물원이 완전히 폐쇄되었다는 얘기는 들었는데, 지금도 폐쇄된 채로 있는지는 나도 몰라."

오래도록 내게 아카사카 넛메그는 이 세상에서 단 하나뿐인 얘기 상대였다. 우리는 일주일에 한두 번 만나, 레스토랑에서 테이블을 사이에 두고 얘기를 나눴다. 몇 번 얼굴을 마주하고 나서 나는 넛메그가 얘기를 아주 잘 들어 주는 사람이라는 사실을 깨달았다. 그녀는 머리가 잘 돌아갔고, 맞장구를 치고 질문을 끼워 넣으면서 얘기의 흐름을 원활하게 이끌어가는 방법을 숙지하고 있었다.

넛메그가 불쾌해하지 않도록 나는 그녀를 만날 때는 언

제나 최대한 깨끗하고 단정한 차림을 하려고 유념했다. 세탁소에서 막 찾아온 와이셔츠를 입고 거기에 색감이 어우러지는 넥타이를 매고, 반짝거리게 닦은 구두를 신었다. 그녀는 나를 만나면, 마치 요리사가 채소를 고를 때 같은 눈초리로 우선 위에서 아래로 죽 복장을 점검했다. 조금이라도 마음에 안 드는 곳이 있으면 바로 나를 어딘가에 있는 부티크로 데려가 올바른 양복을 골라 주었다. 그리고 만약 그럴 수 있으면, 그 자리에서 새 옷을 입혀 주기도 했다. 그녀는 특히 옷차림에 대해서는 완전치 못한 것을 수용하지 않았다.

덕분에 우리 집 옷장에 알게 모르게 내 옷이 점점 늘어났다. 새 양복과 재킷과 와이셔츠가 구미코의 옷이 차지하고 있던 영역을 조금씩 그러나 확실하게 잠식해 갔다. 옷장이 좁아지자 구미코의 옷을 정리해서 종이 상자에 담고 방충제와 함께 벽장에 넣었다. 만약 그녀가 돌아오면, 집을 비운 동안 대체 무슨 일이 있었던 건지 수상하게 여기겠다고 나는 생각했다.

나는 오랜 시간을 들여, 구미코에 대해서 조금씩 넛메그에게 설명했다. 어떻게든 구미코를 구해 내 여기로 데려와야만 한다고. 그녀는 테이블에 턱을 괴고 한참이나 내 얼굴을 보았다.

"그래서, 당신 대체 어디에서 구미코 씨를 구해 내려는 거지? 그 장소에 이름 같은 거라도 적혀 있어?"

나는 공중에서 적절한 말을 찾았다. 하지만 그런 것은 어디에도 없었다. 공중에도 없거니와 땅속에도 없다. "어딘가 멀리서요." 하고 나는 말했다.

넛메그는 미소 지었다. "있지, 그거 왠지 모차르트의 「마술 피리」 같은 얘기 아냐. 마술 피리와 마법의 종으로 저 멀리 성에 갇힌 공주님을 구해 내는. 나, 그 오페라 무척 좋아해. 몇 번이나 봤어. 대사도 전부 기억하고 있고. '온 나라에 모르는 이 없는 나는야 새 잡이 사내 파파게노.' 본 적 있어?"

나는 또 고개를 저었다.

"오페라 속에서 왕자님과 새 잡이 사내는 구름을 탄 세 동자의 안내로 그 성에 가게 돼. 하지만 사실은 낮의 나라와 밤의 나라의 전투야. 밤의 나라가 낮의 나라에서 공주님을 되찾으려고 하지. 그런데 어느 쪽이 정말 옳은지, 주인공들이 도중에 갈피를 못 잡아. 누가 잡혀 있고, 누가 잡혀 있지 않은지. 물론 마지막에는 왕자님이 공주님을 얻고, 파파게노는 파파게나를 얻고, 나쁜 사람들은 지옥에 떨어지지만……." 넛메그는 그렇게 말한 다음 손가락 끝으로 잔의 테두리를 살짝 더듬었다. "하지만 당신에게는 지금 새 잡이 사내도 없고 마술 피리도 마법의 종도 없네."

"내게는 우물이 있습니다." 하고 나는 말했다.

"당신이 그걸 얻을 수 있다면 그렇지." 넛메그는 고급스러운 손수건을 활짝 펼치듯 미소 지었다. "그 당신의 우물을 말이야. 하지만 모든 일에는 가치라는 게 있는 법이지."

내가 얘기하다가 지치거나, 또는 말을 잃어버려 앞으로 나아가지 못할 때면 넛메그는 나를 쉬게 했고, 대신 자신의 성장 과정을 얘기해 주었다. 그 얘기도 내 얘기 이상으로 길고 복잡했다. 게다가 그녀는 순서대로 얘기하지 않고, 그때 기분 내키는 대로 이리저리 건너뛰며 얘기했다. 연대의 전후가 설명도 없이 뒤바뀌고, 그때까지 들은 적 없는 사람이 불쑥 중요한 인물로 등장했다. 지금 하고 있는 얘기가 그녀 인생의 어느 시기에 해당되는지 이해하려면, 찬찬히 추리할 필요가 있었고, 추리해도 알 수 없는 경우도 있었다. 그리고 그녀는 자신의 눈으로 본 정경을 얘기하는 동시에 자신이 보지 않은 정경도 얘기했다.

* * *

그들은 표범을 죽이고, 늑대를 죽이고, 곰을 죽였다. 그 거대한 두 마리 곰을 사살할 때 가장 고생스러웠다. 곰들은 수십 발의 소총 사격을 받으면서도 여전히 우리에 쾅쾅 몸을 부딪치고, 병사들을 향해 이빨을 드러내고, 침을 질질 흘리면서 포효했다. 곰들은 비교적 포기가 빠른(적어도 내 눈에는 그렇게 보인다.) 고양잇과 동물들과 달리, 자신들이 지금이렇게 총에 맞아 죽어 가고 있다는 사실이 잘 이해되지 않는 듯했다. 아마도 그 탓에 그들이 생명이라는 이름으로 불리는 잠정적인 상황과 마지막 작별을 고하는 데 필요 이상시간이 걸렸는지도 모른다. 간신히 곰의 숨통이 끊어지자, 병사들은 그 자리에 털퍼덕 주저앉고 싶을 정도로 축 늘어졌다. 중위는 권총의 안전장치를 잠그고, 군모 아래로 줄줄흐르는 이마의 땀을 닦았다. 깊은 침묵 속에서, 몇몇 병사들은 기분이 정말 더럽다는 듯이 땅에다 침을 퉤퉤 뱉었다. 그들의 발치에는 탄창이 담배꽁초처럼 여기저기 널려 있었다. 그들의 귓속에는 아직도 총성의 반향이 남아 있었다. 십칠개월 후에 이르쿠츠크 근처에 있는 탄광에서 소련군에게 얻어맞아 죽게 되는 젊은 병사는 시체에서 시선을 돌리고 심호흡을 계속했다. 그는 지금 목구멍에서 올라 오려는 구역질을 꾸역꾸역 참는 것 외에 할 수 있는 게 없었다.

결국 코끼리는 죽이지 않기로 했다. 실제로 보는 코끼리는 너무도 거대했다. 코끼리 앞에서 병사들이 들고 있는 보병총은 조그만 장난감으로밖에 보이지 않았다. 중위는 잠시생각한 후에 코끼리에는 손을 대지 않기로 했다. 병사들은 그 지시에 안도의 한숨을 내쉬었다. 이상한 일이지만 ─ 또는 전혀 이상하지 않은 일일지도 모르지만 ─ 그들은 모두 속으로 이렇게 생각하고 있었다. 이렇게 우리 안의 동물을 죽이느니 차라리 전쟁터에서 인간을 죽이는 편이 낫겠다고. 설령 자신이 죽음을 당하게 되더라도.

잡역부들이 숨통이 끊어져 한낱 시체가 된 동물들을 우리 안에서 끌어내어 수레에 싣고 텅 빈 창고로 운반했다. 다양한 크기와 모양을 지닌 동물들이 창고 바닥에 진열되었다. 그 작업이 끝나는 것을 확인한 다음, 중위는 원장실로 돌아가서 필요한 서류에 서명을 청했다. 그리고 병사들에게 정렬하라고 명령하고, 왔을 때처럼 쇳소리를 울리며 대열을 이뤄 돌아갔다. 우리 바닥을 검붉게 물들인 피는 잡역부들이 호스 물로 씻어 냈다. 벽 여기저기에 들러붙은 동물의 살점도 브러시로 쓱쓱 떨어냈다. 작업이 끝나자, 중국인 잡역부들은 볼에 파란 반점이 있는 수의에게, 동물의 시체를 어떻게 처분할 것이냐고 물었다. 수의는 대답할 말이 궁했다. 동물이 죽으면 통상 전문 업자를 불러 처리한다. 그러나 온통 피바다가 될 수도 있는 공방전이 목전에 다가온 지금, 전화 한 통에 누군가가 동물 시체를 처리하러 달려올 리 없었다. 한창 여름이고, 벌써 파리가 까맣게 꼬이고 있다. 구덩이를 파서 묻는 수밖에 없지만, 지금 있는 일손으로 그런 크기의 구덩이를 파는 것은 누가 봐도 불가능했다.

그들이 수의에게 말했다. 선생님, 시체를 전부 고스란히 넘겨 주면 우리가 알아서 뒤처리를 하겠습니다. 수레에 실어 동물원 밖으로 운반해 깔끔하게 처리할 수 있습니다. 도와줄 사람도 있습니다. 선생님에게 누가 될 일은 없습니다. 그 대신 동물들의 가죽과 살이 필요합니다. 특히 곰의 살은 모두가 원합니다. 곰이나 호랑이 몸에서는 약을 얻을 수 있어서 값을 꽤 쳐 줍니다. 이미 늦었지만, 사실은 머리만 쏴서 죽였으면 했습니다. 그러면 가죽도 좋은 값을 받을 수 있었을 텐데. 이렇게 마구잡이로 쏴 댔으니, 초보가 따로 없습니다. 처음부터 우리에게 맡겨 줬으면, 훨씬 더 깔끔하게 처리할 수 있었는데. 수의는 결국 그 거래에 동의했다. 맡기는 도리밖에 없었다. 결국 이곳은 그들의 나라다.

열 명 정도 되는 중국인이 빈 수레를 끌고 나타났다. 그리고 창고에서 동물들의 시체를 끌어내 거기에 싣고 새끼줄로 빙빙 묶은 다음 그 위에 멍석을 덮었다. 그러는 동안 중국인들은 거의 아무 말도 하지 않았다. 표정에도 아무 변화가 없었다. 시체를 다 싣자, 그들은 수레를 끌고 또 어딘가로 사라졌다. 낡은 수레는 동물들의 무게로 신음하듯 삐거덕거렸다. 그렇게 그 무더운 오후에 행해진 — 중국인 말에 따르면 요령 없는 — 동물 학살이 끝났다. 뒤에는 깨끗하게 청소된,

텅 빈 우리가 남았을 뿐이다. 원숭이들은 아직도 흥분해서 뭐라는지 모를 소리를 꽥꽥 질러 댔다. 오소리는 좁은 우리 안을 정신없이 오락가락했다. 새들은 절망적으로 날개를 퍼덕거리며 깃털을 날렸다. 매미도 계속 울어 댔다.

사살 작업을 끝낸 병사들이 사령부로 돌아가고, 마지막까지 남아 있던 잡역부 두 명도 동물의 시체를 실은 수레와 함께 어딘가로 사라지고 나자, 동물원은 가구를 들어낸 집처럼 휑해졌다. 수의는 물이 나오지 않는 마른 분수가에 앉아 하늘에 뜬 윤곽이 또렷한 하얀 구름을 올려다보았다. 그리고 매미 소리에 귀를 기울였다. 태엽 감는 새 소리는 이제 들리지 않았지만, 수의는 그런 줄을 몰랐다. 그는 애당초 태엽 감는 새 소리를 듣지 못했기 때문이다. 그 소리를 들은 것은 훗날 시베리아의 탄광에서 삽에 맞아 죽는 가엾은 젊은 병사뿐이었다.

수의는 가슴 주머니에서 땀에 젖은 담뱃갑을 꺼내 한 개비를 입에 물고 성냥을 그었다. 불을 붙일 때, 손이 바들바들 잘게 떨리는 것을 알았다. 그 떨림이 좀처럼 잦아들지 않아 담배에 불을 붙이는데 성냥이 세 개나 필요했다. 그렇다고 그가 감정적으로 충격을 받은 것은 아니었다. 그렇게 많은 동물들이 자신이 보는 앞에서 순식간에 '말살'당한 사실에, 왠지는 몰라도 놀람도 슬픔도 분노도 느끼지 못했다. 실제로 그는 거의 아무것도 느끼지 않았다. 그는 그저 몹시 난감했을 뿐이었다.

그는 한동안, 거기에 앉아 담배를 피우면서 자신의 기분을 어떻게든 정리해 보려고 했다. 그는 무릎에 놓은 자신의 두 손을 물끄러미 바라보고, 또 하늘의 구름을 올려다보았다. 그의 눈에 비치는 세계는 표면적으로는 여느 때의 세계 그대로였다. 이렇다 할 변화가 보이지 않았다. 하지만 사실은 지금까지의 세계와 확실하게 다른 세계였을 것이다. 결국 자신은 지금, 곰과 호랑이와 표범과 늑대가 '말살되고' 만 세계에 포함되어 있다. 그 동물들은 오늘 아침까지는 모두 존재했다. 그러나 지금, 이 오후 4시에는 이미 존재하지 않는다. 그들은 병사의 손에 학살되었고, 시체조차 어디에도 없다.

그렇다면 서로 다른 두 세계 사이에는 무엇인가 커다란, 결정적인 틈새 같은 게 있을 것이다. 없어서는 안 된다. 하지만 그는 도무지 그 차이를 발견할 수 없었다. 그의 눈에 세계는 여느 때와 똑같은 세계로 보였다. 수의는 자신의 내면에 있는 그처럼 낯선 무감각에 난감해한 것이었다.

그리고 갑자기 그는 자신이 몹시 지쳤다는 것을 깨달았다. 생각해 보면, 어젯밤부터 거의 한숨도 자지 못했다. 어디

시원한 나무 그늘에 가서 잠시라도 좋으니 누워 눈을 붙일 수 있다면 얼마나 좋을까 하고 그는 생각했다 ── 아무 생각도 않고 잠시나마 고요한 무의식의 암흑 속에 침잠할 수 있다면. 그는 손목시계를 보았다. 남은 동물들에게 줄 먹이를 확보해야 하고, 열이 펄펄 끓는 개코원숭이도 돌봐줘야 한다. 할 일이 정말 산더미처럼 많다. 그러나 일단, 뭐가 어찌되었든 나는 잠을 자야 한다. 그다음 일은 그다음에 생각하면 된다.

수의는 숲에 들어가 사람 눈에 잘 띄지 않는 풀 위에 벌렁 누웠다. 그늘이라 풀잎이 시원해서 좋았다. 수풀에서는 어렸을 때 맡았던 그리운 냄새가 났다. 커다란 만주 메뚜기가 몇 마리 붕붕 요란한 소리를 내며 얼굴 위로 날아갔다. 그는 드러누워 담배에 불을 붙였다. 다행히 손은 이제 그렇게 떨리지 않았다. 그는 담배 연기를 폐 속 깊이 빨아들이면서, 어딘가에서 중국인들이 조금 전에 죽인 그 많은 동물의 가죽을 벗기고, 살을 토막 내는 장면을 떠올려 보았다. 수의는 지금까지 중국인들이 그런 작업을 하는 장면을 몇 번이나 본 적이 있었다. 그들은 솜씨도 좋고 요령도 좋았다. 동물들은 순식간에 가죽과 살과 내장과 뼈로 분리된다. 마치 원래부터 따로따로였는데, 어쩌다 무슨 사정이 있어 함께 있었을 뿐이라는 식으로. 지금 잠이 들었다가 눈을 뜰 무렵이면 그 살들은 아마 시장에 깔려 있을 것이다. 현실이란 참 어설픈 것이다. 그는 발밑에 있는 풀을 한 줌 뜯어, 손안에서 그 부드러움을 잠시 즐겼다. 그리고 담배를 끄고 깊은 한숨을 쉬면서 폐 속에 남아 있는 연기를 모두 밖으로 토해냈다. 눈을 감자, 어둠 속에서 메뚜기 날개 소리가 실제보다 훨씬 크게 들렸다. 수의는 두꺼비만큼이나 커다란 메뚜기가 그의 주위를 빙빙 맴돌고 있는 듯한 착각에 사로잡혔다.

어쩌면 세계는 회전문처럼 그저 빙글빙글 돌고 있는, 그저 그런 게 아닐까. 희미해지는 의식 속에서 그는 불쑥 생각했다. 그 어느 칸에 들어갈지는 단순히 발을 내딛는 문제에 불과하지 않을까. 어느 칸 안에는 호랑이가 존재하고, 다른 칸 안에는 호랑이는 존재하지 않는다 ─ 요컨대 그뿐이지 않을까. 거기에는 논리적인 연속성은 거의 없다. 그리고 연속성이 없기 때문에 더욱이 선택지 따위도 실제로는 아무 의미가 없다. 자신이 세계와 세계의 틈새를 제대로 느끼지 못하는 것은 그 때문이 아닐까 ─ 하지만 그의 사고는 그 이상 앞으로 나아가지 못했다. 더는 깊이 생각할 수 없었다. 온몸의 피폐가 젖은 담요처럼 묵직해서, 숨이 막혔다. 그는 이제 아무 생각도 않고 그저 풀 냄새를 맡고, 메뚜기 날개 소리를 듣고, 자신의 몸을 막처럼 뒤덮고 있는 짙은 그늘을 느꼈다.

그리고 마침내 오후의 깊은 잠 속으로 끌려 들어갔다.

수송선은 명령에 따라 엔진을 끄고 잠시 후 해상에서 조용히 그 움직임을 멈췄다. 어차피 쾌속을 자랑하는 신식 잠수함으로부터 도망칠 가능성은 전혀 없었다. 잠수함 갑판포와 두 대의 기관포는 여전히 수송선을 조준하고 있었고, 병사들은 당장이라도 포격에 나설 태세를 갖추고 있었지만, 두 척의 배 사이에는 기묘한 고요함이 감돌고 있었다. 잠수함 승선원들이 갑판에 나와 줄지어 서서, 따분하다는 듯한 분위기로 수송선을 바라보았다. 그들 대개가 전투용 헬멧조차 쓰고 있지 않았다. 바람 잔 여름날의 늦은 오후였다. 엔진 소리가 사라지고, 잔잔한 물결이 선체에 부서지는 나른한 소리 외에는 아무 소리도 들리지 않았다. 수송선은 잠수함을 향해, 이 배는 무장하지 않은 민간인을 운송하는 수송선이며, 군수물자 또는 병사는 싣고 있지 않다. 준비되어 있는 구명보트도 거의 없다, 하는 메시지를 보냈다. 잠수함은 '그건 우리의 문제가 아니다.' 하는 매정한 회답을 보냈다. '피난을 할 수 있든 할 수 없든, 정확하게 10분 후에 포격을 개시한다.' 그렇게 교신은 끝났다. 수송선 선장은 교신 내용을 승객에게 전하지 않기로 했다. 전해 봤자 무슨 도움이 될까, 어쩌면 몇 명 정도는 운 좋게 살아남을 수도 있다.

그러나 승객 대부분은 이 거대한 쇠 대야 같은 배와 함께 비참하게 바닷속으로 가라앉게 될 것이다. 마지막으로 위스키 한잔을 하고 싶었지만, 위스키 병은 선장실 책상 서랍 안에 있었다. 소중하게 간직해 온 스카치인데, 가지러 갈 시간이 없었다. 그는 모자를 벗고, 하늘을 우러러 보았다. 일본군 전투기 편대가 기적처럼 하늘 저편에서 나타나기를 바라며. 그러나 그런 기적이 일어날 리는 없었다. 선장은 아무 대책이 없었다. 그는 또 위스키를 생각했다.

포격 개시 시간이 거의 다 되었을 때, 잠수함 갑판이 갑자기 어수선해졌다. 사령탑 덱에 줄지어 있던 사관들 사이에서 다급한 대화가 오가고, 한 사관이 덱으로 내려가 급하게 병사들 사이를 걸어 다니면서 무슨 명령을 큰 소리로 전달했다. 포격 위치에 있던 병사들 전원이 그 명령을 듣고 저마다 미미한 동요를 보였다. 한 병사는 고개를 옆으로 크게 저으면서 주먹으로 포신을 몇 번 쳤다. 또 다른 병사는 헬멧을 벗고 하늘을 빤히 올려다보았다. 그것은 분노의 동작처럼 또는 기쁨의 동작처럼 보였다. 절망한 것처럼 보이기도 했고, 흥분한 것처럼 보이기도 했다. 대체 무슨 일이 생긴 것일까, 아니면 이제 생기려 하는 것일까. 수송선에 탄 사람들은 도무지 상황을 이해할 수 없었다. 사람들은 줄거리가 없는(그러나 아주 중요한 메시지를 담고 있는) 무언극을 보는 관객처럼 숨을 죽이고, 빨려 들어갈 듯이 그들의 동작을 바라보았다. 거기에서 단 하나라도 좋으니 실마리를 찾아내려고. 마침내 병사들 사이에 퍼졌던 혼란의 물결이 서서히 잔잔해지고, 하사관의 명령으로 포탄이 갑판포에서 신속하게 제거되었다. 그들은 핸들을 돌려 수송선을 향하고 있던 포신을 원래 위치인 전방으로 되돌려 놓고, 그 스산한 검은 구멍에 뚜껑을 닫았다. 포탄이 해치 안으로 들어가자, 승선원들도 서둘러 함내로 돌아갔다. 그 모든 동작이 조금 전과 달리 일사불란했다. 불필요한 움직임도 사담도 없었다.

잠수함 엔진이 낮고 확실하게 그르르릉 소리를 내자 '전원 갑판 퇴거' 사이렌 소리가 날카롭게 몇 번이나 울렸다. 그사이에 잠수함은 전진을 했고, 병사들이 갑판에서 완전히 모습을 감추고 해치가 안쪽에서 닫히기를 기다렸다는 듯이 하얀 포말을 일으키면서 잠수하기 시작했다. 길쭉한 덱이 바닷물을 막처럼 덮어쓰고, 갑판포가 수면 아래로 잠기고, 사령탑이 짙푸른 수면을 가르면서 물속으로 사라지고, 자신이 거기에 존재했다는 마지막 증거를 지우듯 안테나와 잠망경이 쓰윽 모습을 감췄다. 거대한 파문이 한참이나 수면을 어지럽히다 점차 잔잔해지자, 언제 그랬냐는 듯이 평온한 여름날 오후의 바다가 남았다.

잠수함이 나타났을 때와 똑같이 갑작스럽고 불온하게 사

라진 후에도, 수송선의 선객들은 갑판에 같은 자세로 서서 수면을 뚫어져라 쳐다보았다. 사람들은 기침 소리 하나 내지 않았다. 잠시 후, 선장이 정신을 차리고 항해사에게 명령을 내리고, 항해사는 그 명령을 기관실에 전달하고, 낡은 엔진이 주인에게 걷어차인 개처럼 길게 웅웅거리는 소리를 내며 움직이기 시작했다.

수송선 선원들은 가만히 숨을 삼키고 어뢰 공격에 대비했다. 미국인들이 무슨 사정이 생겨 시간이 걸리는 포격을 중단하고 간편한 어뢰 공격으로 변경했는지도 모른다. 배는 갈지자로 항해하고, 선장과 항해사는 망원경으로 눈부신 여름 바다를 관찰하며 거기에서 어뢰의 치명적인 하얀 항적을 찾았다. 그러나 어뢰는 나타나지 않았다. 잠수함이 모습을 감추고 20여 분이 지난 후에야 사람들은 겨우 무시무시한 죽음의 주술에서 해방되었다. 처음에는 반신반의했지만, 마침내 조금씩 확신이 들었다. 자신들은 죽음의 기로에서 살아 돌아왔다. 미국인들이 왜 갑자기 공격을 중지했는지, 선장도 그 이유를 몰랐다. 대체 무슨 일이 생겼던 것일까?(훗날 알았는데, 잠수함은 포격을 개시하기 직전에 사령부로부터, 상대가 공격을 하지 않는 한 적극적인 전투 행위를 휴지하라는 명령을 받았다. 8월 14일에 일본 정부는 연합국에 포츠담 선언 수락, 무조건 항복의 뜻을 표했다.) 선객 몇 명은 긴장이 풀리자 그 자리에 털퍼덕 주저앉아 엉엉 울었다. 그러나 대부분의 사람들은 웃지도 울지도 못했다. 그들은 그때부터 몇 시간이나, 어떤 사람은 며칠이나 거의 정신이 나간 상태에 빠졌다. 그들의 폐와 심장과 등뼈와 뇌와 자궁을 날카롭게 관통한 길고 비틀어진 악몽의 가시는 언제까지나 거기에서 빠지지 않았다.

어린 아카사카 넛메그는 그동안 엄마 품에 안겨 콜콜 자고 있었다. 그녀는 24시간 이상, 한 번도 깨지 않고 의식을 잃은 것처럼 잠만 잤다. 엄마가 큰 소리로 부르고 뺨을 때려도 소용없었다. 마치 바닷속에 묻힌 것처럼 깊은 잠이었다. 숨과 숨 사이의 간격이 점점 길어지고, 맥도 느려졌다. 귀를 바짝 대고 들어도, 희미한 숨소리밖에 들리지 않았다. 그런데 배가 사세보에 도착했을 때, 넛메그는 아무런 예고도 없이 반짝 눈을 떴다. 어떤 강력한 힘이 이쪽 세계로 끌어온 것처럼. 그래서 넛메그는 미국 잠수함이 공격을 중지하고 사라진 경위를 실제로는 목격하지 못했다. 그녀는 훗날이 되어서야 그때 일을 어머니로부터 자세하게 들었다.

수송선은 불안정한 항적을 남기며 다음 날인 8월 16일 오전 10시 넘어서 사세보항에 입항했다. 항구는 불길할 정도로 고요했고, 그들을 맞으러 나온 사람의 모습은 없었다. 항구의 입구 근처에 설치된 고사포 진지 주변에도 사람은 그림자도 없었다. 따가운 여름 햇살만이 말없이 지표면을 태우고 있었다. 세계의 모든 것이 깊은 무감각에 덮여 있는 것 같았다. 선상의 사람들은 마치 자신들이 사자의 나라로 발을 잘못 들여놓고 만 듯한 착각에 사로잡혔다. 그들은 몇 년 만에 보는 조국의 풍경을, 그저 말없이 바라보았다. 15일 정오에 종전을 알리는 천황의 목소리가 라디오에서 흘러나왔다. 이레 전에 나가사키 거리는 한 발의 원자폭탄으로 불바다가 되었다. 만주국은 불과 며칠 사이에 환영의 나라가 되어 역사의 흐르는 모래 속에 묻혀 사라지려 하고 있었다. 그리고 뺨에 반점이 있는 수의는 회전문의 다른 칸으로 들어간 채, 본의 아니게 만주국과 운명을 함께하게 되었다.

11

그럼 다음 문제

(가사하라 메이의 시점 3)

안녕하세요, 태엽 감는 새 아저씨.

전에 보낸 편지의 마지막에 내가 '지금 어디에서 뭘 하고 있을지' 생각해 보라고 했는데, 생각해 봤어요? 조금은 상상이 되던가요?

아무튼 나는, 태엽 감는 새 아저씨가 내가 어디서 뭘 하고 있는지 전혀 모른다는 가정하에 — 아마도 모르겠죠 — 얘기할게요.

귀찮으니까 답을 먼저 알려줄게요.

나는 지금 '어떤 공장'에서 일하고 있어요. 커다란 공장이에요. 일본의 북서쪽 바다 옆에 있는 지방 도시, 거기에서도 한참 떨어진 어느 산속에 있어요. 공장이라고 해서 최신식 대형 기계가 철커덕철커덕 움직이고, 컨베이어 벨트가 돌아가고, 굴뚝에서 연기가 뭉글뭉글 오르는 '용맹한' 공장은 아닙니다. 아저씨는 아마 그런 공장을 상상했겠지만. 부지도 넓고, 밝고 조용한 공장이에요. 연기는 전혀 안 나요. 나는 세상에 이렇게 넓은 공장이 있을 줄은 상상도 못했어요. 내가 아는 공장은, 초등학교 다닐 때 견학 간 도쿄의 캐러멜 공장뿐이에요. 정말 시끄럽고 좁고, 모두 어두운 표정으로 꼼질꼼질 일하는 곳이라는 기억밖에 없어요. 그래서 공장 하면 교과서에 있는 '산업혁명' 당시를 그린 삽화 같은 곳이라고 믿고 있었죠.

여기서 일하는 사람은 거의 여자예요. 조금 떨어진 곳에 있는 별관에는 연구실이 있고, 하얀 가운을 입은 남자들이 얼굴을 잔뜩 찡그리고 제품 개발 일을 하고 있지만, 전체 비율로 봐서는 아주 적은 수이고, 나머지는 전부 십 대 후반에서 이십 대 전반의 여자들 뿐. 그리고 그 가운데 70퍼센트가 나처럼 공장 부지 안에 있는 기숙사에 살고 있어요. 제법 괜찮은 곳이에요. 시내에서 버스나 차를 타고 매일 통근하기는 힘든 일이고, 새 건물에 방은 전부 독실이고, 식사도 먹고 싶은 걸 골라 먹을 수 있고 맛도 나쁘지 않고, 각종 설비도 다 갖추고 있고, 그런데도 기숙사비가 싸고요. 온수 수영상노 있고, 도시뢴도 있고, 원차면(나는 하고 싶지 않지만) 다도와 꺾꽂이 같은 것도 배울 수 있고, 스포츠 동아리 활동도 할 수 있어요. 그래서 처음에는 자기 집에서 통근하던 사람도 집에서 나와 기숙사에 살기도 해요. 주말에는 모두 집으로 돌아가요. 가족과 밥을 먹고, 영화를 보고, 남자 친구와 데이트를 하고 그러죠. 그래서 주말이 되면 기숙사는 폐허처럼 조용해집니다. 나처럼 주말에도 집에 돌아가지 않는 사람은 별로 없는 것 같아요. 전에도 썼지만, 그래도 나는 주말의 이 '휑한' 느낌이 좋아요. 종일 책을 읽거나 음악을 크게 틀어 놓고 듣고, 산속을 산책하고, 또는 지금처럼 책상 앞에 앉아 태엽 감는 새 아저씨에게 편지를 쓰기도 하죠.

여기서 일하는 여자들 대부분이 이 고장 사람, 그러니까 이 지방 농가의 딸이에요. 물론 모두 그런 것은 아니지만, 대체로 활달하고 체격이 좋고 낙천적이고 일 잘하는 여자들입니다. 이 지역에는 큰 기업이 거의 없어서, 지금까지 여자들은 고등학교를 졸업하면 일자리를 찾아 도시로 나갔어요. 그래서 젊은 여자가 없어, 지역에 남은 남자들은 결혼 상대를 찾지 못해 더욱 인구가 줄었죠. 그런 사연이 있어서, 관공서에서 넓은 토지를 공장 부지로 기업에 제공해 공장을 유치하고, 여자들이 외부로 나가지 않고 이 지역에 남을 수 있도록 한 것이죠. 꽤 나쁘지 않은 계획이었다고 생각해요. 나처럼 외부에서 굳이 여기까지 온 사람도 생기고 말이죠. 고등학교를 졸업하고(나처럼 중퇴한 사람도 있지만) 이 공장에 취직해서 열심히 월급을 모아, 적령기가 되면 결혼하면서 일을 그만두고, 아이를 두셋 낳고, 모두 판에 박은 것처럼 똑같이 바다코끼리처럼 투실투실 살이 쪄요. 물론 결혼해서도 여기 다니는 사람이 조금은 있어요. 하지만 대개는 결혼하면 일을 그만둡니다.

내가 있는 장소, 대충 감 잡았나요?

그럼 다음 문제 — 여기는 과연 뭘 만드는 공장일까요?

힌트. 나와 태엽 감는 새 아저씨는 '그것'에 관계되는 일을 한 번 같이 한 적이 있습니다. 둘이 함께 긴자에 가서 조사하는 일을 했잖아요?

있죠, 아무리 멍청해도 그렇지, 아무리 태엽 감는 새 아저씨라도 그렇지, 이제 알겠죠?

그래요, 나는 가발을 만드는 공장에서 일하고 있어요. 놀랐나요?

전에도 얘기한 고급 숲속 학교 겸 형무소를 반년 만에 뛰쳐나온 나는 다리 다친 강아지처럼 집에서 그저 빈둥거리고 지냈는데, 그때 문득 그 가발 회사 공장이 머리에 떠올랐어요. "우리 공장에 일손이 부족해. 일하고 싶다면 언제든 채용하지." 담당 아저씨가 농담처럼 그렇게 했던 말이 떠오른 것이죠. 그 공장의 멋진 팸플릿도 한번 본 적이 있는데, 꽤 인상이 좋아서, 그때, 이런 곳에서 땀 흘려 일하는 것도 나쁘지 않겠다고 살짝 생각했거든요. 담당 아저씨 얘기를 들어 보니까, 여자들이 가발에 머리카락을 일일이 심는다는 거예요. 가발은 아주 미묘한 제품이라서, 알루미늄 냄비를 만드는 것처럼 기계로 급하게 찍어낼 수는 없어요. 진짜 머리카락을 한 다발씩 바늘로 정성을 들여 꼼꼼하게 심지 않으면 고급 가발은 못 만들거든요. 정말 까마득한 일 아닌가요? 인간의 머리에 난 머리카락 숫자가 얼마나 될 것 같아요? 10만 단위예요. 그걸 전부 손으로, 모내기를 하는 것처럼 꼭꼭 심어야 한다고요. 하지만 여기 여자들은 불평하지 않아요. 오래전부터 눈이 많이 오는 이 지방 농가에는, 긴 겨울 동안 여자들이 섬세한 수작업으로 돈을 버는 관습이 있기 때문에, 다들 이런 작업이 그렇게 고생스럽지 않대요. 그래서 가발 회사도 공장 부지로 이 지방을 선택한 거겠죠.

사실 나도 옛날부터 그런 수작업을 싫어하지는 않았어요. 겉으로는 전혀 그렇게 보이지 않을지 모르지만, 사실은 나, 바느질 같은 것도 잘해요. 학교에서도 늘 선생님에게 칭찬받았어요. 그렇게 안 보인다고요? 하지만 진짜예요. 그래서 산속에 있는 공장에서 종일 복잡한 생각 않고 소박한 수작업을 하면서 인생을 보내는 것도 좋지 않을까 싶은 생각이 든 거였죠. 학교는 지긋지긋했고, 그렇다고 아무것도 하지 않고 빈둥거리면서 부모님 신세를 지는 것도 싫은데(부모님도 싫겠죠.) '이런 일이 꼭 해보고 싶다.' 하는 것도 없고……. 그렇게 생각하다 보니까 아무튼 이 공장에 가서 일해 보는 수밖에 없지 않을까 해서.

부모님을 보증인으로 세우고, 담당 아저씨도 몇 마디 거들어 줘서(그 회사 아르바이트를 할 때 나를 꽤 마음에 들어 했어요.) 도쿄 본사에서 본 면접에서 무사히 통과, 그 다음 주에는 짐을 꾸려서 ― 그래봐야 옷과 카세트 라디오 정도였지만 ― 혼자 신칸센을 타고, 또 다시 전철을 갈아타고, 터벅터벅 이 맥빠지는 조그만 동네에 온 거예요. 정말 지구 반대편까지 온 것 같은 느낌이었어요. 역에서 전철을 내릴 때는 엄청 불안했고, 이거 잘못 온 게 아닐까 하는 생각도 들었어요. 하지만 결국 내 판단은 틀리지 않았다고 생각합니다. 그 후로 그럭저럭 반년을 아무튼 별 불만 없이, 문제도 일으키지 않고 여기 눌러 있으니까요.

그리고 왜 그랬는지는 모르겠지만, 나는 오래전부터 가발에 관심이 있었어요. 아니, 관심이 있었다기보다 끌렸다는 표현이 가깝겠네요. 어떤 유의 남자가 오토바이에 끌리는 것처럼, 나는 가발에 끌렸어요. 거리에서 예의 지상 조사를 하면서 머리가 벗어진 수많은 사람들을(우리 회사 사람들은 머리숱이 적은 사람들이라고 하죠.) 보고, 그때껏 의식한 적이 없었는데 세상에는 정말 머리가 벗어진(또는 머리숱이 적은) 사람이 참 많다는 걸 실감했어요. 머리가 벗어진 사람들에게 개인적으로 어떤 감정이 있다거나 '머리가 벗어진 사람이 좋다.'라는 생각은 없지만 '머리가 벗어진 사람은 싫다.'라고 생각한 적도 없었어요. 만약 태엽 감는 새 아저씨가 지금보다 머리숱이 적었더라도(아저씨 머리는 오래지 않아 숱이 적어질 거예요.) 그래서 아저씨에 대한 기분이 달라졌을까 하면, 절대 그렇지 않아요. 내가 머리가 벗어진 사람을 보면서 절실하게 느끼는 것은, 이 말은 전에도 아저씨에게 한 것 같은데, '닳아 가고 있다.' 하는 감각이에요. 나는 그런 것에 관심이 많은 것 같아요.

인간은 어느 나이(열아홉 살인지, 스무 살인지 잊었지만)가 되면 성장이 정점에 도달하고, 그다음에는 신체적으로 소모될 뿐이라는 얘기를 어디선가 들은 적이 있어요. 그렇다면 머리가 빠져서 숱이 적어지는 것도 어디까지나 그 신체적인

'소모'의 일환인 거니까, 조금도 이상한 일이 아니죠. 어쩌면 당연하고 자연스러운 일이라고 할 수 있겠네요. 다만 거기에 어떤 문제가 있다면 '세상에는 젊은데 머리가 벗어진 사람도 있고, 나이가 들어도 전혀 머리가 벗어지지 않는 사람도 있다.'는 사실이겠죠. 그러니까 머리가 벗어진 사람 입장에서는 "어이, 이거 좀 불공평한 거 아니야?" 하고 투덜거리고 싶겠죠. 아주 눈에 잘 띄는 부분이잖아요. 그 심정은 머리숱 문제와 무관한 나도 충분히 이해가 가요.

게다가 대개의 경우, 타인보다 빠지는 머리카락의 양이 많으냐 적으냐 하는 것은 본인 책임이 아니잖아요. 아르바이트를 할 때 담당 아저씨에게 배운 게 있는데, 조사에 따르면 사람의 머리가 벗어지느냐 안 벗어지느냐는 약 90퍼센트까지 유전자에 의해 결정된대요. 할아버지와 아버지에게 '머리가 벗어지는 유전자'를 물려받은 사람은 본인이 아무리 노력해도 언젠가는 머리가 벗어진다는 말이죠. '의지가 있는 곳에 길도 있다.' 하는 말은 이 문제에 관한 한 아무 쓸모가 없어요. 유전자가 어느 시점에 '자, 이제 슬슬 시작해 볼까.' 하면서 엉덩이를 들고 일어서면(유전자에게 엉덩이가 있을지 모르겠지만) 머리카락은 그저 술술 빠질 수밖에 없어요. 이건 불공평하다고 하면 불공평한 일이죠. 그렇지 않나요? 나는 불공평하다고 생각하는데.

아무튼 내가 이 먼 가발 공장에서 매일 열심히 부지런히 일하고 있다는 것은 알았겠죠. 내가 가발이라는 제품 자체에 개인적인 관심이 깊다는 것도 알았겠죠. 다음에는 일과 생활에 대해서도 조금 자세하게 써 볼까 합니다.

뭐, 그건 됐고, 그럼 안녕히.

12

이 삽은

진짜 삽일까?

(한밤중에 생긴 일 2)

깊이 잠든 후에 소년은 아주 또렷한 꿈을 꾸었다. 그것이 꿈이라는 것을 소년은 잘 알고 있었고, 그래서 다소 안도하기도 했다. 이게 꿈이라는 걸 안다는 것은, 그건 꿈이 아니라는 거야. 그건 틀림없이 진짜 있었던 일이야. 나는 그게 서로 다르다는 걸 정확하게 구분할 수 있어.

꿈속에서 소년은 아무도 없는 한밤의 마당에 나가 삽으로 그 구덩이를 파내고 있었다. 삽은 나무에 세워져 있었다. 구덩이는 키 큰 그 묘한 남자가 메운 지 얼마 안 된 터라, 다시 파내는 것은 그렇게 어렵지 않았다. 그래도 다섯 살밖에 안 되는 아이라서, 무거운 삽을 드는 것만 해도 숨이 찼다.

게다가 신발도 신고 있지 않다. 발바닥이 몹시 차갑다. 그는 숨을 헉헉거리면서 남자가 묻은 천 꾸러미가 보일 때까지 땅을 파내려 갔다.

태엽 감는 새는 이제 울지 않았다. 소나무에 올라갔던 남자의 모습도 사라졌다. 사방은 귀가 따가울 정도로 고요했다. 그들은 그냥 어디로 사라져 버린 듯했다. 결국 이건 꿈이야 하고 소년은 생각했다. 태엽 감는 새와 나무에 오른 아빠를 닮은 남자는 꿈이 아니라 현실에서 일어난 일이었어. 그러니까 그 두 가지 일 사이에는 아마 연결성이 없을 거야. 그래도 이상하네. 나는 이렇게 꿈속에서, 아까 정말 파냈던 구덩이를 다시 파내고 있는데. 그렇다면 꿈과 꿈이 아닌 것을 어떻게 구별하면 좋지. 가령 이 삽은 진짜 삽일까? 아니면 꿈속의 삽일까?

생각하면 생각할수록 소년은 아리송했다. 그래서 소년은 생각을 중단하고 열심히 구덩이만 팠다. 마침내 삽 끝이 천 꾸러미에 닿았다.

소년은 천 꾸러미에 생채기가 나지 않도록 조심스럽게 흙을 파내고서, 땅에 무릎을 꿇고 구덩이에서 꾸러미를 꺼냈다. 하늘에는 구름 한 점 없고, 가로막는 것도 없어 보름달이 촉촉한 빛을 지상에 고루 뿌리고 있었다. 꿈속에서 그는 이상할 정도로 공포를 느끼지 않았다. 무엇보다 호기심이 강력하게 그를 지배하고 있었다. 꾸러미를 열자, 안에 인간의 심장이 들어 있었다. 심장은 소년이 도감에서 봤던 것과 색과 모양이 똑같았다. 그리고 그 심장은 아직도 선명하게, 막 버려진 갓난아기처럼 살아 움직이고 있었다. 동맥이 절단되어 피를 내보내지는 않았지만, 그것은 여전히 힘차게 뛰고 있었다. 소년의 귓가에서 툭, 툭 하고 심장이 뛰는 커다란 소리가 들렸다. 그것은 소년 자신의 심장이 내는 소리였다. 그 땅에 묻혔던 심장과 소년의 심장은 서로 호응하듯이, 마치 무슨 얘기를 나누는 듯이 힘차고 커다란 소리를 내며 뛰었다.

소년은 숨을 고르고 "이런 거 하나도 안 무서워." 하고 자신에게 말했다. 이건 그냥 인간의 심장이지, 이상한 게 아니야. 도감에도 실려 있어. 누구든 심장을 하나 갖고 있어. 나도 갖고 있고. 소년은 힘차게 뛰고 있는 심장을 침착하게 천에 다시 싸 구덩이에 내려놓고 삽으로 흙을 퍼서 덮었다. 그리고 파냈다는 것을 아무도 모르게 맨발로 흙을 밟고, 삽을 원래 자리에 세워 놓았다. 밤의 땅은 얼음처럼 차가웠다. 그리고 소년은 창문을 넘어 따뜻하고 친숙한 자기 방으로 돌아갔다. 소년은 시트가 더러워지지 않게 발바닥에 묻은 흙을 쓰레기통에 턴 다음 자기 침대에 들어가 잠을 자려고 했다. 그런데 거기에 누군가가 있다는 것을 알았다. 누군가가 자기 대신 침대에서 이불을 덮고 자고 있었다.

소년은 화가 나서 이불을 획 걷어 냈다. 그리고 "야, 나와. 이건 내 침대야." 하고 그 누군가에게 소리치려고 했다. 그런데 말이 나오지 않았다. 소년이 침대에서 본 것은 그 자신의 모습이었기 때문이다. 그 자신이 이미 그의 침대에 들어가 숨소리를 울리며 곤하게 자고 있었다. 소년은 할 말을 잃고 마냥 거기 서 있었다. 만약 나 자신이 이미 여기에서 잠자고 있는 거라면, 이 나는 어디에서 자면 좋지? 소년은 그때야 비로소 공포를 느꼈다. 뼛속까지 얼어붙을 듯한 공포였다. 소년은 소리를 지르려고 했다. 최대한 크게 고함을 질러 자고 있는 자신을, 그리고 집 안에 있는 모든 사람을 깨우려고 했다. 그러나 역시 목소리는 나오지 않았다. 있는 힘을 다 쥐어짜도, 그의 입에서는 아무 소리도 나오지 않았다. 그리고 그는 잠든 자신의 어깨를 잡고 힘껏 흔들어 보았다. 잠든 쪽 소년은 눈을 뜨지 않았다.

할 수 없이 소년은 카디건을 벗어 던지고, 잠든 또 다른 자신을 힘껏 옆으로 밀어내고 좁은 침대 한편에 억지로 몸을 밀어 넣었다. 어떻게든 여기에 내가 있을 장소를 확보해야 한다. 그러지 않으면 자신은 이 원래의 세계에서 밀려날지도 모른다. 구부정한 자세에 베개도 없었지만, 일단 침대에 들어가자 잠이 쏟아졌다. 소년은 그 이상 아무 생각도 할 수 없었다. 그리고 다음 순간, 그는 잠의 나락으로 떨어졌다.

　다음날 아침 눈을 떴을 때, 소년은 침대 한가운데에 혼자 누워 있었다. 베개는 늘 그랬듯이 그의 머리 밑에 있었다. 옆에는 아무도 없었다. 천천히 몸을 일으키고 방 안을 돌아보았다. 언뜻 봐서는 방 안에 별다른 변화가 없었다. 같은 책상, 같은 옷장, 같은 벽장, 같은 전기 스탠드. 벽시계는 6시 20분을 가리키고 있다. 그러나 소년은 뭔가가 이상하다는 것을 안다. 그냥 봐서는 같지만, 그 장소는 그가 어젯밤에 잠든 장소와는 다른 장소였다. 공기와 빛과 소리와 냄새가 어딘가 모르게 평소와 조금씩 달랐다. 다른 인간은 못 느낄지 몰라도, 그는 느낄 수 있었다. 소년은 이불을 걷어내고 자신의 몸을 살폈다. 손가락을 차례차례 움직여 본다. 손가락은 제대로 움직인다. 발도 움직인다. 아프지도 가렵지도 않다. 그리고 그는 침대에서 나와 화장실에 간다. 소변을 본 후에 거울 앞에 서서, 거울에 비친 자기 얼굴을 살펴본다. 잠옷 윗도리를 벗고 의자에 올라가, 그 하얗고 조그만 몸을 거울에 비춰 본다. 어디에도 달라진 곳은 없다.

　하지만 역시 뭔가가 다르다. 마치 자신이 다른 용기에 들어간 듯한 기분이 든다. 자신이 그 새로운 몸에 아직 적응하지 못했다는 걸 안다. 원래의 자신과 잘 맞지 않는 게 있는 것처럼 느껴진다. 소년은 갑자기 불안해져 '엄마' 하고 부르려 한다. 그러나 그 말은 목에서 나오지 않는다. 그의 성대는 공기를 흔들지 못한다. 마치 '엄마'라는 말 자체가 세계에서 사라져 없는 것처럼. 하지만 마침내 소년은 사라진 게 말이 아니라는 사실을 깨닫는다.

13

M의 비밀 치료

'오컬트에 오염된 연예계 사정'

《월간 —》12월 호에서

(전략) 이처럼 연예계에서 일종의 유행이 된 오컬트적 치료는 대개 입소문을 타고 번지고 있으며, 경우에 따라서는 비밀 조직 같은 색채를 띤다.

여기 'M'이라는 한 여배우가 있다. 나이는 서른세 살, 십년 전쯤에 텔레비전의 연속 드라마에 조연으로 출연했다가 연기력을 인정받은 후, 준주연급 여배우로 텔레비전과 영화에서 활약하던 중, 육 년 전에 중견 부동산 회사를 운영하는 '청년 실업가'와 결혼했다. 처음 이 년간, 결혼 생활은 별 문제가 없는 듯했다. 남편이 하는 일은 순조로웠고, 그녀 자신도 여배우로서 그런대로 괜찮은 실적을 올렸다. 그러나 그 후 남편이 그녀 명의를 사용해 부업으로 시작한 롯본기의 디너 클럽과 부티크가 경영 부진으로 부도를 냈고, 그 결과 채무액을 명의상 그녀가 책임지게 되었다. M은 애당초 가게 경영에 부정적이었지만, 사업을 확장하려는 남편이 아내를 억지로 설득하는 형태로 시작한 듯하다. 일설에 따르면 남편은 사기나 다름없는 수법에 걸려들었다고 한다. 또 예전부터 남편 부모와의 불화도 상당히 심각했다.

그 같은 경위로 부부간의 다툼이 소문으로 퍼졌고, 급기야 사태는 별거로 이어졌다. 그 후 채무 처리를 둘러싼 조정이 있었고, 이 년 전에야 둘은 정식 합의 이혼을 했다. 그런데 얼마 후 M은 우울증을 보여, 병원에 다니며 치료하기 위해 거의 은퇴에 가까운 생활을 하게 되었다. M의 소속사 관계자에 따르면, 그녀는 이혼 후 정기적으로 중증 망상에 시달렸으며, 치료를 위해 복용한 억제제의 부작용으로 건강이 악화되어 한때는 '이미 여배우로 살아갈 수 없는' 단계에 이렀다고 한다. "연기를 위한 집중력도 잃었고, 얼굴도 몰라볼 정도로 상했어요. 원래가 성실한 성격이다 보니 모든 걸 심각하게 생각하다 정신적으로 더욱 피폐해진 것이죠. 금전적으로는 나쁘지 않게 마무리가 되었기 때문에 일을 하지 않더라도 일단은 생활할 수 있다는 게 그나마 다행입니다."

M의 먼 친척 중에 장관으로 봉직한 경력도 있는 유명한 정치가의 부인이 있는데, M을 친딸 못지않게 귀여워한 그 부인이 이 년 전에 한 여자를 소개했다. 한정된 극소수의 상류 계층을 상대로 일종의 심령 치료를 하는 여자였다. M은 앞서 말한 정치가 부인의 권유로 그 여자를 정기적으로 찾으며 약 일 년간 우울증 치료를 받았는데, 구체적으로 어떤 치료를 받았는지는 알 수 없다. M이 입을 단단히 봉하고 있기 때문이다. 그러나 그 치료가 어떤 것이었든, 그 여자와의 정기적인 접촉으로 M의 병세가 호전된 것은 분명했고, M은 얼마 후 억제제를 더는 복용하지 않게 되었다. 그 결과 몸의 붓기가 빠졌고, 머리칼도 다시 나고, 용모도 이전으로 돌아갔다. 정신 상태도 회복되어 조금씩 여배우로서 일할 수 있게 되었다. 그래서 M은 치료를 중단했다.

그런데 지난 10월, 악몽 같던 기억이 잊혀 가던 무렵, M은 딱 한 번 이유 없이 옛날과 같은 증상을 호소했다. 공교롭게도 며칠 후면 중요한 일이 시작될 예정이었는데, 그 상태로는 그 일을 할 수 없었다. M은 그 여자에게 연락을 취해 다시 '치료'를 부탁하기로 했다. 그러나 그때 그 여자는 어떤 이유로 이미 치료에서 손을 뗀 다음이었다. "미안하지만 나는 이제 아무것도 해 드릴 수가 없어요. 나는 이제 그럴 자격도 없고, 힘도 없답니다. 하지만 만약 비밀을 지킨다고 약속하면,

당신에게 어떤 사람을 소개해 줄 수는 있어요. 그러나 그 일에 대해 **입이라도** 뻥긋하는 날에는 당신이 곤경에 처하게 됩니다. 알겠어요?"

그리고 그녀는 어느 장소에서 얼굴에 파란 멍이 있는 남자를 만나게 되었다고 한다. 나이는 서른 살 전후이고, 만나는 동안 한마디도 말을 하지 않았다. 그 치료의 효과는 '믿을 수 없을 정도로 완벽한 것'이었다고 한다. M은 그때 지불한 금액을 공개하지 않았지만 '상담료'는 상당히 고액이었을 것으로 추정된다.

여기까지가 M이 신뢰하는 '아주 친한' 인물이 얘기한 수수께끼 치료의 실태이다. 그녀가 '도쿄에 있는 어느 호텔'에서 안내를 하는 젊은 남자와 만났고, 지하의 VIP 전용 주차장에서 '새까만 대형' 승용차에 탄 다음 그 장소까지 간 것은 사실이지만, 실제로 거기에서 행해진 치료 내용에 대해서는 진상을 파악하지 못했다. "그 사람들은 강한 힘을 갖고 있어요. 약속을 어기면 내가 곤란해집니다." M은 그렇게 말했다.

M이 그 장소를 찾은 것은 한 번뿐이고, 그 후에는 별다른 증세가 없었다. 그 치료와 수수께끼의 여자에 대해 M에게 직접 취재를 요청했지만, 예상했던 대로 M은 거부했다. 이런 사정을 잘 아는 어떤 이의 말에 따르면 이 '조직'은 연예 관계자는 되도록 피하고, 주로 입이 무거운 정계와 재계 관계

자를 대상으로 하는 듯하다. 현재 연예계에서 밝혀낸 정보는

이 정도다. (후략)

14

기다리고 있던 남자,

떨쳐 버릴 수 없는 것,
사람은 섬이 아니다

밤 8시가 넘어 사방이 완전히 어두워지면 나는 살며시 뒷문을 열고 골목으로 나간다. 몸을 꿈틀거리지 않고는 빠져 나갈 수 없을 만큼 좁고 조그만 문이다. 높이 1미터가 채 못 되는 문은 담장 제일 구석에 교묘하게 만들어져 있어, 밖에서 보고 만져서는 출입구라는 것을 알 수 없는 구조다. 골목은 언제나처럼, 가사하라 메이의 집 마당의 하얗고 싸늘한 수은등 빛을 받아 밤 속에 떠올라 있다.

나는 재빨리 문을 닫고, 서둘러 골목을 걸어간다. 집집의 거실과 식당 뒤를 지나고, 울타리 너머로 거기 있는 사람들의 모습을 힐금 쳐다본다. 사람들은 저녁을 먹거나, 텔레비전 드라마를 보고 있다. 갖가지 음식 냄새가 부엌 창문과 환기구를 통해 골목으로 흘러나온다. 볼륨을 낮춘 전기 기타로 빠른 패시지를 연습하는 십 대 소년이 있고, 2층 창가에는 책상 앞에 앉아 공부하는 어린 여자아이의 진지한 얼굴도 보인다. 부부 싸움을 하는 소리가 들린다. 갓난아기의 자지러지는 울음소리가 들린다. 어디에선가 전화벨이 울린다. 그릇에 다 담기지 못해 줄줄 흐르는 물처럼, 현실이 골목으로 넘쳐흐른다. 소리로, 냄새로, 영상으로, 요청으로, 대답으로.

나는 발소리가 나지 않게 늘 신는 테니스화를 신고 있다. 걷는 속도는 너무 빨라서도 너무 느려서도 안 된다. 중요한 것은 괜히 사람들의 주의를 끌지 않는 것이다. 사방에 가득한 '현실'에 까딱 잘못해서 발목을 잡히지 않는 것이다. 모든 모퉁이를, 모든 장애물을 나는 다 기억하고 있다. 어둠 속에서도 어딘가에 부딪치지 않고 골목을 빠져나갈 수 있다. 마침내 우리 집 뒤에 도착하자, 나는 걸음을 멈추고 주위를 살핀 후에 그 낮은 담장을 훌쩍 뛰어넘는다.

집은 거대한 동물의 허물처럼 어둡고 고요하게 내 앞에 웅크리고 있다. 나는 부엌 뒷문을 열고, 불을 켜고, 고양이 물을 갈아 준다. 그리고 선반에서 캔 사료를 꺼내 딴다. 그 소리를 들은 삼치가 어디선가 나타난다. 그리고 내 다리에 몇 번 머리를 비비고는 맛있게 먹기 시작한다. 그동안 나는 냉장고에서 시원한 맥주를 꺼낸다. 저녁은 늘 '저택'에서 시나몬이 준비해 주는 것을 먹기 때문에 집에서는 간단히 만든 샐러드나 치즈를 잘라 먹는다. 나는 맥주를 마시면서 고양이를 무릎에 안아 올리고, 그 몸의 온기와 부드러움을 손으로 확인한다. 우리가 오늘이라는 하루를 각자 다른 장소에서 지내다, 또 각자 집으로 돌아왔다는 것을 확인한다.

그런데 집으로 돌아와 신발을 벗고, 여느 때처럼 부엌 불을 켜려고 손을 뻗었을 때, 나는 불현듯 어떤 기척을 느낀다. 나는 어둠 속에서 움직임을 멈추고, 귀를 기울이고, 코로 조용히 공기를 들이쉰다. 아무 소리도 들리지 않는다. 하지만 아주 희미하게 담배 냄새가 난다. 어째 집 안에 내가 아닌 누군가가 있는 듯하다. 그 인물은 이 집에서 내가 돌아오기를 기다리고 있었다. 그리고 조금 전에, 참다못해 담배에 불을 붙였다. 연기가 밖으로 나가도록 창문을 열어 놓고 두 모금이나 세 모금쯤 피웠을 것이다. 그래도 냄새는 남아 있다. 아마도 내가 아는 인간은 아니리라. 단단히 문단속을 하고 나갔고, 내가 아는 사람 가운데 아카사카 넛메그를 제외하면 아무도 담배를 피우지 않는다. 그리고 넛메그는 나를 만나려고 어둠 속에서 가만히 기다리는 짓은 하지 않는다.

내 손은 어둠 속에서 무의식적으로 야구 방망이를 찾는

다. 하지만 방망이는 거기에 없다. 그것은 지금 우물 속에 있다. 심장이 부자연스러울 정도로 커다란 소리를 내기 시작한다. 그 소리가 내 몸에서 밖으로 뛰쳐나와 귓가에 떠 있는 것처럼 느껴진다. 나는 숨을 고른다. 아마 방망이는 필요 없을 것이다. 만약 그 누군가가 나를 해치려고 이 집에 왔다면, 안에서 느긋하게 기다리고만 있지 않을 것이다. 손바닥이 몹시 간지러웠다. 내 손은 방망이의 감촉을 원하고 있었다. 고양이가 어디선가 다가와, 늘 그랬듯이 야옹거리면서 내 다리에 머리를 마구 비벼 댔다. 고양이는 그렇게 배가 고프지 않은 모양이다. 우는 소리로 알 수 있다. 나는 손을 내밀어 부엌 불을 켰다.

"야, 이거 미안하군요. 조금 전에 고양이에게 밥을 줬어요." 거실 소파에 앉아 있던 그 남자는 아주 잘 아는 사람을 대하듯 말했다. "여기서 계속 오카다 씨를 기다리고 있었는데, 그 녀석이 어찌나 이 다리에 매달려서 야옹거리는지, 그래서 선반에서 사료를 꺼내 주었습니다. 하지만 사실은 나, 고양이를 별로 좋아하지 않습니다."

남자는 소파에서 일어나지도 않았다. 나는 잠자코 남자의 모습을 바라보았다.

"멋대로 들어와, 이렇게 아무도 모르게 기다리고 있었으니 놀랐겠습니다. 죄송하군요, 정말. 하지만 불을 켜 놓고 기다리면 경계심에 집에 들어오지 않을 수도 있지 않겠습니까. 그래서 불을 켜 놓지 않고 기다렸죠. 당신을 해치러 온 게 아니니, 그렇게 무서운 표정 짓지 마십시오. 오카다 씨와 얘기를 좀 하고 싶었을 뿐입니다."

키가 작고 양복을 입은 남자였다. 앉아 있어서 정확하게는 알 수 없어도, 한 150센티미터를 넘지 않을 듯하다. 나이는 사십 대 중반에서 쉰 정도. 개구리처럼 살집이 단단하고 머리가 벗어졌다. 가사하라 메이의 분류법에 준하면 '송'이다. 귀 위쪽에 머리카락이 매달리다시피 남아 있지만, 묘한 형태로 까맣게 남아 있는 탓에 더욱 눈에 띈다. 코는 커다란데 좀 막혔는지 숨을 들이쉬고 내쉴 때마다 풀무 같은 소리를 내면서 부풀었다 오그라들었다. 그 위에는 도수가 높아 보이는 금속테 안경이 걸쳐져 있다. 말을 할 때 단어에 따라 윗입술이 들리면서 담배 진으로 물든 들쭉날쭉한 치열이 보였다. 내가 지금까지 만난 사람 가운데 가장 흉측한 한 명이라 할 수 있었다. 단순히 용모가 흉측한 게 아니라, 뭔가 끈적거리고, 말로는 형용할 수 없는 불길함이 있었다. 그 느낌은 어둠 속에서 정체 모를 커다란 벌레를 만졌을 때 느끼는 징그러움과 비슷했다. 남자는 현실에 실재하는 인물이라기보다 옛날에 한번 꾸고는 까맣게 잊어버린 악몽의 일부처럼 보였다.

"죄송합니다, 담배를 피워도 될지?" 하고 남자가 물었다. "계속 참고 있었는데, 이렇게 앉아서 기다리고만 있자니 힘들어서 말이죠. 담배란 게 참 몹쓸 것입니다."

나는 말이 잘 나오지 않아, 그냥 고개만 끄덕였다. 그 행색이 기묘한 남자는 윗도리 주머니에서 필터가 없는 담배 피스를 꺼내 입에 물고, 성냥을 칙 그었다. 그리고 발 옆에 있는 빈 고양이 사료 깡통을 집어 들고, 그 안에 성냥을 버렸다. 그 빈 깡통을 재떨이로 사용했던 모양이다. 남자는 숱이 빽빽한 굵은 눈썹을 가운데로 찡그리고 아주 맛있게 담배를 피웠다. 정말 감격스럽다는 듯이 조그맣게 소리까지 질렀다. 남자가 연기를 깊이 빨아들이자, 담배 끝이 석탄처럼 선명한 빨간색으로 타들어 갔다. 나는 툇마루의 유리문을 열어 바깥 공기를 안으로 들어오게 했다. 밖에서는 아직도 소리 없이 비가 내리고 있었다. 보이지 않고 소리도 들리지 않지만, 냄새로 비가 온다는 것을 알 수 있다.

남자는 갈색 양복에 허연 와이셔츠를 입고 칙칙한 붉은색 넥타이를 매고 있었다. 하나같이 싸구려로 보였고, 하나같이 혹사당해 지친 것처럼 보였다. 양복의 갈색은 뭘 모르는 초짜가 급하게 칠한 똥차의 도장 같았고, 윗도리와 바지의 항공사진 같은 쭈글쭈글한 주름은 이미 회복의 여지가

184

없어 보였다. 허연 와이서츠는 전체적으로 누르끄레하고, 가슴께의 단추 하나는 거의 떨어질락 말락 했다. 게다가 한두 사이즈 작은 걸 억지로 껴입었는지 제일 위 단추는 끼우지도 않았고, 깃은 추잡하게 뒤틀려 있었다. 생기다 만 엑토플라즈마처럼 기묘한 무늬의 넥타이는 오스먼즈*만큼이나 오랜 옛날부터 똑같은 모양으로 거기 매여 있는 것처럼 보였다. 이 인물이 옷차림에 주의를 기울이거나 경의를 표하지 않는다는 것은 누가 봐도 분명했다. 사람 앞에 나서야 하니 뭔가를 걸쳐야 해서 할 수 없이 옷을 입었을 뿐이다. 악의마저 느껴지는 차림이다. 남자는 그 옷들이 언젠가 해지고 찢어져서 실밥으로 갈가리 분해될 때까지, 지금처럼 매일 입을 생각인지도 모른다. 높은 지대에 사는 농부가 당나귀를 아침부터 밤까지 부리다 못해 끝내는 죽이고 마는 것처럼.

아무튼 필요한 만큼의 니코틴을 폐 속에 흡입하고 나자, 남자는 후 한숨을 쉬고는 얼굴에 미소와 엷은 웃음 사이에 위치하는 묘한 웃음을 띠었다. 그리고 입을 열었다.

"야, 이거 자기소개가 늦었습니다. 실례, 실례. 우시카와라고 합니다. 소를 뜻하는 우시(牛)에, 삼수변의 카와(河)를 써

* 1960~1970년대 인기를 얻은 미국의 가족 밴드.

서, 우시카와. 기억하기 쉬운 성이죠. 사람들은 모두 '우시'라고 부릅니다. '어이, 우시.' 그 소리를 들으면 기분이 참 묘해요. 내가 정말 소가 된 듯한 기분이 들거든요. 실제로도 어디선가 소를 보면, 친근감을 느낍니다. 성이란 게 참 묘하죠. 오카다 씨는 그렇게 생각지 않나요? 그런 점에서 오카다라는 성은, 참 깔끔합니다. 내 성도 그렇게 평범했으면 싶을 때가 있죠. 그러나 안타깝게도 성은 자기 마음대로 선택할 수가 없어서 말이죠. 이 세상에 우시카와로 태어난 이상 싫으나 좋으나 평생 우시카와입니다. 덕분에 초등학교 다닐 때부터 지금까지, 모두에게 우시, 우시라고 불리고 있습니다. 어쩔 수 없는 일이죠. 성이 우시카와인 사람이 있으면, 누구라도 우시라고 부를 겁니다. 그렇잖습니까. 흔히들 이름이 그 사람 성품을 보여 준다고 하지만, 오히려 성품이 이름에 질질 끌려가는 게 아닐까 싶군요. 그런 기분이 듭니다. 뭐 아무튼 우시카와라고 기억해 주시지요. 만약 우시라고 부르고 싶으면, 그렇게 불러도 상관없습니다."

나는 부엌에 가서 냉장고를 열고 작은 병맥주를 꺼내 들고 돌아왔다. 우시카와에게는 아무것도 권하지 않았다. 내가 그를 이 집으로 부른 게 아니기 때문이다. 나는 말없이 병에 입을 대고 맥주를 마시고, 우시카와 역시 아무 말 않고 필터 없는 담배를 깊이 빨아들였다. 나는 그와 마주 앉

186

지 않고 기둥에 기대어 그를 내려다보는 꼴로 서 있었다. 마침내 그가 빈 사료 깡통에 담배를 짓이겨 끄고, 나를 올려다보았다.

"오카다 씨, 아마 당신은 내가 어떻게 문을 따고 이 집에 들어왔는지 의문스러울 겁니다. 아닌가요? 이상하다, 나갈 때 분명히 문을 잠갔는데. 아, 물론 문은 잠겨 있었습니다, 틀림없이. 그런데 말이죠, 내가 열쇠를 갖고 있었어요. 진짜 열쇠입니다. 봐요, 여기. 보시죠."

우시카와는 윗도리 주머니에 손을 쑤셔 넣고 열쇠가 달랑 하나 걸려 있는 키홀더를 꺼내 내 눈앞에 쳐들었다. 그것은 아닌 게 아니라 우리 집 열쇠로 보였다. 하지만 내 주의를 끈 것은 키홀더였다. 구미코가 갖고 다니던 키홀더와 아주 비슷했기 때문이다. 초록색 심플한 가죽 키홀더는 열쇠를 끼우는 부분이 조금 특이하게 생겼다.

"이거 진짜 열쇠입니다. 보시면 잘 알겠지만. 그리고 키홀더는 부인 것이죠. 혹시나 오해할까 싶어 말하는데, 이거 부인에게 받은 열쇠예요, 구미코 씨에게. 몰래 훔쳤거나 억지로 빼앗은 게 아니라는 말이죠."

"구미코는 지금 어디 있습니까?" 내 목소리가 왠지 일그러지게 울렸다.

우시카와는 안경을 벗어 렌즈에 김이라도 서렸는지 확인

하듯 바라보고는 다시 꼈다. "부인이 어디 있는지는 잘 알죠. 사실, 내가 구미코 씨를 보살피고 있는 거나 다름없어서."

"구미코를 보살피고 있다?"

"보살피고 있다고 해서, 뭐 그런 게 아닙니다. 안심하세요." 우시카와는 그렇게 말하고는 웃었다. 웃자 얼굴의 좌우 균형이 무너지면서 안경이 삐딱해졌다. "그런 얼굴로 나를 노려보지 마십시오. 나는 말이죠, 그저 업무의 하나로 구미코 씨를 도와주고 있을 뿐이라서요. 연락도 하고 잡다한 일도 하고. 오카다 씨, 그저 심부름꾼입니다. 뭐, 대단한 일은 하고 있지 않아요. 부인이 밖에 나갈 수 없어서 말입니다. 그건 아시죠?"

"밖에 나갈 수 없다?" 하고 나는 또 똑같은 말을 반복했다.

그는 잠시 가만히 있다가 혀끝으로 입술을 슬쩍 핥았다. "아니, 몰라도 상관없습니다만, 밖에 나갈 수 없다고 할지, 나가고 싶어 하지 않는다고 할지, 설명할 수가 없군요. 오카다 씨야 알고 싶겠지만, 내게 묻지 마십시오. 자세한 사정은 나도 잘 모르니까 말입니다. 하지만 걱정할 필요는 없어요. 억지로 가두고 있는 것도 아니니까. 영화나 소설도 아니고, 현실에서는 그럴 수 없죠."

나는 손에 든 맥주병을 조심조심 바닥에 내려놓았다. "그런데 당신은 어떤 용건으로 여기 있는 거지?"

우시카와는 손바닥으로 무릎을 몇 번 치면서 고개를 힘주어 끄덕거렸다. "아차, 그걸 아직 말씀드리지 않았군요. 깜박했습니다. 자기소개까지 하고서 그걸 빠트리다니 어처구니가 없군요. 불필요한 말은 주절주절 늘어놓으면서 중요한 말은 잊어버리는 게 나의 결점이죠, 옛날부터 말입니다. 그래서 실수를 자주 합니다. 이제 말씀드리죠, 나는 사실 구미코 씨의 오빠를 모시고 있는 사람입니다. 우시카와라고 하죠. 아, 이름은 아까 말했군요. 우시라고 말이죠. 나는 구미코 씨의 오빠인 와타야 노보루의 비서 같은 일을 하고 있습니다. 아, 비서라고 해서 무슨 국회의원 비서와는 수준이 아예 다르죠. 그런 일은 저 위에 있는, 나름의 자격이 있는 사람이 하는 것이고. 비서에도 여러 종류가 있으니 말입니다, 오카다 씨. 저 위에서 저 아래까지. 나는 저 아래에서도 아래. 귀신으로 쳐도 아주 말단이죠. 화장실이나 벽장 구석에 떡 들러붙어 있는 더러운 귀신 말입니다. 뭐 그렇다고 투덜거릴 수는 없죠. 나처럼 흉물스러운 인간이 겉으로 드러나 봐야, 참신하고 발랄한 이미지의 와타야 선생님에게 좋은 일이 없으니까요. 그런 대외적인 일은 훨씬 더 인텔리처럼 생긴 말쑥한 사람이 해야죠. 땅딸보에 대머리 아저씨가 '내가 와타야의 비서올시다.' 하고 나서 봐야, 세상의 웃음거리가 될 뿐입니다. 그렇지 않나요, 오카다 씨."

나는 대답하지 않았다.

"그래서 난 말이죠, 선생님을 위해 사람들 눈에 띄지 않는 일, 말하자면 뒷일을 도맡고 있습니다. 밖으로 드러나지 않는 일. 마루 밑의 바이올리니스트, 그게 나의 전문분야입니다. 구미코 씨의 일이 좋은 예죠. 하지만 오카다 씨, 내가 구미코 씨를 보살피는 것을 허접한 허드렛일로 여긴다고는 생각지 마십시오. 만약 내 말투가 그런 인상을 주었다면, 그건 아주 터무니없는 오해입니다. 그렇지 않겠어요, 구미코 씨는 우리 선생님의 하나밖에 없는 소중한 여동생인데 말입니다. 그런 분을 보살핀다는 건, 나로서도 상당히 보람 있는 일입니다. 이건 솔직한 말이에요.

그런데 이런 말을 하자니 좀 뻔뻔하다 싶은데, 나도 맥주를 좀 마실 수 있을까요. 얘기를 하다 보니 점점 목이 마르군요. 괜찮다면 내가 가져오죠. 장소는 압니다. 아까 기다리는 동안에 실례를 무릅쓰고 냉장고 안을 좀 들여다봤거든요."

나는 고개를 끄덕였다. 우시카와는 일어나 부엌에 가서, 냉장고를 열고 작은 맥주병을 꺼내 왔다. 그리고 다시 소파에 앉아 정말 맛있다는 듯이 병에 입을 대고 쭉 마셨다. 커다란 목울대가 넥타이 매듭 위에서 살아 있는 생물처럼 꿈틀거렸다.

"오카다 씨, 하루를 마무리하면서 마시는 시원한 맥주 한 병, 정말 좋군요. 세상에는 너무 차가운 맥주는 맛이 없다고 까다롭게 구는 사람도 있지만, 내 생각은 그렇지 않습니다. 첫 번째 병은 맛이 느껴지지 않을 만큼 차가워야 맛있는 법이죠. 두 번째 병은 조금 시원한 편이 맛있고. 그러나 첫 번째 병은 무조건 얼음처럼 차가운 게 나는 좋습니다. 관자놀이가 찌릿해질 만큼 차가운 게. 이건 어디까지나 내 개인적인 취향입니다만."

나는 여전히 기둥에 기대어 선 채, 맥주를 한 모금 마셨다. 우시카와는 입술을 꾹 다물고 잠시 실내를 돌아보았다.

"그런데 말입니다, 오카다 씨. 부인이 없는데도 집 안이 아주 깔끔하게 정돈되어 있습니다. 감탄스러워요. 부끄럽지만, 나 같은 사람은 도저히 이렇게 못 삽니다. 집 안이 엉망진창이죠. 쓰레기통, 돼지우리입니다. 욕실도 일 년 넘게 청소하지 않았어요. 사실 우리 마누라도 오 년 전쯤에 집을 나가서 말이죠, 그래서 오카다 씨의 기분은 잘 압니다. 동병상련이라고 하면 어폐가 있겠지만. 그러나 오카다 씨와 달라서, 우리 마누라 경우는 집을 뛰쳐나간 게 당연하죠. 남편이란 사람이 최악의 남자였으니, 뭐라 할 말이 없습니다. 집을 뛰쳐나가기 전까지, 용케 잘 참았다고 내가 오히려 감탄할 정도죠. 그 정도로 나는 형편없는 남편이었습니다. 화가 나면 마누라를 때리고 괴롭혔으니 말입니다. 난 말이죠, 밖에서는 사람을 때리지 않아요. 그런 짓은 못합니다. 보시다시피 내가 소심한 사람이라서 말이죠. 심장이 벼룩만 합니다. 밖에 나가면 모두에게 헤실헤실거리고, '어이, 우시'라고 불리죠. 누가 뭐라고 해도 헤실거리면서 불평 한마디 안 합니다. 당신 말이 모두 옳습니다, 하고 굽실거리죠. 그런데 말입니다. 집에 돌아가면 마누라를 때려요, 헤헤헤. 어떻습니까, 최악이죠. 나도 압니다. 그런데 오카다 씨, 그게 그만둘수가 없어요. 병입니다, 병. 얼굴이 일그러질 정도로 때립니다. 때리는 데서 그치지 않죠. 밀치고 걷어차고. 뜨거운 차를 끼얹기도 하고, 물건을 던지기도 하고, 갖가지를 다합니다. 아이가 말리려고 끼어들면, 그 아이까지 때립니다. 어린아이를 말입니다. 일곱 살이나 여덟 살밖에 되지 않은 아이를 말입니다. 그것도 말이죠, 아이라고 슬쩍슬쩍 때리는 게아니라 진짜로 때립니다. 악귀죠. 그만두려고 해도, 그만둘수가 없어요, 그게. 내가 나를 통제할 수가 없습니다. 이 정도 하고 그만두자고 생각은 하는데, 어떻게 그만두면 좋을지를 몰라요. 어떻습니까, 망나니죠. 그러다 오 년 전에 다섯살 난 여자아이의 팔을 부러뜨리고 말았습니다, 똑. 그래서치가 떨린 마누라가 아이 둘을 데리고 집을 나간 거죠. 그후로 마누라도 아이들도 한 번도 못 만났습니다. 연락 한 번 없었죠. 어쩔 수 없는 일이죠. 하나에서 열까지 나의 업보입니다."

나는 대꾸하지 않았다. 고양이가 발밑에 다가와 어리광을 피우듯 짧게 울었다.

"야, 이거, 쓸데없는 얘기를 했군요. 피곤할 텐데 미안합니다. 무슨 볼일이 있어서 우리 집에 왔느냐고 했죠. 네, 그렇습니다. 볼일이 있어 왔습니다. 오카다 씨와 이런 얘기나 하자고 온 게 아닙니다. 선생님의, 그러니까 와타야 씨의 분부가 있어서 왔습니다. 내가 들은 대로 말씀드릴 테니 잘 들으시죠.

우선 첫째로, 선생님은 오카다 씨와 구미코 씨 사이의 일을 다시 고려해 봐도 좋겠다고 생각하고 계십니다. 그러니까 쌍방이 바란다면, 원래 자리로 돌아가도 상관없다는 겁니다. 지금 구미코 씨에게 그럴 마음이 없으니 당장 뭐가 어떻게 되지는 않겠지만, 오카다 씨가 절대 이혼하고 싶지 않다, 언제까지든 기다릴 것이라고 하면 그래도 좋다는 뜻이죠. 지금까지는 이혼을 강요했지만 그러지 않겠다는 겁니다. 그래서 말인데요, 만약 오카다 씨가 구미코 씨에게 연락하고 싶은 일이 있으면, 나를 통로로 사용해도 좋습니다. 요컨대 국교 회복이라고 할까요, 지금까지 그랬던 것처럼 일일이 부딪치지 않는 게 어떻겠느냐 하는 겁니다. 이게 첫 번째 용건입니다. 어떻게 생각하는지요?"

나는 바닥에 앉아서 고양이의 머리를 쓰다듬었다. 그리고 아무 말도 하지 않았다. 우시카와는 잠시 나와 고양이를 쳐다보았다. 그리고 다시 입을 열었다.

"아, 그렇군요. 얘기라는 게 역시 끝까지 들어보지 않고는 뭐라 말할 수 없죠. 한 가지만 말해서야 뒤이어 무슨 말이 나올지 알 수 없으니 말입니다. 좋습니다, 끝까지 다 얘기하죠. 이제 두 번째 용건입니다. 두 번째는 얘기가 좀 복잡하군요. 그게 실은 말입니다, 어떤 잡지에 실린 '목매다는 저택' 기사 건입니다. 오카다 씨가 그 기사를 읽었는지는 모르겠으나, 상당히 흥미로운 기사입니다. 아주 잘 썼어요. 세타가야의 고급 주택지에 사연이 많은 땅이 있다. 거기 살았던 많은 사람들이 비참하게 죽었다. 그런데 이번에 그 토지를 사들인 수수께끼의 인물이 있다. 과연 누구인가? 그 높은 담장 안에서 지금 무슨 일이 벌어지고 있는가? 수수께끼가 수수께끼를 부르는……

그래서 말인데요, 와타야 선생님은 그 기사를 읽고, 그 저택이 오카다 씨가 사는 집 바로 근처라는 것을 알았던 겁니다. 그래서 혹시 그 저택과 오카다 씨 사이에 무슨 관계가 있지 않을까 하고 점점 궁금해졌던 것이죠. 그래서 그 상황을 조금 조사해 봤더니 — 실제로는 불초 우시카와가 이 짧은 다리로 발품을 팔아 조사했습니다만, 아무튼 좀 조사를 해 봤습니다. 그랬더니 말입니다, 예상했던 대로였다고 할지, 아니나 다를까라고 할지, 오카다 씨가 매일 뒷골목을 지나 그 저택을 오간다는 것을 알게 되었죠. 아무래도 오카다 씨가 그 저택에서 벌어지는 일에 깊숙이 관계하고 있는 것 같더란 말입니다. 야, 나도 놀랐습니다. 과연 와타야 선생님의 혜안이 대단하다고 할까.

현재까지 그 기사의 후속 기사는 없습니다. 단발로 끝났죠. 그러나 언제 어떻게 불씨가 다시 살아날지 알 수가 있어야죠. 기사거리로는 아주 흥미로워서 말입니다. 그래서 솔직하게 말씀드리는데, 선생님이 다소 난처해하고 있습니다. 즉 매제 되는 오카다 씨의 이름이 변변치 않은 일로 표면에 드러나기라도 하면, 이는 와타야 선생님이 얽힌 스캔들이 될 수도 있으니까 말이죠. 와타야 선생님은 일단 공인입니다. 매스컴이 달려들겠죠. 게다가 선생님과 오카다 씨 사이에는 구미코 씨 건도 있고, 다소 복잡하게 얽힌 일도 있는 터라, 결과적으로 수상한 짓을 하지 않았는데도 의심을 살 수 있다 이거죠. 수상한 짓이라는 말은 좀 그렇고, 그야 누구든 타인에게는 알리고 싶지 않은 일이 한두 가지는 있는 법이잖습니까, 개인적인 일이면 더욱이 그렇죠. 선생님은 지금 정치가로서 아주 중요한 시기에 있으니, 돌다리도 두드리고 또 두드리고 발로 툭툭 건드려 보면서 건너고 싶은, 뭐 그런 심정인 겁니다. 그래서 말인데요, 이제부터가 거래 비슷한 게 됩니다만, 오카다 씨가 그 '목매다는 저택'과의 관계를 깨끗하게 끊으면, 구미코 씨와 다시 합치는 것도 생각해 볼 수 있지 않나, 한마디로 하면 그렇습니다. 어떠세요, 대충은 이해했으리라 생각하는데."

"아마." 하고 나는 말했다.

"그래서, 어떻게 생각하시는지요? 내가 한 말에 대해서."

나는 고양이의 목을 손가락으로 쓰다듬으면서 그 말에 대해 잠시 생각했다.

나는 말했다. "그런데 와타야 노보루는 왜 내가 그 저택과 관계가 있을지 모른다고 생각한 거죠? 왜 그런 생각을 했을까요?"

우시카와는 또 얼굴을 이죽거리며 웃었다. 웃기는 말이라는 듯이 웃고 있지만, 자세히 보면 그 눈은 유리 세공품처럼 차가웠다. 그는 주머니에서 찌그러진 피스 담뱃갑을 꺼내, 성냥으로 불을 붙였다. "아, 오카다 씨, 그런 어려운 질문을 하면 내가 곤란하죠. 다시 말하는데, 나는 그냥 심부름꾼입니다. 복잡한 건 몰라요. 하찮은 비둘기입니다. 이쪽에서 편지를 물고 날아가, 저쪽의 편지를 물고 돌아오는. 아시겠죠? 다만 한 가지 내가 말할 수 있는 것은, 그 사람은 바보가 아니라는 겁니다. 그 사람은 머리를 어떻게 써야 하는지 잘 알고 있어요. 또 남다른 감도 갖고 있습니다. 게다가 와타야 노보루라는 사람은 말이죠, 오카다 씨, 이 세상에서 당신이 생각하는 것보다 훨씬 강한 현실적인 힘을 갖고 있어요. 그리고 그 힘은 날로 강해지고 있습니다. 그건 인정해야 할 겁니다. 오카다 씨는 그간의 여러 가지 일 때문에 그 사람을 좋아하지 않는 것 같지만, 그건 내 알 바가 아니고, 또 상관도 없는 일이지만, 이런 단계까지 오면 일은 좋고 싫고의 문제가 아닌 거죠. 그 점을 이해해 줬으면 합니다."

"만약 와타야 노보루가 강한 힘을 갖고 있다면, 손을 써서 그런 기사가 주간지에 실리지 않도록 하면 되는 일. 그러는 편이 간단하지."

우시카와가 웃었다. 그리고 또 담배 연기를 오래오래 깊이 빨아들였다.

"오카다 씨, 오카다 씨, 말을 그렇게 함부로 하면 못쓰죠. 우리는 일본이라는 아주 정상적인 민주 국가에 살고 있습니다. 그렇죠. 사방을 돌아봐야 바나나 농장과 축구장밖에 보이지 않는 어느 독재 국가가 아니란 말입니다. 이 나라에서는 아무리 큰 힘이 있어도, 정치가가 한 잡지의 기사를 몰수하는 건 쉬운 일이 아닙니다. 아주 위험한 일이죠. 가령 윗선은 어떻게 포섭했다 쳐도, 누군가의 불만은 남습니다. 그러다 오히려 세상의 이목을 끌 수도 있죠. 이른바 긁어 부

스럼이 되는 거죠. 그리고 이 정도 얘깃거리에 그렇게 거칠
게 반응하는 것도 맞지 않죠, 솔직히.

그리고 이건 우리끼리니까 하는 말인데, 이 건에는 오카
다 씨는 모르는 과격한 조직이 연루되어 있을지도 모릅니다.
그렇다면 마침내는 우리 선생님 선에서 얘기가 끝나지 않게
될 것이고, 또 그렇게 되면 흐름이 완전히 달라지겠죠, 아마.
요컨대 오카다 씨, 이 치료에 비유하자면, 지금 단계는 마취
된 부분을 만지작거리는 수준입니다. 그래서 아무도 뭐라 하
지 않습니다. 그러다 드릴 끝으로 살아 있는 신경을 툭 건드
렸다 치면, 누군가는 펄쩍 뛰겠죠. 진지하게 화를 내는 사람
도 생길 수 있고 말입니다. 내가 하는 말을 이해하겠는지요?
절대 협박하는 거 아닙니다. 오카다 씨가 자신도 모르게 좀
위험한 일에 휩쓸린 게 아닌가 하는 것이 나 우시카와의 의
견입니다." 우시카와는 용건을 일단 다 말한 것 같았다.

"다치기 전에 손을 빼는 게 좋다?" 하고 나는 물었다.

우시카와가 고개를 끄덕였다. "이건 말이죠, 오카다 씨,
고속도로에서 캐치볼을 하는 거나 다름없는 일입니다. 정말
위험해요."

"게다가 와타야 노보루에게도 누가 되고. 그러니까 깨끗
이 손을 떼면 구미코와 연락을 취하게 해줄 수도 있다."

우시카와는 또 고개를 끄덕였다. "대충 그런 얘기입니다."

나는 맥주를 한 모금 마셨다.

"우선 첫째, 구미코는 내 힘으로 내가 되찾을 겁니다." 하고 나는 말했다. "무슨 일이 있어도 와타야 노보루의 힘을 빌릴 생각은 없어요. 도와주지 않아도 아무 상관없습니다. 내가 와타야 노보루라는 인간을 좋아하지 않는 건 맞습니다. 하지만 이건, 당신도 말했지만, 좋고 싫고의 문제가 아니죠. 그러기 이전의 문제입니다. 그러기 이전에 나는 그라는 존재 자체를 받아들일 수가 없다는 말입니다. 따라서 그와는 거래하지 않습니다. 그렇게 전하세요. 그리고 두 번 다시 이 집에 멋대로 들어오지 않기 바랍니다. 여기는 누가 뭐라 해도 내 집입니다. 호텔 로비나 역의 대합실이 아니라고요."

우시카와는 눈을 찡그리고, 안경 너머로 나를 잠시 바라보았다. 조금도 움직이지 않는 눈에는 여전히 감정의 색이 없었다. 무표정한 것도 아니다. 그러나 거기에 있는 것은 이 자리에 맞게 일시적으로 만들어진 것에 불과했다. 그리고 우시카와는 비가 얼마나 오는지를 확인하듯, 체구에 비해서는 커다란 오른 손바닥을 가볍게 위로 향했다.

"무슨 말씀인지 잘 알겠습니다." 하고 우시카와는 말했다. "애당초 순순히 받아들일 거라고는 생각지 않았어요. 그러니 그렇게 대답해도 놀랍지 않습니다. 게다가 나는 잘 놀라지 않는 성격이라서. 오카다 씨의 기분은 알겠고, 얘기의 내용도 아주 깔끔해서 좋군요. 구질구질한 군더더기 없이 예스냐 노냐 그거니까요. 알기 쉬워 좋습니다. 좋다는 건지 싫다는 건지 분명하지 않은, 배배 꼬인 대답을 들으면 말입니다. 전령 비둘기로서도 얘기를 곱씹어 듣고 가야 하니 뼈가 빠지는 노릇입니다. 그런데 말이죠, 세상에는 그런 경우가 아주 많아요. 불평이 아니라, 매일 매일이 스핑크스의 수수께끼 같다 이겁니다. 이런 일은 몸에 좋지 않아요, 오카다 씨. 좋을 리가 없죠. 이런 식으로 살다 보면 알게 모르게 성격이 까다로워지죠. 알겠나요, 오카다 씨? 의심이 많아지고, 늘 뒤를 캐게 됩니다. 단순명쾌한 것을 신뢰할 수 없게 되죠. 참 난감한 일입니다.

좋습니다, 오카다 씨, 우리 선생님에게 그 대답을 틀림없이 전해 드리죠. 다만 오카다 씨, 얘기가 이걸로 끝나지는 않을 겁니다. 가령 오카다 씨는 딱 끝내고 싶다 해도, 일이 그렇게 간단하지가 않아요. 그래서 말인데, 나는 아마 다시 오게 될 겁니다. 그러니 더러운 땅딸보에 흉측스러워 죄송합니다만, 아무쪼록 나란 존재에 조금이라도 적응해 주기 바랍니다. 나 개인적으로는 오카다 씨에게 아무 감정이 없습니다. 정말이에요. 하지만 말이죠, 좋고 싫고를 떠나, 나는 지금 당신이 그리 쉽게 떨쳐 버릴 수 있는 사람이 아닙니다. 이상하게 들릴지 모르겠으나, 아무튼 그렇게 생각하시죠.

그러나 오늘처럼 멋대로 집에 들어오는 짓은 두 번 다시 하지 않겠습니다. 당신 말대로, 이런 건 정상적인 방법이 아니니까요. 헤헤헤, 그저 엎드려 빌 뿐입니다. 다만 말이죠, 이번 경우는 나로서도 어쩔 수가 없었습니다. 이해해 주시죠. 언제나 이렇게 무모하게 구는 것은 아닙니다. 이래 봬도 나 역시 평범한 인간이라서요. 앞으로는 남들처럼 우선 전화를 걸죠. 그럼 되겠죠? 벨이 두 번 울리면 끊고, 다시 걸겠습니다. 벨이 그렇게 울리는 전화가 오면 나라고 생각하고, 또 그 멍청한 우시카와가 오겠구나 하고 수화기를 드는 겁니다. 아시겠죠, 반드시 들어야 합니다. 안 그러면 멋대로 이 집에 들어오지 않을 수 없죠. 나도 개인적으로는 그러고 싶지 않지만, 아쉽게도 돈 주는 사람 마음에 들게 일해야 하는 몸이라, 하라고 하는 일은 나름대로 최선을 다하지 않을 수 없어서요. 아시겠죠?"

나는 대답하지 않았다. 우시카와는 짧아진 담배를 빈 사료 깡통 속에 짓눌러 끄고는, 불쑥 생각났다는 듯이 손목시계를 들여다보았다. "야, 이거 너무 오래 있었군요. 죄송합니다. 남의 집에 멋대로 문을 열고 들어온 것도 모자라 장시간 떠들어 대기까지, 거기다 맥주까지 얻어 마셨군요. 눈감아 주십시오. 아까도 말씀드렸지만, 나는 집에 돌아가 봐야 아무도 반겨 주는 이 없는 비천한 몸이다 보니, 어쩌다 얘기 상

201

대가 있으면 그만 눌러앉아 떠벌려 댑니다. 한심한 일이죠. 그러니까 오카다 씨, 너무 오래 혼자 사는 건 좋지 않습니다. 그 왜 사람은 섬이 아니라고 하지 않습니까. 별 볼 일 없는 인간이 혼자 한가하게 있어 봐야 좋은 일은 없다는 말도 있고 말이죠."

우시카와는 무릎 위 가공의 먼지를 손으로 툭툭 털고는, 천천히 일어섰다.

"굳이 나와 보지 않아도 됩니다. 어차피 혼자 들어왔으니 혼자 돌아가겠습니다. 문은 내가 잠그고 가죠. 그리고 오카다 씨, 어쩌면 괜한 간섭일지 모르겠는데, 세상에는 모르고 있는 편이 좋은 일도 있습니다. 그런데 사람들은 유독 그런 일을 알고 싶어 안달을 하죠. 참 알 수 없는 노릇입니다. 어디까지나 일반론이 그렇다는 거지만……. 조만간 또 만나게 되겠죠. 그때 상황이 좋은 방향으로 변해 있다면 저로서는 무척 기쁘겠습니다. 그럼 편히 쉬시죠."

비는 밤새 소리 없이 내리다, 이른 아침, 사위가 밝아 올 무렵에 꺼져 가듯 그쳤다. 그러나 그 기묘한 사내의 끈끈한 기척과 그가 피웠던 필터 없는 담배 냄새는, 습기와 함께 오래도록 집 안에 남아 있었다.

15

시나몬의 신기한 수화,

음악의 헌정

"시나몬이 말을 하지 않게 된 때가, 만으로 여섯 살 생일을 맞이하기 조금 전이었어." 넛메그는 내게 그렇게 말했다. "마침 초등학교에 들어갈 해였지. 그해 2월부터 갑자기 말을 안 하는 거야. 정말 이상한 일이지만, 그가 말을 한마디도 하지 않는다는 사실을 모두가 깨닫는 데, 그날 밤까지 시간이 걸렸어. 원래 그렇게 말이 많은 아이는 아니었지만, 그래도 그렇지. 나중에 알고 보니까, 시나몬이 아침부터 아무 말을 하지 않았던 거지. 나는 어떻게든 그에게 말을 하게 하려고 했어. 말을 걸기도 하고 흔들어 보기도 하고, 하지만 아무 소용이 없었어. 시나몬은 마치 돌덩어리처럼 입을 꼭 다물고 있었지. 무슨 일이 있어 말을 못하게 되었는지, 아니면 말을 하지 않겠다고 스스로 결심한 건지, 그것조차 알수 없었어. 그건 지금도 몰라. 하지만 그는 그 후로 말을 하지 않았을 뿐만 아니라, 목소리 자체를 한 번도 내지 않았어. 무슨 말인지 알겠어? 아픔을 느껴도 비명 하나 지르지 않았고, 간지러워도 소리 내어 웃지 않았다고."

넛메그는 아들을 데리고 이비인후과 전문의를 여러 명찾아다녔다. 그러나 원인은 역시 알 수 없었다. 육체적인 결함이나 질환 때문은 아닌 듯하다는 것을 확인했을 뿐이었다. 의사들은 그의 발성 기관에서 어떤 이상도 찾지 못했다. 시나몬은 목소리는 들을 수 있었다. 그저 말을 하지 않을 뿐이었다. 그들은 하나같이 "이건 정신과의 영역이 아닐까 합니다." 하고 말했다. 넛메그는 또 아는 정신과 의사에게 아들을 데리고 갔다. 그러나 정신과 의사도 그가 입을 다물고 있는 원인을 해명하지 못했다. 그는 시나몬에게 지능검사도 실시했지만, 사고 능력에는 아무런 장애가 없었다. 그는 오히려 상당히 높은 지능지수를 보였고, 정서적으로도 딱히 불안정한 점이 없었다. "아주 심각하게 충격을 받은일이 있었던 것은 아닌가요?" 하고 의사는 넛메그에게 물었다. "잘 생각해 보시죠. 예를 들어서 아주 이상한 것을 봤다든지, 집 안에서 누가 폭력을 휘둘렀다든지, 그런 일이 혹시 없었나요?" 그러나 넛메그는 짚이는 일이 한 가지도 없었다. 아들은 평소대로 식사를 하고, 평소대로 그녀와 얘기를 나누고, 평소대로 침대에 들어가 새근새근 잠이 들었다. 그리고 그 다음 날 아침에 침묵의 세계로 깊이 침잠했다. 가정에는 아무 문제가 없었고, 그녀의 어머니와 넛메그는 아들을 주의 깊게 지키고 키우고 있었다. 아이에게 손찌검을 한 적은 단 한번도 없었다. 아무튼 좀 더 지켜보는 수밖에 없겠습니다, 하고 의사는 말했다. 원인을 모르는 한 치료할 방법도 없으니까요. 일주일에 한 번 데리고 오십시오. 그러다 보면 원인을 알 수 있을지도 모르죠. 또는 얼마 지나, 마치 꿈에서 깬 것처럼 입에서 불쑥 말이 나올지도 모르는 일이고요. 인내심을 갖고 그날을 기다리는 수밖에 없을 것 같군요. 이 아이는 말은 하지 않지만, 현재 그 외에는 어떤 구체적인 문제가 있는 게 아니니까……

하지만 아무리 기다려도 시나몬은 깊은 침묵의 바닷속에서 두 번 다시 수면 위로 떠오르지 않았다.

*

아침 9시에 현관문이 낮은 모터 소리를 내며 안쪽으로 열리면, 시나몬이 운전하는 메르세데스 벤츠 500SEL이 부지 안으로 들어온다. 뒤 창문에 자동차 전화의 안테나가 지금 막 새로 돋은 촉수처럼 솟아 있다. 나는 창문의 블라인드 틈으로 그 광경을 바라보고 있다. 차는 마치 무서움을 모르는 거대한 회유어처럼 보인다. 새까만 새 타이어가 콘크리트 지면 위에 소리 없이 호를 그리고, 정해진 장소에 정지한다. 차는 매일 똑같은 모양의 호를 그리고, 똑같은 장소에 정확하게 선다. 아마 5센티미터의 오차도 없을 것이다.

나는 조금 전에 막 끓인 커피를 마시고 있다. 비는 그쳤지만 하늘은 아직 잿빛 구름에 덮여 있고, 지면은 까맣고 차갑게 젖어 있다. 새들은 날카롭게 울면서 지표의 벌레를 찾아 분주하게 날아다닌다. 잠시 후 운전석 문이 열리고, 선글라스를 낀 시나몬이 내린다. 그는 꼼꼼하게 주변을 돌아보고, 이상이 없다는 것을 확인한 다음 선글라스를 벗어 윗도리 안주머니에 넣는다. 차문을 닫는다. 대형 메르세데스 벤츠의 문이 적절하게 닫히는 소리는 다른 어떤 차의 문 소리와도 조금 다르다. 그리고 그 소리는 내게 '저택'에서의 하루가 이제 시작된다는 것을 의미한다.

나는 아침부터 우시카와의 어젯밤 방문에 대해 계속 생각하고 있다. 그가 와타야 노보루의 심부름꾼으로 찾아왔다는 사실을, 그리고 내게 이곳에서 하는 일에서 손을 떼라고 요구했다는 것을 시나몬에게 알려야 할지 고민하고 있다. 하지만 결국 알리지 않기로 한다. 적어도 한동안은 아무 말 않기로 한다. 이는 나와 와타야 노보루 둘이 결착을 지어야 하는 문제이다. 나는 우리 둘 사이에 제삼자를 끌어들이고 싶지 않았다.

시나몬은 늘 그렇지만 양복을 아주 멋지게 차려 입고 있다. 깔끔하게 재단된 고급스러운 양복이고, 몸에 딱 맞는다. 옷의 스타일은 오히려 보수적이라 절대 튀지 않는다. 하지만 시나몬이 몸에 걸치면 그것은 마치 마법의 가루를 뿌린 것처럼 참신하고 싱그러워 보인다.

물론 그날의 양복에 맞춰 넥타이도 다르게 맨다. 와이셔츠도 다르다. 구두도 다르다. 아마 어머니 넛메그가 예의 그 방식으로 일일이 골라서 사 준 옷들일 것이다. 그러나 아무튼 그가 운전하는 메르세데스 벤츠의 검은 바디와 똑같이, 시나몬이 입는 옷에는 주름 하나 없고, 신은 구두에는 얼룩 한 점 없다. 나는 매일 아침 그의 얼굴을 볼 때마다, 늘 마음속으로 감탄하게 된다. 아니, 감동에 가슴이 뭉클해진다고 해도 좋을 정도다. 저렇게 완벽하고 멋진 외양 속에 과연 어떤 실체가 존재할 수 있을까 하고.

그는 식료품과 잡화가 든 종이봉투 두 개를 트렁크에서 꺼내, 그것을 양손에 껴안고 집으로 들어온다. 그가 껴안으면 그저 평범한 슈퍼마켓 종이봉투조차 아주 품위 있고 예술적으로 보인다. 종이봉투를 껴안는 데에도 요령이 있는지 모른다. 또는 그 이전의 문제일 수도 있다. 내 얼굴을 보면 시나몬은 얼굴 전체로 싱긋 미소 짓는다. 멋진 미소다. 마치 울창한 숲속을 오랜 시간 산책하다가, 갑자기 밝고 탁 트인 공터와 맞닥뜨렸을 때 같은 미소다. 나는 "안녕." 하고 소리 내어 말한다. '안녕.' 하고 그는 소리 내지 않고 말한다. 하지만 입술의 작은 움직임으로 알 수 있다. 그리고 그는 봉투에서 식료품을 꺼내 머리 좋은 아이가 새로 습득한 지식을 기록하는 것처럼 냉장고 안에 차곡차곡 집어넣는다. 잡화를 정리해 선반에 넣는다. 그리고 내가 끓여 놓은 커피를 마신다. 나와 시나몬은 부엌 테이블에 마주 앉는다. 마치 그 옛날에, 나와 구미코가 매일 아침 그랬던 것처럼.

*

"결국 시나몬은 한 번도, 단 하루도 학교에 가지 않았어." 하고 넛메그는 말했다. "보통 초등학교는 말하지 않는 아이를 학생으로 받아들여 주지 않았고, 나는 시나몬을 장애가 있는 아이들이 모이는 학교에 보내는 게 옳다는 생각은 도무지 들지 않았어. 그가 말을 하지 않는 이유는 ── 가령 그게 어떤 것이든 — 다른 아이들과는 전혀 달랐으니까 말이야. 시나몬도 학교에 가고 싶어 하지 않았고. 그는 집에서 혼자 조용히 책을 읽거나 레코드로 클래식 음악을 듣거나, 그 무렵에 키웠던 잡종견과 마당에서 뛰어놀았고, 그러고 있을 때가 가장 행복해 보였어. 때로 밖에 나가 산책하는 일도 있었지만, 또래 아이들과 근처에서 마주치는 걸 싫어해서, 외출에는 그다지 적극적이지 않았지."

넛메그는 수화를 배워 시나몬과 일상적인 대화를 나누게 되었다. 수화로 하고 싶은 얘기를 다 표현할 수 없을 때는 메모지에 글을 써서 필담을 나눴다. 그러나 그녀는 어느 날, 굳이 그렇게 답답한 수단을 사용하지 않아도 아들과 감정을 나누는 데 거의 불편함을 느끼지 않는다는 것을 깨달았다. 몸의 사소한 움직임이나 표정만으로도 그녀는 상대의 생각과 원하는 것을 자기 손바닥 보듯 알 수 있었다. 그걸 깨달은 다음부터 시나몬이 말을 하지 않는 게 크게 신경 쓰이지 않았다. 아들과의 정신적 교류가 훼손되는 부분은 없었다. 물론 음성적인 언어의 부재로 물리적인 불편이 없는 것은 아니다. 하지만 그것은 어디까지나 '불편'이라는 차원에 불과했고, 어떤 의미에서는 그 불편함 때문에 두 사람 사이의 커뮤니케이션의 질이 거꾸로 순화되었다.

그녀는 일하는 틈틈이 시나몬에게 한자와 단어를 가르

치고 계산하는 방법도 가르쳤다. 그러나 그녀가 가르쳐야 하는 양은 실제로 그렇게 많지 않았다. 그는 책 읽기를 좋아했고, 필요한 것은 독서를 통해 혼자 터득했다. 넛메그의 역할은 무엇인가를 가르치기보다 오히려 그에게 필요한 책을 골라 사다 주는 것이었다. 음악을 좋아해서 피아노를 배우고 싶어 했을 때도, 전문 교사에게 기초적인 운지법을 몇 달 배우고 끝냈다. 그다음부터는 정식으로 배우지 않고 교본과 음악 테이프만으로 그 또래의 아이들 치고는 상당히 어려운 연주 기법까지 스스로 터득했다. 주로 바흐와 모차르트를 즐겨 연주했고, 프랑시스 폴랑크와 벨라 버르토크를 제외하면 낭만파 이후의 음악을 연주하는 데는 거의 관심을 보이지 않았다. 첫 육 년 동안, 그의 관심은 오로지 음악과 독서에 집중되었다. 중학교에 들어갈 나이가 되자, 그의 관심은 어학으로 향했다. 그는 우선 영어를, 그다음에는 프랑스어를 선택해 공부했고, 각각 반년 남짓 만에 간단한 책을 읽을 수 있게 되었다. 물론 발음은 하지 못했지만, 시나몬은 회화가 아니라 그 언어로 쓰인 책을 읽는 데 목적이 있었다. 그러고는 복잡한 기계 다루는 걸 좋아하기 시작했다. 전문적인 공구를 사 모아 라디오나 진공관 앰프를 조립하고, 시계를 분해하거나 수리했다.

주변 사람들은 ── 시나몬이 실질적으로 관계한 상대는

넛메그와 아버지와, 할머니(넛메그의 어머니) 그렇게 셋뿐이었지만 ── 그가 말을 하지 않는 것에 완전히 익숙해져, 더는 부자연스럽다거나 이상하다고 생각하지 않았다. 몇 년후 넛메그는 아들을 정신과 의사에게 데리고 가는 것도 그만두었다. 일주일에 한 번 있는 상담은 그의 '증상'에 아무런 효과가 없었고, 또 의사가 처음에 지적했던 것처럼 말하지 않는 점을 제외하면 시나몬에게 전혀 문제가 없었기 때문이다. 그는 어떤 의미에서는 완벽한 아이였다. 넛메그는 그에게 뭘 하라고 명령한 기억도 없고, 뭘 하지 말라고 꾸짖은 기억도 없었다. 시나몬은 자신이 해야 하는 일은 스스로 결정하고, 철저하게 자기 방식으로 해냈다. 시나몬은 다른 평범한 아이들과는 하나에서 열까지, 비교하는 자체가 무의미할 정도로 달랐다. 열두 살 때 할머니가 돌아가신 후로는 (그는 며칠 동안이나 소리 내지 않고 울었다.) 넛메그가 낮에 밖에서 일하는 동안 요리와 빨래와 청소 같은 집안일도 자진해서 했다. 넛메그는 어머니를 저세상에 보낸 후 가정부를 고용하려고 했지만, 시나몬이 강경하게 고개를 내저었다. 그는 타인이 끼어드는 것을 거부했다. 집 안의 질서가 변화하는 것을 좋아하지 않았다. 결국 가정생활의 대부분은 시나몬이 직접 질서정연하게 유지하게 되었다.

*

   시나몬은 두 손을 사용해서 내게 얘기한다. 엄마를 닮아 손가락이 가늘고 예쁘다. 그리고 길지만 절대 지나치게 길지 않다. 열 손가락은 그의 얼굴 앞에서, 마치 말귀를 잘 알아듣는 생물처럼 휘릭휘릭 매끄럽게 움직여 필요한 메시지를 내게 전한다.

   '오늘은 오후 2시에 손님이 한 명 있습니다. 그뿐이에요. 그때까지는 할 일이 없습니다. 나는 여기서 1시간 정도 일을 한 다음에 나갑니다. 그리고 2시에 손님을 데리고 다시 올 거예요. 일기예보에서 오늘은 종일 흐리다고 했으니, 밝을 때 우물에 들어가도 눈이 상하는 일은 없을 거예요.'

   넛메그도 그렇게 말했지만, 나는 그의 열 손가락이 말하는 언어를 이해하는 데 불편을 느끼지 않는다. 수화라는 것을 전혀 몰라도, 그의 유려하고 복잡한 손가락의 움직임을 더듬는 답답함은 없었다. 어쩌면 그가 손가락을 너무도 멋지게 움직이는 탓에, 가만히 보고 있기만 해도 뭘 의미하는지 이해하게 되는지도 모른다. 예를 들어 모르는 외국어로 연기하는 연극을 보고 감동하는 일이 있는 것처럼. 아니면 나는 손가락의 움직임을 눈으로 좇고 있기만 할뿐, 사실은 전혀 안 보는지도 모른다. 손가락의 움직임은 건물의 장식적인 파사드 같은 것으로, 사실 나는 그 뒤에 있는 무언가 다른 것을 알게 모르게 보고 있는지도 모른다. 매일 아침 그와 테이블에 마주 앉아 얘기할 때마다, 그 경계를 어떻게든 분명히 하려 하지만 잘 되지 않는다. 가령 거기에 선 같은 것이 있다 치면, 그 선은 늘 이동하고 모양이 바뀌는 듯했다.

짧은 대화 또는 전달이 끝나면 시나몬은 양복 윗도리를 벗어 옷걸이에 걸고, 넥타이를 와이셔츠 안에 밀어 넣은 다음 집 안 청소를 하고, 부엌에 가서 나를 위해 간단한 요리를 만든다. 그동안 조그만 오디오로 음악을 틀어 놓는다. 어느 주에는 로시니의 종교곡 테이프만 듣고, 어느 주에는 비발디의 관악 협주곡 테이프만 듣는다. 내가 그 멜로디를 완전히 외워 버릴 만큼 몇 번이나.

시나몬은 일을 정말 깔끔하게 하고, 거기에는 불필요한 움직임이 전혀 없다. 처음 한동안 나는 도울 일이 없겠느냐고 물었지만, 그럴 때마다 그는 싱긋 웃으며 고개를 저었다. 시나몬의 일련의 움직임을 바라보다 보면 그에게 다 맡겨야 모든 일이 원활하게 돌아갈 것 같았다. 그래서 나는 시나몬이 아침 일을 하는 동안, 방해가 되지 않도록 '가봉실' 소파에 앉아 책을 읽기로 했다.

집은 넓지 않고, 가구도 정말 필요한 것밖에 없다. 누가 실제로 거기에서 생활하는 것도 아니라서 더러워지지도 않고, 너저분하게 뭐가 널려 있는 일도 없다. 그런데도 시나몬은 매일 구석구석 청소기를 돌리고, 가구와 선반을 걸레로 닦고, 유리창 한 장 한 장에 스프레이를 뿌린다. 테이블에는 왁스칠을 한다. 전구를 닦는다. 집 안에 있는 모든 사물을 원래 그것이 있어야 할 자리에 갖다 놓는다. 식기 선반의 그릇을 가지런히 정리하고, 냄비는 크기 순서로 올바르게 놓는다. 선반 속에 쌓여 있는 수건과 시트의 모서리를 딱 맞춰 놓는다. 커피 잔의 손잡이 방향도 똑같이 맞춘다. 화장실 비누도 제 위치에 놓고, 수건은 사용한 흔적이 없어도 새것으로 바꿔놓는다. 쓰레기를 봉투에 담아 꽉 묶어서 어딘가로 갖고 간다. 자신의 손목시계를 보고(그 시계는 3초의 오차도 없을 것이다. 내기를 해도 좋다.) 탁상시계의 바늘을 정확하게 맞춰 놓는다. 그의 우아하고 적확한 손놀림은 제 모습에서 벗어난 사물까지 원래 모습으로 돌려놓는다. 만약 내가 시험 삼아 선반 위의 탁상시계를 2센티미터 왼쪽으로 밀어 놓았다면, 그는 보나마나 다음 날 아침에 그것을 2센티미터 오른쪽으로 옮겨 놓을 것이다.

그러나 그런 시나몬의 행동에 강박적인 인상은 없다. 자연스럽고 '올바른' 일인 것처럼 보인다. 시나몬의 머릿속에는 이 세계의 — 적어도 여기에 존재하는 하나의 작은 세계 — 그래야 마땅한 양식이 선명하게 새겨져 있고, 그걸 유지하는 것은 그에게 호흡과 마찬가지로 당연한 일인지도 모른다. 아니면 시나몬은 어떤 사물이나 상황이 원래 형태로 돌아가고 싶어 하는 내적인 격한 욕망에 시달릴 때, 슬쩍 손을 내밀어 줄 뿐인지도 모른다.

시나몬은 만든 요리를 용기에 담아 냉장고에 넣고, 내게 점심때 먹으라고 지시한다. 나는 고맙다고 한다. 그리고 그는 거울 앞에 서서 넥타이를 고쳐 매고, 와이셔츠를 점검하고, 양복 윗도리를 입는다. 그리고 입가에 미소를 머금고, 입술만 움직여 '안녕.'이라고 내게 말한다. 그리고 사방을 빙 돌아본 후에 현관으로 나간다. 메르세데스 벤츠에 올라타 클래식 음악 테이프를 덱에 밀어 넣고, 리모컨으로 대문을 연 다음, 들어왔을 때와 똑같은 모양의 호를 그리며 밖으로 나간다. 차가 다 나가고 나면 문이 닫힌다. 나는 역시 커피 잔을 손에 들고 그 광경을 블라인드 틈새로 바라본다. 새들은 아까만큼 시끄럽게 재잘대지 않는다. 여기저기 갈라지면서 바람에 날려 가는 낮은 구름이 보인다. 그러나 낮은 구름 위에는 또 다른 두꺼운 구름이 자리하고 있다.

부엌 의자에 앉아 커피 잔을 테이블에 내려놓고, 시나몬의 손이 아름답게 정돈한 방 안을 돌아본다. 마치 거대하고 입체적인 정물화처럼 보인다. 탁상시계가 고요히 때를 새기고 있을 뿐이다. 시곗바늘은 10시 20분을 가리키고 있다. 나는 조금 전까지 시나몬이 앉아 있던 의자를 바라보면서 어젯밤 우시카와가 집을 찾아왔다는 사실을 그들에게 말하지 않아도 괜찮은 것인지 다시 한번 자문한다. 과연 적절한 일이었을까? 나와 시나몬 사이에 있는, 또는 넛메그 사이에 있는 신뢰감 같은 것을 훼손하게 되지는 않을까?

하지만 나는 그 사태의 추이를 이대로 한동안 지켜보고 싶었다. 나는 자신이 하고 있는 일 중의 무엇이, 어떤 이유로 와타야 노보루의 신경을 그렇게 건드렸는지 알고 싶다. 내가 그의 어떤 꼬리를 밟고 있는지, 그리고 그가 그 일에 대해 어떤 구체적인 대처 방안을 취할지, 나는 그걸 알고 싶다. 그러면 나는 와타야 노보루가 안고 있는 비밀에 다소나마 접근할 수 있을지도 모른다. 그리고 그 결과, 나는 구미코가 있는 장소에 얼마간 접근할 수 있을지도 모른다.

시나몬이 딱 2센티미터 오른쪽으로 옮긴(즉 원래 위치로 옮긴) 탁상시계 바늘이 11시를 가리키기 조금 전에 나는 우물에 들어가려고 마당으로 나갔다.

*

"난 어린 시나몬에게 잠수함과 동물원 얘기를 했어. 1945년

216

8월에 내가 수송선 갑판에서 본 것을. 미국 잠수함이 대포를 돌려 우리가 탄 배를 침몰시키려 하는 동안, 일본 병사들이 아빠의 동물원을 돌아다니며 동물들을 사살했던 일을. 나는 오래도록 그 얘기를 아무에게도 하지 않고 혼자 껴안고 있었어. 그리고 그 환영과 진실 사이에 펼쳐지는 어두컴컴한 미로를 묵묵히 유랑했지. 그런데 시나몬이 태어났을 때 이렇게 생각했어. 내가 그 얘기를 할 수 있는 상대는 이 아이밖에 없다고. 시나몬이 말을 이해하기도 전에 나는 몇 번이나, 몇 번이나 그 얘기를 그에게 들려주었어. 그때 일을 시나몬에게 작은 소리로 얘기하다 보면, 그 정경이 마치 뚜껑을 비틀어 연 것처럼 내 앞에 생생하게 되살아났지.

말을 조금 이해하게 되자, 시나몬이 오히려 내게 그 얘기를 수도 없이 해 달라고 했어. 나는 백 번, 이백 번, 그 얘기를 반복했어. 아니, 오백 번쯤일지도 모르겠네. 똑같은 얘기가 마냥 반복된 것은 아니야. 내가 얘기를 할 때마다, 시나몬은 얘기 속에 포함된 다른 작은 얘기를 알고 싶어 했어. 그 나무에 뻗어 있는 작은 곁가지에 대해서 알고 싶어 했지. 그래서 나는 그가 물을 때마다 그 곁가지를 더듬어, 거기에 있는 얘기를 들려주었어. 그렇게 해서 이야기는 점차 확대되었지.

그건 말이지, 우리 둘의 손으로 만들어 낸 신화 체계 같은 것이었어. 알지 모르겠네. 우리는 매일 그 얘기에 푹 빠져 있었어. 동물원에 있었던 동물의 이름에 대해서, 반짝이는 그들의 털과 눈의 색에 대해서, 거기에 떠다니는 서로 다른 다양한 냄새, 병사들 한 명 한 명의 이름과 얼굴, 그들이 태어나고 성장한 과정, 소총과 탄약의 무게, 그들이 느꼈던 공포와 갈증, 하늘에 뜬 구름의 모양, 그런 것들에 대해서······ 시나몬에게 얘기하다 보면 그 색감과 모양이 똑똑히 눈앞에 보였고, 보인 것을 고스란히 말로 전할 수 있었어. 나는 그 광경에 딱 어울리는 언어를 찾을 수 있었지. 끝이 없었어. 세부는 한없이 이어졌고, 이야기는 점점 깊어졌고, 또 넓어졌어."

그녀는 그 무렵을 떠올리듯이 미소 지었다. 내가 그렇게 자연스러운 넛메그의 미소를 본 것은 처음이었다.

"그런데 어느 날, 갑자기 끝나고 말았어." 하고 그녀는 말했다. "말을 하지 않게 된 그 2월의 아침부터, 시나몬은 나와 이야기도 공유하지 않게 되었어."

넛메그는 잠시 틈을 두듯 담배에 불을 붙였다.

"지금은 나도 알아. 그의 언어는 그 이야기가 있는 세계의 미로 속으로 빨려 들어가 사라졌다는 걸. 그 이야기에서 나온 것이 그의 혀를 빼앗아가 버렸다는 걸. 그리고 그건, 그 몇 년 후에 나의 남편까지 죽였어."

바람이 아침보다 약간 세게 불어, 묵직한 회색 구름이 동쪽으로 쉬지 않고 날려 간다. 그들은 지상의 끝을 향해 침묵의 여행을 하는 나그네처럼 보인다. 이파리가 완전히 떨어진 마당의 나무들 사이에서, 때로 바람이 말이 아닌 짧은 신음을 내지른다. 나는 우물 옆에 잠시 서서 그런 하늘을 올려다보고 있다. 그때 나는 어디선가 구미코 역시 이 구름을 바라보고 있으리라고 생각한다. 딱히 이유도 없이, 그냥 문득 그런 기분이 든다.

나는 사다리를 타고 우물 속으로 내려가 끈을 잡아당겨 뚜껑을 닫는다. 그리고 두세 번 심호흡을 하고, 야구 방망이를 손에 꽉 쥐고 어둠 속에 조용히 앉는다. 완전한 어둠이다. 그렇다, 어둠이 가장 중요하다. 그 순수한 어둠이 열쇠를 쥐고 있다. 어째 텔레비전의 요리 프로그램 같군 하고 나는 생각한다. "아시겠나요, 완전한 어둠이 포인트예요. 그러니까 여러분, 어둠은 최대한 짙고 완전한 것을 준비하세요." 그리고 최대한 튼튼한 야구 방망이도, 하고 나는 생각한다. 그리고 나는 어둠 속에서 슬쩍 미소 짓는다.

뺨의 멍이 희미하게 열기를 띠기 시작한다. 나는 핵심에 조금씩 다가가고 있다. 멍은 내게 그걸 가르쳐 준다. 나는 눈을 감는다. 시나몬이 아침에 일을 하면서 계속 들었던 음악의 선율이 귀에 들러붙어 있다. 바흐의 「음악의 헌정」이다. 그 선율은 천장이 높은 로비에 사람들의 웅성거림이 남아 있는 것처럼 내 머릿속에 남아 있다. 하지만 마침내 침묵이 내려온다. 마치 알을 까는 벌레처럼 나의 뇌 사이의 주름에 파고든다. 꼬리에 꼬리를 물고. 나는 눈을 떴다가 다시 감는다. 암흑이 뒤섞이고, 그리고 나는 조금씩 자신이라는 그릇을 떠나간다.

늘 그랬던 것처럼.

16

여기가 끝인지도 모른다

(가사하라 메이의 시점 4)

안녕하세요, 태엽 감는 새 아저씨.

전에 저 멀리 있는 산속의 가발 공장에서, 이 고장의 많은 여자들과 함께 일하고 있다는 얘기는 했죠. 이번에는 그 다음 얘기.

요즘 들어 문득문득 하는 생각인데, 왜 인간은 이렇게 매일 아침부터 밤까지 열심히 일하는지, 좀 이상해요. 그렇지 않나요? 음, 뭐라고 설명하면 좋을까, 여기서 내가 하는 일은 윗사람이 이걸 이렇게 해라 하면 그대로 하는 것뿐이에요. 아무 생각도 할 필요가 없죠. 뇌 따위는 일을 시작하기 전에 사물함에 집어넣었다가 일이 끝나 돌아갈 때 쓱 꺼내

서 가져가면 될 정도예요. 하루에 7시간 작업대 앞에서 부지런히 가발 베이스에 머리카락을 심고, 식당에 가서 밥을 먹고, 목욕을 하고, 그리고 남들처럼 잠도 자야 하고, 그러니까 하루 24시간 중에 내 마음대로 할 수 있는 시간은 거의 없어요. 그 '마음대로 할 수 있는 시간'에도 피곤하니까 누워 뒹굴면서 멍하니 있는 일이 많으니까 차분하게 생각하는 일은 거의 없는 거나 다름없어요. 물론 주말에는 일에서 해방되지만, 그때도 한꺼번에 청소와 빨래를 하거나 간혹 시내에 나갔다 오면 금방 끝나고 말아요. 한번은 굳게 마음을 먹고 일기를 쓰려고 했는데, 쓸거리가 너무 없어서 결국은 일주일을 쓰다 그만뒀어요. 어제나 오늘이나 똑같은 날이 반복되고 있을 뿐인데 어쩌겠어요.

하지만 그런데도, 그런데도 말이죠. 자신이 이렇게 일의 일부가 되었다는 사실이 조금도 기분 나쁘지 않아요. 위화감 같은 것도 딱히 없고요. 나는 오히려 개미처럼 한눈 한 번 팔지 않고 일하는 걸 통해서 '진정한 나 자신'에 다가가고 있는 기분마저 들어요. 뭐랄까, 설명을 잘 못하겠는데, 자신에 대해 생각하지 않기 때문에 반대로 자신의 중심에 다가가고 있는 듯한 면이 있어요. 내가 '좀 이상하다.'라고 한 건 그런 뜻이에요.

나는 여기서 열심히 일하고 있어요. 자랑거리는 못 되지만, 월간 최우수 사원으로 표창을 받기도 했어요. 내가 말했죠, 보기보다 나 손재주가 많다고요. 우리는 각 반으로 나뉘어 일을 하는데, 우리 반은 비교적 성적이 좋아요. 내가 내 할 일을 다 끝내면 손이 느린 다른 사람을 거들기 때문이죠. 그래서 나는 사람들 사이에서 꽤 평판이 좋아요. 이런 상황이 믿겨요? 이 내가 평판이 좋다니. 뭐, 그건 됐고요. 아무튼 내가 태엽 감는 새 아저씨에게 하고 싶은 말은, 이 공장에 온 후로 개미처럼, 마을 대장장이처럼 그저 열심히 일하고 있다, 하는 거예요. 거기까지는 대략 알겠죠?

그런데 내가 매일 작업하는 장소는 참 이상한 곳이에요. 비행기 격납고처럼 넓고 천장이 유독 높아서 휑한 느낌입니다. 그런 공간에 약 150명 정도 되는 여자가 죽 앉아서 일하고 있죠. 그야말로 장관입니다. 잠수함을 제작하는 것도 아닌데 이렇게 거대한 장소에서 만들지 않아도 되지 않나, 작은 방으로 나뉘어 있어도 상관없지 않나 하고 나는 생각하지만, 이 편이 모두에게 '이렇게 많은 사람이 다 같이 모여 일하고 있다.' 하는 연대감을 갖게 하기 쉬운지도 모르죠. 또는 윗사람들이 일괄해서 감시하기 쉬운지도 모르고요. 아마 '무슨무슨 심리학' 같은 것이 작용하는지도 모르겠습니다. 작업대는 개구리 해부를 할 때 사용하는 책상이나 과학 실험실처럼 각 반으로 나뉘어 있고, 제일 구석에 늙수그레한 반장이 앉아 있습니다. 손을 놀리면서 말하는 건 상관없지만(아무리 말이 필요 없는 작업이라지만 종일 입을 꾹 다물고 일할 수는 없으니까요.) 큰 소리로 얘기하거나 깔깔 웃거나 얘기에 넋이 나가 있으면 반장이 찡그린 얼굴을 하고 다가와 "유미코 씨, 입 말고 손을 놀려요. 작업 속도가 자꾸 처지잖아." 하고 슬쩍 주의를 줍니다. 그래서 모두 한밤중의 빈집털이처럼 소곤소곤 작은 소리로 얘기하죠.

그 공간에는 유선 방송으로 늘 음악이 흐릅니다. 종류는 시간에 따라 달라요. 태엽 감는 새 아저씨가 배리 매닐로와 에어 서플라이의 팬이라면, 여기가 마음에 들지도 모르겠군요.

나는 이곳에서 며칠에 걸쳐 '자신의' 가발을 하나 완성합니다. 가발의 등급에 따라 다르지만, 가발 한 개를 만드는데 며칠이나 걸려요. 베이스 부분을 바둑판처럼 잘게 나누고, 그 칸 하나하나에 순서대로 머리카락을 심는 거죠. 그런데 그게 분업이 아니라, 나의 일이에요. 채플린의 영화에 등장하는 공장처럼 일정한 볼트 하나를 꽉 조이고는 그다음 공정으로 넘기는 게 아니란 거죠. 나는 며칠이나 머리카락을 심어서 '나의 가발'을 완성해요. 완성되면 어딘가에 몰래 내 사인을 살짝 넣고 싶을 정도죠. '몇 월 며칠, 가사하라 메이' 그렇게요. 물론 그런 짓을 했다가 들키면 혼나니까 하지 않습니다. 그래도 내가 만든 가발이 세계의 어딘가에서 누군가의 머리에 씌워진다고 생각하면 왠지 흐뭇해져요. 자신이라는 인간이 뭔가와 단단히 연결돼 있는 느낌이랄까.

하지만 아무튼, 인생이란 참 묘한 거네요. 만약 삼 년 전에 누가 '너는 앞으로 삼 년 후에 산속의 공장에서 여자들과 함께 가발을 만들게 될 거다.'라고 했다면 나는 흥 하고 콧방귀를 뀌었을 테니까요. 상상도 못 했을 거라고 생각해요. 그러나 반대로 말하면, 지금부터 삼 년 후에 내가 뭘 하고 있을지는 아무도 모르는 일이죠. 아저씨는 삼 년 후에 자신이 어디서 뭘 하고 있을지 아나요? 보나마나 모르겠죠. 지금 여기 있는 모든 돈을 다 걸어도 좋아요. 삼 년 후는커녕 한 달 후의 일도 모를 거예요.

지금 내 주위에 있는 사람들은 삼 년 후의 자기가 있을 곳을 대충 알고 있어요. 또는 알고 있다고 생각하는 사람들이죠. 그녀들은 여기서 몇 년 일해 돈을 모으면, 적당한 상대를 찾아 행복한 결혼을 하고 싶어 해요.

그녀들의 결혼 상대는 대개 농가의 아들이거나 가게 주인의 후계자이거나, 아니면 이 지역의 조그만 회사에서 일하는 사람들이죠. 전에도 말했다시피 이 고장에는 젊은 여자가 만성적으로 부족하기 때문에 그녀들은 아주 잘 팔린대요. 어지간히 운이 없지 않는 한 밀려나는 일은 없고, 다들 나름의 상대를 찾아 행복하게 결혼하는 거죠. 참 대단해요. 그리고 전에도 썼지만, 결혼하면 대부분 직장을 떠납니다. 그녀들에게 가발 공장 일은, 학교를 졸업하고 결혼 상대를 찾기까지의 몇 년을 메우는 한 단계죠. 들어와서 잠시 머물다 나가는 방 같은 것이에요.

가발 회사 쪽은 그래도 개의치 않는다고 할지, 오히려 몇 년을 적당히 일하다 결혼해서 그만두는 편을 좋게 여기는 듯해요. 너무 오래 눌러 있어 월급이다 대우다 조합이다 하는 복잡한 문제가 생기는 것보다는 일손이 수시로 교체되는 편이 편리한가 봐요. 능력 있는 반장급이 되면 회사도 어느 정도 대우를 하지만, 그렇지 않은 보통 여자들은 뭐 소모품인 셈이죠. 그러니까 결혼해서 일을 그만두는 걸 양쪽 다 당연시하는 거죠. 암묵적인 양해랄까. 따라서 그녀들에게 삼 년 후는 양자택일에 따라 대충 상상이 되는 것이죠. 여전히 여기서 일하는 한편 결혼 상대를 찾고 있든지, 결혼해서 일을 그만뒀든지, 그중 하나예요. 정말 심플하지 않나요?

여기에는 나처럼 속으로 '삼 년 후의 일은 전혀 알 수 없다.'고 생각하는 사람은 없습니다. 그녀들은 모두 일도 열심히 해요. 적당히 게으름을 피우거나 일을 싫어하는 사람은 별로 보이지 않아요. 불평불만도 거의 없고요. 간혹 식사 메뉴를 가지고 투덜거리는 정도죠. 물론 일이니까 즐겁기만 한 것은 아니고, 오늘은 어디든 훌쩍 놀러 가고 싶다는 생각이 들어도, 의무적으로 2시간 휴식을 포함해 9시에서 5시까지 일해야 하지만 전체적으로는 모두 즐겁게 일하고 있다고 생각해요. 아마 이 기간이 한 세계에서 다른 새로운 세계로 옮겨 가기 전까지의 한정된 유예기간이라는 걸 모두 알아서 그런 거겠죠. 그러니까 아무튼 여기 있는 동안은 신나게 즐기려고 하는 거겠죠. 그녀들에게는 통과점에 지나지 않으니까요.

하지만 내게는 그렇지 않습니다. 내게는 여기 있는 시간이 유예기간이 아니에요. 통과점도 아니고요. 나는 여기서 이다음 어디로 갈지 전혀 모르는 걸요. 어쩌면 내게는 이곳이 끝인지도 몰라요. 그렇잖아요? 그러니까 솔직히 말하면, 나는 여기서의 일을 즐기고 있지 않아요. 나는 그저, 이 일을 전면적으로 수용하려고 할 뿐입니다. 가발을 만들 때는 가발을 만드는 일만 생각해요. 그것도 아주 진지하게, 정말 온몸에 축축하게 땀이 밸 정도로 진지하게 생각합니다.

뭐라 말을 잘 못하겠는데, 요즘 들어 오토바이 사고로 죽은 남자애를 간간이 생각하게 되었어요. 솔직히 지금까지 거의 떠오르지도 않았거든요. 사고의 충격으로 내 기억이 이상하게 찌그러지고 비틀려 버렸는지, 기억하는 게 아주 사소하고 이상한 일들뿐이었어요. 가령 겨드랑이의 땀 냄새라든지, 한심할 정도로 나쁜 머리, 이상한 곳에 들어오려는 손가락, 그런 것만. 그런데 어쩌다 나쁘지 않은 일도 조금씩 기억나게 되었어요. 특히 머리를 텅 비우고 베이스에 머리카락을 열심히 심고 있을 때, 아무 맥락 없이 기억이 순간적으로 되살아납니다. 맞아, 그래, 이런 거였구나 하고요. 시간이란 ABCD처럼 순서대로 흐르는 게 아니라, 적당히 이쪽저쪽으로 오락가락하는 건가 봐요.

태엽 감는 새 아저씨, 솔직히 솔직히 솔직히 말하면, 나는 때로 엄청나게 무서워요. 밤중에 눈을 뜨면 나 혼자고, 어떤 사람과 어떤 곳으로부터도 500킬로미터나 떨어져 있고, 캄캄하고, 어디를 봐도 전혀 앞이 보이지 않고, 정말 꽥꽥 소리를 지르고 싶을 정도로 무서워져요. 아저씨는 혹시 그런 일 없어요? 그런 때면 나는 내가 어딘가에 이어져 있다고 생각하려 해요. 머릿속에 그 이어져 있는 것의 이름을 열심히 열거해요. 그 안에는 물론 태엽 감는 새 아저씨도 있습니다. 그 골목도, 그 우물도, 감나무도 물론 들어 있습니다. 이곳에서 내 손으로 만든 가발도 들어 있고요. 죽은 남자애를 조금씩 떠올리고 있다는 사실도 들어 있어요. 그리고 그런 다양한 자잘한 것들의 도움으로(물론 태엽 감는 아저씨는 '자잘'하지 않지만, 뭐 일단) 나는 조금씩 '이쪽'으로 돌아

올 수 있습니다. 그런 때에는 말이죠, 그 남자애에게 내 몸을 제대로 보여 주거나 만지게 했다면 좋았을걸 하는 생각이 불쑥 들기도 해요. 그 당시에는 '흥, 누가 만지게 해 줄 줄 알고.' 하고 생각했지만요. 태엽 감는 새 아저씨, 나는 앞으로 평생 처녀로 지낼까 하는 생각도 합니다. 꽤 심각하게 생각하고 있어요. 그 점에 대해서는 어떻게 생각하나요?

　안녕, 태엽 감는 새 아저씨. 구미코 씨도 빨리 돌아오면 좋겠네요.

17

온 세계의 피폐와 무거운 짐,

마법의 램프

밤 9시 반에 전화벨이 울렸다. 두 번 울렸다가 끊기고, 잠시 후에 다시 울리기 시작했다. 우시카와가 거는 전화의 신호라는 게 기억났다.

"여보세요." 우시카와의 목소리가 들렸다. "안녕하십니까, 오카다 씨. 나 우시카와입니다. 실은 지금 댁 근처에 와 있는데, 지금 찾아뵈면 곤란할까요? 아니 뭐, 이미 밤이 늦었다는 건 잘 알고 있습니다. 그래도 잠깐 직접 만나 할 얘기가 있어서요. 어떠십니까. 구미코 씨 일이라, 당신도 구미가 당기지 않을까 하는데."

나는 그 목소리를 들으면서, 전화 저편에 있는 우시카와의 표정을 상상했다. 너는 거절할 수 없을 거야 하고 거 보라는 듯한 미소가 떠올랐다. 입술이 위로 들려, 더러운 치열이 드러나 있다. 하지만 그가 옳았다.

우시카와는 정확하게 10분이 지나 찾아왔다. 그는 사흘 전과 똑같은 옷을 입고 있었다. 하지만 그것은 나의 착각일 뿐, 어쩌면 전혀 다른 옷을 입고 있는지도 모른다. 아무튼 엇비슷한 양복과 엇비슷한 와이셔츠와 엇비슷한 넥타이였다. 하나같이 더럽고, 구깃구깃 주름졌고, 몸에 맞지 않았다. 그 천박한 옷들은 온 세상의 피폐와 무거운 짐을 부당하게 짊어지고 있는 것처럼 보였다. 나는 가령 다시 태어나는 일이 있어도, 그리고 다음 생에 특별한 영광이 보장되어 있다 하더라도, 그런 옷으로는 환생하고 싶지 않다고 생각했다. 그는 내게 양해를 구하고 제 손으로 냉장고를 열어 맥주병을 꺼내 만지면서 얼마나 차가운지를 확인했다. 그리고 눈에 띈 잔에 따라 마셨다. 우리는 부엌 테이블에 마주 앉았다.

"그럼 시간을 절약하기 위해, 잡담은 빼고 단도직입적으로 분명하게 용건을 말씀드리죠." 하고 우시카와는 말했다. "오카다 씨, 당신, 구미코 씨와 얘기하고 싶지 않습니까. 직접, 부인과 단둘이. 그게 오카다 씨가 줄곧 바라는 일이 아닌가요. 그런 전제가 없으면 얘기할 것도 없다고. 아닙니까?"

나는 잠시 생각했다. 아니, 생각하는 척하면서 잠시 시간을 벌었다.

"물론 얘기할 수 있다면 하고 싶죠." 하고 나는 말했다.

"할 수 없는 건 아닙니다." 하고 우시카와는 차분하게 말했다. 그리고 고개를 끄덕였다.

"그런데 조건이 있다……?"

"조건은 아무것도 없습니다." 하고서 우시카와는 맥주를 한 모금 마셨다. "단 오늘 밤에는 이쪽에서 한 가지 새로운 제안을 하겠습니다. 그걸 일단 들어보시죠. 그리고 찬찬히 생각해 보세요. 구미코 씨와 얘기를 하고 말고는, 별개의 문제입니다."

나는 잠자코 상대의 얼굴을 보고 있었다.

우시카와는 말했다. "그럼, 시작합시다. 오카다 씨, 당신은 그 땅을 집과 함께 어느 회사에서 빌렸죠. '목매다는 저택'의 땅. 그 때문에 당신은 매달 상당한 금액을 지불하고 있습니다. 그런데 그게 보통 임대 계약이 아니라, 몇 년 후에 매입한다는 옵션이 달린 특별한 리스 계약이었어요. 그렇죠? 물론 그 계약서는 표면화되지 않을 것이고, 따라서 오카다 씨가 그런 땅을 빌렸다는 것은 아무도 모릅니다. 뭐, 원래가 그러기 위한 조작이었으니까요. 그러나 오카다 씨는 실제로 그 땅의 주인이고, 실질적으로 리스 요금은 융자금과 똑같은 기능을 하고 있습니다. 최종적인 지불 금액은, 음, 어디 보자, 집까지 해서 8000만 정도군요. 그리고 지금 이대로 가면 앞으로 한 이 년 후에는 그 땅과 집의 권리가 당신에게 넘어올 겁니다. 야, 참 대단하십니다. 속도가 정말 빨라요. 감탄스럽습니다." 하고 우시카와는 말했다. 그리고 확인하듯이 내 얼굴을 보았다.

나는 역시 잠자코 있었다.

"왜 그렇게 자세한 것까지 알고 있느냐 하는 건 내게 묻지 마십시오. 그런 건 말이죠, 마음먹고 열심히 조사하면 어떻게든 알 수 있습니다. 조사하는 방법만 알면 말이죠. 그리고 그 유령 회사 배후에 누가 있는지도 대충 짐작하고 있어요. 이쪽을 조사하는 데는 온갖 미로를 빙빙 맴돌아 고생을 좀 했지만 말이죠. 비유하자면, 페인트도 새로 바르고, 타이어도 갈고, 시트도 교체하고, 엔진 넘버까지 깎아 낸 도난 차량을 어디서 찾아내는 정도로 고생스러웠습니다. 그 정도로 주도면밀하게 일을 처리했더군요. 전문가 솜씨죠. 하지만 말입니다, 덕분에 지금은 대충 윤곽을 알게 되었어요. 모르는 사람은 오카다 씨, 오히려 당신이죠. 당신은 자신이 누구에게 돈을 지불하고 있는지 모르죠?"

"돈에는 이름이 없으니까." 하고 나는 말했다.

우시카와는 웃었다. "과연 옳은 말입니다. 좋은 말이군요. 돈에는 이름이 없죠. 명언입니다. 나도 수첩에 적어 놓고 싶을 정도군요. 하지만 말입니다, 오카다 씨, 만사가 그렇게 순조롭게 진행되지는 않아요. 가령 세무서라는 곳은 융통성이 전혀 없죠. 그들은 이름이 있는 곳이 아니면 세금을 걷지 못합니다. 그래서 이름이 없는 곳에는 무슨 수를 써서라도 이름을 붙이려고 하죠. 이름은 물론이요 번호까지 붙입니다. 인정머리라고는 눈곱만큼도 없어요. 그러나 그런 게 우리들이 사는 이 근대자본주의 사회의 시스템이라는 겁니다. ……그래서 지금 내가 이렇게 얘기하는 돈에는 아주 멋들어진 이름이 붙어 있죠."

나는 묵묵히 우시카와의 얼굴을 쳐다보았다. 빛의 각도에 따라 몇 군데가 기묘하게 패어 있었다.

"걱정 마십시오, 세무서에서 누가 나오지는 않습니다." 하며 우시카와는 웃었다. "만약 나온다고 해도, 이 정도 미로를 빠져나오는 사이에 어딘가에서 무언가에 부딪칠 겁니다. 쾅 하고 말이죠. 커다란 혹이 생기겠죠. 세무서 사람도 말이죠, 일 때문에 하는 조사인데 괜히 다치고 싶지 않겠죠. 같은 돈을 걷어 가는 거면, 어려운 곳보다는 손쉬운 곳에서 매끄럽게 걷어 가는 게 편하고 좋지 않겠습니까. 어디에서 걷어 오든 성적은 달라지지 않으니까 말입니다. 특히 높으신 양반이 '이쪽에서 걷는 것보다 저쪽이 더 편하고 좋을 거야.' 하고 넌지시 알려 줬다면, 당연히 보통 사람은 저쪽으로 갑니다. 내가 이 정도로 조사할 수 있었던 건, 나이기 때문이에요. 내가 이래 봬도 수완이 아주 좋거든요. 뭐 자랑할 일은 아니지만 말입니다. 다치지 않는 요령을 알고 있어요. 캄캄한 밤길도 성큼성큼 걸어갈 수 있습니다. 그야말로 「원숭이 가마꾼」*이죠. 초롱을 매달고…… 바로 그겁니다.

그런데 말입니다, 오카다 씨, 상대가 당신이라서 정말 솔직히 털어놓는데, 이 수완 좋은 나도 당신이 거기에서 대관절 뭘 하는지는 도대체 모르겠다는 말입니다. 거기에 오는 사람은 당신에게 상당한 돈을 지불해요. 그건 분명합니다. 그 말은 그러니까, 그만한 돈을 지불할 가치가 있는 특별한 무언가를 당신이 준다는 뜻인데, 여기까지는 눈 오는 날에 까마귀 머리 수를 세는 것만큼 확실하단 말입니다. 그런데 당신이 거기서 구체적으로 뭘 하는지, 또 왜 그렇게 그 땅에 집착해야 하는지, 그걸 모르겠습니다. 참 난처한 일이죠. 아무튼 이게 오늘 하는 얘기의 가장 중요한 점인데, 그 중요한

* 1938년 야마가미 다케오 작사, 가이누마 미노루 작곡으로 만들어진 곡. 좁은 길을 힘차게 걸어가는 원숭이 가마꾼을 그린 가사는 현재까지도 희망을 고취하는 노래로 사랑받고 있다.

부분이 손금 보는 점쟁이집 간판처럼 싹 가려져 있다는 말이죠. 이게 영 신경에 거슬리는군요."

"그러니까 와타야 노보루도 그 점을 몹시 거슬려 한다?"
하고 나는 물었다.

우시카와는 그 물음에는 대답하지 않고, 귀 위에 쩍 들러붙어 있는 몇 오라기 안 되는 머리카락을 손가락으로 잡아당겼다.

"이거 우리끼리니까 하는 말인데, 나는 솔직히 오카다 씨가 놀랍습니다." 하고 우시카와는 말했다. "정말입니다, 감탄스러워요. 빈말이 아닙니다. 이렇게 말하기 뭐하지만, 오카다 씨는 어디로 보나 원래는 평범한 사람입니다. 더 노골적으로 말하면 뭐 하나 내세울 게 없는 사람이란 말이죠. 미안합니다, 이런 식으로 말하는 거, 기분 나쁘게 여기지 마십시오. 세상 눈으로 보면 그렇다는 겁니다. 그런데 말이죠, 이렇게 당신을 만나 얼굴을 맞대고 얘기하다 보니까, 당신에게 조금씩 감탄을 하게 되더란 말입니다. 야, 이거, 제법 하는데 하고 말이죠. 오카다 씨는 어떻든 지금, 그 와타야 선생님을 뒤흔들고 난처하게 만들고 있으니 말입니다. 그래서 내가 이렇게 교섭에 나서고 전령 비둘기로 오가고 있는 것이니. 보통 사람은 그렇게까지 못합니다.

난 말이죠, 개인적으로는 오카다 씨의 그런 점이 아주 마음에 들어요. 거짓말 아닙니다. 난 말이죠, 보다시피 흉물스럽고 별 볼 일 없는 인간이지만, 그런 일로 거짓말은 하지 않아요. 오카다 씨가 얽혀 있는 이 일을 아예 남 일처럼 여기지는 않는다 이 말입니다. 나도 세상눈으로 보면 오카다 씨 이상으로 내세울 게 없는 놈이죠. 보다시피 땅딸보에, 학력도 없고, 자라기도 한심하게 자랐죠. 아버지는 후나바시에서 다다미를 만드는 장인이었지만 거의 알코올 중독자에다 아무튼 끔찍한 인간이었습니다. 어린 마음에도 하루 빨리 죽어 버렸으면 좋겠다고 생각했는데, 좋은 건지 나쁜 건지 정말 일찍 죽어서, 그다음에는 아주 전형적인 가난뱅이로 살았어요. 어린 시절, 좋은 추억은 하나도 없습니다. 요만큼도 없어요. 부모가 따스한 말을 건네준 기억 한번 없고. 그러니 당연히 비뚤어졌죠. 고등학교까지는 근근이 졸업했지만, 그다음은 인생 대학, 캄캄한 뒷골목 세상에서 가마꾼 노릇을 했습니다. 이 비천한 머리 하나로 살아 왔어요. 그래서 말이죠, 나는 엘리트나 관리, 그런 사람을 싫어합니다. 아주 딱 싫어해요. 정문으로 떡하니 사회에 들어가, 예쁜 마누라를 얻어 알콩달콩 풍성하게 사는 그런 놈들 말이죠. 나는, 오카다 씨처럼 혼자 힘으로 어떻게든 꾸려 가는 사람을 좋아합니다."

우시카와는 성냥을 그어 새 담배에 불을 붙였다.

"그런데 말입니다, 오카다 씨, 이게 언제까지 계속되지는 않아요. 인간이란 언젠가는 고꾸라집니다. 고꾸라지지 않는 인간은 없어요. 인간이 두 다리로 서서 걷고, 걸으면서 복잡한 생각을 하게 된 건, 진화의 역사로 보면 아주 최근의 일입니다. 그러니 고꾸라질 수밖에 없죠. 특히 오카다 씨가 관계하고 있는 세계에서 고꾸라지지 않는 사람은 한 명도 없습니다. 아무튼 복잡한 일이 너무 많고, 하기야 복잡한 일이 많아서 성립할 수 있는 세계니까요. 나는 와타야 선생님의 큰아버지 되시는 선대부터 이 세계에서 계속 일하고 있습니다. 정치 기반을 물려받을 때 집안 살림에 식솔까지 다 따라온 것이죠. 그 전에는 위험한 짓도 참 많이 했어요. 그대로 계속했다면 지금쯤 형무소에 있든지, 어디서 싸늘한 주검으로 나뒹굴고 있겠죠. 과장이 아닙니다. 그런 때 마침 선대가 나를 거둬 주었어요. 그러니 그때부터 지금까지, 대개의 일은 이 조그만 두 눈으로 똑똑히 다 봐 왔습니다. 이 세계에서는 초보든 프로든 모두 휘청 고꾸라집니다. 문제가 있는 사람이든 없는 사람이든 똑같이 부상도 입어요. 그래서 그런 때를 위해 보험을 드는 겁니다. 나 같은 말단도 그러고 있어요. 보험을 들어 두면, 설령 고꾸라져도 어떻게든 살아남을 수 있습니다. 그러나 만약 당신이 어디에도 속하지 않은 채 이렇게 계속 혼자 있으면, 한번 고꾸라지면 그것으로 끝입니다. 인생 끝장이에요.

그리고 오카다 씨는 말이죠, 이렇게 말하기 뭐하지만, 슬슬 고꾸라질 때입니다. 그건 분명해요. 내 책에는 말이죠, 두세 페이지 뒤에 새까맣고 커다란 글자로 그렇게 인쇄되어 있습니다. 오카다 씨는 이제 곧 고꾸라지게 된다고 말이죠. 정말입니다. 협박이 아니에요. 이 세계에서 나는, 텔레비전의 일기예보보다 훨씬 정확합니다. 그래서 내가 하고 싶은 말은, 만사에는 물러날 때가 있다는 겁니다."

우시카와는 거기에서 입을 다물고 내 얼굴을 보았다.

"그래서 말인데 오카다 씨, 이제 피차 골치 아픈 심리전은 그만두고, 구체적인 얘기로 들어갑시다. ……음, 서두가 길어졌군요. 이제부터가 그 제안 건입니다."

우시카와는 두 손을 테이블에 내려놓았다. 그리고 혀끝으로 입술을 슬쩍 핥았다.

"오카다 씨, 내가 조금 전에 '당신은 이제 그 땅과 손을 끊고 물러나는 게 좋다.'고 말했습니다. 그러나 오카다 씨는 설령 손을 끊고 싶어도 그럴 수 없는 사정이 있을 수도 있습니다. 예를 들어서 빚이 청산될 때까지는 마음대로 할 수 없다는 약속을 했다든지." 우시카와는 거기에서 말을 끊고 살피듯 내 눈을 올려다보았다. "그래서 말인데, 오카다 씨, 만약 돈이 문제라면, 우리 쪽에서 그만큼의 돈을 준비하겠습니다. 만약 8000만이 필요하다면, 8000만을 딱 귀를 맞춰서 갖다 드리죠. 빳빳한 1만 엔짜리 지폐 8000장. 오카다 씨는 그 돈으로 실제로 남은 융자금을 변제하고, 남은 돈은 주머니에 쓱 집어넣으면 됩니다. 그리고 후련하게 자유의 몸이 되는 거죠. 어때요, 그거 아주 좋은 일 아닙니까?"

"그리고 그 땅과 건물은 와타야 노보루 소유가 된다. 그런 뜻인가?"

"그렇게 되겠죠. 흐름을 봐서. 뭐, 여러 가지 복잡한 절차가 있기야 하겠지만."

나는 생각해 보았다. "우시카와 씨, 난 이해가 잘 안 되는데. 와타야 노보루가 왜 그렇게까지 하면서 나를 그 땅에서 떨어뜨리려 하는지. 그리고 그 땅과 건물을 뭐에 쓰려는 건지."

우시카와는 손바닥으로 신중하게 뺨을 비벼 댔다. "오카다 씨, 난 그런 건 모릅니다. 처음에도 말씀드렸다시피, 나는 하찮은 전령 비둘기입니다. 주인이 불러서 이렇게 전하고 와라 하면 '네네, 알겠습니다.' 하고 와서 전할 뿐입니다. 그것도 대개는 아주 골치 아픈 일만 말이죠. 어렸을 때 『알라딘과 마법의 램프』를 읽고, 편리하게 이용만 당하는 램프의 요정 지니를 동정한 기억이 있는데, 야 이거, 내가 자라서 그렇게 될 줄은 몰랐습니다. 참 한심한 일이죠. 그러나 뭐가 어찌되었든, 그게 내가 전해야 할 메시지입니다. 와타야 선생님의 의향입니다. 어느 쪽이든 선택은 오카다 씨가 하는 겁니다. 어때요, 어떠십니까? 나는 어떤 대답을 갖고 돌아가면 좋을는지요?"

나는 아무 말 하지 않았다.

"물론 오카다 씨도 생각할 시간이 필요하겠죠. 좋습니다, 시간을 드리죠. 지금 당장 이 자리에서 결정하라는 말은 아닙니다. 천천히 시간을 두고 생각해 보시죠……라고 말하고 싶지만, 솔직히 그런 여유는 없을 수도 있습니다. 오카다 씨, 저 말이죠, 이 우시카와의 개인적인 의견을 말씀드리자면, 이렇게 인심 좋은 제안이 테이블에 계속 놓여 있는 건 아닙니다. 고개를 살짝 돌렸는데, 그사이에 없어지는 일도 있을 수 있죠. 유리에 서린 김이 싹 사라지는 것처럼, 순식간에 사라질지도 모릅니다. 그러니 신중하게, 서둘러 생각해 보십시오. 나쁜 얘기가 아니지 않습니까. 아시겠습니까?"

우시카와는 한숨을 쉬고, 그리고 손목시계를 보았다. "야, 이거 그만 가 봐야겠습니다. 또 이렇게 늦게까지 있었군요. 맥주까지 얻어 마시고, 또 혼자 나불나불 떠들어 댄 것 같군요. 참 뻔뻔하기도 합니다. 하지만 이건 변명이 아니라, 오카다 씨 집에 오면 이상하게 눌러앉게 된단 말이죠. 아마 편해서 그러나 봅니다."

우시카와는 일어나 잔과 맥주병과 재떨이를 싱크대에 갖

다 놓았다. "조만간 또 연락하겠습니다, 오카다 씨. 구미코 씨와 얘기를 나눌 수 있도록 조처를 취하겠습니다. 그 점은 약속드리죠. 기쁜 마음으로 기다려 주십시오."

우시카와가 돌아가고 나자, 나는 창문을 열어 실내에 고인 담배 연기를 밖으로 내보냈다. 그리고 잔에 물을 따라 마셨다. 소파에 앉아서, 고양이 삼치를 무릎에 안아 올렸다. 그리고 우시카와가 집에서 한 걸음 나서자 변장을 벗어던지고 와타야 노보루로 돌아가는 장면을 상상했다. 하지만 그것은 터무니없는 상상이었다.

18

가봉실,

후계자

넛메그는 찾아오는 여자들의 정체를 몰랐다. 아무도 자기를 소개하지 않았고, 넛메그도 묻지 않았다. 그녀들이 말하는 이름도 가짜일 게 뻔했다. 그러나 거기에서는 돈과 권력이 하나가 되었을 때 풍기는 특별한 냄새가 떠다녔다. 여자들은 굳이 자랑하려 하지 않았지만, 넛메그는 그 옷의 종류와 맵시에서 그녀들이 속한 장소가 어떤 곳인지를 한눈에 알아볼 수 있었다.

넛메그는 아카사카의 오피스 빌딩에 방을 빌렸다. 고객 대부분이 사생활에 몹시 예민해서 그녀는 최대한 눈에 띄지 않는 장소에 있는, 최대한 튀지 않은 건물을 골랐다. 그리고 이래저래 생각한 끝에 그곳을 복식 디자인 스튜디오로 삼았다. 그녀는 과거에 실제로 복식 디자이너였기 때문에 불특정 다수의 여자가 그녀를 찾아와도 수상히 여기는 사람은 없었다. 또 요행히 그녀의 고객은 모두 고가의 옷을 주문하게 생긴 삼십 대에서 오십 대에 걸친 여자들이었다. 그녀는 방에 옷과 디자인 그림과 패션 잡지를 진열하고, 복식 디자인을 위한 도구와 작업용 책상과 마네킹을 들여놓았고, 진짜처럼 보이도록 그곳에서 몇 가지 옷을 디자인하기도 했다. 그리고 좀 작은 방을 가봉실로 꾸몄다. 고객들은 그 가봉실로 안내되어, 소파 위에서 넛메그에게 '가봉'을 받았다.

고객 목록을 만든 것은 백화점 경영자의 부인이었다. 그녀는 발이 넓은 사람이었지만, 숫자를 제한해서 신뢰할 수 있는 상대만 엄선했다. 그녀는 이상한 스캔들을 피하기 위해서는 엄선된 멤버로 구성된 클럽으로 만들어야 한다고 확신했다. 그러지 않으면 소문이 금방 퍼진다. 멤버로 선발된 사람에게는 이 '가봉실'에 대해 외부에 발설해서는 절대 안 된다고 못을 박았다. 그녀들은 모두 입이 무거웠고, 약속을 어기면 클럽에서 영원히 추방된다는 것도 숙지하고 있었다.

그녀들은 미리 전화를 걸어 '가봉' 예약을 하고, 지정된 시간에 그곳에 온다. 고객들이 서로 얼굴을 마주칠 우려는 없기 때문에 사생활은 완전히 보장된다. 사례는 그 자리에서 현금으로 지불해야 한다. 금액은 백화점 경영자 부인이 마음대로 정했다. 그 액수는 넛메그의 예상을 훨씬 뛰어넘었다. 그러나 넛메그를 한번 만나서 '가봉'을 받은 여자들은 반드시 또 예약을 청하는 전화를 걸었다. 한 사람도 예외 없이. 부인은 애당초 "이 금액을 부담스러워할 필요는 조금도 없어요." 하고 넛메그에게 설명했다. "금액이 크면 클수록, 이 사람들은 오히려 안심할 테니까." 넛메그는 일주일에 세 번 그 스튜디오에 다니고, 하루에 한 명의 고객에게 '가봉'을 했다. 딱 한 명이 한도였다.

시나몬이 열여섯 살이 되었을 때, 어머니의 일을 거들게 되었다. 넛메그 혼자 모든 잡무를 처리하기가 버거워졌고, 그렇다고 모르는 사람을 고용할 수도 없었다. 고민한 끝에 시나몬에게 자신의 일을 거들어 줄 마음이 없느냐고 묻자, 그는 '그래도 괜찮다.' 하고 말했다. 어머니가 어떤 일을 하는지도 그는 묻지 않았다. 그는 아침 10시에 택시를 타고 스튜디오에 가서(타인과 함께 지하철이나 버스를 타는 것은 그로서는 견딜 수 없는 일이었다.) 청소를 하고, 모든 것을 제자리에 정리하고, 꽃병에 꽃을 꽂고, 커피를 끓이고, 필요한 것들을 사들이고, 카세트테이프로 조그맣게 고전 음악을 틀어놓고, 장부를 기록했다.

그러다 시나몬은 스튜디오에 없어서는 안 될 존재가 되었다. 손님이 오든 안 오든, 그는 양복을 입고 넥타이를 매고 늘 응접실 책상 앞에 앉았다. 그가 말을 하지 않는 것에 고객 누구도 불평하지 않았다. 사람들은 아무 불편을 느끼지 못했고, 오히려 그가 말하지 않는 것을 반겼다. 예약 전화도 그가 받았다. 고객들이 자신이 희망하는 날과 시간을 말하면, 시나몬은 책상을 두드려 대답했다. 톡 한 번 두드리면 '노'이고, 톡톡 두 번 두드리면 '예스'였다. 여자들은 그런 간결함을 좋아했다. 시나몬은 그대로 미술관에 옮겨 놓아도 좋을 만큼 용모가 단정했고, 게다가 젊은 남자들이 왕왕 입에 담는 맥 빠지는 농담도 하지 않았다. 여자들은 드나드는 길에 시나몬에게 말을 건넸다. 그는 미소를 머금고, 고개를 끄덕이면서 들었다. 그런 '대화'는 여자들을 편안하게 했다. 바깥 세계에서 가져온 긴장을 풀어 주고, '가봉'이 끝난 후의 어색함을 줄여 주었다. 그리고 타인과의 접촉을 싫어하는 시나몬도 스튜디오를 찾는 여자들과 교류하는 것은 고통스럽지 않은 듯했다.

열여덟 살이 되자 시나몬은 운전면허를 땄다. 넛메그는 친절한 교관을 찾아 말을 하지 않는 아들이 개인 교습을 받도록 했다. 그러나 시나몬은 이미 운전 교습서를 독파해, 운전 방법을 속속들이 알고 있었다. 처음 며칠 동안 핸들을 잡고 책만 가지고는 알 수 없는 실질적인 몇 가지 요령을 습득하자, 그는 이미 숙달된 드라이버였다. 면허를 딴 후 시나몬은 중고차 전문지를 뒤쳐 중고 포르셰 카레라를 구매했다. 다달이 어머니에게 받는 월급을 고스란히 모은 돈으로 계약금을 치렀다.(그는 현실 생활에서는 돈을 전혀 사용하지 않았다.) 그는 엔진을 반짝거리게 닦고, 부품도 통신 판매로 주문해 거의 새것으로 교환하고, 타이어도 새로 갈아 웬만한 경주에 참가해도 될 만큼의 상태로 만들었다. 그러나 그는 그 차를 타고 히로오에 있는 자기 집과 아카사카에 있는 스튜디오 사이의 혼잡한 길을 매일 똑같은 경로로 오갈 뿐이었다. 그런 탓에 그 차는 시나몬이 운전하게 된 후로 시속 60킬로미터 이상의 속도를 낸 적이 거의 없는, 세계에서 흔치 않은 포르셰 911이 되었다.

넛메그는 그 일을 칠 년 이상 계속했다. 그동안 고객 세 명이 사라졌고(한 명은 사고로 죽고, 다른 한 명은 이유가 있어 '영구 추방'되었고, 또 한 명은 남편의 일 관계로 '멀리' 떠나갔다.) 그 대신 네 명의 새 고객이 들어왔다. 역시 비싼 옷을 입고, 가짜 이름을 사용하는 매력적인 중년의 여자들이었다. 칠 년 동안 일의 내용은 변하지 않았다. 그녀는 고객를 위해 '가봉'을 하고, 시나몬은 방을 아름답게 유지하고, 장부를 기록하고, 포르셰를 운전했다. 아무 진전도 후퇴도 없었다. 모두가 조금씩 나이를 먹어 갔을 뿐이다. 넛메그는 쉰 살에 가까워졌고, 시나몬은 스무 살이 되었다. 시나몬은 그 일을 한결같이 즐기는 듯했지만, 한편 넛메그는 조금씩 무력감에 시달렸다. 그녀는 긴 세월 고객이 몸 안에 품고 있는 무언가를 '가봉'해 왔다. 자신이 뭘 하고 있는지는 정확하게 이해하지 못했지만, 아무튼 가능한 한 노력해 왔다. 그러나 넛메그는 그 무언가를 치유하지는 못했다. 그것은 절대 없어지지 않았다. 그녀의 치유하는 힘이 일시적으로 그것의 활동을 늦췄을 뿐이다. 며칠(대개 사흘에서 길면 열흘)이 지나면, 다시 이전처럼 활동을 시작했고, 좋아졌다 나빠졌다 하는 일은 있어도 장기적으로 보면 예외 없이 조금씩 커지고 강해졌다 — 마치 암세포처럼. 넛메그는 그 성장을 손안에 느낄 수 있었다. 그것들은 넛메그에게 이렇게 말했다. 뭘 해도 소용없어, 아무리 애써 봤자 마지막에 이기는 건 우리야. 그리고 그들이 하는 말은 진실이었다. 넛메그에게는 승산이 없었다. 그녀가 하는 일은 진행을 아주 조금 늦추는 것에 불과했다. 그리고 고객에게 며칠 동안의 평온을 줄 뿐이었다.

"이 사람들만 그런 게 아니라, 세상 여자들 모두가 이런 무언가를 껴안고 있을까?" 넛메그는 자신에게 몇 번이나 그런 질문을 했다. "그리고 여기 오는 여자들은 왜 모두 중년일까? 나 역시 그녀들처럼 몸 안에 그런 무언가를 안고 있을까?"

하지만 넛메그는 그 대답을 딱히 알고 싶다고는 생각지 않았다. 넛메그가 아는 것은 자신이 어떤 흐름의 결과로 이 '가봉실'에 갇혔다는 사실이었다. 사람들은 그녀를 원했고, 사람들이 원하는 한 넛메그는 그 방 밖으로 나갈 수 없었다. 때로 무력감이 깊고 심각해졌고, 자신이 허물이 되고 만 듯한 기분이 들었다. 자신이 마모되어 무의 암흑 속으로 꺼져 가는 기분이 들었다. 그런 때 그녀는 시나몬에게 자신의 기분을 솔직하게 털어놓았다. 침착하고 말이 없는 아들은 고개를 끄덕이면서 어머니의 얘기를 열심히 들었다. 그는 아무 말도 하지 않았지만, 넛메그는 아들에게 얘기만 하는데도 기분이 평온해졌다. 자신은 고독하지 않고 절대 무력하지도 않다고 느꼈다. '참 신기하네.' 하고 넛메그는 생각했다. '내가 사람들을 치유하고, 시나몬이 나를 치유하고. 그럼 시나몬은 누가 치유할까? 시나몬만 블랙홀처럼 혼자 모든 고통과 고독을 감수하고 있는 것일까.' 넛메그는 시나몬의 이마에 손을 대 본 적이 있다. 고객들에게 '가봉'을 해 주듯. 그러나 그녀의 손바닥은 아들의 이마에서 아무것도 감지하지 못했다.

넛메그는 이제 일을 그만두고 싶다고 절실하게 생각하게

되었다. 나는 이제 그럴 만한 힘이 남아 있지 않다. 이대로 가면 나는 언젠가는 무력감 속에 소진되고 말 것이다. 그러나 사람들은 그녀의 '가봉'을 간절히 원했다. 넛메그는 그 고객들을 자기 사정만으로 미련 없이 팽개칠 수 없었다.

그해 여름, 넛메그는 자기 일의 후계자를 발견했다. 신주쿠의 어느 빌딩 앞에 앉아 있는 젊은 남자의 얼굴에서 퍼런 멍을 봤을 때, 넛메그는 그걸 알았다.

19

멍청한

청개구리의 딸
(가사하라 메이의 시점 5)

안녕하세요, 태엽 감는 새 아저씨.

지금은 밤 2시 반이에요. 주위 사람들은 막대기처럼 곤하게 자고 있어요. 나는 잠이 잘 안 와서 침대에서 나와 이렇게 편지를 쓰고 있습니다. 사실 내가 잠을 잘 못 자는 밤은 베레모가 어울리는 씨름 선수만큼 흔치 않은 일이에요. 언제나 대개 시간이 되면 스르륵 자연스럽게 잠이 들고, 또 시간이 오면 스르륵 자연스럽게 눈을 뜹니다. 자명종이 하나 있지만, 거의 사용한 적이 없어요. 그런데 아주 가끔 이런 날도 있어요. 밤중에 눈을 반짝 떴다가, 그다음에는 잠이 오지 않는 거예요.

잠이 올 때까지 책상 앞에 앉아 아저씨에게 편지를 쓰려고 해요. 그러다 보면 잠이 오겠죠. 그러니까 이 편지가 길어질지, 아니면 짧아질지 나도 잘 몰라요…… 하기야 뭐 그런 건, 이번뿐 아니라 언제든 끝까지 다 써 보지 않고는 모르는 일이었지만.

아무튼 내 생각에, 세상 사람들 대부분은 인생이나 세계가 처음부터 끝까지 같은 장소라고(또는 그래야 한다고) 생각하며 살아가지 않나 싶어요. 다소의 예외는 있겠지만 기본적으로는요. 사람들과 얘기를 나누다 보면 그런 생각이 종종 들곤 합니다. 무슨 일이 생기면, 그게 사회적인 일이든 개인적인 일이든, 사람들은 흔히 '그러니까 그건 이러저러해서 그렇게 된 거야.' 하는 식으로 말하고, 또 다른 사람들은 대개 '아, 그렇구나, 그런 거구나.' 하고 이해한 것처럼 말하는데, 나는 그걸 잘 모르겠어요. '이러저러하다' '그래서 그렇게 된 거다' 하는 것은 전자레인지에 계란찜 재료를 넣고 스위치를 누른 다음, 땡 소리가 나서 전자레인지를 열고 뚜껑을 열었더니 계란찜이 되어 있더라 하는 거나 똑같잖아요. 그게 무슨 설명이 돼요. 그러니까 스위치와 그 땡 소리 사이에 실제로 어떤 일이 생겼는지, 뚜껑을 닫았으니까 알 수 없잖아요. '계란찜 재료'가 어둠 속에서 일단 마카로니 그라탱으로 변신했다가 다시 계란찜으로 빙 돌아왔는지도 모르는 일이잖아요. 우리는 '계란찜 재료'를 전자레인지에 넣고 띵 소리가 나면 당연히 결과적으로 계란찜이 되어 있을 거라고 생각하죠. 하지만 그건 그냥 추측에 지나지 않잖아요. 나는 '계란찜 재료'를 넣고 띵 소리가 나서 뚜껑을 열었더니 마카로니 그라탱이 짠 하고 나타나는 편이 오히려 안심이 돼요. 그야 물론 놀라겠지만, 그래도 역시 좀 안도하지 않을까 싶네요. 적어도 그렇게 혼란스럽지는 않을 것 같아요. 나는 어떤 의미에서는 그게 오히려 '현실적'으로 느껴지니까요.

'그게 어떻게 현실적이냐.' 그걸 조리 있게 말로 설명하기는 어렵지만, 내가 지금까지 살아온 길을 실례로 들어 곰곰이 생각해 보면, 거기에 '일관성'이 거의 없었다는 것을 알 수 있거든요. 우선 나는 왜 그 청개구리처럼 따분한 부부의 딸로 태어났는지가 수수께끼입니다. 정말 커다란 수수께끼예요. 내 입으로 이런 말 하기는 뭐하지만, 나는 그 부부 두 명을 합친 것보다 정상이기 때문이에요. 뽐내려는 게 아니라, 이게 진짜 사실이거든요. 부모님보다 내가 더 낫다고는 말 못하지만, 적어도 인간으로서는 정상입니다. 태엽 감는 새 아저씨도 그 두 사람을 만나 보면 알 수 있을 거예요. 그 사람들은 세계가 고급 주택의 집 안 구조처럼 일관성 있게 설명이 된다고 믿고 있어요. 그래서 처음부터 일관성 있게 해 나가면 무슨 일이든 마지막에는 잘 풀린다고 생각합니다. 그리고 내가 그러지 않는 것에 혼란스러워하고 슬퍼하고, 또 화를 내죠.

아주 오래전부터 나는, 왜 내가 그렇게 멍청한 부모의 딸로 이 세상에 태어났는지를, 왜 내가 그 사람들 손에 자라나면서 똑같이 멍청한 청개구리의 딸이 되지 않았는지를 꽤나 심각하게 생각했어요. 하지만 설명이 잘 안 됐어요. 뭔지 몰라도 명확한 이유가 있을 것 같은데, 그걸 모르겠어요. 그렇게 조리에 맞지 않는 일이 참 많았습니다. 예를 들어서 왜 내 주위에 있는 사람들은 나를 그렇게 질색하게 되었을까요? 내가 딱히 무슨 잘못을 한 것도 아닌데. 나는 아주 평범하게 살았어요. 그런데 어느 날 문득, 아무도 날 좋아하지 않는다는 걸 알았어요. 정말 이해할 수 없는 일이었습니다.

그리고 맥락 없는 일이 맥락 없는 또 다른 일을 불러서 이런저런 일이 벌어지지 않았나 합니다. 예를 들면 그 오토바이 타는 남자애와 알고 지내면서 엉뚱한 사고를 일으킨 것도 그렇고요. 내 기억 속에는, 내 머릿속 순서에는 '이러저러해서, 이렇게 되었다.' 하는 게 없어요. 땅 소리가 나서 뚜껑을 열 때마다, 나는 한 번도 본 적 없는 게 툭 튀어나오는 것 같아요.

그리고 내 주변에서 무슨 일이 벌어지고 있는지 전혀 모르는 채 나는 학교에도 가지 않고 집에서 빈둥거렸고, 그런 때 태엽 감는 새 아저씨를 알게 되었죠. 아, 그 전에 가발 회사 아르바이트를 했네요. 길거리에 나가 조사하는. 그런데 왜 가발 회사였을까요? 그것도 수수께끼입니다. 기억이 잘 안 나요. 사고 때 머리를 좀 부딪힌 탓에, 그래서 뇌 속의 배치가 꼬였는지도 모르죠. 또는 정신적인 충격으로, 온갖 기억을 어디에다 쓱 숨기는 버릇이 붙었는지도 모르겠습니다. 다람쥐가 구멍을 파서 나무 열매를 숨기고는, 파묻은 장소를 잊어버리는 것처럼.(아저씨는 그런 거 본 적 있어요? 나는 있어요. 어렸을 때 그 멍청한 다람쥐를 비웃었는데, 언젠가 내가 그렇게 될 줄은 모르면서 말이에요.)

아무튼 나는 가발 회사에서 조사하는 아르바이트를 했고, 그러다 가발을 숙명처럼 좋아하게 되었어요. 이것도 맥락이 없는 일이죠. 왜 하필 가발이었을까요. 스타킹이나 추격이 아니고. 만약 스타킹이나 추격이었다면 나는 지금 이렇게 가발 공장에서 땀 흘려 일하고 있지 않았겠죠. 그렇잖아요. 만약 어리석은 오토바이 사고를 일으키지 않았더라면, 나는 그 여름에 뒷골목에서 태엽 감는 새 아저씨를 만나는 일도 없었을 테고, 내가 아저씨를 만나지 않았더라면, 아저씨가 미야와키 씨네 우물도 몰랐을 테고, 따라서 아저씨 얼굴에 멍이 생기는 일도 없고, 그렇게 이상한 일에 휘말리는 일도 없었을지…… 모르잖아요. 그렇게 생각하면 '이 세상 어디에 일관성이 있다는 거야.' 싶은 생각이 들어요.

아니면 세상에는 몇 종류의 인간이 있고, 어떤 사람에게는 인생이나 세계가 계란찜 재료에서 계란찜처럼 일관성이 있지만, 어떤 사람에게는 계란찜 재료에서 마카로니 그라탱처럼 그때그때 달라지는 걸까요. 난 잘 모르겠어요. 하지만 내가 상상하기에, 청개구리처럼 멍청한 우리 부모님은 만약 '계란찜 재료'를 넣었는데 띵 소리가 나서 뚜껑을 열어보니 마카로니 그라탱이었어도 아마, '내가 잘못해서 마카로니 그라탱을 넣었나 보다.' 하고 생각지 않을까 싶네요. 또는 마카로니 그라탱을 손에 들고서, '음, 이건 언뜻 보기에는 마카로니 그라탱 같지만 사실은 계란찜이야.' 하고 열심히 중얼거릴지도 모르겠네요. 그리고 그 사람들은 내가 '계란찜 재료를 넣었는데 마카로니 그라탱이 돼서 나오는 일도 간혹 있다.'고 친절하게 설명해 줘도 절대 믿지 않고, 오히려 버럭버럭 화를 냈을 거예요. 아저씨는 그런 상황이 이해가 가요?

전에 내가 태엽 감는 새 아저씨의 멍에 대해서 다시 얘기하겠다고 편지에 쓴 적 있죠. 내가 거기에 키스했을 때 일 말이에요. 아마 첫 편지에 쓴 것 같은데, 기억나요? 사실, 작년 여름에 아저씨와 헤어진 후로 나는 그때 일을 되새기면서, 내리는 비를 바라보는 고양이처럼 이런저런 생각을 해봤어요. 그건 대체 뭐였을까 하고요. 그런데 솔직히 말해서, 제대로 설명할 수 없을 것 같네요. 언젠가, 좀 더 훗날 — 십 년이나 이십 년 후일지도 모르겠지만 — 만약 그럴 기회가 있으면, 그리고 내가 더 어른이 되어 현명해져 있으면, 태엽 감는 새 아저씨에게 그때 일을 '사실은요.' 하고 제대로 설명할 수 있을지도 모르죠. 하지만 아쉽게도 지금의 나는 그걸 적확하게 표현하기 위한 자격과 사고를 갖추고 있지 않은 것 같습니다.

그런데 한 가지, 나는 솔직히 멍이 없는 아저씨 쪽이 더 좋다는 말은 할 수 있어요. 아, 그건 좀 아니네요. 아저씨도 멍이 들고 싶어서 든 게 아니니까, 그렇게 말하면 좀 불공평하겠어요. 나는 멍이 없는 아저씨여도 충분하다, 그렇게 말해야 하나……. 하지만 이렇게 말하면 무슨 소린지 알 수 없겠죠.

태엽 감는 새 아저씨, 나는 이렇게 생각해요. 그 멍은 아저씨에게 뭔가 중요한 것을 줄지도 몰라요. 하지만 그건 또 뭔가를 아저씨에게서 빼앗아 갈 거예요. 뭔가를 준 대가처럼요. 그리고 모두가 그런 식으로 아저씨에게서 빼앗아 가면, 그러다 태엽 감는 새 아저씨는 다 소진되지 않을까요. 그러니까 내가 진짜 하고 싶은 말은, 아저씨에게 그런 게 없어도 나는 전혀 상관하지 않는다는 거예요.

사실은 지금 내가 여기서 이렇게 묵묵히 가발을 만들고 있는 것도, 결국은 그때 아저씨의 멍에 키스를 했기 때문 아닐까 하고 생각하는 일도 있어요. 그런 일이 있었기 때문에 내가 집을 떠나기로, 아저씨에게서 조금이라도 멀어지기로 결심한 게 아닐까 하고요. 이렇게 말하면 아저씨에게 상처가 될지도 모르지만, 아마 정말 그랬을 거예요. 하지만 그 덕분에 나는 여기에서 내가 있을 곳을 겨우 찾을 수 있었어요. 그러니까 나는 태엽 감는 새 아저씨에게 어떤 의미에서 감사하고 있어요. 어떤 의미에서 감사를 받는다는 게, 그렇게 즐거운 일은 아니겠지만요.

이제 태엽 감는 새 아저씨에게 해야 할 말은 대충 다 한 것 같네요. 벌써 4시가 되어 가요. 7시 반에 일어나야 하니까, 아직 3시간 정도는 잘 수 있겠네요. 바로 잠이 들면 좋겠지만, 아무튼 편지는 이쯤에서 끝낼게요. 안녕, 태엽 감는 새 아저씨. 내가 잘 잘 수 있게 기도해 주세요.

20

지하의 미궁,

───────────────

시나몬의 두 개의 문

"그 '저택'에 컴퓨터가 한 대 있지요, 오카다 씨. 누가 사용하는지는 모르겠지만." 하고 우시카와는 말했다.

밤 9시, 나는 부엌 테이블 앞에 앉아 수화기를 귀에 대고 있었다.

있는데, 하고 나는 짧게 대답했다.

우시카와는 코를 훌쩍거리는 듯한 소리를 냈다. "늘 그렇듯이, 좀 조사를 해서, 있을 거라는 건 파악하고 있습니다. 아니, 뭐 컴퓨터가 있다고 해서, 그게 뭐 어떻다는 건 아닙니다, 물론. 요즘 세상에 세련된 일을 하는 사람에게 컴퓨터는 필수품이니까, 있다고 이상할 건 없습니다.

그래서 말인데요, 오카다 씨, 얘기를 간단하게 정리하면 이렇습니다. 그 컴퓨터로 오카다 씨와 통신을 할 수 있다면 좋지 않을까 해서, 나 나름 여러 가지로 조사를 해봤는데, 야, 그게, 쉬운 일이 아니더군요. 그냥 회선 번호만 있어서는 연결이 안 됩디다. 특별한 비밀번호를 톡톡 쳐서 넣지 않으면 접근할 수 없게 세팅이 되어 있더라고요. 비밀번호 없이는 문이 꿈쩍하지 않습니다. 참 황당했죠."

나는 잠자코 있었다.

"저 말이죠, 이상한 식으로 오해하면 곤란한데, 내가 뭐 그 컴퓨터에 잠입하려거나 나쁜 짓을 하려는, 그런 비열한 생각을 하고 있는 건 아닙니다. 그저 통신 기능에 접근하려는 데도 그렇게 경비가 삼엄할 정도이니, 거기에서 정보를 빼낸다는 건 간단한 일이 아니죠. 그러니까 그렇게 골치 아픈 일은 애당초 생각하고 있지 않습니다. 나는 그저 오카다 씨가 구미코 씨와 대화할 수 있게 기능을 하나 추가하고 싶을 뿐이에요. 전에 내가 약속 드렸죠. 구미코 씨와 직접 대화할 수 있게 노력해 보겠다고요. 구미코 씨가 집을 나간 지 시간이 많이 흘렀는데, 이렇게 이도저도 아닌 상태로 놔두는 건 좋지 않습니다. 이대로 가면 오카다 씨의 인생도 점차 이상한 방향으로 빗나갈 수 있고 말이죠. 어떤 경위가 있었든 사람은 얼굴을 맞대고 속을 툭 터놓고 얘기하는 게 중요합니다. 그러지 않으면 어긋남이 생깁니다. 어긋남이 생기면, 인간은 불행해지죠……. 그래서 나 나름 있는 힘을 다해 상황을 잘 설명하고 구미코 씨를 설득하려고 했습니다.

그런데 말이죠, 구미코 씨가 좀처럼 고개를 끄덕이지 않습니다. 오카다 씨와 직접 얘기할 생각이 없답니다. 얼굴을 보는 것은 물론이요, 전화로 얘기하는 것도 안 된다고 합니다. 전화도 싫다고 합니다. 나도 참 난감합니다. 온갖 수단을 다 써서 설득해 보았지만 결심이 너무 단단합니다. 천년 된 바윗덩어리처럼 아주 굳건합니다. 이대로 가면 이끼도 끼지 않을까 싶습니다."

우시카와는 잠시 나의 반응을 기다렸지만, 나는 여전히 아무 말 하지 않았다.

"그러나 말이죠, 그렇다고 해서 '예, 그러십니까. 잘 알겠습니다.' 하고 순순히 물러날 수는 없지요. 그랬다가 이 우시카와, 선생님에게 호되게 야단을 듣습니다. 상대가 바윗덩어리가 되었든 토담이 되었든, 조금이라도 타협점을 찾아서…… 그게 내가 하는 일입니다. 타협점 말이죠. 냉장고를 팔지 않으면 얼음이라도 사들고 가는, 그 정신입니다. 그래서 말인데요, 뭐 좋은 방법이 없을까 하고 지혜를 엄청 쥐어 짰습니다. 사람이란 게 무슨 일이든 일단 생각을 해 보고 볼 일이더군요. 그러다 이 별 볼 일 없는 어리숙한 머리에, 구름

사이로 별빛이 비치듯 아이디어 하나가 쓱 떠오른 겁니다. 그렇지, 컴퓨터 화면을 사용해서 대화를 하면 되지 않을까 하고 말이죠. 그러니까 키보드를 두드려서 화면에 글자를 띄우는 거죠. 오카다 씨, 그건 할 수 있죠?"

나는 법률사무소에서 일할 때 판례 조사와 의뢰인의 개인 정보 검색에 컴퓨터를 이용했다. 통신 기능을 사용한 적도 있었다. 구미코 역시 직장에서는 사용했을 것이다. 그녀가 편집한 자연식 잡지는, 각 식품의 영양 분석과 요리의 레시피 같은 것을 전부 컴퓨터로 기록했다.

"그래서 말인데요, 보통 컴퓨터는 가능하지 않겠지만, 우리 기계와 그쪽의 기계를 사용하면 그런대로 빠른 속도로 상호 통신이 가능할 겁니다. 구미코 씨도 컴퓨터 화면을 사용한다면 오카다 씨와 대화를 해도 좋다고 합니다. 그 대답은 간신히 받아 냈습니다. 그렇게 하면 일단 실시간으로 서로 말을 주고받을 수 있으니, 대화에 가깝지 않을까 합니다. 내가 제공할 수 있는 최대한의 타협점이 이겁니다. 원숭이의 어수룩한 지혜지요. 어떠십니까. 마음에 들지 않을지 모르겠으나, 이 정도만 해도 엄청나게 머리를 쥐어짠 겁니다. 없는 머리를 너무 굴리면 지칩니다."

나는 말없이 수화기를 왼손에 바꿔 들었다.

"여보세요, 오카다 씨, 듣고 있습니까?" 하고 우시카와는 걱정스러운 목소리로 말했다.

"듣고 있습니다." 하고 나는 말했다.

"간단히 말해서, 비밀번호만 내게 알려 주면 그쪽 컴퓨터의 통신 기능에 접근할 수 있고, 당장이라도 구미코 씨와 대화하게 세팅할 수 있습니다. 어떠세요, 오카다 씨?"

"실질적으로 어려운 점이 몇 가지 있습니다." 하고 나는 말했다.

"어디 들어 보죠." 하고 우시카와는 말했다.

"한 가지는, 대화를 하는 상대가 구미코인지 아닌지 확인할 수 없다는 겁니다. 컴퓨터 화면을 사용한 대화는 상대의 얼굴이 보이지 않고, 목소리도 들리지 않아요. 누가 구미코 행세를 하면서 키보드를 두드릴 수도 있는 일이고."

"아하, 그렇군요." 하고 우시카와는 감탄스럽다는 듯이 말했다. "거기까지는 생각을 못 했는데, 가능성이 없는 얘기는 아니군요. 매사 일일이 의심한다는 건 좋은 일입니다, 빈말이 아니에요. 나는 의심한다, 고로 존재한다. 그럼 이렇게 하면 어떻겠습니까? 오카다 씨가 처음에 구미코 씨가 아니면 모르는 질문을 하는 겁니다. 그래서 상대가 대답을 제대로 하면 구미코 씨가 맞는 거죠. 몇 년이나 같이 생활한 부부이니, 둘만 아는 게 한두 가지쯤은 있을 텐데요."

우시카와의 말에 일리가 있었다. "좋습니다. 그러나 어차피 나는 그 비밀번호를 몰라요. 나는 그 기계에 손을 댄 적도 없습니다."

넛메그 말이, 시나몬은 그 컴퓨터 시스템을 하나에서 열까지 철저하게 개조했다고 한다. 그는 원래 기계의 파워를 높이고, 제 손으로 복잡한 데이터베이스를 만들고, 프로그램을 암호화하고, 타인이 손쉽게 열 수 없도록 교묘한 방어막을 설치했다. 통로가 3차원적으로 교차되는 그 지하의 미궁을, 시나몬은 열 손가락으로 견고하게 지배하고, 면밀하게 관리하고 있었다. 모든 길은 그의 머릿속에 체계적으로 정리되어 있어, 키보드 조작으로 언제든 가고 싶은 장소에 지름길로 점프할 수 있다. 그러나 사정을 모르는 침입자는(즉 시나몬 이외의 모든 인간은) 특정한 정보가 있는 곳까지 가려면 그야말로 몇 달이나 미로 속을 질질 끌려다닐 수도 있다. 게다가 도처에 경보 장치와 함정이 숨겨져 있다. 그것이 넛메그가 내게 가르쳐 준 내용이었다. '저택'에 있는 컴퓨터는 그렇게 크지는 않다. 아카사카 스튜디오에 있는 것과 비슷한 정도다. 그러나 양 컴퓨터는 연결된 회선으로 정보를 서로 주고받으며 일을 처리한다. 아마 고객 명단에서 복잡한 이중장부까지, 넛메그와 시나몬이 관계된 일의 모든 기밀이 저장되어 있을 것이다. 하지만 나는 그게 다가 아니라고 추측하고 있었다.

그 이유는 시나몬이 너무도 깊고 친밀하게 그 기계를 접했기 때문이다. 그는 언제나 자신의 조그만 방에 틀어박혀 작업했다. 어쩌다 간혹 문이 조금 열려 있을 때 그 모습을 잠깐 엿보곤 했는데, 그럴 때마다 나는 타인의 정사 장면을 훔쳐보는 듯한 찜찜함에 시달렸다. 그와 그 컴퓨터는 떼어놓을 수 없을 만큼 하나가 되어 요염하게 움직이는 것처럼 보였다. 그는 한차례 키보드를 타다다닥 치고는 화면에 뜬 글자를 읽고서 불만스럽게 입술을 일그러뜨리거나, 때로는 희미하게 미소 지었다. 생각하면서 키 하나하나를 천천히 치는 일도 있고, 피아니스트가 리스트의 연습곡을 치는 것처럼 빠르고 격정적으로 손가락을 움직이는 일도 있었다. 그는 그 기계를 상대로 무언의 대화를 나누면서, 모니터 너머에 있는 또 다른 세계의 광경을 바라보고 있는 것처럼 보였다. 그 광경은 시나몬에게 친밀하고 중요한 듯했다. 나는 그의 진정한 현실은 이 지상 세계가 아니라 저 지하의 미궁 안에 존재하는지도 모른다고 생각하지 않을 수 없었다. 그리고 그 세계에서 시나몬은 맑은 목소리로 매끄럽게 얘기하고, 커다랗게 소리 내어 웃거나 울지도 모른다고.

"이쪽에서 그쪽 컴퓨터에 접근할 수는 없나요?" 하고 나는 물었다. "그러면 접속 비밀번호가 필요 없지 않을까요?"

"그건 소용이 없어요. 그렇게 하면 그쪽에서 보낸 글이 이쪽으로 오기는 해도, 이쪽에서 보낸 글은 그쪽에 가지 않습니다. 문제는 그 열려라 참깨! 하는 비밀번호입니다. 그걸 모르면 어떻게 할 수가 없어요. 그리고 아무리 목소리를 꾸며도 늑대에게는 문을 열어 주지 않습니다. 노크를 하면서 '안녕하세요, 친구 토끼예요.'라고 말해도 말이죠. 암호를 대지 못하면 문턱도 넘을 수 없어요. 문전박대죠. 강철의 처녀입니다." 우시카와는 전화기 저편에서 성냥을 그어 담배에 불을 붙였다. 나는 그의 싯누런 이와 늘어진 입가를 떠올렸다.

"비밀번호는 세 글자. 알파벳이거나 숫자이거나, 또는 양쪽의 조합입니다. 창이 열리면 10초 이내에 비밀번호를 입력해야 합니다. 세 번을 계속해서 잘못 입력하면 자동적으로 접근이 거부되고 경보가 울리죠. 경보라고 해서 실제로 삐삐 하는 소리가 울리는 건 아니고, 그러니까 발자국으로 늑대가 거기 왔다는 걸 분명하게 알게 되는 것이죠. 어떤가요, 아주 잘 만들었죠? 순열조합으로 계산해 보면 알 수 있지만, 사실 알파벳 스물여섯 개와 숫자 열 개의 조합은 거의 무한에 가깝습니다. 그러니 모르는 인간은 속수무책이죠."

나는 아무 말 않고 잠시 생각해 보았다.

"오카다 씨, 무슨 수가 없겠습니까?"

*

다음날 오후 '손님'이 시나몬의 메르세데스 벤츠를 타고 돌아간 후, 나는 시나몬의 작은 방에 들어가 책상 앞에 앉았다. 컴퓨터 전원을 켜자 모니터에 파랗고 싸늘한 빛이 번졌다. 글자가 한 줄로 주르륵 떴다.

이 컴퓨터를 조작하려면 비밀번호가 필요합니다.
10초 이내에 정확한 비밀번호를 입력하십시오.

나는 미리 준비한 알파벳 세 개를 입력했다.

ZOO

화면은 열리지 않고 경고음이 울렸다.

등록된 비밀번호가 아닙니다.
10초 이내에 다시 한번 정확하게 비밀번호를 입력하십시오.

화면 위에서 카운트다운이 시작되었다. 나는 알파벳을 대문자로 전환하고, 다시 입력했다.

ZOO

그러나 역시 '노'였다.

등록된 비밀번호가 아닙니다.
10초 이내에 다시 한번 정확하게 비밀번호를 입력하십시오.
정확하지 않은 비밀번호가 입력될 경우
자동적으로 접근이 거부됩니다.

카운트다운이 시작된다. 10초다. 첫 Z만 대문자로 하고
나머지 두 O는 소문자로 입력했다. 그것이 마지막 지푸라기
였다.

Zoo

경쾌한 벨 소리가 울렸다.

비밀번호가 정확하게 입력되었습니다.
다음 메뉴에서 프로그램을 선택하십시오.

그리고 메뉴창이 열렸다. 나는 폐에 고인 숨을 천천히 토

해 냈다 그리고 숨을 고른 다음, 길게 늘어선 메뉴를 스크
롤해서 회선 통신 프로그램을 선택했다. 화면에 회선 통신
을 위한 새 메뉴가 주르륵 떴다.

다음 메뉴에서 통신 프로그램을 선택하십시오.

나는 채팅 모드를 선택하고 클릭했다.

채팅 모드 기능에는 비밀번호가 필요합니다.
10초 이내에 정확한 비밀번호를 입력하십시오.

시나몬에게 중요한 문일 것이다. 능수능란한 해커의 접근
을 저지하려면 입구를 단단히 지키는 수밖에 없다. 그리고
그 문이 중요하다면, 사용하는 비밀번호 역시 중요할 것이
다. 나는 키보드를 두드렸다.

SUB

화면은 열리지 않았다.

등록된 비밀번호가 아닙니다.

10초 이내에 다시 한번 정확한 비밀번호를 입력하십시오.

카운트다운이 시작된다. 10, 9, 8……. 나는 조금 전에 했던 대로 대문자를 치고 이어 소문자를 친다.

Sub

경쾌한 벨 소리가 울린다.

비밀번호가 정확하게 입력되었습니다.
회선번호를 입력하십시오.

나는 팔짱을 끼고 메시지를 바라본다. 나쁘지 않다. 나는 시나몬의 비밀의 문을 두 개 다 열었다. 전혀 나쁘지 않다. 동물원과 잠수함. 그리고 나는 나가기를 클릭한다. 화면이 초기 메뉴로 다시 돌아간다. 시스템 종료를 클릭하자 화면에 글자가 떴다.

지시가 없는 경우 작업 내용이
자동적으로 파일에 저장됩니다.
기록이 필요 없는 경우에는 저장하지 않음을 선택하십시오.

우시카와가 가르쳐 준 대로 저장하지 않음을 클릭한다.

이번 작업의 내용은 파일에 저장되지 않습니다.

화면이 조용히 죽는다. 나는 이마에 돋은 땀을 닦았다. 키보드와 마우스도 정확하게 원래 자리에 돌려놓고(2센티미터도 오차가 있어서는 안 된다.) 나는 싸늘해진 모니터 앞을 떠났다.

21

넛메그의 이야기

아카사카 넛메그는 무려 몇 달에 걸쳐 내게 자신이 살아
온 얘기를 했다. 그것은 끝없이 길고, 무수한 샛길로 가득한
이야기였다. 그래서 나는 아주 간단하게(그래 봐야 그렇게 짧
지도 않다.) 요약한 것을 여기에 기록하려 하는데, 그것이 이
야기의 골자를 잘 전달하고 있는지는 솔직히 자신이 없다.
그러나 적어도 그녀 인생의 마디마디에서 생긴 사건의 개요
는 전달할 수 있으리라 생각한다.

아카사카 넛메그와 어머니는 몸에 보석만 지니고 만주에
서 일본으로 돌아왔다. 그리고 요코하마에 있는 외가에 몸

을 의지했다. 외가는 대만을 거점으로 무역에 관계된 일을 하고 있었다. 태평양 전쟁 전에는 경영이 순조로웠지만, 오랜 전쟁 탓에 대부분의 거래가 끊겼다. 사업을 지휘하던 아버지는 심장병으로 돌아가셨고, 아버지를 거들던 작은 아들도 전쟁이 끝나기 조금 전에 폭격으로 죽었다. 선생 노릇을 하던 큰오빠가 일을 그만두고 사업을 이었지만, 원래 장사에는 소질이 없는 사람이라 가업을 재건하지 못했다. 넓은 집과 땅은 남았지만, 전후의 물자가 부족한 시대에 거기에 빌붙어 사는 것은 그리 유쾌한 일이 아니었다. 모녀는 세상을 등지고 숨죽이듯 살았다. 남들보다 조금 먹고, 아침에는 누구보다 빨리 일어나 집 안의 잡다한 일을 도맡아 했다. 소녀 시절에 넛메그가 입었던 옷은 하나에서 열까지, 그야말로 장갑, 양말에서 속옷까지 사촌에게 물려받은 것이었고, 연필도 남이 버린 몽당연필을 모아서 썼다. 아침이면 눈을 뜨는 게 고통스러웠다. 이제 또 새로운 하루가 시작되는구나 하는 생각만 해도 가슴이 아팠다. 가난해도 좋으니 어머니와 단둘이 눈치 보지 않고 살 수 있다면 하고 생각했다. 하지만 어머니는 그 집을 떠나려 하지 않았다. "옛날에는 활달하고 명랑한 사람이었는데, 만주에서 돌아온 후에는 빈껍데기처럼 되어 버렸어. 살기 위한 힘이 어딘가로 다 사라진 거겠지." 하고 넛메그는 말했다. 어머니는 어떤 행동도 할 수 없는 상태가 되고 말았다. 딸을 상대로 즐거웠던 시절의 추억담을 되풀이할 뿐이었다. 그래서 넛메그는 혼자 살아갈 능력을 키워야 했다.

그녀는 공부가 싫은 것은 아니었지만, 고등학교에서 가르치는 일반 과목에는 거의 흥미를 느끼지 못했다. 역사의 연대표와 영어 문법과 기하의 수식을 외우는 것이 자신에게 도움이 되리라는 생각이 조금도 들지 않았기 때문이다. 실제로 써먹을 수 있는 기능을 익혀서 하루라도 빨리 자립하는 것, 그것이 넛메그의 소원이었다. 그녀는 여유롭게 고교 생활을 즐기는 반 아이들에게서 아주 멀리 떨어진 곳에 있었다.

사실 그 당시 그녀 머릿속에는 패션밖에 없었다. 앉으나 서나 그녀는 옷에 대해서만 생각했다. 그러나 멋을 부릴 여유는 없으니, 어디서 입수한 패션 잡지를 수도 없이 펼쳐 보면서 비슷하게 스케치를 하거나, 또는 머리에 떠오른 드레스의 이미지를 끝없이 공책에 그릴 뿐이었다. 왜 그렇게 강렬하게 옷에 끌렸는지, 그 이유는 그녀 자신도 몰랐다. 만주에 있을 때 어머니 옷을 늘 만지작거렸던 탓일까 하고 넛메그는 말했다. 어머니는 옷에는 돈을 아끼지 않았던 만큼 옷도 많았고, 옷을 잘 입는 것도 좋아했다. 양장이든 기모노든 서랍장에 다 들어가지 못할 만큼 많았다. 소녀 시절의 넛메그는 틈만 나면 그 옷들을 꺼내 쳐다보고 만져 보곤 했다. 그러나 일본으로 돌아올 때 의류는 대부분 두고 올 수밖에 없었고, 배낭에 채워 온 옷들도 하나하나 식료품으로 바뀌어 갔다. 어머니는 다음에 팔아야 할 옷을 펼쳐 놓고 한숨을 쉬곤 했다.

"내게는 옷을 디자인하는 게 다른 세계로 통하는 비밀의 문이었어. 그 조그만 문을 열면, 나만의 세계가 펼쳐졌지. 그곳에서는 상상력이 전부였어. 자신이 상상하고 싶은 걸 제대로 똑똑히 상상할 수 있으면, 그만큼 현실에서 멀어질 수 있었어. 그리고 내가 가장 기뻤던 것은, 그게 다 공짜라는 거였어. 상상에는 돈이 한 푼도 들지 않았으니까. 정말 멋지지? 머릿속에 그린 아름다운 옷을 그림으로 옮기는 건, 그냥 현실을 떠나 몽상에 잠기는 일이 아니라 살기 위해 반드시 있어야 하는 거였어. 그건 숨을 쉬는 것과 마찬가지일 정도로 당연하고 자연스러운 일이었지. 그래서 나는 남들도 많든 적든 그럴 거라고 상상했어. 그런데 다른 사람들은 그런 상상을 하지 않을뿐더러 하려고 해도 잘 못한다는 걸 알았을 때, 나는 이렇게 생각했지. '나는 어쩌면 다른 사람들과 다른지도 모르겠어. 그래서 다르게 살 수밖에 없는 거야.' 하고 말이야."

넛메그는 고등학교를 중퇴하고, 양재 학원에 들어갔다.

그 비용을 마련하려고, 어머니를 조르고 졸라 얼마 남지 않은 보석 하나를 처분했다. 그녀는 이 년간 그 학원에서 봉제, 재단, 디자인 등의 실질적인 기술을 배웠다. 양재 학원을 졸업하자 그녀는 집을 빌려 혼자 살기 시작했다. 바느질과 뜨개질 아르바이트를 하고, 밤에는 웨이트리스 일을 하면서 복식 디자인 전문학교에 다녔다. 그 학교를 졸업한 다음 고급 부인복 회사에 취직해, 원하던 대로 디자인부에 소속되었다.

그녀는 그녀만의 재능이 있었다. 스타일화를 잘 그릴 뿐 아니라, 다른 사람들과는 다르게 보고 생각할 수 있었다. 넛메그의 머릿속에는 '이런 것을 만들고 싶다.' 하는 명확한 이미지가 있었고, 그 이미지는 누구에게 빌린 것이 아니라 그녀의 내면에서 자연스럽게 생겨난 것이었다. 그녀는 그 이미지의 세부를, 연어가 큰 강을 거슬러 고향으로 돌아가듯 한없이 세밀하게 그릴 수 있었다. 넛메그는 하루 빨리 어엿한 디자이너가 되고 싶다는 생각밖에 없었다. 그녀는 잘 틈도 없을 정도로 일했다. 일을 하면 즐거웠다. 밖에 나가 놀고 싶은 생각은 없었다. 어떻게 노는지도 몰랐다.

마침내 상사가 열정적으로 일하는 넛메그를 인정하고, 그녀가 그린 유려하면서도 분방한 선에 관심을 보이기 시작했다. 그리고 수습 기간 몇 년이 지난 후에 작은 일의 한 부문이 그녀 재량에 맡겨졌다. 사내에서도 이례적인 발탁이었다.

넛메그는 해마다 착실하게 실적을 쌓아 갔다. 그러자 사내에서는 물론 업계의 많은 사람들이 그녀의 재능과 에너지에 관심을 보이게 되었다. 디자인의 세계는 닫힌 세계이며 동시에 어느 면에서는 공평한 경쟁 사회였다. 자신이 디자인한 옷에 들어오는 주문의 양이 그대로 디자이너의 실력이 된다. 구체적인 숫자로 명시되고, 이기고 지는 것도 분명하게 눈에 보인다. 그녀는 딱히 다른 사람과 경쟁한 것은 아니었지만, 그 실적에는 아무도 군말을 하지 못했다.

이십 대 후반이 될 때까지 넛메그는 한눈 한번 팔지 않고 일에 몰두했다. 그사이에 수많은 사람을 알게 되었고, 몇몇 남자는 넛메그에게 호의를 표했지만 그들과의 관계는 짧고 담담한 것이었다. 그녀는 도무지 살아 있는 인간에게는 깊은 관심을 가질 수 없었다. 넛메그의 머릿속은 옷의 이미지로만 가득했다. 그녀는 진짜 인간보다 그 디자인 쪽을 훨씬 더 생생하고 육감적으로 느꼈다.

스물일곱 살이 되던 해, 넛메그는 업계의 신년 파티에서 분위기가 묘한 한 남자를 소개받았다. 얼굴 자체는 단정하게 생겼는데, 머리는 푸석푸석하고, 턱과 코끝은 석기처럼 뾰족하고, 그 탓에 부인복 디자이너라기보다는 광신적인 종교가로 보였다. 그녀보다 나이는 한 살 아래이고, 몸은 바늘처럼 깡말랐고, 눈은 한없이 깊었다. 그리고 상대를 불편하게 하는 게 목적인 것처럼 공격적인 시선으로 사람들을 돌아보았다. 그러나 넛메그는 그 눈 속에서 자신의 반영을 볼 수 있었다. 그는 당시 아직 이름이 알려지지 않은 신진 디자이너로, 둘이 얼굴을 마주한 것은 그때가 처음이었다. 하기야 넛메그는 이미 그에 관한 소문은 들은 상태였다. 특이한 재능은 있는데, 오만하고 분방한 데다 툭하면 시비를 거는 통에 아무도 좋아하지 않는다는 평판이 자자했다.

"우리 둘은 비슷한 인종이었어. 둘 다 대륙에서 태어났고, 그도 전쟁이 끝난 후에 맨몸으로 조선에서 배를 타고 돌아왔지. 그의 아버지는 직업군인이라, 전쟁이 끝난 후에 몹시 가난했어. 어머니는 어렸을 때 장티푸스로 돌아가셨고. 그 탓에 그가 여자 옷에 깊은 관심을 품게 된 거였어. 재능은 있었지만, 말이 안 될 정도로 처세에는 서툴렀어. 부인복 디자이너라면서 여자 앞에 서면 금방 얼굴이 벌게지고, 거칠어지고. 그러니까 우리 둘은 무리에서 떨려 난 동물 같은 셈이었지."

이듬해 둘은 결혼했다. 1963년의 일이다. 그 다음 해(도쿄 올림픽이 열렸던 해) 봄에 태어난 아이가 시나몬이었다. 이름이 시나몬이었지, 아마? 시나몬이 태어나자, 넛메그는 어머니를 집으로 들여 아이를 보살피게 했다. 아침부터 밤까지 온 힘을 다해서 일하느라 어린아이를 돌볼 틈이 없었던 것이다. 따라서 시나몬은 거의 할머니 손에서 자란 것이나 다름없다.

자신이 남편을 한 남자로서 정말 사랑했는지 어떤지는 넛메그도 모른다. 그녀에게는 그런 판단을 내리기에 필요한 가치 기준이 없었고, 그건 남자 쪽도 마찬가지였다. 그들을 엮은 것은 우연한 해후의 힘이었고, 옷을 디자인하는 것에 대한 공통적인 열정이었다. 그럼에도 결혼 생활의 초반 십 년에는 결실이 많았다. 넛메그와 그는 결혼하는 동시에 다니던 회사를 그만두고 독립해 아오야마 거리 뒷골목에 있는 조그만 빌딩의 한 방에 디자인 회사를 차렸다. 서향에 통풍도 잘 안 되는 데다 에어컨도 없는 사무실이라, 여름에는 흐르는 땀에 연필이 손에서 미끄러질 정도로 더웠다. 물론 일도 처음에는 순풍에 돛 단 것처럼 순조롭지는 않았다. 둘 다 현실적인 능력이 놀라울 만큼 없어서, 질 나쁜 상대에게 보기 좋게 속기도 하고, 업계의 관습을 모르는 탓에 주문을 받지 못하기도 하고, 또는 생각도 할 수 없는 단순한 실수를 하기도 해서 좀처럼 궤도에 오르지 못했다. 빚이 쌓이고 쌓여 야반도주밖에 살 길이 없는 지경에 이르기도 했다. 그러나 넛메그가 우연한 인연으로, 둘의 재능을 높이 평가하고 충성을 맹세한 유능한 매니저를 발견한 것이 돌파구가 되었다. 그 후 회사는 지금까지의 게걸음이 거짓이었던 것처럼 발전했다. 매출은 해마다 배로 증가했다. 그들이 무일푼에서 일군 회사는 1970년에는 기적적인 성장세를 보였다. 세상 물정 모르고 오만한 그들 자신조차 예상하지 못했을 만큼 완벽한 성공이었다. 둘은 사원을 늘리고, 큰길에 면한 빌딩으로 사무실을 옮기고, 긴자와 아오야마와 신주쿠에 직영 매장을 차렸다. 또 매스컴에서 둘이 만든 오리지널 브랜드의 이름을 수시로 거론해, 세상에 널리 알려지게 되었다.

회사가 커지자 둘이 분담하는 일의 질도 변화했다. 옷을 만드는 일은 일종의 창작 행위지만, 조각을 하거나 소설을 쓰는 것과는 달라서 수많은 사람들의 이해가 얽히는 비즈니스이다. 그러니 실내에 틀어박혀 옷을 만드는 게 끝이 아니다. 누군가는 밖으로 나가 '얼굴' 역할을 맡아야 한다. 비즈니스의 거래액이 커지면 커질수록, 그럴 필요도 커진다. 파티와 패션쇼에 나가서 인사를 하고 잡담도 해야 하고, 매스컴의 인터뷰에도 응해야 한다. 넛메그는 그런 역할을 맡을 마음이 없었기 때문에 결국 남편이 밖으로 나가게 되었다. 남편도 넛메그 못지않게 사교성이 떨어지는 사람이라 처음에는 고통스러워 견딜 수 없어 했다. 모르는 사람 앞에서는 말도 제대로 하지 못했고, 그럴 때마다 지쳐서 돌아왔다. 그러나 반년 정도 그 일을 계속하고 나자, 그는 자신이 사람과 만나는 것을 예전만큼 고통스러워하지 않는다는 것을 문득 깨달았다. 여전히 말은 잘 못했지만, 젊었던 시절과는 반대로, 그의 그런 퉁명스러움과 어눌함이 사람들에게 매력적으로 비치는 듯했다. 사람들은 그의 퉁명스러운 대답을 (타고 태어난 내성적인 성격 때문에 그런 것인데) 세상물정 모르는 오만함이라고 해석하지 않고 예술적인 멋진 자질로 해석해 주었다. 그는 급기야 자신이 놓인 그런 상황을 즐기게 되었다. 그리고 그는 알게 모르게 동시대의 문화적 영웅 같은 존재로 추앙받기에 이르렀다.

"아마 당신도 그의 이름을 들어 본 적이 있을 거야." 하고 넛메그는 말했다. "하지만 그 무렵에는 디자인 작업의 삼분의 이를 나 혼자 도맡고 있었어. 그의 대담하고 독창적인 아이디어는 상품으로 궤도에 올랐고, 그는 이미 충분하고도 남을 만큼 아이디어를 짜냈으니까, 그걸 전개하고 확대해서 형태로 만드는 건 나의 역할이었지. 우리는 회사의 규모를 키운 후에도 밖에서 디자이너를 영입하지 않았어. 일을 도와주는 사람은 많아졌지만, 중요한 부분은 우리 둘이서 했던 거지. 우리가 만들고 싶었던 것은 계급도 아무것도 없는, 그저 우리가 만들고 싶은 옷이었어. 시장 조사나 경비 계산도 회의도 일절 없었어. 이런 걸 만들고 싶다고 생각하면, 그대로 디자인해서 최대한 좋은 소재를 사용하고 시간과 품을 들여서 만드는 거야. 다른 회사가 두 공정에 끝내는 과정을 우리는 네 공정에 끝냈지. 다른 회사는 천을 3미터 사용할 옷에 우리는 4미터를 사용했어. 그리고 검사는 꼼꼼하게 해서 마음에 들지 않는 상품은 밖으로 내보내지 않았어. 팔다 남은 옷은 전부 폐기하고. 세일도 없었어. 물론 가격은 비교적 비쌌지. 처음에 그 업계 사람들은 그렇게 해서 잘될 리 없다고 무시했어. 하지만 우리 옷은 그 시대 상징의 하나가 되었지. 페터 막스의 그림과 우드스톡과 트위기와 「이지 라이더」처럼 말이야. 그때는 옷을 디자인하는 게 정말 즐거웠어. 정말 대담한 디자인도 가능했고, 손님도 따라 주었어. 마치 등에 커다란 날개가 돋아서, 어떤 곳이든 자유롭게 날아갈 수 있을 것 같았지."

그러나 그들의 일이 순조롭게 풀린 때부터 넛메그와 남편의 관계는 점차 소원해졌다. 같이 일을 하고 있어도 때로 남편의 마음은 어딘지 모를 곳을 어슬렁어슬렁 헤매는 듯했다. 그 눈도 과거의 번쩍거리는, 갈증에 찬 빛을 잃어버린 것처럼 보였다. 마음에 들지 않으면 집히는 대로 물건을 내던지던 격한 성격도 거의 얼굴을 드러내지 않았다. 가끔 무슨 생각에 깊이 잠긴 듯 멍하게 먼 곳을 쳐다보는 일도 많아졌다. 그들은 직장이 아닌 곳에서는 거의 대화를 나누지 않았다. 그가 집에 들어오지 않는 날이 많아졌다. 남편에게 사귀는 여자가 몇 명 있다는 것도 어슴푸레 알고 있었지만, 넛메그는 마음이 아프지도 않았다. 둘 사이에는 오래도록 육체관계가 없었으니(주로 넛메그가 성욕을 느끼지 못하는 탓이었다.) 남편에게 애인이 있어도 어쩔 수 없다고 그녀는 생각했다.

남편이 살해당한 것은 1975년 말이었다. 그때 넛메그는 마흔 살이고, 아들 시나몬은 열한 살이었다. 그는 아카사카에 있는 어느 호텔 방에서 칼에 난자당해 죽었다. 오전 11시에 메이드가 청소를 하려고 마스터키로 문을 열고 들어갔다가 시체를 발견했다. 욕실은 홍수라도 난 것처럼 피로 흥건했다. 온몸의 피라는 피가 한 방울도 남기지 않고 흘러나왔다. 그리고 심장과 위와 간과 두 신장과 췌장이 없었다. 그를 살해한 자는 그 장기들을 도려내서 비닐봉투나 뭐에 담아서 가져간 것 같았다. 몸에서 절단된 머리통이 정면을 향하고 변기 뚜껑 위에 놓여 있었다. 그 얼굴도 난도질이 되어 있었다. 범인은 우선 머리통을 잘라 내어 난도질을 하고, 그다음에 장기를 도려낸 것 같았다.

인간의 내장을 꺼내려면 예리한 칼과 상당한 전문 기술

이 필요하다. 가슴뼈도 톱으로 몇 개 잘라야 한다. 시간도 걸리고, 피범벅이 된다. 왜 굳이 그렇게 고생스러운 일을 해야 했는지, 이유를 알 수 없었다.

호텔 프런트 담당은, 그가 전날 밤 10시쯤 한 여자와 함께 체크인 했다고 진술했다. 방은 12층에 있었다. 그러나 연말의 바쁜 시기라, 상대는 서른 살 전후의 예쁜 여자이고, 빨간 코트를 입었고, 키는 그렇게 크지 않았다 — 하는 정도밖에 기억하고 있지 않았다. 그러나 그 여자는 작은 클러치백밖에 들고 있지 않았다. 침대에는 성행위의 흔적이 남아 있었다. 시트에서 채취한 음모와 정액은 그의 것이었다. 지문도 많이 남아 있었지만, 너무 많아 조사할 수가 없었다. 그가 들고 있던 조그만 가죽 가방에는 갈아입을 속옷과 화장품, 일에 관계된 서류가 든 파일, 그리고 잡지가 한 권 들어 있을 뿐이었다. 지갑에 든 10만 엔 정도의 현찰은 신용카드와 함께 그대로 남아 있었지만, 가방 안에 있었을 수첩은 발견되지 않았다. 방에 몸싸움을 한 흔적은 없었다.

경찰은 그의 교우 관계를 조사했다. 그러나 프런트 담당이 진술한 특징에 해당되는 여자는 없었다. 서너 명의 여자이름이 용의선상에 올랐지만, 경찰 조사에서 원한이나 질투를 살 만한 사이는 아니라고 밝혀졌고, 또 전원에게 알리바이가 있었다. 패션계에 그를 탐탁해하지 않는 사람이 있다

쳐도(물론 몇 명 있었다. 우애와 친밀한 분위기가 넘치는 곳으로 알려진 세계는 아니다.) 그 사람들이 그에게 살의를 품었다고는 보이지 않았고, 칼로 장기를 여섯 개나 도려낼 만큼 특별한 기술을 갖고 있을 리도 없었다.

세상에 이름이 알려진 디자이너였기 때문에 그 사건은 신문과 잡지에 크게 보도되었고, 다소 화제에 오르기도 했다. 그러나 경찰은 이 엽기적인 살인 사건이 필요 이상 주목받는 것을 꺼려, 여러 가지 기술적인 이유를 붙여서 누군가가 장기를 적출해 갔다는 사실은 공표하지 않았다. 오성급 호텔의 이름에 타격을 입을까 우려한 호텔 측에서 손을 써 압력을 가했다는 얘기도 있었다. 결국 그는 호텔 방에서 칼에 찔려 죽은 것으로 발표되었다. 호텔 방에서 '무슨 이상한 짓'을 한 것 같다는 소문도 나돌다가, 흐지부지 사라졌다. 경찰이 대대적인 수사에 나섰지만, 범인은 끝내 잡히지 않았고 살인 동기조차 파악하지 못했다.

"그 방은 아마 지금도 문이 단단히 잠겨 있을 거야." 하고 넛메그는 말했다.

남편이 살해되고 난 이듬해 봄, 넛메그는 회사를 대형 의류 메이커에 매각했다. 직영점과 재고품과 브랜드 네임까지 전부. 그녀는 매각 교섭을 맡았던 변호사가 들고 온 서류에 두말 않고 도장을 찍었다. 거기 적힌 금액을 확인도 않고서.

회사를 넘긴 후에 그녀는 디자인에 대한 자신의 정열이 깨끗이 사라졌다는 것을 깨달았다. 전에는 사는 것과 같은 의미였던 그 격렬하고 절박한 욕망의 수맥이 완전히 고갈된 것이었다. 아주 가끔 누군가의 부탁으로 일을 받으면, 프로답게 해낼 수는 있었다. 그러나 기쁨을 느끼는 일은 없었다. 맛없는 음식을 꾸역꾸역 먹는 식이었다. 마치 그들이 나의 장기까지 도려내 간 것 같네 하고 그녀는 생각했다. 과거의 에너지와 참신한 디자인 실력을 아는 사람들은 넛메그를 전설적인 존재로 기억하고 있었고, 그 같은 사람들의 디자인 의뢰가 끊이지 않았지만, 도저히 거절할 수 없는 일 외에는 일절 받지 않았다. 그녀는 회계사의 충고를 따라 회사를 매각한 돈을 주식과 부동산에 투자했다. 호경기 덕분에 해마다 자산이 늘어났다.

회사를 넘기고 얼마 후에 어머니가 심장병으로 돌아가셨다. 8월의 어느 무더운 날에 어머니는 현관 앞에서 물을 뿌리다가, 갑자기 '속이 울렁거린다.'고 하고 들어와 이부자리에 눕더니 유난히 크게 코를 골았다. 그러고는 그대로 숨을 거뒀다. 넛메그와 시나몬은 단 둘이 남았다. 그리고 일 년 남짓, 넛메그는 거의 밖에 나가지 않고 집에만 틀어박혀 지냈다. 그녀는 지금까지의 인생에서 누리지 못한 고요함과 평온함을 한꺼번에 되찾은 것처럼, 소파에 앉아 종일 마당을 바라보았다. 식사도 제대로 하지 않고, 하루에 10시간 이상 잤다. 다른 아이들 같으면 중학교에 들어갈 나이가 된 시나몬은 어머니를 대신해 집안일을 하고, 그 틈틈이 모차르트와 하이든의 소나타를 치고, 몇 가지 언어를 습득했다.

그런데 그 공백에 가까운 고요한 일 년이 어언 끝나갈 무렵, 넛메그는 아주 우연히 자신에게 어떤 특별한 능력이 있다는 것을 알았다. 전에는 전혀 인식하지 못한 기묘한 힘이었다. 넛메그는 디자인에 대한 과도한 열정이 사라진 대신 그 힘이 생겨난 것이 아닐까 하고 상상했다. 그리고 실제로 그 능력은 디자인을 대신해 넛메그의 새로운 직업이 되었다. 그녀 자신이 원한 것은 절대 아니었지만.

첫 번째 손님은 한 대형 백화점 경영자의 부인이었다. 젊은 시절에 오페라 가수로 활동한 적도 있는 총명하고 생명력 넘치는 여자였다. 그녀는 넛메그가 유명해지기 전부터 디자이너로서의 재능에 주목하고 이런저런 신경을 써 준 사람이었다. 만약 그녀의 지원이 없었더라면 회사도 일찌감치 망했을지 몰랐다. 그런 관계로 넛메그는 부인의 외동딸의 결혼식을 위해 모녀의 의상을 고르고 코디하는 일을 맡게 되었다. 딱히 어려운 일은 아니었다.

그런데 가봉을 기다리면서 넛메그와 두런두런 얘기하던 부인이 갑자기 두 손으로 머리를 부여잡고 휘청거리더니 바닥에 주저앉았다. 넛메그는 놀라서 그녀의 몸을 부축하고, 오른쪽 관자놀이를 손으로 쓰다듬었다. 아무 생각 없이 반사적으로 그런 것인데, 그녀는 거기에 무언가가 존재한다는 것을 감지할 수 있었다. 마치 보자기에 싼 것을 더듬는 것처럼, 그녀는 손바닥으로 그 모양과 감촉을 느꼈다.

어쩌면 좋을지 몰라 넛메그는 눈을 감고 다른 생각을 하려고 했다. 그녀는 신징의 동물원을 생각했다. 휴원일이라 아무도 없는 동물원. 그녀는 주임 수의의 딸로 출입이 특별히 허가되었다. 넛메그의 인생에서 가장 행복한 시간이었다. 거기에서 그녀는 보호되고, 사랑받고, 약속된 아이였다. 제일 처음 그녀 머리에 떠오른 이미지는 아무도 없는 동물원이었다. 넛메그는 거기에 있었던 냄새와 선명한 빛과 하늘에 뜬 구름의 모양을 하나하나 떠올렸다. 그녀는 종일 이 우리에서 저 우리로 돌아다녔다. 계절은 가을이고, 하늘은 한없이 높고, 만주의 새들이 떼를 지어 숲에서 숲으로 날아다녔다. 그것은 그녀의 본디 세계이자, 여러 가지 의미에서 영원히 사라진 세계였다. 시간이 얼마나 흘렀는지 모른다. 부인이 천천히 일어나 넛메그에게 미안하다고 사과했다. 부인은 아직도 조금 휘청거렸지만, 격한 두통은 사라진 듯했다.

며칠 후에, 넛메그는 예상치 못한 사례금을 받아들고 그 액수에 놀랐다.

그 사건이 있고 한 달쯤 지났을 때, 백화점 경영자의 부인에게 전화가 걸려 왔다. 점심을 같이하자는 내용이었다. 점심을 먹은 후 부인은 넛메그를 자택으로 데리고 갔다. 그리고 넛메그에게 '확인하고 싶은 일이 있으니, 내 머리를 다시 한번 만져 봐 달라'고 부탁했다. 거절할 이유가 없어서, 넛메그는 그녀가 부탁한 대로 했다. 넛메그는 부인 옆에 앉아, 관자놀이 위에 손바닥을 가만히 올려놓았다. 그녀는 또 무언가를 느낄 수 있었다. 그녀는 의식을 집중하고 그 형태를 더 구체적으로 더듬어 보려 했다. 그러나 그녀가 의식을 집중하면, 그 무언가는 몸을 뒤틀듯이 스르륵 형태를 바꿨다. 이건 살아 있다. 넛메그는 희미한 공포를 느꼈다. 그녀는 눈을 감고 신징의 동물원을 생각했다. 어렵지 않았다. 넛메그는 그저 떠올리기만 하면 되었다. 그녀가 전에 시나몬에게 했던 얘기와 그 광경을. 그녀의 의식은 육체를 떠나, 기억과 이야기 사이를 헤매다, 그리고 다시 돌아왔다. 정신을 차렸을 때, 부인은 그녀 손을 잡고 고맙다고 말하고 있었다. 넛메그는 아무것도 묻지 않았고, 부인도 아무 설명 하지 않았다. 넛메그는 이전처럼 가벼운 피로감을 느꼈다. 이마에는 땀이 송골송골 맺혀 있었다. 헤어질 때 부인은 이렇게 와 주어 고맙다면서 봉투를 건네려 했다. 넛메그는 정중하게, 그러나 분명하게 거절했다. 이건 일이 아니고, 지난번에도 충분히 많이 받았다고 하면서. 부인은 억지를 부리지는 않았다.

몇 주가 지나자, 그 부인은 다른 부인을 넛메그에게 소개했다. 나이는 사십 대 중반, 움푹 파인 눈에 날카로운 빛이 맴도는 몸집이 작은 여자였다. 옷도 고급스럽게 차려 입었는데, 은으로 된 결혼반지 외에 액세서리는 하지 않았다. 그 분위기로 평범한 사람은 아니란 걸 알았다. 백화점 경영자의 부인도 사전에 귀띔한 게 있었다. "그분이 내게 전에 했던 걸 자기도 받고 싶어 해요. 거절하지 마요. 그리고 사례금도 잠자코 받고. 긴 안목으로 보면 당신에게나 우리에게나 필요한 일이니까." 하고.

넛메그는 그 여자와 안쪽 방에 단 둘이 남았다. 그리고 이전처럼 관자놀이에 손바닥을 대었다. 거기에는 다른 무언가가 있었다. 백화점 경영자 부인의 그것보다 강하고, 움직임도 빨랐다. 넛메그는 눈을 감고 숨을 고른 다음, 그 움직임을 차분하게 가라앉히려 했다. 그녀는 훨씬 더 의식을 집중하고, 더 선명하게 기억을 더듬었다. 그녀는 주름진 세부로 헤치고 들어가, 그 무언가에 그녀 기억의 온기를 보냈다.

"그렇게 해서 그 일을 직업 삼게 된 거야." 하고 넛메그는 말했다. 자신이 이미 거대한 하나의 흐름을 타고 있다는 걸 그녀는 알았다. 그리고 성장한 시나몬이 그녀 일을 돕게 되었다.

22

목매다는 저택의 수수께끼 2

'세타가야에서 이름 난, 목매다는 저택에 드나드는 사람들'
언뜻언뜻 보이는 정치가의 그림자, 놀랍고 교묘한 은신처,
거기에는 어떤 비밀이 숨겨져 있는가?

《주간 一》 12월 21일 호에서

12월 7일 호에서 소개했다시피, 세타가야의 한적한 주택
가에 사람들이 쉬쉬하면서도 '목매다는 저택'이라고 부르는
집이 있다. 거기에 살던 사람들이 약속이라도 한 것처럼 불
행하게 스스로 목숨을 끊었고, 그 대부분이 스스로 목을 매
었기 때문이다.

(중략 ─ 지난번 기사 요약)

지금까지의 조사에서 한 가지 명확하게 밝혀진 것이 있
다. '목매다는 저택'의 새 주인의 정체를 파악하려고 어떤 경
로를 헤집든, 늘 단단한 벽에 부딪쳤다는 사실이다. 건축을
담당한 건설 회사를 찾아가 봤으나 취재를 단호하게 거부했

고, 토지를 구입한 자회사는 법적 하자가 전혀 없어 파고들
여지가 없었다. 모든 것이 지나치게 정밀하고 교묘하게 세팅
되어 있었다. 반드시 숨은 사정이 있을 것이라고 추측하지
않을 수 없었다.

또 한 가지 주의를 끈 것은, 이 토지를 구입한 자회사 설립
에 한 몫한 회사의 사무소였다. 조사해 본바, 이 사무소는 정
계에서는 아주 유명한 회계 사무소의 '하청' 기관으로 오 년
전에 설립되었으며, 그 기능은 이른바 뒷일을 처리하는 것으
로 밝혀졌다. 이 '회계사무소'는 이런 '하청' 기관을 몇 군데
갖고 있으며, 목적에 따라 적당히 이용하고 무슨 문제가 생
기면 도마뱀의 꼬리를 자르듯 톡 잘라 내던진다. 이 '회계 사
무소'는 아직 검찰청의 직접 조사를 받은 적이 없지만, '몇 가
지 정치 의혹 사건과 관련해 이름이 부각된 일이 있어, 당국
이 주목하고 있다.'(모 주간지 정치부 기자)고 한다. 그렇다면
이 회계 사무소를 토대로, '목매다는 저택'의 새 입주자와 유
력 정치가 사이에 어떤 관련성이 있지 않을까 하는 추측이
가능하다. 그리고 그 관점에서 살펴본바, 높은 담, 최신 전자
기기를 이용한 엄중한 경비, 검은 메르세데스 벤츠 리스 차
량, 교묘하게 위장된 자회사…… 등등의 노하우에 정치가가
개입한 정황이 짐작된다.

놀라울 만큼 철저한 기밀 유지

조사 과정에서 밝혀진 몇몇 사실에 흥미를 품은 취재진은 이 '목매다는 저택'을 방문하는 메르세데스 벤츠의 출입을 조사했다. 그 기록에 따르면 열흘간 출입한 회수는 총 21회이다. 하루에 약 두 번 그 차가 문을 지나 안으로 들어갔다가 나온 셈이다. 거기에는 몇 가지 규칙성이 있다. 우선 차는 오전 9시에 와서 문을 지나 안으로 들어갔다가 10시 반에 나온다. 운전사는 시간을 아주 정확하게 지키고, 각 행동의 시간적 오차는 5분도 안 된다. 그러나 아침에 들어간 시간은 늘 일정한 반면 그 외의 출입은 불규칙하다. 그 대부분이 오후 1시와 3시 사이로 기록되었는데, 오후에는 차가 들어가는 시간도 나오는 시간도 각기 달랐다. 차가 들어간 지 20분도 안 되어 나온 적도 있고, 1시간 만에 나온 적도 있었다.

이 기록으로 다음과 같은 사실을 추측할 수 있다.

(1) 아침의 규칙적인 출입 ─ 누군가가 이 집에 '통근하고 있다.'는 것을 의미한다. 차의 사방 유리는 안이 보이지 않도록 선팅이 되어 있어, '통근자'의 정체는 알 수 없다.

(2) 오후의 불규칙적인 출입 ─ 내방하는 손님이 있다는 것을 의미한다. 오가는 시간이 불규칙적인 이유는 '손님'의 사정 때문일 것이다. '손님'이 단수인지 복수인지는 알 수 없다.

(3) 야간에는 집 안에서 아무런 활동이 감지되지 않는 듯하다. 누가 집 안에 있는지 없는지도 알 수 없다. 담이 높아 불빛의 유무도 확인되지 않는다.

한 가지 명확한 것은 조사를 하는 열흘 동안 이 문을 통과한 차량은 검은 메르세데스 벤츠 한 대뿐이었다는 사실이다. 그 외에는 차량 한 대, 사람 역시 그 문을 통과하지 않았다. 일반 상식으로 봐서는 상당히 부자연스러운 일이다. 이 집에 사는 '누군가'는 쇼핑하러 밖에 나가지도 않고 산책도 하지 않는다. 사람들은 검게 선팅된 메르세데스 벤츠를 타지 않고는 이 집을 찾지 않고 또 나가지도 않는다. 바꿔 말해서, 그들은 얼굴을 절대 바깥 세상에 내보이지 않는다는 것이다. 그 이유는 무엇일까. 그들은 왜 이렇게 많은 비용과 수고를 감수하면서까지 철저하게 비밀을 유지해야 하는 것일까.

이 집의 출입구는 대문 하나밖에 없다. 저택 뒤쪽에는 좁은 골목이 있지만, 그것은 길이 아니다. 어느 집 마당을 지나지 않고는 이 골목에 들어갈 수 없고, 어디로도 나갈 수 없다. 동네 사람들 얘기를 들어보아도, 현재 이 골목을 이용하는 주민은 없었다. 그 탓인지, 이 집에는 골목으로 나가는 뒷문이 설치되어 있지 않다. 높은 담이 성벽처럼 솟아 있을 뿐이다.

열흘 동안 신문 판촉원이나 방문 판매 사원으로 보이는

사람이 이 집의 인터폰을 누른 적이 몇 번 있지만, 응답은 전혀 없는 듯했고, 물론 문이 열리는 일도 없었다. 만약 안에 사람이 있었다 해도 인터폰 모니터로 방문자를 확인했을 것으로 추측된다. 우편물도 없고, 택배가 배달되는 일도 없었다.

이제 남은 조사 방법은 그 집에 드나드는 메르세데스 벤츠를 미행해서 행선지를 알아내는 것뿐이었다. 눈부시게 빛나는 차체로 거리를 유유하게 달리는 메르세데스를 추적하는 것은 그렇게 어려운 일이 아니었지만, 그것도 이 차가 아카사카의 모 특급 호텔 지하 주차장으로 들어갈 때까지가 끝이었다. 주차장 입구에는 제복 차림의 경비가 있었고, 전용 카드 없이는 안에 들어갈 수 없었다. 따라서 취재 차량은 출입이 불가능했다. 이 호텔에서는 국제회의도 열리는 터라 요인이 숙박하는 일도 많다. 또 방일한 유명 연예인이 숙박하는 일도 적지 않다. 그리고 그때 요구되는 안전 대책, 프라이버시 대책으로 VIP 전용 주차 공간이 일반 투숙객이 사용하는 주차장과는 별도로 마련되어 있으며, 엘리베이터도 따로 독립된 복수의 전용 칸이 설치되어 있고, 그 운행 상황은 밖에서는 전혀 알 수 없다. 다시 말해서 비밀리에 체크인, 체크아웃이 가능한 시스템인 것이다. 이 메르세데스 벤츠는 그런 VIP 전용 공간을 확보하고 있다. 취재반의 질문에 답하는 호텔 측의 신중하고 간결한 설명에 따르면, 이 공간은 '평상시'에는 '엄격한 신원 조사를 거치고' 자격을 갖춘 법인을 대상으로 특별 요금에 임대된다고 하는데, 사용 조건 또는 이용자 등에 대한 자세한 정보는 얻을 수 없었다.

이 호텔에는 쇼핑가도 있고 카페와 레스토랑도 몇 군데 입점해 있으며 결혼식장이 네 군데, 회의장도 세 군데 있다. 즉 불특정 다수가 밤낮없이 출입하고 있는 것이다. 그런 장소에서 이 메르세데스에 탄 사람의 신원을 특정하는 것은 특별한 권한이 없는 한 불가능하다. 차에서 내린 사람은 눈앞에 있는 전용 엘리베이터를 타고 적당한 층에 내린 다음, 불특정 다수에 섞일 수 있다. 하나에서 열까지 실로 면밀하게 기밀 유지 시스템이 작동하고 있다는 점을 알 수 있다. 과도한 돈과 정치력의 개입을 엿볼 수 있는 대목이다. 호텔 측의 설명으로 알 수 있듯이, 이 VIP 전용 주차 공간을 계약하고 이용하는 것은 간단한 일이 아니다. '엄격한 신원 조사'에는 외국인 요인 경호에 해당하는 보안 당국의 의향도 포함되어 있을 것이며, 그걸 통과하자면 정치적 인맥이 필요할 것이다. 돈이 많다고 되는 일이 아니다. 동시에 거액의 금전이 필요하다는 것은 굳이 말할 필요도 없는 일이다.

(후략 — 이 저택을 이용하는 사람들은 유력 정치가들 등에 업은 종교 조직이 아닐까 하는 억측이 기술되어 있다.)

23

전 세계의 다양한 해파리,

변형된 것

나는 지정된 시간에 시나몬의 컴퓨터 앞에 앉아 비밀번호를 입력하고 통신 프로그램에 접속한다. 그리고 우시카와가 가르쳐 준 번호를 화면에 입력한다. 회선이 연결될 때까지 5분 정도 걸린다. 나는 옆에 준비해 놓은 커피를 마시고, 숨을 고른다. 하지만 커피는 아무 맛이 없고, 들이마시는 공기는 어딘가 모르게 까끌까끌하다.

마침내 회선이 연결되고, 채팅이 가능하다는 메시지가 경쾌한 벨 소리와 함께 화면에 뜬다. 그다음 나는 콜렉트콜을 지정한다. 컴퓨터를 사용한 기록이 파일에 남지 않도록 주의하면, 시나몬이 내가 컴퓨터를 사용했다는 걸 모를 것이다.(하지만 자신은 없다. 이 컴퓨터는 그의 미궁이며, 나는 무력한 일개 이방인에 지나지 않는다.)

생각보다 긴 시간이 경과되었다. 그러다 마침내 상대가 콜렉트콜 통신에 응했다는 메시지가 화면에 뜬다. 이 화면 너머, 도쿄의 땅속 어둠을 통과하는 긴 케이블의 연장선 어딘가에 구미코가 있다. 그곳에서 그녀는 나처럼 모니터 앞에 앉아, 키보드에 두 손을 올려놓고 있을 것이다. 하지만 내가 여기서 현실적으로 볼 수 있는 것은, 치직치직 하는 희미한 기계음을 내는 모니터뿐이다. 나는 박스를 클릭해서 송신 모드를 선택하고, 그때껏 몇 번이나 머릿속에서 반복했던 문장을 입력한다.

> 한 가지 질문이 있어. 대수로운 질문은 아니야. 하지만 난 거기 있는 사람이 틀림없는 당신이라는 확증이 필요해. 질문──결혼하기 전, 처음으로 둘이 데이트했을 때, 우리는 수족관에 갔지. 그때 당신이 가장 열심히 본 게 뭐였는지 가르쳐 줘.

나는 화면에 글자를 띄운다. 송신 표시를 클릭한다.(가장 열심히 본 게 뭐였는지 가르쳐 줘.◻) 그리고 모드를 수신으로 전환한다. 회신은 고요한 타임랙 후에 돌아온다. 짧은 회신이다.

> 해파리. 전 세계의 다양한 해파리.◻

내 질문과 그에 대한 회신이 모니터에 위아래로 줄지어 있다. 나는 그 두 문장을 가만히 바라본다. 전 세계의 다양한 해파리.◻ 구미코가 틀림없었다. 그러나 거기 있는 사람이 진짜 구미코라는 사실에 나는 오히려 괴로워졌다. 마치 내 몸속이 아무도 모르게 도려내지고 파내진 듯한 기분이다. 왜 우리는 이런 형태로밖에 대화할 수 없는 것일까? 그러나 나는 지금, 그저 있는 그대로를 받아들일 수밖에 없다. 나는 키보드를 친다.

> 우선 좋은 뉴스부터. 올봄에 고양이가 불쑥 돌아왔어. 상당히 야위었지만, 건강하고 상처 하나 없었어. 그 후로는 어디 가지 않고 죽 집에 있어. 사실은 당신과 의논했어야 하는데, 내 멋대로 새 이름을 지어 주었어. 삼치. 물고기 삼치. 우리 둘은 제법 사이좋게 잘 지내고 있어. 이거 좋은 뉴스 맞지?◻

잠시 간격이 있다. 그 시간이 통신상의 타임랙인지, 아니면 구미코의 침묵인지 나는 구분할 수 없다.

> 그 고양이가 살아 있어서 정말 기뻐. 고양이 걱정을 많이

했어.⏎

　나는 입안이 말라 커피를 한 모금 마신다. 그리고 또 키
보드를 친다.

　〉그다음 나쁜 뉴스. 하긴 고양이가 돌아온 걸 빼면 나머지
는 거의 나쁜 뉴스나 다름없어. 우선 첫째로 나는 여러 가지 수
수께끼를 풀지 못하고 있어.

　나는 쓴다. 그리고 화면에 뜬 글자를 죽 훑은 후에 그다
음 글을 입력한다.

　수수께끼 하나 ─당신은 지금 어디에 있을까. 거기서 대체
뭘 하고 있을까. 왜 이렇게 내게서 떠나 있는 것일까. 왜 나를 만
나고 싶어 하지 않는 것일까. 우리 사이에는 둘이 얼굴을 맞대고
해야 할 많은 얘기가 있는데. 그렇지 않아?⏎

　그녀의 회신이 돌아오는 데 시간이 걸린다. 나는 키보드
앞에서 입술을 깨물고 가만히 생각하고 있는 구미코의 얼
굴을 상상한다. 마침내 화면 위의 커서가 그녀의 손가락 움
직임에 맞춰 빠르게 이동하기 시작한다.

> 내가 당신에게 전하고 싶은 말은, 당신에게 보낸 편지 안에다 썼습니다. 최종적으로 당신이 알아줬으면 하는 것은, 지금의 나는 여러 가지 의미에서 당신이 아는 내가 아니라는 사실입니다. 인간이란 갖가지 이유로 변하는 법이고, 어떤 경우에는 변형되어 흉물스러워지기도 합니다. 내가 당신을 만나고 싶지 않은 것은 그 때문이에요. 당신에게 돌아가고 싶지 않은 것도 그 때문입니다.

커서가 한 점에 가만히 머물러, 점멸하면서 언어를 찾는다. 15초나 20초, 나는 그 커서를 노려보고 있다. 그리고 그것이 모니터 상에 새로운 언어를 만들어 내기를 기다린다. 변형되어 흉물스러워진다?

그럴 수 있다면 나를 최대한 빨리 잊어요. 정식으로 이혼하고, 당신이 새 인생을 찾아가는 게 우리 둘에게 최선의 길입니다. 내가 지금 어디서 뭘 하는지는 큰 문제가 아닙니다. 무엇보다 중요한 사실은, 어떤 이유로 우리 두 사람은 이미 다른 세계로 갈라져 버렸다는 거예요. 그리고 그건 돌이킬 수 없는 일입니다. 이렇게 당신과 통신하는 것조차, 몸이 찢겨 나가는 것처럼 괴로운 일이에요. 당신이 상상도 못 할 정도로.□

나는 그 문장을 몇 번이나 다시 읽는다. 그녀의 말은 거침이 없고, 안쓰러우리만큼 농밀한 확신에 차 있었다. 아마 구미코는 그 말을, 지금까지 수도 없이 자기 머릿속에서 반복했을 것이다. 하지만 나는 어떻게든, 그 굳건한 확신의 벽을 뒤흔들어야 한다. 가령 아주 조금이라도. 나는 키보드를 친다.

> 당신 말이 다소 막연해서 잘 모르겠어. 당신이 '흉물스러워졌다.'는 건 구체적으로 어떤 것이지. 그게 뭘 의미하는지 난 도저히 이해하지 못하겠어. 토마토가 흉물스럽다거나 우산이 흉물스럽다……. 그런 말이라면 이해할 수 있어. 토마토가 상했거나, 우산살이 부러진 거지. 하지만 당신이 '흉물스러워졌다.'라는 말은 어떤 뜻일까. 구체적인 이미지가 떠오르지 않는군. 당신은 편지에 내가 아닌 사람과 육체적인 관계를 가졌다고 썼는데, 그래서 당신이 '흉물스러워진' 걸까? 물론 내게도 그건 충격이었어. 하지만 그건 한 사람의 인간이 '흉물스러워지는 것'과는 조금 다르지 않나.⊡

오랜 간격이 있다. 구미코가 어디로 사라진 것은 아닐까 하고 나는 불안해진다. 그러나 마침내 화면에 구미코의 글자가 뜨기 시작한다.

> 그런 이유도 있어요. 하지만 그게 전부는 아닙니다.

구미코가 쓴다. 또 깊은 침묵이 있다. 그녀는 서랍 안에서 조심조심 언어를 고르고 있다.

그것은 하나의 결과입니다. '흉물스러워졌다.'고 한 건, 훨씬 더 오랜 시간의 결과입니다. 그것은 사전에 어딘지 모를 캄캄한 방 안에서 누군가의 손에 의해 결정된 일입니다. 나와는 무관하게. 그러나 당신을 알고 결혼했을 때, 새로운 가능성이 있을 것처럼 보였어요. 이대로 어느 출구를 통해 쑥 나갈 수 있지 않을까 하고 나는 생각했습니다. 하지만 그건 역시 환영에 지나지 않았던 것 같습니다. 모든 것에는 조짐이란 게 있고, 그래서 나는 그때 없어진 우리의 고양이를 어떻게든 찾으려 했던 거예요.

나는 모니터에 뜬 그 메시지를 오래도록 바라보았다. 하지만 한참이 지나도 송신 종료 마크는 뜨지 않았다. 내 모니터의 통신 모드도 수신에서 움직이지 않고 있다. 구미코는 그다음을 생각하고 있는 것이다. '흉물스러워졌다.'는 건, 훨씬 더 오랜 시간의 결과입니다. 구미코는 내게 대체 뭘 전하려는 것인가? 나는 화면에 의식을 집중한다. 하지만 거기에는 눈에 보이지 않는 벽 같은 것이 있다. 화면에 다시 글자가 뜨기 시작한다.

　가능하면 당신이 이렇게 생각해 줬으면 합니다. 내가 천천히
죽어 가는, 몸과 얼굴의 형태가 무너져 가는 종류의 치료될 가
망이 없는 병에 걸렸다고. 물론 이건 비유입니다. 실제로 내 몸
이나 얼굴이 무너져 가고 있는 건 아니에요. 하지만 아주 진실에
가까운 비유입니다. 나는 그래서 더욱이 당신에게 내 모습을 보
이고 싶지 않은 거예요. 물론 이건 막연한 비유일 뿐, 내가 놓인
상황의 모든 것을 당신이 이해해 주리라고는 생각지 않습니다.
이런 비유 하나로 당신이 납득할 것이라고도 생각지 않습니다.
미안하지만 지금의 나는 그 이상 할 수 있는 말이 없어요. 당신
이 그걸 그대로 받아들여 주는 길밖에 없습니다.⊡

　치료될 가망이 없는 병.
　나는 통신 모드가 송신으로 전환된 것을 확인하고 키보드
를 친다.

　＞당신이 그 비유를 내가 받아들이기를 원한다면, 나는 그대
로 받아들여도 괜찮아. 하지만 아직도 도저히 이해할 수 없는
일이 한 가지 있어. 가령 당신이 당신 말대로 '흉물스러워졌다.'
치자, '치료될 가망이 없는 병'에 걸렸다 치자, 그런데 왜 하필 와

305

타야 노보루에게 가야 했을까. 왜 여기 남아 나와 함께하지 않았을까? 우리는 그러기 위해서 결혼한 거잖아.⏎

침묵이 흐른다. 실제로 손에 들어 그 무게와 견고함을 확인할 수 있을 듯한 침묵이었다. 나는 깍지 낀 두 손을 책상에 올려놓고, 천천히 심호흡을 한다. 회신이 왔다.

> 내가 지금 여기 있는 것은, 좋든 싫든 내게 어울리는 장소이기 때문입니다. 여기가 내가 반드시 있어야 하는 장소이기 때문입니다. 나는 선택할 권리가 없어요. 가령 내가 당신을 만나고 싶어 한들, 만날 수 없어요. 내가 당신을 만나고 싶어 하지 않는다고, 보고 싶어 하지 않는다고 생각하나요, 당신?

숨을 삼킨 듯한 공백이 있고, 그녀가 마침내 다시 손가락을 움직이기 시작한다.

그러니 그 일로 이 이상, 나를 괴롭히지 않았으면 합니다. 당신이 나를 위해 할 수 있는 일이 있다면, 그건 한시 빨리 나란 존재를 잊는 거예요. 나와 둘이 지냈던 세월을, 존재하지 않았던 것으로, 기억 밖으로 내모는 것입니다. 그것이 결국, 우리 둘에게 가장 좋은 결과일 거예요. 나는 그렇게 확신하고 있습니다.⏎

나는 말한다.

> 당신은 내게 모든 것을 잊으라고 하는데. 당신을 가만히 내
버려 두라고 말이야. 하지만 동시에 당신은 이 세계의 어딘가
에서 나를 향해 도움을 청하고 있어. 아주 작고 먼 소리지만, 나
는 고요한 밤에 그 소리를 분명하게 들을 수 있어. 그건 틀림없
는 당신 목소리야. 내 생각에, 당신 한쪽은 정말 내게서 멀어지
려고 해. 당신이 그러는 데에는 아마 그럴 만한 이유가 있겠지.
하지만 다른 한쪽은 필사적으로 내게 다가오려 하고 있어. 나는
확신해. 그리고 나는, 여기서 당신이 무슨 말을 어떻게 하든, 내
게 도움을 청하고 다가오려 하는 당신 쪽을 믿지 않을 수 없어.
나는 누가 뭐라고 하든, 그 어떤 정당한 이유가 있든, 당신을 쉽
게 잊거나, 당신과 함께한 시간을 밀어낼 수 없어. 왜냐하면 그
건 실제로 내 인생에서 일어났던 일이고, 그런 걸 깨끗하게 지워
버린다는 건 불가능하니까. 그건 자신을 지워 버리는 거나 다름
없는 일이야. 그러려면, 나는 그러기 위한 정당한 이유를 알아
야 해.↵

또 한 차례 공백의 시간이 흐른다. 나는 모니터 화면에서
그녀의 침묵을 알알이 감지할 수 있다. 그것은 비중이 무거
운 연기처럼, 화면 구석에서 새어 나와 방 안에 낮게 떠돈다.

구미코의 그런 침묵을 나는 잘 알고 있다. 둘이 생활하는 가운데, 나는 몇 번이나 그런 침묵을 경험했고 또 봐 왔다. 구미코는 지금 화면 앞에서 숨을 죽이고, 눈썹을 찡그리고 의식을 집중하고 있다. 나는 손을 내밀어 컵을 들고 식은 커피를 한 모금 마신다. 그리고 빈 컵을 두 손으로 쥔 채, 구미코처럼 가만히 숨을 죽이고 화면을 쳐다본다. 우리는 무거운 침묵의 연대로, 갈라진 세계의 벽을 통해 연결되어 있다. 우리는 서로를 그 누구보다 필요로 한다고 나는 생각한다. 너무도 확실하게.

　＞나는 모르겠어.◻

　＞난 알아.

　나는 커피 컵을 내려놓고, 언뜻언뜻 보이는 시간의 꼬리를 잡아당기듯 재빠르게 키보드를 두드린다.

　난 알아. 나는 무슨 수를 써서든 당신이 있는 장소에, '도움을 청하고 있는' 쪽의 당신이 있는 장소에 가고 싶어. 하지만 거기에 가는 방법도, 거기에서 과연 뭐가 나를 기다리고 있는지도, 안타깝지만 지금의 나는 정확하게 몰라. 당신이 나간 후로 긴긴 시간, 나는 캄캄한 어둠 속에 내던져진 것 같은 기분으로 지내 왔어. 하지만 나는 조금씩이지만 핵심에 디기기고 있어. 그 장 소에 다가가고 있다고 생각해. 나는 당신에게 내가 지금 이렇다 는 걸 전하고 싶었어. 나는 거기에 다가가고 있어, 좀 더 가까이 갈 생각이야.⊡

나는 키보드 위에 두 손을 가지런히 놓은 채 그녀의 회신 을 기다린다.

>나는 정말 모르겠어.

구미코가 키보드를 친다. 그리고 대화는 끝난다.

안녕.⊡⊡⊡

화면이 상대가 회선에서 나갔다는 걸 전한다. 대화가 끊 긴 것이다. 그런데도 나는 화면을 노려보면서 어떤 변화가 있기를 기다린다. 구미코가 생각을 바꿔 다시 돌아올지도 모른다. 깜박 잊고 말하지 못한 게 떠오를 수도 있다. 그러나 구미코는 돌아오지 않는다. 20분을 기다리고서야 나는 겨 우 포기한다. 화면을 그대로 둔 채 일어나 부엌에 가서 찬물을 마신다. 나는 한참이나 머리를 텅 비우고, 냉장고 앞에서 숨을 고른다. 사방은 아주 고요했다. 온 세계가 나의 사고를 향하고 귀 기울인 채 꼼짝 않고 있는 듯한 기분마저 든다. 하지만 나는 아무것도 생각할 수 없다. 미안하지만 아무 생각도 할 수 없다.

나는 컴퓨터 앞으로 돌아가 의자에 앉아서, 파란 화면에 뜬 대화를 처음부터 끝까지 꼼꼼하게 다시 읽는다. 내가 무슨 말을 했는지, 그녀가 무슨 말을 했는지. 그녀 말에 내가 뭐라고 답했는지, 내 말에 그녀는 뭐라 답했는지. 우리의 대화는 화면에 그대로 남아 있다. 뭔지 모를 생생한 것이 있다. 화면에 줄지은 글자를 읽으면서, 나는 그녀의 목소리를 들을 수 있다. 그 억양과 목소리의 미묘한 톤과 단어와 단어 사이의 틈을, 나는 알 수 있다. 커서는 마지막 줄 위에서 아직도 심장의 고동처럼 규칙적으로 점멸하고 있다. 다음 말이 이어지기를 숨죽이고 기다리고 있다. 하지만 그다음에 이어지는 말은 없다.

나는 거기에 있는 대화 전부를 머리에 빠짐없이 새겨 넣은 다음(출력하지 않는 게 좋겠다고 판단했다.) 박스를 클릭하고 통신 모드에서 나온다. 기록을 저장하지 않는다는 명령어를 클릭하고, 빠트린 과정이 없는지 확인한 다음 전원을 끈다. 모니터는 신호음과 함께 하얗게 숨이 끊어진다. 단조로운 기계음이 방의 침묵 속에 삼켜진다. 허무라는 손이 쥐어든은 선명한 꿈처럼.

　그리고 얼마나 시간이 지났는지, 나는 모른다. 정신을 차리고 보니, 나는 테이블에 놓인 자신의 손을 물끄러미 쳐다보고 있었다. 내 두 손에는 오래도록 응시한 흔적이 남아 있다.

　'흉물스러워졌다.'고 한 건, 훨씬 더 오랜 시간의 결과입니다.

　대체 얼마나 오랜 시간을 말하는 것일까?

24

양을 세다,

고리의 중심에 있는 것

우시카와가 집에 처음 찾아온 날에서 며칠이 지난 뒤, 나는 시나몬에게 매일 신문을 갖다 달라고 부탁했다. 슬슬 바깥 현실을 접해야 할 시기가 왔다, 하고 나는 생각했다. 아무리 피하려 애를 써도, 때가 오면 그들은 멋대로 찾아온다.

시나몬은 고개를 끄덕이고, 매일 아침 세 종류의 신문을 갖고 '저택'을 찾아왔다.

아침을 먹은 다음 나는 그 신문을 죽 훑어보았다. 오랜만에 보는 신문은 어딘지 모르게 기묘했다. 서먹하고 허망해 보였다. 자극적인 잉크 냄새에 머리가 지끈거렸고, 거뭇거뭇하고 깨알 같은 글자는 도전적으로 내 눈을 찔렀다. 레이아

웃과 제목의 글자체나 문장의 톤이 몹시 비현실적으로 느껴졌다. 나는 몇 번이나 신문을 내려놓고, 눈을 감고 한숨을 쉬었다. 옛날에는 이렇지 않았을 것이다. 나는 아주 자연스럽게 신문을 읽었다. 대체 뭐가 이렇게 달라진 것일까? 아니다, 신문은 아무것도 달라지지 않았다. 달라진 것은 내 쪽이다.

한동안 신문을 계속해 읽다가, 나는 와타야 노보루에 대한 한 가지 사실을 명확하게 이해하게 되었다. 그것은 그가 세상에서 점차 확고한 지위를 구축하고 있다는 사실이었다. 그는 신진 중의원 의원으로서 의욕적으로 정치 활동을 하는 한편, 잡지에 칼럼을 연재하고, 종합 잡지에 의견을 발표하고, 텔레비전 프로그램에서 정규 패널로 발언하고 있었다. 나는 여러 장소에서 그의 이름을 볼 수 있었다. 왜인지는 모르지만, 사람들은 그의 의견에 한층 더 열심히 귀를 기울이는 듯했다. 정치 무대에 등장한 지 오래지 않은데, 그의 이름은 앞날이 촉망되는 젊은 정치가의 한 사람으로 거론되고 있었고, 어느 여성지에서 실시한 정치가 인기투표에서는 상위권에 올랐다. 그는 행동하는 지식인이며, 기존의 정치 세계에서는 볼 수 없었던 새로운 유형의 지적 정치가로 평가되고 있었다.

나는 시나몬에게 그의 글이 실린 잡지를 사다 달라고 부탁했다. 와타야 노보루라는 특정 인간에게 주의가 쏠리지 않도록, 관계없는 잡지도 몇 권 섞어서 목록을 작성했다. 시나몬은 목록을 쓱 쳐다보고는, 별 흥미 없다는 듯이 윗도리 주머니에 집어넣었다. 다음 날 시나몬은 그 잡지들을 신문과 함께 테이블에 올려놓았다. 그리고 평소대로 클래식 음악을 들으면서 청소를 했다.

나는 그 잡지들과 신문에서 와타야 노보루의 글과 그에 대해 쓴 기사를 가위로 오려 내 파일에 보관했다. 파일은 이내 두꺼워졌다. 나는 그 문장과 기사를 통해 '정치가' 와타야 노보루라는 한 새로운 인간에 접근하려고 시도했다. 지금까지 그와 나 사이에 존재했던 그리 유쾌하지 않은 개인적 경위를 잊고, 편견을 버리고 한 독자로 0에서 다시 그를 이해하려고 시도했다.

하지만 여전히 와타야 노보루라는 인간의 실체를 이해하기는 어려웠다. 공평하게 보면 그가 쓴 기사 하나하나는 나쁘지 않았다. 비교적 조리 있게 잘 쓴 글이었다. 아주 잘 쓴 문장도 몇몇 있었다. 풍부한 정보가 정연하게 담겨 있었고, 결론에 준하는 것도 제시되어 있었다. 그가 옛날에 쓴 전문서의 배배 꼬인 문장에 비하면 한결 준수했다. 적어도 나 같은 인간도 이해할 수 있게 쉽게 쓰여 있었다. 그런데도 언뜻 보아 평이하고 명료하고 쉬운 문장 속에서 나는, 마치 사람을 꿰뚫어 보고 있다는 듯한 오만함의 그림자를 인식하지 않을 수 없었다. 거기에 숨어 있는 악의에 등줄기가 서늘해졌다. 그러나 그것은 내가 와타야 노보루라는 실제 인간을 알고 그 날카롭고 싸늘한 눈초리와 말투를 떠올릴 수 있기 때문이지, 일반인들이 그 문장의 이면을 감지하기는 아마 어려울 것이다. 그래서 그 점에 대해서는 최대한 생각지 않으려고 했다. 나는 문장의 흐름만 더듬었다.

그러나 아무리 면밀하고 공평하게 숙독을 해도, 나는 와타야 노보루라는 정치가가 정말 무슨 말을 하려는 건지 파악할 수 없었다. 하나하나의 논리와 주장은 나름 합리적이고 조리가 있었지만, 그것들을 종합해서 결국 무슨 말이 하고 싶은 것이냐 하는 단계가 되면 당황하지 않을 수 없었다. 아무리 세부를 종합해 봐도 명확한 전체상이 부각되지 않았다. 전혀. 나는 그가 명확한 결론을 갖고 있지 않기 때문은 아닐 것이라고 생각했다. 그에게는 명확한 결론이 있다. 하지만 그것을 숨기고 있는 것이다. 그는 자신에게 유리할 때 자신에게 유리한 문만 살짝 열고, 거기에서 한 걸음 나와 목청을 돋워 사람들에게 뭐라 말하고, 말이 끝나면 다시 안으로 들어가 문을 딱 닫아 버리는 사람으로 보였다.

예를 들어 그는 어느 잡지에 기고한 글에, 오늘날 세계 경제의 극명한 지역 격차는 폭력에 가까운 압박으로 작용하고 있는데, 이는 정치적, 인위적 힘으로 계속 억누를 수 있는 것이 아니다, 그것은 언젠가는 세계의 구조에 눈사태 같은 변화를 초래할 것이라고 기술했다.

'그렇게 해서 통을 단단히 묶고 있던 고리가 한번 풀리면, 세계는 거대한 '뒤죽박죽 잡탕 상태'가 될 것이며, 과거 거기에 존재했던 자명한 세계 공통 정신 언어(일단 이 글에서는 '공통 프린시플'이라고 하고 싶다.)는 그 기능이 정지되든지, 또는 거의 정지에 가까운 상태로 몰릴 것이다. 그리고 그 혼돈에서 다음 세대의 '공통 프린시플'이 다시금 형성되기까지는 많은 사람들이 예상하는 것보다 훨씬 오랜 세월이 필요할 것이다. 한마디로 우리는 경악에 가까운 깊고 긴 정신의 위기적 카오스를 목전에 두고 있는 것이다. 그리고 당연하게 그 변동에 따라, 일본의 전후 정치사회 구조, 정신 구조도 그 근간부터 변혁의 압박을 받게 될 것이다. 여러 분야에서 상황은 백지화되고, 대대적인 판의 개조, 재구축이 시작될 것이다 ── 정치 영역에서도, 경제 영역에서도, 문화 영역에서도 그렇다. 그렇게 되면 지금까지 자명한 것으로 여겨져 아무도 의심하지 않았던 것이 이미 자명하지 않고, 덧없이 그 정당성을 잃게 될 것이다. 그것은 물론 일본이라는 국가가 변모할 수 있는 좋은 기회이기도 하다. 그러나 아이러

니하게도, 그처럼 더없이 좋은 기회가 목전에 있는데 우리
는 그 '개조'의 지표로 사용되어야 할 '공통 프린시플'을 갖
고 있지 않다. 우리는 그 치명적인 패러독스 앞에서 그저 망
연히 서 있게 될 것이다. 공통 프린시플이 절실하게 필요한
상황을 초래한 것이 바로 공통 프린시플의 상실과 소멸 자
체라는 단순한 사실을 인식함으로써.'

쩨 긴 평론이었는데, 간단히 요약하면 이렇다.

그러나 인간이 아무런 지표 없이 행동하는 것은 현실적
으로 불가능하다 — 라고 와타야 노보루는 말한다. 적어
도 잠정적인, 가설적인 프린시플 모델이 필요하다. 일본이
라는 국가가 현재 시점에서 제공할 수 있는 모델은 아마 '효
율' 정도일 것이다. 장기간에 걸쳐 공산주의 체제를 타격해
붕괴를 초래한 것이 '경제적 유효성'이라면, 우리가 혼란기
에 '효율'을 실무적인 규범으로 전체에 확대해 나가는 것은
당연한 일일지도 모른다. 생각해 보라, 어떻게 하면 효율이
좋아지는지, 전후의 세월을 통해 그 이외의 철학, 또는 철학
에 준하는 것을 우리 일본인이 생산해 내었던가? 그러나 효
율성은 방향성이 명확할 때 유효한 힘이다. 방향성의 명확
함이 한번 소멸되면, 그 힘은 순식간에 무력해진다. 바다 한
가운데서 조난당해 방향을 잃었을 때, 힘이 있는 숙련된 노
잡이가 있어 봐야 무의미한 것이나 마찬가지다. 효율적으로

잘못된 방향으로 전진하는 것은, 아예 전진하지 않는 것보다 나쁘다. 올바른 방향성을 규정하는 것은 고도한 직무 역할을 지닌 프린시플이다. 그러나 우리에게는 지금 그것이 없다. 결정적으로 결여되어 있다.

와타야 노보루가 전개하는 논리에는 나름의 통찰과 설득력이 있었다. 그 점은 나도 인정하지 않을 수 없었다. 그러나 몇 번을 다시 읽어도, 와타야 노보루가 개인으로 또는 정치가로 과연 뭘 추구하는지는 여전히 알 수 없었다. 그래서 어떻게 해야 된다는 거야?

와타야 노보루는 또 다른 문장에서 만주국에 대해 언급했다. 나는 그 글을 흥미롭게 읽었다. 그는 제국 육군이 쇼와 시대의 초기 즉 1920년대 후반에, 예상되는 소련과의 전면전에 대비해 방한복의 대량 조달 가능성을 검토했던 내용을 다뤘다. 육군은 그때까지 시베리아 같은 극단적으로 추운 지대에서 본격적인 전투를 치른 경험이 없었기 때문에, 동계 혹한 대책은 정비가 급한 분야였다. 만약 국경 분쟁을 계기로 갑자기 본격적인 대소련 전쟁이 발발한다 해도(물론 있을 수 없는 일이지만) 군에는 동계 전쟁을 치를 수 있는 준비가 거의 없는 것이나 다름없었다. 그 때문에 참모 본부에는 대소련 전쟁 가상 연구 팀이 설치되고, 병참부문에서는 방한 특수복의 본격적인 연구가 실시되었다. 본격적인 혹한이 어느 정도의 것인지를 파악하기 위해 그들은 한겨울의 사할린에 가서, 실전 부대를 이용해 방한화와 코트, 속옷 등의 방한 정도를 실험했다. 소련군의 현행 장비와 대러시아 전에서 나폴레옹의 군대가 착용했던 의복에 대해서도 철저하게 연구했다. 그리고 그들은 '육군의 현재 방한 장비로 시베리아의 겨울을 나는 것은 불가능하다.'는 결론에 도달했다. 또 전선의 병사 삼분의 이가 동상에 걸려 전투력을 상실할 것이라고 계산했다. 당시 육군의 방한복은 좀 더 따뜻한 북중국의 겨울을 상정해서 만든 것이었고, 절대적인 수량도 부족했다. 연구 팀은 일단 10개 사단에 배부할 수 있는 유효한 방한복을 제작하기 위해서 필요한 양의 수를 추산하고 (그 팀에서는 잠잘 틈도 없이 양의 머릿수를 세고 있다는 농담이 유행했다.) 또 가공에 필요한 설비 규모의 견적을 내서 보고서를 제출했다.

그 보고서에는 일본이 경제 제재 또는 실질적인 봉쇄를 당하면서 북방에서 장기적인 소련전을 치르기 위해서는 일본 국내에 있는 사육 양의 머릿수만 가지고는 턱없이 부족했고, 그 결과 만주와 내몽골 지역에서의 안정적인 양모(및 토끼 등의 모피) 공급 및 가공 시설의 확보가 불가결하다고 여겨진다는 내용이 담겼다. 그리고 그 상황을 시찰하기 위해 1932년, 건국 직후의 만주국에 파견된 사람이 와타야 노보루의 큰아버지였다. 그의 임무는 그 같은 공급이 만주 국내에서 현실적으로 가능해지려면 어느 정도의 기간이 필요한지를 산정하는 것이었다. 그는 육군 대학 출신의 로지스틱스(병참학) 전문 젊은 기술 관료였고, 그 임무는 그에게 주어진 본격적인 첫 과제였다. 그는 방한복 문제를 근대 병참의 모델 케이스로 파악하고, 철저한 수학적 분석을 행했다.

와타야 노보루의 큰아버지는 지인의 소개로 펑톈에서 이시와라 간지를 만나 얼굴을 맞대고 술을 마시면서 하룻밤을 지냈다. 이시와라는 중국 대륙을 놓고 소련과의 전면전을 치르지 않을 수 없으며, 그 전쟁을 완수하는 열쇠가 병참의 강화, 즉 신생 만주국의 빠른 공업화, 자급자족 경제의 확립에 있다는 것을 논리정연하고 열정적으로 역설했다. 그리고 농업 목축의 조직화, 효율화에 관해서는 일본 본토에서 오는 농업 이민의 중요성을 설파했다. 이시와라는 만주국을 조선이나 타이완 같은 일본의 식민지로 만들 것이 아니라, 아시아 국가의 신 모델로 삼아야 한다는 의견을 갖고 있었지만, 만주국이 궁극적으로는 소련과의 전쟁, 나아가서는 미국, 영국과의 전쟁을 위한 일본의 병참기지라는 인식에 있어서는 매우 현실적이었다. 현재 시점에서 서구와의 전쟁(그가 말하는 '최종 전쟁')을 수행할 능력이 있는 나라는 아시아에서 일본뿐이며, 다른 여러 나라는 그들이 서구 제국으로부터 해방되기 위해 일본에 협력할 의무가 있다고 그는 믿고 있었다. 아무튼 당시 제국 육군 장관으로, 이시와라만큼 병참 문제에 강한 관심을 지니고, 또 조예가 깊은 인물은 없었다. 대부분의 군인은 병참 자체를 '유약한' 발상으로 여겼으며, 정비가 안 된 가운데 몸을 던져서라도 과감하게 싸우는 것이야말로 폐하의 군인의 길이고, 빈약한 장비와 적은 인원으로 강력한 상대와 맞서 싸워 전과를 올리는 것이 진정한 무훈이라고 생각하고 있었다. '병참이 따라잡지 못할 만큼 빠르게' 적을 몰아내고 전진하는 것을 명예로 여겼다. 우수한 기술 관료인 와타야 노보루의 큰아버지가 보기에는 그렇게 어리석은 생각도 없었다. 병참의 뒷받침 없이 장기전을 시작하는 것은 자살행위와 같았다. 소련은 스탈린의 집약적인 경제5개년계획으로 군비가 비약적으로 증대되었고 또 근대화되었다. 오 년에 걸친 피비린내 나는 1차 세계대전은 구세계의 가치관을 무너뜨렸고, 기계화된 전쟁은 유럽 제국의 전략과 병참학의 개념을 뒤바꿔 놓고 말았다. 무관으로 이 년간 베를린에 체류했던 와타야 노보루의 큰아버지는 그 사실을 뼈저리게 알고 있었다. 그러나 일본의 군인 대개의 의식은 러일 전쟁의 승리에 취했던 당시에 머물러 있었다.

와타야 노보루의 큰아버지는 이시와라의 명석한 논리와
세계관, 그리고 카리스마 넘치는 인간성에 완전히 심취한
상태에서 귀국했고, 둘의 친교는 큰아버지가 일본으로 돌
아온 후에도 계속되었다. 큰아버지는 훗날, 만주에서 돌아
와 마이즈루 요새 사령관으로 부임한 이시와라를 몇 번이
나 만나러 갔을 정도였다. 큰아버지가 작성한 만주 국내의
양 사육 상황 및 그 가공 시설에 관한 면밀하고 적확한 보
고서는, 귀국 후 본부에 제출되어 높은 평가를 받았다. 그
러나 마침내 1939년, 노몬한에서 당한 뼈아픈 패배와 미국
과 영국의 경제 제재 강화로 군부의 눈은 점차 남방을 향하
게 되었고, 대소련 가상전 연구의 활동은 흐지부지되고 말
았다. 그러나 노몬한 사건이 초가을에 조기 종결되어 본격
적인 전쟁으로 발전하지 않은 것에는, '동계에 소련군과 전
투를 치르는 것은 현 장비로는 수행 불가능'하다는 연구 팀
의 단호한 보고가 한몫했다. 대본영은 가을바람이 불기 시
작하자, 체면을 중시하는 일본군 치고는 어이없게 전쟁에서
손을 떼고, 쓸모없는 후룬베이얼 초원의 일부를 외교 교섭
을 통해 외몽골과 소련군에게 넘겼다.

와타야 노보루는 돌아가신 큰아버지에게 옛날에 들은
그 일화를 서두에 기술하고, 그다음 병참선 사상을 모델로
지역 경제에 대해 지정학적인 얘기를 끌어 나갔다. 그러나

내가 흥미를 느낀 것은, 와타야 노보루의 큰아버지가 과거에 육군 참모 본부에 근무했던 기술 관료이며, 만주국과 노몬한 전투에 관계했다는 사실이었다. 전쟁이 끝난 후 와타야 노보루의 큰아버지는 맥아더가 이끄는 점령군의 공직 추방 지령을 받아, 한동안 고향인 니가타에서 은둔생활을 했다. 그러다 추방 지령이 풀리자 일약 정계로 진출, 보수당에서 입후보해 참의원 의원으로 두 번 봉직한 후에 중의원으로 옮겼다. 그의 사무소 벽에는 이시와라 간지의 글이 걸려 있었다. 나는 와타야 노보루의 큰아버지가 어떤 의원이었으며, 정치가로서 어떤 일을 했는지는 모른다. 장관 자리에도 한 번 있었고, 지역에서는 영향력이 상당했던 것 같지만, 결국 국정을 좌지우지하는 지도자는 되지 못한 것 같다. 그리고 지금, 그 정치적 기반을 조카인 와타야 노보루가 물려받았다.

나는 파일을 덮어 책상 서랍에 넣었다. 그리고 두 손을 뒷머리에 깍지 끼고, 창문 너머 문을 멍하니 바라보았다. 이제 곧 문이 안쪽으로 열리고, 시나몬이 운전하는 메르세데스 벤츠가 모습을 보일 시간이었다. 그는 늘 하던 대로 '손님'을 싣고 온다. 나와 '손님'들은 내 얼굴의 멍으로 연결된다. 나는 또 이 멍으로 시나몬의 할아버지(넛메그의 아버지)와 이어져 있다. 시나몬의 할아버지와 마미야 중위는 신징이라는 도시로 연결된다. 마미야 중위와 점쟁이 혼다 씨는 만주와 몽골 국경에서 행한 특수 임무로 이어지고, 나와 구미코는 혼다 씨를 와타야 집안에서 소개받았다. 그리고 나와 마미야 중위는 우물로 이어진다. 마미야 중위의 우물은 몽골에 있고, 나의 우물은 이 저택 마당에 있다. 과거에 이곳에는 중국 파견군의 지휘관이 살았다. 모든 것은 고리처럼 이어져 있고, 그 고리의 중심에는 태평양 전쟁 전의 만주가 있고, 중국 대륙이 있고, 1939년의 노몬한 전투가 있다. 그러나 왜 나와 구미코가 그런 역사의 고리 속에 휘말리게 되었는지, 나는 이해가 되지 않는다. 그 사건들은 모두 나와 구미코가 태어나기도 전에 일어난 일이다.

나는 시나몬의 책상 앞에 앉아, 키보드에 손가락을 올려놓았다. 나는 구미코와 대화할 때의 감촉을 아직 기억하고 있었다. 그때 나와 구미코가 컴퓨터 통신으로 나눈 대화를 와타야 노보루는 틀림없이 모니터했을 것이다. 그는 그 내용에서 뭔가를 알아내려 하고 있다. 친절을 베푸는 마음으로 나와 구미코가 대화할 수 있도록 조치하지는 않았을 것이다. 또는 그들은 통신을 발판으로 외부에서 시나몬의 컴퓨터에 들어와 이 장소의 비밀을 캐내려 하는지도 모른다. 하지만 그 점에 대해서 나는 별 걱정 하지 않았다. 그 컴퓨터 안의 깊이는 바로 시나몬이라는 인간의 깊이이기 때문이다. 그리고 그들은 시나몬이라는 인간의 한없는 깊이를 알 리가 없다.

나는 우시카와의 사무소에 전화를 걸었다. 우시카와는 거기에 있었고, 바로 전화를 받았다.

"야, 이거, 오카다 씨, 타이밍이 아주 절묘하군요. 실은 말입니다, 내가 출장을 갔다가 바로 10분 전에 허둥지둥 돌아왔거든요, 하네다 공항에서 여기까지 택시를 타고 날아와(길이 엄청나게 밀렸지만) 코를 풀 틈도 없이 서류만 집어 들고 다시 나가려던 참이었습니다. 택시도 그대로 앞에서 기다리고 있고 말이죠. 야, 이거, 때를 딱 보고 전화를 건 것 같습니다. 전화벨이 따르릉 따르릉 울릴 때, 내가 자문을 했어요, '오오, 이 운 좋은 사람은 대체 누구일까.' 하고 말이죠. 그런데 불초 우시카와에게 전화를 다 주시고, 무슨 용건이신지?"

"오늘 밤, 와타야 노보루와 컴퓨터로 얘기를 좀 나누고 싶은데." 하고 나는 말했다.

"선생님과 말입니까?" 하고 우시카와는 목소리를 툭 낮추고, 조심스럽게 되물었다.

"그래요." 하고 나는 말했다.

"전화가 아니라 컴퓨터 화면을 사용한다는 말이죠. 지난

번처럼?"

"그렇습니다." 하고 나는 대답했다. "그러는 편이 피차 얘기하기 쉬울 것 같은데. 아마 싫다 소리는 하지 않을 겁니다."

"자신이 있나 봅니다."

"자신은 없습니다. 그런 느낌이 들 뿐이지."

"그런 느낌이 든다." 하고 우시카와가 조그만 소리로 내 말을 되풀이했다. "그런데 말이죠, 이건 좀 엉뚱한 말인데, 오카다 씨의 '그런 느낌이 든다.'는 잘 맞습니까?"

"글쎄요." 하고 나는 남 말 하듯 대답했다.

전화 저편에서 우시카와는 잠시 침묵했다. 그는 머릿속으로 무언가를 재빨리 계산하는 눈치였다. 좋은 징후다. 나쁘지 않다. 지구를 반대로 돌리는 것만큼 어렵지는 않아도, 이 남자의 입을 잠깐이라도 다물게 하는 것은 쉬운 일이 아니다.

"우시카와 씨, 거기 있나요?" 하고 나는 불러 보았다.

"그럼요, 여기 있습니다." 하고 우시카와가 허둥지둥 대답했다. "신사의 돌사자처럼 여기 있습니다. 폴짝폴짝 돌아다니지 않아요. 비가 오나 고양이가 우나, 여기서 새전함을 단단히 지키고 있습니다. 네, 알겠습니다." 하고 우시카와가 평소의 말투로 돌아왔다. "좋습니다. 어떻게든 선생님을 컴퓨터 앞에 앉혀 놓겠습니다. 그런데 말이죠, 아무리 그래도 오늘 밤은 무리죠. 내일이라도 괜찮다면, 내 이 대머리를 걸고 약속하겠습니다. 내일 밤 10시, 컴퓨터 앞에 방석을 깔고 거기에 선생님을 앉히도록 하겠습니다. 그럼 되겠나요?"

"내일이라도 좋습니다." 하고 나는 잠시 틈을 둔 후에 대답했다.

"그럼 이 원숭이 우시카와가 그렇게 추진하죠. 나야 어차피 일 년 내내 망년회 총무 같은 역할을 하는 사람이니까 말입니다. 그런데 오카다 씨, 선생님에게 이런 식으로 뭔가를 억지로 시키는 거, 그거 그냥 되는 일이 아닙니다. 이건 뭐 징징 우는 소리를 하는 게 아니라, 신칸센을 다른 역에 세우는 것만큼이나 어려운 일이다, 그 말이죠. 몸이 두 개라도 모자라는 사람 아닙니까. 텔레비전 녹화다, 인터뷰다, 취재다, 거기에 원고까지 써야 하니. 그뿐입니까, 유권자도 만나야지 원내회의도 있지, 사람과 식사도 해야 하지, 거의 10분 단위로 움직이고 있어요. 매일이 이사와 계절이 바뀌어 옷장 정리하는 날이 겹친 것처럼 난리법석입니다. 허접한 국무장관보다 더 바빠요. 그러니까, '선생님, 내일 밤 10시에 전화벨이 때릉때릉 울릴 테니, 시간을 비워 놓고 컴퓨터 안에서 가만히 기다리십시오' '오, 그런가, 우시카와 군, 그거 잘됐군, 차를 끓여놓고 기다리지.' 하는 것처럼 간단하지 않다 그 말입니다."

"그는 싫다고 하지 않을 겁니다." 하고 나는 다시 말했다.

"그냥 그런 느낌이 드는 거죠?"

"그래요."

"좋아요, 좋습니다. 아주 좋아요. 실로 마음이 든든해지는 격려군요." 하고 우시카와는 들뜬 목소리로 말했다. "그럼 그렇게 얘기를 정리하고, 내일 밤 10시를 기다리겠습니다. 그때 그곳에서, 그때처럼. 당신과 나의 약속 — 야, 이거 노랫말 같군요. 아무쪼록 비밀번호를 잊지 않도록 하십시오. 죄송하지만 이제 가 봐야겠습니다. 택시를 세워 놓고 있어서 말이죠. 죄송합니다. 정말 코를 풀 틈도 없군요."

전화가 끊겼다. 나는 수화기를 전화기에 내려놓고, 다시 컴퓨터 키보드에 손을 올려놓았다. 그리고 까맣게 죽은 화면 너머에 있는 것을 상상했다. 나는 구미코와도 다시 한번 얘기를 하고 싶었다. 하지만 그러기 전에, 와타야 노보루와 직접 얘기를 나눠야 했다. 행방이 묘연한 예언자 가노 마르타가 예전에 내게 예언했던 것처럼, 나와 와타야 노보루는 연을 끊고 살아갈 수는 없는 것 같았다. 그러고 보니 그녀가 내게 불길하지 않은 예언을 한 적이 있었나 하고 나는 생각해 보았다. 하지만 그녀가 했던 많은 말이 이미 기억나지 않았다. 어찌된 일인지, 가노 마르타가 아주 오래전 인간인 것처럼 멀게 느껴졌다.

25

신호가 빨강으로 바뀌다,

뻗어 나오는 긴 손

다음날 시나몬이 아침 9시에 '저택'에 왔을 때, 그는 혼자가 아니었다. 조수석에 그의 어머니 아카사카 넛메그가 타고 있었다. 그녀가 마지막으로 이 집에 얼굴을 보인 지 한 달도 더 넘었다. 그때도 그녀는 아무 사전 연락 없이 시나몬과 함께 와서 나와 간단하게 아침을 먹고, 1시간 정도 이런저런 얘기를 하고는 돌아갔다.

시나몬은 윗도리를 옷걸이에 걸고, 헨델의 「콘체르토 그로소」 테이프를 들으면서(그는 사흘 내내 그 음악을 들었다.) 부엌에서 홍차를 끓이고, 아직 아침을 먹지 않은 넛메그를 위해 토스트를 구웠다. 그는 마치 상품 샘플이라도 만드는 것처럼 아주 예쁘게 빵을 구웠다. 그리고 평소대로 시나몬이 부엌 정리를 하는 동안, 나와 넛메그는 조그만 테이블을 사이에 하고 마주 앉아 홍차를 마셨다. 넛메그는 버터를 엷게 바른 토스트를 한 장 먹었다. 밖에는 진눈깨비 같은 차가운 비가 내리고 있었다. 그녀는 별말이 없었고, 나도 별말하지 않았다. 날씨 얘기를 조금 나눴을 뿐이다. 그러나 넛메그는 하고 싶은 말이 있는 기색이었다. 표정과 말투로 알 수있었다. 그녀는 토스트를 우표만 한 크기로 잘라 천천히 입으로 가져갔다. 우리는 때로 창밖으로 시선을 돌려 내리는비를 바라보았다. 비가 오랜 세월 우리 둘이 함께 아는 친구인 것처럼.

시나몬이 부엌 정리를 끝내고 방 청소를 시작하자, 넛메그는 나를 '가봉실'로 데리고 갔다. 그곳은 아카사카 스튜디오 '가봉실'과 똑같게 만들어졌다. 크기며 모양이며 대개 똑같다. 창문에는 역시 이중 커튼이 걸려 있어 낮에도 어둡다. 커튼은 시나몬이 청소할 때 10분 정도 걷을 뿐이다. 가죽소파가 있고, 테이블 위에는 꽃이 꽂힌 유리 꽃병이 있고, 키 큰 플로어 스탠드가 있다. 방 가운데에는 커다란 작업대가 놓여 있고, 그 위에는 가위와 천 조각과, 실과 바늘이 담긴 나무 상자와 연필과 디자인 북과(거기에는 몇 가지 스타일화도 그려져 있었다.) 그 외에 이름도 목적도 모르는 전문 도구가 나란히 놓여 있다. 벽에는 대형 거울이 걸려 있다. 방의 한구석에는 옷을 갈아입을 수 있는 파티션도 있다. '저택'을 찾는 손님은 이 방으로 안내된다.

왜 그들이 오리지널 '가봉실'과 똑같은 방을 여기에 또 하나 준비했는지, 그 이유는 모른다. 이 집에는 그런 위장이 필요 없기 때문이다. 어쩌면 그들은(또 손님들은) 아카사카 스튜디오에 너무 익숙해서, 실내 장식에 새로운 아이디어를 구사할 여지가 없었는지도 모른다. 반대로 '왜 가봉실이 아니면 안 되지?' 하는 의문을 품을 수도 있다. 하지만 그 이유가 뭐가 되었든 나 개인적으로는 이 방이 마음에 든다. 이 방이 다른 방이 아니라 '가봉실'이고, 자신이 갖가지 잡다한 봉제 도구에 에워싸여 있다는 사실에 이상하게 안심마저 느꼈다. 그 광경은 상당히 비현실적이지만 부자연스럽지는 않았다.

넛메그는 나를 가죽 소파에 앉히고, 자신도 그 옆에 앉았다.

"그래서, 요즘 상태는 어때?"

"나쁘지 않습니다." 하고 나는 대답했다.

넛메그는 선명한 초록색 투피스를 입고 있었다. 치마는 짧고, 커다란 육각형 단추는 그 옛날의 네루 슈트*처럼 목

* 독특하게 세운 깃, 즉 네루 칼라가 달린 재킷과 바지를 조합한 슈트.

331

까지 죽 이어지고, 어깨에는 롤 케이크만 한 크기의 패드가 들어가 있었다. 나는 아주 오래전에 본, 근미래를 그린 SF 영화를 떠올렸다. 그 영화에 나오는 여자들은 대개 그런 옷을 입고, 미래 도시에서 생활했다.

넛메그는 투피스와 똑같은 색의 커다란 플라스틱 귀걸이를 하고 있었다. 몇 가지 색을 섞은 것처럼 독특하고 색감이 깊은 초록인 것으로 보아, 투피스에 맞춰 주문 제작했는지도 모른다. 또는 반대로 귀걸이에 맞춰 투피스를 만들었을지도 모른다. 냉장고 모양에 맞춰 벽을 파내는 것처럼. 그것도 나쁘지 않은 방법일지 모르겠다고 나는 생각했다. 그녀는 집에 들어올 때, 비가 내리는데도 선글라스를 끼고 있었는데 그 렌즈 색도 초록이었다. 스타킹도 초록. 오늘은 초록의 날이다.

그녀는 늘 그랬듯이 매끄러운 일련의 동작으로 핸드백에서 담배를 꺼내 입에 물고, 입술을 약간 일그러뜨리고 라이터로 불을 붙였다. 라이터는 초록색이 아니라, 늘 갖고 다니는 길쭉하고 비싸 보이는 금 라이터였다. 하지만 그 금색도 초록색에 아주 잘 어울렸다. 그리고 넛메그는 초록색 스타킹에 싸인 다리를 꼬았다. 자신의 두 무릎을 가만히 주의 깊게 점검하고, 치맛자락을 단정히 했다. 그리고 마치 자기 무릎의 연장을 보듯 내 얼굴을 보았다.

"나쁘지 않아요." 하고 나는 다시 말했다. "늘 그런 것처럼."

넛메그는 고개를 끄덕였다. "피곤하지는 않아? 잠시 쉬고 싶다거나 하는 일은 없고?"

"딱히 피곤하지 않은데요. 점차 이 일에 적응이 돼서, 이전보다 훨씬 편해졌습니다."

넛메그는 그 말에는 뭐라 대꾸하지 않았다. 담배 연기는 인도인의 마법의 새끼줄처럼 곧바른 하나의 선이 되어 모락모락 올라가, 천장의 환기 장치 속으로 빨려 들어갔다. 내가 아는 한 그것은 이 세상에서 가장 조용하고 강력한 환기 장치였다.

"당신은 어떻죠?" 하고 나는 물어보았다.

"나?"

"피곤하지 않느냐는 말입니다."

넛메그는 내 얼굴을 보았다. "피곤한 것처럼 보여?"

처음 얼굴을 봤을 때부터 나는 그녀가 피곤한 것처럼 보였다. 내가 그렇게 말하자, 넛메그는 짧은 한숨을 쉬었다.

"오늘 아침에 발매된 주간지에 또 이 저택에 대한 글이 실렸어. '수수께끼의 목매다는 저택' 시리즈. 마치 호러 영화의 제목 같지."

"두 번째 기사죠?" 하고 나는 물었다.

"응, 시리즈의 두 번째 글이야." 하고 넛메그는 말했다.

"사실은 그동안에 다른 잡지에서도 관련 기사를 실었는데, 다행히 아직 아무도 관련성을 모르는 것 같아. 적어도 지금까지는."

"그래서, 뭐 새로운 게 밝혀졌나요, 우리 일에 대해서?"

그녀는 재떨이로 손을 내밀어 담배를 꼼꼼하게 껐다. 그리고 고개를 살랑살랑 저었다. 초록색 귀걸이 한 쌍이 이른 봄의 나비처럼 하늘하늘 흔들렸다.

"별 내용은 없었어." 하고 그녀는 말했다. 그리고 잠시 간격을 두었다가 다시 말했다. "우리가 누구고, 여기서 뭘 하는지…… 그건 아직 아무도 몰라. 잡지를 두고 갈 테니까, 관심이 있으면 나중에 읽어 봐. 그런데 누가 당신에게 형님이 있고, 그 사람이 유명한 신진 정치가라고 귀띔해 주던데, 그거 정말이야?"

"정말입니다. 어이없지만." 하고 나는 말했다. "내 아내의 오빠입니다."

"없어진 당신 부인의 오빠란 말이지?" 하고 그녀가 확인했다.

"그 형님은, 당신이 여기서 하는 일에 대해서 뭘 좀 알고 있을까?"

"내가 매일 이곳에 다니면서 뭔가를 한다는 건 그도 알고 있습니다. 사람을 시켜 조사했더군요. 대체 뭘 하는지 걱정스러웠던 모양입니다. 하지만 그 이상은 아직 모를 거예요."

넛메그는 나의 대답에 대해 잠시 생각했다. 그다음 얼굴을 들고 내게 물었다. "그 형님을 별로 좋아하지 않나 보네?"

"네, 별로 좋아하지 않습니다."

"그리고 그 사람도 당신을 별로 좋아하지 않고."

"네, 그렇습니다."

"그리고 지금 그는, 당신이 여기서 하는 일에 대해서 걱정하고 있다." 하고 넛메그는 말했다. "그건 왜지?"

"매제가 이상한 일에 연루되어 있다면, 그 자신의 스캔들이 될 수도 있죠. 그는 소위 유명한 공인이니까, 그런 사태를 걱정하는 것은 당연할 수도 있습니다."

"그럼, 형님이 이곳에 대한 정보를 의도적으로 매스컴에 흘릴 가능성은 없다는 뜻이네?"

"솔직히 와타야 노보루가 어떻게 생각하는지 나는 모릅니다. 하지만 상식적으로 봐서, 그런 짓을 해 봐야 그에게 득이 될 건 없겠죠. 가능하면 이목을 끌지 않고 은밀하게 일을 수습하고 싶을 겁니다." 넛메그는 손가락에 낀 길쭉한 금 라이터를 오래도록 빙글빙글 돌렸다. 그것은 바람 잔 날의 금색 풍차처럼 보였다.

"왜 지금까지 형님에 대해서 우리에게 아무 말 안 했지?" 하고 넛메그가 물었다.

"당신은 물론이고, 나는 기본적으로 아무에게도 그 얘기를 하지 않았어요." 하고 나는 대답했다. "나와 그는 처음부터 삐걱거렸고, 지금은 서로를 거의 증오하고 있습니다. 숨긴 게 아니에요. 그에 대해서 얘기할 필요가 있다고 생각지 않았을 뿐입니다."

넛메그는 이번에는 약간 긴 한숨을 쉬었다. "그래도 당신은 말을 해야 했어."

"어쩌면 그래야 했는지도 모르죠." 하고 나는 인정했다.

"당신도 짐작하고 있겠지만, 여기 오는 손님 중에는 정계와 재계 관계자가 몇 명 있어. 그것도 상당히 유력한 사람들이야. 그리고 다양한 종류의 유명인. 그 사람들의 프라이버시는 무슨 일이 있어도 지켜야 하고, 그러기 위해 우리는 극단적일 정도로 신경을 써 왔어. 그건 알지?"

나는 고개를 끄덕였다.

"시나몬이 시간 들여 품 들여, 지금의 복잡하고 정교한 기밀 유지 시스템을 혼자 구축했어. 미로 같은 몇몇 위장 회사, 몇 중의 장부, 얼굴이 드러나지 않는 호텔의 주차장 확보, 엄격한 고객 관리, 돈의 출납 처리, 이 '저택'의 설계, 모두 그의 머리에서 나왔어. 그리고 지금까지 이 시스템은 그가 계산한 대로 거의 완벽하게 움직였어. 물론 시스템을 유지하기 위해서는 비용도 들지, 하지만 돈의 문제가 아니

야. 중요한 것은 그녀들이 안심하는 거야, 자신들이 철저한
보안 속에 있다고."

"그런데 그 시스템이 지금은 조금씩 위태로워지고 있다
는 말이군요." 하고 나는 말했다. 넛메그는 "안타깝지만." 하
고 말했다.

넛메그는 담뱃갑을 집어 한 개비를 꺼내고는 좀처럼 불을
붙이지 않았다. 손가락 사이에 가만히 끼고 있을 뿐이었다.

"게다가 내게는 다소 유명한 정치가 형님이 있고, 그 덕
분에 사태가 더욱 스캔들러스하게 되었다는 말이군요."

"그래." 하고 넛메그는 입술을 약간 비죽거렸다.

"그래서, 시나몬은 이 일을 어떻게 분석하고 있죠?" 하고
나는 물었다.

"그는 침묵하고 있어. 바닷속의 거대한 굴처럼. 자기 안으
로 침잠해서 문을 꽉 닫고, 심각하게 무슨 생각을 하고 있어."

넛메그의 두 눈이 나를 빤히 쳐다보았다. 그러고는 이제
야 생각났다는 듯이 담배에 불을 붙였다.

"지금도 자주 생각해. 살해당한 남편." 넛메그는 말했다.
"왜 그 누군가는 내 남편을 그렇게 죽였어야만 했을까, 왜
굳이 호텔방을 피바다로 만들고, 내장을 도려내 가져가야
했을까 하고 말이야. 아무리 생각해도 그 이유를 모르겠어.
내 남편은 그렇게 특수한 방식으로 죽어야 할 사람이 아니

었어.

그러나 내 남편의 죽음은 물론이고, 지금까지의 내 인생에서 생겼던 설명이 안 되는 몇 가지 사건은 — 예를 들어서 디자인에 대한 강렬한 정열이 내 안에서 생겨났다가 갑자기 사라지고, 시나몬이 언젠가부터 말을 하지 않고, 내가 이렇게 기묘한 일에 휩쓸리게 된 것 — 모두 나를 여기로 데려오기 위해 교묘하고 면밀하게 짜인 프로그램이 아니었을까 해, 처음부터. 나는 그런 생각을 도저히 떨쳐 버릴 수가 없어. 마치 어딘가 멀리에서 뻗어 나온 긴 손 같은 것이 나를 완전히 지배하고 있는 듯한 기분이 들어. 그리고 내 인생이란 게 그런 일들을 통과시키기 위한, 그저 편리한 통로에 지나지 않았을까 하는 생각도 들고."

옆방에서 시나몬이 바닥에 청소기를 돌리는 소리가 희미하게 들려왔다. 그는 늘 그렇듯 꼼꼼하게 체계적으로 그 작업을 해 나갔다.

"당신은 그렇게 느낀 적 없어?" 하고 넛메그가 내게 물었다.

나는 말했다. "내가 무언가에 휩쓸렸다고 생각지 않습니다. 내가 여기 있는 건, 그럴 필요가 있기 때문이죠."

"마술 피리를 불어 구미코 씨를 찾으려고 말이지?"

"그렇습니다."

"당신은 찾는 게 있어." 그녀는 초록색 스타킹을 신은 다리를 천천히 바꿔 꼬았다. "그리고 모든 일에는 대가가 따르는 법이고." 나는 대꾸하지 않았다.

그러고서야 넛메그는 겨우 결론을 꺼냈다. "한동안 여기에 손님을 데려오지 않기로 했어. 시나몬이 그렇게 판단했어. 주간지 기사와 당신 형님의 등장으로, 신호가 노랑에서 빨강으로 바뀐 거야. 오늘 이후의 예약은 어제 부로 전부 취소되었어."

"한동안이란 게, 어느 정도를 말하는 거죠?"

"시나몬이 여기저기 망가진 시스템을 수리하고, 위기를 완전히 피했다고 확신할 때까지. 미안하지만, 우리는 조금이라도 위험한 일을 하고 싶지 않아. 시나몬은 지금까지 오던 대로 여기 올 거야. 하지만 손님은 안 와."

시나몬과 넛메그가 돌아갈 때, 아침부터 내리던 비도 말끔히 그쳤다. 주차장에 고인 물에서 네댓 마리 참새가 열심히 물장난을 치고 있었다. 시나몬이 운전하는 메르세데스의 모습이 사라지고 전동식 문이 천천히 닫히자, 나는 창가에 앉아 나뭇가지 너머로 보이는 겨울의 구름 낀 하늘을 바라보았다. 그리고 문득 넛메그가 말했던 '어딘가 멀리에서 뻗어 나온 긴 손'을 떠올렸다. 나는 그런 손이 낮게 드리워진 어두운 구름 속에서 뻗어 나오는 광경을 상상했다. 마치 불길한 그림책의 삽화처럼.

26

훼손하는 것,

짓무른 과일

밤 9시 40분에 나는 시나몬의 컴퓨터 앞에 앉아 전원을
켠다. 비밀번호를 입력해 차례대로 록을 해제하고, 통신 프
로그램에 접속한다. 그리고 10시가 되기를 기다렸다가 화면
에 회선 번호를 입력하고, 콜렉트콜을 신청한다. 몇 분 후에
상대가 지불을 승낙했다는 메시지가 화면에 떴다. 이제 나
는 컴퓨터 화면을 사이에 두고 와타야 노보루와 마주하게
된다. 그와 마지막으로 얘기를 나눈 건 일 년 전 여름이다.
시나가와에 있는 호텔에서 가노 마르타와 함께 만나, 구미코
에 대해 의논했다. 그리고 서로 깊이 증오하면서 헤어졌다.
그 후로 우리는 한 번도 대화를 나눈 적이 없다. 그때 그는

아직 정치가가 아니었고, 내 얼굴에는 멍이 없었다. 마치 전생의 일처럼 생각되었다.

내가 먼저 송신을 선택했다. 테니스를 치면서 서브를 할 때처럼, 나는 차분하게 숨을 고른 다음 키보드에 두 손을 올린다.

> 당신이 내가 이 '저택'에서 손을 떼기를 원한다는 얘기를 들었습니다. 땅과 건물을 당신이 매입할 수도 있다고 하고, 그런 조건이라면 구미코를 내게 돌려보내는 얘기를 추진할 수 있다고 하더군요. 그게 정말입니까?

그리고 나는 통신 종료를 뜻하는 ↵키를 친다.
회신이 온다. 화면에 빠른 속도로 글자가 나열된다.

> 우선 오해를 풀고 싶은데, 구미코가 자네에게 돌아가고 말고는 내가 결정할 일이 아니지. 그건 어디까지나 구미코 스스로 판단할 문제야. 며칠 전에 구미코와 얘기하면서 직접 확인했겠지만, 구미코는 감금되어 있는 게 아니야. 나는 형제로서 그녀가 조용히 지낼 수 있는 장소를 제공하고, 또 일시적으로 그녀를 보호하고 있을 뿐이라고. 그러니까 내가 할 수 있는 일은 구미코를 설득해서, 자네와 얘기하는 자리를 마련하는 것뿐. 그리

고 실제로 컴퓨터 회선을 통해 자네와 구미코가 대화할 수 있도록 소프트웨어를 셋업했어. 내가 구체적으로 할 수 있는 건 그 정도야.◁

모드를 송신으로 전환한다.

> 이쪽의 조건은 딱 하나, 아주 명확합니다. 만약 구미코가 돌아와 준다면 그 '저택'에서 내가 지금 하는 일에서 완전히 손을 떼도 좋습니다. 만약 그녀가 돌아오지 않는다면, 이대로 그 일을 계속합니다. 조건은 그게 전부입니다.◁

그에 대한 와타야 노보루의 회신도 간명했다.

> 다시 말하는데, 이건 거래가 아니야. 자네는 내게 조건을 들이밀 입장에 있지 않다고. 기본적으로 우리는 가능성에 대해서 얘기할 수 있을 뿐이야. 만약 자네가 '저택'에서 손을 떼겠다고 하면 나는 물론 구미코를 설득하겠지만, 그렇게 해서 구미코가 자네에게 돌아갈 것이라고는 확약할 수 없어. 왜냐, 구미코는 독립된 인격체이며 어른이라서 내가 뭘 강요할 수 없기 때문이지. 그러나 아무튼, 만약 자네가 그곳을 지금 이대로 드나든다면, 구미코가 자네에게 돌아가는 일은 영원히 없다고 생각해

도 좋아. 그건 아주 분명해. 내가 보장하지.◻

　나는 키보드를 친다.

　＞당신은 아무것도 보장할 필요가 없습니다, 아시겠어요. 나는 당신이 무슨 생각을 하고 있는지 잘 알아요. 당신은 내가 그 '저택'에서 손을 떼기를 바랍니다. 아주 절박하게. 하지만 가령 내가 뭘 어떻게 하든 당신은 구미코를 설득할 마음이 없어요. 구미코를 내놓을 생각이 아예 없는 거죠. 아닙니까?◻

　회신이 바로 들어온다.

　＞자네가 자네 머리로 무슨 생각을 하든, 그건 물론 100퍼센트 자네 자유야. 나는 그걸 막을 수 없어.◻

　그렇다, 내가 내 머리로 무슨 생각을 하든, 그건 내 자유다.
　나는 키보드를 친다.

　＞내가 조건을 내밀 수 있는 입장이 아니라고 하는데, 그렇지는 않죠. 당신은 내가 여기에서 무슨 일을 하는지, 몹시 궁금할

겁니다. 그 일이 대체 뭔지를 아직 파악하지 못했기 때문에 답답하고 짜증스러운 거 아닌가요?▣

와타야 노보루는 나를 애태우듯, 이번에는 넉넉하게 간격을 두었다. 그는 의도적으로 자신에게 여유가 있다는 걸 드러내려는 듯 했다.

＞ 자네, 자기 입장을 심히 오해하고 있는 듯하군. 좀 더 정확하게 말하면, 자신을 아주 과대평가하고 있어. 나는 자네가 거기에서 무슨 일을 하는지 모르고, 딱히 알고 싶지도 않아. 다만 나는 내가 놓인 사회적 위치상, 가능하면 시끄럽고 귀찮은 일에 연루되고 싶지 않고, 그러기 위해서는 나 나름으로 구미코 일에 힘을 쏟아도 좋겠다고 생각했어. 그런데도 자네가 나의 제안을 물리친다면, 나는 뭐 별 상관 없어. 앞으로는 자네와 무관하게 내 몸은 나 스스로 지키면 되는 일. 지금이 자네와 내가 얘기하는 마지막 기회가 될 테고, 자네가 구미코와 얘기하는 일도 아마두 번 다시 없겠지. 더 이상 새로운 얘기가 없으면, 이 대화는 슬슬 마무리하고 싶군. 사람을 만날 약속이 또 있어서 말이야.▣

아니, 아직 얘기는 끝나지 않았다.

> 얘기가 아직 안 끝났습니다. 이건 지난번에 구미코에게도 한 말이지만, 나는 조금씩 사태의 핵심에 다가가고 있습니다. 지난 일 년 반 동안 나는, 왜 구미코가 집을 나가야 했는지를 계속 생각해 봤습니다. 당신이 정치가가 되어 점점 유명해지는 동안, 어둡고 적막한 장소에서 나는 추측과 고찰을 계속했죠. 여러 가지 가능성을 확인하고, 가설을 세우고 또 점검했습니다. 아시다시피 나는 그렇게 머리 회전이 빠르지 않습니다. 하지만 시간은 넉넉히 있어서, 정말 여러 가지 생각을 했어요. 그리고 어느 시점에 이런 결론에 도달했습니다. 구미코가 갑자기 집을 떠난 배경에는 반드시 내가 모르는 커다란 비밀이 숨어 있을 것이다, 그 숨겨진 진짜 원인을 밝혀내지 못하는 한 구미코는 정말 내게 돌아오지 않을 것이라고 말이죠. 그리고 그 비밀의 열쇠는 당신 손에 꼭 쥐여져 있을 것이라고 생각합니다. 작년 여름에 당신을 만났을 때, 내가 이와 비슷한 말을 했죠. 나는 당신의 가면 아래 있는 얼굴을 잘 알고 있고, 마음먹으면 그걸 폭로할 수도 있다고 말입니다. 솔직히 말해서, 그때 내가 한 말은 거의 허풍이었어요. 근거가 없었죠. 당신을 흔들려고 한 말이었습니다. 그러나 그 말이 틀리지 않았더군요. 나는 당신이 숨기고 있는 것의 진상에 점점 다가가고 있고, 당신도 그걸 감지하고 있을 겁니다. 그래서 그렇게 내가 하는 일에 신경을 곤두세우는 것이고, 거금을 들여서 땅을 매입할 수도 있다는 생각까지 하는 것

이죠. 어떻습니까, 아닌가요?⏎

　와타야 노보루가 얘기할 차례다. 나는 두 손을 깍지 끼고, 화면에 나열되는 글자를 본다.

　＞자네가 무슨 말을 하는 건지, 나는 이해가 안 되는군. 어째 우리는 서로 다른 언어로 얘기를 하고 있는 것 같아. 전에도 말했지만, 구미코는 자네에게 싫증이 나서 다른 남자를 만났고, 그 결과 집을 나갔어. 그리고 이혼을 원하고 있고. 불행한 전말이지만, 뭐 흔히 있는 일이지. 그런데 자네는 말도 안 되는 논리를 줄줄이 늘어놓으면서 혼자 사태를 혼란스럽게 하고 있어. 이거 아무래도 피차 시간 낭비군.

　아무튼, 그 땅을 자네에게서 매입하겠다는 얘기는 이제 어디에도 존재하지 않아. 그 제안은, 안됐지만 깨끗이 사라지고 말았어. 자네도 알겠지만, 오늘 발매된 예의 주간지에 그 '저택'에 관한 두 번째 기사가 실렸더군. 이제 그 주택이 세간의 주목을 받기 시작한 모양이야. 그런 장소와 관계할 수는 없지. 그리고 내게 들어온 정보에 따르면, 자네가 거기서 하고 있는 일도 종점에 다가가고 있어. 자네는 거기에서 여러 명의 신자인지 손님인지를 만나서, 그들에게 뭔가를 주고 그 대가로 돈을 받고 있는 모양이더군. 그러나 그들은 이제 두 번 다시 거기에 오지 않을 거야. 접근하기에는 너무 위험하니까 말이지. 그리고 사람들이 오지 않으면 돈도 들어오지 않아. 그렇게 되면 자네는 매달 돈을 변제할 수 없게 되고, 결국 그 장소를 유지할 수 없게 되겠지. 나는 짓무른 과일이 가지에서 떨어지기를 기다리는 것처럼, 가만히 앉아서 기다리면 되는 일이라고. 그렇지 않은가?◻

이번에는 내가 간격을 둘 차례였다. 나는 옆에 준비해 놓은 잔의 물을 마시고, 와타야 노보루가 보낸 문장을 몇 번 다시 읽었다. 그리고 천천히 손가락을 움직인다.

＞그 집을 언제까지 유지할 수 있을지는 나도 모릅니다. 당신 말이 맞아요. 하지만 자금이 떨어질 때까지는 아직 몇 달의 유예가 있습니다. 그 정도 시간이 있으면 나는 여러 가지 일을 할 수 있어요. 당신은 짐작도 못할 일을 말이죠. 이건 허풍이 아닙니다. 한 가지 예를 들죠. 당신, 최근에 불길한 꿈을 꾸지 않나요?◻

화면에서 와타야 노보루의 침묵이 자력처럼 전해진다. 나는 감각을 벼르고 컴퓨터 화면을 노려본다. 그 안에 있는 와타야 노보루의 감정의 떨림을 조금이라도 읽어 내려 한다. 하지만 그것은 불가능하다.

마침내 화면에 글자가 뜬다.

> 그런 뻔한 협박은 내게 통하지 않지. 우회적이고 의미 없는 헛소리는 자네의 그 인심 좋은 손님들을 위해 수첩에나 잘 적어 두라고. 다들 식은땀을 흘리면서 거금을 턱턱 내놓겠지. 그것도 그들이 언젠가는 돌아온다는 전제가 있어야 가능한 얘기지만. 이 이상 자네와 얘기해 봐야 소용이 없을 듯하군. 이제 얘기를 마무리 짓자고. 아까도 말했지만 나는 바쁜 사람이야.◁

나는 말한다.

> 잠깐. 지금부터 내가 하는 말을 잘 들어 보시죠. 나쁜 얘기가 아니니까, 듣는다고 손해는 없을 겁니다. 나는 당신을 그 꿈에서 해방시킬 수 있습니다. 당신은 아마 그래서 내게 거래를 청한 것이겠지요. 아닌가요? 나로서는 구미코가 내게 돌아오면 그것으로 족합니다. 이게 내가 제안하는 거래입니다. 좋은 거래 아닌가요?

당신이 나를 싹 무시하고 싶어 하는 그 심정은 압니다. 나와 거래하고 싶지 않은 심정도 잘 알죠. 당신이 당신의 머리로 무슨 생각을 하든 그건 100퍼센트 당신의 자유입니다. 나는 그걸 막을 수 없어요. 당신 눈에는 내가 0에 가까운 존재로 보이겠죠.

하지만 안타깝게도 완전한 0은 아닙니다. 당신은 나 같은 사람보다 훨씬 강한 힘을 갖고 있겠죠. 그건 나도 인정합니다. 그러나 당신도 밤이 오면 잠을 자야 하고, 잠이 들면 반드시 꿈을 꿉니다. 그건 내가 보장하죠. 그리고 당신은 당신이 꾸는 꿈을 선택할 수 없어요. 한 가지 질문이 있습니다. 당신은 매일 밤 과연 몇 번이나 잠옷을 갈아입고 있나요? 빨래를 해도 미처 따라가지 못할 정도가 아닌지요?

나는 손가락의 움직임을 멈추고, 숨을 들이쉬었다가 천천히 내쉰다. 그리고 내가 나열한 글자를 다시 한번 확인한다. 그리고 거기에 이어져야 할 말을 찾는다. 나는 화면 속 어둠에서, 천주머니 속에서 소리 없이 꿈틀거리는 것의 기척을 느낄 수 있다. 나는 컴퓨터 라인을 통해 거기에 다가가고 있는 것이다.

당신이 죽은 구미코의 언니에게 무슨 짓을 했는지 지금은 짐작이 갑니다. 이건 거짓말이 아니에요. 당신은 지금까지 수많은 사람들을 지속적으로 훼손해 왔고, 앞으로도 계속 훼손하겠죠. 하지만 당신은 꿈에서 벗어날 수 없어요. 그러니 이제 단념하고 내게 구미코를 돌려주는 편이 좋을 겁니다. 내가 바라는 것은 오직 그거 하나니까. 그리고 내게 더는 무슨 '척'을 하지 않는 게 좋겠습니다. 그런 짓은 무의미합니다. 왜냐하면 나는 가면 아래에 있는 당신의 비밀에 차근차근 다가가고 있으니까 말이죠. 당신은 그걸 두려워하고 있을 겁니다. 그런 자신의 마음을 속이지 않는 편이 좋아요.

내가 송신을 종료하는 ⊡를 누르자 거의 동시에 와타야 노보루가 통신을 끊어 버렸다.

27

세모꼴 귀,

썰매 방울소리

서둘러 집에 돌아갈 필요는 없다. 늦어질 것 같아, 아침
에 집을 나설 때 삼치의 밥그릇에 이틀 치 건사료를 넉넉하
게 채워 놓았다. 고양이는 마음에 들지 않을지 모르지만, 적
어도 굶을 일은 없다. 그렇게 생각하자, 이제 골목을 지나 담
을 뛰어넘어 집에 돌아가기가 귀찮아졌다. 솔직히 담장을
제대로 뛰어넘을 자신도 없다. 와타야 노보루와의 대화에
나는 완전히 소모되고 말았다. 몸의 온갖 부분이 유난히 무
겁고, 머리도 잘 돌아가지 않는다. 왜 그 남자는 늘 이렇게
내 진을 빼는 것일까? 나는 잠시 누워 잠들고 싶었다. 여기
서 한숨 자고, 그리고 집에 가도 된다.

나는 벽장에서 담요를 꺼내 가봉실 소파에 깔고 베개를 놓은 다음, 불을 끄고 거기 누워 눈을 감았다. 잠들 때 나는 고양이 삼치를 잠깐 생각했다. 나는 고양이를 생각하면서 잠들고 싶었다. 고양이는 돌아왔다. 어딘지 모를 먼 곳에서 내게로 돌아온 것이다. 그것은 어떤 유의 축복 같은 것이어야 한다. 나는 눈을 감은 채 고양이 발바닥의 보드라운 감촉과 세모꼴 차가운 귀와 분홍색 혀를 가만히 생각했다. 삼치는 내 의식 속에서 몸을 옹그리고 조용히 잠자고 있었다. 나는 그 따스함을 손바닥에 느끼고, 그 규칙적인 숨소리를 들을 수 있었다. 신경이 평소보다 곤두섰지만, 그래도 잠시 후 잠이 찾아왔다. 잠은 깊고, 꿈도 없었다.

그런데도 밤중에 불쑥 잠이 깼다. 멀리서 썰매 방울소리가 들린 듯한 느낌이 들었던 것이다. 마치 크리스마스 노래의 배경음처럼.

썰매 방울소리?

나는 소파에서 몸을 일으키고, 손으로 더듬어 테이블에 풀어 둔 손목시계를 집었다. 시계의 야광 바늘이 1시 반을 가리키고 있다. 생각보다 곤하게 잠을 잔 듯했다. 나는 가만히 귀를 기울였다. 몸속에서 툭, 툭 울리는 심장의 작고 메마른 소리만 들릴 뿐이었다. 헛들은 것일지도 모른다. 자신도 모르게 꿈을 꾸고 있었는지도 모른다. 하지만 혹시나 싶어 집 안을 살펴보기로 했다. 나는 소파 아래 벗어 놓은 바지를 입고, 살금살금 부엌으로 갔다. 방을 나올 때, 소리는 더욱 선명하게 들렸다. 틀림없이 썰매 방울 같은 소리였다. 그 소리는 아무래도 시나몬의 작은 방에서 새어 나오는 것 같았다. 나는 그 문 앞에 서서 잠시 귀를 기울이다가 노크를 했다. 내가 잠든 사이에 시나몬이 돌아왔을지도 모른다. 그러나 반응이 없다. 나는 문을 살짝 열고, 틈새로 안을 들여다보았다.

어둠 속에서 허리 높이쯤에 둥실 떠 있는 하얀 빛이 보였다. 빛은 정사각형 모양이었다. 컴퓨터 화면의 빛이다. 썰매 방울소리는 기계에서 반복적으로 나오는 소리였다.(지금까지 들어 본 적 없는 신호음이었다.) 컴퓨터가 나를 부르고 있었다. 나는 이끌리듯 그 빛 앞에 앉아, 화면에 뜬 메시지를 읽었다.

당신은 지금 프로그램 「태엽 감는 새 연대기」에 접속했습니다.

1에서 16까지의 문서 중에서 번호를 선택하십시오.

누군가가 컴퓨터 전원을 켜고, 「태엽 감는 새 연대기」라는 문서를 연 것이다. 지금 이 집 안에는 나 외에 아무도 없

다. 누군가가 외부에서 이 기계를 작동시킨 것일까? 만약 그
렇다면, 그럴 수 있는 인간은 시나몬밖에 없다.

"태엽 감는 새 연대기?"

썰매 방울소리 같은 밝고 경쾌한 신호음이 하염없이 울렸
다. 마치 크리스마스 날 아침처럼. 그 소리는 내게 선택을 요
구하는 것처럼 들렸다. 나는 잠시 머뭇거리다가, 별 이유 없
이 #8을 선택했다. 바로 신호음이 그치고, 두루마리 문서가
펼쳐지듯 화면에 문서가 떴다.

28

태엽 감는 새 연대기 #8

(또는 두 번째 요령 없는 학살)

　수의는 아침 6시 조금 전에 잠에서 깨어나 차가운 물로 세수를 하고 혼자 식사 준비를 했다. 여름이라 날이 일찍 밝아, 원내의 동물들도 대개는 벌써 깨어 있었다. 열린 창문으로 늘 그렇듯 그들의 소리가 들리고, 그들의 냄새가 바람을 타고 풍겨 왔다. 밖을 내다보지 않아도 수의는 그 소리의 울림과 냄새로 그날 날씨를 알 수 있었다. 그것은 날마다 아침이면 하는 그의 습관이었다. 우선 귀를 기울이고, 코로 숨을 들이쉬고, 또다시 찾아온 하루에 자신을 길들인다.

　하지만 오늘은 어제까지와는 무언가가 달랐다. 당연히 다르지 않으면 안 된다. 몇 가지 소리와 냄새가 소멸되었으

므로. 호랑이와 표범과 늑대와 곰 — 그들은 어제 오후에 병사들 손에 말살되고 배제되었다. 하룻밤을 자고 나자, 그 사건은 오래전에 꾼 나른한 악몽의 일부처럼 생각되었지만, 확실하게 현실에서 일어난 일이었다. 고막에는 총성의 아픔이 아직도 얼얼하게 남아 있었다. 꿈일 리가 없다. 지금은 1945년 8월이고, 여기는 신징 거리, 국경을 돌파한 소련군 전차 부대가 시시각각 몰려오고 있다. 그것은 눈앞에 있는 세면기와 칫솔만큼이나 분명한 현실이었다.

코끼리 소리가 들려왔을 때, 그는 얼마간 안도했다. 그렇지, 코끼리는 간신히 살아남았다. 학살을 지휘했던 젊은 중위가 자의로 코끼리를 말살 목록에서 제외할 만큼 정상적인 감각을 지닌 사람이어서 다행이었다. 그는 세수를 하면서 그렇게 생각했다. 만주로 건너온 후, 수의는 원리 원칙을 따지고 광신적인 젊은 장교들을 수도 없이 봤고, 그럴 때마다 늘 진저리를 쳤다. 그들 대부분은 농촌 출신이고, 1930년대의 불황에 빈곤이라는 비극을 겪으며 소년 시절을 보냈고, 과대망상적인 국가관에 세뇌되어 있었다. 상관이 내린 명령은 뭐가 되었든 의문 하나 품지 않고 수행했다. 천황 폐하를 내세워 '브라질까지 똑바로 땅굴을 파라.'고 명령하면, 그 자리에서 삽을 들고 일에 착수할 젊은이들이었다. 그걸 '순수함'이라고 하는 사람들도 있었지만, 수의는 가능하면 다른 표현을 사용하고 싶었다. 아무튼 브라질까지 땅을 파는 것에 비하면, 소총으로 코끼리 두 마리 죽이는 것쯤은 쉬운 일이다. 의사의 아들로 태어나 도시에서 자랐고, 1910년대에서 1920년대 초반의 비교적 자유로운 분위기 속에서 교육을 받았던 수의는 그들과는 도무지 성격이 맞지 않았다. 그러나 총살대의 지휘를 맡은 중위는 어투에 약간 사투리가 섞여 있기는 해도, 다른 젊은 장교들보다 한층 정상적인 부류였다. 지식도 있고 도리도 아는 듯했다. 수의는 그가 구사하는 언어와 태도에서 그걸 알 수 있었다.

아무튼 코끼리는 학살을 면했고, 그것만 해도 고마워해야 할 일인지도 모르지 하고 수의는 속으로 중얼거렸다. 병사들도 코끼리를 죽이지 않고 일이 끝나 안도했을 것이다. 그러나 그 중국인들은 아쉬워했을지도 모른다. 코끼리가 죽으면 대량의 살과 상아를 차지할 수 있으니까.

수의는 주전자에 물을 끓여, 뜨거운 수건으로 얼굴을 덮은 다음 수염을 깎았다. 그리고 혼자 차를 마시고, 빵을 구워 버터를 발라 먹었다. 식료품 공급이 충분하지는 않았지만 그래도 아직은 풍부했고, 그에게나 동물들에게나 그건 고마운 일이었다. 각각 할당량은 줄었지만 그래도 동물들이 아직은 고루 먹고 있다. 식료품이 이미 바닥 난 본토 동물원에 비하면 한결 나은 수준이다. 앞으로 어떻게 될지는 아무도 모른다. 그러나 적어도 지금은 동물도 인간도 극심한 굶주림의 고통을 겪지 않고 있다.

아내와 딸은 지금쯤 뭘 하고 있을까 하고 그는 생각했다. 예정대로 모든 게 잘 연결되었다면, 그녀들이 탄 기차는 조선의 부산에 도착했을 것이다. 부산에는 철도 회사에 다니는 그의 사촌동생 가족이 살고 있다. 아내와 딸은 본토로 건너가는 수송선을 탈 때까지 그 집에 묵기로 되어 있다. 수의는 아침에 눈을 떴을 때, 그 두 사람의 모습이 보이지 않아 적적했다. 아침 준비를 하는 북적북적한 소리도 없어, 집 안은 공허하고 잠잠했다. 그것은 이미 그가 사랑하고, 거기에 속해 있던 가정이 아니었다. 그러나 동시에 수의는, 휑한 관사에 홀로 남아 있다는 사실에 일종의 묘한 기쁨을 느끼지 않을 수 없었다. 그는 지금 '운명'의 흔들림 없는 강력한 힘을 자신의 몸으로 절감하고 있었다.

운명은 수의의 업보와도 같은 병이었다. 그는 어렸을 때부터 '나라는 인간은 결국 외부의 어떤 힘에 의해 정해진 대로 살아 있다.'는 이상할 정도로 명확한 생각을 품고 있었다. 어쩌면 그것은 그의 오른쪽 뺨에 있는 선명한 파란 반점 때문인지도 몰랐다. 그는 어린 시절, 타인에게는 없는데 자신에게는 있는 그 낙인 같은 반점을 격하게 증오했다. 친구들이 놀리고 모르는 사람이 뚫어져라 얼굴을 쳐다볼 때마다, 죽고 싶은 심정이었다. 칼로 그 부분을 도려낼 수 있다면 얼마나 좋을까 하고 생각했다. 그러나 성장하면서 그는 그 반점을 떼어 낼 수 없는 자신의 일부로, '받아들이지 않을 수 없는 것'으로 순순히 받아들이는 방법을 조금씩 터득해 갔다. 그 또한 그의 운명에 대한 숙명적인 체념을 빚어낸 하나의 요인인지도 모른다.

운명의 힘은 보통 때는 통주 저음처럼 차분하고 단조롭게 그의 인생 각 장면의 가장자리를 채색할 따름이었다. 그가 일상생활에서 그 존재를 의식해야 하는 일은 극히 드물었다. 그런데 어쩌다 무슨 바람에(그게 어떤 바람인지 그는 모른다. 거기에는 규칙성 같은 것도 거의 없었다.) 그 기세가 강해질 때면, 그 힘은 그를 마비에 가까운 체념의 상태로 몰아넣었다. 그런 때 그는 모든 것을 내던지고 그 흐름에 몸을 맡길 수밖에 없었다. 자신이 무슨 생각을 하고 뭘 해 본들, 사태는 조금도 달라지지 않는다는 것을 경험적으로 알고 있었기 때문이다. 운명은 무슨 수를 써서라도 반드시 가져가야 할 것을 가져가고, 그것을 손에 넣을 때까지 아무 데도 가지 않는다. 그는 그렇게 확신하고 있었다.

그렇다고 그가 생기 없는 수동적인 인간이었다는 뜻은 아니다. 그는 오히려 결단력 있는 인간이었으며, 한번 정한 일은 끝까지 관철하려고 노력했고, 뛰어난 실력을 가진 수의였고, 열성적인 교육자였다. 창조적인 번뜩임은 다소 부족했지만, 어린 시절부터 학업 성적도 뛰어났고, 학급의 리더 역할도 했다. 직장에서도 인정받았고, 많은 아랫사람들에게 존경도 받았다. 그는 세상에서 흔히 말하는 일반적인 '운명론자'는 아니었다. 그런데도 그는 태어나서 지금까지, 자신이 무언가를 주체적으로 결단했다고 실감할 수 없었다. 그는 자신이 늘 운명이 결정해 놓은 대로 '본의 아니게 결단하게 되었다.'고 느꼈다. 가령 이번에야말로 나의 자유로운 의지로 제대로 결단했다고 생각했더라도 나중에 다시 생각해 보면, 실제로는 늘 외부의 힘으로 자신이 앞서 '결단하게 되었다.'는 걸 깨닫곤 했다. 그것은 교묘하게 '자유의지'로 위장되었을 뿐, 그를 얌전하게 길들이기 위한 미끼 같은 것에 지나지 않았다. 또 그가 주체적으로 결단한 것은, 자세히 보면 결단할 필요도 없는 사소한 일이 전부였다. 그는 자신을, 실권을 쥔 섭정의 강요로 그저 옥새만 찍는 허울뿐인 다목적 국왕인 것처럼 느꼈다. 마치 이 만주국의 황제처럼.

수의는 아내와 딸을 진심을 다해 사랑했다. 그 두 사람을, 자신이 지금까지의 인생에서 얻은 가장 값진 것이라고 믿고 있었다. 특히 그는 외동딸을 끔찍하게 사랑했다. 그녀들을 위해서라면 자신은 죽어도 상관없다고, 정말 그렇게 생각했다. 수의는 자신이 두 사람을 위해 죽어 가는 장면을, 머릿속으로 수도 없이 상상했다. 그는 그 죽음을 아주 감미롭게 느꼈다. 그러나 그와 동시에 수의는 일을 끝내고 집에 돌아와 아내와 딸의 모습을 보면, 이 사람들은 결국 나와는 이어져 있지 않은 별개의 존재라고 느끼곤 했다. 그녀들이 자신에게서 아주 먼 장소에 존재하고, 사실은 자신이 모르는 무엇인 것처럼 생각되었다. 그런 때 수의는, 결국 이 여자들도 자신이 선택한 것은 아니라고 생각했다. 그런데도 그는 두 사람을, 아무 유보조건 없이 지극하게 사랑했다. 수의 자신에게는 큰 역설이었고, 어떻게 해도 해소되지 않는다.(라고 그는 느낀다.) 자기모순이었다. 수의는 그런 덫 같은 것이 자신의 인생에 설치되어 있다고 여겼다.

그러나 동물원 관사에 홀로 남겨지자, 자신이 속한 세계가 아주 단순하고 이해하기 쉬워졌다. 그는 동물을 보살피는 것만 생각하면 족했다. 뭐가 어찌되었든 아내와 딸은 자신 곁을 떠나고 말았다. 일단 두 사람 생각을 할 필요가 없다. 수의는 지금 그의 운명과 단 둘이 남은 것이었다. 그 사이에 개재하는 아무것도 없이.

아무튼 1945년 8월의 신징 거리는 거대한 운명의 힘에 지배되어 있었다. 그곳에서 가장 큰 역할을 하고 있는 것은, 그리고 앞으로도 큰 역할을 하게 될 것은 관동군이나 소련군이 아니라, 공산당 또는 국민당의 군대가 아니라 운명이었다. 그것은 누가 봐도 명백했다. 그곳에서 개인의 힘은 거의 아무런 의미가 없었다. 운명은 그 전날 호랑이와 표범과 곰과 늑대를 저세상으로 보내고 코끼리는 구했다. 운명이 앞으로 과연 또 뭘 저세상으로 보내고 뭘 구할지는 아무도 예측할 수 없었다.

관사에서 나온 그는 동물들에게 줄 아침 먹이를 준비했다. 이제 아무도 일하러 나오지 않을 줄 알았는데, 본 적 없는 두 중국인 소년이 사무소에서 그를 기다리고 있었다. 둘 다 열세 살이나 열네 살쯤이고, 가뭇한 피부에 깡마르고, 눈이 동물처럼 또랑또랑했다. 여기 가서 선생님 일을 도우라고 해서 왔다, 하고 두 소년은 말했다. 수의는 고개를 끄덕였다. 그는 둘에게 이름을 물었지만, 소년들은 대답하지 않았다. 들리지 않는 것처럼 표정 하나 달라지지 않았다. 소년들을 보낸 것은 어제까지 여기서 일했던 중국인들일 게 뻔하다. 그들은 앞을 내다보고 일본 사람과의 관계를 딱 끊었지만, 아이들은 괜찮다고 생각했을 것이다. 그것은 수의에 대한 그들의 호의 표시였다. 그들은 수의 혼자서는 동물들을 다 보살필 수 없다는 것을 알고 있었다.

수의는 두 소년에게 비스킷을 두 개씩 주고서, 그들과 함께 동물들에게 아침 먹이를 주는 작업을 시작했다. 노새가 끄는 수레로 이 우리에서 저 우리로 옮겨 다니면서 다양한 동물들에게 각각 먹이를 주고, 물도 새로 갈아 주었다. 청소까지는 불가능했다. 호스로 물을 좍 끼얹어 똥오줌은 씻어 냈지만, 그 이상의 작업을 할 여유는 없었다. 어차피 동물원은 폐쇄되었으니 다소 냄새가 난들 민원이 들어오지도 않을 것이다.

결과적으로 호랑이나 표범, 늑대, 곰이 없어서 작업은 한결 편했다. 대형 육식동물에게 먹이를 주는 것은 상당히 고된 작업이고, 또 위험하기도 하다. 수의는 덧없는 심정으로 텅 빈 우리 앞을 지나가면서도, 그들의 부재에 은근히 안도감을 품지 않을 수 없었다.

8시에 작업을 시작해서 10시 조금 지나 끝났다. 수의는 심한 노동에 지쳐 있었다. 작업이 끝나자 소년들은 아무 말도 없이 어딘가로 사라졌다. 그는 사무소로 돌아가, 원장에게 아침 작업이 끝났다고 보고했다.

낮에 어제 왔던 중위가 같은 병사 여덟 명을 데리고 동물원을 찾아왔다. 그들은 역시 완전 군장 차림으로 행진해 왔다. 멀리서부터 금속 스치는 소리가 들렸다. 군복은 땀으로 검게 젖었고, 사방의 나무에서는 매미들이 요란하게 울어 댔다. 그러나 병사들은 오늘은 동물을 죽이러 온 게 아니었다. 중위는 원장에게 간단하게 경례하고, "이 동물원에 있는 사용 가능한 수레 및 말의 상황을 알려 주십시오." 하고 말했다. 원장은 현재 여기에는 노새 한 마리와 수레 한 대밖에 남아 있지 않다고 대답했다. 트럭 한 대와 사역용 말은 이주 전에 공출했으니 말이지 하고 원장은 말했다. 중위는 고개를 끄덕이고, 관동군 사령부의 명으로 오늘 그 노새와 수레를 징수하겠다고 말했다.

"아니, 잠깐만요." 하면서 수의가 끼어들었다. "그건 아침저녁으로 동물에게 먹이를 줄 때 꼭 필요합니다. 일하는 중국 사람들이 모두 사라져 버렸어요. 노새와 수레가 없으면 동물들이 굶어 죽습니다. 지금도 아슬아슬한데."

"지금은 모두가 아슬아슬하게 살고 있습니다." 하고 중위가 말했다. 중위의 눈은 붉게 핏발이 섰고, 얼굴은 수염으로 덮여 거뭇거뭇했다. "우리에게는 수도 방위가 우선 사항입니다. 도저히 어떻게 할 수 없으면 우리 문을 열고 모두 풀어 주세요. 위험한 육식동물은 이미 처분했으니, 나머지는 보안상 지장이 없을 겁니다. 이는 군의 명령입니다. 그다음 일은 이쪽에서 적절히 판단하도록 하십시오."

그들은 더는 두 말 않고 노새와 수레를 끌고 가 버렸다. 병사들이 사라지자, 수의와 원장은 얼굴을 마주보았다. 원장은 차를 마시면서 고개를 저을 뿐 아무 말도 하지 않았다.

병사들이 노새가 끄는 수레를 몰고 돌아온 것은 4시간이 지난 후였다. 수레에는 짐이 실려 있고, 그 위에 지저분한 군용 캔버스 시트가 덮여 있었다. 노새는 더위와 짐의 무게 때문에 헉헉거리며 땀을 흘렸다. 병사 여덟 명이 총검을 들이대고 중국인 네 명을 연행해 온 것이다. 중국인들은 모두 스무 살 전후의 젊은이고, 모두 야구 유니폼을 입고, 두 손은 뒤에서 새끼줄에 포박되어 있었다. 네 명은 심하게 얻어맞았는지, 얼굴에 그 흔적이 검푸른 멍으로 남아 있었다. 한 사람은 오른쪽 눈이 퉁퉁 부어 거의 눈꺼풀이 덮여 있었고, 한 사람은 입술에서 흐른 피가 유니폼을 뻘겋게 물들이고 있었다. 유니폼 가슴에 글자는 쓰여 있지 않았지만, 이름을 뜯어 낸 자국은 역력했다. 등판에는 각각의 등 번호가 붙어 있고, 그 번호는 1, 4, 7, 9였다. 왜 이런 비상시에 중국인들이 야구 유니폼을 입은 데다 심하게 얻어맞은 상태로 연행되었는지, 수의는 영문을 알 수 없었다. 마치 정신이 이상한 화가가 그린, 이 세상에는 존재하지 않을 상상 속의 광경만 같았다.

　　중위는 원장에게 삽과 곡괭이를 빌려 줄 수 있느냐고 물었다. 중위의 얼굴은 아까보다 한층 초췌했고, 더욱 창백해 보였다. 수의가 그들을 사무소 뒤에 있는 자재 창고로 안내했다. 중위는 삽 두 개와 곡괭이 두 개를 골라, 병사들에게 들렸다. 그리고 그는 수의에게 뒤따라오라고 말하고, 혼자 길에서 벗어나 근처의 수풀 속으로 들어갔다. 수의는 그가 말한 대로 그 뒤를 따라갔다. 중위가 걷자 수풀 속에서 메뚜기가 후득후득 날아올랐다. 사방에서 여름 풀 냄새가 났다. 귀를 때리는 매미 울음소리에 섞여, 멀리서 코끼리가 경고하듯 날카롭게 내지르는 소리가 간간이 들려왔다.

중위는 아무 말 없이 나무 사이를 한참 걸어가, 탁 트인 넓은 공터 같은 장소를 찾았다. 그곳은 아이들이 작은 동물과 같이 놀 수 있는 광장을 만들 계획으로 비워 둔 장소였다. 그러나 전황이 악화되어 건축 자재가 부족해진 탓에, 계획은 무기한 연기되고 말았다. 나무들이 빙 둘러 서 있는 가운데, 땅이 그대로 드러나 있고 태양이 그곳만 무대 조명처럼 또렷하게 비추고 있었다. 중위는 한가운데에 서서 사방을 돌아보았다. 그리고 군화 바닥으로 지면을 한바탕 헤집었다.

"앞으로 한동안, 이 원내에 주둔하게 되었습니다." 하고 중위가 허리를 굽혀 흙을 한 줌 쥐면서 말했다.

수의는 잠자코 고개를 끄덕였다. 왜 그들이 동물원에 주둔해야 하는지 이유를 알 수 없었지만, 질문은 삼가기로 했다. 군인에게는 아무 질문도 하지 않는 편이 좋다, 이건 그가 신징에서 지내면서 경험적으로 배운 규칙이었다. 대개 질문은 군인을 화나게 하고, 어차피 성실하게 대답해 주는 법은 없다.

"우선, 여기에다 큰 구덩이를 파야겠군." 중위는 스스로에게 말하듯 그렇게 말했다. 그리고 일어나 가슴 주머니에서 담배를 꺼내 입에 물었다. 그는 수의에게도 담배를 권하고, 성냥으로 담배 두 개비에 불을 붙였다. 둘은 거기에 있는 침묵을 메우듯 한 모금씩 담배를 피웠다. 중위는 또 구둣발로 흙을 헤집었다. 무슨 도형 같은 것을 땅에 그리고는 다시 지웠다.

"당신은 어디 출신입니까?" 한참이 지나 중위가 수의에게 물었다.

"가나가와현입니다. 오후나라는 곳이고, 바다에서 가깝죠."

중위가 고개를 끄덕였다.

"중위님 고향은 어디세요?" 하고 수의가 물었다.

대답은 없다. 중위는 눈을 찡그리고, 손가락 사이에서 피어오르는 담배 연기를 바라볼 뿐이다. 이러니 군인에게는 질문해 봐야 소용이 없는 거지 하고 수의는 새삼스레 생각했다. 그들은 언제나 질문을 한다. 하지만 질문에는 대답하지 않는다. 아마 지금 시간을 물어도 대답하지 않을 것이다.

"영화 촬영소가 있죠." 하고 중위가 말했다.

그가 오후나 얘기를 한다는 걸 잠시 후에야 알았다. "그렇습니다. 큰 촬영소가 있죠. 안에 들어가 본 적은 없지만."

하고 수의는 말했다.

　중위는 짧아진 담배를 땅에 떨어뜨리고 밟아 껐다. "요행히 돌아갈 수 있으면 좋겠지만, 일본에 돌아가려면 바다를 건너야 하죠. 다들, 결국은 여기서 죽게 될지도 모르겠군요." 중위는 시선을 딸군 채 그렇게 말했다. "죽는 게 두려운가요, 수의사님은?"

　"그건 어떻게 죽느냐에 따라 다르겠죠." 하고 수의는 잠시 생각한 후에 대답했다.

　중위는 고개를 들고, 흥미롭다는 듯이 상대를 보았다. 그는 다른 대답을 예상했던 눈치였다. "듣고 보니 그렇군요. 어떻게 죽느냐에 따라 다르겠습니다."

　두 사람은 또 잠시 침묵했다. 중위는 거기에 선 채 마치 잠이 든 것처럼 꼼짝하지 않았다. 그는 그 정도로 피곤해 보였다. 커다란 메뚜기 한 마리가 새처럼 높이 뛰어올라 퍼덕퍼덕 요란한 소리를 남기고 먼 수풀 속으로 사라졌다. 중위가 손목시계를 보았다.

　"슬슬 작업을 시작해야겠군." 하고 그는 누군가에게 말하듯 중얼거렸다. 그리고 수의를 향해 "나와 같이 있어야겠습니다. 부탁할 일이 또 있을지도 몰라서요." 하고 말했다.

　수의는 고개를 끄덕거렸다.

병사들이 그 수풀 속 공터로 중국인들을 데려와, 손을 묶은 새끼줄을 풀었다. 하사가 야구 방망이로 — 왜 병사가 야구 방망이를 들고 있는지, 수의에게는 그것도 수수께끼였다 — 땅에 커다란 원을 그리고, 그만한 크기의 구덩이를 파라고 일본어로 중국인들에게 명령했다. 야구 유니폼을 입은 네 중국인은 곡괭이와 삽을 들고, 묵묵히 구덩이를 팠다. 병사들은 그동안 네 명씩 교대로 나무 그늘에 누워 눈을 붙이고 휴식을 취했다. 지금까지 잠을 제대로 못 잤는지, 그들은 군장을 풀지 않은 채로 수풀에 눕자 그대로 코를 드르렁거리며 잠이 들었다. 잠들지 않은 병사는 총검이 달린 소총을 바로 사용할 수 있도록 허리에 찬 채, 조금 떨어진 곳에서 중국인들의 작업을 감시했다. 작업을 지휘하는 중위와 하사도 교대로 나무 그늘에서 꾸벅꾸벅 졸았다.

1시간이 안 돼서 직경 4미터 정도의 구덩이가 파였다. 깊이는 중국인들의 목까지 왔다. 중국인 하나가 물을 마시고 싶다고 일본어로 말했다. 중위가 고개를 끄덕이자, 한 병사가 양동이에 물을 퍼 들고 왔다. 네 중국인은 바가지를 번갈아 가며 쥐고 맛나게 물을 마셨다. 양동이의 물이 거의 없어질 정도로 마셨다. 그들의 유니폼은 피와 땀과 흙으로 시커멨다. 그리고 중위는 두 병사에게 수레를 끌고 오라고 지시했다. 하사가 캔버스 시트를 걷어 내자, 네 구의 시체가 드러났다. 그 네 시체도 역시 똑같은 야구 유니폼을 입고 있었고, 보아 하니 중국인 같았다. 그들은 사살된 듯 보였다. 흐른 피로 검게 물든 유니폼에 벌써 커다란 파리가 꼬여 있었다. 피가 눌러 붙은 것으로 보아 죽은 지 하루 가까이 지난 것 같았다.

중위는 구덩이를 다 판 중국인들에게, 시체를 구덩이에 던지라고 명령했다. 중국인들은 역시 아무 말 않고 수레에서 시체를 끌어내려 무표정하게 한 구석 구덩이에 획획 던졌다. 시체가 구덩이 바닥으로 떨어질 때마다, 픽 하는 둔탁하고 황량한 소리가 울렸다. 죽은 네 명의 등 번호는 2, 5, 6, 8이었다. 수의는 그 번호를 기억했다. 시체를 전부 구덩이에 던지고 나자, 네 중국인은 다시 근처에 있는 나무 밑동에 단단히 묶였다.

중위는 팔을 쳐들고 심각한 눈초리로 시계를 보았다. 그리고 무언가를 찾는 것처럼 하늘 한구석을 한참 쳐다보았다. 그는 플랫폼에 서서, 치명적으로 지연된 열차를 기다리는 역원처럼 보였다. 하지만 그는 뭘 보고 있는 게 아니었다. 그저 얼마간 시간을 보내고 있을 뿐이었다. 그리고 그는 하사에게, 네 명 중에 세 명(등 번호 1, 7, 9)을 총검으로 찔러 죽이라고 명령했다. 선발된 세 병사가 각각 중국인 앞에 섰다. 병사들은 중국인 이상으로 얼굴이 창백했다. 중국인들은 뭔가를 바라기에는 너무도 지쳐 보였다. 하사는 중국인들 한 명 한 명에게 담배를 권했지만, 아무도 피우지 않았다. 그는 담뱃갑을 가슴 주머니에 집어넣었다.

중위는 수의와 함께 다른 병사들과 조금 떨어진 곳에 서 있었다. "당신도 똑똑히 보는 게 좋겠죠." 중위가 그에게 말했다. "이런 것도 하나의 죽는 방식이니까 말입니다."

수의는 잠자코 고개를 끄덕였다. 이 중위는 내가 아니라 자기 자신에게 말하고 있군 하고 수의는 생각했다.

중위가 나직한 목소리로 수의에게 설명했다. "죽이는 방법으로는 총살이 훨씬 더 편리하고 간단한데, 위에서 귀중한 총알을 한 발이라도 헛되이 사용하지 말라는 명령이 있어서 말이죠. 탄약은 러시아놈들을 위해 아껴두라고, 중국인들에게는 총알을 쓰기도 아깝다는 거죠. 그러나 총검으로 찔러 죽이는 게 말이 쉽지, 그렇게 간단한 일이 아닙니다. 수의사님은 군대에서 총검술을 배웠나요?"

자신은 수의로 기병 부대에 있었기 때문에 총검술 훈련은 받지 않았다고 수의는 대답했다.

"총검으로 사람을 정확하게 죽이려면 우선 가슴뼈 아래 부분을 푹 찌르고 ─ 그러니까 이 부분입니다." 중위가 손가락으로 자신의 배보다 조금 위를 가리켰다. "내장을 휘젓듯이 깊고 넓게 파헤친 다음 심장을 향해 총검을 쑥 올려야 하죠. 그저 푹 찌른다고 되는 일이 아닙니다. 병사들은 그 방법을 잘 알고 있어요. 총검을 사용하는 백병전은 야간 기습과 함께 제국 육군의 꽃입니다 — 요컨대, 전차나 비행기나 대포에 비해서 돈이 들지 않기 때문이지만요. 그러나 아무리 훈련을 통해서 숙지하고 있다 해도, 훈련 상대는 지푸라기 인형이니 산 인간과 달리 피도 흘리지 않고, 비명을 지르지도 않고, 내장이 터져 나오지도 않죠. 사실 이 병사들은 아직 사람을 죽인 적이 없습니다. 나도 없고요."

중위는 하사를 향해 고개를 끄덕여 보였다. 하사가 명령을 내리자, 세 병사들이 직립부동의 자세를 취했다. 그리고 엉덩이를 뒤로 빼면서 총검을 앞으로 내밀고 조준했다. 한 중국인(등 번호 7)이 중국말로 뭐라고 욕지거리 같은 말을 중얼거리고는 침을 내뱉었다. 그러나 그 침은 땅에 떨어지지 않고 그의 유니폼 입은 가슴으로 맥없이 흘러 떨어졌다.

다음 호령소리가 울리자 병사들은 총검 끝으로 중국인들의 가슴뼈 아래를 힘껏 푹 찔렀다. 그리고 중위가 말했던 것처럼, 칼끝을 비틀듯이 내장을 휘젓고는 위로 푹 쑤셔 올렸다. 중국인들이 내지른 소리는 그렇게 크지 않았다. 그것은 비명이 아니라 깊은 오열에 가까웠다. 몸에 남은 숨을 어느 틈새로 한꺼번에 전부 밀어내는 듯한 소리였다. 병사들은 총검을 빼고 뒤로 물러났다. 그리고 하사의 명령에 따라 다시 한번 같은 작업을 정확하게 반복했다. 총검으로 푹 찌르고, 휘젓고, 쑤셔 올리고, 뺀다. 수의는 무감동하게 그 광경을 지켜보았다. 그는 자신이 분열되고 있는 듯한 착각에 빠졌다. 자신은 상대를 찌르는 것이며 동시에 상대에게 찔리는 것이었다. 그는 앞으로 쑥 나온 총검의 날카로운 감촉과 난자당한 내장의 아픔을 동시에 느낄 수 있었다.

중국인들이 완전히 죽기까지 예상 외로 시간이 걸렸다. 그들은 몸속이 갈가리 찢기고, 엄청난 양의 피를 땅에 흘리고, 내장이 밖으로 밀려나오는데도, 그런데도 희미한 경련을 계속했다. 하사는 자신의 총검으로 그들을 나무 밑동에 묶었던 새끼줄을 끊고, 살상에 참가하지 않은 병사들과 함께 땅에 나뒹구는 세 구의 시체를 구멍 속에 내던졌다. 역시 땅에 떨어질 때 둔탁하고 묵직한 소리가 났지만, 조금 전 시체를 던졌을 때와는 소리가 조금 다르게 들렸다. 아직 완전히 죽지 않았기 때문인지도 모른다고 수의는 생각했다.

이제 등 번호 4인 중국인만 남았다. 얼굴이 창백한 세 병사가 발 언저리에 돋은 큰 이파리를 쥐어뜯어 피범벅이 된 총검을 닦았다. 검에는 기묘한 색의 체액과 살점 같은 것이 들러붙어 있었다. 그들은 그 긴 칼이 원래대로 하얗게 될 때까지 몇 번이나 이파리를 쥐어뜯어야 했다.

왜 이 남자(등 번호 4)만 죽이지 않고 남겨둔 것일까 하고 수의는 의아해했다. 하지만 그는 더는 아무 질문도 하지 말자고 마음먹은 상태였다. 중위는 또 담배를 꺼내 피웠다. 그리고 수의에게도 한 개비를 권했다. 수의는 말없이 받아 입에 물고, 이번에는 자기 성냥을 그었다. 손은 떨리지 않았지만, 감각이라는 것을 제대로 느낄 수 없었다. 마치 두툼한 장갑을 끼고 성냥을 긋는 것처럼.

"이 사람들은 만주국 사관학교의 학생들이었습니다. 신징 방위의 임무를 거부하고, 어제 밤중에 일본계 지도 교관 두 명을 살해하고 탈주했죠. 우리는 야간 정찰 중에 그들을 발견하고 그 자리에서 네 명을 사살, 네 명을 체포했습니다. 둘은 어둠 속으로 도망쳤죠." 중위는 또 손바닥으로 뺨에 돋은 수염을 쓱쓱 비벼댔다. "야구부 유니폼을 입고 도망치려 했어요. 군복 차림을 하고 있으면 탈주병이란 게 드러나 붙잡힐 거라고 생각한 거겠죠. 또는 만주국 군복을 입은 채 공산군에게 체포될 것을 두려워했는지도 모르겠습니다. 아무튼 병영 내에 군복이 아닌 옷은 사관학교 야구부의 유니폼밖에 없었어요. 그래서 유니폼에 붙은 이름표를 떼어 낸 다음 그걸 입고 도망치려 한 것이죠. 아시는지 모르겠지만, 사관학교 야구부가 꽤 셌어요. 타이완과 조선으로 친선 경기를 하러 갔을 정도죠. 그리고 저 남자는." 하면서 중위가 나무 밑동에 묶여 있는 중국인을 가리켰다. "팀의 주장이며 4번 타자에, 이 탈주 계획의 리더 격이었던 모양입니다. 그가 방망이로 두 교관을 때려 죽였어요. 일본계 교관들은 영내 분위기가 불온하다는 것을 잘 알고 있어서, 여차하는 순간까지 그들에게 무기를 지급하지 않기로 했습니다. 그러나 야구 방망이까지는 생각을 못 했던 거죠. 둘 다 머리가 쩍 갈라져서 즉사했던 모양이에요. 저스트 미트*라는 것이죠. 저 방망이입니다."

중위가 하사에게 방망이를 가져오라고 지시했다. 중위는 그 방망이를 수의에게 건넸다. 수의는 방망이를 두 손으로 잡고 타석에 들어선 선수처럼 눈앞에 들어 보았다. 흔히 있는 야구 방망이였다. 품질은 그렇게 좋지 않았다. 조잡하고 나뭇결도 거칠었다. 하지만 묵직하고, 오래 사용했는지 길이 잘 들어 있었다. 그립 부분이 땀으로 거뭇거뭇했다. 그것은 어젯밤에 두 인간을 때려죽인 방망이로는 보이지 않았다. 대충 무게를 기억한 다음 수의는 방망이를 중위에게 돌려주었다. 이번에는 중위가 방망이를 잡고 익숙한 손놀림으로 몇 번 가볍게 스윙을 했다.

"야구를 합니까?" 중위가 수의에게 물었다.

"어렸을 때는 자주 했죠." 하고 수의는 대답했다.

---

* just meet, 볼 중심에 방망이가 정확히 맞은 상태를 가리키는 말.

"어른이 된 후에는 하지 않습니까?"

"네, 그렇습니다." 중위님은요? 하고 물으려다 수의는 그 말을 삼켰다.

"나는 이 남자를 같은 방망이로 때려죽이라는 명령을 받았습니다." 중위는 방망이 끝으로 발 옆의 땅을 톡톡 치면서 건조한 목소리로 말했다. "눈에는 눈으로, 이에는 이로, 그런 거죠. 당신이니까 하는 말인데, 참 허접한 명령입니다. 지금 와서 이 사람들을 죽인다고 뭐가 어떻게 되겠습니까. 이미 비행기도 없고, 전함도 없어요. 제대로 된 병사들은 대부분 죽었고요. 신형 특수 폭탄 하나에 히로시마가 순식간에 사라졌습니다. 우리도 머지않아 만주에서 추방되든지 또는 죽어서, 중국은 다시 중국인의 것으로 돌아가겠지요. 이미 많은 중국인들을 죽였어요. 더 이상 시체의 수를 늘려봐야 아무 의미가 없습니다. 그러나 명령은 명령이죠. 나는 군인으로서, 어떤 명령에든 복종해야 합니다. 호랑이와 표범을 죽인 것처럼, 오늘은 이 사람들을 죽여야 하죠. 잘 지켜보십시오, 수의사님. 이것도 사람이 죽는 방식의 하나입니다. 당신은 의사니까 칼과 피와 내장에 익숙하겠지만, 야구 방망이로 때려죽이는 광경은 본 적이 없겠지요."

중위는 하사에게 등 번호 4의 4번 타자를 구덩이 옆으로 끌고 오라고 명령했다. 하사가 그의 손을 다시 뒤로 묶고 눈을 가리고 끌고 와 땅에 무릎 꿇렸다. 키가 크고 체구가 단단한 남자였다. 우람한 팔뚝은 보통 어른의 허벅지만큼 굵었다. 중위는 한 젊은 병사를 불러 방망이를 건넸다. "이걸로 이 남자를 때려죽여." 하고 중위는 말했다. 젊은 병사는 직립한 자세로 경례하고, 방망이를 받아들었다. 그러나 방망이를 손에 든 채 얼이 빠진 것처럼 그 자리에서 움직이지 않았다. 그는 방망이로 중국인을 때려죽인다는 행위의 실체를 미처 파악하지 못한 것처럼 보였다.

"지금까지 야구를 해 본 적이 없나?" 하고 중위가 젊은 병사(이르쿠츠크 근처의 탄광에서 소련 감시병에게 삽으로 맞아 죽는 남자다.)에게 물었다.

"예, 없습니다." 하고 병사는 큰 소리로 대답했다. 그가 태어난 홋카이도의 개척촌도 또 성장한 만주의 개척 부락도 빈곤하기는 마찬가지였다. 주위에 야구공이나 방망이를 살 수 있는 가정은 전혀 없었다. 그들은 그저 의미 없이 들판을 뛰어다녔고, 막대기로 칼싸움을 하거나 잠자리를 잡으며 어린 시절을 보냈다. 태어나서 지금까지 야구를 한 적도 없거니와 야구 경기를 구경한 적도 없었다. 야구 방망이를 잡아 보는 것도 처음이었다.

중위는 병사에게 방망이 잡는 법을 가르치고, 스윙의 기본도 가르쳤다. 스스로 방망이를 몇 번이나 휘둘러 보였다. "알겠나, 중요한 것은 허리 회전이야." 하고 그는 상대가 잘 이해 힐 수 있게 말했다. "백스윙을 하면서 하반신을 비트는 것처럼 몸을 회전하는 거야. 그러면 방망이 끝이 저절로 따라와. 내가 하는 말 이해하겠지? 방망이를 휘두른다는 의식이 너무 강하면, 손끝 힘으로만 치게 돼. 그러면 스윙에서도 힘이 빠지지. 팔이 아니라 하반신의 회전을 이용해서 휘둘러."

병사가 중위의 설명을 이해한 것 같지 않았지만, 그는 명령에 따라 무거운 무장을 풀고 한동안 스윙 연습을 했다. 모두 그 모습을 지켜보았다. 중위는 중요한 포인트에서는 병사의 손에 손을 받치듯 대고서 스윙 자세를 교정했다. 그는 잘 가르쳤다. 마침내 서툴게나마 방망이가 하늘을 가르면서 윙윙 소리를 냈다. 젊은 병사는 어렸을 때부터 농사 일로 단련된 몸이라 팔 힘만은 셌다.

"그 정도면 되겠지." 중위는 군모로 이마에 돋은 땀을 닦으면서 말했다. "있는 힘껏 쳐서 한 방에 편하게 가게 해 줘, 알겠나. 시간 끌어서 힘들이지 말고."

나도 야구 방망이로 사람을 때려죽이고 싶지는 않아 하고 중위는 말하고 싶었다. 대체 어느 누가 그런 멍청한 생각을 한 거냐고. 하지만 지휘관이 부하에게 그런 말을 할 수는 없다.

병사는 눈가리개를 하고 땅에 무릎 꿇고 있는 중국인 뒤에 서서 방망이를 쳐들었다. 저녁의 강한 햇살에 방망이의 굵은 그림자가 땅 위로 길게 뻗었다. 수의는 참 기묘한 광경이라고 생각했다. 중위가 옳은 말을 했다. 나는 방망이로 사람을 때려죽이는 일에 전혀 익숙하지 않다. 젊은 병사는 방망이를 한참이나 공중에 쳐들고 있었다. 그 끝이 와들와들 크게 흔들렸다.

중위는 병사를 향해 고개를 끄덕였다. 병사가 백스윙을 하고, 크게 숨을 들이쉬고는 방망이에 온 힘을 실어 중국인의 후두부를 내려쳤다. 놀라울 만큼 정확한 스윙이었다. 중위가 가르쳐 준 대로 하반신이 빙글 회전하면서 상표가 찍힌 부분이 귀 뒤를 직격했다. 그야말로 풀 스윙이었다. 두개골이 퍽 하고 깨지는 묵직한 소리가 들렸다. 중국인은 소리 한번 내지르지 못했다. 그는 기묘한 자세로 공중에 일단 정지했다가, 그리고 무슨 생각이 난 것처럼 무겁게 앞으로 쓰러졌다. 지면에 볼을 댄 채 꿈쩍하지 않았다. 귀에서 피가 흘렀다. 중위가 손목시계를 보았다. 젊은 병사는 두 손으로 방망이를 잡은 채, 입을 벌리고 허공을 보고 있었다.

중위는 조심성이 많은 사람이었다. 그는 그대로 1분을 기다렸다. 그리고 중국인이 꿈쩍도 하지 않는 것을 확인하고 수의에게 말했다. "수고스럽겠지만, 이 남자가 죽었는지 확인해 줄 수 있겠습니까?"

수의는 고개를 끄덕이고 중국인 옆으로 다가가 눈가리개를 풀었다. 부릅뜬 눈은 검은자위가 위를 향하고 있고, 귀에서는 시뻘건 피가 흘러나오고 있었다. 반쯤 벌린 입속에 오그라든 혀가 보였다. 목은 충격 때문에 기이한 각도로 비틀렸고, 콧구멍에서 핏덩이가 쏟아지면서 마른 땅을 검게 물들였다. 기민한 파리 한 마리가 그 콧구멍으로 기어들어 가 알을 까려 하고 있었다. 수의는 최종 확인을 위해 손목을 잡고 엄지손가락을 동맥에 대고 맥을 짚었다. 그러나 이미 맥은 사라지고 없었다. 적어도 동맥이 있어야 할 장소에서, 맥이 뛰는 소리는 들을 수 없었다. 그 젊은 병사는 딱 한 번(그것도 태어나서 처음인)의 스윙으로, 이 우람한 사내의 숨통을 끊어 놓았던 것이다. 수의는 중위 쪽을 쳐다보면서, 틀림없이 죽었다는 식으로 고개를 끄덕였다. 그리고 천천히 일어나려 했다. 등에 비치는 햇살이 갑자기 강해진 것처럼 느껴졌다.

바로 그때, 중국인 4번 타자가 잠에서 깨어난 것처럼 쓱 몸을 일으키고 아무 주저 없이 — 사람들 눈에는 그렇게 보였다 — 수의의 손목을 잡았다. 모든 것은 한순간에 일어났다. 수의는 대체 무슨 일인지 알 수 없었다. 이 남자는 틀림없이 죽었다. 그런데 어디서 솟았는지 생명의 마지막 샘물 한 방울로, 마치 바이스로 조이는 것처럼 수의의 손목을 꽉 잡았다. 그리고 검은자위가 위로 올라간 눈을 부릅뜬 채, 수의를 길동무 삼듯 잡고서 그대로 구덩이 속으로 쓰러졌다. 수의는 그의 몸과 겹쳐 구덩이로 떨어졌다. 그의 몸 밑에서 상대의 가슴뼈가 부러지는 소리가 들렸다. 그런데도 중국인은 수의의 손목을 놓지 않았다. 그 광경을 처음부터 보고 있던 병사들은 넋이 나가서 그저 멍하게 서 있을 뿐이었다. 중위가 먼저 정신을 차리고 구덩이로 뛰어들었다. 그리고 허리 케이스에서 자동 권총을 꺼내 중국인의 머리에 총구를 대고 두 번 방아쇠를 당겼다. 메마른 총성이 사방에 잇달아 울리고, 중국인의 관자놀이에 커다랗고 검은 구멍이 뚫렸다. 그는 이제 완전히 생명을 잃었다. 그런데도 아직 수의의 손목을 놓지 않았다. 중위가 권총을 한 손에 쥔 채 몸을 굽히고, 시체의 손가락 하나하나를 수의의 손목에서 떼어 냈다. 그러는 동안 수의는 구덩이 속에서, 야구 유니폼을 입은 여덟 구의 말없는 중국인 시체에 에워싸여 있었다. 구덩이 속에서는 매미 울음소리가 지상과는 다르게 울렸다.

수의가 시체의 손에서 간신히 해방되자, 병사들이 그와 중위를 그 시체 구덩이에서 끌어올렸다. 수의는 수풀 위에 쭈그리고 앉아 몇 번이나 크게 숨을 쉬고는, 자신의 손목을 보았다. 거기에는 다섯 손가락의 뻘건 자국이 선명하게 남아 있었다. 그 무더운 8월의 오후에, 수의는 몸속까지 얼어붙는 듯한 한기를 느꼈다. 이 한기를 결코 몸에서 밀어낼 수 없을 것이라고 그는 생각했다. 그 남자는 정말, 절박하게, 나를 어딘가로 데려가려고 했다.

중위는 권총의 안전장치를 되돌리고, 천천히 허리 케이스에 넣었다. 중위도 사람에게 총을 쏜 것은 그때가 처음이었다. 그러나 그는 최대한 그 사실을 생각지 않으려 애썼다. 적어도 아직 한동안은 전쟁이 계속될 것이고, 사람은 계속 죽어 나갈 것이다. 이런저런 생각을 깊이 하는 것은 나중이라도 할 수 있다. 그는 오른 손바닥에 밴 땀을 바지에 닦고, 처형에 참가하지 않은 병사들에게 시체 구덩이를 메우라고 명령했다. 벌써부터 무수한 파리들이 마치 제집인 양 붕붕 날아다녔다.

젊은 병사는 방망이를 잡은 채 넋이 나간 상태로 거기 서 있었다. 그는 방망이를 손에서 놓을 수 없었던 것이다. 중위도 하사도, 그를 그대로 내버려 두었다. 그는 죽었다고 여긴 중국인이 갑자기 수의의 손목을 잡고, 함께 시체 구덩이로 떨어지고, 중위가 뒤따라 구덩이에 뛰어들어 권총으로 중국인의 숨통을 끊고, 그리고 동료 병사들이 삽으로 구덩이를 메우는 광경을 그저 멍하니 바라보았다. 그러나 실제로는 아무것도 보고 있지 않았다. 그는 태엽 감는 새 소리에만 귀를 기울이고 있었다. 새는 어제 오후에 그랬던 것처럼 나무 숲

어딘가에서 태엽을 감듯 끼이이, 끼이이이익 하고 울었다. 그는 얼굴을 들어 사방을 돌아보고, 소리가 나는 방향을 찾으려 했다. 그러나 역시 새의 모습은 어디에도 보이지 않았다. 목구멍이 뭐가 올라올 것처럼 울렁거렸지만, 어제만큼 강렬하지는 않았다.

태엽 감는 새 소리에 귀를 기울이는 동안, 단편적인 다양한 이미지가 그 앞에 나타났다가 사라졌다. 그 젊은 회계 중위는 소련군에게 무장 해제 당한 후 중국 측에 넘겨지고, 이 처형의 대가로 교수형에 처해진다. 하사는 시베리아 수용소에서 페스트에 걸려 죽는다. 그들은 그를 격리된 작은 방에 감금한 채 죽을 때까지 방치했다. 그러나 하사는 영양실조로 쓰러졌을 뿐 페스트에 감염된 것은 아니었다 ─ 그 작은 방에 감금되기 전에는. 얼굴에 반점이 있는 수의는 일 년 후에 사고로 죽게 된다. 그는 민간인이면서 병사들과 행동을 함께한 탓에 소련군에 구류되어, 역시 시베리아 수용소로 송환된다. 강제 노동을 하던 시베리아의 탄광에서, 깊은 굴에 들어가 작업하던 도중에 물이 쏟아져 나와 다른 병사들과 함께 익사하고 만다. 그리고 나는 ─ 그 젊은 병사 눈에는 자신의 미래는 보이지 않았다. 미래뿐이 아니다. 지금 여기에서 자신의 눈앞에서 벌어지고 있는 일조차 왠지, 실제로는 보이지 않았다. 그는 눈을 감고, 태엽 감는 새 소리에만 귀를 기울였다.

그리고 그는 불쑥 바다를 생각했다. 일본에서 만주로 건너올 때 배의 갑판에서 봤던 바다를. 그가 바다를 보는 것은 태어나서 그때가 처음이자 마지막이었다. 팔 년 전의 일이다. 그는 바닷바람의 냄새를 떠올릴 수 있었다. 바다는 지금까지의 인생에서 본 가장 멋진 것이었다. 넓고, 깊고, 온갖 예측을 넘어서는 것이었다. 그것은 시간과 날씨와 장소에 따라 색감이 달라지고, 모양이 바뀌고, 표정도 변화무쌍했다. 그것은 그의 마음을 깊은 슬픔에 젖게 하는가 하면 고요하게 치유하기도 했다. 언젠가 그 바다를 다시 볼 수 있을까 하고 그는 생각했다. 그리고 병사는 야구 방망이를 손에서 놓았다. 방망이는 마른 소리를 내며 땅에 떨어졌다. 방망이가 없어지자, 속이 조금 전보다 좀 심하게 울렁거렸다.

태엽 감는 새는 그때도 계속 울고 있었다. 하지만 그 소리는 다른 이들에게는 전혀 들리지 않았다.

*

「태엽 감는 새 연대기 #8」은 거기에서 끝났다.

29

시나몬의

미싱 링크

「태엽 감는 새 연대기 #8」은 거기에서 끝났다.

나는 종료를 클릭하고 화면을 이전으로 돌린 다음 메뉴 중에서 「태엽 감는 새 연대기 #9」를 선택해 클릭했다. 나는 그다음 얘기를 읽고 싶었다. 그러나 화면이 열리는 대신 메시지가 떴다.

「태엽 감는 새 연대기 #9」는 코드 R24에서 접속이 불가능합니다.

다른 문서를 선택하십시오.

나는 #10을 선택했다. 그러나 결과는 같았다.

「태엽 감는 새 연대기 #10」은 코드 R24에서 접속이 불가능합니다.
다른 문서를 선택하십시오.

#11 역시 마찬가지였다. 결국 모든 문서가 접속이 불가능하다는 것만 알았다. '코드 R24'가 뭔지는 알 수 없었지만, 아무튼 #8을 제외한 문서는 어떤 이유나 원리로 접속이 차단되어 있는 듯했다. 「태엽 감는 새 연대기 #8」을 연 시점에는 모든 문서의 접속이 가능했다. 그런데 #8을 선택해 읽고 난 지금, 모든 문이 단단히 잠기고 말았다. 어쩌면 이 프로그램에서는 문서의 연속 접속이 허가되지 않는지도 모른다.

나는 화면 앞에서 이제 뭘 하면 좋을지 잠시 생각해 보았다. 하지만 뾰족한 방법이 없었다. 이것은 시나몬의 두뇌와 원리에 따라 구축되고 기능하고 있는 정교하고 치밀한 세계다. 이 세계의 게임 규칙을 나는 모른다. 나는 포기하고 컴퓨터 전원을 껐다.

「태엽 감는 새 연대기 #8」이 시나몬이 풀어놓은 이야기라는 것은 틀림없었다. 그는 「태엽 감는 새 연대기」라는 제

목으로 열여섯 개의 이야기를 컴퓨터 안에 기록했고, 나는
어쩌다 그 가운데 8번 이야기를 선택해 읽은 것이다. 나는
조금 전에 읽은 이야기의 대충의 길이를 떠올리고, 단순하
게 열여섯 배를 해 보았다. 절대 짧은 이야기가 아니다. 만약
한꺼번에 모아 활자화한다면 꽤 두꺼운 책이 될 것이다.

'#8'이라는 번호는 뭘 의미하는 것일까? 연대기라는 제
목을 붙였으니, 이야기가 연대에 따라 차례로 이어지는지도
모른다. #7 다음이 #8이고, #8 다음이 #9인 식으로. 그것은
타당한 추측이었다. 그러나 반드시 그렇다고는 할 수 없다.
이야기가 전혀 다른 순서에 따라 정렬되어 있을 가능성도
없지 않다. 현재에서 과거로 거슬러 올라갈 수도 있다. 훨씬
더 대담하게 가정하면, 한 이야기의 다양한 버전이 번호에
따라 나란히 정렬되어 있을 뿐인지도 모른다. 그러나 아무
튼 내가 선택한 #8이, 그의 어머니 넛메그가 전에 내게 얘기
해 준 신징 동물원의 동물들이 사살된 1945년 8월에 이어
지는 이야기라는 점은 확실했다. 그 다음 날, 같은 동물원을
무대로 펼쳐지는 이야기다. 이야기의 주인공은 역시 넛메그
의 아버지이며, 시나몬의 할아버지인 이름 없는 수의였다.

이야기의 어디까지가 진실인지 나는 판단을 내릴 수 없
었다. 처음부터 끝까지 시나몬의 순수한 창작인지, 아니면
몇몇 부분은 실제로 일어난 일인지, 그 구분조차 할 수 없

다. 어머니 넛메그는 내게, 수의가 그 후에 어떻게 되었는지 는 '전혀 모른다.'고 했다. 그러니까 그 이야기가 전부 사실 일 가능성은 거의 없을 것이다. 그러나 세부적인 몇 가지는 역사적인 사실이라고 볼 수 있다. 그 혼란기에 신징 동물원 안에서 만주국 사관학교 학생이 처형되었고, 시체가 땅에 판 구덩이에 묻히고, 지휘를 담당했던 일본인 장교가 전후 에 처형되었을 가능성은 있다. 당시 만주국 군인의 탈주와 반란은 드문 일이 아니었고, 처형된 중국인들이 야구 유니 폼을 입고 있었다는 것도 ─ 상당히 기묘한 설정이기는 하 지만 ─ 불가능하진 않다. 시나몬이 그 사건을 알고, 할아 버지의 모습을 거기에 반영해 그의 이야기를 창작했을 수 는 있다.

그러나 애당초 시나몬은 왜 그런 이야기를 지은 것일까. 왜 그는 거기에 이야기라는 체계를 부여했어야 했을까? 왜 그 이야기들에 '연대기'라는 제목을 달아야 했을까? 나는 가봉실 소파에 앉아서, 디자인용 색연필을 손안에서 빙빙 돌리며 생각해 보았다.

의문의 해답을 찾으려면, 거기에 있는 이야기 전체를 읽 어야 할 것이다. 그러나 #8 하나로도 나는 시나몬이 그 이야 기에서 뭘 추구하는지 막연하게 추측할 수 있었다. 시나몬 은 자기라는 인간의 존재 이유를 진지하게 찾고 있는 것이다. 그는 자신이 아직 태어나기 이전으로 거슬러 올라간 곳에서부터 탐색하고 있었다. 틀림없다.

그러려면 자신의 손이 닿지 않는 몇 가지 과거의 공백을 메울 필요가 있다. 그래서 그는 이야기를 자기 손으로 만들어 내, 그 미싱 링크를 보충하려 한 것이다. 시나몬은 어머니가 몇 번이나 들려준 이야기를 바탕으로 새로운 이야기를 파생시켜, 수수께끼에 찬 할아버지의 모습을 새로운 설정 속에 재창조하려 했던 것이다. 그리고 이야기의 기본적인 스타일은 어머니 것을 그대로 물려받았다. 그것은 사실은 진실이 아닐 수 있으며, 진실은 사실이 아닐 수 있다는 일종의 전제다. 아마 이야기의 어느 부분이 사실이고 어느 부분이 사실이 아닌지는 시나몬에게 그렇게 중요한 문제가 아니었을 것이다. 그에게 중요한 것은, 그의 할아버지가 거기에서 뭘 했느냐가 아니라, 뭘 했을 것이냐 하는 점이다. 그리고 그가 그 이야기를 유효하게 얘기할 때, 동시에 그는 그것을 알게 된다.

그리고 그 이야기는 '태엽 감는 새'라는 언어를 키워드로 해서 연대기적으로(또는 비연대기적으로) 지금 현재에 이르렀을 것이다. 그러나 '태엽 감는 새'라는 말은 시나몬이 만들어 낸 것이 아니다. 그것은 전에 아오야마의 레스토랑에서 넛메그가 내게 이야기를 들려주다가 무의식적으로 한 말이었다. 그리고 그 시점에 넛메그는 아직 내가 '태엽 감는 새'라 불린다는 사실을 몰랐을 것이다. 그렇다면 나와 그들의 이야기는 우연의 일치로 이어져 있었다는 셈이다.

하지만 나는 확신할 수 없다. 넛메그는 어떤 경로를 통해 내가 '태엽 감는 새'라 불린다는 것을 이미 알고 있었을지도 모른다. 그리고 그 말이 무의식적인 차원에서 그녀의(또는 모자 두 사람이 공유하는) 이야기에 작용하고 침식했는지도 모른다. 그것은 한 가지 형태로 고정된 이야기가 아니라, 구술 전승처럼 변화하면서 증식하고, 형태를 바꾸면서 존재하는 이야기인지도 모른다.

그러나 그것이 우연의 일치든 아니든, 시나몬의 이야기에서 '태엽 감는 새'라는 존재는 큰 힘을 갖고 있었다. 사람들은 특별한 사람에게만 들리는 새소리의 인도를 따라, 피하기 어려운 파멸로 향했다. 수의가 시종일관 느꼈던 것처럼, 인간의 자유의지 따위는 무력했다. 그들은 테이블에 놓인, 등에 달린 태엽을 감아 움직이는 인형처럼 선택의 여지가 없는 일에 종사했고, 선택의 여지가 없는 방향으로 나아갔다. 새소리가 들리는 범위 안에 있는 수많은 사람들이 참혹하게 훼손되고, 상실되었다. 많은 사람들이 죽어 갔다. 그들은 테이블 가에서 그대로 밑으로 떨어져 갔다.

시나몬은 보나마나 나와 와타야 노보루의 대화를 모니터했을 것이다. 또 며칠 전 나와 구미코의 대화도 똑같이 모니터했을 것이다. 아마 그 컴퓨터에서 일어난 일 중에 그가 모르는 것은 없으리라. 그리고 시나몬은 와타야 노보루와 나의 대화가 끝나기를 기다렸다가 「태엽 감는 새 연대기」라는 이야기를 내 앞에 제시했다. 우연히 혹은 충동적으로 그랬을 리는 없다. 시나몬은 확실한 목적을 갖고 기계를 움직였고 그 이야기 중 하나를 내게 보여 주려 했다. 또 거기에 장대한 이야기들이 존재할 가능성도 내게 시사했다.

나는 어두컴컴한 가봉실의 소파에 누워 천장을 올려다보았다. 밤은 깊고 무겁고, 사방은 가슴이 따가울 정도로 고요했다. 하얀 천장은 방을 완전히 뒤덮은 두꺼운 얼음 뚜껑처럼 보였다.

나와 시나몬의 할아버지에 해당하는 이름 없는 수의 사이에는, 기묘한 공통점이 몇 가지 존재한다. 우리는 몇 가지를 공유하고 있기도 하다 ── 얼굴에 난 파란 멍과 반점, 야구 방망이, 태엽 감는 새 소리. 그리고 시나몬의 이야기에 등장하는 중위에게서 나는 마미야 중위를 떠올렸다. 마미야 중위 역시 비슷한 시기에 신징의 관동군 본부에 근무했다. 그러나 현실의 마미야 중위는 회계 장교가 아니라 지도를 제작하는 부서 소속이었고, 전쟁이 끝난 후에 교수형에 처하지 않았으며(그는 운명에 의해 죽음을 거부당했다.) 전투에서 한쪽 팔을 잃었지만 일본으로 돌아 올 수 있었다. 하지만 나는 그 처형을 지휘한 중위가 사실은 마미야 중위 아닐까 하는 인상을 도저히 지울 수 없었다. 이야기 속의 중위가 마미야 중위였어도 적어도 이상하지는 않다.

그리고 야구 방망이 문제가 있다. 시나몬은 내 방망이가 우물 속에 있다는 걸 알고 있다. 그러니 그 방망이 이미지가 '태엽 감는 새'라는 말처럼 나중에 그의 이야기에 침식했을 가능성은 있다. 그러나 설령 그렇다 해도, 야구 방망이에 관해서는 쉽게 설명되지 않는 부분이 있었다. 그 폐쇄된 연립주택 현관에서 방망이를 휘두르며 내게 달려든 기타 케이스의 사내……. 그는 삿포로의 술집에서 촛불에 손바닥을 태워 보였고, 그다음에는 방망이로 나를 쳤으며, 이어서 내게 방망이로 얻어맞았다. 그리고 내 손에 그 방망이를 인계했다.

그리고 왜 나는 시나몬의 할아버지 얼굴에 있는 반점과 똑같은 색과 모양의 멍이 얼굴에 생겨야 했던 것일까? 그것도 나라는 존재가 그들의 이야기를 '침식한' 결과 벌어진 일이었을까? 현실의 수의 얼굴에는 반점이 없었던 것일까? 그러나 넛메그가 내게 아버지 얘기를 지어내서 할 필요는 전혀 없다. 그리고 무엇보다 넛메그가 신주쿠 거리에서 나를

'발견한' 것은 우리 둘이 공유한 그 반점이며 멍 때문이었다. 마치 삼차원 퍼즐처럼 상황이 복잡하게 얽혀 있다. 진실이 반드시 사실인 것은 아니고, 사실 또한 반드시 진실인 것은 아니다.

나는 소파에서 일어나 다시 시나몬의 작은 방에 갔다. 그리고 책상 앞에 앉아 팔을 괴고 모니터 화면을 쳐다보았다. 시나몬은 아마 거기에 있을 것이다. 거기에서 그의 침묵의 언어는 수없는 이야기가 되어 살아 숨 쉬고 있을 것이다. 그것은 사고하고, 추구하고, 성장하고, 발열하고 있었다. 그러나 내 앞에서 화면은 달처럼 깊이 죽어 있고, 그 존재의 뿌리는 미궁의 숲속으로 모습을 감춰 버렸다. 네모난 유리 스크린은, 그리고 그 안에 있을 시나몬은, 내게 그 이상은 아무 얘기도 하려 하지 않았다.

30

집이란

믿을 게 아니다
(가사하라 메이의 시점 6)

잘 지내나요?

전에 쓴 편지 끝에, 내가 태엽 감는 새 아저씨에게 하고 싶은 말을 대충 다 한 것 같다고 썼잖아요. 거의 '이걸로 모두 끝'이라는 식으로요. 그렇죠? 그리고 얼마 지나서 이런저런 생각을 하다가, 조금 더 쓰는 게 좋겠다는 기분이 들었어요. 그래서 이렇게 또 바퀴벌레처럼 밤중에 일어나, 책상 앞에서 편지를 끼적이고 있습니다.

그런데 요즘, 어찌 된 일인지 미야와키 씨 가족을 생각하게 되었어요. 옛날에 그 빈집에 살다가, 빚쟁이에게 쫓겨 어딘가에서 동반 자살을 한 딱하고 가엾은 미야와키 씨네 가족 말이에요. 그나마 큰딸은 죽지 않고 행방불명이 되었다고 기사에 쓰여 있었지만……. 일을 하고 있을 때나, 식당에서 밥을 먹고 있을 때나, 방에서 음악을 들으며 책을 읽고 있을 때나, 그 가족의 이미지가 머릿속에 둥실 떠올라요. 계속 맴돌면서 떠나지 않는 정도는 아니지만, 그래도 머릿속에 조금 빈틈이 생기면(사실 빈틈은 얼마든지 있지만) 그 틈새로 스르륵 파고들어와, 마치 창문으로 들어온 모닥불 연기처럼, 한동안 계속 머물러 있어요. 지난 일주일에서 이 주일 사이에, 그런 일이 종종 있었습니다.

나는 태어나서부터 계속 거기 살았고, 골목 건너 그 집을 바라보면서 생활했어요. 내 방 창문에서는 그 집이 바로 앞에 보이니까요. 초등학교에 들어가서야 내 방이 생겼지만, 그때 미야와키 씨네는 이미 새로 지은 그 집에 살고 있었어요. 늘 사람 모습이 보이고, 맑은 날에는 빨래가 한가득 널려 있고, 두 여자아이가 마당에서 검고 덩치 큰 셰퍼드의 이름을 크게 불렀고(지금 그 이름을 기억해 내려 하는데, 도무지 떠오르지 않네요.) 날이 저물면 창문에 보얗게 불빛이 비치고, 그리고 밤이 깊어지면 그 불빛이 하나둘 꺼졌어요. 큰딸은 피아노를 배웠고, 작은딸은 바이올린을 배웠습니다(큰딸은 나보다 나이가 위고, 작은딸은 나보다 아래였어요). 생일이나 크리스

마스 같은 때는 친구들이 많이 모여 와글와글 파티를 했어
요. 그 적막하고 폐허 같은 빈집밖에 못 본 사람은, 그런 장
면을 상상할 수 없겠지만요.

쉬는 날이면 아저씨가 마당에서 나무 손질을 하곤 했어
요. 미야와키 아저씨는 빗물받이 청소, 개랑 산책하기, 자동
차에 왁스칠 하기, 그런 시간이 많이 걸리는 손작업을 아주
좋아하는 사람 같았어요. 어떻게 사람이 그렇게 귀찮은 일
을 좋아할 수 있는지 나는 영원히 이해 못 하겠지만, 그건
어디까지나 그 사람 마음이고, 게다가 한 집에 한 명 정도
그런 사람이 있으면 좋은 거겠죠. 그리고 가족 모두가 스키
가 취미인지, 겨울이 오면 커다란 차 지붕에 스키 보드를 묶
어 올리고, 어딘가로 신나게 떠났어요.(나는 스키 같은 거 진
짜 싫어하지만, 아무튼.)

이렇게 말하니까, 어디에나 있는 아주 평범하고 행복한
가정처럼 들리네요. 그렇게 들릴 뿐 아니라, 실제로 정말 어
디에나 있는 아주 평범하고 행복한 가정이었어요. '아니 아
니, 이게 대체 뭐지?' 하는 식으로 눈썹을 찡그리거나 고개
를 갸웃거리게 되는 일은 하나도 없었어요.

동네 사람들은 '그렇게 불길한 집은 거저 준다고 해도 살
고 싶지 않지.' 하고 뒤에서 수군거렸지만, 아까도 말했다시
피, 미야와키 씨네 집은 액자에 담긴 티끌 하나 없는 그림

처럼 평화로운 집이었어요. 네 가족은 옛날이야기의 '그 후에는 모두 행복하게 살았답니다.' 하는 결말의 뒷이야기처럼 정말 정말 행복하게 살았어요. 적어도 우리 집에 비하면 열 배는 행복해 보였습니다. 그리고 간혹 밖에서 얼굴이 마주치는 두 딸도 느낌이 좋은 사람이었어요. 나는 그런 자매가 집에 있으면 참 좋겠다고 생각하곤 했죠. 아무튼 언제나 웃음소리가 그치지 않는, 개도 함께 웃지 않을까 싶은, 그런 분위기의 집이었답니다.

그런데 그 모든 게 어느 시점에 툭 끊겨 없어지다니, 나는 상상도 못 하겠어요. 어느 날 알고 보니까, 거기에 있던 사람이 한 명도(독일 셰퍼드까지) 남김없이 거센 돌풍에 휙 날아간 것처럼 사라져 버리고, 뒤에 집만 남아 있었던 거죠. 한동안 ─ 그래봐야 일주일 정도지만 ─ 동네 사람들은 모두 미야와키 씨 가족이 사라진 것을 몰랐습니다. 나는 저녁때가 되어도 불이 켜지지 않아 이상하다고 생각은 했지만, 늘 그런 것처럼 가족이 다 같이 여행을 떠났나 보다 했어요. 그러고 나서 우리 엄마가 미야와키 씨네가 아무래도 '야반도주'를 한 것 같다는 얘기를 어디선가 듣고 왔어요. '야반도주'가 뭔지 몰라서 그 뜻을 물었던 기억이 납니다. 요즘 말로 하면 '증발'이죠.

야반도주든 증발이든, 거기 살던 사람이 일단 사라지고

나니까, 미야와키 씨네 집의 인상이 이상할 정도로 달라 보였어요. 나는 그때껏 빈집을 본 적이 없어서, 보통 빈집이 어떤 외양인지 잘 몰라요. 그래서 아마 버려진 개처럼, 또는 벗어던진 허물처럼, '축 늘어진' 한심한 꼴일 거라고 생각했어요. 그런데 미야와키 씨네 그 빈집은 전혀 그렇지 않았습니다. 그 집은 '축 늘어지지' 않았어요. 그 집은 미야와키 씨네가 떠나가자 동시에 '미야와키 씨 같은 사람 모르는데.' 하는 식으로 시치미를 딱 뗀 표정이었습니다. 적어도 내게는 그렇게 보였어요. 마치 은혜를 모르는 멍청한 개 같았어요. 아무튼 그 집은 미야와키 씨네가 떠나가자, 미야와키 씨 가족의 행복함과는 무관한 '그 자체로서의 빈집'으로 싹 변하고 말았던 거죠. 난 그건 좀 아니지 않나 싶었어요. 집도 그때는 미야와키 씨 가족과 함께 즐거움을 누렸을 테니까요. 청소도 정성스럽게 해 주었고, 애당초 미야와키 씨가 지은 집이잖아요. 안 그래요? 집이란 게 전혀 믿을 게 못 되네요.

태엽 감는 새 아저씨도 알다시피, 그 후 그 집에는 아무도 살지 않았고, 새똥투성이로 방치되었어요. 몇 년 동안 나는 내 방 창문으로 그 빈집을 바라보며 지냈습니다. 책상에 앉아 공부를 하면서, 또는 공부를 하는 척하면서, 슬쩍슬쩍 바라보았어요. 맑은 날이나 비 내리는 날이나 눈 오는 날이나 태풍이 몰아치는 날에도. 바로 창밖에 있으니, 눈만 살짝 들어도 보이는데 어떡해요. 그리고 신기할 정도로 눈을 돌릴 수 없었어요. 책상에 턱을 괴고 30분이나 멍하니 그 집을 본 적도 종종 있었어요. 뭐랄까, 바로 얼마 전까지 사람들의 웃음소리가 넘쳐났고, 새하얀 빨래가 텔레비전 광고처럼 바람에 팔랑팔랑 나부꼈다고요.(미야와키 씨의 부인은 '과도'할 정도는 아니지만, 어떻게 봐도 보통 사람들보다 빨래를 좋아했습니다.) 그런데 순식간에 어딘가로 싹 사라지고, 마당에는 잡풀만 무성하고, 사람들도 누구 하나 미야와키 씨 가족의 행복했던 나날의 정경을 떠올리지 않아요. 나는 그게 정말 이상해요.

한 가지 말해 둘게 있는데, 그렇다고 내가 미와야키 씨 가족과 친하게 지냈던 건 아니에요. 사실은 거의 말을 한 적도 없습니다. 길에서 마주치면 인사나 나누는 정도였어요. 그런데 매일 창문으로 열심히 바라본 탓에, 미야와키 씨 가족의 그 행복한 생활이 나의 일부가 된 것 같아요. 그왜 가족사진 한구석에 길 가던 사람이 찍히는 일이 있잖아요. 그런 것처럼요. 그리고 나의 일부도 그 사람들과 함께 '야반도주'를 해서, 어딘가로 사라지지 않았나 하는 기분이 들 때도 있어요. 그게 그런데 참 이상한 기분이더라고요. 자신의 일부가 누군지 잘 모르는 사람들과 밤중에 도망쳤을

지도 모른다니.

　이상한 얘기를 한 김에 또 하나 할까 해요. 솔직히 이건 정말 이상한 얘기입니다.

　최근에 간혹 내가 구미코 씨가 된 듯한 기분이 들 때가 있어요. 나는 사실은 태엽 감는 새 아저씨의 부인인데 사정이 있어서 아저씨 곁을 떠나, 이 깊은 산중의 가발 공장에서 일하며 숨어 지내요. 그리고 또 여러 가지 사정이 있어서 일단 가사하라 메이라는 가짜 이름과 가면을 쓰고 구미코 씨가 아닌 것처럼 행세하고 있죠. 아저씨는 그 눅눅한 툇마루에서 내가 돌아오기를 마냥 기다리고 있고……, 그런 기분이 엄청 들어요.

　있죠, 태엽 감는 새 아저씨는 몽상 같은 거 할 때 없어요? 이건 자랑은 아닌데, 난 자주 합니다. 툭하면 몽상을 해요. 심할 때는 종일 몽상의 구름에 완전히 파묻혀서 일하는 날도 있어요. 뭐, 단순작업이니까 일에는 지장이 없지만, 그래도 주위 사람들이 좀 이상하게 쳐다보는 일은 가끔 있어요. 어쩌면 혼자 헛소리를 주절거리는지도 모르죠. 그러나 몽상이란 싫다고, 하고 싶지 않다고 해서 하지 않는 게 아니잖아요. 생리처럼 올 때는 그쪽에서 오니까요. 현관 앞에서 '미안한데, 지금 바쁘니까 다음에 오라.'고 간단히 말할 수 없습니다. 참 난감하죠. 하지만 아무튼, 내가 가끔 구미코 씨 행세를 하는 것 때문에 아저씨가 기분 나빠하지 않았으면 좋겠어요. 나도 그러고 싶어서 그러는 게 아니니까요.

슬슬 잠이 오네요. 나는 이제 3, 4시간 단잠에 푹 빠졌다가 일어나서, 또 하루 열심히 일할 거예요. 무해한 음악을 들으면서 모두와 함께 부지런히 가발을 만들 거예요. 내 걱정은 마세요. 나는 몽상을 하면서도 모든 걸 제법 잘 해내고 있어요. 나는 태엽 감는 새 아저씨도 잘해 나가기를 기도합니다. 구미코 씨가 집으로 돌아와, 원래대로 차분하고 행복해질 수 있다면 좋겠어요.

안녕.

31

빈집의 탄생,

바꿔 탄 말

다음날 아침 9시 반이 되고 10시가 되어도 시나몬은 모습을 보이지 않았다. 그건 전대미문의 일이었다. 내가 이 장소에서 '일'을 시작한 뒤로 아침 9시가 되면 하루도 빠짐없이 문이 열리고, 메르세데스의 눈부신 앞코가 나타났다. 시나몬의 일상적이면서도 극적인 그런 등장과 함께 나의 하루가 명확하게 시작되었다. 나는 생활의 그 일정한 패턴에 마치 사람이 인력이나 기압에 익숙해지듯이 익숙해지고 말았다. 시나몬의 그 빈틈없는 규칙성에는 그저 기계적이라는 말에 그치지 않는 그 이상의 무언가, 나를 위무하고 격려해 주는 온기 같은 것이 있었다. 그래서 더욱이 시나몬이 없는 아침이 잘 그렸지만 초점이 흐릿한, 평범한 풍경화처럼 보였다.

나는 포기하고 창가를 떠나, 아침 대신 사과를 깎아 먹었다. 그리고 혹시 컴퓨터에 무슨 메시지가 떠 있을지도 모른다는 생각에 시나몬이 일하는 방을 들여다보았다. 하지만화면은 여전히 죽어 있었다. 할 수 없이 나는 시나몬이 늘그랬듯이 바로크 음악 테이프를 들으면서 설거지를 하고,바닥에 청소기를 돌리고, 유리창을 닦았다. 시간을 죽이려고 일부러 공을 들여 가며 꼼꼼하게 작업했다. 환기구 날개까지 닦았다. 그런데도 시간은 천천히 흘렀다.

11시가 되자, 그 이상 할 일이 생각나지 않아 나는 가봉실 소파에 누워 느릿느릿 흐르는 시간에 몸을 맡기기로 했다. 무슨 사정이 생겨 시나몬이 좀 늦을 뿐이라고 생각하려했다. 오는 도중에 차가 고장 났을 수도 있다. 믿기지 않을만큼 심각한 교통 정체에 발이 묶였을 수도 있다. 그러나 그런 일은 있을 수 없다. 있는 돈을 다 걸어도 좋다. 시나몬의차는 절대 고장 나지 않고, 그는 정체의 가능성 정도는 처음부터 계산하고 있다. 가령 예기치 못한 사고가 있었다면, 자동차에 있는 전화로 내게 연락했을 것이다. 시나몬이 여기오지 않는 것은 그가 오지 않기로 결정했기 때문이다.

1시가 되기 조금 전에 나는 넛메그의 아카사카 스튜디오로 전화를 걸었다. 하지만 아무도 받지 않았다. 몇 번을 걸어도 마찬가지였다. 그리고 우시카와의 사무소에도 전화를 걸었다. 그쪽은 벨이 울리는 대신 기계음이 흘러나왔다. 그 소리는 내게 이 번호는 현재 사용되지 않는다고 가르쳐 주었다. 이상한 일이다. 불과 이틀 전에 나는 그 번호로 전화를 걸어 우시카와와 얘기했다. 나는 포기하고 다시 가봉실로 돌아갔다. 어째 지난 하루 이틀 사이에, 사람들이 서로 의논이라도 해서 내 연락을 받지 않기로 정한 듯했다.

나는 또 창가로 가서, 커튼 사이로 바깥을 바라보았다. 겨울의 활기찬 작은 새가 두 마리 나뭇가지에 앉아 사방을 두리번거리고 있었다. 그러다 갑자기 거기 있는 모든 것에 싫증이 난 것처럼 휙 하니 날아가 버렸다. 그 외에는 아무 움직임이 없었다. 집이 이제 막 새로 지은 빈집처럼 느껴졌다.

*

그리고 닷새 동안 나는 한 번도 '저택'에 가지 않았다. 어찌된 일인지 우물 속에 내려가고 싶다는 욕망도 이제 잃어버린 듯했다. 왜인지는 모른다. 와타야 노보루가 말했듯이, 나는 그 우물을 조만간 잃어버릴 것 같았다. 만약 이대로 '손님'이 오지 않으면, 내게 있는 자금으로 저택을 유지한다고 해야 기껏 두 달이다. 그러니 우물이 내 수중에 있는 동안 몇 번이라도 더 우물을 이용해야 할 것이다. 숨이 몹시 갑갑해졌다. 갑자기 부자연스럽고 잘못된 장소에 있는 듯한 느낌이 들기 시작했다.

나는 저택에는 가지 않고 정처 없이 밖을 돌아다녔다. 오후가 되면 신주쿠 서쪽 출구의 광장에 가서 늘 앉던 벤치에 앉아, 마냥 시간을 보냈다. 하지만 넛메그는 내 앞에 모습을 나타내지 않았다. 아카사카의 그녀 스튜디오에도 가 봤다. 나는 엘리베이터 앞에서 벨을 누르고, 인터폰의 화면을 지그시 바라보았다. 그러나 아무리 기다려도 대답은 없었다. 나는 그제야 겨우 포기했다. 넛메그와 시나몬은 나와의 관계를 끊기로 한 것이다. 그 기묘한 모자는 침몰하는 배를 떠나 어딘가 안전한 장소로 피신한 것이다. 그 생각은 의외로 나를 슬프게 했다. 마치 진짜 가족에게 끝에 가서 배신을 당한 듯한 기분이었다.

닷새째 점심때가 지나 나는 시나가와 퍼시픽 호텔 커피숍에 갔다. 작년 여름에 가노 마르타와 와타야 노보루를 만나 얘기했던 장소다. 나는 그때 일이 그리운 것도, 그 커피숍이 마음에 든 것도 아니었다. 하지만 나는 별다른 목적도 이유도 없이, 거의 무의식적으로 신주쿠에서 전철을 타고 시나가와에서 내렸다. 그리고 역에서 육교를 지나 호텔로 들어가, 창가 테이블에 앉아 맥주를 작은 병으로 주문하고, 늦은 점심을 먹었다. 그리고 육교에 오가는 사람들을, 의미 없는 긴 숫자를 바라보는 것처럼 멍하게 바라보았다.

화장실에서 돌아왔을 때, 혼잡한 실내의 안쪽 구석에서 빨간 모자가 눈에 띄었다. 그것은 가노 마르타가 늘 쓰던 비닐 모자와 똑같은 빨강이었다. 나는 이끌리듯 그 테이블로 걸어갔다. 하지만 다가가 보니 다른 여자였다. 가노 마르타보다 젊고, 몸집도 훨씬 큰 외국 여자였다. 모자도 비닐이 아니라 가죽이었다. 나는 계산을 치르고 밖으로 나왔다.

나는 짧은 감청색 코트 주머니에 손을 밀어 넣고, 한동안 사방을 걸어 다녔다. 나는 코트와 똑같은 색의 털모자를 쓰고, 멍이 드러나지 않게 짙은 선글라스를 끼고 있었다. 12월의 거리는 이 계절 특유의 활기로 가득하고, 역 앞의 쇼핑센터는 두껍게 껴입은 쇼핑객들로 붐볐다. 온화한 겨울 오후였다. 빛은 선명하고, 온갖 소리가 평소보다 짧고 또렷하게 들리는 듯한 기분이 들었다.

우시카와의 모습을 본 것은 시나가와역 플랫폼에서 전철을 기다릴 때였다. 그는 나와 선로를 끼고 마주 보는 꼴로, 반대 방향으로 가는 야마노테선 전철을 기다리고 있었다.

우시카와는 오늘도 야릇한 차림에 화려한 넥타이를 매고, 끌사나운 대머리를 갸웃거리면서 무슨 잡지를 열심히 읽고 있었다. 내가 시나가와역의 인파 속에서 바로 우시카와를 발견할 수 있었던 것은, 그가 주위 사람들과는 아주 달라 보였기 때문이었다. 나는 이때껏 우리 집 부엌이 아닌 곳에서는 그를 본 적이 없다. 그것도 밤에 늘 단둘이. 그때 우시카와의 모습은 몹시 비현실적으로 보였다. 그러나 바깥 세계에서도, 시간은 낮이고 불특정 다수의 군중 속에 섞여 있는데도, 우시카와는 여전히 비현실적이고 기묘하고, 주위 사람들 사이에서 유달리 튀어 보였다. 거기에만 현실의 풍경에는 절대 녹아들 수 없는 이질적인 공기가 떠돌고 있는 듯했다.

나는 사람들 사이를 헤치고, 누군가의 몸에 부딪히고, 고함 소리를 들으면서 역의 계단을 뛰어내려 갔다. 건너편 계단을 뛰어 올라가 우시카와의 모습을 찾았다. 그러나 나는 그가 플랫폼의 어느 부근에 서 있었는지, 그 위치를 종잡을 수 없었다. 역은 크고 길고, 사람은 너무 많았다. 그러다 전철이 들어와 문이 열리고, 이름 없는 사람들을 토해 냈고, 다른 이름 없는 사람들을 삼켰다. 우시카와의 모습을 미처 찾기 전에 발차 벨이 울렸다. 나는 일단 유라쿠초 방향으로 가는 그 전철에 올라타, 우시카와를 찾기로 했다. 우시카와는 두 번째 차량의 문 근처에 서서 잡지를 읽고 있었다. 나는 숨을 고르면서 그 앞에 잠시 서 있었다. 그러나 우시카와는 아무것도 느끼지 못하는 눈치였다.

"우시카와 씨." 하고 나는 말을 걸었다.

우시카와는 잡지에서 얼굴을 들고, 두꺼운 안경 렌즈 너머로 눈부신 뭐라도 보듯이 내 얼굴을 보았다. 대낮의 햇살 아래 가까이에서 보니, 우시카와는 훨씬 더 초췌했다. 피로가 줄줄 흐르는 비지땀처럼 그의 피부에 눅진하게 들러붙어 있었다. 눈빛은 흙탕물처럼 탁하고, 귀 위에 남아 있는 몇 오라기 머리카락은 폐옥의 기왓장 틈을 비집고 돋은 잡초 같았다. 들린 입술 사이로 언뜻언뜻 보이는 이는 내가 기억하는 것보다 더럽고 치열도 엉망이었다. 윗도리는 여전히 쭈글쭈글했다. 지금까지 어느 창고 구석에서 웅크리고 잠을 자다가 조금 전에 일어난 사람 같았다. 그 인상을 강조하기 위한 것도 아닐 텐데, 어깨에는 톱밥 같은 먼지까지 붙어 있다. 나는 털모자와 선글라스를 벗어 코트 주머니에 넣었다.

"야, 이거 오카다 씨 아닙니까." 하고 우시카와가 건조한 목소리로 말했다. 그리고 여기저기 흩어진 것을 한데 모으듯 자세를 바로 하고, 안경을 고쳐 끼고, 흠흠 가볍게 헛기침을 했다. "야, 이거, ……이런 곳에서 만나다니. 그렇다면, 흠흠, ……오늘은 거기에 안 간 모양이군요."

나는 잠자코 고개를 저었다.

"그렇군요." 하고 우시카와가 말했다. 그리고 그 이상은 뭘 묻지 않았다.

우시카와의 목소리에서 여느 때의 긴장감을 느낄 수 없었다. 말투도 예전보다 느긋하고, 떠벌리던 특징도 어디론가 사라지고 없었다. 시간 탓일까. 한낮의 햇살 아래서는 본래의 에너지를 발휘하지 못하는 것일까. 아니면 우시카와는 정말 지치고 피곤한지도 모른다. 둘이 나란히 서서 얘기하자니, 내가 그를 위에서 내려다보는 꼴이 되었다. 밝은 곳에서 내려다보자, 그의 머리통이 얼마나 일그러졌는지, 한층 두드러져 보였다. 그것은 과도하게 자라 모양이 일그러진 탓에 처분하게 된 과수원의 과일 같았다. 나는 누군가가 그 머리통을 방망이로 한 방에 깨뜨리는 장면을 상상했다. 두개골이 짓무른 과일처럼 쩍 갈라지는 순간을 상상했다. 그런 상상은 하고 싶지 않았지만, 이미지가 내 머리에 파고들어 선명하게 번지는 것을 막을 길이 없었다.

"저, 우시카와 씨." 하고 나는 말했다. "여기서 이럴 게 아니라, 단둘이 얘기를 좀 하고 싶은데요. 전철에서 내려 어디 차분한 곳에 가는 게 좋겠습니다."

우시카와는 망설이는 듯 얼굴을 약간 찡그렸다. 그리고 짧고 두꺼운 팔을 들어 손목시계를 힐금 보았다. "음, 그래요……. 나도 오카다 씨와 느긋하게 얘기하고 싶은 마음은 있습니다. ……거짓말이 아니에요. 그런데 사실, 지금 어딜 좀 가는 중이라. 그게 말입니다, 부득이한 볼일이 좀 있어요. 그러니까 지금 말고 다음에…… 다시 만나 뵈는 게 어떨지, 어떠세요?"

나는 짧게 고개를 저었다.

"잠깐이면 됩니다." 나는 상대의 눈을 빤히 들여다보면서 말했다. "시간 끌지 않을 겁니다. 우시카와 씨, 당신이 바쁘다는 건 나도 잘 알아요. 그러나 당신이 말하는 '다음에 다시'가, 우리 사이에는 두 번 다시 없지 않을까 하는 기분이 드는데요. 그렇지 않나요?"

우시카와는 스스로에게 무슨 말을 하는 것처럼 조그맣게 고개를 끄덕이고는, 잡지를 둘둘 말아 코트 주머니에 쑤셔 넣었다. 그는 30초 정도 머릿속에서 뭔가를 더하고 뺐다. 그리고 말했다. "좋습니다. 알겠습니다. 다음 역에서 내려서 커피라도 마시며 30분 정도 얘기를 나누죠. 부득이한 볼일은 어떻게 해 보겠습니다. 오카다 씨와 이렇게 만난 것도 무슨 인연일 테니."

우리는 다마치에서 내렸다. 역에서 나와 처음 눈에 띈 조그만 카페에 들어갔다.

411

"사실은 오카다 씨를 두 번 다시 안 만날 생각이었습니다." 커피가 나온 후에 우시카와가 말을 꺼냈다. "그게 말이죠, 모든 게 이미 끝나 버렸거든요."

"끝나요?"

"사실 나, 나흘 전에 와타야 선생님 일을 그만뒀습니다. 내가 그만두겠다고 했어요. 예전부터 언젠가는 그럴 생각으로 있었습니다."

나는 모자와 코트를 벗어 옆 의자에 놓았다. 가게 안이 덥다 싶을 정도인데, 우시카와는 코트를 벗지 않았다.

나는 말했다. "며칠 전에 당신 사무소로 전화를 걸었는데, 그래서 아무도 받지 않은 거군요."

"그렇습니다. 전화도 해지하고, 사무소도 접었습니다. 나 갈 때는 신속하고 깔끔하게 나가는 게 좋죠. 나는 꾸물대는 걸 싫어합니다. 그래서 지금 나는 누구에게도 고용되지 않은 자유의 몸이죠. 이른바 프리랜서, 다른 말로 하면 실업자입니다." 우시카와는 그렇게 말하고 히죽 웃었지만, 그 웃음은 여느 때와 다름없는 표피적인 것이었다. 눈은 조금도 웃고 있지 않았다. 우시카와는 설탕과 크림을 한 스푼씩 넣은 커피를 스푼으로 휘저었다.

"그런데 오카다 씨, 보나마나 내게 구미코 씨에 대해 묻고 싶은 거겠죠." 하고 우시카와가 말했다. "구미코 씨가 어디에 있으며, 뭘 하고 있는지. 어떻습니까, 아닌가요?"

나는 고개를 끄덕였다.

그리고 말했다. "그러나 그 전에, 왜 당신이 와타야 노보루의 일을 그만두었는지, 그게 궁금하군요."

"오카다 씨는 정말 그게 알고 싶은 건가요?"

"관심은 있습니다."

우시카와는 커피를 한 모금 마시고 얼굴을 찡그렸다. 그리고 내 얼굴을 보았다.

"그래요. 뭐, 얘기를 해 보라 하면 물론 하겠습니다. 딱히 재미있는 얘기는 아니지만. 나는 사실, 와타야 선생님을 평생 따를 생각은 애당초 없었어요. 전에도 말했지만, 이번에 와타야 선생님이 입후보를 하면서 정치 기반을 고스란히 물려받은 터라, 나도 거기에 딸려서 와타야 선생님 밑으로 가게 된 것이죠. 그런대로 나쁜 이동은 아니었습니다. 객관적으로 보면, 앞날이 뻔히 보이는 큰아버지 밑에 있는 것보다는 노보루 씨 쪽이 훨씬 장래성이 있죠. 나는 노보루 씨가 지금 이대로 가면 정치판에서 꽤 큰 인물이 될 거라고 생각합니다.

그러나, 그런데도 '이 사람이라면 죽을 때까지' 따르겠다는 마음은 — 충성심이라도 해도 좋겠죠 — 왠지 전혀 없었어요. 나란 사람도, 이상하게 들릴지 모르겠지만, 충성심이란 게 없지 않아요. 나는 노보루 씨의 큰아버지인 와타야 선생님에게는 얻어맞기도 하고, 걷어차이기도 하고, 그야말로 배꼽에 낀 때나 귀지 같은 취급을 받았습니다. 그에 비하면 노보루 씨는 아주 친절했어요. 그러나 말입니다, 오카다 씨, 세상이 참 이상하죠. 나는 선대에게는 두 말 않고 굽실거리며 따를 수 있었지만, 노보루 씨에게는 어쩐지 그럴 수가 없었어요. 왜 그랬는지 압니까?"

나는 고개를 저었다.

"그게 결국은 말이죠, 좀 뻔뻔한 말이지만 나와 와타야 노보루는 뿌리가 비슷하기 때문이라고 생각합니다." 하고 우시카와는 말했다. 그리고 주머니에서 담배를 꺼내, 성냥을 그어 불을 붙였다. 연기를 천천히 빨아들이고, 천천히 토해 냈다. "물론 나와 와타야 노보루 선생은 외양도 다르거니와 자란 과정도 다르고 머리도 달라요. 농담 삼아 비교하는 것조차 무례할 정도로 다르죠. 그러나 말이죠, 그러나 말입니다, 한 꺼풀 벗기면 우리는 대충 비슷한 족속입니다. 나는 선생을 처음 봤을 때, 햇볕 아래서 우산을 좍 펴는 것처럼 한눈에 그냥 알아봤어요. 허, 이 사내가 인텔리 샌님 행세를 하고 있지만, 사실은 빛 좋은 개살구 아냐, 영 형편없는 놈일세 하고 말이죠.

뭐, 빛 좋은 개살구라고 해서 안 될 건 없죠. 정치판이란 게 말이죠, 오카다 씨, 일종의 연금술입니다. 나는 터무니없고 천박한 욕망이 실로 번드르르한 결과를 낳는 예를 몇 번이나 봤어요. 또 그 반대의 예도 몇 번이나 봤습니다. 즉 고결한 대의 같은 것이 썩어 문드러지는 결과를 낳는 것도 봤다는 말입니다. 솔직히 말하면 어느 쪽이 좋다, 그런 게 아닙니다. 정치판은 말이죠, 이렇다 저렇다 따지는 게 아니라 결과가 전부입니다. 그런데 그 와타야 노보루라는 인간은 말입니다, 나 같은 사람이 보기에도 정말 같잖은 사람이더라, 이겁니다. 그 사람 앞에서는 나 같은 놈의 비열함 따위는 원숭이 새끼로 보이더라고요. 야, 이거 못 당하겠군 싶습니다. 그런 건 같은 족속 눈에는 바로 보이는 법이거든요. 천박한 비유를 해서 미안한데, 덩치 큰 놈이 불알도 크죠. 알겠습니까?

오카다 씨, 한 인간이 누군가를 증오할 때, 어떤 증오가 가장 강력할 거라고 생각합니까? 그건 말이죠, 자신이 절박하게 원하는데도 손에 넣을 수 없는 걸, 아무 고생 없이 획 낚아채는 인간을 볼 때입니다. 자신이 발을 들여놓을 수 없는 세계에, 얼굴 하나로 무사통과하는 인간을 손가락 빨면서 지켜볼 때입니다. 그것도 상대가 가까이 있으면 가까이 있을수록 증오가 커지죠. 그런 법입니다. 그리고 내게는 그 상대가 와타야 노보루 선생이었어요. 본인이야 이런 말을 들으면 깜짝 놀라겠지만 말입니다. 어떻습니까, 오카다 씨는 그런 증오심을 느껴 본 적이 있는지?"

나는 당연히 와타야 노보루에게 증오를 느낀 적은 있었다. 그러나 그건 우시카와가 말하는 증오의 정의와는 다른 것이었다. 나는 고개를 저었다.

"그래서 오카다 씨, 이제부터가 실은 구미코 씨에 대한 얘기가 되는데, 그러던 어느 날 나는 선생에게 불려가 구미코 씨 뒤를 보살피는 아주 고마운 역할을 맡게 되었어요. 물론 구미코 씨가 처해 있는 복잡한 사정에 대해서는 별말 하지 않았습니다. 여동생이고, 결혼 생활이 순탄치 않아서 지금 별거 중이며, 현재 혼자 살고 있다는 정도에 그쳤어요. 몸 상태도 별로 좋지 않다고 하더군요. 그래서 나는 시키는 대로 한동안 그 일을 사무적으로 처리했습니다. 매달 은행에 가서 아파트 월세를 송금하고, 드나들면서 일할 가정부를 알아보고, 그런 잡무였어요. 나도 바쁜 사람이고, 게다가 구미코 씨 일에는 처음부터 거의 관심이 없었습니다. 간혹 볼일이 있어서 전화로 얘기한 정도였죠. 그런데 구미코 씨는 정말 말이 없는 사람이더군요. 방구석에 꼼짝 않고 틀어박혀 있는 느낌이었습니다."

우시카와는 거기까지 얘기한 다음 한숨 쉬면서 물을 마시고, 손목시계를 힐금 보았다. 그리고 새 담배에 조심스레 불을 붙였다.

"그런데 얘기는 서기서 끝나지 않았습니다. 오카다 씨, 당신이 불쑥 등장한 것이죠. 예의 목매다는 저택 얘기 말입니다. 주간지에 그 기사가 실렸을 때, 와타야 선생이 부르더군요. 좀 신경이 쓰인다, 오카다 씨가 그 기사에 나오는 저택과 무슨 관련이 있지 않은지 조사해 보라고 했습니다. 그런 유의 은밀한 조사에는 내가 적격이라는 걸 와타야 선생도 잘 알고 있었으니, 당연히 불초 우시카와가 나설 때인 거였죠. 그래서 나는 온 데를 파고 다니면서 조사를 했던 겁니다. 그다음부터는 오카다 씨도 잘 아실 테죠. 그런데 야, 놀랐습니다. 정치가 쪽이 아닐까 하고 감은 잡고 있었지만, 그렇게 거물이 걸려들 줄은 이 나도 예상치 못했거든요. 이거 정말 실례되는 표현입니다만, 새우로 도미를 낚은 격이었죠. 하지만 나는 와타야 선생에게는 그 말을 하지 않았습니다. 내 가슴에 묻었어요."

"그리고 당신은 그걸 미끼로 용케 말을 갈아탔던 거군요?" 하고 나는 물었다.

우시카와는 천장을 향해 담배 연기를 내뿜고는 내 얼굴을 보았다. 그 눈에 조금 전까지 없던 웃음기가 희미하게 어려 있었다.

"야, 정말 눈치가 빠르군요, 오카다 씨. 한마디로, 그렇습니다. 나는 속으로 이렇게 말했어요. 어이 우시카와, 일자리를 바꾸려거든, 지금이 그때야, 하고 말이죠. 한동안 실업자 신세지만, 다음 일자리는 대충 정해져 있습니다. 잠시 냉각 기간을 두고 있는 셈이죠. 좀 쉬고 싶기도 하고, 아무리 그래도 하루아침에 휙 가 버리면 속이 너무 뻔히 보이잖아요."

우시카와는 윗도리 주머니에서 화장지를 꺼내 코를 풀었다. 그리고 화장지를 둘둘 말아 다시 주머니에 쑤셔 넣었다.

"그래서 구미코는 어떻게 되었죠?"

"아차, 구미코 씨 얘기를 하고 있었죠." 하고 우시카와는 생각났다는 듯이 말했다. "이쯤에서 솔직히 고백하자면, 나는 지금까지 단 한 번도 구미코 씨를 만난 적이 없습니다. 그 얼굴을 뵙는 영광스러운 일은 끝내 없었어요. 전화로 얘기했을 뿐입니다. 그 사람은 말이죠, 오카다 씨, 나는 물론이고 그 어느 누구도 만나지 않습니다. 와타야 선생을 만나고 있는지, 그것까지는 모르겠습니다. 수수께끼죠. 하지만 그 외에는 아무도 안 만날 겁니다. 드나드는 가정부와도 쉬이 얼굴을 마주하지 않을 정도입니다. 내가 그 가정부에게 직접 들었어요. 필요한 물건을 청하고 무슨 용건이나 연락 사항이 있을 때는 전부 메모로 소통하고, 문을 노크해도 피하고, 거의 말을 하지 않는다고 했어요. 나도 실제로 그 아파트에 가서 상황을 살펴본 일이 있습니다. 구미코 씨가 안에 틀림없이 있을 텐데, 거기 사는 기척이 전혀 전해지지 않았어요. 정말 소리가 없더군요. 같은 아파트에 사는 사람에게 물어도, 모두 구미코 씨의 얼굴을 한 번도 본 적이 없다더군요. 구미코 씨는 그 아파트에서 줄곧 그런 생활을 하고 있습니다. 벌써 일 년이 넘었죠. 정확하게는 일 년 오 개월 정도가 되지 싶은데. 그 사람에게 밖으로 나가고 싶지 않은, 그만한 이유가 있는 거겠지요."

"구미코가 산다는 그 아파트가 어디 있는지, 절대 가르쳐 주지 않을 테죠?"

우시카와는 휘휘, 고개를 흔들었다. "미안하지만, 그거 하나만은 참아 주십시오. 바닥이 아주 좁은 세계라서 말이죠, 나의 개인적인 신용에 지장이 있는 문제입니다."

"구미코 신변에 무슨 일이 생긴 건지, 그 점에 대해서는 아는 게 없나요?"

우시카와는 어떻게 하는 게 좋을지 잠시 고민하는 기색이었다. 나는 아무 말 않고 가만히 우시카와의 눈을 쳐다보고 있었다. 시간의 흐름이 이 주변에서만 늦어진 듯한 감각이 있었다. 우시카와는 다시 한번 코를 팽 풀었다. 그리고 엉덩이를 약간 들었다가 다시 의자에 내려놓았다. 그리고 한숨을 쉬었다.

"이건 말이죠, 그냥 나의 상상에 지나지 않습니다. 내 상상에, 그 와타야라는 집안에 원래부터 좀 복잡한 문제가 있지 않나 합니다. 어떤 문제인지 구체적으로는 알 수 없습니다. 그러나 아무튼 구미코 씨는 이전부터 그걸 느꼈는지, 알았는지, 그래서 그 집을 떠나려고 했어요. 그런 때 오카다 씨가 등장해서, 두 사람은 서로를 사랑하고 결혼하고, 평생 행복하게 살기로 했죠. 짝, 짝, 짝…… 일이 그렇게 되었으면 더할 나위 없었는데, 그게 그렇지가 않았습니다. 와타야 선생은 무슨 이유에선지 구미코 씨를 놓아주고 싶지 않았던 겁니다. 어때요, 지금까지 한 얘기에서 뭐 짚이는 거 있습니까?"

"조금은." 하고 나는 말했다.

"그래서 말이죠, 내 멋대로 상상을 계속하자면, 와타야 선생은 구미코 씨를 오카다 씨로부터 어떻게든 자기 진지로 빼앗아 오려고 했어요. 어쩌면 구미코 씨가 오카다 씨와 결혼하는 시점에는 구미코 씨가 그렇게 아쉽지 않았는지도 모르죠. 그런데 시간이 점점 흐르면서 구미코 씨의 필요성이 분명해진 게 아닐까요. 그래서 선생은 구미코 씨를 되찾아 오기로 결심하고 모든 수단을 동원해, 실제로 그렇게 했습니다. 어떤 수단을 사용했는지, 그건 나도 모릅니다. 그러나 말이죠, 그 줄다리기의 과정에서 구미코 씨 안에 있는 무언가가 훼손되지 않았나, 나는 그렇게 상상합니다. 구미코 씨를 그때까지 지탱해 온 기둥 같은 것이 어느 시점에 뚝 부러지지 않았나 하고 말이죠. 이건 어디까지나 나의 추측에 지나지 않지만 말입니다."

나는 잠자코 대꾸하지 않았다. 종업원이 다가와 잔에 물을 따르고, 빈 커피 잔을 가져갔다. 그동안 우시카와는 벽을 보면서 담배를 피웠다.

나는 우시카와의 얼굴을 보았다.

"그러니까 당신은, 와타야 노보루와 구미코 사이에 성적 관계 같은 게 있었을 거라는 말인가요?"

"아니, 그런 말은 안 했습니다." 우시카와는 타고 있는 담배를 공중에서 몇 번 흔들었다. "그런 암시를 하려는 게 아닙니다. 선생과 구미코 씨 사이에 무슨 일이 있었는지, 무슨 일이 있는지, 나는 아무것도 모릅니다. 그것만은 상상이 안 되는군요. 다만 말이죠, 뭔가 뒤틀린 게 존재하지 않나 하는 생각은 듭니다. 그리고 와타야 선생과 이혼한 부인 사이에는 정상적인 성생활이 전혀 없었다고 합니다. 이건 어디까지나 나도는 풍문에 불과합니다만."

우시카와는 커피 잔을 잡으려다 그만두고 물을 마셨다. 그리고 배를 손으로 쓱쓱 문질렀다.

"요즘 속이 별로 좋지 않아서 말이죠. 아주 안 좋습니다. 따끔따끔 쓰린 게 말이죠. 사실 이건 가계의 문제입니다. 우리 가족 모두가 위가 안 좋아요. DNA가 그런 거죠. 참 쓸데

421

없는 것만 물려받았어요. 대머리도 그렇고 충치에 근시에, 위는 약하고. 이거야 원, 설날 복주머니에 복은커녕 저주만 담긴 셈이죠. 보통 일이 아닙니다. 병원에 가면 싫은 소리만 들을 것 같아서 안 갑니다.

그런데 말이죠, 오카다 씨, 이거 괜한 말일지 모르겠지만, 와타야 선생 손아귀에서 구미코 씨를 되찾는다는 거, 그렇게 간단한 일이 아닙니다. 게다가 지금 단계에서는 구미코 씨가 당신에게 돌아가고 싶어 하지 않아요. 그리고 구미코 씨는 지금 어쩌면, 전에 오카다 씨가 알던 구미코 씨와 다를 수도 있습니다. 좀 달라졌을지도 모른다 이 말이죠. 그래서 말인데, 좀 무례한 말이 될 수도 있겠지만, 가령 오카다 씨가 지금 구미코 씨의 행방을 알아내 용케 되찾았다 칩시다, 그다음에 감당해야 할 사태는 아마 당신 두 손으로는 어림도 없을 거라는 생각이 들어요. 그렇다면 그런 위험천만한 일은 해서는 안 되겠죠. 혹시 구미코 씨도 그걸 알고 당신에게 돌아오지 않는 게 아닐까요."

나는 잠자코 있었다.

"뭐 아무튼, 그간에 여러 가지 일이 있었지만, 오카다 씨를 다시 만나 재미있었습니다. 당신은 뭔지 모를 이상한 개성 같은 게 있단 말이죠. 언젠가 내가 자서전이라도 쓰게 되면, 내 오카다 씨를 위해 한 장을 아예 할애할 텐데, 그런 일이야 없겠죠. 그럼 이제 기분 좋게 헤어지고, 깨끗이 다 끝난 걸로 할까요."

우시카와는 피곤하다는 듯이 의자 등받이에 기대어 조용히 고개를 몇 번 흔들었다.

"야, 이거 말이 너무 많았습니다. 미안하지만 내 커피 값 좀 내주시죠. 실업자 신세다 보니…… 아, 오카다 씨도 실업자였죠. 피차 잘해 봅시다. 행운을 빌겠습니다. 오카다 씨도 기분 내키면 이 우시카와의 행운을 빌어 주시죠."

우시카와는 일어나, 빙글 몸을 돌려 카페에서 나갔다.

32

가노 마르타의 꼬리,

거죽 벗기는 보리스

꿈속에서(물론 그게 꿈이라는 것을, 꾸고 있는 나는 모른다.) 나는 가노 마르타와 마주하고 차를 마시고 있었다. 길쭉한 방은 끝에서 끝이 보이지 않을 정도로 넓고 길고, 거기에는 대충 500개가 넘지 싶은 네모난 테이블이 규칙적으로 놓여 있었다. 우리는 한가운데쯤에 있는 테이블 하나에 앉아 있었다. 그 장소에는 우리 외에 아무도 없었다. 굵은 대들보가 사원이 연상되는 높은 천장을 무수히 가로지르고, 그 대들보 여기저기에 마치 식물을 심은 행잉 바스켓처럼 뭔가 매달려 있었다. 그것은 가발처럼 보였다. 그러나 자세히 보니 사람의 진짜 머리 거죽이었다. 뒤에 검게 피가 들러붙어 있어 알았

424

다. 막 벗겨 낸 거죽을 대들보에 널어 말리는 것이었다. 나는 우리가 마시고 있는 차 속에도 다 마르지 않은 피가 떨어지지 않을까 조마조마했다. 실제로 군데군데에서 피가 떨어지는 소리가, 마치 비 새는 소리처럼 들렸다. 그 소리는 방이 휑해서 필요 이상 크게 울렸다. 하지만 우리 테이블 위에 널린 거죽은 다 말랐는지, 피가 떨어질 것 같지는 않았다.

차는 열탕처럼 뜨겁고, 접시에 놓인 스푼 옆에는 짙은 초록색 각설탕 세 개가 곁들여 있었다. 가노 마르타는 그중 두 개를 잔 안에 넣고, 천천히 스푼으로 휘저었다. 하지만 아무리 휘저어도 설탕은 녹지 않았다. 어디선가 개가 나타나 우리 테이블 옆에 앉았다. 잘 보니 그 개의 얼굴은 우시카와였다. 몸집이 땅딸하면서도 커다란 검은 개의 목 위만 우시카와였다. 그런데 그 머리와 얼굴에 몸을 뒤덮고 있는 털처럼 짧고 오글오글하고 검은 털이 돋아 있었다. "야, 이거, 오카다 씨 아닙니까." 하고 개의 모습을 한 우시카와가 말했다. "이거 잘 보십시오. 머리가 북슬북슬하죠. 실은 내가 말이죠, 개가 되는 순간 털이 돋았어요. 참 신기한 노릇입니다. 불알도 전보다 훨씬 커졌고, 위도 이제 쓰리지 않아요. 안경도 이제 안 썼잖아요. 옷도 입을 필요가 없습니다. 이렇게 좋은 일이 어디 있겠습니까. 왜 지금까지 이렇게 좋은 걸 몰랐는지, 그걸 생각하면 참 이상합니다. 좀 더 빨리 개가 되었으면 좋았을 텐데. 오카다 씨도 어때요, 개가 되어 보는 게."

가노 마르타는 한 개 남은 초록색 각설탕을 집어 개의 얼굴을 향해 힘껏 던졌다. 각설탕은 우시카와의 이마에 탁 부딪혔다. 거기에서 피가 흘러 우시카와의 얼굴을 검게 물들였다. 피는 먹물처럼 새카맸다. 그런데도 우시카와는 딱히 아프지 않은 것 같았다. 그는 그런 채로 히죽거리면서 꼬리를 세우고, 아무 말 없이 어딘가로 가 버렸다. 아닌 게 아니라 그의 불알이 비정상적일 만큼 커다랬다.

가노 마르타는 트렌치코트를 입고 있었다. 그녀는 옷깃을 딱 여미고 있었지만, 그 속에 아무것도 입지 않았다는 걸 나는 알 수 있었다. 벗은 여자의 알몸 냄새가 희미하게 풍겼다. 그리고 물론 그녀는 빨간 비닐 모자를 쓰고 있었다. 나는 잔을 들어 차를 한 모금 마셨다. 아무 맛이 없었다. 그저 뜨거울 뿐이었다.

"아, 다행이에요, 집에 계셔서." 가노 마르타는 정말 안도한 목소리로 말했다. 오랜만에 듣는 그녀의 목소리는 전보다 조금 밝아진 듯했다. "지난 며칠 동안, 몇 번이나 전화를 드렸는데 계속 집에 없으신 것 같아서, 전후 사정을 모르는 채 무슨 일이 생긴 건 아닌지 걱정했습니다. 건강하신 것 같아 정말 다행입니다. 목소리를 듣고 안심했어요. 그러나 아무튼 정말 오래 소식을 전하지 못했네요. 그간의 자세한 경

위와 사정을 일일이 얘기하자면 길어지는 데다, 전화이기도
하니까 간단히 요약해서 말씀드리면, 사실 제가 장기간 여
행을 하고, 일주일 전에 막 돌아왔어요. 여보세요, 오카다
씨…… 들리세요?"

"여보세요." 하고 나는 말했다. 알고 보니 나는 언제 그랬
는지 수화기를 귀에 대고 있었다. 그리고 가노 마르타도 건
너 자리에서 수화기를 들고 있었다. 수화기에서 들리는 목
소리는 마치 상태가 좋지 않은 국제전화처럼 멀었다.

"나는 그동안 일본을 떠나서, 지중해의 몰타섬에 있었어
요. 어느 날 문득 '그래, 몰타섬으로 돌아가서 다시 한번 그
물 옆에 있어야겠어. 그런 때가 온 거야.' 하고 느꼈습니다.
내가 오카다 씨와 마지막 통화를 한 후의 일이었어요. 기억
하시나요, 크레타의 행방을 모르겠다고 제가 전화를 드렸는
데? 그런데 솔직히 그렇게 오래 일본을 떠나 있을 생각은 없
었어요. 이 주 정도 있다가 돌아올 생각이었습니다. 그래서
오카다 씨에게도 연락을 드리지 않았어요. 거의 누구에게
도 아무 말 않고, 맨몸으로 비행기를 탔으니까요. 그런데 실
제로 그곳에 가 보니, 거기를 떠날 수가 없었어요. 오카다 씨
는 몰타섬에 가 보신 적이 있나요?"

없다고 나는 말했다. 이와 비슷한 대화를 몇 년 전에 같
은 상대와 나눴던 기억이 났다.

"여보세요." 하고 가노 마르타가 말했다.

"여보세요." 하고 나도 말했다.

가노 마르타에게 꼭 해야 할 말이 있었는데 하고 나는 생각했다. 그런데 좀처럼 기억나지 않았다. 한참이나 머리를 갸웃거리다 겨우 기억났다. 나는 수화기를 고쳐 쥐었다. "아, 당신에게 줄곧 알리려고 했던 일이 있습니다. 실은 고양이가 돌아왔어요."

가노 마르타는 4초나 5초 정도 침묵했다. "고양이가 돌아왔다고요?"

"당신과 나는 사실 고양이를 찾기 위해 만난 거였으니까, 일단은 전하는 편이 좋겠다 싶어서."

"고양이가 돌아온 게 언제죠?"

"올해 이른 봄입니다. 그다음에는 계속 집에 있어요."

"그 고양이가 어디가 좀 달라지지 않았던가요? 없어지기 전과 여기가 달라졌다 싶은 점이?"

달라진 곳?

"그러고 보니까 꼬리 모양이 조금 다른 것 같은 기분이 드는데……." 하고 나는 말했다. "돌아온 고양이를 쓰다듬을 때, 전에는 꼬리가 훨씬 더 굽어 있지 않았나 싶은 생각이 문득 들었어요. 하지만 내 착각인지도 모르죠. 일 년 가까이나 집에 없었으니까."

"그런데 틀림없이 같은 고양이라는 거죠?"

"그건 틀림없어요. 오래 키웠던 고양이라서, 같은 고양이
인지 아닌지 그 정도는 압니다."

"그렇군요." 하고 가노 마르타는 말했다. "그런데 사실은,
죄송하지만 그 고양이의 진짜 꼬리는 여기 있답니다."

그렇게 말하고서 가노 마르타는 수화기를 테이블에 내려
놓고, 휘리릭 코트를 벗었다. 역시 그녀는 코트 밑에 아무것
도 입지 않았다. 그녀 몸에는 가노 크레타와 비슷한 크기의
유방이 있고, 비슷한 모양의 음모가 있었다. 비닐 모자는 벗
지 않았다. 그리고 가노 마르타는 몸을 돌려 내게 등을 보였
다. 그녀 엉덩이에 정말 고양이 꼬리가 달려 있었다. 그녀의
몸 사이즈에 맞게 실물보다 훨씬 커졌지만, 그래도 모양 자
체는 삼치의 꼬리와 똑같았다. 그리고 그 끝도 똑같이 굽어
있었고, 그 굴곡이 잘 보면 삼치의 꼬리보다 훨씬 리얼하고
설득력이 있었다.

"잘 보세요. 이게 없어졌던 고양이의 진짜 꼬리입니다. 지
금 있는 것은 나중에 만들어 붙인 거예요. 똑같아 보이지만,
주의 깊게 보면 달라요."

내가 그 꼬리를 손으로 만지려 하자, 그녀는 꼬리를 획 흔
들어 내 손을 피했다. 그녀는 알몸인 채 테이블 위로 폴짝
뛰어올랐다. 허공으로 내민 내 손바닥에 피가 똑 떨어졌다.

피는 가노 마르타의 비닐 모자와 똑같이 선명한 빨강이었다.

"오카다 씨, 가노 크레타가 낳은 아이의 이름은 코르시카입니다." 하고 가노 마르타가 테이블 위에서 말했다. 꼬리를 날카롭게 탁탁 치면서.

"코르시카?" 하고 나는 말했다.

"사람은 섬이 아니라더니." 하고 어디선가 검은 개 우시카와가 딴죽을 걸었다.

가노 크레타의 아이?

그리고 나는 땀에 푹 젖은 채 잠에서 깼다.

그렇게 또렷하고 맥락 있는 긴 꿈을 꾸기는 정말 오랜만이었다. 그렇게 기묘한 꿈을 꾸는 것도 오랜만이었다. 눈을 뜨고서도 한동안 가슴이 두근두근 커다란 소리를 냈다. 나는 뜨거운 물로 샤워를 하고, 새 잠옷을 꺼내 입었다. 밤 1시가 지난 시간인데, 잠은 다시 오지 않았다. 기분을 가라앉히려고 부엌 선반 속에서 오래된 브랜디를 꺼내 잔에 따라 마셨다.

그리고 나는 침실에 가서 삼치를 찾았다. 고양이는 이불 속에서 몸을 옹그리고 콜콜 자고 있었다. 나는 이불을 걷어내고 고양이 꼬리를 손에 쥐고서 주의 깊게 모양을 살폈다. 전에는 꼬리 끝이 어떻게 굽었는지를 떠올리면서 손가락으로 확인하자, 고양이는 귀찮다는 듯이 몸을 쭉 뻗더니 이내 다시 잠들었다. 삼치의 지금 꼬리가 과거 와타야 노보루 시절의 꼬리와 똑같은지 어떤지 나는 확신할 수 없었다. 그러나 가노 마르타 엉덩이에 달린 꼬리 쪽이 진짜 와타야 노보루의 꼬리 같았다. 나는 꿈속에서 본 그 색과 모양을 아직도 또렷하게 떠올릴 수 있었다.

가노 크레타가 낳은 아이의 이름은 코르시카입니다, 하고 가노 마르타는 꿈속에서 말했다.

다음날 나는 멀리까지는 나가지 않았다. 오전에 역 근처에 있는 슈퍼마켓에 가서 식료품을 한꺼번에 사들고 와, 부엌에서 점심을 만들었다. 고양이에게는 큼지막한 날정어리를 먹였다. 오후에는 오랜만에 구립 수영장에 가서 수영했다. 벌써 연말이 가까운 탓인지, 수영장에는 사람이 그렇게 많지 않았다. 천장에 달린 스피커에서 크리스마스 캐럴이 흘러나왔다. 천천히 1000미터를 수영하자 발등이 저려 와 그만 끝내기로 했다. 수영장 벽에 커다란 크리스마스 장식이 걸려 있었다.

집에 돌아와 보니, 우편함에 두툼한 편지가 들어 있었다. 흔치 않은 일이라, 누가 보낸 것인지 보내는 사람의 이름을 따로 볼 것도 없었다. 붓펜으로 쓴 훌륭한 글자로 내게 편지를 보낼 사람은 마미야 중위밖에 없다.

*

꽤 오래 소식을 전하지 못해 미안하다고 마미야 중위는
썼다. 예의 정중하고 예의 바른 편지였다. 읽고 있는 내가 오
히려 황송해질 정도였다.

이 얘기는 꼭 전해야지, 편지를 보내야지 하면서 여러 가
지 사정으로 책상 앞에 앉아 펜을 들 힘이 나지 않아 차일
피일하는 사이에 금세 올 한 해도 다 지나가고 말았다. 그
러나 나도 이제 나이를 많이 먹었고, 언제 죽음을 맞이할지
모르는 몸이라, 한없이 미룰 수만은 없다. 어쩌면 생각보다
긴 편지가 될지도 모르겠는데, 누가 되지 않으면 좋겠다.

'작년 여름에 혼다 씨의 유품을 전하기 위해 댁으로 찾
아뵈었을 때, 제가 오카다 씨에게 했던 장황한 몽골 얘기에
는 사실 그 뒷얘기가 계속됩니다. 후일담이라고 해도 좋겠
지요. 제가 작년에 말씀을 드릴 때 그 뒷얘기까지 전부 오카
다 씨에게 전하지 않은 것은, 몇 가지 이유가 있어서였습니
다. 한 가지는 한꺼번에 다 하기에는 너무 긴 얘기였고, 기억
하실지 어떨지 모르겠으나 그때 저는 공교롭게도 갑자기 볼
일이 생겨, 얘기를 다 끝낼 여유가 없었습니다. 동시에 그때

저는 뒷얘기까지 솔직하게 누구에게 털어놓을 마음의 준비가 되어 있지 않았습니다.

그런데 오카다 씨와 헤어진 후, 저는 그 급한 일을 제쳐놓는 한이 있어도 결말까지 무엇 하나 숨김없이 오카다 씨에게 다 얘기했어야 한다고 생각하게 되었습니다.

1945년 8월 13일, 저는 하이라얼 교외에서 벌어진 격렬한 공방전에서 총탄을 맞고 그 자리에 쓰러졌는데, 지나가는 소련군 T34 전차에 밟혀 왼쪽 팔이 짓뭉개지고 말았습니다. 그리고 의식이 없는 상태로 치타의 소련군 병원으로 이송되어 수술을 받아 겨우 목숨을 건졌지요. 저는 전에도 말씀드렸다시피 신징의 참모 본부 병요지지반 소속이었기 때문에 소련이 참전하면 바로 후방으로 철수하게 되어 있었습니다. 그러나 저는 죽을 생각으로 국경에 가까운 하이라얼 부대에 지원, 지뢰를 손에 들고 부대의 선두에 서서 소련군 전차 부대에 육탄 공격을 감행했던 것입니다. 하지만 혼다 씨가 할하강변에서 제게 예언했던 것처럼, 저는 역시 쉽게 죽지 못했습니다. 목숨은 잃지 않고 왼팔을 잃었을 뿐입니다. 제가 이끈 부대의 병사들은 거의 전원이 전사했을 겁니다. 위에서 내려온 명령이기는 하나, 정말 허망한 자살행위와도 같은 전투였습니다. 우리의 무기인 허접한 지뢰는 대형 T34 전차를 도저히 당해 낼 수 없었기 때문입니다.

제가 소련군에게 극진한 치료를 받을 수 있었던 것은, 나중에 얘기를 듣고 안 것이지만, 의식이 없는 상태에서 러시아 말로 헛소리를 했기 때문이었습니다. 저는 전에도 말했지만, 러시아어의 기초적인 지식이 있었습니다. 신징의 참모 본부에서 한가하게 근무하는 동안 그걸 갈고닦아, 전쟁이 말기에 접어들었을 때는 러시아 말을 유창하게 할 수 있었어요. 신징 거리에는 러시아 사람도 많이 살고 있었고, 술집에서 일하는 러시아 아가씨들도 있어 회화 연습에는 큰 어려움이 없었습니다. 그러니 의식이 없는 동안 입에서 저절로 러시아 말이 나왔던 것이지요.

소련군은 만주를 점령한 후에, 포로로 잡은 일본군 병사를 처음부터 시베리아로 보내 강제 노동을 시키려 했어요. 유럽 전쟁이 끝난 후에 독일군 병사에게 했던 것처럼 말이지요. 승리를 거머쥐기는 했으나 소련은 오래 끈 전쟁 탓에 심각한 경제 위기에 빠져 있었고, 인력 부족이 큰 문제로 대두되어 있었습니다. 성인 남성 노동력의 보충을 위해 포로의 확보는 최우선 사항이었습니다. 그래서 더욱이 통역이 많이 필요했는데, 그 수는 압도적으로 부족했습니다. 그러니 러시아 말을 하는 저를 살리려고 제일 먼저 치타의 병원으로 보낸 것이었습니다. 만약 러시아 말로 헛소리를 하지 않았더라면 저는 그냥 방치되어 죽어 버렸겠지요. 그리고 하이라얼 강가에 묘비 하나 없이 묻혔겠지요. 운명이란 참 알 수 없는 것입니다.

그리고 저는 통역 요원으로 엄격한 신원 조사를 받은 다음 몇 개월에 걸쳐 사상교육을 받고 시베리아 탄광으로 보내졌습니다. 그동안의 사정을 자세하게 얘기하는 것은 생략하겠습니다. 저는 학생 시절에 남몰래 마르크스의 저서도 몇 권 읽었고, 공산주의 사상에 전혀 찬동하지 않는 것은 아니지만, 새삼스레 그 사상에 경도하기에는 너무 많은 일을 보고 말았습니다. 제가 소속된 부서와 정보부의 관계로, 스탈린과 그 괴뢰 독재자가 몽골 국내에서 얼마나 피비린내 나는 압제를 행사했는지 저는 잘 알고 있었습니다. 그들은 혁명 이후 수만 명에 이르는 라마승과 지주를, 그리고 반대 세력을 수용소에 보내고 냉혹하게 말살했습니다. 그와 똑같은 일이 소련 국내에서도 행해지고 있었습니다. 저는 사상 자체는 믿을 수 있어도, 그 사상과 대의를 실행에 옮기는 사람들과 조직은 이미 믿을 수 없었습니다. 우리 일본인이 만주에서 행한 일에 대해서도 마찬가지입니다. 하이라얼의 비밀 요새를 건설하는 과정에서, 그리고 또 그 설계상의 비밀을 지키기 위해 입막음을 하느라, 얼마나 많은 중국인 노동자가 죽어 나갔는지 오카다 씨는 상상도 못 할 겁니다.

그리고 또 저는 러시아 장교와 몽골 사람이 인간의 거죽을 벗기는 지옥 같은 광경도 목격했고, 그런 후에는 몽골의 깊은 우물에 뛰어들어, 그 기묘하고 찬란한 빛 속에서 삶의 열정을 깡그리 잃고 말았습니다. 그런 인간이 어떻게 사상과 정치를 믿을 수 있겠는지요.

저는 통역으로, 포로가 되어 탄광에서 노동하는 일본인 병사와 소련 측 연락을 담당하게 되었습니다. 시베리아에 있는 다른 수용소 상황이 어땠는지는 모릅니다. 그러나 제가 있던 탄광에서는 거의 매일 사람이 죽어 나갔습니다. 사람이 죽는 이유는 한두 가지가 아니었지요. 영양실조, 노동에서 비롯된 극심한 체력 소모, 낙반 사고, 출수 사고, 위생 시설 부족으로 인한 전염병의 발생, 믿기지 않을 만큼 혹독한 겨울 추위, 간수의 폭행, 사소한 저항과 그에 대한 진압 등. 일본 사람들 사이에 오간 집단 폭행으로 죽는 일도 있었습니다. 사람들은 어떤 때는 서로를 증오하고, 의심하고, 공포를 품고, 또 절망했습니다.

죽는 사람이 늘어 노동자의 수가 점점 줄어들면, 어디선가 또 새로운 병사들이 기차에 실려 왔습니다. 그들은 깡마른 몸에 너덜너덜한 옷을 걸치고 있었지요. 그중의 20퍼센트 정도는 탄광의 가혹한 노동을 견디지 못하고 몇 주 내에 죽었습니다. 시신은 전부 폐광의 깊은 구덩이에 던져졌습니다. 무덤을 파려고 해도 거의 늘 땅이 얼어붙어 있는 탓에 삽이 들어가지 않기 때문입니다. 폐광은 무덤으로 사용하기에 더없이 좋은 장소였지요. 깊고 어두운 데다 추워서 냄새도 나지 않았습니다. 우리는 간간이 그 시신들 위에 석회를 뿌렸습니다. 구덩이가 점차 메워지면, 위에서 뚜껑을 덮듯이 흙과 돌멩이를 쌓고, 그다음 구덩이로 옮겼습니다.

시신도 그렇지만, 때로는 산 사람도 본보기로 그 구덩이에 던졌습니다. 소련군 간수들은 반항적 태도를 보이는 일본인 병사를 밖으로 끌어내 여러 명이 때리고 걷어차 팔다리를 부러뜨리고는 그 암흑의 나락 같은 구덩이에 던졌습니다. 저는 그들의 비통한 절규를 지금도 들을 수 있습니다. 그건 그야말로 생지옥이었습니다.

그 탄광은 주요 전략 시설로 당 중앙에서 파견된 국원이 지도에 임하고, 군대가 엄중하게 경비를 맡았습니다. 제일 꼭대기에 있는 정치국원은 스탈린과 동향 출신이라고 하는데, 아직 젊고 야심에 찬, 게다가 냉혹하고 엄격하기 이를 데 없는 인간이었습니다. 그는 탄광의 산출량을 올리는 것만 염두에 두고 행동했습니다. 그는 노동자의 인적 소모는 안중에 없었습니다. 당 중앙은 산출량의 높고 낮음을 기준으로 우량 탄광을 정해, 그 보상으로 더 많은 노동력을 우선적으로 배당해 주었습니다. 그렇기 때문에 사상자가 얼마나 많든 그 자리를 메울 인력은 얼마든지 보충되는 셈이었지요. 그들은 성적을 올리기 위해 보통은 손을 대지 않는 위험한 광맥까지 잇달아 파들어 갔습니다. 그러니 당연히 사고가 점점 늘어났지만, 전혀 개의치 않았습니다.

윗사람들만 냉혹한 것은 아니었습니다. 현장 간수 대부분은 죄수 출신이라, 학식도 없는 데다 끔찍하리만큼 집념이 강하고 또 잔인했습니다. 그들에게서 동정심이나 자비심 따위는 거의 볼 수 없었습니다. 지구의 끝 같은 시베리아의 한기가 긴 시간에 걸쳐 그들을 인간이 아닌 다른 생물로 만들어 버리지 않았나 싶을 정도였습니다. 그들은 어디에서 범죄를 저지르고, 시베리아의 감옥으로 보내져 장기간 징역을 치렀지만, 이미 돌아갈 장소도 가족도 없는 터라 그곳에서 아내와 자식을 만들어 정착한 사람들이었습니다.

그 탄광에 일본 병사들만 보내진 것은 아니었습니다. 수많은 러시아인 죄수도 보내졌습니다. 그들 대부분은 스탈린의 대대적인 숙청에 떠밀려 난 정치범이나 장교였습니다. 그들 중에는 고등교육을 받은 품위 있는 사람들도 적지 않게 섞여 있었습니다. 그리고 수는 그렇게 많지 않아도 여자와 아이 들도 있었습니다. 뿔뿔이 흩어진 정치범의 가족이었겠지요. 여자들은 밥을 짓고 빨래와 청소를 했습니다. 젊은 여자에게는 매춘을 시키는 예도 있었습니다. 또 러시아인 외

에 폴란드나 헝가리 사람, 그 외에 피부가 가무잡잡한 외국
인들(아마 아르메니아나 쿠르드 사람들이 아니었나 상상되지만)
도 기차에 실려 왔습니다. 거주구는 셋으로 구분되어 있었
습니다. 하나는 일본군 포로가 모여 있는 가장 큰 거주구이
고, 또 하나는 그 외의 죄수와 포로가 모여 있는 거주구입
니다. 나머지 하나는 죄수가 아닌 사람들이 사는 지구였습
니다. 탄광에서 일하는 일반 광부와 전문가, 경비 부대 장교
와 간수들과 그 가족들, 또는 보통 러시아 시민이 그곳에 거
주했습니다. 또 역 근처에는 군대 주둔지가 있었습니다. 포
로나 죄수가 거주구 사이를 오가는 일은 금지되어 있었습니
다. 지구와 지구 사이에는 철조망이 겹겹이 쳐져 있고, 기관
총을 든 병사들이 순찰을 돌았습니다.

　다만 저는 통역 연락원 자격증이 있고 날마다 본부에 가
야 할 일도 있어서, 허가증만 보이면 각 지구 사이를 자유
롭게 오갈 수 있었습니다. 본부 근처에는 기차역이 있고, 그
앞에 거리가 형성되어 있었습니다. 일용품을 파는 허름한
가게와 술집이 있고, 중앙에서 파견된 기관원과 고위 장교
가 묵는 숙박업소도 있고, 말이 물을 마시는 광장에서는 소
련 연방의 뻘겋고 커다란 깃발이 펄럭였습니다. 깃발 아래에
는 장갑차 한 대가 늘 서 있고, 그 주위에는 완전무장한 젊
은 병사가 따분한 표정으로 기관총에 느긋하게 기대어 서

있었습니다. 그곳을 지나면 새로 지은 군 병원이 있고, 현관 앞에는 이오시프 스탈린의 대형 조각상이 서 있었습니다.

제가 그 남자를 다시 만난 것은 1947년 봄이었습니다. 겨우 눈이 녹기 시작한 때였으니까, 5월 초순이 아니었나 합니다. 제가 그곳에 간 지도 벌써 일 년이라는 세월이 흘렀습니다. 그 남자는 러시아인 죄수가 입는 옷을 걸치고, 열 명 정도 되는 동료들과 함께 역 보수 공사를 하고 있었습니다. 망치로 돌을 깨서 통로를 포장하는 일이었지요. 망치가 딱딱한 돌을 깨는 소리가 사방에 땅땅 울렸습니다. 저는 탄광을 관리하는 본부에 보고차 갔다가 돌아오는 길에 그 역 앞을 지나게 되었습니다. 공사를 감독하는 하사관이 저를 불러 세워, 통행 허가증을 제시하라고 요구했습니다. 저는 주머니에서 허가증을 꺼내 그에게 건넸습니다. 덩치가 큰 중사는 의심의 눈초리로 허가증을 쳐다보았지만, 글자를 읽지 못하는 게 분명했습니다. 그는 노동을 하던 죄수 한 명을 불러, 허가증을 읽으라고 했습니다. 그 죄수는 같이 일하는 동료들과 달리, 제법 교육을 받았을 듯한 분위기였습니다. 그런데 그 사람이 바로 그 남자였던 겁니다. 저는 그의 얼굴을 보는 순간 새파랗게 질렸고, 하마터면 숨이 멎을 뻔했습니다. 저는 정말 물에 빠진 것처럼 숨을 쉴 수가 없었습니다.

그는 다름 아닌 할하강가에서 몽골 사람에게 야마모토의 거죽을 벗기게 한 그 러시아인 장교였습니다. 그는 살이 빠지고 머리도 정수리까지 벗어지고 앞니도 하나가 없었습니다. 그리고 빳빳한 군복 대신 때로 얼룩진 죄수복을 입고, 번쩍거리는 군화 대신 구멍 뚫린 천 신발을 신고 있었습니다. 안경은 더럽고 여기저기 긁힌 렌즈에 다리도 비틀려 있었습니다. 하지만 틀림없는 그 장교였습니다. 잘못 볼 리가 없지요. 그 남자도 새삼스럽게 저를 지그시 쳐다보았습니다. 아마 제가 너무도 얼빠진 모습으로 서 있었기 때문에 이상하게 여겼던 것이겠지요. 저 역시 구 년 전에 비하면 그처럼 마르고 나이 들어 보였을 겁니다. 머리도 약간 희끗희끗해졌으니까요. 그런데 그도 제 얼굴을 알아본 모양이었습니다. 그 얼굴에 놀란 빛이 어렸습니다. 제가 몽골의 우물 속에서 숨이 끊어져 백골이 되었을 거라고 믿고 있었겠지요. 저 또한 시베리아의 이런 탄광촌에서 죄수복을 입은 그 장교와 맞닥뜨리게 될 줄은 꿈에도 생각지 못했습니다.

그러나 그는 바로 놀람을 감추고, 기관총을 목에 건 그 무지한 중사에게 차분한 목소리로 허가증을 읽어 주었습니다. 제 이름, 통역원이라는 것, 각 지구 간을 이동할 자격이 있다는 것 등을 말입니다. 중사는 제게 허가증을 돌려주고, 가도 좋다는 뜻으로 턱을 쳐들었습니다. 저는 잠시 걸어가다가 뒤를 돌아보았습니다. 그 남자도 이쪽을 보고 있었습니다. 그의 얼굴에 희미한 미소가 떠 있는 것처럼 보였습니다. 그러나 어쩌면 저의 착각이었는지도 모르죠. 저는 한동안 다리가 부들부들 떨려 제대로 걸을 수가 없었습니다. 그리고 순식간에 그때의 공포가 제 안에 생생하게 되살아났습니다.

저는 그 남자가 아마 어떤 사정으로 실각하고 죄수로 시베리아에 오게 되었을 것이라고 추측했습니다. 당시의 소련에서는 그런 일이 흔히 있었습니다. 정부와 당, 군부 안에서도 치열한 항쟁이 끊이지 않았고, 스탈린의 거의 병적인 의심증이 그런 사태에 부채질을 하기도 했으니까요. 지위를 잃은 사람은 약식 재판에서 바로 총살을 당하든지 또는 수용소로 보내졌지만, 결과적으로 어느 쪽이 더 행운인지는 신만이 알 수 있었지요. 사형을 면했다 한들, 결국 죽을 때까지 노예처럼 가혹하기 짝이 없는 노동을 해야 할 뿐이었으니까요. 저희 일본 병사는 전쟁 포로이니, 살아남으면 언젠가는 조국에 돌아갈 수 있다는 희망이라도 있습니다. 그러나 추방당한 러시아인들은 그런 희망도 거의 없습니다. 그 남자 역시 결국은 이 시베리아 벌판에서 목숨이 끊어지겠지요.

그러나 저는 한 가지가 마음에 걸렸습니다. 그가 지금은 제 이름과 소속을 알고 있다는 것입니다. 그리고 저는 전쟁 전에, 저도 모르게 야마모토와 비밀 작전에 참가했습니다. 할하강을 건너 몽골 영토에 들어가 첩보활동을 했던 것이지요. 만약 그 사실이 그의 입에서 새어나오면, 제 입장이 무척 곤란해집니다. 그러나 그는 결국 저를 밀고하지는 않았습니다. 나중에 안 일인데, 실은 그때 이미 그가 은밀하게 장대한 계획을 짜고 있었더군요.

일주일 후에 저는 또 역 앞에서 그의 모습을 보았습니다. 그는 여전히 너저분한 죄수복을 입고, 다리는 쇠사슬에 묶인 채 망치로 돌을 깨고 있었습니다. 저는 그의 얼굴을 보았고, 그도 제 얼굴을 보았습니다. 그는 망치를 땅에 내려놓고, 군복을 입었을 때처럼 등을 쭉 펴고 이쪽을 향했습니다. 그의 얼굴에 이번에는 의심의 여지없는 미소가 어려 있었습니다. 아주 희미한 미소였지만, 그래도 미소는 미소지요. 그러나 그 미소 속에는 등줄기가 서늘해지는 냉혹함이 숨어 있었습니다. 그 눈은 야마모토의 거죽을 벗기는 광경을 구경할 때의 눈이었습니다. 저는 아무 말 않고 그곳을 지나갔습니다.

소련군 사령부에 제가 터놓고 얘기할 수 있는 장교가 딱한 명 있었습니다. 그는 레닌그라드 대학에서 저처럼 지리학을 전공한 사내로, 나이도 저와 비슷했습니다. 그 역시 지도를 작성하는 일에 관심이 컸던 터라, 우리는 빌미만 생기면 지도 작성에 관한 전문적인 얘기를 나누며 시간을 보냈습니다. 그는 관동군이 제작한 만주 작전 지도에 대해서 개인적인 관심을 갖고 있었습니다. 물론 주위에 그의 상관이 있을 때에는 그런 얘기를 할 수 없습니다. 그러니 없을 때만 전문가끼리 나누는 편한 대화를 즐겼던 것이지요. 그는 간간이 제게 먹을거리를 주거나 키예프에 두고 온 아내와 아이 사진을 보여 주었습니다. 그는 제가 소련에 억류되어 있는 동안 다소나마 친근감을 느꼈던 유일한 러시아인이었습니다.

어느 때, 저는 그에게 역에서 노동하는 죄수들에 대해서 넌지시 물어보았습니다. 그중에 평범한 죄수로 보이지 않는 남자가 눈에 띄던데, 혹시 전에 지위가 높았던 사람이 아니냐 하고 말이죠. 그리고 저는 그의 외견상의 특징을 자세하게 설명했습니다. 그 — 이름이 니콜라이였습니다 — 가 인상을 약간 찡그리고 저를 보았습니다.

"그 사람 거죽 벗기는 보리스야." 하고 니콜라이가 말했습니다. "그 남자에게는 관심을 갖지 않는 게 네 신상에 좋을걸."

왜 그런지, 저는 또 물었습니다. 니콜라이는 별로 말하고 싶어 하지 않았습니다. 하지만 저는 마음만 먹으면 그의 편의를 조금은 봐줄 수 있는 입장이라, 결국 마지 못해 거죽 벗기는 보리스가 이 탄광으로 오게 된 사정을 제게 가르쳐 주었습니다. "내가 얘기했다는 걸, 누구에게도 절대 말하면 안 돼." 하고 니콜라이는 말했습니다. "그 남자 진짜 위험한 놈이야. 농담 아니라고. 나도 그놈과는 털끝만큼도 관계하고 싶지 않아."

그리고 니콜라이가 이런 얘기를 하더군요. 거죽 벗기는 보리스의 본명은 보리스 그로노프, 역시 제가 상상했던 대로 내무성 비밀 경찰 NKGB의 소령이었습니다. 초이발산이 몽골의 실권을 쥐고 수상으로 취임한 1938년에 군사 고문으로 울란바토르에 파견되었고, 그곳에서 베리야가 이끄는 소련 비밀 경찰을 모델로 하는 몽골 비밀 경찰을 조직해, 반혁명 세력을 탄압하는 데 큰 공헌을 했지요. 사람들은 그에게 동원되어 고문을 받고 수용소로 보내졌습니다. 조금이라도 혐의가 있는 자, 조금이라도 의심의 여지가 있는 자는 한 명도 남김없이 말살되었습니다.

노몬한 전투가 종결되면서 동방의 위기가 사라지자 중앙에서 바로 그를 소환했습니다. 그리고 이번에는 소련군에게 점령된 동부 폴란드로 파견되어 그 폴란드군의 숙청을 담당했다는군요. 그곳에서 그는 거죽 벗기는 보리스라는 별명을 얻었습니다. 그가 몽골에서 데려왔다는 남자들을 활용해, 산 채로 인간의 거죽을 벗기는 고문을 했기 때문입니다.

당연한 일이지만 폴란드 사람들은 그를 죽도록 두려워했습니다. 거죽 벗기는 광경을 두 눈으로 본 사람들은 누구 하나 남김없이 술술 자백했습니다. 독일군이 어느 날 갑자기 국경을 뚫고 쳐들어와 대독 전쟁이 시작되자, 그는 구폴란드에서 모스크바로 철수했습니다. 조직적으로 히틀러와 내통했다는 용의로 수많은 사람들이 체포되어 재판도 없이 처형되거나 수용소로 보내졌는데, 그때도 보리스는 베리야의 심복으로 그 자랑스러운 고문을 활용해 눈부신 활약상을 보였습니다. 스탈린과 베리야는 사전에 나치스의 침공을 예측하지 못한 책임을 무마하고, 지도 체제를 확립하기 위해 그 같은 내부 음모론을 조작하지 않을 수 없었던 것이지요. 잔혹한 고문 단계에서 수많은 사람들이 무고하게 죽어갔습니다. 진위 여부는 알 수 없으나, 그 시기에 보리스와 그의 부하 몽골인은 적어도 다섯 명의 거죽을 벗겼다고 합니다. 나도는 소문에 그는 자랑스럽게 그 거죽으로 방을 장식했다고 합니다.

보리스는 잔혹한 한편 아주 조심스럽고 신중한 인간이었습니다. 그는 그 조심스러움으로 온갖 모략과 숙청에서 살아남았던 것이지요. 베리야는 그런 그를 마치 아들처럼 애지중지했습니다. 그러나 지나치게 우쭐했던 것이겠지요. 그가 선을 넘어섰습니다. 그 실수는 치명적이었습니다. 그는 우크라이나 전투 때 어느 전차 부대의 대장을 독일 친위대 전차 부대와 내통했다는 용의로 체포하고 취조했는데, 그 도중에 대장이 죽고 말았던 것입니다. 인두로 온몸 여기저기를 쑤시다 죽이고 만 것이었습니다. 귓구멍, 콧구멍, 항문, 페니스, 온갖 곳입니다. 그런데 그 장교가 하필 지위가 아주 높은 어느 공산당 간부의 조카였던 것이지요. 그 후에 적군 참모 본부의 면밀한 조사에서, 그 장교에게는 혐의가 전혀 없었다는 것이 밝혀졌습니다. 물론 그 당 간부는 격노했고, 체면이 뭉개진 붉은군대도 가만히 있지 않았습니다. 이번에는 그 기세등등한 베리야도 그를 감싸 줄 수 없었습니다. 보리스는 즉각 해임되고 재판에 회부되어 몽골인 부관과 함께 사형을 선고받았습니다. 그러나 NKGB가 전력을 다해 감형에 성공하여(몽골인은 교수형에 처해졌습니다만) 보리스는 시베리아 수용소에서 강제 노동을 하게 되었습니다. 베리야는 수용소에 있는 보리스에게 비밀리에 메시지를 보내, 그곳에서 일 년만 자력으로 어떻게든 살아남아라, 일 년 내로 붉은군대와 당에 손을 써서 너를 반드시 원래 자리에 앉혀 주겠다고 했다는군요. 적어도 니콜라이 얘기에 따르면 그렇습니다.

"알겠어, 마미야." 하고 니콜라이는 소리 죽여 말했다. "여기 사람들은 보리스가 언젠가는 중앙으로 복귀할 거라고 믿고 있어. 베리야가 머잖아 그놈을 여기서 빼내 가겠지. 지금 이 수용소는 당 중앙과 붉은군대가 관리하고 있으니 베리야도 함부로 손을 댈 수 없지. 그렇다고 안심할 수는 없어. 상황은 순식간에 바뀔 수도 있다고. 만약 지금 여기서 심하게 다뤘다가 상황이 뒤바뀌면, 더없이 끔찍한 복수를 당할 게 뻔히 보이기 때문이지. 세상에 바보는 많지만, 자기 사형 집행 명령서에 제 손으로 서명하는 바보는 한 명도 없어. 그러니까 여기서는 그를 종기 다루듯 손님 취급하고 있어. 그렇다고 가정부까지 붙여서 호텔에서 지내게 할 수는 없으니까, 눈가림으로 일단 쇠사슬에 묶어서 가벼운 노동을 시키고 있는 거지. 하지만 지금도 뒤에서는 독방도 쓰고 마음껏 마시고 피울 수 있는 술과 담배가 제공되고 있어. 그런 놈은 독사나 다름없어. 살려 둬 봐야 나라를 위해서나 사람을 위해서나 도움 될 게 없지. 누구든 밤중에 과감하게 목을 확 그어 버리면 좋을 텐데.”

어느 날 제가 역 근처를 걷고 있는데 예의 덩치 큰 중사가 나를 불러 세우더군요. 저는 허가증을 꺼내 그에게 보이려고 했습니다. 그런데 그는 고개를 저으며 그걸 받지 않았습니다. 그 대신 내게 바로 역장실에 가라고 말했습니다. 영문을 모르는 채 역장실에 가 보니, 역장은 없고 죄수복을 입은 보리스 그로노프가 저를 기다리고 있었습니다. 그는 역장의 책상 앞에 앉아 차를 마시고 있었지요. 저는 문 앞에 선 채 어떻게 할 바를 몰랐어요. 보리스는 역시 발에 족쇄를 차고 있지 않았습니다. 그는 내게 들어오라고 손짓했습니다.

"여, 마미야 중위, 오랜만이군." 하고 그가 싱글거리면서 말했습니다. 그는 내게 담배를 권했지만, 저는 고개를 저어 거절했습니다.

그가 담배를 입에 물고 성냥으로 불을 붙였습니다. "이래저래 구 년이나 세월이 흘렀군. 팔 년인가. 뭐 아무튼 자네가 이렇게 멀쩡하게 살아 있어 다행이야. 옛 친구와 재회한다는 건 기쁜 일이지. 특히 그렇게 끔찍하고 잔인한 전쟁이 있은 후에는 말이야. 그렇지 않나? 그런데 자네는 대체 어떻게 그 험한 우물에서 나왔지?"

나는 입을 꾹 다물고 대답하지 않았습니다.

"뭐, 그건 됐어. 아무튼 자네는 용케 그곳을 탈출했어. 그리고 어딘가에서 팔을 잃었나 보군. 그리고 또, 러시아 말을 유창하게 하게 되었고. 좋은 일이야. 팔 하나쯤이야 문제가 안 되지. 중요한 것은 살아 있다는 거니까."

저는, 살고 싶어서 살아 있는 게 아니라고 대답했습니다.

그 말을 들은 보리스는 폭소를 터뜨렸지요.

"마미야 중위, 자네 상당히 흥미로운 사내로군. 살고 싶지 않은 인간이 이렇게 무사히 살아남았으니 말이야. 야, 이거 정말 흥미로워. 그러나 내 눈은 그리 쉽게 속일 수 없지. 혼자서 그 깊은 우물에서 탈출한 데다 강을 건너 만주로 돌아온다는 건 보통 사람은 불가능한 일이야. 하지만 걱정할 거 없어. 누구에게 떠벌릴 마음은 없으니까.

그런데 내가 말이야, 불행하게도 지금 원래 지위를 잃고 보다시피 일개 죄수로 수용되어 있어. 그러나 언제까지 이런 벌판에서 망치로 돌이나 깨고 있을 생각은 없어. 내 힘은 내가 이러고 있는 지금도 중앙에 엄연히 온전하게 존재하고, 그 힘을 이용해서 여기에서도 날로 힘을 쌓아 가고 있지. 그래서 자네에게 내 흉금을 털어놓고 말하는데, 실은 자네들 일본군 포로와 좋은 관계를 갖고 싶다 이 말이지. 뭐니 뭐니 해도 이 탄광의 업적은 다수의 부지런한 일본군 포로 자네들의 노동력에 의지하고 있으니까 말이야. 무슨 일을 하든 자네들의 힘을 무시하고는 진전이 없다는 게 내 생각이야. 그래서 일을 추진하는 데 자네 힘을 빌리고 싶은데. 자네는 관동군 첩보 기관에 속했었고, 배짱도 있어. 러시아 말도 잘하고. 만약 자네가 가운데 서 준다면, 나는 자네와 자네 동포들에게 최대한의 편의를 봐줄 수 있어. 이거 절대 나쁜 거래가 아니라고."

"나는 지금까지 스파이였던 적은 단 한 번도 없고, 앞으로도 스파이가 될 생각은 없다." 하고 저는 분명하게 대답했습니다.

"자네더러 스파이가 되라는 말이 아니야." 하고 보리스
는 타이르듯이 말했습니다. "오해하면 곤란하지. 잘 들으라
고, 나는 자네들을 위해서 최대한의 편의를 봐주겠다는 말
이야. 좋은 관계를 갖자고 제안하고 있는 거라고. 그리고 가
능하면 자네가 중간에서 교섭을 해 줬으면 좋겠다고 부탁하
는 거야. 알겠나, 마미야 중위. 난 말이지, 그 벌레 같은 그루
지야인 정치국원 자식을 그 자리에서 밀어낼 수도 있어. 이
건 거짓말이 아니야. 어떤가, 자네들은 그 자식을 죽도록 미
워할 텐데. 그리고 그 자식을 몰아낸 다음에는, 자네들이 자
치적으로 생활할 수 있게 하는 것도 가능해. 물론 부분적이
지만. 자네들이 위원회를 만들어서 자주적으로 조직을 운
영하는 거지. 그러면 적어도 지금까지 간수에게 무의미하게
받던 학대에서는 벗어날 수 있지. 자네들 오래전부터 그걸
바라오지 않았나?"

보리스의 말은 옳았습니다. 우리는 벌써 오래전부터 수차
례에 걸쳐 당국에 그런 요청을 해 왔지만, 매번 허망하게 거
절당해 왔습니다.

"그렇다면 그 보답으로 당신은 뭘 요구할 거지?" 하고 나
는 물었습니다.

"별건 없어." 하고 그는 두 팔을 허공으로 벌리며 부드럽

게 말했습니다. "내 요구는 자네들 일본군 포로들과의 긴밀하고 좋은 관계야. 나는 마음의 교류가 어렵다고 생각되는 몇몇 동지를 몰아내기 위해 자네들 일본군 포로의 협력이 필요해. 그리고 우리는 몇 가지 부분에서 공통된 관계에 있어. 어떤가, 나와 손잡아 보지 않겠나. 미국인이 흔히 말하는 기브 앤드 테이크라는 거야. 협력해서 나쁜 일은 없을 거야. 자네들을 상대로 사기를 칠 생각은 추호도 없어. 물론 자네에게 나를 좋아해 달라고 부탁할 입장이 아니란 건 알아. 우리 사이에는 다소 불행한 추억도 있었지. 그러나 나는 이래 봬도 신의가 두터운 사람이야. 한번 한 약속은 반드시 지킨다고. 그러니까 이참에 과거 일은 강물에 흘려 보내자고.

나의 이 제안에 대한 답변을 며칠 내로 듣고 싶은데. 시도할 가치가 충분히 있는 일일 거야, 그리고 자네들은 더 이상 잃을 것도 없잖아. 그렇잖아? 그리고 마미야 중위, 이 일은 아무쪼록 은밀하게, 정말 신뢰할 수 있는 자들에게만 전했으면 좋겠어. 사실 자네들 중에는 정치국원에 협력하는 밀고자가 몇 명 섞여 있어. 그 인간들 귀에 절대 들어가지 않도록. 알겠나. 만약 알려지면 좀 난처한 일이 생길지도 몰라. 내 힘이 이곳에서는 아직 충분하다 할 수 없으니까 말이지."

저는 수용소로 돌아와 한 남자에게 그 얘기를 몰래 했습니다. 그는 전 중령으로 머리가 좋고 대담한 남자였습니다.

전쟁이 끝난 후에도 싱안링 요새에서 농성하며 끝까지 백기를 들지 않았던 부대의 부대장으로, 지금은 일본군 포로 집단의 지도자 격인 사람이라 러시아인들도 인정하지 않을 수 없는 존재였습니다. 저는 할하강에서 있었던 야마모토 건은 건드리지 않고, 보리스가 과거에 비밀 경찰의 고위 장교였다고 설명한 다음에 그가 제안한 것에 대해 설명했습니다. 중령은 지금의 정치국원을 추방하고, 일본군 포로의 자치를 쟁취할 수 있다는 가능성에 관심을 갖는 눈치였습니다. 저는 보리스가 잔인하고 위험한 남자이며 권모술수에 능하기 때문에 쉽사리 신용해서는 안 된다고 강조했습니다. "당연히 그렇지. 그러나 그 남자 말대로, 우리는 더 이상 잃을 게 없지 않나." 하고 중령은 제게 말했습니다. 그 말을 듣고 나자, 저도 되받을 말이 없더군요. 그 거래로 인해 무슨 일이 생긴다 해도, 지금 상황보다 나빠지지는 않을 것이라고 생각한 것이지요. 그러나 결국, 그건 우리의 큰 불찰이었습니다. 지옥은 정말 바닥이 없는 곳입니다.

저는 며칠 후에 중령과 보리스가 사람들 눈을 피해 단둘이 만날 수 있는 장소를 마련하고, 통역으로 그 자리에 입회했습니다. 30분에 걸친 대화 끝에 비밀 협약이 성립되었고, 그들은 악수를 나눴습니다. 그 후에 그들 사이에 구체적으로 어떤 일이 있었는지 저는 모릅니다. 그들은 주의를 끌지 않으려고 직접적인 접촉은 피하고, 비밀 연락 수단을 통해 수시로 암호문을 주고받았던 것 같습니다. 따라서 제가 그들 사이에 설 기회는 없었습니다. 중령과 보리스는 철저한 비밀주의를 관철했는데, 저로서는 오히려 고마운 일이었지요. 저는 가능하면 보리스와 관계하고 싶지 않았습니다. 물론 나중에 알게 되었다시피, 그런 일은 불가능했지만 말입니다.

약 한 달 후에 보리스가 약속한 대로 그루지야인 정치국원은 중앙의 지시로 그 지위에서 쫓겨났고, 이틀 후에 모스크바에서 새로운 국원이 왔습니다. 그리고 또 이틀 후에 일본군 포로 세 명이 하룻밤 사이에 목이 졸려 죽었습니다. 그들은 자살한 것처럼 천장 대들보에 로프로 목이 매달린 채 아침에 발견되었지만, 같은 일본인 포로의 폭행으로 살해당했다는 것은 의심의 여지가 없었습니다. 그들은 보리스가 말한 밀고자들이었겠지요. 그러나 그 사건은 추방도 그 어떤 처분도 없이 끝나고 말았습니다. 그 무렵에는 보리스가 수용소의 실권을 거의 장악하고 있었던 것이지요.'

33

사라진 방망이,

돌아온 「도둑 까치」

나는 스웨터 위에 짧은 코트를 입고, 털모자를 깊이 눌러 쓰고 뒤편의 담장을 넘어 사람 없는 골목으로 살며시 뛰어 내렸다. 날이 밝으려면 아직 시간이 좀 있었고, 사람들도 깨지 않았다. 나는 살금살금 골목을 걸어 '저택'까지 갔다.

집 안은 엿새 전에 내가 나왔던 모습 그대로였다. 부엌 싱크대 안에 있는 그릇도 그대로고, 메모도 없고, 전화기에도 녹음된 메시지는 없었다. 시나몬 방의 컴퓨터도 싸늘하게 죽은 채였다. 난방기는 평소의 실온을 유지하고 있었다. 나는 코트와 장갑을 벗은 다음 물을 끓여 홍차를 마셨다. 아침 대신 비스킷에 치즈를 올려 몇 개 먹었다. 그리고 싱크대 안의 그릇을 씻어 선반에 정리했다. 9시가 되어도 시나몬은 역시 모습을 보이지 않았다.

나는 마당으로 나와 우물 뚜껑을 열고, 몸을 숙여 안을 들여다보았다. 거기에는 여느 때의 짙은 어둠이 있었다. 나는 지금은 그 우물을 내 육체의 연장인 듯 잘 알고 있었다. 그 어둠과 냄새와 고요함은 내 일부였다. 어떤 의미에서 나는 구미코에 대해 아는 것보다 더 자세하게 그 우물에 대해 알고 있었다. 나는 물론 구미코를 잘 기억하고 있었다. 눈 감으면 그 목소리와 얼굴과 몸과 몸짓의 자잘한 부분까지 떠올릴 수 있었다. 무려 육 년 동안, 그녀와 한 집 안에서 살았으니까. 하지만 동시에 나는 구미코에 대해, 이제는 그렇게 선명하게 떠오르지 않는 부분이 있는 듯한 기분이 들었다. 또는 자신이 떠올린 것에 예전만큼의 분명한 확신이 없었다. 돌아온 고양이의 꼬리가 어떤 식으로 굽어 있었는지를 정확하게 기억하지 못하는 것처럼.

나는 우물가에 앉아, 코트 주머니에 두 손을 쑤셔넣고 사방을 새삼스레 돌아보았다. 금방이라도 차가운 비나 눈이 내릴 것 같았다. 바람은 없었지만 공기는 더없이 차가웠다. 작은 새 떼가 그림 문자로 암호를 그린 것처럼 복잡한 패턴으로 하늘을 몇 번 날고는 어딘가로 우르르 사라졌다. 어디선가 대형 제트기의 낮은 엔진 소리가 들리는데, 두꺼운 구름에 가려 그 모습은 전혀 보이지 않았다. 이렇게 구름이 많아 어두우면 낮에 우물에 들어가도, 나왔을 때 태양 빛에 눈이 상할 염려는 없다.

나는 한참이나 아무것도 하지 않고 그냥 거기에 앉아 있었다. 서두를 것은 없다. 하루는 이제 막 시작되었을 뿐, 아직 정오도 되지 않았다. 나는 우물가에 앉은 채, 머리에 떠오르는 다양한 생각에 그저 몸을 맡겼다. 옛날에 여기 있던 그 새 조각상은 어디로 옮겨졌을까. 지금은 어느 다른 집 마당에서, 여전히 하늘로 날아오르려는 그 무익하고 영원한 충동에 몸을 맡기고 있을까. 아니면 미야와키 씨의 빈집이 작년 여름에 철거될 때 쓰레기로 버려졌을까. 나는 그 새 조각상이 그리웠다. 그 조각상이 없어서, 마당이 과거에 유지했던 그 미묘한 균형을 잃어버린 것만 같았다.

11시가 지나, 더 이상 생각해도 떠오르는 게 없자, 나는 우물 속으로 내려갔다. 사다리를 타고 내려가 우물 바닥에 도착해, 늘 하던 대로 심호흡을 하면서 사방의 공기를 확인했다. 공기도 변함없었다. 곰팡내가 조금 났지만 산소 문제는 없었다. 그리고 나는 벽에 세워 둔 야구 방망이를 더듬더듬 찾았다. 그런데 방망이가 어디에도 없었다. 방망이가 사라졌다. 완전히 사라져, 흔적조차 없었다.

나는 우물 속 땅에 앉아, 벽에 기댔다.

나는 몇 번이나 한숨을 쉬었다. 이름도 없이 메마른 골짜기를 이리저리 부는 바람처럼, 목적 없고 허망한 한숨이었다. 한숨을 쉬는 것도 피곤해지자, 나는 두 손으로 뺨을 쓱쓱 비벼 보았다. 대체 누가 그 방망이를 가져갔을까. 시나몬? 내가 생각할 수 있는 유일한 가능성은 그였다. 그가 아니면 방망이의 존재를 아는 사람이 없고, 또 이 우물 속에 내려올 인간도 없다. 하지만 시나몬이 왜 내 방망이를 가져가야 했을까? 나는 어둠 속에서 공허하게 고개를 저었다. 내가 이해할 수 없는 일이었다. 아니, 내가 이해할 수 없는 수많은 일 중의 하나였다.

아무튼 오늘은 방망이 없이 하는 수밖에 없지 하고 나는 생각했다. 뭐 어쩔 수 없다. 방망이는 원래 부적 같은 것에 불과했다. 괜찮아, 그런 건 없어도 아무 문제 없어. 처음에는 아무것 없이도 그 방에 무사히 도착했잖아. 나는 그렇게 자신을 설득한 다음 끈을 잡아당겨 우물 뚜껑을 닫았다. 그리고 무릎 위에 놓은 손을 맞잡고, 깊은 어둠 속에서 조용히 눈을 감았다.

그러나 지난번처럼, 의식을 하나로 집중시킬 수 없었다. 갖가지 생각이 소리 없이 내 머리에 숨어 들어와, 집중을 방해했다. 나는 그 생각들을 밖으로 내쫓으려고 수영장을 생각하기로 했다. 내가 다니는 구립 25미터 실내 풀을. 그 풀을 자유형으로 왕복하는 자신의 모습을 상상해 본다. 속도는 무시하고, 그저 차분하게 천천히 언제까지나 수영한다. 불필요한 소리가 나지 않게, 괜히 물방울이 많이 튀지 않게, 팔꿈치를 살며시 물에서 빼내고, 손가락 끝을 살며시 물에 꽂는다. 물속에서 숨을 쉬듯, 입속에 물을 머금었다가 천천히 토해 낸다. 한참을 수영하는 사이에, 내 몸이 마치 부드러운 바람을 탄 것처럼 자연스럽게 물속을 흐르고 있다는 걸 느낀다. 귀에 들리는 것은 내가 숨 쉬는 규칙적인 소리뿐이다. 나는 하늘을 나는 새처럼 바람 속에 떠서, 가만히 지상의 광경을 내려다보고 있다. 먼 동네와 조그만 사람들과 강물의 흐름을 보고 있다. 나는 평온한 기분에 싸여 간다. 황홀하다고 해도 좋을 정도다. 수영은 내 인생에 생긴 멋진 일 중 하나였다. 그것은 내가 겪고 있는 문제를 해결해 주지는 않았지만, 그렇다고 뭘 훼손하지도 않았다. 그리고 뭔가에 훼손되는 일도 없었다. 수영하는 것.

무슨 소리가 들린다, 하고 나는 불쑥 생각한다.

그러고 보니 나는 어둠 속에서 날벌레가 날아다니는 듯한 부우우우우웅 하는 낮고 단조로운 신음을 듣고 있었다. 하지만 진짜 날벌레 소리와는 다르다. 훨씬 더 기계적이고 인공적인 소리다. 그 파장은 단파 방송의 주파수가 높아졌다 낮아졌다 하는 것처럼 미묘하게 변화했다. 나는 숨죽이고 귀를 쫑긋 세우고, 그 소리가 어디서 들려오는지 알아내려고 시도했다. 그 소리는 어둠 속의 어느 한 점에서 들려오는 듯했다. 동시에 내 머릿속에서 들려오는 것 같기도 했다. 깊은 어둠 속에서 그 경계를 구분하기가 몹시 어려웠다.

소리에 신경을 집중하다 어느 새, 나도 모르게 잠이 들고 말았다. '잠이 온다.'라는 단계적인 인식은 전혀 없었다. 아무 생각 없이 복도를 걷다가 누군가의 손에 잡혀 낯선 방에 끌려 들어간 것처럼, 나는 정말 불쑥 잠에 빠졌다. 그 깊은 진흙층 같은 혼수가 얼마나 오래 나를 구속하고 있었는지는 모른다. 긴 시간은 아니었다고 생각한다. 어쩌면 한순간이었는지도 모른다. 그러나 어떤 기척에 불현듯 의식이 돌아왔을 때, 나는 자신이 다른 어둠 속에 있다는 걸 알았다. 공기가 다르고, 온도가 다르고, 어둠의 깊이와 질이 달랐다. 그 어둠에는 불투명하고 아련한 빛이 섞여 있었다. 그리고 기억에 있는 강렬한 꽃가루 향이 내 코를 찔렀다. 나는 그 기묘한 호텔 방 안에 있었다.

나는 얼굴을 들고, 사방을 돌아보고는 헉 숨을 삼켰다.

벽을 통과한 것이다.

나는 카펫 바닥에 앉아 벽지를 붙인 벽에 기댔다. 두 손은 무릎 위에 마주잡고 있다. 방금 전의 잠이 무척 깊었던 것만큼이나, 나는 완전히 말끔하게 깨어 있었다. 그 대비가 극단적이어서, 잠이 깬 상태에 익숙해질 때까지 조금 시간이 걸렸다. 심장이 커다란 소리를 내며 빠르게 수축을 반복했다. 틀림없다. 나는 여기에 있다. 나는 이제야 겨우 이곳에 오게 된 것이다.

겹겹이 그물이 덮인 면밀한 어둠 속에서, 방의 모습은 내가 기억하는 모습과 조금도 달라 보이지 않았다. 하지만 어둠에 눈이 익으면서 자잘한 부분이 조금씩 다르다는 것을 알게 된다. 우선 전화기 위치가 다르다. 침대 옆에 있는 사이드 테이블에서 베개 위로 옮겨져 있다. 전화기는 베개에 소리 없이 몸을 묻고 있다. 그리고 병에 남아 있던 위스키도 많이 줄었다. 지금은 바닥에 아주 조금 남아 있을 뿐이다. 아이스버킷에 담긴 얼음은 완전히 녹아 탁한 물이 되고 말았다. 잔의 안쪽은 바짝 말랐고, 손가락을 대어 보니 하얀 먼지가 들러붙어 있다. 침대로 다가가 전화기를 들고 수화기를 귀에 대 본다. 전화기는 완전히 죽어 있었다. 방은 오래도록 버려지고, 잊혔던 것처럼 보인다. 사람의 기척은 조금도 느껴지지 않는다. 꽃병의 꽃만 신기하리만큼 똑같은 생기를 유지하고 있다.

침대에는 누가 누웠던 흔적이 남아 있다. 시트와 이불과

베개 모양이 약간 흐트러져 있다. 나는 이불을 걷어 확인한다. 하지만 거기에는 온기가 없다. 화장품 냄새도 남아 있지 않다. 누군가가 그 침대를 떠난 지 꽤 오랜 시간이 지난 것 같다. 나는 침대 끝에 앉아, 사방을 다시 한번 천천히 돌아보고, 귀를 기울인다. 하지만 아무 소리도 들리지 않는다. 그것은 도굴꾼이 시체를 빼내 간 후의 고대 고분처럼 보인다.

그때 갑자기 전화벨이 울린다. 내 심장은 마치 겁에 질려 웅크린 고양이처럼 있는 모습 그대로 얼어붙고 만다. 공기가 날카롭게 떨리고, 거기에 떠 있는 꽃가루가 얻어맞은 것처럼 눈을 뜬다. 어둠 속에서 꽃잎이 희미하게 고개를 든다. 전화? 하지만 전화는 조금 전까지 흙 속에 묻힌 돌처럼 죽어 있었다. 숨을 고르고 심장의 고동을 잠재우면서, 자신이 틀림없이 이 방 안에 있으며 어디로 이동하지 않았다는 것을 확인한다. 손을 뻗어 수화기에 손가락을 살짝 댔다가, 잠시 시간을 두고 다시 천천히 든다. 아마 벨은 전부 세 번이나 네 번 울렸을 것이다.

"여보세요." 그러나 내가 손에 드는 동시에 전화는 죽고 만다. 그 돌이킬 수 없는 죽음의 무게가 모래주머니처럼 손 안에 있다. "여보세요." 하고 나는 마른 목소리로 반복한다. 그러나 내 목소리는 두꺼운 벽 같은 것에 반사되어, 고스란히 되돌아온다. 수화기를 내려놓았다가 다시 들고 귀에 대 본다. 소리는 들리지 않는다. 나는 침대 가에 앉아, 숨을 죽이고 전화벨이 다시 울리기를 기다린다. 벨은 울리지 않는다. 나는 공중에 뜬 먼지가 원래대로 의식을 잃고 어둠 속에 쓰러져 침잠하는 모습을 바라본다. 머릿속에서 벨 소리를 재현해 본다. 그것이 현실에 일어났던 일인지, 지금은 어째 확신이 없다. 하지만 그런 말을 시작하면 끝이 없다. 어딘가에 선을 하나 긋지 않으면 안 된다. 그러지 않고는 여기 있는 나라는 존재마저 위태로워진다. 벨은 분명히 울렸다, 틀림없이. 그리고 다음 순간에 다시 죽었다. 나는 가볍게 헛기침을 해 본다. 하지만 그 헛기침 소리도 순식간에 공중에서 죽어 버린다.

일어나 다시 한번 방 안을 걸어 본다. 발밑의 바닥을 바라보고, 천장을 올려다보고, 테이블에 앉아 보고, 벽에 살며시 기대어 본다. 슬며시 손잡이를 돌려 보고, 플로어 스탠드의 스위치를 켰다 껐다 해 본다. 그러나 물론 문은 꼼짝도 않고, 조명도 죽은 그대로다. 창문은 밖에서 잠겨 있다. 나는 혹시나 하고 또 귀 기울여 본다. 그 침묵은 매끄럽고 높은 벽 같다. 그런데도 거기에서는 나를 속이려는 뭔지 모를 기척 같은 것이 느껴졌다. 모두가 가만히 숨을 죽이고, 벽에 딱 들러붙어 피부색을 무마하고, 내게 그 존재를 들키지 않으려는 듯한. 그래서 나도 그걸 모르는 척한다. 우리는 서로를 교묘하게 속이고 있다. 다시 한번 헛기침을 한다. 손가락으로 입술을 더듬어 본다.

방 안을 다시 점검해 보기로 한다. 플로어 스탠드 스위치를 다시 켠다. 불은 들어오지 않는다. 위스키 뚜껑을 열어 남은 술의 냄새를 맡아 본다. 예전과 똑같은 냄새다. 커티삭. 뚜껑을 닫고, 테이블의 원래 위치에 놓는다. 이번에는 수화기를 들어 귀에 대 본다. 더 이상 확실할 수 없을 만큼 확실하게 죽어 있다. 카펫 위도 천천히 걸으면서 신발 바닥의 감촉을 확인한다. 벽에 귀를 대고 무슨 소리가 들리지 않는지 신경을 집중한다. 물론 아무 소리도 들리지 않는다. 그리고 문 앞에 서서, 움직이지 않는 줄 알면서 손잡이를 돌려 본다. 손잡이가 오른쪽으로 휙 돌아간다. 그러나 나는 그 사실을 한참이나 사실로 받아들이지 못한다. 조금 전까지 그것은 시멘트로 굳힌 것처럼 꿈쩍하지 않았다. 나는 모든 것을 백지로 돌리고, 처음부터 다시 시도해 본다. 손을 떼었다가, 손을 내밀고 손잡이를 좌우로 돌린다. 그것은 내 손안에서 매끄럽게 좌우로 회전한다. 혀가 입안에서 부풀어 오르는 듯한 기묘한 감촉이 있다.

문은 열려 있다.

돌린 손잡이를 살금살금 앞으로 당기자, 그 틈새로 눈부신 빛이 방에 새어 들었다. 나는 야구 방망이를 생각했다. 그 방망이가 있으면 훨씬 더 침착할 수 있을 텐데. 괜찮으니까 방망이는 잊어. 용기를 내어 문을 활짝 연다. 그리고 좌우를 살펴 아무도 없는 것을 확인한 다음 밖으로 나간다. 카펫이 깔린 긴 복도다. 조금 앞에 꽃이 풍성하게 담긴 꽃병이 보인다. 휘파람 불던 보이가 방문을 노크하는 동안, 내가 그 뒤에 몸을 숨겼던 꽃병이다. 기억 속에서 복도는 아주 길었고, 도중에 몇 번이나 이리저리 꺾였고 또 다른 복도로 갈라져 있었다. 나는 우연히 휘파람 부는 보이를 만나, 그 뒤를 따라 여기까지 올 수 있었다. 방문에는 208이라는 번호패가 붙어 있었다.

발밑을 확인하면서 꽃병을 향해 걷기 시작했다. 와타야 노보루가 텔레비전에 나왔던 그 로비에 갈 수 있다면 좋겠는데 하고 나는 생각했다. 그곳에는 많은 사람들이 있고 움직임도 있었다. 잘하면 그곳에서 무슨 실마리를 찾을 수 있을지도 모른다. 하지만 그것은 나침반 없이 광활한 사막에 발을 들여 놓는 것이나 다름없는 행위였다. 만약 로비에도 가지 못하고, 208호실에도 돌아가지 못하면, 나는 이 미궁 같은 호텔에 갇혀 현실 세계로 돌아가지 못할지도 모른다. 그러나 망설일 틈이 없다. 이게 아마 마지막 기회일 것이다. 반년 동안 매일 우물 속에서 기다린 끝에 겨우 내 앞에서 문이 열렸다. 그리고 우물은 잠시 후면 내게서 사라지려 하고 있다. 여기서 실수하면 지금까지의 모든 노력과 세월이 물거품이 되고 만다.

모퉁이를 몇 번 돌았다. 내 더러운 테니스화는 소리 없이 카펫 깔린 복도를 걸었다. 사람 소리도 음악 소리도 텔레비전 소리도 들리지 않는다. 에어컨과 환기구와 엘리베이터 소리도 들리지 않는다. 호텔은 마치 시간에 잊힌 폐허처럼 깊은 적막에 싸여 있었다. 나는 수많은 모퉁이를 돌고 수많은 문 앞을 지났다. 몇 번 갈림길이 있었지만, 그럴 때마다 나는 오른쪽을 선택했다. 그렇게 하면 돌아올 때 왼쪽으로만 돌아 원래 방에 도착할 수 있을 것이라고 생각했다. 하지만 방향 감각은 완벽하게 소멸되었다. 내가 뭘 향해 나아가고 있는지 확인할 수 있는 게 없었다. 문 번호의 배열은 뒤죽박죽 두서없어 아무 도움이 되지 않았다. 그 번호들은 기억하는 동시에 의식 밖으로 술술 떨어져 나가 사라졌다. 때로 조금 전에 본 것과 똑같은 번호를 본 듯한 기분마저 들었다. 나는 복도 한가운데에서 걸음을 멈추고 숨을 골랐다. 나는 숲속에서 길을 잃은 것처럼, 같은 곳을 빙빙 맴돌고 있는 것일까?

어떻게 하면 좋을지 몰라 걸음을 멈추고 우물쭈물하고

있을 때, 멀리서 귀에 익은 소리가 들렸다. 휘파람 부는 보이다. 음정이 명확하고 깨끗한 휘파람 소리였다. 그렇게 멋들어지게 휘파람을 부는 이는 달리 없다. 그는 예전처럼 로시니의 「도둑 까치」 서곡을 불고 있었다. 휘파람으로 불기에는 간단하지 않은 멜로디인데, 그는 별 어려움 없이 불고 있었다. 나는 휘파람 소리가 나는 쪽으로 복도를 걸어갔다. 휘파람 소리가 점차 크고 명료해졌다. 그는 복도를 걸어 이쪽으로 오고 있는 듯했다. 나는 기둥을 찾아 그 뒤에 숨었다.

휘파람 부는 보이는 은 쟁반을 손에 들고 있었고, 거기에는 커티삭 병과 아이스버킷과 잔 두 개가 담겨 있었다. 보이는 똑바로 앞을 향하고, 자기 휘파람 소리에 스스로 황홀한 표정을 지으며 내 앞을 잰 걸음으로 지나갔다. 이쪽은 힐금 쳐다보지도 않았다. 서둘러 가야 하니 1초도 허투루 쓸 수 없다는 듯이. 모든 게 다 똑같다, 하고 나는 생각했다. 육체가 시간의 역류에 떠밀려 되돌아갈 것 같았다.

나는 바로 보이 뒤를 쫓았다. 휘파람에 맞춰 은색 쟁반이 살랑살랑 기분 좋게 흔들리면서 천장의 불빛을 눈부시게 반사했다. 「도둑 까치」의 선율이 몇 번이나 몇 번이나 주문처럼 반복되었다. 「도둑 까치」라는 오페라가 어떤 오페라였지 하고 나는 생각했다. 그 오페라에 대해 아는 것은 서

곡의 단순한 멜로디와 그 신기한 제목뿐이었다. 어렸을 때 우리 집에는 토스카니니가 지휘하는 그 서곡 레코드가 있었다. 클라우디오 아바도의 풋풋하고 현대적이며 유려한 연주에 비하면, 치열한 격투 끝에 강적을 쓰러뜨린 다음 이제 천천히 목을 졸라 죽여 볼까 하는 때처럼 피가 들끓고 살이 꿈틀대는 연주였다. 그런데 「도둑 까치」는 정말 까치가 물건을 훔치는 도둑 새라는 이야기일까? 이 많은 일들이 정리가 되면 도서관에 가서 음악 사전을 조사해 보자고 나는 생각했다. 전곡이 수록된 레코드가 있으면 사서 들어도 좋다. 아니지, 과연 어떨까. 그때면 나는 그런 게 궁금하지 않을지도 모른다.

휘파람 부는 보이는 기계 인형처럼 규칙적으로 뚜벅뚜벅 걸어가고, 나는 약간 거리를 두고 그 뒤를 쫓았다. 보이가 어디로 가고 있는지는 굳이 생각지 않아도 알 수 있었다. 그는 208호실에 새 커티삭과 얼음과 잔을 배달하려는 것이다. 그리고 실제로 보이가 걸음을 멈춘 곳은 208호실 앞이었다. 그는 쟁반을 왼손에 옮겨 들고, 문의 번호를 확인한 후 등을 쫙 펴고 자세를 바로 한 다음에 문을 노크했다. 사무적으로 세 번, 그리고 또 세 번.

안에서 어떤 대답이 있었는지는 들리지 않았다. 나는 꽃병 뒤에 숨어서 보이의 모습을 살폈다. 시간이 흘렀지만, 보이는 마치 인내심의 한계에 도전하는 것처럼 문 앞에 똑바로 선 채 자세를 바꾸지 않았다. 그 이상 노크는 하지 않고, 문이 열리기를 그저 가만히 기다리고 있었다. 마침내, 마치 기도가 이뤄진 것처럼 문이 안쪽으로 조금 열렸다.

34

다른 사람들을

상상하게 하는 일
(거죽 벗기는 보리스에 관한 그다음 이야기)

보리스는 약속을 지켰습니다. 부분적으로나마 우리에게 자치가 허가되었고, 일본군 포로들의 대표로 구성된 위원회도 새로 설치되어 중령이 그 지도자가 되었지요. 러시아 간수, 경비병들의 폭행은 금지되었고, 수용소 내부의 치안은 위원회가 책임지고 유지하게 되었습니다. 문제를 일으키지 않고, 생산 목표량만 달성하면 그 외의 일에는 간섭하지 않는다는 것이 새로운 정치국원의(즉 보리스의) 표면적인 자세였습니다. 언뜻 민주적으로 보이는 그 같은 변혁은, 우리 포로들에게는 아주 희망적인 낭보였을 겁니다.

그러나 상황이 그렇게 단순하지는 않았지요. 저를 포함

해 우리 모두는 새로운 변혁을 환영한 나머지, 그 이면에 도사리고 있는 보리스의 교활한 획책을 간과하지 못하는 우를 범하고 말았습니다.

새로이 부임한 정치국원은 비밀 경찰을 등에 업고 있는 보리스 앞에서 찍소리 하나 못했고, 보리스는 그런 상황을 빌미로 수용소와 탄광촌을 자기 멋대로 바꿔 나갔습니다. 하루아침에 음모와 테러가 다반사가 된 것이지요. 보리스는 죄수와 간수 중에서 체격이 좋고 잔인한 사람을 골라 훈련해서(그런 인재를 찾기에는 부족함이 없는 장소였습니다.) 친위대 같은 단체를 만들었습니다. 그들은 총과 나이프와 곡괭이로 무장하고, 보리스의 명령에 따라 대립하는 사람들을 협박하고, 부상을 입히고, 때로는 어디로 끌고 가서 때려죽이기도 했습니다. 하지만 누구 하나 그들에게 저항할 수 없었지요. 군에서 일개 중대 단위로 파견되어 탄광의 경비를 맡고 있는 병사들 역시 그들의 무지막지한 행동을 보고도 못 본 척했습니다. 그 무렵에는 군대조차 보리스를 함부로 할 수 없었습니다. 군은 한발 뒤로 물러나 느긋하게 역과 병영 부근의 경비를 맡을 뿐, 탄광과 수용소에서 벌어지는 일에 대해서는 기본적으로 모르는 척했습니다.

그 친위대원 중에서 보리스가 가장 마음에 들어 한 사람은 우리가 '타르타르'라고 부르는 죄수 출신의 몽골인으로,

그는 언제나 그림자처럼 보리스 뒤를 따라다녔습니다. '타르타르'는 한때 몽골에서 씨름 챔피언이었다고 하는데, 오른쪽 뺨에 있는 살이 일그러진 화상 흉터는 고문의 흔적이라고 했습니다. 보리스는 죄수복을 벗고 아담한 관사에 살면서 여죄수를 가정부로 부리고 있었습니다.

니콜라이가 해 준 얘기에 따르면(그는 점차 말이 없어졌습니다.) 그가 아는 러시아인 몇 명이 밤사이에 아무도 모르게 모습을 감췄다고 합니다. 표면적으로는 행방불명 또는 사고로 처리되었지만, 보리스의 수하들이 몰래 '처리'한 것이 틀림없었지요. 보리스의 의향과 명령에 따르지 않는다는 이유 하나로 사람들의 생명이 위태로워진 것입니다. 이곳에서 벌어지는 부정행위를 당 중앙에 직소하려다 실패한 몇 명이 처리되었다고 합니다. "놈들은 본보기로 일곱 살 난 어린애까지 죽였다고 해." 하고 니콜라이는 창백한 얼굴로 제게 가르쳐 주었지요. "그것도 부모가 보는 앞에서 다 같이 때려죽였다는 거야."

처음에는 보리스도 일본인이 사는 지구는 노골적으로 손대지 않았습니다. 그는 우선 러시아인들을 완전히 장악하고 발판을 단단히 굳히는 일에 전력을 기울였습니다. 그동안 일본 사람들의 일은 일본인에게 맡기자는 계획인 듯했습니다. 그 덕분에 변혁 후의 몇 달 동안 우리는 평온을 만끽

할 수 있었습니다. 비록 짧은 기간이었지만 우리에게는 바람이 잦아든 때처럼 평화로운 나날이 있었습니다. 위원회의 요구에 따라 예전에 비하면 노동의 가혹함도 다소나마 개선되었고, 간수의 폭력을 두려워할 필요도 없어졌습니다. 이곳에 온 후 처음으로 우리들 사이에 희망 같은 것이 싹텄습니다. 사람들이 만사가 이제부터 조금씩 좋아질 것이라고 생각하게 된 것이지요.

하지만 보리스가 그 몇 달의 밀월 기간에 우리에게 아무것도 하지 않은 것은 아닙니다. 은밀하게 착착 포석을 놓았지요. 보리스는 일본인 위원회의 멤버를 한 명 한 명, 위협하거나 매수해서 자기 수하로 끌어들였습니다. 그러나 눈에 띄는 폭력을 피하고 아주 신중하게 일을 추진했기 때문에, 우리는 그 같은 그의 획책을 전혀 눈치채지 못했던 것이지요. 그리고 알아차렸을 때는 모든 것이 너무 늦고 말았습니다. 즉 보리스는 자치라는 명목으로 사람들을 방심하게 해놓고는 사실은 보다 효율적이며 강철 같은 지배 체제를 구축했던 것입니다. 그의 계산은 악마처럼 면밀하고 냉정했습니다. 우리 주위에서 의미 없고 불필요한 폭력이 사라진 것은 사실이었습니다. 그러나 그 대신 냉혹하게 계산된 새로운 유의 폭력이 생겨났던 것입니다.

그는 약 반년에 걸쳐 반석 같은 지배 체제를 확립한 다음, 방향을 틀어 우리 일본인 포로의 제압에 착수했습니다. 그때까지 위원회의 중심 인물이었던 중령이 첫 희생양이 되었습니다. 중령은 몇 가지 문제를 들어 일본군 포로의 이익을 대변하며 보리스와 맞서다가, 결국 말살되고 말았습니다. 그때 이미 위원회 중에는 보리스의 입김이 닿지 않은 인간이 중령과 그의 동료 몇 명밖에 없는 상태였습니다. 그들은 밤사이에 중령의 수족을 포박하고 입에는 재갈을 물린 다음, 젖은 수건을 얼굴에 덮고 질식사시켰습니다. 물론 보리스의 명령으로 행해진 일입니다. 보리스는 일본인을 살해할 때, 절대 자기 손을 더럽히지 않았습니다. 위원회에 명령을 내려서 일본인이 죽이게끔 했습니다. 중령의 죽음은 병사로 간단히 처리되었습니다. 우리 모두는 누가 그 일에 직접 가담했는지 알고 있었지만, 말할 수는 없었습니다. 그 무렵에는 보리스의 스파이가 우리들 사이에 잠입해 있다는 걸 알았기 때문이지요. 사람들 앞에서 섣불리 부주의한 말을 할 수 없는 상태였습니다. 중령이 살해당한 후, 일본인 위원회의 회장 자리에는 보리스가 좌지우지할 수 있는 인물이 앉았습니다. 위원회 내부에서 그렇게 뽑은 것이지요.

위원회의 변질로 노동 환경은 조금씩 악화되었고, 결국은 모든 것이 원래 상태로 돌아가고 말았습니다. 게다가 우리는 자치를 얻는 대신 보리스와 생산 목표량 달성을 약속했는데, 그 약속이 우리에게 점차 무거운 짐이 되어 갔습니다. 목표량은 어떤 명목을 붙여서든 단계적으로 상향 조정되었고, 그 결과 우리는 오히려 전보다 훨씬 가혹한 노동에 시달리게 된 것이지요. 사고 건수도 증가하고, 수많은 병사들이 무모한 채광에 희생되어 타향 땅에서 허망하게 백골이 되었습니다. 자치는 결국, 지금까지 러시아인이 맡았던 노무 관리를 일본인이 인계한 수준에 지나지 않았던 것이지요.

물론 포로들 사이에서 불만이 터져 나왔습니다. 과거에는 고난을 고루 나눴던 조그만 사회에 불평등이 생겨나고, 깊은 증오와 의심이 생겨났습니다. 보리스를 추종하는 무리에게는 가벼운 노동과 콩고물이 주어졌고, 그렇지 않은 무리는 언제 죽을지 알 수 없는 가혹한 생활을 해야 했습니다. 그러나 큰소리로 불평할 수도 없었습니다. 눈에 띄는 반항은 즉 죽음을 의미했기 때문이지요. 추위가 혹독한 징벌방에 갇혀 동상과 영양실조로 목숨을 잃게 될지도 모릅니다. 밤에 자고 있다가 '암살대'의 젖은 수건에 질식해 죽을지도 모릅니다. 또는 탄광에서 일하다가 등 뒤에서 내려친 곡괭이에 머리가 깨져 폐광의 구덩이로 던져질지도 모릅니다. 어두운 탄광 속에서 무슨 일이 벌어졌는지는 아무도 모릅니다. 아무도 모르게 사람 하나가 사라질 뿐입니다.

저는 중령을 보리스와 만나게 한 일에 책임감을 통감하

지 않을 수 없었습니다. 물론 제가 관여하지 않았더라도 보리스는 다른 통로로 우리 사이에 파고들었을 테고, 언젠가는 비슷한 상황이 초래되었겠지요. 그러나 그렇다고 해서 제 마음의 아픔이 경감되는 것은 아닙니다. 저는 그때의 잘못된 판단으로, 의도하지는 않았으나 잘못된 일을 하고 말았으니까요.

어느 날 갑자기, 저는 보리스가 사무실로 사용하는 건물에 불려갔습니다. 보리스를 직접 만나는 건 아주 오랜만이었습니다. 그는 역장실에서 만났을 때처럼 테이블 앞에 앉아 차를 마시고 있었어요. 그의 등 뒤에는 대형 자동 소총을 허리춤에 찬 타르타르가 칸막이처럼 서 있었습니다. 제가 방에 들어가자, 보리스는 고개를 돌려 그 몽골인에게 나가라고 신호를 보냈습니다. 그리고 우리는 단둘이 마주하게 되었습니다.

"어떤가, 마미야 중위. 나는 약속을 지켰어. 그렇지?"

저는 그렇다고 대답했습니다. 약속은 틀림없이 지켜졌습니다. 안타깝게도 그건 거짓말이 아닙니다. 그가 제게 약속한 사항은 실현되었습니다. 악마와의 계약처럼.

"자네들은 자치를 얻었어. 그리고 나는 권력을 얻었지." 하고 보리스는 양팔을 좍 벌리고 싱글거리며 말했습니다.

"피차 원하는 것을 얻었어. 채광량이 증가해서 모스크바도 환영하고 있고. 모든 게 원만하게 풀렸지, 더할 나위 없이. 나는 자네가 중재에 나서 준 걸 감사하고 있어. 그래서 실은 자네에게 뭐라도 보답을 하고 싶은데."

감사할 필요는 없다, 보답도 필요 없다고 저는 대답했습니다.

"우리 알고 지낸 지도 오랜 사이인데, 그렇게 퉁명하게 굴 거 없잖아." 하고 보리스는 웃으면서 말했습니다. "단도직입적으로 말해서, 나는 자네를 부하로 삼아서 내 밑에 두고 싶어. 여기서 내 일을 도와줬으면 한다는 말이지. 이곳에는 생각이란 걸 할 수 있는 인간이 극단적으로 부족해서 말이야. 내가 보기에 자네는 팔은 하나밖에 없지만, 그 대신 머리가 잘 돌아가. 그러니 만약 자네가 내 비서 같은 역할을 해 준다면, 나로서는 아주 고맙겠는데. 그러면 자네가 여기서 편하게 생활할 수 있도록 편의를 봐 주겠어. 자네는 살아남아서 틀림없이 일본으로 돌아갈 수 있을 거야. 내 편에 붙으면 손해는 절대 없을 거야."

평상시의 저 같으면 그 제안을 한마디로 거절했겠지요. 보리스의 수하가 되어 동료를 팔고, 혼자만 편한 생활을 할 생각은 추호도 없었습니다. 만약 그 제안을 거절했다고 보리스가 죽이려 한다면, 그것이야말로 제가 바라던 바입니

477

다. 그러나 그때 제 머릿속에 어떤 계획이 움텄습니다.

"내가 무슨 일을 하면 되겠습니까?" 하고 나는 말했습니다.

보리스가 제게 요구한 일은 간단하지 않았습니다. 정리되지 않은 잡무가 산더미처럼 쌓여 있었지요. 가장 큰 일은 보리스의 개인적인 자산 관리였습니다. 보리스는 모스크바와 국제 적십자에서 보내는 식료품과 의류, 의약품의 일부(전체의 약 40퍼센트에 달했습니다.)를 착복해서 비밀 창고에 쌓아 놓고 여기저기에 팔아넘기고 있었습니다. 그는 또 채굴한 석탄의 일부를 뒷거래를 통해 어딘가로 실어 보냈습니다. 연료는 만성적으로 부족했고, 수요는 어디에서나 넘쳐났어요. 그는 자기 장사를 위해 철도원과 역장을 매수해서 원하는 시간에 거의 멋대로 열차를 운행토록 했습니다. 경비를 서는 군의 병사들에게도 눈감아 주는 조건으로 식료품과 돈을 쥐여 주었습니다. 그 같은 '영업' 덕분에 이미 놀라운 액수의 부가 축적되어 있었습니다. 그는 이 돈은 결국 비밀 경찰의 운용 자금으로 사용될 것이라고 설명했습니다. 자신들의 활동에는 공적 기록에 남지 않는 거액의 자금이 필요하고, 자신은 여기에서 비밀리에 그 자금을 조달하고 있다고 말이지요. 그러나 그건 거짓말이었습니다. 물론 그중의 얼마간을 상납금으로 모스크바에 보내겠지요. 그러나 절반 이상은 그 개인의 자산으로 둔갑했을 것이라고 나는 확신합니다. 자세한 것까지는 잘 모르나, 그는 그 돈을 비밀 루트를 통해 외국의 은행계좌로 송금하거나 금으로 바꾼 것 같았습니다.

　그는 왜 그랬는지는 모르지만, 저라는 인간을 정말 믿고 있는 것 같았습니다. 지금 생각하면 참 신기한 노릇입니다만, 제가 그의 비밀을 외부로 흘릴 수도 있다는 우려는 전혀 하지 않는 것 같았습니다. 그는 러시아인을 비롯한 백인은 늘 의심하면서 엄하고 냉혹한 태도로 대했는데, 몽골 사람이나 일본인은 오히려 무턱대고 믿는 것 같았습니다. 어쩌면 제가 비밀을 유출해 봐야 별다른 해는 없다고 여겼는지도 모르겠습니다. 하기야 제가 과연 누구에게 그 비밀을 털어놓을 수 있었을까요? 제 주위에는 보리스에게 협력하는 자와 수하밖에 없었습니다. 그리고 그들은 모두 보리스의 부정행위 덕을 보고 있었습니다. 그가 사리사욕을 위해 식료품과 의류와 의약품을 빼돌린 탓에 도탄의 고통을 겪으며 죽어 가는 것은 아무 힘 없는 죄수와 포로들입니다. 그리고 모든 우편물은 검열 대상이었고, 외부 사람과의 접촉도 금지되어 있었습니다.

　저는 아무튼 충실하게 열심히 보리스의 비서 역할에 임했습니다. 저는 혼란스럽기 짝이 없던 그의 장부와 재고 목록을 처음부터 다시 작성하고, 물품과 돈의 흐름을 알기 쉽게 체계적으로 정리했습니다. 무엇이 어디에 어느 정도 있는지, 그것들이 어떤 가격대에서 움직이고 있는지 바로 조사할 수 있게 종목별로 대장을 작성했습니다. 매수한 인간의 목록도 작성하고, 거기에 소요되는 경비까지 산출했습니다. 저는 아침부터 밤늦도록 쉬지 않고 그를 위해 일했습니다. 그 결과, 저는 안 그래도 많지 않던 친구를 완전히 잃게 되었습니다. 사람들은 보리스의 충견으로 추락한 저를 침을 뱉어 마땅한 인간이라고 생각했습니다.(슬픈 일이지만 지금도 그들은 저를 그렇게 생각하고 있겠지요.) 니콜라이마저 제게 한마디도 말을 걸지 않았습니다. 전에는 친근하게 지냈던 두세 명의 일본인 포로도 저를 피하게 되었습니다. 반대로 보리스가 좋아하는 사람이라는 이유로 제게 접근하는 이들도 있었습니다만, 그런 사람들은 제 쪽에서 거부했습니다. 그렇게 해서 저는 수용소 안에서 점차 고립되고, 점점 고독해졌습니다. 제가 살해당하지 않은 것은 보리스라는 방패가 있었기 때문입니다. 보리스는 저를 아꼈으니, 그런 저를 죽이면 큰 사달이 나지 않을 수 없습니다. 보리스가 필요에 따라 얼마나 잔인해질 수 있는지 사람들은 잘 알고 있었습니다. 그의 그 유명한 거죽 벗기기는 이곳에서도 전설이었습니다.

그러나 제가 수용소 안에서 고립되면 고립될수록 보리스

는 저를 더더욱 신뢰하게 되었습니다. 그는 저의 체계적이고 꼼꼼한 일솜씨에 무척 만족했고, 칭찬의 말을 아끼지 않았습니다.

"정말 대단하군. 자네 같은 일본 사람이 많이 있는 한, 일본은 언젠가는 반드시 패전의 혼란에서 재기할 거야. 그러나 소련은 틀렸어. 안타깝지만 거의 가망이 없어. 차라리 황제가 있던 시대가 좋았지. 적어도 황제 폐하는 복잡한 논리에 대해서 일일이 머리를 굴릴 필요가 없었으니까 말이야. 우리의 레닌은 마르크스의 논리 중에서 자신이 이해할 수 있는 부분만 쏙 골라냈고, 우리의 스탈린은 레닌의 논리 중에서 자신이 이해할 수 있는 부분만 — 그게 아주 양이 적었지만 말이야 — 쏙 골라서 주장했지. 그러니 이 나라에서는 이해할 수 있는 범위가 좁은 놈일수록 큰 권력을 쥐게 된 거야. 좁으면 좁을수록 좋다니까. 알겠나, 마미야 중위, 이 나라에서 살아남는 길은 딱 한 가지야. 바로 상상하지 않는 것이지. 상상하는 러시아인은 반드시 파멸하고 말아. 나도 물론 상상하지 않지. 내 일은 다른 사람을 상상하게 하는 거야. 그게 내 밥벌이지. 자네도 그 점을 잘 기억해 두는게 좋을 거야. 적어도 여기 있는 한, 무슨 상상이 하고 싶어지면 내 얼굴을 떠올리라고. 그리고 이러면 안 된다, 상상은 목숨을 거둬 가는 일이라고 생각해. 이건 나의 황금 같은 충고야. 상상은 다른 사람에게 맡기라고."

삽시간에 반년이 흘렀습니다. 1947년 가을도 어언 끝나
갈 무렵, 저는 그에게는 없어서는 안 될 존재가 되었습니다.
저는 그의 활동의 실무적인 부분을 맡고 '타르타르'와 친위
대는 폭력 부분을 맡고 있었습니다. 보리스는 그때까지 모
스크바 비밀 경찰의 부름을 받지 않았습니다. 그러나 그 무
렵에는 모스크바에 돌아가고 싶은 생각이 아예 없는 듯 보
였습니다. 그는 수용소와 탄광에 자신의 견고한 영토를 구
축한 것이나 다름없었고, 그곳에서 마음 편하게 생활하고,
강력한 사설 군대가 지켜 주는 가운데 착착 부를 축적하고
있었습니다. 그러니 모스크바의 상위층도 보리스를 굳이 모
스크바로 불러들이느니 그냥 놔두고 시베리아 지배의 발판
을 견고하게 다지려 했는지도 모릅니다. 모스크바와 보리스
사이에는 편지가 수시로 오갔습니다. 그렇다고 우편으로 오
간 것은 아닙니다. 밀사가 열차를 타고 오갔습니다. 키가 크
고 얼음처럼 눈빛이 싸늘한 사람들이었습니다. 그들이 방
안에 들어오면 실내 온도가 쑥 내려가는 듯한 기분이 들 정
도였지요.

그런 한편 노역에 종사하는 죄수들은 여전히 높은 확률
로 죽어 갔고, 그들의 시신은 여전히 폐광의 구덩이에 던져

졌습니다. 보리스는 죄수들의 능력을 엄격하게 사정해, 육체적으로 약한 자는 처음 단계에 가혹하게 부려서 체력을 소모케 해 죽음으로 내몰았습니다. 그렇게 해서 절약한 식료품을 강건한 자들에게 돌려 생산성의 향상을 도모했습니다. 수용소는 철저한 효율 만능, 약육강식의 세계로 변했습니다. 강한 자는 많은 것을 빼앗고, 약한 자는 줄줄이 쓰러졌습니다. 노동력이 부족해지면, 어딘가에서 새로운 죄수들이 가축처럼 화물 열차에 실려 공급되었습니다. 심할 때는 실려 오는 도중에 20퍼센트가 죽었지만, 아무도 신경 쓰지 않았습니다. 새로 공급되는 이들 대부분이 서쪽에서 실려 오는 러시아인들과 동구 사람들이었습니다. 서쪽에서는 여전히 스탈린의 변덕스러운 폭정이 계속되고 있는 듯했습니다. 보리스에게는 더없이 고마운 일이었지요.

제 계획은 보리스를 죽이는 것이었습니다. 물론 그 한 사람을 말살한다고 해서 우리가 놓인 상황이 호전된다는 보장은 없습니다. 비슷한 지옥이 계속될 뿐이겠지요. 그러나 뭐가 어찌되었든 저는 이 세계에 보리스라는 인간이 존재하는 걸 허용할 수 없었습니다. 니콜라이가 예언했던 대로 그는 그야말로 독사 같은 존재였습니다. 누군가는 그의 목을 그어야만 했습니다.

저는 목숨이 아깝지 않았습니다. 보리스를 잘못 찔러 오히려 제가 죽는다면, 바라던 바입니다. 그러나 실패는 용납되지 않습니다. 그러기 위해서는 확실하게 죽일 수 있다고 확신할 수 있는 순간이 오기를 기다려, 단칼에 숨통을 끊어야 합니다. 저는 그의 비서로서 충의를 내세워 일하는 척하면서 그 기회를 호시탐탐 노리고 있었습니다. 그러나 보리스는 앞에서도 썼듯이 몹시 조심성이 많은 사람이었습니다. 그의 옆에는 밤낮을 불문하고 타르타르가 딱 달라붙어 있었습니다. 가령 운 좋게 보리스가 혼자 있는 일이 있었다 해도 무기가 없는 데다 팔이 하나뿐인 제가 어떻게 그를 죽일 수 있겠는지요? 그러나 저는 아무튼 그때가 오기를 끈질기게 기다렸습니다. 만약 어딘가에 신이란 존재가 있다면 언젠가 기회가 올 것이라고 저는 믿고 있었습니다.

1948년 벽두의 일입니다. 수용소 안 일본군 병사들 사이에 이제야 귀국할 수 있게 되었다는 소문이 퍼졌습니다. 봄이 되면 우리를 실어 갈 귀환선이 뜰 것이라고 말이지요. 저는 보리스에게 확인해 봤습니다.

"맞는 말이야, 마미야 중위." 하고 보리스는 말했습니다. "그 소문은 사실이야. 자네들 전원이 조만간 일본으로 귀환하게 될 거야. 국제 여론도 시끄러워서 말이지, 자네들을 언제까지 사역에 사용할 수는 없게 되었어. 중위, 그래서 한가지 제안이 있는데, 포로로서가 아니라 자유로운 소련 시민으로 이 나라에 남을 생각 없나? 나를 위해 열심히 일해 주었는데, 자네가 떠나고 나면 후임을 찾는 깃도 보통 일이 아니지. 자네도 무일푼으로 일본에 돌아가 고생하느니 내 옆에 남는 편이 훨씬 편할 거야. 들리는 소문에 일본에는 먹을 것도 없어서 사람들이 굶어 죽는다던데. 여기에는 돈도 여자도 권력도, 다 있어."

보리스는 진지하게 제안했습니다. 그는 자신의 개인적인 비밀을 너무 많이 아는 저 같은 인물을 놓아 주면 다소 위험하다고 생각했겠지요. 제안을 거절하면 그는 입을 막기 위해 저를 처리할지도 모릅니다. 그러나 죽음은 두렵지 않았습니다. 제안은 고맙지만, 고향에 남아 있는 부모님과 여동생 걱정도 되고 해서 역시 귀국하고 싶다고 저는 말했습니다. 보리스는 어깨를 으쓱했을 뿐 더는 아무 말도 하지 않았습니다.

귀환할 날이 머지않은 3월의 어느 밤, 드디어 그를 죽이기에 딱 좋은 기회가 찾아왔습니다. 그때 늘 보리스를 지키는 타르타르가 자리를 비워, 방에는 그와 저 둘밖에 없었습니다. 밤 9시가 조금 안 된 시간이었고, 저는 평상시대로 장부를 정리하고, 보리스는 책상 앞에 앉아 편지를 쓰고 있었습니다. 그가 이렇게 늦은 시간까지 사무실에 있는 것은 흔치 않은 일입니다. 그는 잔에 담긴 브랜디를 홀짝거리면서 편지지에 만년필로 글을 써내려 가고 있었습니다. 옷걸이에는 그의 가죽 코트와 모자와 함께, 권총이 든 가죽 홀스터가 걸려 있었습니다. 권총은 소련군이 지급하는 대형 권총이 아니라 독일제 발터 PPK였습니다. 보리스는 그 권총을 도나우 강 도하전 후에 포로로 잡은 나치 친위대 중령에게서 압수했다고 합니다. 권총은 깨끗하게 손질되어 있었고, 손잡이에는 번개 모양의 SS 마크가 찍혀 있었습니다. 그가 그 권총을 손질하는 광경을 저는 늘 주의 깊게 관찰했고, 덕분에 탄창에 늘 여덟 발의 실탄이 장전되어 있다는 것도 알고 있었습니다.

그가 그 권총을 옷걸이에 그런 식으로 걸어 두는 일은 좀처럼 없습니다. 조심성이 많은 사람이라 책상 앞에서 일할 때는 늘 바로 꺼낼 수 있도록 오른쪽 서랍에 넣어 두기 때문입니다. 그날 밤 그는 유난히 기분도 좋고 말도 많았는데, 그 탓에 주의를 게을리한 모양입니다. 제게는 행운이라 할 수밖에 없는 기회였지요. 그때까지 저는 어떻게 하면 한 손으로 안전장치를 풀 수 있는지, 어떻게 해야 총알을 재빨리 약실로 보낼 수 있는지, 그 동작을 수도 없이 머릿속에서 그려 왔습니다. 저는 결심하고 일어나, 서류를 가지러 가는 척하면서 옷걸이 앞을 지나갔습니다. 보리스는 편지를 쓰는 데만 열중했지 제 쪽을 돌아보지 않았습니다. 저는 지나가는 길에 홀스터에서 권총을 살짝 빼냈습니다. 큰 권총은 아닙니다. 제 손 안에 딱 들어오는 크기였습니다. 잡은 느낌하며 안정감하며, 손잡이만 잡아 봐도 훌륭한 총이라는 것을 알 수 있었지요. 저는 그 앞에 서서 안전장치를 풀고, 총을 다리 사이에 끼우고 오른손으로 볼트를 앞으로 당겨 총알을 약실에 보냈습니다. 그 조그맣고 건조한 소리에 보리스가 움찔 놀라 얼굴을 들었습니다. 저는 그를 향해 총구를 겨누고 있었습니다.

보리스는 고개를 저으며 한숨을 쉬었습니다.

"자네에게는 안된 일이지만, 그 총에는 총알이 들어 있지 않아." 그는 만년필에 뚜껑을 끼우고 그렇게 말했습니다. "총알이 장전되어 있는지는 무게로 알 수 있지. 위아래로 살살 흔들어 보라고. 7.65밀리 탄환은 여덟 발에 약 80그램이야."

저는 보리스의 그 말을 믿지 않았습니다. 저는 재빨리 그의 이마를 조준하고 주저 없이 방아쇠를 당겼습니다. 그러나 찰칵 하는 공허한 소리가 날 뿐이었습니다. 그가 말한 대로 총알이 들어 있지 않았던 것이지요. 저는 총을 내리고, 입술을 깨물었습니다. 더는 아무 생각도 할 수 없었습니다. 보리스는 책상 서랍을 열어 거기에서 총알을 한 움큼 꺼내, 손바닥을 펴 내게 보여 주었습니다. 그가 사전에 탄창에서 총알을 뽑아 두었던 것이었지요. 그가 저에게 덫을 놓은 것이었습니다. 모든 것이 연기였습니다.

"자네가 날 죽이고 싶어 한다는 건 벌써부터 알고 있었어." 하고 보리스는 나직하게 말했습니다. "자네는 자신이 날 죽이는 장면을 머릿속으로 몇 번이나 상상했어. 그렇지 않나? 전에 내가 충고했을 텐데. 상상은 목숨을 거둬 간다고 말이야. 그러나 뭐 좋아. 어차피 자네는 나를 죽일 수 없으니까."

그리고 보리스는 손바닥에 있는 총알 두 개를 집어 내 발치에 던졌습니다. 총알 두 개가 제 발 언저리에서 데구루루 굴렀습니다.

"그건 실탄이야." 하고 그가 말했습니다. "가짜가 아니야. 그걸 장전하고 날 쏴. 자네에게는 마지막 기회야. 만약 나를 정말 죽이고 싶다면 정확하게 조준해서 쏘라고. 그 대신 만약 실패하면 내가 여기서 했던 일을, 나의 비밀을 전 세계 누구에게도 발설해서는 안 돼. 그렇게 약속해. 그게 나의 거래 조건이야."

저는 고개를 끄덕였습니다. 저는 그러기로 약속했습니다.

저는 권총을 다시 다리 사이에 끼고 릴리스 버튼을 누르고 탄창을 뽑아 총알 두 발을 장전했습니다. 한 손으로 그만한 일을 하자니 간단치 않았습니다. 게다가 저는 손을 바들바들 떨고 있었습니다. 보리스는 태연한 표정으로 저의 그 일런의 동작을 바라보았습니다. 그는 미소마저 머금고 있었습니다. 저는 탄창을 손잡이에 밀어 넣은 다음, 그의 두 눈 사이를 정확하게 조준하고, 손가락의 떨림을 견뎌 가면서 방아쇠를 당겼습니다. 커다란 총성이 방 안에 울렸습니다. 그러나 총알은 보리스의 귀 옆을 스치듯 지나가 벽에 박혔습니다. 하얀 횟가루가 사방에 풀풀 날렸습니다. 불과 2미터 거리에서 쐈는데도 조준이 빗나갔던 것입니다. 저는 사격에 서툰 사람이 아닙니다. 신징에 주둔했을 당시, 꽤 열심히 사격 연습을 한 경험이 있습니다. 팔이 하나뿐이기는 하나, 제 오른손의 악력은 보통 사람보다 세고, 그 발터 권총은 손에 쥐고 정확하게 조준할 수 있는 안정된 권총이었는데도 말입니다. 제가 표적을 맞히지 못했다는 사실이 믿기지 않았습니다. 저는 격철을 올리고, 다시 한번 표적을 조준했습니다. 그리고 크게 숨을 들이쉬었습니다. 이 남자를 꼭 죽여야 한다, 하고 저는 스스로에게 말했습니다. 이 남자를 죽여야 내가 살아 있는 의미도 생기는 것이다.

"잘 조준하라고, 마미야 중위. 마지막 총알이니까." 보리스의 얼굴에는 아직도 미소가 어려 있었습니다.

그때 총성을 들은 타르타르가 대형 권총을 손에 들고 방 안으로 뛰어 들어왔습니다. 보리스는 타르타르를 제지했습니다.

"나서지 마." 하고 그는 날카로운 목소리로 말했습니다. "마미야가 날 쏘게 놔 둬. 그가 나를 용케 죽이면, 그다음은 네 마음대로 하도록."

타르타르는 고개를 끄덕이고, 총구를 제게 향한 채 꼼짝하지 않았습니다.

나는 발터를 쥔 오른손을 똑바로 앞으로 내밀고, 모든 것을 다 꿰뚫고 있다는 듯이 싸늘한 그의 미소 한가운데를 겨냥하고 침착하게 방아쇠를 당겼습니다. 저는 손바닥에 느껴지는 반동을 견뎌냈습니다. 완벽한 한 발이었습니다. 그러나 총알은 역시 그의 머리를 아슬아슬하게 스치고 나가 뒤에 있는 탁상시계를 산산이 부서트렸을 뿐이었습니다. 보리스는 눈썹 하나 까딱하지 않았습니다. 그는 의자 등받이에 기댄 채, 내내 그 뱀 같은 눈으로 나의 얼굴을 빤히 쳐다보고 있었습니다. 권총이 커다란 소리를 내며 바닥에 떨어졌습니다.

한참이나 아무도 말을 하지 않았고, 움직이지도 않았습니다. 그러다 잠시 후에 보리스가 의자에서 일어나 몸을 굽혀 바닥에서 발터를 집어 들었습니다. 그리고 그 총을 뭔가 깊이 생각하듯 바라보고는 소리 없이 고개를 저으며 옷걸이에 걸린 홀스터에 밀어 넣었습니다. 그리고 위로하듯 내 팔을 가볍게 툭툭 쳤습니다.

"날 죽일 수 없을 거라고 했지?" 보리스는 제게 그렇게 말했습니다. 그리고 주머니에서 카멜 갑을 꺼내 한 개비를 입에 물고 라이터로 불을 붙였습니다. "자네 사격 솜씨가 형편없었던 게 아니야. 자네는 그냥 나를 죽일 수 없어. 자네에게는 그럴 자격이 없지. 그래서 기회를 날린 거야. 안됐지만 자네는 나의 저주를 안고 고향에 돌아가게 되었군. 알겠나, 자네는 어디에 있어도 행복할 수 없어. 자네는 앞으로 사람을 사랑할 수도, 사람에게 사랑받는 일도 없을 거야. 그게 나의 저주야. 나는 자네를 죽이지 않아. 하지만 호의로 죽이지 않는 건 아니야. 나는 지금까지 수많은 사람을 죽였고, 앞으로도 많이 죽이겠지. 그러나 나는 필요 없는 살인은 하지 않아. 잘 가게, 마미야 중위. 일주일 후에 자네는 이곳을 떠나 나홋카로 가게 될 거야. 봉 부아야주. 두 번 다시 자네를 만나는 일은 없겠지."

그것이 저와 거죽 벗기는 보리스의 마지막 만남이었습니다. 저는 그 다음 주에 수용소를 떠나 열차를 타고 나홋카로 이송되었고, 나홋카에서도 또 몇 가지 복잡한 변화를 겪은 후 이듬해 초에 겨우 일본으로 돌아왔습니다.

이렇게 장황하고 기묘한 저의 이야기가 오카다 씨에게 과연 어떤 의미가 있을지, 솔직히 말씀드려서 저는 알지 못합니다. 이 모든 이야기가 그저 혀가 잘 돌아가지 않는 한 늙

은이의 신세타령에 지나지 않을 수도 있겠지요. 그러나 저는 오카다 씨에게 어떻게든 이 이야기를 하고 싶었습니다. 하지 않으면 안 된다고 느꼈습니다. 편지를 읽으면 아시겠지만, 저는 완벽하게 패배한 자이며, 상실된 자입니다. 그 어떤 자격도 없는 사람입니다. 예언과 저주의 힘으로 아무도 사랑하지 못하고, 또 누구에게도 사랑받지 못하는 사람입니다. 저는 걸어 다니는 허물로서 언젠가 그저 어둠 속으로 사라져 갈 뿐입니다. 그러나 이 이야기를 오카다 씨에게 인계하게 되어 조금은 편안한 마음으로 사라질 수 있을 것 같습니다.

아무쪼록 아쉬움이 남지 않는, 좋은 인생을 살아가시기 바랍니다.

35

위험한 장소,

텔레비전 앞에 모인 사람들,
텅 빈 남자

문이 안쪽으로 조금 열렸다. 보이는 쟁반을 양손에 들고 가볍게 목례한 후에 방 안으로 들어갔다. 나는 복도의 꽃병 뒤에서 그가 나오기를 기다리면서, 앞으로 어떻게 하면 좋을지를 생각했다. 나는 보이가 나오면 그 방에 들어갈 수도 있다. 208호실에는 누군가가 있다. 그리고 만약 이 일련의 사건이 지난번과 똑같이 진행된다면(지금은 그렇게 진행되고 있다.) 문은 잠겨 있지 않을 것이다. 또 나는 방은 제쳐 놓고 보이의 뒤를 쫓을 수도 있다. 그렇게 하면 나는 그가 속한 장소에 도착할 수 있을 것이다.

내 마음은 두 가지 선택 사이에서 흔들렸다. 그러나 결국은 보이 뒤를 쫓아가기로 했다. 그 208호실 안에는 뭔지 모를 위험한 것이 숨어 있다. 그것도 아마 치명적인 결과를 초래할 위험일 것이다. 나는 어둠에 울리는 딱딱한 노크 소리와, 나이프처럼 하얗고 폭력적인 번쩍임을 선명하게 기억하고 있었다. 나는 주의 깊게 행동해야 한다. 우선 그 보이가 어디로 가는지 확인하자. 그런 다음에 다시 여기로 돌아오면 된다. 그러나 어떻게? 나는 바지 주머니에 손을 넣고 뒤져 보았다. 주머니에는 지갑과 동전과 손수건과 짧은 볼펜이 들어 있었다. 나는 볼펜을 꺼내 손바닥에 선을 그어 잉크가 나오는지 확인했다. 이걸로 벽에 표시를 하면 된다, 하고 나는 생각했다. 그러면 그 표시를 더듬어 여기로 돌아올수 있다. 돌아올 수 있을 것이다, 아마.

문을 열고 보이가 나왔다. 나왔을 때 그의 손에는 아무것도 없었다. 쟁반째 방에 두고 나온 것이다. 그는 문을 닫자자세를 가다듬고 「도둑 까치」의 멜로디를 휘파람으로 불면서 맨손으로 왔던 길을 종종 돌아갔다. 나는 꽃병 뒤에서 나와 그 뒤를 밟았다. 갈림길이 나오면 나는 볼펜으로 크림색벽에 조그맣게 파란색 ×표시를 했다. 보이는 한 번도 뒤돌아보지 않았다. 그의 걸음걸이는 특이했다. 그는 '세계 호텔보이 걸음걸이 콘테스트'를 위한 모범 연기를 하는 것처럼 보였다. 호텔 보이는 이런 식으로 걸어야 한다는 모범을 보여 주듯, 그는 얼굴을 들고, 턱을 아래로 당기고, 등을 똑바로 펴고, 「도둑 까치」 멜로디에 맞춰 리드미컬하게 팔을 흔들면서, 성큼성큼 복도를 걸어갔다. 그는 모퉁이를 여러 번 돌고, 짧은 계단을 올라가고 또 내려갔다. 빛이 장소에 따라 강해졌다가 약해졌다. 벽에 옴폭 팬 무수한 자리가 갖가지 모양의 그림자를 만들었다. 나는 그가 눈치채지 못하도록 적당히 거리를 두고 걸었다. 그의 뒤를 쫓는 것은 그렇게 어려운 작업이 아니었다. 모퉁이에서 잠깐 그 모습을 놓쳤다 해도, 그 낭랑한 휘파람 소리를 놓칠 염려는 없었기 때문이다.

보이는 강물을 거슬러 올라간 물고기가 마침내 고요한 물웅덩이를 만나듯, 복도를 빠져나가 넓은 로비로 들어갔다. 내가 언젠가 텔레비전에서 와타야 노보루의 모습을 보았던 그 혼잡한 로비였다. 하지만 지금 로비는 잠잠하고, 사람들이 몇몇 대형 텔레비전 앞에 모여 앉아 있을 뿐이었다. 텔레비전은 NHK 뉴스를 보여 주고 있었다. 휘파람 부는 보이는 로비 앞에 다가서자, 사람들에게 방해가 되지 않도록 휘파람을 불지 않았다. 그리고 로비 플로어를 똑바로 가로질러 종업원용 문 안으로 사라졌다.

나는 그저 시간을 보내려는 사람인 척하면서 로비 안을 슬렁슬렁 걸어 다녔다. 그리고 빈 소파에 앉아 천장을 올려다보고, 발밑에 깔린 카펫의 상태를 확인했다. 그리고 공중

전화 앞에 가서 동전을 넣어 보았다. 하지만 전화는 방 전화와 똑같이 죽어 있었다. 나는 호텔의 구내 전화를 들어 208 숫자를 눌러 보았다. 하지만 그 전화도 죽어 있었다.

그리고 나는 조금 떨어진 곳에 있는 의자에 앉아, 텔레비전 앞에 모여 있는 사람들을 넌지시 관찰했다. 전부 열두 명이 있었다. 아홉 명은 남자고, 세 명이 여자였다. 대체로 삼십 대에서 사십 대 정도로, 오십 대로 보이는 사람은 딱 둘뿐이었다. 남자들은 양복이나 재킷을 입고 수수한 넥타이를 매고, 구두를 신고 있었다. 키나 몸집의 차이를 제외하면 누구 하나 이렇다 할 특징이 없었다. 여자들은 모두 삼십 대 중반이고, 셋 다 비슷하게 반듯한 차림이었고, 화장도 꼼꼼하게 하고 있었다. 마치 고등학교 동창회에 나갔다가 돌아온 사람들처럼 보였지만, 각자 떨어져 앉아 있는 것으로 보아 서로 아는 사이도 아닌 듯했다. 아무래도 거기 있는 사람들은 제각각 모인 듯, 모두 그저 묵묵히 텔레비전만 보고 있었다. 의견의 교환도 없고, 눈짓도 고개를 끄덕이는 일도 없었다.

그들에게서 조금 떨어진 곳에 앉아 한동안 그 뉴스를 바라보았다. 딱히 관심을 끄는 뉴스는 아니었다. 어딘가에서 도로 개통식이 있어 지사가 테이프를 끊었다. 시판되는 아동용 크레파스에서 유해물질이 발견되어 리콜 작업이 진행되고 있었다. 폭설이 내린 아사히카와에서 도로 동결과 시야 불량으로 관광버스가 트럭과 충돌, 트럭 운전사기 사망했고 온천 여행을 가던 단체 관광객이 몇 명 부상을 입었다. 아나운서는 억제된 목소리로 낮은 점수의 카드를 배부하는 것처럼 그런 뉴스를 차례대로 읽어 나갔다. 나는 점쟁이 혼다 씨 집의 텔레비전을 떠올렸다. 그러고 보니까 그 텔레비전은 언제나 채널이 NHK에 고정되어 있었지.

내게 그 뉴스를 전하는 영상은 아주 리얼했고, 동시에 전혀 리얼하지 않았다. 나는 사고로 죽은 서른일곱 살의 트럭 운전사를 동정했다. 그 누구도 폭설이 내린 아사히카와에서 내장 파열로 죽고 싶어 하지 않는다. 하지만 나는 그 운전사를 개인적으로는 알지 못하고, 그 운전사도 개인적으로는 나를 알지 못한다. 그러니 나는 그를 개인적으로 동정하는 것이 아니다. 그저 인간의 몸에 갑자기 닥친 폭력적인 죽음을 일반적으로 동정했을 뿐이다. 그 같은 일반성은 내게 리얼일 수도 있고 리얼이 아닐 수도 있었다. 텔레비전 화면에서 눈을 돌려 다시 한번 휑한 로비 안을 돌아보았다. 하지만 거기에는 실마리가 될 만한 것이 보이지 않았다. 호텔 종업원의 모습도 없고, 조그만 바는 아직 영업을 시작하지 않았다. 벽에는 어느 산을 그린 커다란 유화 한 점이 걸려 있을 뿐이다.

시선을 돌렸을 때 텔레비전 화면에 낯익은 어느 남자의 얼굴이 대문짝만 하게 비쳤다. 그것은 와타야 노보루의 얼굴이었다. 나는 의자에서 몸을 일으키고 귀를 기울였다. 와타야 노보루에게 무슨 일이 있는 것이다. 하지만 뉴스의 처음 부분을 나는 듣지 못했다. 마침내 얼굴 사진이 사라지고, 화면에 남자 아나운서의 얼굴이 다시 비쳤다. 그는 넥타이를 매고 코트를 입은 모습으로 손에 마이크를 쥐고 있었다. 그는 거대한 건물의 현관 앞에 서 있었다.

"……도쿄 여자의대 병원에 실려 와 현재 집중 치료실에서 치료를 받고 있지만, 두개골이 함몰된 중상으로 의식은 전혀 없다는 것밖에 알려지지 않았습니다. 생명에 지장이 없느냐는 질문에 병원 측은, 현 단계에서는 뭐라 말할 수 없다는 소견만 반복하고 있습니다. 구체적인 상황 발표는 시간이 좀 더 걸려야 할 것 같습니다. 도쿄 여자의대 병원 정면 현관에서 전해 드렸습니다."

그리고 화면은 스튜디오에 있는 아나운서로 바뀌었다. 그는 카메라를 향하고, 막 건네받은 원고를 읽어 내려갔다. "중의원 의원 와타야 노보루 씨가 폭한의 습격으로 중상을 입었습니다. 방금 들어온 소식에 따르면, 사건이 발생한 것은 오늘 오전 11시 30분으로, 와타야 의원이 도쿄 미나토구에 있는 건물 내 사무소에서 사람과 만나고 있는 자리에 젊은 남자가 침입해 야구 방망이로 수차례에 걸쳐 와타야 씨의 두부를 세게 쳐서……."(와타야 노보루의 사무소가 있는 건물이 화면에 비쳤다.) "……중상을 입혔습니다. 남자는 방문객으로 위장하고 긴 제도용 통에 방망이를 숨기고 사무소에 들어왔으며, 아무 말 없이 와타야 의원을 가격했다고 합니다."(화면은 범행이 있었던 사무소의 방을 보여 준다. 바닥에 의자가 나뒹굴고 있고, 그 근처에 검붉은 피의 흔적이 보인다.) "순식간에 벌어진 일로, 와타야 의원은 물론 주위 사람들도 저항할 여유가 없었고, 남자는 와타야 의원이 완전히 의식을 잃은 것을 확인한 후에 방망이를 든 채 현장을 떠났다고 합니다. 목격자의 증언에 따르면, 범인은 감색 짧은 코트에 스키용 털모자를 쓰고 짙은 선글라스를 끼고 있었으며, 키는 175센티미터 정도에 얼굴 오른쪽에 파란 반점 같은 멍이 있으며, 나이는 서른 전후로 추측됩니다. 현재 경찰이 범인의 행방을 쫓고 있지만, 사무소에서 빠져나간 남자는 부근의 인파 속으로 들어갔고, 그 후의 족적은 파악되지 않았습니다."(경찰들이 현장 검증을 하고 있다. 그리고 아카사카의 복잡한 거리 풍경.)

야구 방망이? 반점 같은 멍? 나는 입술을 깨물었다.

"와타야 노보루 씨는 신예 경제학자, 정치 평론가로 맹활약하고 있으며, 올 봄에는 와타야 ○○씨의 정치 기반을 이

어받아 중의원 의원에 당선, 이후 젊고 실력 있는 정치가, 논객으로 높이 평가되었으며, 장래가 촉망되는 신인 의원입니다. 경찰에서는 정치적인 배후 관계와 개인적인 원한에 의한 폭행, 양쪽에 가능성을 두고 수사를 진행하고 있습니다. 다시 말씀드립니다. 중의원 의원 와타야 노보루 씨가 오늘 낮에 폭한의 방망이에 피격, 중상을 입고 병원에 실려 갔습니다. 자세한 상황은 아직 알려지지 않았습니다. 다음 뉴스를 전해 드리겠습니다……."

누군가가 텔레비전 스위치를 끈 모양이었다. 아나운서의 목소리가 뚝 끊기고 침묵이 사방을 에워쌌다. 사람들은 정신을 차린 듯 각자 자세를 조금씩 풀었다. 어째 사람들은 와타야 노보루의 뉴스를 보기 위해 텔레비전 앞에 모인 것 같았다. 텔레비전이 꺼졌는데도 아무도 자리를 뜨지 않았다. 한숨을 쉬거나 혀를 차는 사람도, 헛기침을 하는 사람조차 없었다.

대체 누가 방망이로 와타야 노보루를 쳤을까? 범인의 외관상의 특징은 나와 똑같다 — 감색 짧은 코트에 털모자, 선글라스. 얼굴에는 멍. 그리고 키, 나이. 그리고 야구 방망이. 나는 그 방망이를 줄곧 우물 속에 놔두었지만, 어딘가로 사라지고 말았다. 만약 와타야 노보루의 두개골을 함몰시킨 것이 그 방망이라면, 누군가가 우물 속에서 그걸 가져가 와타야 노보루의 머리를 쳤다는 얘기다.

한 여자가 어쩌다 불쑥 뒤돌아 나를 쳐다보았다. 마르고, 물고기처럼 광대뼈가 두드러지는 여자였다. 긴 귓불 한가운데에 하얀 귀걸이가 달려 있었다. 그녀는 뒤돌아 한참이나 나를 보았다. 나와 시선이 마주쳤는데도 눈길을 피하지 않고 표정도 달라지지 않았다. 그리고 옆에 있던 머리가 벗어진 남자도, 그녀 시선을 따르듯 이쪽을 보았다. 남자는 키나 몸집이 역 앞 세탁소 주인과 비슷했다. 한 명 또 한 명, 사람들이 내 쪽을 향했다. 내가 거기에 함께 자리하고 있다는 걸 이제야 겨우 알아차린 것처럼. 그들이 쳐다보자, 나는 자신이 감색 짧은 코트를 입고, 감색 털모자를 쓰고 있으며 키가 175센티미터에 나이는 서른을 갓 넘겼다는 사실을 의식하지 않을 수 없었다. 그리고 내 얼굴 오른쪽에는 멍이 있다. 내가 와타야 노보루의 매제이며 그에게 좋은 감정을 갖고 있지 않다(또는 증오하고 있다.)는 것을, 그들은 어떻게 알았는지 이미 알고 있는 듯했다. 그들의 시선을 보면 그렇다는 걸 알 수 있었다. 나는 어떡하면 좋을지 모른 채, 의자의 팔걸이 부분을 꽉 잡았다. 나는 와타야 노보루를 야구 방망이로 때리지 않았다. 나는 그런 짓을 할 인간이 아니고, 무엇보다 방망이도 갖고 있지 않다. 하지만 그들은 내 말을 믿지 않을 것이다. 그들은 텔레비전이 하는 말을 그대로 믿고 있다.

나는 천천히 자리에서 일어나, 왔던 복도 쪽으로 걸어갔다. 이런 때는 빨리 사라지는 게 상책이다. 이곳에서는 아무도 나를 환영하지 않는다. 한참을 걸어가다가 뒤돌아보자, 몇몇 사람이 일어나 내 뒤를 따라오고 있었다. 나는 재빨리 로비를 가로질러 복도로 향했다. 208호실로 돌아가야 한다. 입안이 바짝 말랐다.

내가 간신히 로비를 지나 복도에 발을 들여놓았을 때, 관내의 모든 불빛이 소리 없이 사라졌다. 마치 도끼로 세게 내리쳐 암흑의 무거운 장막을 지상으로 떨어뜨린 것처럼, 아무 예고 없이 사방이 칠흑 같은 어둠에 휩싸였다. 뒤에서 누군가가 놀라 소리를 질렀다. 그 목소리가 생각보다 훨씬 가까이에서 들렸다. 그 울림의 핵심에는 돌처럼 딱딱한 증오의 씨앗이 있었다.

나는 암흑을 더듬어 앞으로 나아갔다. 벽에 손을 대고 조심조심 천천히 걸어갔다. 조금이라도 그들에게서 멀어져야 한다. 하지만 나는 조그만 테이블에 부딪히고, 꽃병 같은 것을 건드려 넘어뜨렸다. 그것은 커다란 소리를 내며 바닥을 데굴데굴 굴렀다. 그 바람에 나는 카펫 위에 엎어지고 말았다. 허둥지둥 일어나 손을 더듬어 복도 벽을 찾아 또 앞으로 나아갔다. 그때 코트 자락이 못에라도 걸린 것처럼 뒤로 확 잡아당겨졌다. 순간 영문을 몰랐다. 그리고 곧 이해했다. 누군가가 코트 자락을 잡아당기고 있는 것이었다. 나는 주저 없이 코트를 벗어던지고, 그대로 몸을 굴리듯 어둠 속으로 들어갔다. 더듬더듬 모퉁이를 돌고, 발을 헛디디면서 계단을 오르고, 또 모퉁이를 돌았다. 도중에 온갖 것에 얼굴과 어깨가 부딪혔고, 계단을 헛디뎌 얼굴이 부딪혔다. 하지만 아픔은 느끼지 못했다. 때로 눈 속에서 흐릿한 현기증을 느꼈을 뿐이다. 여기서 붙잡힐 수는 없다.

사위는 한 줄기 빛조차 없다. 정전이 되었어도 기능할 비상등조차 보이지 않는다. 오른쪽도 왼쪽도 없는 그런 암흑 속을 나는 정신없이 나아가, 겨우 멈춰 서서 숨을 고르고 뒤쪽에 귀를 기울였다. 아무 소리도 들리지 않는다. 내 심장의 격한 고동 소리만 들릴 뿐이다. 나는 거기에 쪼그리고 앉아 한숨 돌렸다. 그들은 추적을 포기한 모양이다. 그리고 이 암흑 속에서 더 이상 앞으로 나아가 봐야, 미로 속으로 더 깊이 헤매들 뿐이리라. 나는 벽에 기대어 잠시 마음을 가라앉히기로 했다.

그런데 대체 누가 조명을 껐을까? 불이 꺼진 것이 전혀 우연 같지 않았다. 내가 복도에 발을 들여놓고, 사람들이 바로 등 뒤에 다가왔을 때, 그야말로 그 순간에 불이 꺼졌다. 거기에 있던 누군가가 나를 위험에서 구하려 한 것이다. 나는 털모자를 벗고, 손수건으로 얼굴에 흐르는 땀을 닦은 다음 다시 모자를 썼다. 몸의 마디마디가 이제야 생각났다는 듯이 아픔을 호소했지만, 부상이라고 할 정도는 아닌 듯했다. 손목시계의 야광 바늘을 보았다가, 시계가 멈췄다는 것을 떠올렸다. 시계는 11시 반에 멈춰 있다. 그 시간은 내가 우물에 들어간 시간이며 동시에 와타야 노보루가 아카사카 사무소에서 누군가에게 방망이로 얻어맞은 시간이었다.

혹시 내가 방망이로 와타야 노보루를 가격한 것일까.

칠흑처럼 깊은 어둠 속에 있자니, 그것도 하나의 이론적인 '가능성'으로 존재할 수 있을 듯한 기분이 들었다. 실제의 지상에서는 내가 진짜 방망이로 와타야 노보루를 쳐서 중상을 입혔을지도 모른다. 그리고 나만 그걸 모르고 있는지도 모른다. 내 안의 격한 증오가 나도 모르게 제멋대로 거기까지 걸어가, 힘을 행사했는지도 모른다. 아니지, 걸어간 건 아닐 거야, 하고 나는 생각했다. 아카사카까지 가려면 오다큐선 전철을 타고 신주쿠에서 지하철로 갈아타야 한다. 나 자신도 모르게 그렇게 할 수 있을까? 불가능하다 ― 또 다른 내가 존재하지 않는 한.

그러나 만약 와타야 노보루가 정말 죽든지 또는 재기가 불가능한 상태가 된다면, 우시카와는 그야말로 선견지명이 있었던 셈이다. 그는 아주 절묘한 타이밍에 배를 갈아탔다. 나는 그의 동물적인 후각에 감탄하지 않을 수 없었다. 우시카와의 목소리가 귓가에 들리는 듯했다. "자랑할 건 못 되지만, 오카다 씨, 내가 냄새를 좀 잘 맡거든요. 킁킁킁, 후 가이 좋아요."

"오카다 씨." 하고 바로 옆에서 누가 내 이름을 불렀다.

내 심장은 스프링에 튕겨 오른 것처럼 목구멍까지 튀어 올랐다. 그 목소리가 어디서 들리는지 도무지 알 수 없었다. 나는 잔뜩 긴장하고 어둠 속을 돌아보았다. 하지만 물론 아무것도 보이지 않는다.

"오카다 씨." 하고 그 목소리가 또 들렸다. 남자의 낮은 목소리였다. "걱정할 거 없습니다. 난 당신 편이에요. 우리 전에 한번 만난 적이 있는데, 기억하나요?"

정말 기억에 있는 목소리였다. 그 '얼굴 없는 남자'다. 하지만 나는 조심스러워 바로 대답하지 않았다.

남자가 말했다. "한시 빨리 여기서 빠져나가야 합니다. 밝아지면 그들은 반드시 여기까지 찾으러 올 겁니다. 지름길로 갈 테니 뒤따라오세요."

남자는 손에 쥐고 있던 연필 모양 포켓라이트를 켰다. 작은 빛이었지만 발치를 밝히기에는 충분했다. "이쪽입니다." 하고 남자가 재촉하듯이 말했다. 나는 바닥에서 일어나, 얼른 남자 뒤를 따라갔다.

"당신이 그때 조명을 끈 거군요?" 하고 나는 남자의 등을 향해 물었다.

그는 대답하지 않았지만, 굳이 부정하지도 않았다.

"고맙습니다. 위험했는데." 하고 나는 말했다.

"그들은 위험한 사람들입니다." 하고 남자가 말했다. "당신이 생각하는 것보다 훨씬 위험합니다."

나는 물었다. "와타야 노보루가 정말 습격을 당해 중상을 입은 건가요?"

"텔레비전에서는 그렇게 말하더군요." 하고 얼굴 없는 남자는 말을 골라 가며 조심스럽게 대답했다.

"하지만 내가 한 짓이 아닙니다. 나는 그때 혼자 우물 속에 있었어요." 하고 나는 말했다.

"당신이 그렇게 말하니, 틀림없이 그런 거겠죠." 하고 남자는 당연하다는 듯이 말했다. 그는 문을 열고, 라이트로 발밑을 비추면서 거기에 있는 계단을 한 칸 한 칸 신중하게 올라갔다. 나는 그 뒤를 따라갔다. 긴 계단이었다. 도중에 계단을 오르고 있는 건지 아니면 내려가고 있는 건지 혼란스러워지고 말았다. 게다가 이게 정말 계단인 것일까?

"그런데 당신이 그때 우물 속에 있었다는 걸 증명할 수 있는 사람이 있나요?" 하고 남자가 돌아보지 않은 채 내게 물었다.

나는 대답하지 않았다. 그런 인간은 어디에도 없다.

"그렇다면 아무 말 않고 재빨리 도망치는 게 현명하겠군요. 그들은 당신을 범인이라고 믿고 있습니다."

"그들은 누구입니까, 대체?"

남자는 계단을 다 올라가자 오른쪽으로 돌아서서 또 한참을 걸어갔다가 문을 열고 복도로 나갔다. 그리고 걸음을 멈춘 후, 가만히 귀를 기울였다. "서둘러야겠습니다. 내 윗도리를 잡아요." 나는 그가 하라는 대로 그의 윗도리 자락을 잡았다.

얼굴 없는 남자가 말했다. "그들은 언제나 열심히 텔레비전을 봅니다. 그러니 그들이 여기서 당신을 꺼리는 건 당연한 일이죠. 그들은 당신 부인의 오빠를 아주 좋아합니다."

"당신은 내가 누구인지 알고 있군요?" 하고 나는 말했다.

"물론 알고 있습니다."

"그럼 구미코가 지금 어디 있는지도 압니까?"

남자는 말이 없었다. 나는 그의 윗도리 자락을 꽉 잡은 채 무슨 게임을 하는 것처럼 캄캄한 모퉁이를 돌고, 짧은 계단을 뛰다시피 내려가, 작은 비밀의 문을 열고 천장이 낮은 샛길 같은 통로를 지나, 또 다른 긴 복도로 나갔다. 얼굴 없는 남자가 이끄는 복잡하고 알 수 없는 길은, 한없이 계속되는 태내 순례처럼 여겨졌다.

"내가 여기서 일어난 일을 전부 알고 있는 것은 아닙니다.

알겠어요? 아주 넓은 장소니까요. 내가 맡은 중심 지역은 로비입니다. 나는 모르는 게 아주 많습니다."

"그래도 휘파람 부는 보이는 알겠죠?"

"아니요." 하고 남자는 바로 대답했다. "여기에 보이는 한 명도 없습니다. 휘파람을 부는 보이도, 불지 않는 보이도. 만약 당신이 어디서 보이를 봤다면, 그건 보이가 아니라 보이인 척하는 무엇입니다. 깜박 잊고 묻지 않았는데, 당신은 208호실에 가고 싶은 거죠. 아닌가요?"

"맞아요. 나는 거기서 한 여자와 만나기로 했습니다."

남자는 그 말에는 아무 의견이 없었다. 상대가 누구냐고 묻지도, 어떤 용건이냐고 묻지도 않았다. 그는 익숙한 걸음으로 복도를 걸었고, 나는 예인선에 끌려가듯 어둠 속의 복잡한 수로를 빠져나갔다.

마침내 남자가 아무 예고 없이 어느 문 앞에서 불쑥 걸음을 멈췄다. 뒤에서 그의 몸에 부딪힌 나는 하마터면 그를 쓰러뜨릴 뻔했다. 부딪혔을 때, 남자 몸의 감촉이 이상하게 가볍고 희박했다. 마치 허물에 부딪힌 듯한 느낌이었다. 그러나 그는 바로 몸을 가누고 포켓라이트로 문에 붙은 방 번호를 비추었다. 208이라는 숫자가 떠올랐다.

"문은 잠겨 있지 않습니다." 하고 남자가 내게 말했다. "이 라이트를 드리죠. 나는 어둠 속에서도 걸어 돌아갈 수 있습니다. 방에 들어가면 반드시 문을 잠그고, 누가 두드려도 열면 안 됩니다. 그리고 볼일을 빨리 끝내고 그 장소로 돌아가세요. 여기는 위험한 곳입니다. 당신은 침입자이고, 당신 편은 나밖에 없습니다. 그 점을 꼭 기억하세요."

"당신은 누구죠?"

얼굴 없는 남자는 무언가를 인계하듯 내 손에 살며시 라이트를 쥐어 주었다. "나는 텅 빈 남자입니다." 하고 남자가 말했다. 그리고 어둠 속에서 내게로 얼굴 없는 얼굴을 향한 채, 가만히 내 말을 기다렸다. 하지만 나는 도저히 올바른 말을 찾아낼 수가 없었다. 그리고 남자는 끝내 소리도 없이 내 앞에서 사라졌다. 그는 거기에 있다가, 다음 순간에는 어둠에 빨려 들어갔다. 나는 그쪽으로 불빛을 비추어 보았다. 그러나 하얀 벽이 어둠 속에 부옇게 떠올랐을 뿐이었다.

남자가 말했던 대로 208호실 문은 잠겨 있지 않았다. 손잡이가 내 손안에서 스르륵 돌아갔다. 나는 혹시나 싶어 불을 끄고, 살금살금 방 안으로 발을 들여놓은 다음, 어둠 속에서 실내를 살폈다. 그러나 방 안은 지난번과 똑같이 고요할 뿐이었다. 뭐가 움직이는 기척도 전혀 없다. 아이스버킷 속에서 얼음이 움직이는 소리가 카랑 하고 조그맣게 들렸을 뿐이다. 나는 라이트를 켜고, 등 뒤에 있는 문을 닫는다. 건조한 금속 소리가 방 안에 필요 이상 크게 울렸다. 방 한가운데 있는 테이블 위에는 마개를 따지 않은 새 커티삭 병과, 새 잔과, 새 얼음이 든 아이스버킷이 놓여 있다. 꽃병 옆에서 은색 쟁반이, 마치 오래 기다리고 있었다는 듯이 라이트의 불빛을 요염하게 반사한다. 그에 화답하듯 꽃가루 냄새가 순간적으로 강렬하게 풍겼다. 공기가 농밀해지고, 내 주위에서 인력이 다소 강하게 작용하는 듯한 기분이 들었다. 나는 문에 등을 대고 빛을 공중으로 향한 채, 잠시 사방의 움직임을 살폈다.

여기는 위험한 곳입니다. 당신은 침입자이고, 당신 편은 나밖에 없습니다. 그 점을 꼭 기억하세요.

"나를 비추지 마." 안쪽 방에서 여자 목소리가 들렸다. "그 빛으로 나를 비추지 않겠다고 약속해 줄 수 있을까?"

"약속하지." 하고 나는 말한다.

36

올드 랭 사인,

마법을 푸는 법,
아침에 자명종이 울리는 세계

"약속하지." 하고 나는 말했다. 그러나 내 목소리에는 녹음된 자신의 목소리를 들을 때처럼, 어딘가 모르게 어색한 울림이 있었다.

"내 얼굴을 비추지 않겠다고 분명하게 말해 줄 수 있을까?"

"당신 얼굴을 비추지 않을게. 약속해." 하고 나는 말했다.

"정말 약속한 거지? 거짓말 아니지?"

"거짓말 아니야. 약속은 꼭 지킬게."

"그럼, 온 더 록을 두 잔 만들어서 이리 가져올 수 있을까? 얼음을 듬뿍 넣어서."

어리광을 부리는 소녀처럼 혀 짧은 울림이 있었지만, 정작 목소리는 성숙한 여자의 기품을 띠고 있었다. 나는 포켓 라이트를 테이블에 내려놓고, 호흡을 가다듬고 그 빛 속에서 온 더 록을 만들었다. 커티삭 마개를 따고, 집게로 얼음을 집어 잔에 담고, 그리고 위스키를 따랐다. 나는 자신의 손이 지금 뭘 하고 있는지, 머릿속으로 일일이 생각하고 확인해야 했다. 두 손의 움직임을 따라 커다란 그림자가 벽 위에서 너울거렸다.

나는 온 더 록 두 잔을 오른손에 들고, 왼손에 쥔 라이트로 발밑을 비추면서 안쪽 방으로 들어갔다. 방 공기가 아까보다 조금 싸늘하게 느껴졌다. 나는 어둠 속에서 나도 모르게 땀을 흘렸고, 그 땀이 조금씩 식어 가는 듯했다. 도중에 코트를 벗어 던진 기억이 떠올랐다.

나는 약속한 대로 라이트를 꺼 바지 주머니에 넣고서, 손으로 더듬어 침대 옆 테이블에 잔을 하나 내려놓았다. 그리고 내 잔을 들고 조금 떨어진 곳에 있는 팔걸이의자에 앉았다. 캄캄한 어둠 속이지만, 가구가 어디 놓여 있는지 나는 대충 그 위치를 기억하고 있었다.

시트가 스치는 소리가 사륵사륵 들린 듯했다. 그녀는 어둠 속에서 조용히 몸을 일으켜 침대 헤드보드에 몸을 기대고 잔을 들었다. 그리고 허공에서 가볍게 흔들리는 얼음 소리가 들리고, 여자가 한 모금 술을 마셨다. 어둠 속에서 그 소리는 마치 라디오의 효과음처럼 들렸다. 나는 잔을 손에 든 채 냄새만 조금 맡고는 입을 대지 않았다.

"참 오랜만에 당신을 만나는군." 하고 나는 말을 꺼냈다. 내 목소리가 조금 전보다는 다소 내게 적응해 있었다.

"그런가?" 그녀가 말했다. "나는 잘 모르겠네. 오랜만이라는 거, 참이라는 거."

"내 기억으로는 일 년 오 개월 만이야, 정확하게 말하면." 하고 나는 말했다.

"흐음." 하고 여자는 관심 없다는 듯이 말했다. "나는 기억이 잘 안 나는데, 정확하게 말해서."

나는 잔을 발 옆에 내려놓고, 다리를 꼬았다. "그런데 아까 내가 여기 왔을 때는, 당신 여기 없었지?"

"아니, 나는 여기 있었어. 지금처럼 이렇게 침대에 누워 있었어. 나는 늘 여기 있는걸."

"나는 틀림없이 208호실에 왔어. 여기 208호실 맞지?"

그녀는 잔 속 얼음을 빙글 돌렸다. 그리고 후후 웃었다. "당신이 틀림없이 틀렸을 거야. 틀림없이 다른 208호실에 갔던 거겠지." 하고 그녀는 말했다.

그녀 목소리에는 뭔지 모르게 불안정한 것이 있고, 그게 나를 조금 불안하게 했다. 어쩌면 여자는 술에 취해 있는지도 모른다. 나는 어둠 속에서 털모자를 벗어 무릎에 놓았다.

"전화는 죽었더군." 하고 나는 말했다.

"응." 하고 그녀가 나른하게 말했다. "그들이 죽였어. 나는 전화 거는 걸 좋아하는데."

"그들이 당신을 여기 가둔 거지?"

"글쎄, 그런가. 나는 잘 모르겠네." 여자가 조그맣게 웃었다. 웃자, 공기의 흔들림 때문에 그녀의 목소리도 흔들렸다.

"전에 여기 왔을 때부터, 나는 아주 오랫동안 당신 생각을 했어." 나는 그녀가 있는 방향을 향해 그렇게 말했다. "당신은 대체 누구일까, 그리고 여기서 뭘 하는 걸까 하고 말이야."

"재미있을 것 같네." 하고 여자는 말했다.

"그래서 여러 가지로 상상을 해 봤는데, 하지만 아직은 확신이 들지 않아. 그냥 상상하고 있을 뿐이야."

"흐음." 하고 그녀는 감탄스럽다는 듯이 말했다. "그렇구나, 확신은 없지만 상상하고 있다는 거네."

"그래." 하고 나는 말했다. "사실 나는 당신을 구미코라고 생각하고 있어. 처음에는 몰랐는데, 점점 그렇게 생각하게 되었어."

"그래?" 그녀는 잠시 틈을 두고서 들뜬 목소리로 말했다. "정말 내가 구미코 씨야?"

그 순간 나는 방향을 잃고 말았다. 자신이 전혀 엉뚱한 일을 하고 있는 듯한 기분이 들었다. 잘못된 장소에 와서 엉뚱한 상대에게 그른 말을 하고 있는 기분이었다. 모든 것은 시간의 소모이며, 의미 없는 우회로였다. 하지만 나는 어둠 속에서 몸을 가눠 방향을 바로 잡았다. 나는 현실을 확인하듯 무릎에 놓인 털모자를 두 손에 꼭 쥐었다.

"그러니까 당신이 구미코라고 하면 지금까지 있었던 모든 일의 맥락이 잘 맞는 것 같아서. 당신은 여기에서 내게 몇 번이나 전화를 걸었어. 아마 당신은 그때 내게 어떤 비밀을 전하려고 했겠지. 구미코가 안고 있는 비밀을 말이야. 실제의 구미코가 실제 세계에서 도저히 내게 말하지 못했던 것을, 당신이 이 장소에서 대신 전하려 했던 거 아닌가. 마치 암호 같은 말로 말이야." 그녀는 잠시 말이 없었다. 잔을 기울여 술을 또 한 모금 마시고, 그리고 입을 열었다. "그렇구나, 음, 만약 당신이 그렇게 생각한다면 그럴지도 모르겠네. 난 사실은 구미코 씨일지도 모르겠어. 나는 아직 모르겠지만. 그리고⋯⋯ 만약 그렇다면, 내가 사실은 구미코 씨라면, 내가 여기서 구미코 씨 목소리로, 그러니까 그녀 목소리로 당신과 얘기해도 되는 거겠네. 그렇게 되는 거지? 얘기가 좀 복잡하지만, 괜찮을까?"

"괜찮아." 하고 나는 말했다. 내 목소리는 또 조금 침착함과 현실감을 잃었다.

여자가 어둠 속에서 헛기침을 했다. "음, 잘될지 모르겠네." 하고 그녀는 말했다. 그리고 또 후후 웃었다. "그게 좀처럼 간단하지가 않아. 당신, 바쁜 일 있어? 천천히 있다 가도 되는 거야?"

"모르겠지만, 아마." 하고 나는 말했다.

"그럼 조금만 기다려. 미안. 흠흠…… 바로 준비할 수 있으니까."

나는 기다렸다.

"그래서, 당신은 나를 찾아 여기까지 온 거였네. 나를 만나러?" 하고 구미코의 진지한 목소리가 어둠 속에 울렸다.

구미코의 목소리를 마지막으로 들었던 것은, 내가 그녀의 원피스 지퍼를 올려준 그 여름날의 아침이었다. 그때 구미코는 누군가에게 받은 새 향수를 귀 뒤에 뿌리고, 그리고 집을 나간 채 두 번 다시 돌아오지 않았다. 어둠 속의 목소리는, 그게 진짜든 가짜든 나를 한순간에 그날 아침으로 되돌려 놓았다. 나는 향수 냄새를 맡고, 구미코의 하얀 등을 떠올릴 수 있었다. 어둠 속에서 기억은 무겁고 농밀했다. 현실 이상으로 무겁고 농밀했다. 나는 모자를 꼭 끌어 쥐고 있었다.

"정확하게 말하면, 나는 당신을 만나러 여기 온 건 아니야. 당신을 여기에서 데려가려고 왔어." 하고 나는 말했다.

그녀가 어둠 속에서 조그맣게 한숨을 쉬었다. "왜 그렇게 나를 되찾고 싶은데?"

"사랑하니까." 하고 나는 말했다. "그리고 당신도 똑같이 나를 사랑하고 원하고 있어. 나는 그걸 알아."

"꽤나 자신이 있나 보네." 하고 구미코가 ─ 구미코의 목소리가 ─ 말했다. 그 목소리에 조롱의 울림은 없었다. 그러나 동시에 온기도 없었다.

옆방에서 아이스버킷 속 얼음이 움직이는 소리가 났다.

"그러나 당신을 되찾으려면, 나는 몇 가지 수수께끼를 풀어야 해." 하고 나는 말했다.

"그걸 한가롭게 지금부터 생각하겠다는 거야?" 하고 그녀는 말했다. "당신에게는 그런 시간 여유가 없을 텐데?"

그녀 말이 물론 옳았다. 시간 여유는 없고, 생각해야 할 것은 과도하게 많다. 나는 손등으로 이마에 돋은 땀을 닦았다. 하지만 이게 아마 마지막 기회일 거야, 하고 나는 속으로 말했다. 생각해.

"당신이 나를 도와줬으면 해."

"글쎄, 어떨지 모르겠네." 하고 구미코의 목소리가 말했다. "나는 당신을 도울 수 없을 거야. 하지만 아무튼 해 볼게."

"우선 첫 번째 의문은, 왜 당신이 집을 나가야만 했느냐 하는 거야. 나는 그 진짜 이유를 알고 싶어. 다른 남자와 관계를 가졌다는 얘기는 당신이 보낸 편지에서 읽었어. 몇 번이나 읽었어. 아무튼 그건 하나의 설명일 수는 있어. 하지만 나는 도저히 그게 진짜 이유라고 생각되지 않아. 믿기지가 않아. 거짓말이라고는 생각지 않지만, 그건…… 다시 말해서, 무슨 비유 같은 것에 불과하지 않나 싶어."

"비유?" 하고 그녀가 정말 놀란 듯이 말했다. "나는 잘 모르겠지만, 다른 남자와 잤다는 게 과연 어떤 비유가 될 수 있지, 예를 들면?"

"내가 하고 싶은 말은, 그 이유가 왠지 설명을 위한 설명인 것처럼 보인다는 거야. 그 설명은 아무것도 설명하고 있지 않아…… 그저 표면을 더듬고 있을 뿐이지. 편지를 읽으면 읽을수록 나는 그런 생각이 들었어. 좀 더 근본적인 진짜 이유가 있을 거라고 말이야. 그리고 그 이유는 아마 와타야 노보루와 얽혀 있을 거야."

나는 어둠 속에서 그녀의 시선을 느꼈다. 이 여자는 내 모습을 볼 수 있는 것일까?

"얽혀 있다니, 어떤 식으로?" 하고 구미코의 목소리가 물었다.

"그러니까, 이번 일련의 사건은 아주 복잡해. 여러 인물이 등장했고, 이상한 일들이 잇달아 일어났고, 순서대로 생각하다 보면 뭐가 뭔지 모르겠어. 하지만 조금 떨어져 멀리서 보면, 그 흐름의 맥락이 분명해져. 그건 당신이 내 쪽 세계에서 와타야 노보루 쪽 세계로 옮겨 갔다, 하는 거야. 중요한 건 그 이동이야. 만약 당신이 정말 다른 남자와 육체적인 관계를 가졌다 해도, 그건 어디까지나 부차적인 이유에 지나지 않아. 표면적인 일에 불과해. 내가 하고 싶은 말은 그런 거야."

그녀가 어둠 속에서 조용히 잔을 기울였다. 그 소리가 나는 언저리를 가만히 쳐다보자, 그녀 몸의 움직임이 부옇게 보인 듯한 느낌이 들었다. 하지만 물론 그것은 착각이었다.

"사람이 진실을 전하기 위해서만 메시지를 보낸다고는 할 수 없어, 오카다 씨." 그녀는 그렇게 말했다. 이제는 구미코의 목소리가 아니었다. 그러나 아까 어리광을 부리는 소녀 같던 목소리도 아니었다. 전혀 새로운 누군가의 목소리였다. 거기에는 차분하고 어딘가 모르게 지적인 울림이 있었다. "사람이 진짜 자신의 모습을 보이기 위해 사람을 만난다고 할 수 없는 것처럼. 내가 하는 말을 이해하겠어?"

"하지만 구미코는 아무튼 내게 뭔가를 전하려고 했어. 그게 진실이든 아니든, 뭔가를 간절하게 전하려 했다고. 내게는 그게 진실이야."

내 주위에서 조금씩 어둠의 밀도가 짙어지는 듯한 감각이 있었다. 마치 해 질 녘에 밀물이 소리도 없이 차오르는 것처럼, 어둠의 비중이 높아지고 있는 것이다. 서둘러야 한다.

내게는 이제 그렇게 많은 시간이 남아 있지 않다. 조명이 다시 들어오면, 그들이 나를 찾으러 여기까지 올 수도 있다. 머릿속에서 서서히 형태를 잡아 가고 있는 것을, 나는 과감하게 말로 바꾸어 보았다.

"이건 어디까지나 내 상상이지만, 와타야 집안의 핏줄에는 유전적으로 어떤 유의 경향이 있었어. 그게 어떤 경향인지는 설명할 수 없어. 하지만 아무튼 어떤 경향이야. 당신은 그걸 두려워했어. 그래서 더욱이 아이를 만드는 것에 공포를 느꼈지. 임신했을 때 당신이 혼란에 빠진 건, 우리 아이에게도 그 경향이 나타날까 봐 불안해서였어. 하지만 당신은 내게 그 비밀을 털어놓을 수 없었지. 얘기는 거기서 시작돼."

그녀는 아무 말 않고, 잔을 테이블에 조용히 내려놓았다. 나는 다시 말을 이었다.

"그리고 당신 언니도 식중독으로 죽지 않았어. 나는 그녀가 다른 방식으로 죽었을 거라고 생각해. 그녀를 죽인 사람은 와타야 노보루이고, 당신은 그걸 알고 있었어. 아마 당신 언니는 죽기 전에 당신에게 무슨 말을 남겼을 거야. 경고 같은 걸 했을 거야. 와타야 노보루는 뭔지 모르겠지만 특별한 힘을 갖고 있어. 그리고 그 힘에 잘 감응하는 사람을 찾아내서, 그 사람 안에 있는 무언가를 밖으로 끌어내는 힘이 있어. 그는 아마 가노 크레타에게도 상당히 폭력적으로 그 힘을 행사했을 거야. 가노 크레타는 다행히 그 상태에서 회복되었어. 하지만 당신 언니는 그러지 못했지. 같은 집 안에 있었으니까, 도망칠 장소가 없었어. 당신 언니는 그걸 참고 견디지 못해 죽음을 선택했어. 그리고 당신 부모님은 그녀가 자살했다는 걸 계속 숨겨 왔지. 그렇지 않나?"

대답은 없었다. 그녀는 어둠 속에서 자신의 기척을 지워버리듯 가만히 침묵하고 있었다.

나는 계속했다. "와타야 노보루의 그 폭력적인 힘은 어느 단계에서 비약적으로 강해졌어. 무슨 이유였는지는 몰라. 그러나 그 확대된 힘을 텔레비전 등의 각종 미디어를 통해 사회로 뻗게 되었어. 그리고 그는 지금 그 힘을 사용해서, 불특정 다수의 사람들이 무의식적으로 어둠 속에 숨기고 있는 것을 밖으로 끌어내려 하고 있어. 그리고 그걸 정치가로서의 자신을 위해 이용하려 하고 있어. 그건 정말 위험한 일이야. 그가 끌어내는 것은 숙명적으로 폭력과 피에 얼룩져 있지. 그리고 그건 역사 속에 있는 가장 깊은 어둠과 똑바로 이어져 있어. 그건 결과적으로 수많은 사람들을 훼손하고, 또 잃게 할 거야."

그녀가 어둠 속에서 한숨을 쉬었다. "술 한 잔, 더 만들어 줄 수 있을까?" 하고 그녀는 나직하게 말했다.

나는 일어나 침대 옆 테이블에 가서, 그녀의 빈 잔을 들었다. 어둠 속에서도 나는 그 동작을 무리 없이 할 수 있었다. 그리고 나는 문이 있는 방에 가서, 포켓라이트를 켜고 온 더 록을 만들었다. "그게 당신의 상상이란 말이지?"

"여러 가지 가능성을 한데 이은 거야." 하고 나는 말했다. "나는 그걸 증명할 수는 없어. 그게 옳다는 근거도 전혀 없고."

"그래도 계속 듣고 싶네. 얘기가 아직 남아 있다면."

나는 안쪽 방으로 돌아와 잔을 테이블에 내려놓고서, 포켓라이트를 끄고 의자로 돌아가 앉았다. 그리고 의식을 집중해서 다음 얘기를 이어갔다.

"당신은 언니의 신상에 실제로 어떤 일이 있었는지 정확하게는 몰랐어. 언니가 죽기 전에 자신에게 어떤 경고를 했다는 건 알고 있었지만, 그때 당신은 너무 어려서 자세한 내용까지는 이해할 수 없었지. 하지만 당신은 어렴풋하게 알고 있었어. 와타야 노보루가 어떤 방법으로 언니를 더럽히고 또 상처 입혔다는 걸 말이지. 그리고 자신의 혈통 속에 뭔지 모를 어두운 비밀 같은 것이 숨겨져 있고, 어쩌면 자신도 무관하지 않을지 모른다는 걸 말이야. 그래서 당신은 그 집안에서 늘 고독했고, 늘 긴장하고 있었어. 정체 모를 잠재적인 불안 속에서 숨죽이고 살았지. 마치 수족관의 해파리처럼 말이야.

대학을 졸업한 당신은 옥신각신 끝에 나와 결혼하고, 와타야 집안을 떠났어. 그리고 나와 둘이 평온한 나날을 보내는 사이에 당신은 조금씩 과거의 그 암울한 불안을 잊어 갔어. 당신은 사회로 나가서 새로운 한 인간으로 천천히 회복되어 갔지. 한동안은 모든 일이 잘 풀릴 것처럼 보였어. 그러나 안타깝게도 그렇게 간단히 끝나지 않았지. 당신은 어느 날, 과거에 두고 왔다고 여긴 어둠의 힘에 자신이 알게 모르게 끌려가고 있다는 걸 인식했어. 그걸 안 당신은 아마 혼란스러웠을 거야. 어쩌면 좋을지 몰랐을 거야. 그래서 당신은 진실을 알고 싶어 와타야 노보루를 굳이 찾아갔던 거였어. 그리고 도움을 청하려고 가노 마르타도 만나러 갔고. 그런데도 내게는 털어놓을 수 없었어.

그게 시작된 건 아마 임신한 후가 아니었을까 해. 그래, 그런 기분이 들어. 임신이 전환점 같은 거였을 거야. 그러니까 당신이 중절 수술을 받은 그 밤에, 내가 삿포로에서 기타 치는 남자에게 첫 경고를 받게 된 거겠지. 임신이 당신 안에 있던 잠재적인 무언가를 자극해서 일깨웠는지도 몰라. 그리고 와타야 노보루는 당신에게서 그게 깨어나기를 지긋이 기다리고 있었겠지. 그는 그 같은 형태가 아니면 여자와 성적 접촉을 할 수 없기 때문일 거야. 그러니 더더욱 그 경향이 표면으로 나온 당신을 내 쪽에서 자기 쪽으로 억지로 끌어오려 했지. 그는 당신이 반드시 필요했어. 와타야 노보루는 과거 언니가 했던 역할을 당신이 계승해 주기를 원했어."

내가 얘기를 끝내자 깊은 침묵이 그 자리를 메웠다. 내 상상의 전부는 그런 것이었다. 어느 부분은 지금까지 막연하게 생각했던 것이며, 나머지 부분은 이 어둠 속에서 얘기하면서 머리에 떠오른 것이었다. 어둠의 힘이 내 상상의 빈 부분을 메워 주었는지도 모른다. 아니면 이 여자의 존재가 나를 도와주었는지도 모른다. 하지만 나의 상상에 아무 근거가 없다는 점은 변함없었다.

"아주 흥미로운 얘기네." 하고 그 여자는 말했다. 그녀 목소리는 다시 어리광을 부리는 소녀 같던 목소리로 돌아갔다. 목소리 전환의 속도가 점점 빨라지고 있다. "그러네. 흐음. 그리고 나는 더럽혀진 몸을 감추기 위해 소리 없이 당신 곁을 떠났네. 안개에 젖은 워털루 브리지, 올드 랭 사인, 로버트 테일러와 비비안 리……."

"당신을 데리고 가겠어." 나는 그녀의 말을 가로막으며 말했다. "나는 당신을 원래 세계로 데리고 돌아갈 거야. 꼬리 끝이 굽은 고양이가 있고, 조그만 마당이 있고, 아침에 자명종이 울리는 세계로 데려갈 거야."

"어떻게?" 하고 그녀가 내게 물었다. "여기서 어떻게 나를 데리고 갈 건데, 오카다 씨?"

"옛날이야기와 똑같이. 마법을 풀면 돼." 하고 나는 말했다.

"오호, 그렇네." 하고 그 목소리는 말했어. "그런데 말이지, 오카다 씨, 당신은 나를 구미코 씨라고 생각하잖아. 나를 구미코 씨로서 데려가려 하고 있잖아. 그런데, 만약 내가 구미코 씨가 아니라면, 그때는 어쩔 거야? 당신은 전혀 다른 걸 데려가려는 건지도 모른다고. 당신의 확신은 정말 확실한 거야? 다시 한번 곰곰이, 차분하게 생각해 보는 편이 좋지 않을까."

나는 주머니 속에서 포켓라이트를 꼭 쥐고 있었다. 여기 있는 이 여자는 구미코가 아닐 수 없다고 나는 생각했다. 하지만 그걸 증명할 수는 없다. 결국 그건 하나의 가설에 지나지 않는다. 주머니 속에서 내 손은 땀에 흠뻑 젖어 있었다.

"당신을 데려가겠어." 하고 나는 메마른 목소리로 다시 말했다. "그러려고 여기 온 거야, 난."

옷자락이 스치는 소리가 희미하게 들렸다. 그녀가 침대 위에서 자세를 바꾼 듯했다.

"틀림없이, 분명하게 그렇게 말할 수 있는 거지?" 그녀는 재삼 확인하듯 말했다.

"분명하게 말할 수 있어. 나는 당신을 데리고 돌아갈 거야."

"다시 생각하는 일은 없는 거지?"

"다시 생각할 필요 없어. 내 마음은 정해졌어." 하고 나는 말했다.

그녀는 오래도록 무언가를 확인하듯 침묵했다. 그리고 그 침묵을 매듭짓고, 크게 숨을 쉬었다.

"당신에게 한 가지 선물이 있어." 하고 그녀는 말했다. "별거 아닌 선물이지만, 도움이 될지도 몰라. 불을 켜지 말고 천천히 이쪽으로 손을 내밀어. 테이블 위쪽으로, 천천히."

나는 의자에서 일어나, 허무의 깊이를 더듬듯 오른손을 천천히 어둠 속으로 내밀었다. 손가락 끝에 공기에서 튀어나온 가시를 느낄 수 있었다. 그리고 내 손이 겨우 그것에 닿았다. 그것이 무엇인지 알았을 때, 공기가 내 목구멍 속에서 압축된 석면처럼 굳었다. 그것은 야구 방망이었다.

나는 그 방망이의 그립을 잡고 공중으로 똑바로 쳐들어 보았다. 그것은 내가 기타 케이스를 든 젊은 남자에게 빼앗은 그 방망이 같았다. 나는 방망이의 무게와 그립의 형태를 확인했다. 틀림없다. 그 방망이다. 그런데 손으로 더듬더듬 꼼꼼하게 점검하다가, 방망이의 마크 조금 위에 무슨 오라기 같은 것이 들러붙어 있다는 것을 알았다. 그것은 인간의 머리카락 같았다. 나는 손가락으로 집어 보았다. 굵기와 경도가 틀림없는 인간의 진짜 머리카락이었다. 피가 풀처럼 딱딱하게 뭉친 곳에 검은 머리카락이 몇 오라기 들러붙어 있는 것 같았다. 누군가가 이 방망이를 사용해 누군가의 — 아마도 와타야 노보루의 — 머리를 강타한 것이다.

나는 목구멍 속에 줄곧 걸려 있던 공기를 겨우 밖으로 밀어 냈다.

"당신 방망이 맞지?"

"아마." 하고 나는 감정을 죽이고 대답했다. 내 목소리는 깊은 어둠 속에서 또 조금 다른 울림을 띠기 시작했다. 마치 어둠 속에 숨어 있는 누군가가 나 대신 말하고 있는 것 같다. 나는 몇 번 가볍게 헛기침을 했다. 그리고 얘기하는 사람이 진짜 나라는 것을 확인하고 다음 말을 이었다. "그런데 누가 이것으로 사람을 친 것 같군."

그녀는 입을 꼭 다물고 있었다. 나는 방망이를 내리고, 다리 사이에 꼈다.

"당신은 잘 알고 있을 거야. 누가 이 방망이로 와타야 노보루의 머리를 가격했어. 텔레비전 뉴스는 사실이었던 거야. 와타야 노보루는 지금 병원에서 의식불명의 중태에 빠져 있고, 죽을지도 몰라."

"그는 죽지 않아." 하고 구미코의 목소리가 내게 말했다. 감동 없이, 마치 책에 쓰여 있는 역사적 사실을 전하는 것처럼. "하지만 의식은 돌아오지 않을지도 모르겠네. 계속 어둠 속을 헤매게 될지도 모르겠어. 그게 어떤 어둠인지는 아무도 몰라."

나는 발 옆에 둔 잔을 손으로 더듬어 집었다. 그리고 그 안에 있는 것을 입에 머금고, 아무 생각 없이 삼켰다. 맛이 없는 액체가 목을 지나 식도를 타고 내려갔다. 이유 없이 한 기가 들었다. 그리 멀지 않은 곳에서 뭔가가 천천히 긴 어둠 속을 질러 이쪽으로 다가오는 듯한 불길한 감이 들었다. 나의 심장은 그걸 예감한 듯 빠르게 쿵쿵 뛰었다.

"시간이 별로 없어. 만약 가르쳐 줄 수 있다면 가르쳐 줬으면 해. 여기는 대체 어떤 곳이지?" 하고 나는 말했다.

"당신은 여기에 몇 번이나 왔고, 여기에 오기 위한 방법도 찾았어. 그리고 당신은 훼손되지 않은 채 살아남았고. 당신은 여기가 어딘지 잘 알 거야. 게다가 여기가 어떤 곳인지, 그건 지금 그렇게 큰 문제가 아니야. 중요한 것은……" 그때 문을 노크하는 소리가 들렸다. 벽에다 못을 박는 것처럼 딱딱하고, 메마른 노크 소리였다. 두 번. 그리고 또 두 번. 지난번과 똑같은 노크였다. 여자가 숨을 삼켰다.

"도망쳐." 또렷한 구미코의 목소리가 내게 말했다. "당신, 아직은 벽을 통과할 수 있어."

내가 생각하는 것이 정말 옳은지 어떤지, 나는 알지 못한다. 하지만 이 장소에 있는 나는 그것을 이겨야 한다. 나에게 이는 전쟁이다.

"이번에는 도망치지 않아." 하고 나는 구미코에게 말했다. "당신을 데리고 돌아갈 거야."

나는 잔을 내려놓고, 털모자를 머리에 쓰고, 다리 사이에
끼웠던 방망이를 손에 들었나. 그리고 천천히 문으로 걸어
갔다.

37

그냥 현실의 나이프,

사전에 예언된 일

    나는 포켓라이트로 발치를 비추면서 소리 나지 않게 문 쪽을 향했다. 방망이는 오른손에 쥐고 있었다. 걸어가는 도중에 또 문을 노크하는 소리가 들렸다. 두 번, 그리고 또 두 번. 처음보다 훨씬 딱딱하고 격한 노크였다. 나는 문 근처에 있는 벽 뒤에 숨어, 숨을 죽이고 기다렸다.

    노크 소리의 울림이 사라지자, 사방은 마치 아무 일도 없었던 것처럼 다시 깊은 침묵에 싸였다. 그러나 문 너머에서 사람이 존재하는 기척이 감지되었다. 그 누군가는 거기에 서서, 나와 똑같이 숨을 죽이고 귀를 기울이고 있다. 침묵 속에서 숨 쉬는 소리와 심장이 뛰는 소리를 가려내려, 또는 사고의 움직임을 읽어 내려 하고 있다. 나는 주위 공기가 흐트러지지 않게 조심조심 숨을 쉬었다. 나는 여기에 없는 거다, 하고 나는 속으로 나 자신에게 말했다. 나는 여기에 없는 거다, 나는 어디에도 없다.

마침내 도어 록이 해제되었다. 그 누군가는 아주 조심스럽게 시간을 들여 움직였다. 소리는 의미를 알 수 없을 정도로 자잘하게 분해되고, 길게 늘어졌다. 손잡이가 돌아가고, 그리고 문의 경첩이 벌어지는 작은 소리가 들렸다. 심장이 몸속에서 수축되는 속도가 빨라졌다. 나는 어떻게든 심장의 빠른 움직임을 억누르려 했다. 그러나 잘되지 않았다.

누군가가 방 안에 들어왔다. 공기가 아주 조금 흐트러졌다. 의식을 집중해 오감을 깨우자, 이물질의 냄새가 희미하게 느껴졌다. 몸에 걸친 두꺼운 천과, 짓누른 숨소리와, 침묵에 잠긴 흥분이 하나로 뒤섞인 야릇한 냄새다. 그는 나이프를 쥐고 있는 것일까? 아마 그럴 것이다. 나는 그 선명하고 하얀 번뜩임을 기억하고 있었다. 나는 숨을 멈추고, 기척을 지우면서 두 손으로 방망이를 꽉 쥐고 있었다.

그 누군가는 안으로 들어오자 문을 닫고, 안쪽에서 잠갔다. 그리고 문을 등지고 서서 신중하게 방 안을 살폈다. 방망이의 그립을 잡고 있는 내 두 손은 땀으로 흥건해졌다. 가능하면 손바닥을 바지 자락에 닦고 싶었다. 그러나 불필요한 사소한 움직임이 치명적인 결과를 가져올 수도 있다. 나는 미야와키 씨네 마당의 새 석상을 생각했다. 기척을 지우기 위해 나는 그 새의 모습에 자신을 동화시켰다. 그곳은 여름의 마당이고, 사방에는 찬란한 햇살이 넘실거리고, 나는 새 석상이고, 하늘을 가만히 노려보면서 공중에 들러붙어 있다.

그 누군가는 손전등을 갖고 있었다. 그가 스위치를 켜자 가늘고 똑바른 빛 한줄기가 어둠 속에 나타났다. 그렇게 강한 빛은 아니다. 내 포켓라이트와 비슷한 정도의 소형 손전등이다. 나는 그 빛이 내 앞을 지나가기를 꼼짝 않고 기다렸다. 하지만 상대는 좀처럼 그곳에서 움직이지 않았다. 빛이 서치라이트처럼 방 안에 있는 것 하나하나를 차례대로 비췄다. 꽃병의 꽃, 테이블 위의 은 쟁반,(또 반짝 요염하게 빛났다.) 소파, 플로어 스탠드……. 빛은 내 코끝을 스치고, 내 신발에서 5센티미터 떨어진 앞의 바닥을 비췄다. 빛은 뱀의 혓바닥처럼 방 안 구석구석을 핥고 지나갔다. 기다리는 시간이 영원히 계속될 것처럼 생각되었다. 공포와 긴장감은 날카로운 아픔이 되어 내 의식을 송곳처럼 찔렀다.

아무 생각도 해서는 안 된다, 하고 나는 생각했다. 상상해서는 안 된다. 마미야 중위는 편지에 그렇게 썼다. 이곳에서 상상은 목숨을 거둬 간다.

손전등의 빛이 겨우 천천히, 정말 천천히 앞으로 나아가기 시작했다. 남자는 안쪽 방에 사리는 듯했다. 나는 방망이를 좀 더 꽉 잡았다. 어느새, 손바닥의 땀은 완전히 말라 있었다. 지금은 오히려 너무 건조할 정도다.

상대는 조금씩, 한 걸음 한 걸음, 발 디디는 곳을 확인하듯이 내 쪽으로 다가왔다. 나는 숨을 들이쉬고, 그리고 멈췄다. 앞으로 두 걸음, 그리고 그것은 거기 있을 것이다. 앞으로 두 걸음, 그리고 나는 그 악몽의 움직임을 막을 수 있다. 그러나 그때 내 눈앞에서 불빛이 사라졌다. 모든 것이 원래의 완전한 어둠에 갇히고 말았다. 그가 손전등의 스위치를 끈 것이다. 나는 그 깊은 어둠 속에서 머리를 재빨리 돌리려 했다. 그러나 머리가 돌아가지 않았다. 전에 경험한 적 있는 한기가 순간적으로 몸을 쓱 훑고 지나갔을 뿐이다. 그는 내가 여기 있다는 걸 알아차린 것이다.

움직여야 한다, 하고 나는 생각했다. 여기 가만히 있어서는 안 된다. 나는 한 발을 움직여 왼쪽으로 풀쩍 뛰려고 했다. 그러나 발이 움직이지 않았다. 내 두 발은 그 새의 석상처럼 바닥에 딱 들러붙어 있었다. 나는 몸을 구부려, 굳은 상반신을 간신히 왼쪽으로 기울였다. 그 순간, 오른쪽 어깨에 무언가가 세게 부딪혔다. 그리고 우박처럼 딱딱하고 차가운 것이 내 하얀 뼈를 찔렀다.

그 충격으로 눈이 뜨인 것처럼, 발의 저림이 싹 달아났다. 나는 얼른 왼쪽으로 훌쩍 뛰어 어둠 속에서 몸을 바짝 낮추고 상대의 기척을 살폈다. 온몸의 혈관이 확장되었다가 수축되었다. 전신의 근육과 세포가 신선한 산소를 요구했다. 오른쪽 어깨가 묵직하고 얼얼하다. 그러나 아직 아픔은 없다. 아픔이 찾아오는 것은 훨씬 나중이다. 나는 움직이지 않았다. 상대도 움직이지 않는다. 어둠 속에서 우리는 숨죽인 채 대치하고 있었다. 아무것도 보이지 않고, 아무 소리도 들리지 않는다.

나이프가 아무런 암시 없이 또 한번 날아왔다. 그것은 날 아드는 벌처럼, 내 얼굴 앞을 휙 스쳤다. 뾰족한 끝이 내 오른뺨을 스쳤다. 바로 멍이 있는 언저리다. 피부가 갈라지는 감촉이 있었다. 하지만 깊은 상처는 아니다. 상대에게도 내 모습은 보이지 않는 것이다. 만약 보인다면 벌써 내 숨통을 끊었을 것이다. 나는 나이프가 날아온 언저리를 가늠하고 어둠 속에서 힘껏 방망이를 휘둘렀다. 그러나 방망이는 아무것도 맞히지 못했다. 휙 하는 소리를 내면서 공중을 갈랐을 뿐이다. 그래도 그 경쾌한 헛스윙 소리는 내 기분을 아주 조금 풀어 주었다. 우리는 아직 막상막하다. 나는 나이프에 두 군데 정도 찔렸다. 하지만 치명상은 아니다. 양쪽 다 상대의 모습을 보지 못한다. 그는 나이프를 갖고 있고, 나는 방망이를 들고 있다.

다시 앞이 안 보이는 가운데 탐색전이 시작되었다. 우리는 신중하게 상대의 움직임을 살폈다. 숨죽이고 어둠을 노려보며 상대의 움직임을 기다렸다. 피가 내 뺨에서 주르륵 흘러 떨어졌다. 하지만 나는 신기할 정도로 공포를 느끼지 않았다. 그건 그냥 나이프에 지나지 않는다, 하고 나는 생각했다. 그건 그저 상처에 지나지 않는다. 나는 꼼짝 않고 기다렸다. 나이프가 다시 한번 내 앞으로 쑥 나오기를 기다렸다. 나는 얼마든지 기다릴 수 있었다. 나는 소리 나지 않게 숨을 들이쉬고, 내쉬었다. 자, 움직여 하고 생각했다. 내가 여기 꼼짝 않고 있잖아. 찌르고 싶으면 찌르라고. 나는 무섭지 않아.

어디선가 나이프가 날아왔다. 그것은 내 스웨터 깃을 획 가르고 지나갔다. 나는 날 끝의 움직임을 목으로 느꼈다. 하지만 그것은 내 몸을 슬쩍 스치지도 못했다. 그것과 내 몸 사이에 약간의 공간이 있었던 것이다. 나는 몸을 비트는 것처럼 옆으로 훌쩍 뛰고는 자세를 바로 하자마자 허공에 방망이를 휘둘렀다. 방망이가 상대의 쇄골 언저리에 맞았다. 급소는 아니다. 뼈가 부러질 만큼 강한 타격도 아니다. 하지만 상당한 아픔은 준 듯하다. 상대의 몸이 움츠러드는 것을 분명하게 감지했다. 헉, 하고 숨을 크게 들이쉬는 소리도 들렸다. 나는 콤팩트하게 백스윙을 한 다음, 방망이를 다시 한 번 상대의 몸에 내리쳤다. 같은 방향에 각도를 조금 위로 바꿔서, 숨소리가 들린 부근에.

완벽한 스윙이었다. 방망이는 상대의 목 언저리에 맞았다. 뼈가 으스러지는 스산한 소리가 들렸다. 세 번째 스윙은 머리에 명중해, 상대의 몸을 날렸다. 남자는 기묘하고 짧은 소리를 지르며 바닥에 쿵 쓰러졌다. 그는 거기에 뻗어 누운 채 목을 약간 그르렁거리더니, 그 소리도 잠잠해졌다. 나는 눈을 감고 아무 생각도 하지 않고서, 그 소리가 나는 언저리에 최후의 일격을 가했다. 그러고 싶지 않았다. 하지만 그러지 않을 수 없었다. 증오나 공포 때문이 아니라, 해야 할 일로서 하지 않으면 안 되었다. 어둠 속에서 무언가가 과일처럼 쫙 갈라졌다. 마치 수박처럼. 나는 방망이를 두 손에 꽉 잡고 앞으로 쳐든 채, 거기에 가만히 서 있었다. 나는 몸을 한없이 떨고 있었다. 그 자잘한 떨림을 잠재울 수 없었다. 그리고 나는 한걸음 뒤로 물러나, 주머니에서 포켓라이트를 꺼내려고 했다.

"보면 안 돼." 누군가가 큰 소리로 나를 막았다. 안쪽 방의 어둠 속에서 구미코의 목소리가 그렇게 외쳤다. 그런데도 나의 왼손은 라이트를 쥐고 있었다. 나는 그것이 뭔지 알고 싶었다. 이 어둠의 중심에 있던 것의 모습을, 내가 지금 여기서 깨부순 것의 모습을, 내 눈으로 보고 싶었다. 내 의식의 일부는 구미코의 말을 이해하고 있었다. 그것은 내가 봐서는 안 되는 것이다. 하지만 다른 한편에서 나의 왼손은 멋대로 움직였다.

"부탁이야, 안 돼!" 하고 그녀가 또 큰 소리로 절규했다. "나를 데려가고 싶다면, 보지 마!"

나는 이를 악물고 무거운 창문을 밀어 열듯이, 폐 안에 남은 공기를 조용히 토해 냈다. 몸의 떨림은 아직 가시지 않았다. 사방에는 비릿한 냄새가 떠다니고 있다. 그것은 뇌수의 냄새이며, 폭력의 냄새이며, 죽음의 냄새였다. 모두 내가 만들어 낸 것들이었다. 나는 근처에 있는 소파에 쓰러지듯 털퍼덕 앉아, 한참이나 위에서 꾸역꾸역 올라오는 구역질과 씨름했다. 그러나 구역질 쪽이 이겼다. 나는 위 속에 있는 것을 전부 발밑의 카펫에 쏟아 냈다. 더 이상 토할 게 없어지자, 나는 위액까지 조금 토했다. 위액이 없어지자 공기를 토하고, 침을 토했다. 토하는 도중에 나는 방망이를 바닥에 떨어뜨렸다. 방망이는 소리를 내며 어둠 속에서 어디론가 굴러갔다.

위의 경련이 간신히 잦아들자, 나는 손수건을 꺼내 입 주위를 닦으려고 했다. 그러나 손이 움직이지 않았다. 소파에서 일어날 수도 없었다. "집에 가자." 하고 나는 안쪽의 어둠을 향해 말했다. "이제 다 끝났어. 같이 집에 가자."

그녀는 대답하지 않았다.

거기에는 지금 아무도 없었다. 나는 소파에 푹 잠겨, 천천히 눈을 감았다.

내 손가락과 어깨와 목과 다리에서, 힘이 하나둘 빠져나가 사라졌다. 동시에 상처의 아픔도 사라졌다. 육체는 그 무게와 질감을 한없이 잃어 가고 있었다. 하지만 나는 불안도 공포도 느끼지 않았다. 나는 이의를 제기하지 않고, 따스하고 커다랗고 부드러운 것에 몸을 맡기고, 육체를 넘겼다. 그것은 자연스러운 일이었다. 그리고 나는 그 젤리의 벽 속을 통과하고 있다는 걸 알았다. 나는 거기에 있는 느릿한 흐름에 몸을 맡기고 있을 뿐이었다. 이제 두 번 다시 이곳에 오는 일은 없겠지 하고 나는 그곳을 통과하면서 생각한다. 모든 것은 끝났다. 그런데 구미코는 그 방에서 어디로 가 버린 것일까? 나는 그녀를 그곳에서 데리고 와야 했다. 그러려고 나는 그를 죽였다. 그렇다, 그러기 위해 나는 그의 머리를 수박을 깨듯 방망이로 부수어야 했다. 그러기 위해 나는…… 하지만 그 이상 아무 생각도 할 수 없다. 나의 의식은 마침내 깊은 허무의 웅덩이 속으로 빨려 들어갔다.

의식이 돌아왔을 때, 나는 역시 암흑 속에 앉아 있었다.

늘 그렇듯 벽에 등을 기대고. 나는 우물 속으로 돌아온 것이었다.

그러나 여느 때와 똑같은 우물 속이 아니었다. 눈에 익지 않은 무언가 새로운 것이 있다. 나는 의식을 집중하고 상황을 파악하려고 애썼다. 뭐가 다른 것일까? 하지만 내 육체의 감각 대부분은 마비된 상태여서, 몸 주위에 있는 온갖 것들을 불완전하게 개별적으로밖에 느끼지 못했다. 자신이 무슨 오류를 범해 다른 그릇에 들어가 있는 듯한 기분이었다. 그런데도 시간을 들이자 나는 그 상황을 이해할 수 있었다.

내 주위에 물이 있었다.

그것은 이제 마른 우물이 아니었다. 나는 물속에 앉아 있었다. 마음을 진정시키려고 나는 몇 번 심호흡을 했다. 이게 어떻게 된 일이지, 물이 솟고 있다. 물은 차갑지 않았다. 오히려 따뜻하게 느껴질 정도다. 마치 온수풀에 잠겨 있는 것 같다. 그리고 문득 생각나 바지 주머니를 뒤지려 했다. 거기에 아직 포켓라이트가 들어 있는지, 나는 알고 싶었다. 나는 그 세계의 포켓라이트를 그대로 갖고 여기로 돌아온 것일까? 그곳에서 일어났던 일은 이 현실과 이어진 것일까? 그러나 손이 움직이지 않는다. 손가락조차 움직일 수 없다. 팔다리에 힘이 전혀 없다. 일어날 수도 없다.

나는 냉정하게 머리를 가동했다. 우선 물은 내 허리 정도 높이밖에 되지 않는다. 그러니까 당장 물에 빠질 염려는 없다. 지금은 몸을 움직일 수 없지만, 아마 내가 힘을 다 쓴 탓에 쇠약해졌기 때문일 것이다. 시간이 흐르면 힘은 돌아올 것이다. 나이프에 찔린 상처도 그렇게 깊지 않은 듯하고, 적어도 몸이 마비된 덕분에 통증을 느끼지 않는다. 뺨에서 흐르던 피도 이미 멈춰 굳은 듯하다.

나는 벽에 머리를 기대고 자신에게 말했다. 괜찮아, 아무 걱정 할 거 없어. 아마 모든 게 끝났을 거야. 이제 여기서 좀 쉬다가, 그리고 원래 세계로, 빛이 넘치는 지상 세계로 돌아가면 돼……. 그런데 왜 갑자기 이 우물에 물이 솟기 시작한 걸까? 이 우물은 오래도록 물이 말라 죽어 있었다. 그러다 지금 갑자기, 우물은 회복되어 생명을 되찾았다. 내가 그곳에서 한 일과 관계가 있는 것일까? 아마 그럴 것이다. 수맥을 막고 있던 뚜껑 같은 것이 어쩌다 열렸는지도 모른다.

그러나 잠시 후에 나는 불길한 한 가지 사실을 떠올렸다. 나는 처음에는 필사적으로 그 사실을 받아들이지 않으려 했다. 나는 그 사실을 부정하기 위해 있는 가능성을 모두 머릿속에 열거해 보았다. 그것은 어둠과 피폐에서 비롯된 착각이라고 생각하려고 애썼다. 그러나 마지막에는 그게 사실이라는 것을 인정하지 않을 수 없었다. 그 어떤 말로 자신을 설득한들, 사실은 사라지지 않는다.

물이 불어나고 있다.

물은 조금 전까지는 허리쯤에서 찰랑거렸다. 그런데 지금 물은 세운 무릎까지 차올랐다. 천천히, 그러나 확실하게 물이 높아지고 있다. 나는 다시 한번 어떻게든 몸을 움직여 보려 했다. 신경을 집중하고 힘을 줘어봤다. 그러나 헛수고였다. 목을 약간 굽힐 수 있을 뿐이었다. 나는 머리 위를 올려다보았다. 우물 뚜껑은 단단히 덮여 있다. 왼팔에 찬 손목시계를 보려 했지만, 그것도 마음 같지 않았다.

물은 어딘지 모를 틈새에서 흘러나오고 있었다. 그리고 어쩐지 그 속도가 조금씩 빨라지는 듯했다. 처음에는 졸졸 새어 나오는 정도였는데, 지금은 콸콸 솟아 나오는 느낌으로 변했다. 귀를 기울이면 그 소리를 들을 수 있을 정도다. 물은 이미 내 가슴 부근까지 차올랐다. 이 물이 과연 얼마나 높아질까? "물을 조심하는 게 좋을 거야." 하고 혼다 씨는 내게 말했다. 나는 그때나 그 후에나, 그런 예언 따위는 신경도 쓰지 않았다. 그 말을 잊지는 않았지만(그 말은 잊어버리기에는 너무도 기묘한 울림을 지니고 있었다.) 그렇다고 진지하게 고려하지도 않았다. 혼다 씨는 나와 구미코에게는 그저 '무해한 에피소드'였다. 무슨 일이 생기면 나와 구미코는 서로에게 농담처럼 그 말을 하곤 했다. "물을 조심하는 게 좋을 거야." 하고. 그리고 우리는 웃었다. 우리는 젊었고, 예언은 필요하지 않았다. 살아간다는 것 자체가 예언 행위나 다름없었다. 하지만 결국은 혼다 씨 말대로 되었다. 껄껄, 크게 소리 내어 웃고 싶을 정도다. 물이 나와서, 나는 오히려 곤경에 처해졌다.

나는 가사하라 메이를 생각했다. 그녀가 찾아와 우물 뚜껑을 열어 주는 장면을 상상했다. 아주 리얼하게. 아주 리얼하게. 그곳으로 걸어 들어갈 수 있을 정도로 리얼하고 선명하게. 몸이 움직이지 않아도 상상은 할 수 있다. 그 외에 내가 뭘 할 수 있을까?

"저요, 태엽 감는 새 아저씨." 하고 가사하라 메이가 말한다. 그녀 목소리는 우물 속 가득 메아리친다. 나는 몰랐는데, 물이 차 있는 우물은 물이 없는 우물보다 소리가 깊게 메아리친다. "그런 데서 대체 뭘 하는 거예요? 또 생각해요?"

"딱히 뭘 하고 있는 건 아니야." 하고 나는 위를 향해 말한다. "설명하자면 좀 긴데, 몸이 움직이지 않아. 게다가 물까지 나오고 있어. 이 우물은 이제 옛날처럼 마른 우물이 아니야. 난 이 물에 빠져 죽을지도 몰라."

"가엾은 태엽 감는 새 아저씨." 하고 가사하라 메이는 말한다. "아저씨는 자신을 텅 비우고, 잃어버린 구미코 씨를 열심히 찾으려고 했겠죠. 그리고 아저씨는 아마, 구미코 씨를 찾았을 거예요. 그렇죠? 그리고 아저씨는 그 과정에서 또 많은 사람을 구했어요. 그런데 아저씨는 자기 자신을 구하지는 못했네요. 그리고 다른 어느 누구도 아저씨를 구하지 못했고요. 아저씨는 다른 사람을 구하느라 힘과 운명을 다 써 버리고 말았어요. 그 씨앗이 한 톨도 남지 않고, 다른 장소에 뿌려졌어요. 주머니 안에는 이제 아무것도 남아 있지 않죠. 그렇게 불공평한 일이 어디 있어요. 나는 정말 태엽 감는 새 아저씨가 불쌍해요. 거짓말 아니에요. 하지만 그건 결국 아저씨가 스스로 선택한 일이었어요. 아저씨, 내가 하는 말 알겠어요?"

"알 것 같아." 하고 나는 말한다.

나는 불쑥 오른쪽 어깨가 뭉근하게 아파오는 것을 느낀다. 그건 정말 있었던 일이었어 하고 나는 생각한다. 그 나이프는 현실의 나이프였고, 현실에서 나를 찔렀던 거야.

"저, 아저씨. 죽는 게 무서워요?" 하고 가사하라 메이가 묻는다.

"그럼, 무섭지." 하고 나는 대답한다. 나는 그 목소리의 메아리를 내 귀로 들을 수 있다. 그것은 내 목소리이면서 내 목소리가 아니다. "캄캄한 우물 속에서 이렇게 죽어 가는구나 하고 생각하면, 그야 물론 무섭지."

"안녕, 불쌍한 태엽 감는 새 아저씨." 하고 가사하라 메이는 말한다. "미안하지만, 나는 아무것도 해 줄 수 없어요. 나는 아주 멀리 있거든요."

"안녕, 가사하라 메이." 하고 나는 말한다. "수영복을 입은 네 모습 아주 근사했어."

가사하라 메이는 아주 조용한 목소리로 말한다. "안녕, 불쌍한 태엽 감은 새 아저씨."

그리고 우물 뚜껑이 원래대로 딱 닫힌다. 이미지도 사라진다. 그리고 그 후에는 아무 일도 일어나지 않는다. 그 이미지는 어디와도 이어져 있지 않다. 나는 우물 위를 향해 고함을 질렀다. 가사하라 메이, 너는 이 중요한 때에 대체 어디서 뭘 하고 있는 거야?

물은 이미 목까지 차올랐다. 수면은 교수형의 새끼줄처럼 내 목 주위를 둥그렇게, 소리 없이 에워싸 가고 있었다. 나는 예감과도 같은 갑갑함을 느끼기 시작했다. 심장은 물속에서, 남은 시간을 부지런히 새기고 있었다. 이대로 물이 차오른다면 앞으로 5분 정도에 물이 내 입과 코를 막고, 끝내는 두 폐를 채울 것이다. 그렇게 되면 나는 승산이 없다. 나는 결국은 우물을 되살렸지만, 그 되살아남 속에서 이렇게 죽어 간다. 이렇게 죽는 것도 그리 나쁘지 않다, 하고 나는 자신에게 말해 보았다. 세상에는 훨씬 더 나쁜 죽음도 얼마든지 있다.

나는 눈을 감고, 다가오는 죽음을 최대한 고요하게, 온건하게 받아들이려 했다. 두려워하지 않으려고 애썼다. 적어도 나는 몇 가지는 뒤에 남길 수 있을 것이다. 그것은 작지만 좋은 뉴스다. 좋은 뉴스는 언제나 조그만 소리로 말해진다. 나는 그 말을 떠올리고 미소를 지으려 했다. 그러나 마음대로 되지 않았다. "그래도 죽는 건 역시 무섭군." 하고 나는 조그만 소리로 혼자 중얼거렸다. 그것이 결국 나의 마지막 말이 되었다. 딱히 인상적인 말은 아니다. 하지만 지금 와서 바꿀 수는 없다. 물이 내 입 위로 차올랐다. 그리고 내 코까지 차올랐다. 나는 호흡을 멈췄다. 나의 폐는 새 공기를 필사적으로 들이쉬려 했다. 그러나 거기에는 이미 공기가 없다. 있는 것은 따스한 물뿐이다.

나는 죽어 가고 있었다. 이 세계에 사는 다른 모든 사람들처럼.

38

오리 사람들 이야기,

그림자와 눈물
(가사하라 메이의 시점 7)

안녕하세요, 태엽 감는 새 아저씨.

이 편지가 정말 아저씨에게 배달되고 있나요?

사실은 지금까지 써서 보낸 많은 편지가 태엽 감는 새 아저씨에게 전달되고 있는지 어떤지, 좀 자신이 없네요. 내가 쓴 받는 사람 주소가 아주 상당히 '대충'인 데다, 보내는 사람 주소는 한 번도 쓰지 않았거든요. 그러니까 내가 보낸 편지를 우체국에서 '주소가 불명한 미아 편지'로 분류해 선반 위에다 마냥 쌓아 두고 있는지도 모르겠어요. 먼지만 뒤집어쓰고, 누구 눈에도 띄지 않은 채. 하지만 지금까지는 전달되지 않아도, 그래도 상관없지 뭐 하고 생각했어요. 그러니까 나는 태엽 감는 새 아저씨에게 이렇게 끼적끼적 편지를 써서, 자신의 생각을 글로 적어 보고 싶었던 거예요. 아저씨가 받는 사람이면 나는 꽤 술술 거침없이 글을 쓸 수 있거든요. 왜 그런지는 모르겠지만. 진짜 그렇네요⋯⋯. 왤까요?

그래도 이 편지는 아저씨에게 꼭 전달되었으면 좋겠어요. 아저씨에게 전해지기를 기도합니다.

뜬금없지만, 우선 오리 사람들 얘기를 잠깐 쓰려고 해요.

전에도 말했지만, 내가 일하는 공장은 부지가 아주 넓어서, 그 안에는 숲도 있고 연못도 있어요. 슬렁슬렁 산책하기에는 무척 좋은 곳입니다. 연못도 제법 큰데, 거기에는 오리들이 살고 있어요. 전부 열두 마리 정도 됩니다. 그 사람들의 가족 구성이 어떻게 되는지, 거기까지는 몰라요. '저 녀석과는 사이좋은 친구'라든지 그렇지 않다든지, 내부적으로 여러 가지 경우가 있을지도 모르겠지만, 싸우는 광경은 아직 본 적이 없어요.

벌써 12월이라 슬슬 연못에 얼음이 얼기 시작했지만 아직 그렇게 두껍지는 않아서, 추울 때도 오리들이 잠시 헤엄칠 수 있는 정도의 수면은 남아 있어요. 훨씬 더 추워져서 전부 얼음으로 덮이면, 나의 동료 여자들은 이 연못에서 스케이트를 탄다고 해요. 그러면 오리 사람들(표현이 좀 이상하지만, 습관이 들어서 그렇게 말하게 되네요.)은 다른 곳으로 가야 합니다. 나는 스케이트는 조금도 좋아하지 않기 때문에 은근히 얼음이 안 얼면 좋겠다고 생각하지만, 그렇게 될 수는 없나 봐요. 여기는 아주 추운 고장이니까, 여기 사는 한 오리 사람들도 그 정도 각오는 해야겠죠.

나는 요즘 주말이 되면 늘 여기 와서 오리 사람들을 보면서 시간을 보냅니다. 이 사람들을 보다 보면 2, 3시간은 금방 지나가 버려요. 나는 타이츠와 모자와 목도리와 부츠와 모피 달린 코트로 백곰을 잡는 사냥꾼처럼 완전 무장을 하고 와서, 혼자 돌 위에 앉아 몇 시간이나 그 오리 사람들의 모습을 그냥 멍하니 구경해요. 때로 묵은 빵을 던져 주기도 합니다. 물론 그렇게 한가하고 좀 유별난 인간은 여기에 나밖에 없어요.

태엽 감는 새 아저씨는 아마 모르겠지만, 오리는 아주 유쾌한 사람들이에요. 오래 보고 있어도 전혀 싫증나지 않아요. 왜 다른 사람들은 이 사람들에게 그렇게 관심이 없는지, 그리고 일부러 먼 데까지 가서 돈을 써 가며 시시한 영화를 보는지, 난 좀 이해가 안 돼요. 예를 들어서 이 사람들은 파닥파닥 공중을 날아와 얼음 위에 착지하는데, 다리가 쭈욱 미끄러지면서 뒤뚱거리다 넘어지기도 해요. 마치 텔레비전의 개그 프로그램처럼요. 혼자 그런 모습을 보다 보면 킬킬 웃음이 나와요. 물론 오리 사람들은 나를 웃기려고 억지로 그런 장난을 하는 건 아니에요. 성실하게 열심히 생활하다가, 그러다 살짝 고꾸라지는 거죠. 그런 거 정말 멋지지 않나요.

여기 사는 오리 사람들은 초등학생이 신는 고무장화처럼 발이 납작하고 귀여운 오렌지색인데, 그 발이 아무래도 얼음 위를 잘 걷게 생기지는 않았나 봐요. 그러니까 그렇게 자주 미끄러지는 거겠죠. 엉덩방아를 찧기도 하고요. 보나마나 미끄럼 방지 고무창이 없는 거겠죠. 그래서 그런지 겨울은 오리 사람들에게 그렇게 기분 좋은 계절은 아닌 것 같아요. 오리 사람들이 마음속으로 얼음을 어떻게 생각하는지, 그건 나도 몰라요. 하지만 그렇게 나쁘게는 생각지 않을 것 같아요. 가만히 바라보다 보면 그런 느낌이 들어요. "또 얼음이 생겼어, 할 수 없지 뭐." 하고 투덜거리면서 겨울에도 겨울 나름으로 즐겁게 살아가는 것처럼 보입니다. 나는 그런 오리 사람들이 좋아요.

연못은 어디에서도 좀 멀리 떨어진 숲속에 있어요. 이 계절에 웬만큼 날씨가 따뜻한 날이 아니면 여기까지 일부러 산책하러 오는 사람은 없어요.(물론 나는 제외하고요.) 숲속 오솔길에는 얼마 전에 내린 눈이 굳어 얼음으로 남아 있어서, 걸어가면 부츠 밑에서 뽀드득뽀드득 하는 소리가 나요. 새도 여기저기에서 많이 볼 수 있습니다. 코트 깃을 세우고,

목도리로 목을 빙빙 감고, 주머니에는 빵도 챙기고, 호호 하 얀 입김을 허공으로 토하고, 오리 사람들을 이래저래 생각 하면서 숲속 오솔길을 걸어가면, 나는 아주 따뜻하고 행복 한 기분이 들어요. 그리고 보니 이렇게 행복한 기분은 꽤 오 래 경험하지 못했다고 절실하게 생각할 정도로요.

오리 사람들 얘기는 일단 여기까지 쓸게요.

사실 나는 1시간쯤 전에 태엽 감는 새 아저씨 꿈을 꾸다 가 잠이 깼어요. 그래서 이렇게 책상 앞에 앉아 편지를 쓰고 있는 거예요. 지금 시간이……(시계를 힐금 봅니다.) 새벽 2시 18분이네요. 나는 언제나처럼 10시 전에 침대에 들어가 "여 러분, 오리 사람들, 잘 자요." 하고는 곤하게 잠이 들었는데, 그러다 조금 전에 눈을 번쩍 뜬 거예요. 그게 꿈이었는지는 잘 모르겠어요. 어떤 꿈이었는지, 내용은 전혀 기억나지 않 거든요. 혹은 꿈을 꾸지 않았는지도 모르죠. 꿈이 아니든 어떻든, 나는 태엽 감는 새 아저씨의 목소리를 똑똑히 들었 어요. 아저씨가 큰 소리로 몇 번 나를 불렀습니다. 그래서 벌 떡 일어났어요.

눈을 떴을 때, 방 안이 아주 캄캄하지는 않았어요. 창문 으로 달빛이 비치고 있었습니다. 언덕 위에 은색 스테인리 스 쟁반처럼 커다란 달이 둥실 떠 있었어요. 손을 내밀어 거기에다 글자라도 쓸 수 있을 만큼 커다랗고 둥그런 달. 그리고 창문으로 비치는 그 달빛은 마치 물웅덩이처럼 바닥에 하얗게 고여 있었어요. 나는 침대에서 몸을 일으켜 대체 무슨 일이 있었던 걸까 하고 열심히 생각했습니다. 태엽 감는 새 아저씨가 왜 그렇게 또렷한 목소리로 내 이름을 불렀을까? 가슴이 계속 콩콩 뛰었어요. 만약 내가 우리 집에 있었다면, 이런 밤중이지만 후다닥 옷을 걸쳐 입고, 골목으로 나가 바로 아저씨네 집으로 달려갔겠지요. 그러나 나는 지금, 그곳에서 5만 킬로미터는 떨어진 산속에 있는데, 아무리 가고 싶어도 그건 무리죠. 안 그래요?

그래서 내가 뭘 했나?

나는 옷을 벗었어요. 에헴. 왜 옷을 벗고 알몸이 되었는지, 묻지 마세요. 왜 그랬는지는 나도 잘 모르니까. 그러니까 잠자코 들어 보세요. 아무튼 나는 옷을 홀랑 다 벗고 알몸으로 침대에서 나왔습니다. 그리고 하얀 달빛이 고인 바닥에 무릎을 꿇었어요. 난방을 꺼서 방 안이 싸늘할 텐데, 조금도 춥지 않았어요. 창문으로 들어오는 달빛 속에 뭔지 모를 특별한 것이 담겨 있어서, 그것이 내 몸을 얇은 필름을 빙빙 감은 것처럼 보호해 주는 듯한, 그런 기분이 들었습니다. 나는 한참 동안, 알몸인 채로 멍하게 있었어요. 그리고 자신의 몸 각 부분을 그 달빛에 차례대로 드러냈습니다. 음,

아주 자연스럽게 그렇게 했어요. 달빛이 정말 믿기지 않을
만큼 아름다워서, 그러지 않을 수 없었어요. 목과 어깨와 팔
과 젖가슴과 배꼽과 다리와, 그리고 엉덩이와 거기에, 마치
몸을 씻는 것처럼 하나하나 달빛을 쐬었어요.

누가 밖에서 봤다면, 아주 아주 이상하게 보였겠죠. 달
빛 아래서 정신이 이상해진 보름달 변태처럼 보였을지도 모
르겠네요. 하지만 물론 아무도 보지 않습니다. 아니, 어쩌면
그 오토바이 남자애가 어디선가 봤을지도 모르겠군요. 하지
만 그건 뭐 별 상관 없어요. 그 아이는 이미 죽었고, 만약 보
고 싶어 한다면, 그래서 그가 좋아한다면 나는 기꺼이 보여
줄 거예요.

하지만 아무튼 그때는 아무도 내 모습을 보고 있지 않았
습니다. 나는 그렇게 혼자 달빛 속에 있었어요. 그리고 때로
눈을 감고, 연못 근처에서 잠자고 있을 오리 사람들을 생각
했습니다. 낮 동안에 나와 오리 사람들이 함께 만든 그 따스
하고 행복한 기분을 생각했어요. 그러니까, 오리 사람들은
내게 소중한 주문이나 부적 같은 거예요.

나는 거기에 아주 오래 무릎을 꿇고 가만히 있었습니다.
벌거벗은 알몸으로 달빛 속에 혼자 동그마니 앉아 있었어
요. 달빛은 내 몸을 신비로운 색으로 물들이고, 내 몸의 선
명하고 검은 그림자가 바닥에서 벽까지 길게 이어졌습니다.

그런데 그게 내 몸의 그림자처럼 보이지 않았어요. 다른 여자의 몸처럼 보였어요. 좀 더 성숙한 다른 여자의 몸인 것처럼요. 그 몸은 나 같은 처녀가 아니라서 나처럼 울퉁불퉁하지도 않고, 훨씬 더 부드러운 곡선이고, 젖가슴도 젖꼭지도 훨씬 커요. 하지만 아무리 그래도 그건 내 몸에서 나온 나의 그림자예요. 길게 뻗어서 모양이 달라졌을 뿐이죠. 내가 움직이면 그림자도 똑같이 움직입니다. 나는 한동안 몸을 이리저리 움직여 그 그림자와 나의 관계를 좀 더 자세하게 유심히 비교했어요. 왜 이렇게 달라 보이지, 하면서요. 하지만 나는 그 이유를 알 수 없었어요. 보면 볼수록, 역시 이상합니다.

그리고요 태엽 감는 새 아저씨, 그다음부터가 좀 설명하기 어려워요. 잘 설명할 수 있을지 자신이 없네요.

그러나 아무튼 한마디로 얘기하면 이래요. 나는 갑자기 울음을 터뜨렸어요. 영화 대본 같으면, '가사하라 메이 : 여기서 갑자기 두 손으로 얼굴을 가리고 엉엉 소리 내어 통곡한다.' 하는 식으로요. 너무 놀라지 마세요. 지금까지 계속 숨겨 왔는데, 나 사실은 엄청난 울보예요. 툭하면 바로 울어요. 그건 내 비밀 약점입니다. 그러니까 별 이유도 없이 엉엉 운 것 자체는 그렇게 이상한 일이 아니에요. 나는 늘 적당히 울고, '이만하면 됐지.' 하고 울음을 그쳐요. 금방 우는 대신 금방 그치기도 하죠. '울다가 웃으면' 어쩌고 하는 그런 거죠. 그런데 그때는 적당히 울음을 그칠 수가 없었어요. 마치 눈물샘의 뚜껑이 퐁 열린 것처럼 도저히 그칠 수가 없었습니다. 하기야 왜 울기 시작했는지 원인을 모르니까 어떻게 그쳐야 하는지도 모르는 거죠. 쫙 갈라진 상처에서 피가 흐르는 것처럼, 눈물이 끝없이 줄줄 흘러 어떻게 할 수가 없었어요. 나는 믿기지 않을 정도로 많은 눈물을 줄줄 흘렸습니다. 이대로 계속 울다가는 수분이 다 빠져서 몸이 바짝 말라 미라처럼 되지 않을까 싶어 심각하게 걱정했을 정도예요.

눈물은 달빛의 하얀 웅덩이 속으로 끝없이 소리 내며 떨어져, 원래 빛의 일부였던 것처럼 거기에 쓱 빨려 들어갔어요. 눈물은 떨어지면서 공중에서 달빛을 받아 무슨 결정처럼 반짝반짝 아름답게 빛났습니다. 그러다 언뜻 봤는데, 나의 그림자도 역시 눈물을 흘리고 있었어요. 눈물의 그림자도 또렷하게 보였습니다. 태엽 감는 새 아저씨는 눈물의 그림자를 본 적 있어요? 눈물의 그림자는 그냥 보통 그림자가 아니에요. 전혀 달라요. 그건 아주 먼 다른 세계에서 우리의 마음을 위해 특별히 찾아오는 거예요. 아니, 어쩌면 그림자가 흘리는 눈물이 진짜이고, 내가 흘리는 눈물이 그냥 그림자인지도 모르지. 나는 그때 그렇게 생각했어요. 태엽 감는 새 아저씨, 아저씨는 아마 모를 거예요. 열일곱 살짜리 여자애가 한밤중에 달빛 속에서, 알몸으로 눈물을 줄줄 흘릴 때는 어떤 일도 일어날 수 있어요. 정말 그래요.

그게 약 1시간쯤 전에 이 방에서 일어난 일입니다. 그리고 나는 책상 앞에 앉아, 태엽 감는 새 아저씨에게 연필로 편지를 쓰고 있습니다.(물론 지금은 옷을 입고 있어요.)

안녕, 태엽 감는 새 아저씨. 뭐라 말을 잘 못하겠는데, 나는 숲속에서 오리 사람들과 함께 아저씨가 따스하고 행복해지기를 기도하고 있습니다. 만약 무슨 일이 생기면, 사양 말고 내 이름을 큰 소리로 불러 주세요.

안녕히 주무세요.

39

두 종류의 서로 다른 뉴스,

어디론가 사라진 것

"시나몬이 당신을 여기로 실어 왔어." 하고 넛메그가 말
했다.

눈을 떴을 때 제일 먼저 밀려온 것은 일그러진 형태의 다
양한 아픔이었다. 나이프에 찔린 상처도 아프고, 온몸의 관
절과 뼈와 근육도 아팠다. 아마 어둠 속을 뛰어 도망칠 때,
온갖 것에 몸이 심하게 부딪혔을 것이다. 하지만 그런 아픔
들은 아직 정당한 형태의 아픔은 아니었다. 상당히 아픔에
가까운 장소에 있었지만, 정확하게는 아픔이라 할 수 없는
것이다.

그리고 내가 낯선 감색 새 잠옷을 입고, '저택'의 가봉실

소파에 누워 있다는 것을 알았다. 내 몸에는 담요가 덮여 있었다. 커튼이 걷혀 있어, 밝은 아침 햇살이 창문으로 비쳤다. 10시쯤이겠군 하고 나는 짐작했다. 거기에는 신선한 공기가 있고, 앞으로 나아가는 시간이 있었다. 하지만 나는 그것들이 존재하는 이유를 잘 이해할 수 없었다.

"시나몬이 당신을 여기로 실어 왔어." 하고 넛메그가 다시 말했다. "그렇게 심한 부상은 아니었어. 어깨 상처는 조금 깊었지만, 다행히 혈관은 건드리지 않았고, 얼굴 상처는 그냥 스친 정도야. 흉터가 남지 않게, 양쪽 다 시나몬이 그냥 있는 바늘과 실로 봉합을 했어. 그는 그런 것도 잘해. 며칠 지나서 당신 손으로 실을 뽑든지, 아니면 병원에 가서 뽑으면 될 거야."

나는 무슨 말을 하려 했지만 혀가 꼬여서 목소리가 나오지 않았다. 나는 들이쉰 숨을 귀에 거슬리는 자글자글한 소리를 내며 토해냈을 뿐이었다.

"아직은 몸을 움직이거나 말을 하지 않는 게 좋을 거야." 하고 넛메그가 말했다. 그녀는 가까운 의자에 다리를 꼬고 앉아 있었다. "시나몬이 그러는데, 당신이 너무 오래 우물 속에 있었다던데. 아주 위험한 상황이었다고. 하지만 내게 이것저것 묻지 마. 사실 나는 전후사정을 전혀 모르니까. 밤중에 연락이 와서, 택시를 불러 정신없이 여기까지 달려왔을 뿐이야. 그때까지 무슨 일이 있었는지, 자세한 건 몰라. 아무튼 당신이 입고 있던 옷은 피도 묻은 데다 푹 젖어서 전부 버렸어."

넛메그는 정말 허둥지둥 왔는지, 평소에 비하면 단출한 차림이었다. 크림색 캐시미어 스웨터에 남성용 줄무늬 셔츠, 그리고 올리브그린 색 모직 치마. 액세서리는 하지 않았고, 머리는 간단히 뒤로 묶었다. 그리고 조금 졸린 표정이었다. 그런데도 역시 그녀는 카탈로그 속 사진처럼 보였다. 넛메그는 담배를 입에 물고, 평소처럼 경쾌하고 건조한 소리를 내며 금색 라이터를 켜 불을 붙였다. 그리고 눈을 찡그리고 연기를 빨아들였다. 정말 나는 죽지 않았구나 하고 그 라이터 소리를 들으면서 나는 새삼스럽게 생각했다. 아마 시나몬이 아슬아슬하게 나를 우물 속에서 구해 냈을 것이다.

"시나몬은 여러 가지를 잘 알아." 하고 넛메그는 말했다. "게다가 그 아이는 나나 당신과 달리, 여러 가지 일의 갖가지 가능성을 늘 주의 깊게 생각하면서 살고 있어. 하지만 그런 그도 그 우물에 이런 식으로 갑자기 물이 나올 줄은 꿈에도 몰랐던 모양이야. 그가 생각하는 가능성 속에 있지 않았던 거지. 그리고 그 덕분에, 당신은 하마터면 목숨을 잃을 뻔했어. 그 아이가 그렇게 혼란스러워 하다니, 지금까지 단 한 번도 없었던 일이야."

그녀가 희미하게 미소 지었다.

"그 아이가 당신을 좋아하나 보네." 하고 넛메그는 말했다.

그러나 그 이후로는 그녀 말이 들리지 않았다. 안구 속이
아프고, 눈꺼풀이 몹시 무거워졌다. 나는 눈을 감고, 엘리베
이터를 타고 내려가는 것처럼, 그대로 암흑 속으로 가라앉
았다.

몸이 회복될 때까지 꼬박 이틀이 걸렸다. 그동안 넛메그
가 옆에 붙어서 나를 보살펴 주었다. 나는 혼자서는 몸을 일
으킬 수도 없었고, 말도 나오지 않았다. 아무것도 먹을 수
없었다. 간혹 오렌지 주스를 마시고, 넛메그가 얇게 잘라 주
는 통조림 복숭아만 겨우 먹었다. 그녀는 밤이 되면 집에 갔
다가, 아침이 되면 다시 찾아왔다. 어차피 밤에는 나도 쿨쿨
잘 뿐이기 때문이다. 밤은 물론, 거의 종일을 나는 잠으로
보냈다. 어째 나의 회복에는 잠이 무엇보다 필요한 듯했다.

그동안 시나몬은 내 앞에 한 번도 모습을 보이지 않았다.
왠지는 모르지만, 나와 얼굴을 마주하는 걸 의식적으로 피
하는 게 아닌가 싶었다. 그의 차가 문을 드나드는 소리는 들
렸다. 창 밖에서 포르셰 특유의 포포포 하는 묵직하고 깊은
엔진 소리가 조그맣게 들렸다. 그는 이제 그 메르세데스 벤
츠는 몰지 않고 자기 차로 넛메그를 데려오고 데려가고, 의

류나 식료품을 사 오는 듯했다. 하지만 시나몬은 절대 집 안에는 들어오지 않았다. 그는 현관에서 넛메그에게 짐을 건네고는 그대로 돌아갔다.

"이 저택을 곧 처분하기로 했어." 하고 넛메그가 내게 말했다. "그녀들은 다시 내가 상대하게 될 거야. 할 수 없지 뭐. 내가 완전히 텅 빌 때까지, 그 일을 나 혼자 끝없이 계속해야 하나 봐. 그게 나의 운명 같은 거겠지. 그리고 앞으로 당신이 우리와 관계하는 일은 아마 없을 거야. 몸이 회복되어 기운을 되찾으면, 우리 일은 하루 빨리 잊는 게 좋을 거야. 왜냐하면⋯⋯ 아, 그렇네. 한 가지를 깜박했어. 당신 형님. 그러니까 당신 부인의 오빠 말이야. 와타야 노보루 씨."

넛메그는 다른 방에서 신문을 가져와 테이블에 놓았다. "아까 시나몬이 이 신문을 가져다 줬어. 당신 형님은 어젯밤에 쓰러져서, 나가사키 병원으로 실려 간 후로 계속 의식불명이라네. 회복될지 어떨지는 모른다고 쓰여 있어."

나가사키? 나는 그녀가 하는 말을 거의 이해할 수 없었다. 나는 무슨 말을 하려고 했다. 하지만 여전히 말은 나오지 않았다. 와타야 노보루가 쓰러진 곳은 아카사카였다. 그런데 왜 나가사키라는 거지?

"나가사키에서 와타야 노보루는 많은 사람들을 상대로 강연을 한 후에 관계자와 식사를 하고 있었는데, 그때 갑자기 몸이 와르르 무너지는 것처럼 쓰러져, 그대로 병원에 실려 갔어. 일종의 뇌출혈이라네. 애당초 뇌혈관에 무슨 문제가 있었다는 얘기지. 신문 기사를 보니까, 적어도 당분간은 재기할 수 없을 거래. 의식이 돌아와도 말은 제대로 할 수 없을지도 모른대. 만약 그렇게 되면 정치가로 활동하기는 어렵겠지. 아직 젊은 사람이, 딱하네. 신문 두고 갈 테니까, 기운 나면 읽어 봐."

그 사실을 사실로 받아들이는 데 시간이 걸렸다. 그 호텔 로비에서 본 텔레비전 뉴스의 화면이 나의 의식에 너무도 선명하게 각인되어 있기 때문이다. 아카사카에 있는 와타야 노보루 사무소의 광경과, 수많은 경찰의 모습, 병원 현관, 아나운서의 긴장된 목소리…… 하지만 나는 조금씩 자신에게 설명하고, 또 말했다. 그건 그 세계의 뉴스에 불과했던 거야. 나는 현실에서, 이 세계에서 와타야 노보루를 방망이로 후려쳤던 것은 아니다. 그러니까 그 일로 내가 이 현실에서 경찰 조사를 받거나 체포되는 일은 없다. 그는 사람들이 보는 앞에서 뇌출혈로 쓰러졌다. 거기에 범죄의 가능성은 전혀 없다. 그걸 안 나는 이제야 안도할 수 있었다. 텔레비전 아나운서가 표현했던 구타범의 인상은 나와 아주 흡사했고, 내게는 무죄를 입증할 수 있는 알리바이가 없었기 때문이다.

내가 그곳에서 때려죽인 것과, 와타야 노보루의 혼절 사이에는 반드시 무슨 상관관계가 있을 것이다. 나는 그의 안에 있는 무언가를, 또는 그와 강력하게 이어져 있는 무언가를 그곳에서 틀림없이 때려죽였다. 와타야 노보루는 그렇게 되리라는 걸 사전에 예감하고, 악몽을 계속 꾸고 있었던 것이다. 하지만 나는 와타야 노보루의 목숨까지 빼앗지는 못했다. 와타야 노보루는 거의 죽음의 문턱에서 살아남았다. 나는 사실은 그 남자의 숨통을 끊어 놓았어야 했다. 이제 구미코는 어떻게 될 것인가. 와타야 노보루가 살아 있는 한, 그녀는 그곳에서 빠져나올 수 없는 것일까. 그 의식이 없는 암흑 속에서도 와타야 노보루는 여전히 구미코에게 주문을 걸고 있을까?

내가 생각할 수 있었던 건 거기까지였다. 의식이 점차 흐려지면서 나는 눈을 감고 잠들었다. 그 후에 토막토막 자극적인 꿈을 꾸었다. 꿈속에서 가노 크레타가 품에 갓난아기를 안고 있었다. 갓난아기의 얼굴은 보이지 않았다. 가노 크레타는 짧은 머리에 화장하지 않은 모습이었다. 그녀는 내게 이 아이의 이름은 코르시카이고, 아버지의 절반은 나이고 나머지 절반은 마미야 중위라고 했다. 그리고 실은 자신이 크레타섬에 가지 않고 일본에 있었으며, 아이를 낳아 키우고 있었다고 했다. 그리고 얼마 전에 비로소 새 이름을 찾았고, 지금은 히로시마의 산속에서 마미야 중위와 함께 채소를 경작하며 평화롭게 조용히 살고 있다고. 나는 그런 말을 듣고서도 그다지 놀라지 않았다. 적어도 그 꿈속에서는, 내가 은밀히 예상하고 있던 그대로였기 때문이다.

"그 후에 가노 마르타는 어떻게 되었지?" 하고 나는 그녀에게 물었다.

가노 크레타는 대답하지 않았다. 슬픈 표정을 지었을 뿐이다. 그리고 그녀는 어디론가 사라지고 말았다.

사흘째 아침에야 나는 그럭저럭 혼자 힘으로 몸을 일으킬 수 있었다. 걷기는 아직 힘들었지만, 조금씩 말도 할 수 있게 되었다. 넛메그는 죽을 끓여 주었다. 나는 그 죽을 먹고, 과일을 조금 먹었다.

"고양이는 어떻게 되었나요?" 하고 나는 그녀에게 물었다. 고양이가 줄곧 마음에 걸렸었다.

"고양이는 시나몬이 잘 보살피고 있으니까 괜찮아. 매일 당신 집에 가서 먹이도 주고, 물도 갈아 주고 있어. 당신은 아무 걱정 안 해도 돼. 자기 일만 걱정해."

"이 저택은 언제 처분할 거죠?"

"가능하면 빨리. 음, 아마 다음 달 정도가 되지 않을까 해. 당신에게도 돈이 조금은 돌아가겠지. 샀을 때보다 훨씬 낮은 가격에 처분하게 될 테니까 그렇게 큰 액수는 아니겠지만. 당신이 지금까지 갚은 대출금은 비율로 따져서 배분할 거야. 그러니까 당분간은 그 돈으로 생활할 수 있지 않겠어. 그러니 돈 걱정도 하지 마. 당신은 여기서 꽤 열심히 일했으니까, 그 정도는 당연한 거야."

"이 저택은 철거됩니까?"

"아마 그렇겠지. 집도 철거되고, 우물도 메워지겠지. 지금은 물이 그렇게 나오니 아깝지만, 요즘 세상에 그렇게 거대한 옛날 우물을 누가 원하겠어. 다들 땅에 파이프를 박아서 모터로 물을 끌어올리잖아. 그게 편리하기도 하고 장소도 차지하지 않고."

"그 땅은 이제 그냥 평범한 장소로 돌아갔을 겁니다. 불길한 것도 아무것도 없는." 하고 나는 말했다. "이제 거기는 목매다는 저택이 아닙니다."

"그럴 수도 있겠지." 하고 넛메그는 말하고서, 잠시 있다가 살짝 입술을 깨물었다. "하지만 그건 이제 나나 당신이나 아무 관계 없는 일이야. 그렇잖아? 아무튼 당신은 당분간 여기에서, 괜한 생각하지 말고 가만히 쉬고 있어. 정말 완전히 회복되려면 시간이 좀 걸릴 거야."

그리고 그녀는 들고 온 아침 신문에 실린 와타야 노보루 기사를 내게 보여 주었다. 짧은 기사였다. 와타야 노보루는 나가사키에서 의식불명 상태로 도쿄의 어느 의대 부속 병

원으로 이송되었고, 그 병원 집중 치료실에서 입원 치료 중
이라고 쓰여 있었다. 병상에 이렇다 할 변화는 없다. 그 이상
의 자세한 언급은 없었다. 내가 그때 생각한 것은 역시 구미
코였다. 구미코는 대체 어디 있는 것일까? 나는 집으로 돌아
가야 한다. 하지만 거기에 걸어갈 수 있을 만큼의 힘이 아직
은 돌아오지 않았다.

　다음날 오전에 나는 욕실에 걸어가, 사흘 만에 거울 앞에
섰다. 내 몰골이 정말 형편없었다. 살아 있지만 지친 인간이
라기보다, 오히려 그런대로 봐줄 만한 시신에 가까웠다. 뺨
의 상처는 넛메그가 말했던 대로 깔끔하게 봉합되어 있었
다. 하얀 실이 갈라진 살을 오밀조밀하게 잇고 있었다. 상처
는 길이가 2센티미터 정도에 깊지는 않다. 표정을 지으려면
볼이 약간 땅겼지만, 아픔은 거의 없었다. 아무튼 나는 이
를 닦고 전기 면도기로 수염을 깎았다. 보통 면도칼을 사용
할 자신은 아직 없었다. 그리고 나는 퍼뜩 알아차렸다. 전기
면도기를 내려놓고, 다시 한번 거울 속의 내 얼굴을 빤히 쳐
다보았다. 멍이 사라졌다. 그 남자는 내 오른 볼을 나이프로
그었다. 마침 멍이 있는 언저리였다. 상처는 틀림없이 거기에
남아 있다. 그런데 멍은 없다. 멍은 내 볼에서 흔적도 없이
사라졌다.

닷새째 밤에 나는 또 희미한 썰매 방울소리를 들었다. 새벽 2시가 조금 넘은 시간이었다. 나는 소파에서 일어나, 잠옷 위에다 카디건을 걸치고 가봉실에서 나왔다. 그리고 부엌을 지나 시나몬의 작은 방에 가 보았다. 나는 살며시 문을 열고 안을 들여다보았다. 시나몬이 화면 속에서 또 나를 부르고 있었다. 나는 책상 앞에 앉아, 컴퓨터 화면에 뜬 메시지를 읽었다.

당신은 지금 프로그램 「태엽 감는 새 연대기」에 접속했습니다.

1에서 17까지의 문서 중에서 번호를 선택하십시오.

나는 17이라는 숫자를 입력하고 클릭했다. 화면이 열리고, 거기에 문장이 주르륵 펼쳐졌다.

40

태엽 감는 새 연대기 #17

(구미코의 편지)

당신에게 이제 많은 얘기를 해야 합니다. 하지만 그 얘기를 다 하려면 아주 긴 시간이 걸리겠죠. 몇 년이 걸릴지도 모릅니다. 나는 더 오래전에 당신에게 모든 것을 솔직하게 털어놓았어야 했습니다. 하지만 안타깝게도 나는 그럴 만한 용기가 없었습니다. 또 상황이 그렇게 심각해지지는 않을 것이라고, 근거 없는 기대를 한 탓도 있어요. 그리고 그 결과 이런 악몽이 우리에게 닥치고 말았습니다. 모든 것은 내 책임이에요. 그러나 어차피 설명하기에는 이미 늦었습니다. 그럴 시간도 없어요. 그러니까 지금 이 편지에서는 우선 가장 중요한 일만 당신에게 얘기하려고 합니다.

그것은 내가 오빠인 와타야 노보루를 죽여야 한다는 거예요.

나는 지금 그가 잠들어 있는 병실에 가서, 생명유지 장치의 전원을 끄려 합니다. 나는 친동생이니까, 밤에도 간호사 대신 그의 옆을 지킬 수 있습니다. 내가 전원을 꺼도 한동안은 아무도 그걸 알아차리지 못하겠죠. 나는 어제 담당 의사에게 그 장치의 대략적인 원리와 구조를 배웠습니다. 나는 오빠가 죽은 것을 확인한 다음, 그 길로 경찰서에 출두해서 내가 고의로 오빠를 죽였다고 자백할 생각입니다. 그 이상 자세한 것은 설명할 수 없습니다. 나는 그저 내가 정당하다고 생각하는 일을 했을 뿐이라고 그들에게 말할 거예요. 나는 아마 그 자리에서 바로 살인죄로 체포되어 재판에 회부되겠죠. 매스컴이 몰려들고, 온갖 사람들이 온갖 말을 하겠지요. 존엄사가 어떻다느니 하는 방향으로 얘기가 돌아갈지도 모르겠어요. 그러나 나는 아무 말 않고 입을 꼭 다물고 있을 겁니다. 설명도 변호도 하지 않을 생각이에요. 나는 그저 단순히 와타야 노보루라는 한 인간의 숨통을 끊어 놓고 싶을 뿐입니다. 그것이 유일한 진실입니다. 나는 형무소에 갇힐지도 모르죠. 그러나 그런 일은 조금도 두렵지 않습니다. 최악의 부분은 이미 지나 왔으니까요.

만약 당신이 없었더라면, 나는 벌써 오래전에 제정신을 잃었을 거예요. 나는 자신을 완전히 다른 누구에게 내어 주고, 두 번 다시 회복될 수 없는 나락으로 떨어졌겠지요. 오빠인 와타야 노보루는 먼 옛날에 그와 똑같은 일을 내 언니에게 행했고, 그리고 언니는 자살했습니다. 그는 우리를 더럽혔습니다. 정확하게 말해서 육체적으로 더럽혔다는 것은 아닙니다. 하지만 그는 그 이상으로 우리를 더럽혔습니다.

나는 자유를 빼앗기고, 아무것도 할 수 없는 상태에서 캄캄한 방에 혼자 틀어박혀 있었습니다. 다리에 족쇄를 찬 것도 아니고, 감시하는 사람이 지키고 있는 것도 아니었습니다. 그러나 나는 그곳을 벗어날 수 없었어요. 오빠는 훨씬 더 강한 족쇄와 감시로 나를 거기에 묶어 놓았습니다. 그것은 바로 나 자신이었어요. 나 자신이 내 발에 찬 족쇄였으며, 잠들지 않는 철저한 감시였습니다. 물론 내 안에는 그곳에서 도망치고 싶어 하는 내가 있었습니다. 하지만 동시에 거기에 있을 수밖에 없다, 도망칠 수 없다고 체념한 겁 많고 나태한 다른 나도 있었습니다. 그리고 도망치고 싶어 하는 나는 도저히 다른 나를 극복할 수 없었습니다. 도망치고 싶어 하는 내가 힘을 발휘하지 못한 것은, 내 마음과 육체가 이미 더럽혀졌기 때문이었어요. 도망쳐서 당신에게 돌아갈 자격이 이미 내게 없었던 겁니다. 오빠인 와타야 노보루에게 더럽혀진 게 전부가 아니었습니다. 나는 그 전에 스스로 나 자신을 돌이킬 수 없을 정도로 더럽혔습니다.

당신에게 보낸 편지에 한 남자와 잤다고 썼습니다. 그러나 그 편지의 내용은 진실이 아닙니다. 지금은 있는 그대로 사실을 고백해야겠지요. 내가 잠자리를 가진 상대는 한 명이 아니었습니다. 나는 수많은 다른 남자와 잤습니다. 셀 수 없을 정도입니다. 대체 뭐가 나를 그렇게 하는지, 나도 이해할 수 없습니다. 지금 돌이켜보면, 어쩌면 그건 오빠의 영향력 탓이었는지도 모릅니다. 그가 내 안에 있는 서랍 같은 것을 멋대로 열어, 거기에서 정체 모를 무언가를 멋대로 꺼내, 나로 하여금 다른 남자와 끝없이 몸을 섞게 한 것이 아닐까 하는 생각이 듭니다. 오빠에게는 그런 힘이 있고, 또 인정하고 싶지 않지만, 우리 둘은 어딘가 어두운 장소에서 이어져 있었던 것이겠죠.

아무튼, 오빠가 나를 찾아왔을 때, 나는 이미 돌이킬 수 없을 만큼 나 스스로를 더럽힌 상태였습니다. 나는 끝내는 성병에도 걸렸어요. 하지만 나는 그런 나날에, 편지에도 썼다시피, 또 당신에게 죄스럽다는 마음이 조금도 들지 않았습니다. 내게는 아주 당연한 행위인 것처럼 여겨졌어요. 아마도 그건 진정한 나 자신이 아니었다고 생각합니다. 그렇게밖에 생각되지 않아요. 그러나 과연 정말 그런 걸까요. 그렇게 간단한 말로 끝날 수 있는 일일까요. 그렇다면 진정한 나는 대체 어느 나인 걸까요. 지금 이 편지를 쓰고 있는 이 나를 '진정한 나'라고 생각할 수 있는 정당한 근거가 과연 어디 있겠는지요. 나는 나 자신을 그만큼 확신할 수 없었고, 지금도 여전히 확신할 수 없습니다.

나는 당신 꿈을 자주 꾸었어요. 아주 또렷하고 전후 맥락이 있는 꿈이었습니다. 꿈속에서 당신은 늘 내가 어디 있는지를 죽어라 찾았어요. 미로 같은 장소에서, 당신은 내 바로 근처까지 와 있었습니다. 조금만 더, 이쪽이야 하고 큰 소리로 외치려고 했어요. 그래서 당신이 나를 찾아, 꼭 껴안아 주면, 악몽은 끝이 나고 모든 것이 원래 자리로 돌아갈 것이라고 생각했습니다. 하지만 나는 도저히 소리를 지를 수 없었습니다. 그리고 당신은 암흑 속에서 내 모습을 놓친 채, 그대로 앞을 지나가 버리고 말았어요. 언제나 그런 꿈이었습니다. 하지만 그 꿈은 내게 큰 힘을 주기도 했어요. 적어도 내게 꿈을 꿀 수 있는 힘은 남아 있었던 것이죠. 꿈을 꾸는 것은 오빠도 막을 수 없는 일이었어요. 아무튼 당신이 전력을 다해 내 바로 옆까지 다가왔다는 것을 느꼈어요. 언젠가는 당신이 나를 찾아낼지도 모른다고 생각했어요. 그리고 꼭 껴안아 내 더러움을 떨어 내고, 나를 이곳에서 영원히 구해 내 줄지도 모른다고요. 저주를 풀고, 진정한 나를 봉인해 어디에도 가지 못하도록 해 줄지도 모른다고요. 그래서 나는 그 출구 없는 싸늘한 어둠 속에서도 희미하게나마 희망의 불꽃을 어떻게든 피울 수 있었던 거예요. 또 나 자신의 목소리를 조금이나마 유지할 수 있었던 거예요.

나는 이 컴퓨터에 접속하기 위한 비밀번호를 오늘 오후에 받았습니다. 누가 내게 퀵 서비스로 보내 주었어요. 나는 그 비밀번호를 사용해, 오빠 사무소의 컴퓨터에서 이 메시지를 메일로 보냅니다. 당신에게 무사히 도착하면 좋겠어요.

이제 시간이 없습니다. 택시가 밖에서 기다리고 있습니다. 나는 지금 병원으로 가야 합니다. 나는 거기에서 오빠를 죽이고, 그리고 벌을 받아야 하겠지요. 이상한 일이지만, 나는 이미 오빠를 증오하지 않습니다. 지금의 나는 차분하게 그저 그 사람의 목숨을, 이 세계에서 지워 버려야 한다고 느끼고 있을 뿐입니다. 그 사람 자신을 위해서도 그렇게 해야 한다고 생각합니다. 그것은 내가 나의 목숨을 의미 있게 하기 위해서도 반드시 해야 하는 일입니다.

부디 고양이를 소중하게 키워 주세요. 그 고양이가 돌아와서 정말 기쁩니다. 이름이 삼치라고 했죠. 나는 그 이름이 좋습니다. 그 고양이는 나와 당신 사이에 생겨난 좋은 상징 같은 것이었다고 나는 생각하고 있습니다. 우리는 그때 그 고양이를 잃어버려서는 안 되는 거였어요.

이 이상은 뭘 쓸 수가 없군요. 안녕.

41

안녕

　"아저씨에게 오리 사람들을 보여 줄 수 없어서 아쉽네요." 하고 가사하라 메이가 자못 아쉽다는 듯이 말했다.

　나와 그녀는 연못 앞에 앉아, 두껍게 낀 하얀 얼음을 바라보고 있었다. 커다란 연못이었다. 얼음 위에는 스케이트 날 자국이 무수한 생채기처럼 애처롭게 남아 있었다. 월요일 오후였지만, 가사하라 메이는 나를 위해 특별히 휴가를 내주었다. 나는 일요일에 올 생각이었는데, 철도 사고가 생겨 하루 미뤄지고 말았다. 가사하라 메이는 안쪽에 모피가 달린 코트를 껴입고, 선명한 색감의 파란 털모자를 쓰고 있었다. 하얗게 기하학적인 무늬가 들어 있고, 모자 끝에는 챙이 동그랗게 달려 있었다. 제 손으로 뜬 것이라고 가사하라 메이는 말했다. 다음 겨울까지는 내게도 같은 걸 떠 주겠다고 했다. 그녀의 볼은 발갛고, 눈은 마치 공기처럼 또렷하고 맑았다. 그래서 나는 기뻤다. 그녀는 열일곱 살이고, 앞으로 어떤 식으로든 변화할 수 있다.

"연못이 꽝꽝 얼어붙어서, 오리 사람들이 다 어디로 옮겨 갔어요. 아저씨도 그 오리 사람들을 봤으면 틀림없이 좋아했을 텐데. 봄이 오면 또 오세요. 다음에는 오리 사람들을 소개해 줄게요."

나는 슬그머니 웃었다. 나는 그렇게 따뜻하지 않은 더플코트를 입고, 목도리를 턱까지 둘둘 말고, 양손을 주머니에 푹 쑤셔 넣고 있었다. 숲속은 뼛속까지 써늘했다. 땅에는 눈이 딱딱하게 얼어붙어 있고, 내 스니커즈는 신이 난다는 듯이 찍찍 미끄러졌다. 나는 어딘가에서 미끄럼 방지 고무창이 달린 부츠를 샀어야 했다.

"그러니까 한동안은 여기 있겠다는 말이니?" 하고 나는 물었다.

"그래요. 아직 한동안은 여기 있으려고 해요. 좀 더 시간이 흐르면, 또 학교에 가고 싶어질지도 모르죠. 아니면 그런 생각 없이 누구랑 일찌감치 결혼할지도 모르고 — 그런 일은 거의 없겠지만." 가사하라 메이는 그렇게 말하고는 하얀 숨을 토하며 웃었다. "하지만 아무튼 한동안은 여기 있을 거예요. 생각할 시간이 좀 더 필요하거든요. 자신이 정말 뭘 하고 싶은지, 정말 어떤 곳에 가고 싶은지, 그런 생각을 천천히 하고 싶어요."

나는 고개를 끄덕였다. "그게 좋을지도 모르지." 하고 나는 말했다.

"있죠, 태엽 감는 새 아저씨, 아저씨는 나 정도 나이일 때, 역시 그런 생각 했어요?"

"글쎄. 나는 그런 생각을 그렇게 열심히 한 것 같지는 않은데. 솔직히 말해서. 물론 조금은 생각했겠지만, 그렇게 골몰해서 생각했던 기억은 없어. 나는 기본적으로, 평범하게 살아가면 모든 일이 적당히 잘 돌아갈 거라고 생각했던 것 같아. 결국은 그렇게 잘 돌아간 것 같지 않지만. 아쉽게도."

가사하라 메이는 차분한 얼굴로 내 얼굴을 물끄러미 바라보았다. 그리고 장갑 낀 손을 무릎에 포개 놓았다.

"구미코 씨는 결국 석방되지 않았죠?"

"그녀는 석방을 거부했어." 하고 나는 설명했다. "그녀는 밖에 나와서 사람들에게 시달리느니, 이대로 조용하게 구치소에 있고 싶다고 했어. 그리고 날 만나는 것도 거부했고. 나도 그렇지만, 아무도 만나지 않아. 모든 일이 다 끝날 때까지는 그러겠대."

"재판은 언제 시작되는데요?"

"아마 봄에는 시작되겠지. 구미코는 확실하게 유죄를 주장하고 있고, 어떤 판결이 내려지든 그대로 형을 살 생각이야. 재판 자체에는 그렇게 시간이 걸리지 않겠지. 집행 유예가 될 가능성도 크고, 가령 실형 판결이 떨어져도 그렇게 무거운 형은 아닐 거야."

가사하라 메이는 발밑의 돌멩이를 주워 연못 한가운데로 던졌다. 돌멩이는 얼음 위에서 통통 튀어 건너편까지 굴러갔다.

"아저씨는 구미코 씨가 돌아올 때까지 계속 기다릴 거죠? 그 집에서."

나는 고개를 끄덕였다.

"다행히……라고 말해도 될까요?" 하고 가사하라 메이가 물었다.

나도 하얗고 커다란 숨을 공중으로 토해 냈다. "그래. 결국은 우리가 일이 이렇게 되도록 이끌어 온 거겠지."

훨씬 더 심각한 상황이 될 수도 있었다, 하고 나는 생각했다.

연못을 에워싸듯 펼쳐져 있는 숲속 저 멀리에서, 새가 울었다. 나는 얼굴을 들고 사방을 돌아보았다. 하지만 그 소리는 아주 잠깐 들렸을 뿐, 지금은 아무 소리도 들리지 않는다. 아무것도 보이지 않는다. 딱따구리가 나무에 구멍을 뚫는 메마른 소리가 허망하게 울릴 뿐이었다.

"만약 나와 구미코 사이에서 아이가 태어나면, 코르시카라고 이름을 지으려고 해." 하고 나는 말했다.

"와우, 멋진 이름이네요." 하고 가사하라 메이는 말했다.

숲속을 나란히 걸을 때, 가사하라 메이는 장갑을 벗고 오른손을 내 코트 주머니에 쏙 밀어 넣었다. 나는 구미코의 몸짓을 떠올렸다. 그녀는 겨울에 함께 걸을 때면 종종 그렇게 하곤 했다. 추운 날에는 한 주머니를 공유한다. 나는 주머니 안에서 가사하라 메이의 손을 꼭 잡았다. 그녀의 손은 조그맣고, 그윽한 영혼처럼 따스했다.

"있죠, 아저씨, 다들 우리를 연인이라고 생각할 거예요."

"그럴지도 모르지." 하고 나는 말했다.

"저, 내가 보낸 편지, 다 읽었어요?"

"편지?" 하고 나는 말했다. 무슨 말인지 알 수 없었다. "미안하지만, 나는 지금까지 한 통도 받지 못했는데. 네게 아무 연락이 없어서, 네 어머니에게 연락해서 여기 주소와 전화번호를 가르쳐 달라고 했어. 그러느라고 이래저래 신통 찮은 거짓말도 해야 했지만."

"어휴, 어떻게 된 거지. 500통 정도는 아저씨에게 편지를 썼는데." 하고 가사하라 메이는 하늘을 우러르며 말했다.

저녁때가 되어 가사하라 메이가 나를 역까지 바래다주었
다. 우리는 버스를 타고 시내로 나가, 역 근처에 있는 레스
토랑에서 같이 피자를 먹고, 그리고 세 량짜리 디젤 전철이
오기를 기다렸다. 역의 대합실에는 커다란 스토브가 뻘겋게
타오르고, 그 주위에 사람들이 두세 명 모여 있었지만, 우리
둘은 거기에 들어가지 않고 추운 플랫폼에 서 있었다. 하늘
에는 윤곽이 뚜렷한 겨울 달이 얼어붙은 것처럼 떠 있었다.
중국 칼처럼 날카로운 호를 그리는 상현달이었다. 그 달 아
래에서 가사하라 메이는 발뒤꿈치를 한껏 들고 내 오른뺨에
살며시 키스를 했다; 나는 그녀의 차갑고 조그맣고 얇은 입
술을 지금은 없는 멍 위로 느낄 수 있었다.

"안녕, 태엽 감는 새 아저씨." 하고 가사하라 메이는 조그
만 소리로 말했다. "나를 보러 여기까지 와 줘서 고마워요."

나는 코트 주머니에 양손을 쿡 쑤셔 넣은 채, 가만히 가
사하라 메이를 보았다. 무슨 말을 하면 좋을지, 나는 몰랐다.

마침내 전철이 오자, 그녀는 모자를 벗고 한 걸음 뒤로
물러나 내게 말했다. "아저씨, 무슨 일이 생기면 큰소리로
나를 불러요. 나와, 그리고 오리 사람들을요."

"안녕, 가사하라 메이." 하고 나는 말했다.

전철이 움직이기 시작한 다음에도, 상현달은 계속 내 머리 위에 있었다. 전철이 커브길을 돌 때마다, 달은 사라졌다가 나타나곤 했다. 나는 그 달을 올려다보다가, 달이 사라지면 창밖으로 지나가는 조그만 동네의 불빛을 바라보았다. 혼자서 버스를 타고 산속 공장으로 돌아갈, 파란 털모자를 쓴 가사하라 메이의 모습을 떠올리고, 그리고 어느 풀숲에서 잠자고 있을 오리 사람들의 모습을 떠올렸다. 그리고 나는, 지금 돌아가는 세계를 생각했다.

"안녕, 가사하라 메이." 하고 나는 말했다. 안녕, 가사하라 메이, 무언가가 너를 단단히 지켜 주기를 기도할게.

나는 눈을 감고 잠을 청하려 했다. 그러나 실제로 잠이 든 것은 시간이 한참 지나고 난 뒤였다. 그 어떤 곳에서도 그 누구에게서도 먼 장소에서, 나는 조용히 아주 잠깐 잠에 빠졌다.

(끝)

참고문헌

『만주국의 수도계획 도쿄의 현재와 미래를 묻는다 満州国の首都 計画 東京の現在と未来を問う』越沢明 日本経済評論社 昭和 63(1988)年

『베리야 : 스탈린의 첫 번째 중위 Beria : Stalin's First Lieutenant』 Amy Knight, Princeton University Press(1993)

옮긴이 김난주

1987년 쇼와 여자대학에서 일본 근대문학 석사 학위를 취득했고, 이후 오오쓰마 여자대학과 도쿄 대학에서 일본 근대문학을 연구했다. 현재 대표적인 일본 문학 전문 번역가로 활동하며 다수의 일본 문학 및 베스트셀러 작품을 번역했다. 옮긴 책으로 무라카미 하루키의 『일각수의 꿈』, 『바람의 노래를 들어라』, 『포트레이트 인 재즈』, 『코끼리 공장의 해피엔드』, 『밸런타인데이의 무말랭이』, 『세일러복을 입은 연필』, 『해 뜨는 나라의 공장』, 『쿨하고 와일드한 백일몽』, 요시모토 바나나의 『키친』, 『하드보일드 하드럭』, 『하치의 마지막 연인』, 『암리타』, 『티티새』, 『막다른 골목의 추억』 등과 『겐지 이야기』, 『모래의 여자』, 『기린의 날개』, 『천공의 벌』 등이 있다.

태엽 감는 새 연대기 3 ─ 새 잡이 사내

1판 1쇄 펴냄 2018년 12월 10일
2판 1쇄 펴냄 2018년 12월 13일
2판 8쇄 펴냄 2024년 6월 24일

지은이 무라카미 하루키
옮긴이 김난주
발행인 박근섭·박상준
펴낸곳 **(주)민음사**

출판등록 1966. 5. 19. 제16-490호
주소 서울특별시 강남구 도산대로1길 62(신사동)
강남출판문화센터 5층 (우편번호 06027)
대표전화 02-515-2000 | 팩시밀리 02-515-2007
홈페이지 www.minumsa.com

ISBN 978-89-374-3935-3 (04830)
ISBN 978-89-374-3932-2 (04830) (세트)

* 잘못 만들어진 책은 구입처에서 교환해 드립니다.